독자님들께 깊이 감사드립니다.
박스오피스

좀비옥시혹 82-18

7

좀비묵시록 82-08

7
박스오피스

MOON PHASE

7
좀비묵시록 82-08

초판 1쇄 인쇄	2025년 11월 06일
초판 1쇄 발행	2025년 11월 27일
ISBN	979-11-7315-085-2 [04810]
지은이	박스오피스
기획	이하늘
교정·교열	김경희, 윤화리
디자인팀장	공가을
디자인책임	공가을
편집디자인	임은영
타이틀제작	진유성
펴낸이	문상철
펴낸곳	주식회사 바이프로스트
주소	서울시 강남구 선릉로 549, 에본빌딩 3층(역삼동 694-35)
출판등록	제2020-000007호, 2020년 1월 9일
대표전화	070-8833-7312
전자우편	bifrostkr@gmail.com

이 책은 저작권법의 보호를 받는 저작물로서 무단 복제 및 재배포를 금지합니다.
잘못된 책은 구입처에서 교환하여 드립니다.

BIFROST SERIES

CONTENTS

Chapter 53
몰락의 유산 ·· 007

Chapter 54
회전 단두대 ·· 043

Chapter 55
좋은 사람들 ·· 075

Chapter 56
Big Picture ·· 123

Chapter 57
공존 ·· 176

Chapter 58
돌이킬 수 없는 밤 ······································ 219

Chapter 59
내가 그의 이름을 불러 주었을 때 ············ 257

Chapter 60
엇갈린 운명 ·· 288

Chapter 61
Heart ·· 355

Chapter 62
Deus Ex Machina ······································ 377

Chapter 53
몰락의 유산

01

"고생하셨습니다. 나오셔도 됩니다."

경비병이 밤톨 일행과 민구를 풀어 준 것은 48시간이 경과된 후에도 여섯 시간은 족히 지나서였다.

밤이 깊어 버렸는데 저녁도 먹지 못했다. 하지만 아무도 불평하지는 않았다. 모든 병사들이 얼마나 바쁘고 힘들었는지 바로 지근거리에서 보았기 때문이다.

오늘도 여느 때처럼 방어용 진지를 구축하다가 크고 작은 사고가 있었고, 좀비들의 웨이브가 근접해 올 때 30분 이상 초비상이 걸려 총성과 고함, 비명이 난무했었다.

군용 외부 격리 시설을 경비하는 병력들조차 차출되었어야 할 만큼 바빴다. 갇혀 있는 병사는 오히려 호강을 하는 편이었다.

"형님, 저랑 같이 가세요. 입원 수속 도와드리겠습니다."

복귀 신고를 마치고 돌아온 밤톨은 민구와 함께 의무대로 향했다. 계단을 오르내리고 야구장 내부의 긴 복도를 가로질러 의무대까지 가는 동안 민구는 비틀거리지 않기 위해 몇 번이나 이를 악물어야 했다.

아픈 내색을 해서 더 이상 밤톨에게 걱정이나 부담을 안기고 싶지도, 나약해졌음을 드러내 보이고 싶지도 않다. 하루 반나절 동안 내리다 그친 비로 인해 무거워진 공기 때문에 숨쉬기는 더욱 힘들었다.

"으으으~! 끄으응~!"

1층 내부에 위치한 의무대 부근에 다가가자 벽 너머로 신음 소리가 새어 나온다. 딱 듣기에도 한두 사람이 내는 게 아니다. 꽤 여러 명이다.

그 앓는 소리에 놀란 밤톨과 민구는 서로 얼굴을 마주 보았다. 의무대 문을 노크하려던 밤톨은 문에 커다랗게 적힌 안내 문구를 보고 손을 멈췄다.

노크 절대 금지! 조용히 들어올 것. 민군 구분 없음.

안내문의 글씨 크기나 말투에서 신경질이 느껴진다. 시키는 대로 밤톨은 문 손잡이를 살짝 돌리며 밀었다.

그 너머에서는 차갑고 불편한 현실이 알코올 냄새와 함께 그들을 기다리고 있다.

"끄으으으! 으으으~."

방 전체에 빼곡하게 들여놓은 침대마다 신음하는 병사들이 누워 있다. 빈자리라고는 하나도 없고, 심지어 바닥에 돗자리를 깔고 누운 병사들도 보인다.

다들 기본적으로 두 군데 정도는 붕대를 친친 감은 채고, 피도 어지간히 흘렸다. 구석에 놓인 카트에는 피로 흠뻑 젖은 붕대와 거즈가 가득 쌓여 있다.

"어떻게 왔어요?"

주황색 트레이닝복 위에 흰색 야구 저지를 입은 중년 남자가 피 묻은 장갑을 벗으며 묻는다. 한눈에도 군인이 아닌 걸 알 수 있는 남자의 얼굴에는 제멋대로 자라난 수염과 피곤이 덕지덕지 매달려 있었다.

밤톨이 엉거주춤한 자세로 답했다.

"입원 수속하려고 왔습니다. 저…… 근데, 군의관님이십니까?"

"아니, 군의관은 지금 저기서 치료하고 있어요."

"그, 그럼 선생님은……."

"참 내, 그게 뭐가 궁금해? 나…… 저기, 강남 최 병원 내과 과장이에요."

귀찮다는 듯 대꾸한 남자는 아직도 밤톨이 상황 파악을 제대로 못 한 걸 눈치채고 보충 설명을 해 주었다.

"군의관만으로는 도저히 안 되니까 수용자들 중에서 내과든 성형외과든 수의사든 가리지 않고 의사들을 다 동원해서 일하고 있는 거라고요. 그런 것보다 입원 수속이라고 했지? 누구?"

"아, 예. 이분, 총에 맞으셔서……."

밤톨이 민구를 가리키자 의사는 위아래로 훑더니 일단 보자고 했다. 민구는 아무 말 않고 트레이닝복 지퍼를 내렸다.

고 하사가 싸 둔 붕대를 풀고 상처를 살피던 의사가 다시 새 장갑을 꺼내 낀다. 그러고는 옆구리의 총상을 손으로 더듬으며 물었다.

"총상인데, 왜 이래요? 화상을 심하게 입었네?"

"네…… 그거 당시에 지혈시킬 방법이 없어서 불에 달군 칼로…… 지졌습니다."

밤톨이 대신 나서서 설명을 해 준다. 미쳤네, 의사는 고개를 젓더니 다시 상처를 유심히 살폈다.

"그렇게 심하게 다뤘는데도 신기하게 곪지는 않았네? 지방층이 얇아서 그런가……."

민구는 그 이유를 안다. 건대의 그 군인 의사가 지극정성으로 소독하고 돌봐준 덕이다. 민구의 반대쪽 옆구리로 고개를 돌린 의사는 기동이가 찌른 상처를 보며 물었다.

"이쪽은 뭡니까? 왜 찢어졌어요?"

그 상처에 대해서 밤톨은 모른다. 민구가 대답했다.

"날카로운 거에 좀 걸린 겁니다."

"그럼 이 위쪽은 왜 이런 건데요?"

"그냥…… 도끼를 들고 있다가 그게 총알에 맞고 튀었습니다. 거기에 찍혀서 갈비뼈가 나갔고."

으음, 의사는 민구의 갈비뼈를 지그시 누른다. 민구는 눈을 찌푸렸다. 민구의 반응을 살피던 의사가 말했다.

"도끼면 쇠일 테니까, 파상풍 주사부터 맞아야겠네요. 뼈가 골절된 건 아닌 모양입니다. 그랬으면 이렇게 건드리기만 해도 아파서 죽거든요. 그런데 그런 것 치고는 많이 부었는데……."

민구는 의사의 얼굴을 빤히 쳐다보며 생각했다.

내 얼굴의 땀을 보면 모르나? 나도 당신이 건드릴 때마다 아파 죽을 것 같아. 그냥 가오 때문에 티를 안 내는 것뿐이지…….

후우~.

민구는 숨을 크게 쉬어 통증을 숨기고 말했다.

"파상풍 예방 주사는 2년 전에 맞았습니다."

"확실합니까? 다른 주사랑 착각한 거 아니고요?"

의사가 재차 확인을 해서 민구는 고개를 끄덕였다. 늘 날붙이를 다뤄야 하고 언제 연장질을 당할지 모르는 그의 직업에서는 당연한 일이다. 이야기가 길어지자 밤톨은 마음이 급해졌다.

"선생님, 자세한 건 일단 입원 수속부터 진행한 다음 두 분이서 말씀하시면 안 되겠습니까? 제가 외곽 근무로 복귀해야 해서 말입니다."

밤톨의 부탁에 의사는 고개를 저었다.

"안 돼요. 자리가 없어. 이분은 걸을 수 있잖아. 걸을 수 있는 분은 방문 치료가 원칙이라고요. 입원은 그보다 더 중증인 사람들만."

에?

너무 의외의 반응이라 얼빠진 소리를 낸 밤톨은 그 말이 사실인지 확인하기 위해 다시 의무대 내부를 둘러봤다.

정말이다. 침대마다 누워서 신음하는 환자들 중에 멀쩡히 일어날 수 있을 것 같아 보이는 사람은 하나도 없다. 그리고 그들 거의 대부분이 병사들이다.

"대체 왜 이렇게 다친 사람이······."

밤톨이 말끝을 흐리자 서랍을 뒤지던 의사가 돌아보지도 않고 대꾸했다.

"아픈 사람이 왜 이렇게 많으냐고? 아니, 생각해 보면 당연하지. 그분 왜 다쳤어요?"

"좀비들이랑 교전 중에 오발 사고가 났습니다."

"여기에서도 매일 교전이 있잖아요. 세 시간이 멀다 하고 총소리가 나고. 그게 벌써 며칠째야? 보름······ 아니다, 보름이 다 뭐야? 21일이네. 여기 병력이 3천. 그중에 오발이나 도탄 사고가 하루에도 몇 건씩 꼭 일어나잖아요. 외곽 근무라니까 잘 알잖아. 크레모어 같은 거 설치할 때 한 번씩 아주 떼로 난리가 나고, 그리고 또 강에서 보급품 하적하면서도 무거운 거에 깔리고, 찢기고······ 이유는 다양해. 제대로 쉬지도 못하고 계속 위험한 일을 하는데 사고가 안 터지면 그게 더 이상한 거지. 어쨌든 이나마도 태양 그룹에서 의료 지원을 해 줘서 가끔 한 번씩 그쪽으로 환자들을 후송하니까 유지된다고 보면 돼요. 안 그랬으면 이 조그만 방 벌써 예전에 미어터졌지. 자, 이거 받으세요. 3일 동안 드실 약이에요. 혹시 항생제나 소염진통제에 알레르기 반응 보인 적 있어요?"

의사는 서랍에서 꺼낸 약들을 작은 플라스틱 병에 담고 유성 펜으로 약 이름과 날짜를 적은 뒤, 사인을 해서 민구에게 건네주었다.

민구가 그런 적 없다고 하자, 의사는 고개를 끄덕이며 설명을 해 주었다.

"하얀 거는 소염진통제, 파란 거는 항생제. 둘 다 하루 세 번씩 드세요. 통증이 상당해 보이는데, 너무 힘들다 싶으면 하얀 약은 그냥 하나쯤 더 드셔도 되고. 그러라고 두 알 더 넣었어요. 그리고 다음에 약 받으러 올 때에는 그 통을 가져와요. 여기는 뭐, 전산도 없고, 따로 명부도 없어서 안 그러면 매번 또 똑같은 이야기를 해야 됩니다. 자, 팔 들어 보세요. 소독 다시 하고 붕대 감아 드릴 테니까."

"저기······ 선생님, 이왕 주시는 건데 약을 좀 더 넉넉하게 주시면 안 되겠습니까? 이분 지금 걸을 수 있기는 하지만, 꽤 힘들어하시는데 말입니다. 한 열흘 치

정도는 더 필요하지 않겠습니까?"

약이 너무 적다고 느낀 밤톨이 부탁했다. 사흘이라야 금방인데, 그다음에 여기까지 또 찾아와서 기다렸다가 약을 타 간다는 게 너무 번거롭고 힘들게 느껴진다.

의사는 민구의 상처를 소독하면서 무감정하게, 그러나 단호하게 대꾸했다.

"정확히 언제 보급이 올지 모르기 때문에 여유 있게 팍팍 줄 수가 없어요. 그러다가 약이 똑 떨어지면 저 사람들 다 큰일 난다고. 서로 조금씩 양보합시다. 자, 이건 붕대 여유분하고, 소독약입니다. 번거로우시더라도 이걸로 하루에 두 번 정도는 소독을 하세요. 날씨가 덥고 습해서 곪기 딱 좋거든요. 해 드리면 좋은데, 우리가 그럴 여력이 없어요. 이해하세요. 아, 소독약도 마찬가지. 그 병을 가져와요. 날짜 써 놨으니까."

친절하다고는 할 수 없지만, 의사의 말은 100퍼센트 이해할 수 있었다. 잠시 치료를 받고, 설명을 듣는 동안에도 넓은 방 여기저기서 신음 소리와 울부짖는 소리가 끊임없이 울려왔다.

그리고 그들 중 절반가량은 길게 못 버틸 것 같은 상태다. 저렇게 중상을 입고 사경을 헤매는 병사들에게 내가 좀 누워야겠으니 침대를 비워 달라고 할 수는 없는 노릇이니까.

의사의 모습도 지친 기색이 역력하다. 핏발 선 눈만 봐도 그가 얼마나 고단할지 알 수 있다. 어쩌면 이 사람이 환자들보다 더 먼저 뻗을지도 모르겠다.

돌봐야 할 환자가 이렇게 많은데, 칼에 찔린 부위를 꿰매 준 것만도 고맙다고 해야 할 판이다.

결론적으로 말하면, 민구는 건대 쉘터에서보다 훨씬 질이 떨어지는 치료와 처우를 받게 되었다. 의사는 마지막으로 이행하기 어려운 조언을 해 준다.

"내장이나 이런 기관들이 원래 자리에서 조금씩 움직인 상태일 거예요. 그…… 총알이 내장을 직접 가격한 건 아니더라도 바로 가까운 데를 콱, 때렸기 때문에 그렇게 될 수가 있어요. 사실 이런 총상은 저도 잘 몰라요. 대한민국에서 총이 옆구리 근육을 찢고 나갔을 때 내장 기관이 얼마나 손상을 입는지 잘 아는 의사가 몇이나 되겠어요. 그런 케이스를 볼 일이 아예 없는데…… 하여튼 장끼리 꼬일 위험성도 있으니까 빨리 다시 제 위치를 잡게 하려면 고통스러우시더라도 걷기라든지 이런 가벼운 운동을 꾸준히 하셔야 해요. 잘 드시고. 지금 취할 수 있는 방법은 그게 답니다."

잘 먹어야 한다는 말을 들은 밤톨이 그거라도 건져 보자 하는 마음으로 물었다.

"선생님, 그럼 영양제라도 좀 주시면 안 되겠습니까?"

"그 사람 참, 그런 거 있을 것 같아 보여? 환자분, 약병 버리지 말고 가져와요."

의사는 어처구니없다는 듯 한숨을 쉬고 다시 중상자들이 누워 있는 침대 쪽으로 돌아갔다. 민구의 이름도 묻지 않은 채 끝난 진료였다. 그만큼 바쁘고 정신이 없었다.

"죄송해요, 형님. 진짜…… 이럴 줄 알았으면 여기로 옮겨 오자고 하는 게 아니었는데…….."

교섭에 실패하고 의무대 문을 나서면서 밤톨은 정말 면목이 없다는 표정을 지었다. 민구는 이제 다 나았으니 괜찮다는 말만 되풀이했다.

어차피 그가 밤톨을 따라나섰던 이유는 이곳에서 더 나은 대접을 받을 수 있을 거란 기대를 했기 때문이 아니다. 거기를 떠나야 기동이와 그 조무래기들로부터 자신과 그 고마운 군인 의사의 목숨을 지킬 수 있어서였다.

"좀 앉아 계세요. 제가 사물함 열쇠랑 보급품 받아다 드릴게요."

"아니, 바쁜 것 같은데 그렇게까지 신경을 쓰지 않아도……."

밤톨에게 너무 폐를 끼치는 것 같아 만류하려던 민구는 말을 삼켰다. 보급품을 받으려면 예전에 시비가 붙었던 그 낙타를 또 만나야 한다는 데 생각이 미쳤기 때문이다. 그런 놈과 얽히지 않아도 이미 충분히 신경 쓰이는 일들이 많다.

"무리하지 마십쇼, 의사도 그러잖습니까, 어지간히 고통스러울 거라고."

밤톨은 씽긋 웃어 보이며 대민 지원 센터 쪽으로 뛰어갔다.

"으음~!"

밤톨이 시야에서 사라진 후, 민구는 벽에 기대앉으며 계속 참아 왔던 신음을 내뱉었다. 총알이 날려 버린 옆구리는 달군 쇠로 쑤시는 것 같은 통증을 준다.

기동이와 몸싸움을 벌였던 이후, 갈비뼈도 더 심하게 결린다. 근처에 누워 있던 수용자들이 숨을 헐떡이는 그의 모습을 구경거리 보듯 쳐다본다.

"만신창이군……."

뚝뚝 떨어지는 식은땀을 닦아 내며 민구는 자조적인 웃음을 지었다. 얼굴과 팔에서 떨어진 땀방울이 바닥을 적신다.

그저 가까운 거리를 좀 걸어 다녔을 뿐인데, 그 대가가 너무 독하게 돌아온다. 누군가가 내장 안에 손을 넣고 사정없이 휘젓는 것 같아 숨을 크게 쉬기도 어렵다.

새벽에 기동이와 사투까지 치른 상태에서 장갑 트레일러를 타고 다시 잠실로 돌아오는 여정이 부담스럽기는 했다. 그래도 이 정도까지 괴로워질 줄은 몰랐다.

"하아, 하아, 여기요. 열쇠 받으십쇼. 이거는 보급품이고요. 배고프실 텐데, 건빵이라도 좀 드세요."

어느새 돌아온 밤톨은 숨을 헐떡이며 사물함 열쇠와 물건들이 든 상자를 내밀었다.

아……. 민구는 벽을 짚으며 일어났다. 주저앉은 상태에서 남이 주는 뭔가를 받고 있자니, 미안함과 동시에 비참함이 밀려온다. 도저히 그렇게는 못 하겠다.

"……고맙다."

민구는 밤톨의 눈을 보며 말했다. 뭔가 더 그럴듯한 말을 하고 싶었지만, 그래 봐야 어차피 다 공허한 소리들일 뿐이다. 신세를 갚겠다는 말조차 할 수 없다. 밤톨이 쓸쓸한 미소를 지었다.

"이거 담배입니다. 애들이랑 저랑 있는 거 모았는데, 몇 갑 안 돼요. 저는 외곽 근무 중대여서 이제 자주 얼굴 뵙기도 어려울 텐데…… 일이 이렇게 돼 버려서 영 마음이 편치 않습니다. 형님, 힘들어도 운동 꼭 하세요. 갈게요."

건빵 주머니에서 담배 몇 갑과 라이터를 꺼내 준 뒤, 돌아갈 때 밤톨은 걱정스러운 얼굴로 몇 번이나 뒤를 돌아보았다.

사실 자기 실수도 아니고, 그렇게 책임감을 느낄 필요도 없는데…… 참 모질지가 못한 녀석이다.

"후우~."

민구는 한숨을 내쉬었다. 도와주던 밤톨은 돌아갔고, 이제 나머지 일들은 다 그의 몫이 되었다. 심란하다. 담배가 피우고 싶지만, 외야의 흡연석까지 갔다가 다시 돌아온다는 걸 상상만 해도 머리가 다 어질어질해지는 것 같다.

격리 수용되어 있던 이틀 동안이 차라리 더 편했다. 그 자리에 가만히 앉아 있으면 밥도 주고, 약도 주고, 보는 눈이 없을 때엔 밤톨이 담배도 줬으니까.

"엇!"

박스를 뜯어 돗자리를 깔려던 민구는 땅이 일렁이는 것 같은 어지러움을 느끼며 벽을 짚었다.

"젠장……."

약해 빠진 스스로에게 화가 난다. 기동이와 싸울 때에는 이 정도가 아니었으니, 어제오늘 격리되어 있던 동안 맞았던 주사 중에 뭔가 머리를 핑— 돌도록 만드는 성분이 들어 있는 모양이다.

진통제…… 아마 진통제일 테지.

한동안 기대 있다가 겨우 돗자리를 펴고 앉은 민구는 조금 전에 의사에게서 받은 진통제 병을 박스 안에 넣었다. 이렇게 어지러워서야 운동이고 뭐고 못 한다. 아프더라도 한동안 약을 끊어 봐야겠다.

"구두 꼴 봐라……."

바닥에 쓸리고 먼지를 뒤집어써서 엉망이 된 자신의 구두를 보며 민구는 쓴웃음을 지었다.

허술하기 짝이 없는 싸구려 트레이닝복과 엉망이 된 구두의 조합은 이미 초췌한 그의 모습을 더 초라해 보이도록 만들었다.

어린 시절을 제외하고 이렇게 형편없는 꼴이었던 적이 있었던가…….

"아저씨, 그거…… 콘돔 쓸 거예요?"

망연자실해서 담장 너머의 밤하늘을 보고 있는 민구에게 누군가 말을 건다. 돌아보니 서른쯤 된 여자다. 이해를 못 한 민구가 되물었다.

"콘돔?"

"그래요, 콘돔. 보급품 박스에 든 거."

보급품 박스에 그런 게 있었나…….

민구는 기억을 되짚어 봤다. 처음 이곳에 와서 받은 상자는 뜯지도 않은 상태에서 초희에게 줘 버리고, 자신은 만배파 애들이 남기고 간 돗자리를 사용했었다.

"안 쓸 거면 나한테 팔아요. 건빵 한 봉지 줄게요."

여자가 거래를 제안한다. 민구는 그러자고 했다. 어차피 쓸 데도 없는 콘돔. 먹을 수 있는 건빵이 훨씬 낫다.

박스를 뒤져 콘돔을 꺼내 주자 여자는 건빵을 돗자리에 올려 두며 물었다.

"담배는요? 아까 보니까 잔뜩 주고 가던데, 그것도 좀 파세요."

민구는 고개를 저었다. 그건 안 된다. 그러고는 다시 벽에 머리를 기댔다. 세상 돌아가는 이치, 다 아는 양 마음껏 까불고 살았었는데…… 총 한 방 맞고 나니 그동안 전혀 모르고 살아온 일들이 비로소 보이는 것 같다.

박스 안에 든 콘돔처럼, 세상에는 그가 알지 못하고 지나쳤던 것들이 가득했다.

민구는 힘없이 누워 눈을 감았다. 감은 눈꺼풀의 안쪽에 오늘 의무대에서 보았던 피투성이 중상자들의 모습이 자꾸 어른거린다. 그동안 자신은 모든 것을 혼자만의 힘으로 이뤘다고 생각했었다. 그것이 그의 자부심이었다.

그런데 오늘 민구는 자신의 편안한 하루가 누군가 흘린 피와 땀을 양분으로 하여 겨우 연장된 것임을 깨달았다.

으음~.

그의 입에서 또 신음이 흘러나온다.

02

 진통제를 끊으니 밤이 길어졌다. 숨을 쉴 때마다 결려 오는 갈비뼈의 통증에 민구는 밤새 뒤척였다. 참는 것에 익숙한 그라 해도 진통제 없이 밤을 보낸다는 건 정말 쉽지 않은 일이었다.
 당장에라도 다시 박스 안에서 약을 꺼내고 싶은 충동을 꾹 누르기 위해 민구는 몇 번이나 이를 악물어야 했다. 그 어지러운 약을 먹지 않아야 혼자서 좀 걸을 수 있다.
 밤새 주변을 걸어 다니는 발소리와 은근히 풍겨 오는 지린내도 그가 좀 더 깊이 잠드는 것을 방해한다. 자리를 잡을 때는 아무 생각 없었는데, 부근에 화장실이 있는 모양이다.
 저벅, 저벅, 저벅.
 수없이 많은 사람들이 민구의 바로 곁을 걸어가 볼일을 보고 물을 내린다. 그 소리가 새벽 내내 아주 크고 짜증스럽게 울린다.
 저벅저벅.
 쪼르르르르— 쏴아아아—.
 저벅저벅…….
 다음 날 새벽 일찍 눈을 떴을 때, 그의 돗자리는 땀으로 흥건하게 젖어 있었다. 괴롭다. 땀을 그렇게 흘렸는데도 요의가 느껴진다.
 민구는 숨을 몰아쉬면서 억지로 몸을 일으켰다. 오줌이든, 식사든 잠시 미뤄둘 수는 있어도 영원히 피할 수는 없다. 고통스러워도 일단 욕구가 생기면 해결하고 오는 게 깔끔하다.
 문제는 겨우 20여 미터 거리에 있는 화장실이 너무도 멀어 보인다는 점이다.
 "후우~."
 두 걸음을 떼던 민구는 옆자리 중년 남자의 시선이 자신의 보급품 박스에 꽂혀 있다는 걸 깨달았다.

놈의 얼굴에서 욕심이 뚝뚝 떨어진다. 자신이 시야 밖으로 사라지는 것과 동시에 박스를 들고 튀겠다는 의지가 고스란히 드러나 있다.

옆자리 사람이라고 해 봐야 그저 우연히 부근에 앉아 있는 것뿐이지, 한 번도 본 적 없는 낯선 인간이고, 그가 가진 짐이라야 돗자리 하나뿐이다. 언제라도 다른 곳으로 도망쳐 버리면 그만이다.

민구는 우뚝 멈춰 서서 주변을 둘러보았다. 그 옆의 여자도, 또 그 옆의 사람도 다른 사람들의 눈치를 보면서 동시에 민구의 박스를 곁눈질하고 있다.

'하긴 그 안에 담배도 몇 갑이나 들어 있으니 욕심도 나겠지…….'

민구는 말없이 자신의 자리로 다시 돌아와서 박스와 돗자리를 챙겨 들었다. 사물함 부근으로 자리를 옮기는 것이 더 편할 것 같다.

옆구리에 박스를 끼고 걸어가는 민구의 모습을 다들 아쉬운 눈빛으로 돌아본다.

"젠장, 나만 그 생각을 한 게 아니었군."

화장실에 들렀다가 사물함 부근으로 향한 민구는 양옆으로 빽빽하게 누워 있는 사람들을 보면서 혀를 찼다. 발 디딜 틈조차 없을 만큼 많은 사람들이 서로 무리를 이루어 사물함 주변을 차지하고 있다.

민구는 깨끗이 포기했다. 자신의 돗자리를 깔 만한 공간도 없거니와, 용케 비집고 들어가 한 자리를 차지한다고 해도 사방에서 지나다니는 사람들에게 차이게 될 것이다. 상상만 해도 갈비뼈가 시려 온다.

담배 한 갑과 라이터를 주머니에 넣은 뒤, 민구는 박스를 사물함에 넣고 돗자리만 둘둘 말아 들었다. 걷다가 호흡이 가빠져 오면 아무 사람 옆에나 돗자리를 펴고 앉아서 잠시 숨을 고르고 쉬었다.

워낙에 난민의 삶이 익숙한 사람들이라 낯선 그가 와서 자리를 잡아도 별다른 반응을 보이는 이는 없었다. 그저 이놈이 내게 해를 끼치는 건 아닐까…… 하는 시선으로 잠시 관찰하는 게 전부다.

막상 자리를 잡으려고 해 보니 조금이라도 지리적 이점이 있는 명당들은 이미 모두 누군가에 의해 선점되어 있는 상황이었다.

급식소 주변, 출구 주변, 볕이 드는 곳…… 만만한 데라고는 아까 그가 자리를 잡았던 곳처럼 화장실 주변밖에 없다.

거긴 별로다. 냄새는 둘째 치더라도 사람들이 계속 발소리를 내며 들락거리는 통에 도무지 잠을 이루기가 어렵다.

꾸르르륵—.

비어 있는 배에서 밥을 달라는 신호를 보내온다. 갇혀 있느라 어젯밤 저녁을 걸렀으니, 이제는 뭘 좀 먹기도 먹어야 한다. 그런데 지금 당장은 아니다.

저렇게 사람들이 바삐 급식소를 향해 걸음을 옮기고 있을 때, 그 행렬과 속도에 맞춰 이동할 자신은 없다. 툭, 가볍게 몸이 부딪치기만 해도 그로서는 숨이 턱턱 막히는 지옥을 경험해야 한다.

가뜩이나 진통제를 끊어 온몸이 다 부서지는 것 같은데, 거기에 또 통증을 추가할 필요는 없다.

민구는 일단 그나마 한가한 자리로 피해 벽에 기대앉았다. 화장실 앞에도 긴 줄이 생기고, 급식소 쪽에는 그보다도 몇 배나 더 긴 줄이 생겨난다.

우습게도 민구처럼 외톨이인 사람은 거의 없다. 다들 누군가와 앞뒤로 서서 이야기를 나누고 있거나 눈빛을 교환한다. 여기에서 지내는 보름 정도 만에 만들어진 인연들이다.

동료…… 식구…….

민구의 머릿속에 식구라는 단어가 떠오른다. 그에게도 한때 일행이 있었다. 한 식구, 동생들, 새끼들, 형님, 아우님, 의리, 그리고 큰형님…….

되지도 않는 개소리라는 걸 애초부터 알고 있었는데, 한동안은 그게 마치 진짜 중요한 삶의 원칙이라도 되는 양 믿는 척했었다.

그런 말로라도 포장을 해야 자신의 말에 더 권위가 서고, 꼴이 조금은 나아 보인다는 걸 알고 있었기 때문이다.

그리고 너무 열심히 믿는 척을 하다 보니 어느 시점부터는 정말 믿는 것과 크게 다르지 않을 만큼 자신에게도 중요하게 여겨졌었다. 거짓말도 백 번을 하면 진실이 된다고 했던가…….

육만배를 찾기 위해 위험을 무릅쓰고 만배 빌딩으로 갔을 때에도, 또 거기에서 기동이 놈의 아주 치졸한 쪽지를 확인하고 여기까지 먼 길을 찾아왔을 때도, 건대 쉘터로 이동할 때도, 그는 자신이 왜 그렇게 해야 하는지 의문을 가져 보지 않았다.

큰형님을 찾아가는 것이 맹세를 나눈 식구라면 당연히 해야만 할 일이라고 생각했었다. 지금 돌아보면 스스로 누군가의 소유물이 되어 목에 목줄을 채우려 했던 것인데, 그게 뭔가 굉장히 멋진 쾌남아의 모습이라는 착각에 빠져서 온갖 애를 썼다.

"크크크……."

민구는 갈비뼈를 움켜쥐고 웃었다.

뭐야, 결국 똥개 새끼처럼 주인 뒤를 졸졸 따라다녔던 거잖아……. 10년이 넘도록 그 많은 아수라장을 헤쳐 가며 자신이 얻고자 했던 게 고작 누군가의 개집 한 칸을 차지하는 똥개 새끼의 지위였다니…… 다른 똥개들보다 좋은 개집에서 자고 좋은 개밥을 먹는다는 것에 우쭐해져 있었다니…….

허울 좋은 말들을 발가벗겨 놓고 보니 자신이 소망했던 것이 너무나 초라하고 한심해서 화조차 안 난다.

지금쯤 아마 육만배도 자신이 사라진 것을 알았을 것이고, 그 늙은 너구리라면 기동이의 상처를 보고 많은 것을 읽어 낼 수 있을 거다. 강민구라는 개가 얼마나 이빨 빠진 약골이 되어 버렸는지도…….

민구는 육만배가 자신을 찾지 않으리라는 걸 잘 알고 있다. 한번 서열 싸움이 벌어진 식구들 간에 공생은 없다. 대충 화해하는 척 덮어 보려 해도 둘 중 하나가 죽거나 사라지지 않으면 언젠가 다시 피를 봐야 끝이 난다.

다시 말해 먼저 칼을 꺼낸 사람이 누구든 간에 일단 피를 본 이상, 육만배는 민구와 기동이, 둘 중 하나를 골라야 한다.

'누구를 선택할 것인가.'라고 질문을 던졌을 때 돌아올 답은 너무도 간단하다. 육만배는 언제나 더 쓸모 있는 놈을 원한다.

둘 중 누구와 더 오래 일을 했는지 따위는 중요하지 않다. 힘을 써야 할 일이 더 많으면 힘이 센 놈을, 잔머리가 필요하면 잔머리가 잘 도는 놈을 고르는 인간이다. 그래야 더 큰 이득을 취할 수 있으니까.

기동이와 붙어 이기지 못한, 조금만 걸어도 숨을 헐떡이는, 약해 빠진 자신을 육만배가 욕심낼 리는 없다. 이제 강민구는 조직에서 불필요한 존재가 되어 버렸다.

민구는 그 현실을 받아들이겠다는 듯 고개를 끄덕였다. 하지만 그 몸짓조차도 실은 허세일 뿐이었다. 정말로 마음속이 홀가분한가 하면…… 그렇지는 않다.

스물여덟…… 그중 거의 절반에 이르는 시간 동안 몸담았던 조직에서 떨려 나기까지는 단 하루밖에 걸리지 않았다. 그는 지금 지탱해 줄 기둥이 빠져나간 채로 서 있다. 무엇을 위해 사는지를 일러 주는 마음의 중심이 없어진 것이다.

"젠장…… 한 대 피워야겠군."

민구는 비틀거리며 일어나 외야석까지 먼 길을 천천히 걸었다. 그리고 땀으로 온몸을 흠뻑 적신 끝에 겨우 흡연 구역에 도착했다.

"하아~."

비틀대며 계단에 걸터앉은 민구는 담배를 꺼내 물었다. 예전에 담배를 피울 때마다 비슷한 자리에 서 있었기 때문에 이 각도에서 보는 야구장이 어느새 익숙하다. 민구는 연기를 뿜어내며 주변을 천천히 둘러보았다.

야구장의 잔디가 좀 더 무성하게 자라나고 군데군데 잡초들도 보이지만, 떠나기 전과 달라진 것은 그리 많지 않았다. 여전히 우울한 사람들이 사방에 바글거린다.

그나마 차이라고 하면 대규모 징집 덕에 젊은 남자들의 비율이 확연히 줄어들어 있다는 것 정도다. 흡연 장소에도 아직 어려 군에 끌려가지 않은 10대 중반의 애송이 몇 명이 바닥을 눈으로 훑고 다니고 있다.

"어? 이거, 군인이 버린 거다. 피울 만하다."

한 놈이 바닥에서 제법 긴 꽁초 하나를 주워 올리더니 곧바로 입에 물고 라이터를 켠다. 한 모금을 깊게 빨고 나서 녀석은 옆에서 대기하고 있는 친구들에게 불붙은 꽁초를 넘긴다.

다들 한 모금씩 돌려 빨고 나서 녀석들은 더 피울 수 없게 된 꽁초를 바닥에 버린다. 그러고는 또 새로운 꽁초를 찾아 고개를 숙인 채 의자 사이를 걷는다.

"후후후."

놈들의 모습을 보고 있자니 가벼운 웃음이 터졌다. 너무 일찍 담배 맛을 알아 버린 통에 꽁초를 주우러 다니고 있는 10대들의 모습을 민구는 호기심 가득한 눈으로 좇았다.

놈들의 옷 꼬라지며 하는 행동이 딱 거지다. 13년 전의 자신이 그랬던 것처럼.

열다섯 살 때의 민구는 저들보다 더 바짝 말라 있었고, 저들처럼 뭐 주워 먹을 게 없나 싶어 언제나 눈을 번들거렸다.

물론 당시의 그는 저렇게 담배를 나눠 피울 친구조차 가져 보지 못했다. 대신에 그는 더 독하고 거침이 없었다. 육만배가 아직 길에서 그를 줍기 전의 이야기다.

"열다섯 살이라……."

민구는 담배 연기를 내뿜으며 중얼거렸다. 이제 그는 그때와 똑같아졌다. 주머니에 든 것도 없고, 지위도, 값비싼 이탈리아제 양복도, 누구와 견주어도 뒤지지 않을 현란한 칼 솜씨도 없다.

하지만 모든 걸 다 잃기만 한 건 아니었다. 오늘 비로소 깨달았지만, 그는 장장 십수 년간 목줄을 걸고 있었으면서도 그것이 오히려 훈장인 줄 알고 뿌듯해하며 살았었다. 그 질긴 개 줄을 벗어던지고 잃어버렸던 자유를 막 되찾은 참이다.

자유…… 민구는 입 안으로 소리를 내서 그 단어를 되뇌어 봤다. 그는 줄곧 자신이 자유롭다고 생각했다. 하지만 사실은 그렇지 않았다.

아직 너무 어려 자신의 욕망이 뭔지도 잘 모르던 때부터 지금까지, 그는 철저하게 육만배의 욕망을 위한 도구로 살아왔다.

"……그랬군."

고개를 끄덕인 후, 담배 한 대를 다 피운 민구는 일단 열다섯 살로 돌아가 보기로 했다. 의리니 조직이니 하는 엉터리 굴레들을 머릿속에서 싹 지워 버리고 그때로 돌아가 진짜 자신이 원하는 대로 살아 봐야겠다는 생각이 들자, 비로소 꽉 막혀 있던 가슴이 조금은 뚫리는 것 같다.

육만배에 대한 복잡한 감정들과 자신이 잃은 것에 대한 미련도 당연히 함께 지워 버려야 하는 것들이다.

민구는 아직도 열이 펄펄 끓는 옆구리를 가만히 쳐다보았다. 이만큼 근육이 떨어져 나갔으니, 어쩌면 그는 예전의 자신만큼 강해지지 못할는지도 모른다.

하지만 열다섯 살 때의 자신보다는, 그 땟국이 줄줄 흐르던 깡마른 소년보다는 얼마든지 강해질 수 있다.

그때보다 한 걸음만 더 나아갈 수 있다면 별로 손해를 보는 게 아니다. 그는 다시 열다섯 살이 되어 시작하기로 했으니까.

"그거 괜찮군."

목표가 생긴 민구는 엷은 미소를 띤 채 자리에서 일어났다. 여전히 몸은 고통스럽지만, 마음은 한결 가벼워졌다.

아직도 아래쪽을 뒤지고 다니며 꽁초를 찾고 있는 애송이들을 뒤로하고 야구장 건물 내부로 돌아온 민구는 일단 한가한 자리부터 찾기로 했다.

지금 급식소로 가서 줄을 서 봐야 어차피 한참을 기다려야 하는데, 그걸 버텨낼 자신이 없다. 앞으로 한동안은 사람이 몰리는 시간을 피해 남들보다 일찍 먹거나 늦게 먹어야 한다.

"여긴 자리가 이거 하나뿐인가?"

한참을 빙 돌던 민구는 꽤 여유로운 장소를 발견하고 수염이 잔뜩 돋은 턱을 긁적였다.

기둥 뒤쪽, 햇살이 잘 들지 않는 곳이기는 해도 이렇게나 한산하다니…….

먼저 자리를 차지한 사람이 단 한 명뿐이다.

비록 명당은 아니지만 이만하면 편히 쉴 수도 있고, 다른 사람들 발에 챌 걱정도 하지 않아도 될 것 같다. 민구는 더 고민하지 않고 돗자리를 폈다. 그러고는 땀에 젖은 트레이닝복 웃옷을 벗어 머리에 베고 누웠다.

인정하기 괴롭지만, 담배 한 대를 피우고 돌아오는 정도의 운동만으로도 그는 완전히 녹초가 되어 버렸다. 열다섯 살의 민구라도 이겨 보려면 앞으로 고생깨나 해야 할 것 같다.

"킁, 킁…… 이게 근데 아까부터…….."

민구는 눈살을 찌푸렸다. 바닥에 누워 있자니 코끝을 찌르는 듯 독특한 악취가 주변에 가득하다. 워낙 씻지 못한 사람들이 잔뜩 모여 사는 곳이어서 악취에는 어지간히 둔감해졌다고 생각했는데, 이 냄새는 또 조금 다르다.

러시아 마피아 애들에게서 맡아 봤던, 그런 냄새다. 놈들이 반갑다며 두 팔을 쫙 벌리고 웃을 때, 놈들의 축축하게 젖은 겨드랑이에서 나던 냄새.

혹시 노린재 같은 게 터져 죽어 있는 건가 싶어 주위를 다 살펴봐도 그런 냄새를 피울 만한 물건은 찾지 못했다. 빈 과자 봉지가 잔뜩 버려져 있지만, 거기에서 이런 냄새가 날 것 같지는 않다.

민구는 의심해 볼 수 있는 단 한 가지 원인, 자신의 옆자리에 깔린 돗자리를 가만히 노려보았다.

"대체 어떤 놈이지?"

쭈글쭈글하게 주름이 잔뜩 간 돗자리는 은박이 다 벗겨져 나갈 만큼 낡았다. 어지간히 험하게 써서는 단 며칠 만에 저렇게까지 망가지기도 쉽지 않아 보인다. 돗자리 주변에는 과자 부스러기가 정신없이 떨어져 있다.

잠시 후, 민구의 궁금증이 풀렸다. 엄청나게 뚱뚱하고 커다란 백인 사내가 배를 씰룩거리면서 걸어온다.

저 무릎이 용케 부러지지 않고 버티는구나 싶을 만큼 대단한 거구다. 녀석은 걸어오면서도 아주 맛있게 손에 든 초코파이를 베어 물고 있다.

자신의 돗자리 옆에 새 이웃이 생겼다는 걸 발견한 백인 사내가 잠시 멈칫하더니, 민구를 빤히 쳐다본다. 그러는 동안에도 그는 초코파이를 다 먹어 치우고 손가락까지 쪽쪽 빨아 댄다.

놈에게서 그 독특한 체취와 함께 된장국 냄새가 풍겨 온다. 오늘 아침은 된장국인가 보다.

"후우우~."

한참 동안 관찰을 하고 나서야 백인 사내는 천천히 자신의 돗자리 쪽으로 걸어가 앉았다. 초췌하고 지쳐 있는, 게다가 몸 여기저기에 붕대를 친친 감은 동양 남자가 그리 큰 위협이 되지 않는다고 판단한 모양이다.

손으로 부채질을 하고 옷자락을 펄럭거려 땀을 식히던 사내는 주머니에서 또 뭔가를 꺼내 입으로 가져간다. 과자 봉지다.

'……밥을 먹고 온 게 아닌가?'

오독거리며 열심히 과자 한 봉지를 먹어 치우는 녀석을 보며 민구는 생각했다. 그만큼 백인 남자는 열심히 먹었다. 손은 쉼 없이 봉지와 입 사이를 왕복하고, 입은 계속 오물거린다.

과자 한 봉지는 금세 바닥을 보였다. 녀석은 아쉽다는 표정으로 빈 봉지를 바라보다가 대충 구겨서 뒤쪽으로 휙 던진다. 이 주변이 지저분한 건 다 이 녀석의 소행이었던 모양이다.

"헬로, 암념하쉐여."

과자를 다 먹고 나서야 비로소 민구를 돌아보며 꾸벅 인사를 건네는 녀석의 입가에는 과자 부스러기와 초콜릿이 잔뜩 묻어 있다. 살랑살랑 흔드는 손은 기름기로 번질거린다.

'헬로' 정도야 알아들었지만, 민구는 별다른 대꾸를 하지 않았다. 어차피 이놈과 친구가 되고 싶었던 것도 아니고, 특별히 안면을 트고 싶을 만큼 관심이 가는 상대가 아니었다.

민구의 반응이 영 냉담하자 백인 사내는 어깨를 으쓱하고서 고개를 돌렸다. 1

미터 거리를 두고 나란히 자리한 두 남자 사이에 침묵이 흐른다.
 민구는 누운 채 복도 쪽을 주시했다. 밥을 먹고 돌아오는 사람들이 조금 뜸해질 무렵, 그는 천천히 일어나 트레이닝복을 걸치고 급식소 쪽으로 걸어갔다.

03

 "테라 양, 이게 약속과 어긋난다는 건 잘 알지만, 사탕부터 하나 주면 좋겠어. 아주아주 좋지 않은 이웃이 생겨 버린 통에 나 오늘 아침부터 굉장히 스트레스를 받았거든. 녹초가 된 내 감성을 당분으로 좀 달래야 해."
 '오전 산책'을 하기 위해 테라와 만났을 때, 젠킨스는 다짜고짜 사탕부터 요구했다.
 테라는 빙긋 웃었다. 이제 겨우 조금은 걸을 수 있게 되었나 했는데, 이 사람은 참 집요하게 먹을 것에 매달린다.
 "이웃이요? 누가 옆자리에 앉았어요?"
 "으음, 기분 좋게 아침밥을 먹고 돌아가니까 떡, 자리를 잡고 있더군. 내가 친절하게 웃으면서 인사를 건네도 빤히 노려보고만 있는 거야. 고개도 까딱하지 않고. 어찌나 기분이 나쁘던지."
 테라에게서 사탕을 얻을 수 없다는 걸 깨달은 젠킨스는 순순히 걷기 시작했다. 처음 이 짓을 시작했을 때와 비교하면 확실히 괴롭기는 덜하다.
 숨도 그리 가빠지지 않고, 배가 출렁이는 불쾌한 기분도 한결 약해졌다. 무릎이 좀 아프기는 하지만, 이것도 금방 익숙해질 것이다.
 "그냥 문화 차이라고 생각하세요. 한국인들은 낯선 사람들과 쉽게 인사를 나누지 않아요. 상대가 외국인이면 더 그렇고요."
 뒤에서 걷는 테라가 그 못된 이웃을 두둔하자 젠킨스는 발끈해서 대꾸했다.

"아아니~! 절대 그런 느낌이 아니었어. 그 남자는 애초에 질이 별로 좋지 않은 사람인 게 분명해. 얼굴에 난 커다란 흉터만 봐도 알 수 있지. 분명히 갱이나 그런 종류의 인간이었을 거야. 최하의 말종이 지저분한 짓을 꾸미다가 경고의 의미로 칼을 맞은 거지. 음, 그랬을 것 같군."

"흉터요? 젠킨스 씨도 참. 흉터가 있다고 해서 전부 갱은 아니에요. 어렸을 때 장난치다가 다친 사람들도 많다고요."

테라의 말에 젠킨스는 걸음을 멈추고 뒤로 돌아섰다. 그러고는 손가락으로 자신의 광대뼈에서 시작해 코를 지나 반대편 광대뼈까지를 가로로 주욱 그으며 말했다.

"이렇게 커다란 흉터인데도?"

"……뭐라고요?"

테라의 눈빛이 흔들렸다. 그 반응을 두려움이라 받아들인 젠킨스는 재미가 나서 한 번 더 똑같은 동작을 반복했다.

"여기서부터 여기까지, 얼굴 거의 전체에 걸쳐서 커다란 흉터가 있다고. 아주 날카로운 것에 한 번에 베인 거야. 그래도 어렸을 때 다친 거라고 할 텐가? 무슨 장난을 치면 그렇게 되지? 얼굴 절단 놀이? 후후후…… 뭐, 그런 걸 하고 놀았을 정도로 멍청한 놈이라면 내 인사를 받지 않은 것도 용서할 수는 있겠군."

젠킨스가 실없는 농담을 하고 있는 동안에도 테라는 여전히 멍해져서 생각에 잠겨 있다. 그 모습을 본 젠킨스가 정색을 하며 묻는다.

"테라 양, 이제 보니 무서워서 그러는 게 아니군. 얼굴에 흉터가 있는 남자가 뭔데 그렇게까지 과한 반응을 보이는 거지?"

"그 남자, 어떻게 생겼던가요? 키는 어느 정도였어요?"

테라는 대답 대신 다른 질문들을 던졌다.

음…… 젠킨스는 고개를 갸웃거리더니, 손날을 세워 자기의 볼 언저리에 가져다 댔다.

"글쎄…… 나란히 서 있었던 게 아니니까 정확하지는 않지만, 5피트 10인치

나 9인치 정도 아닐까 싶은데. 한 이 정도? 보통 한국인 남자들보다 약간 컸어. 하지만 6피트 이상은 아니고. 인상은…… 생긴 건 꽤 날카롭고 불손해 보였어. 눈빛이 영 마음에 들지 않더군. 사람을 깔보듯이 본달까? 아, 그 얼굴을 다시 떠올리는 것만으로도 기분이 나빠졌어. 테라 양, 그 남자에 대한 이야기를 계속하고 싶으면 사탕이라도 하나 줘.”

젠킨스는 안 되어도 그만이라는 마음에 한번 던져 본 제안이었는데, 테라는 정말로 주머니에서 초코파이를 꺼내 주었다. 그러고는 곧바로 또 물었다.

“옷은요? 짙은 색 슈트를 입고 있었죠? 꽤 고급.”

“슈트? 아니야. 그냥 싸구려 집업 재킷이었어. 물론 내가 처음 봤을 때는 그조차도 입고 있지 않았지만……. 누구에게 뭔 짓을 당했는지 몰라도 가슴이며 옆구리를 붕대로 친친 감고 누워 있더군.”

젠킨스는 대답을 하며 테라의 얼굴을 빤히 쳐다보았다. 붕대라는 말을 듣자마자 그녀의 표정이 더 복잡해진다. 이러면 오히려 궁금해지는 건 자신이다. 이 미소녀가 대체 왜 이렇게 흉터 얼굴에 관심이 많단 말인가.

“젠킨스 씨, 죄송합니다. 잠깐만 여기에서 기다려 주세요. 저 금방…….”

“왜? 그 남자를 보고 오려고? 지금은 자리에 없어. 식사 시간이 끝날 즈음, 어딘가로 걸어가 버렸으니까.”

젠킨스는 초코파이를 씹으며 대꾸했다. 걸음을 떼려던 테라는 그 말을 듣고 멈춰 섰다. 초조한 기색이 역력한 테라를 향해 젠킨스가 빙글거리며 질문을 던졌다.

“테라 양, 흥미롭군그래. 우리가 말하는 두 흉터 얼굴이 동일 인물인지는 모르겠지만, 적어도 귀하가 얼굴에 아주 큰 특징적인 흉터를 가진 어떤 남자에게 지대한 관심이 있다는 것만은 분명한 모양이야. 대체 어떤 관계인가? 후후후, 설마 연인이었어? 공주님께서는 그렇게 야성적인 느낌을 좋아하나? 어흥! 호랑이처럼?”

테라가 아무 대답을 하지 않자 젠킨스는 다시 채근을 했다.

"응? 무슨 사연이 있는 거야? 대답을 해 줘."

"……젠킨스 씨와는 상관없는 일이에요."

냉담한 대꾸에 맥이 빠진 젠킨스는 비꼬기 시작했다.

"흠, 그렇군. 나와는 상관이 없는 일이어서 계속 나에게 물어보고 있었던 거군. 아주 논리적이고 타당한 이야기처럼 들리는데? 그럼 나도 비슷한 핑계를 대고 이제 대답을 해 주지 않아도 되는 거겠지?"

젠킨스가 어린애처럼 구는 동안에도 테라의 마음은 복잡했다. 그가 말한 모든 정보들 중 양복을 제외한 나머지는 자신이 알고 있는 '그 남자'와 일치한다.

이름도 모르는 생명의 은인. 초희가 '강 실장 오빠'라고 부르던 남자.

하지만 그는 분명히 잠실을 떠났다. 그와 다른 사람들을 태운 장갑 트레일러가 출발하는 모습을 자신의 눈으로 똑똑히 지켜봤었다.

그런데 왜 일주일이나 더 지난 지금, 그 남자가 여기에 있는 것일까? 그것도 젠킨스의 말에 따르면 커다란 부상을 입은 채로…….

'혹시 그냥 다른 사람일까? 흉터라는 말에 나 혼자서 착각을 하는 걸까?'

하지만 그런 모양의 흉터를 가진 사람이 또 있다는 게 잘 상상이 안 된다. 그것도 하필이면 잠실에. 그런 우연의 일치가 가능할까?

테라는 그렇게 생각하지 않았다. 뭔가 사고가 생긴 모양이다.

"……할 거야, 테라 양?"

젠킨스의 짜증이 섞인 목소리. 아까부터 불렀나 본데, 전혀 듣지 못했다. 테라는 미안하다는 표시를 하며 되물었다.

"네? 죄송해요. 다른 생각을 하고 있어서 못 들었어요. 다시 말씀해 주세요, 젠킨스 씨."

너무하는군……. 젠킨스는 삐쳤다는 듯 고개를 저으며 말했다.

"이렇게 계속 여기 서 있기만 할 거냐고. 이게 뭐야? 나는 테라 양과 함께하기 위해 소중한 시간을 투자하고 있는데, 귀하의 머릿속에는 그 흉터 남자밖에 들어 있지 않잖아? 우리가 비록 연인은 아니지만 이러는 건 대단한 실례 아니야?

불쾌하다고. 그…… 최소한 먹을 거라도 좀 주고 생각에 잠기든가."

"아, 젠킨스 씨 말씀이 맞아요. 제가…… 무례했네요. 이제 다시 산책 시작해요. 더는 귀찮게 물어보지 않을게요. 죄송합니다."

테라는 공손히 허리를 숙이고는 앞서 걸으라고 한다.

에잉~.

뒤뚱대고 걸어가면서 젠킨스는 혀를 찼다.

못마땅하다. 이 억지 산책도, 사과한다고 말로만 하면서 과자 한 봉지 내놓지 않는 것도, 아무 맛도 없는 물을 자꾸 들이켜야 하는 것도, 그리고 테라가 다른 남자에게 저렇게…… 관심을 보이는 것도.

응? 젠킨스는 자신의 마음이 낯설어서 눈을 동그랗게 떴다.

'뭐야, 타일러? 너 지금 설마…… 설마 질투를 하는 거야? 저 어린 여자애가 그리운 눈빛으로 어떤 남자를 생각한다는 것 때문에? 미쳤어? 쟤는 물론 소중해. 하지만 너의 사업 수단이자 재기의 발판으로서 소중하다는 거지, 연애의 대상으로서가 아니야. 무슨 개인적인 감정을 가지고 그래? 에이…… 설마 아니지?'

하지만 곰곰이 생각해 봐도 이 불쾌한 감정은 질투가 맞는 것 같다.

내가? 질투를?

젠킨스는 뒤를 따라 걷고 있는 테라를 힐끔 돌아봤다. 저 아무것도 모를 것같이 천진한 얼굴, 윤기가 흐르는 짙은 검정의 머리카락, 희고 가느다란 팔다리.

이런 젠장, 젠킨스는 얼른 고개를 돌렸다.

'그래, 당연히 그럴 수 있어. 호르몬이 널 속이는 거야. 종족 번식을 위해서 가장 가까이에 있고 성사 가능성이 높은 이성에게 호감이 가도록 뇌가 화학물질을 분비하는 것뿐이라고. 네 감정은 가짜야. 세로토닌과 도파민이 만들어 낸 자극일 뿐이야.'

젠킨스는 자신의 이해할 수 없는 감정을 합리화해 보려고 노력했다. 그래야 좀 마음이 편해질 것 같다.

질투 같은 건 패배자들의 전유물이다. 그는 언제나 최상단의 왕좌에 앉아서 패배자들을 굽어보는 사람이었다. 그런 싸구려 감정은 용납할 수 없다.

불편한 마음 때문에 심장이 빠르게 고동쳐서 걷기는 어제보다 더 힘들었다. 내야석을 두 번 왕복했을 때, 젠킨스는 타임아웃을 외치며 의자에 걸터앉았다.

헤엑, 헤엑…… 가쁘게 숨을 몰아쉬는 그를 테라가 걱정스러운 눈빛으로 바라본다.

"괜찮으세요, 젠킨스 씨?"

"허억~ 나는…… 후우~ 괘, 괜찮아…… 하아, 하아~ 그냥, 후우~ 조금만 쉬면 돼. 하아~ 그러니까……."

젠킨스는 손을 내저으며 괜찮다는 표시를 하려 했는데, 숨이 너무 차올라서 오히려 꼴이 더 우스워졌다.

"알았어요. 말씀을 하지 마시고 숨을 크게 쉬어요. 코로 들이마시고, 입으로 내뱉고. 흐음~ 코로 들이마시고, 후우~ 입으로 내뱉고."

테라가 차분하게 호흡하는 요령을 일러 준다. 그녀의 동작을 따라 하며 겨우 진정이 된 젠킨스가 물었다.

"무슨…… 전문 개인 트레이너처럼 말하는군. 테라 양도 운동을 좋아했을 것 같지는 않은데 말이야."

"특별히 좋아했던 건 아니지만, 계속 운동은 했어요. 안 그러면 체력이 달려서 콘서트를 할 수 없으니까. 자, 물 한 모금 드시고 이제 일어나세요. 어제보다 페이스가 떨어지면 안 되잖아요."

테라의 평가에 젠킨스는 또 은근히 심통이 났다.

너 때문이야! 네가 그 인상 더러운 놈에게만 홀려 있으니까 내가 신경이 쓰여서 그러는 거잖아! 원인은 너라고!

젠킨스는 마음속으로 매섭게 쏘아 주며 무거운 몸을 일으켰다. 무릎이 시큰거리기 시작한다. 걷는다는 행위 자체가 싫다. 하지만 과자를 얻어먹고, 테라와 계속 긴밀한 관계를 유지하려면 그녀가 시키는 대로 하는 수밖에 없다.

젠킨스는 계속 궁얼거리면서도 내야석 통로를 천천히 걸어가 외야석과의 경계를 찍고 돌아섰다. 운동을 재개한 지 30여 분쯤 되었을 때, 멀리 외야석 흡연 구역에 흉터 남자가 모습을 드러냈다.

앞서 걷던 젠킨스가 그를 알아보고 손가락으로 가리켰다.

"저기 있군, 테라 양의 피앙세. 치명적인 남자."

테라도 그쪽으로 시선을 돌렸다. 맞다. 며칠 새 몰라볼 정도로 야위기는 했어도 그 남자다. 구부정한 자세로 서서 담배 연기를 뿜어내고 있는 남자는 어지간히 지치고 힘들어 보인다.

트레이닝복을 입고 있어서 어디를 얼마나 다친 것인지는 확인할 수 없지만, 아프다는 것만은 분명히 알 수 있었다.

테라는 자기도 모르게 젠킨스의 등 뒤에 바짝 달라붙어 숨었다. 왠지 지금 자신이 보고 있다는 것을 그가 알면 안 될 것 같았다. 그건 너무 비참한 기분일 것이다.

후우~ 테라는 한숨을 내쉬었다.

어쩌다가…… 그렇게 강했던 사람이…… 도대체 건대 쉘터에서 무슨 일이 있었던 것일까?

그녀는 지금 자신이 살아 있는 것이 누군가에게 빚을 진 덕분이라는 사실을 잘 안다.

빌라에 갇혀 꼼짝없이 죽게 될 것이라 믿고 있을 때 자신을 구해 준 군인들, 그리고 여기 잠실을 지켜 주고 있으면서도 틈만 나면 한 번씩 간식을 쥐여 주고 가는 군인들.

그녀는 그 고마운 사람들 덕에 아직 살아남을 수 있었다.

그러나 그럼에도 불구하고 저 '강 실장'이라는 사람은 좀 다르다. 그는 테라가 이 세상에서 가장 원치 않은 방식으로 농락당하고 살해당할 뻔했을 때, 구원의 손을 내밀어 준 사람이다.

그런 사람이 지금…… 자기 몸조차 제대로 가누지 못하고 있다. 테라의 눈에 눈물이 핑 돌았다.

"뭐 하고 있어, 테라 양? 남자 친구에게 인사를 해야지. 하이~ 하면서 손을 흔들어 주라고."

테라가 숨으려는 걸 눈치챈 젠킨스는 짓궂은 장난을 치려 들다가 멈칫했다. 테라의 눈가가 젖어 있는 걸 보았기 때문이다.

젠킨스의 얼굴에서 웃음기가 사라졌다. 놀리려고 했던 건데, 오히려 자신이 기분을 완전 잡쳤다. 과다 분비된 바소프레신의 영향으로 독점욕이 끝없이 샘솟았다.

'위대한 TJ를 바로 앞에 두고 있으면서 저런 시시한 불량배를 위해서 운다고? 나를 위해서 울란 말이다!'

젠킨스의 감정은 뇌 속에서 소리를 질렀지만, 그걸 입 밖으로 내지는 않았다. 그런 말들을 내뱉어 봐야 자신의 꼴만 우스워진다는 걸 잘 알고 있다. 그래서야 이득을 취할 수 없다.

젠킨스는 고함을 치는 대신 아주 자상한 목소리를 꾸며 내 속삭였다.

"아…… 많이 안타까운가 보군. 테라 양, 울지 마. 괜찮아. 저 정도 상처는 얼마든지 치료할 수 있어. 그렇게 속상해하는 걸 보고 있자니 내 마음이 아파."

"굉장히…… 많이 다친 것 같아서 걱정이 돼요……."

테라가 반응을 보인다. 젠킨스는 인자한 거짓 미소를 지으며 고개를 끄덕였다.

"그래, 맞아. 중상이야. 이렇게 열악한 의료 환경에서라면 평생 후유증을 가지고 살아야겠지. 허리도 제대로 펴지 못하고, 저렇게 절룩거리며 겨우 걸어 다니겠지. 자세가 불안정하니까 관절은 점점 더 상하게 될 테고. 하지만 JL 연구소에서 치료를 받게 된다면 이야기는 달라. 거기엔 인간을 치료하기 위한 모든 약물과 전문가들이 최고급 설비와 함께 기다리고 있으니까. 테라 양, 약속해 주지. 내가 저 사람을 JL로 데려가서 치료해 주겠어. 귀하가 기억하고 있는 모습으로 완벽히 되돌려 놓을 테니까 지켜봐 줘."

"저분이 가려고 할까요? 젠킨스 씨가 누구인지도 모르는데……."

"하하, 나를 믿고 따라오라고 하면 안 가겠지. 하지만 테라 양도 함께 간다고 하면 그때는 믿지 않겠어?"

그 말을 들은 테라가 눈가를 찍어 내더니 젠킨스를 빤히 쳐다보았다.

"젠킨스 씨는 정말…… 이런 상황에서도 그런 이야기를 하는군요. 저는 JL 연구소로 따라가지 않을 거라고 분명히 말씀드렸잖아요. 그렇게…… 사람이 속상해하고 있을 때, 그 약해진 마음을 이용하려고 하지 마세요. 제가 늘 불신하고 있기를 바라세요?"

젠장, 들켰군. 너무 성급하게 접근했던 게 문제였다. 좀 더 안타깝게 만들었다가 그녀가 방법이 없냐고 매달릴 때 미끼를 던졌어야 했는데…….

젠킨스는 혀를 찼다. 하지만 겉으로는 조금도 그런 내색을 하지 않았다.

"무슨 소리인지 모르겠군. 허허, 난 그냥 거기에 방법이 있다고 해결책을 제시해 줬을 뿐이야. 내가 테라 양을 JL로 데려간다고 해서 무슨 이득이 있겠어? 면역자라서? 이봐, 제발 이러지 말라고. 테라 양도 자신이 어떤지 잘 알고 있잖아. 귀하는 아나필락시스 진이야. 주변에서 쉽게 볼 수 있는 타입이라고는 할 수 없지만, 면역자로서는 가장 흔한 케이스라고. JL은 테라 양의 타입보다 더 희귀한 필락시스 진의 데이터조차 추가 수집 할 필요가 없어. 이미 충분한 실험 결과를 보유하고 있기도 하고, 그들의 항체가 다른 사람들에게는 효과가 없다는 걸 잘 안단 말이야. 그런데 내가 왜 테라 양에게 그런 욕심을 부리겠나? 이건 그냥 순수한 호의였어. 내가 무료하고 배고플 때, 함께 간식과 이야기를 나눈 친구에게 베푸는 호의. 그런 식으로 받아들인다니, 오히려 내가 기분이 상하는군. 어쩌면 테라 양은 저 남자를 돕고 싶지 않은지도 모르겠어."

잔뜩 위엄을 섞어 변명을 늘어놓았지만, 테라는 여전히 차가운 시선을 거두지 않았다.

가볍게 한숨을 내쉰 테라가 흡연 구역과 반대 방향으로 걸어간다. 젠킨스도 어쩔 수 없이 그 뒤를 따랐다. 물주가 없으면 산책도 없는 거다.

"전 오전 산책은 여기까지만 할게요. 조금…… 정신이 없어서. 이거 드시고 이따가 오후에 또 만나서 걸어요. 그때쯤이면 저도 진정이 될 테니까."

테라는 과자 봉지 하나를 내밀며 고개를 숙였다.

이건 모자라…… 이 정도로는 점심 식사까지의 그 긴 시간 동안 밀려올 공복감을 못 달랜다고…….

젠킨스는 최대한 불쌍한 표정을 지으며 그 과자를 받았다. 하지만 테라는 머리를 짚으며 뒤돌아가 버렸다.

04

이게 뭐야, 이게 뭐야!

젠킨스는 과자를 우적거리며 걷는 동안 내내 마음속으로 불평을 했다. 이보다 적어도 세 봉지 정도는 더 받아먹을 수 있었다.

순식간에 그의 오전 간식이 30퍼센트 이하로 삭감되어 버린 거다. 자신은 아무런 잘못도 하지 않고, 그저 평소와 똑같이 행동했는데…….

젠킨스가 그렇게 툴툴거리며 자리로 돌아왔을 때, 문제의 흉터 남자는 어느새 먼저 와서 앉아 있었다.

네놈이 나타나고 나서부터야!

젠킨스는 원망의 감정을 담아 민구를 노려보았다.

저놈 때문에 테라의 마음이 불편해졌고, 덕분에 자신은 간식을 잃었다. 게다가 이 아늑한 보금자리도 저놈 때문에 더럽혀진 기분이다. 특히 저 담배 냄새.

"푸우~."

젠킨스는 자리에 앉으며 담배 냄새로 괴롭다는 표시를 노골적으로 했다. 인상을 찌푸리며 코 주변에서 손사래를 쳤다. 그런데도 놈은 전혀 이쪽을 보고 있지 않다.

미친놈.

젠킨스는 민구를 향해 마음속으로 욕을 했다. 저렇게 고약한 냄새를 풍기기 위해 일부러 그 먼 데까지 가서 그 비싼 담배를 태워 없애다니, 제정신이 아니다. 담배는 잠실 쉘터 내에서 대단한 사치품이니까……. 보급되는 물품이 아니어서 담배를 손에 얻으려면 군인을 통할 수밖에 없다.

그나마 지금은 젊은 남자들이 확 줄어드는 바람에 값이 조금 주춤하기는 했지만, 그래도 여전히 비싸다. 담배 한 개비를 구하려면 건빵 대여섯 봉지 이상은 지불할 각오를 해야 한다.

젠킨스는 안 보는 척하면서 계속 민구를 노려봤다. 과자를 다 먹어 버렸다는 사실도 기분이 상하지만, 다른 것보다도 아까 테라의 그 눈물이 가장 화가 치솟는 부분이다.

대체 이놈과 무슨 관계인 걸까?

'이놈이 발가락의 상처를 보여 달라고 하면 테라는 결국 발가락의 붕대를 풀어 보여 줄 테지? 고개를 모로 틀고 부끄러워하면서 말이야. 흥, 더럽고 치사하군. 나는 그렇게 애원을 해도 안 되는데.'

젠킨스가 그렇게 유치한 상상을 하고 있을 때, 민구는 상의를 벗어 놓고 붕대를 풀었다. 하루에 두 번은 소독을 하라고 했으니 낫고 싶다면 순순히 듣는 수밖에 없다.

붕대를 풀어내니 총상이 드러난다. 불로 지져 일그러진 피부는 아직도 속살처럼 불그스름하다.

'젠장, 어지간히 안 낫는군.'

소독을 할 때마다 느껴지는 따끔한 통증에 민구는 눈살을 찌푸렸다. 다친 부위를 제대로 보려고 몸을 틀면, 반대쪽 갈비뼈가 욱신거렸다.

붕대를 감는 것은 더 어려워서, 제법 공을 들여 감았는데도 힘없이 아래로 주르르 흘러 내려가 버린다. 생각해 보니 자신이 혼자 이 상처를 치료하는 건 처음이다.

양쪽 옆구리가 다 당기는 통에 간단한 동작조차 여의치 않아서 민구는 10분

이상 진땀을 빼며 엉켜 버린 붕대와 씨름을 했다. 내 마음대로 움직이지 않는 몸이 짜증스럽다. 이래서야 이 짓을 하루에 두 번씩 어떻게 해낼지 막막하다.

"후우우~."

민구는 한숨을 내쉬며 잠시 손을 멈췄다. 붕대도 엉망으로 얽혔다. 그때까지 계속 잠자코 지켜보고 있던 젠킨스가 더 못 봐 주겠는지 몸을 일으켜 다가갔다.

민구의 앞에 쭈그려 앉은 젠킨스가 차오르는 숨을 씩씩거리며 제안한다.

"Ok, Mr. Smoker! That's it. I can't stand watching you wrestle with this stupid bandage anymore. It's…… just driving me crazy. Look at the dirty bandage you're massed up! It's not even sterile now. So…… here's the deal. You pay me a cigaret in advance, then I will put a dressing around your waist. You got me?(됐어, 흡연자 양반! 거기까지. 그 붕대 가지고 바보짓 하는 거 더는 못 봐 주겠다고. 보고 있는 내가 미치는 것 같아. 당신이 더럽혀 놓은 이 붕대 좀 봐! 이건 이제 더 이상 살균되었다고 할 수도 없어. 그러니까…… 제안을 하나 하지. 당신이 나한테 담배 한 개비를 먼저 줘. 그럼 내가 허리에 붕대를 감아 주지. 알아들었어?)"

민구는 자신의 눈앞으로 갑자기 달려든 옆자리 놈을 빤히 쳐다보았다.

"뭐지, 이놈?"

가뜩이나 몸도 아프고 붕대까지 화를 돋우는데, 이젠 별게 다 신경을 거스른다. 민구는 시선을 다시 붕대로 돌리며 말했다.

"귀찮게 하지 마라, 괜히 두드려 맞고 싶지 않으면."

민구가 알아듣지 못하자 젠킨스는 아무렇게나 엉켜 있는 붕대 끝을 잡고 흔들며 다시 민구의 주의를 끌었다.

"슛—!"

민구는 어린아이에게 겁을 주듯 외마디 소리로 경고를 하며 꺼지라는 손짓을 했다.

"허!"

젠킨스는 어처구니가 없었다. 이렇게나 무례하고 포악한 인간에게 대체 무슨 매력이 있다고 테라는 눈물까지 글썽이는 것인지, 역시 한심한 인간들에게는 한심한 인간들만의 매력이 보이는 모양이다.

그러나 자본주의자인 그는, 다시 거래를 제안했다. 이번에는 이 짐승 같은 놈도 알아들을 수 있도록 아주 천천히.

"Bandage! I will wind it for you!(붕대! 내가 감아 줄게!)"

젠킨스는 붕대를 향한 손가락으로 자신을 가리키고, 다시 민구를 가리킨 뒤, 친친 감는 시늉을 했다. 가만히 보고 있던 민구가 의심 섞인 눈초리로 물었다.

"네가 붕대를 감아 준다고? 왜?"

젠킨스는 민구가 하는 말을 이해하지 못했다. 하지만 그가 자신의 제안에 관심을 보인다는 것만은 확신할 수 있었다. 그래서 다음 스텝으로 나아갔다. 젠킨스는 자신의 가슴을 짚으며 말했다.

"Service! My service!"

"서비스라는 말은 알아듣겠다. 서비스? 훗, 이상하군. 그래, 한번 해 봐."

뭔가 전부 납득이 된 건 아니지만, 그 역시도 슬슬 지쳐 가던 터라 민구는 일단 붕대를 넘겨줬다.

붕대를 건네받은 젠킨스는 가격을 일러 준다. 어쩌면 가장 중요한 부분이다.

"Charge! One cigaret! Just one.(서비스 가격! 담배 한 개비! 딱 하나.)"

젠킨스는 손가락 하나를 강조하며 담배 피우는 시늉까지 했다. 민구는 금방 알아듣고 주머니에서 담배 한 개비를 꺼낸다.

"이거 한 대 달라는 거 맞아? 자."

젠킨스는 고개를 끄덕이며 민구가 내미는 담배를 받아 돗자리 옆에 두었다. 그러고는 알코올을 묻힌 솜으로 자신의 손부터 닦은 뒤, 민구의 상처 쪽으로 다가갔다. 화상 입은 상처를 보며 젠킨스는 인상을 찌푸렸다.

"Let me see. Oh, my Lord! What the hack was happened to your right side? Some kind of a fire ball struck on you? Gees, I wonder how you walk around with this serious wound.(어디 보자. 어이구, 맙소사! 오른쪽 옆구리에 대체 뭔 일이 있었던 거야? 파이어 볼이라도 맞았나? 끔찍하군, 이런 상태로 그렇게 멀쩡히 돌아다녔다는 게 더 신기해.)"

붕대를 감기 전, 젠킨스는 꼼꼼히 상처를 살펴봤다. 깊다. 그리고 엉망이다. 이만큼이나 근육이 손상되었고, 그 위를 아무렇게나 지져 놓았으니 완전한 자연 재생은 무리다.

의학의 힘을 빌지 않는다면 이 남자는 평생 옆구리에 움푹 팬 흉터를 안고 살아가야 할 것이다. 물론 그만큼 운동 능력도 상실된다.

뭐, 그래도 워낙 다른 부위의 근육들이 잘 발달해 있어 보조를 해 줄 테니 일상생활 정도야 큰 문제가 없겠지만…….

갈비뼈 주위와 복부, 왼쪽 옆구리에도 흉기에 찔리거나 베인 흔적이 있었다. 어깨에도 최근 수술받은 흔적이 보인다.

야위게도 생겼군.

젠킨스는 붕대를 감으면서 생각했다. 고문을 당했다고 해도 수긍할 수 있는 몸 상태였다.

"익—!"

팔을 뻗다가 실수로 민구의 몸에 손이 닿은 젠킨스가 인상을 찌푸렸다.

젠장, 기분 더럽다. 땀투성이 남자의 몸을 만지다니…….

아무래도 값을 너무 싸게 불렀다. 적어도 담배 두 개비는 받았어야 했던 건데……. 하지만 이 포악한 남자와 재협상을 하는 일은 굉장히 까다로울 것 같다.

"Well, it's done. Try some move. Comfortable, isn't it?(자, 다 됐어. 움직여 봐. 편한가?)"

드레싱을 끝낸 젠킨스가 이마의 땀을 닦으면서 물었다. 앞으로도 계속 이 거래를 하려면 고객의 만족이 우선되어야 하니까.

당장 담배가 생기는 것도 중요하지만, 이 남자에 대한 정보를 많이 얻어 두고, 그와 친분을 쌓아 놔야 나중에라도 테라를 연구소로 데려가기가 수월해진다.

테라, 널 키드! 나의 보석!

모든 걸 다 잃고 나락으로 떨어졌다고 생각했을 때 신이 내민 구원. 그녀를 생각하는 것만으로도 젠킨스의 입가에는 엷은 미소가 걸린다.

흥터 사내는 자신의 말을 알아듣지 못하고 붕대가 감긴 복부를 가만히 내려다보고 있다. 대단한 솜씨라고는 할 수 없다.

당연하다. 젠킨스는 의사가 아니니까. 하지만 그래도 최소한의 해부학적 지식은 가지고 있다. 문외한이 해 준 드레싱보다는 몇 배나 편안할 것이다.

뭐, 불편하면 제가 알아서 다시 감으라고 할 테지…….

젠킨스는 민구에게 엄지손가락을 내밀며 물었다.

"오케이?"

몇 가지 동작을 취해 보고 나서 민구는 고개를 끄덕였다.

휴~ 젠킨스는 가쁜 숨을 몰아쉬고 담배 한 개비를 소중하게 챙겨서 암시장 쪽으로 걸어가 버렸다. 보상을 받아야 할 시간이다.

뒤뚱거리며 멀어지는 젠킨스의 뒷모습을 보면서 민구는 생각했다.

'담배가 어지간히 피우고 싶었나 보군. 한 개비 정도는 그냥 달라고 해도 줬을 텐데.'

말도 잘 통하지 않으면서 저렇게 먼저 나서서 거래를 한다는 게 재미있다. 어쨌든 뚱뚱한 아저씨치고는 솜씨가 나쁘지 않았다. 몸을 움직여 봐도 어느 한쪽이 특별히 당기거나 느슨해지지 않는다.

시간이 좀 걸린 만큼 공을 들인 게 표가 난다. 양쪽 옆구리가 다 부자연스러운 지금, 자신의 손으로는 도저히 이만큼 단단히 감싸 둘 수 없을 것 같았다.

"뭔가 요령을 좀 만들어 내야 할 것 같은데, 아까처럼 해서는 영…….."

민구는 화끈거리는 상처를 쓸며 중얼거렸다. 하루 두 번 소독이 이렇게 번거로울 줄은 몰랐다. 조금 전 담배를 대가로 붕대를 감아 준 백인이 저녁에도 또 나서 준다면 굳이 마다하지야 않겠지만, 자신이 먼저 또 거래를 하자고 말을 걸고 싶은 마음은 없다.

그에게도 담배는 요긴한 물건이기도 하고, 뭔가를 부탁한다는 건 영 내키는 일이 아니다. 손짓 발짓을 동원해 가며 부탁한다는 상상만 해 봐도 목구멍이 간질거리는 기분이다.

오도독, 오도독.

잠시 후, 젠킨스가 돌아왔을 때, 그는 건빵을 오독거리고 있었다. 양쪽 바지 주머니에, 양복 주머니에, 그리고 손안에 각각 건빵 한 봉지씩이 들어 있다.

담배 냄새는 전혀 나지 않았다. 대신 입 주변은 온통 과자 부스러기다. 민구는 그런 그의 모습을 의아한 눈으로 바라봤다.

민구가 그러거나 말거나 젠킨스는 쉬지 않고 열심히 입을 놀렸다. 이 건빵, 대단한 맛이 있는 건 아니지만, 그래도 씹을수록 고소하고 은은하게 단맛이 남는다. 무엇보다도 다른 과자에 비해 양이 월등히 많다.

암시장에서의 거래는 성공적이었다. 담배 한 개비를 보여 주자 암시장 상인 녀석은 대번에 건빵 다섯 봉지를 내밀었다. 그러고는 덤이라는 듯 감자 칩 두 봉지도 얹어 줬다.

이만하면 횡재다. 젠킨스는 일단 여기까지 돌아오는 길에 감자 칩 두 봉지부터 먹어 치웠다. 그리고 지금은 혹시라도 민구가 달라고 할까 봐 등을 돌린 채 아주 행복하게 건빵을 씹고 있다.

그렇지, 이거야!

젠킨스는 만족한 미소를 지었다. 이제야 테라가 주고 가지 않은 과자의 열량이 채워지는 기분이다.

젠킨스는 앞으로 매일 저 사내의 드레싱을 도와야겠다고 마음먹었다. 적당히 때를 봐서 가격도 좀 올려 보고 싶다.

그렇게 많은 것 같던 건빵 다섯 봉지 중에서 순식간에 세 봉지가 바닥이 났다. 이제 두 봉지밖에 남지 않았을 때, 아쉬운 표정을 짓고 있던 젠킨스는 민구와 눈이 마주쳤다. 젠킨스가 건빵 봉지를 들어 보이며 말했다.

"헤이, 네이버! 유 원 잇?"

민구는 아무 반응도 보이지 않았다. 젠킨스는 얼른 담배 피우는 시늉을 해 보이고 두 개의 집게손가락을 서로 교차시켜 가며 수레바퀴처럼 돌려 댔다.

"원 시가렛! 온리 원! 익스체인지."

"허…… 이놈 봐라? 겨드랑이 냄새만 구린 게 아닌데?"

민구는 자신에게 사기를 치려는 젠킨스를 보며 코웃음을 쳤다. 담배 한 개비를 들고 가서 과자 댓 봉지를 들고 왔으니 누가 봐도 당장 물물교환을 한 모양인데, 그걸 또 부풀리려 든다.

"하하, 어지간히 호구로 보였구만……."

민구는 대꾸하지 않고 일어났다. 한적할 때 화장실을 다녀와야 한다, 사람들에 치이고 고생하지 않으려면.

제안을 거절당한 젠킨스는 무안해하는 기색도 없이 얼른 주제를 바꿨다.

"젠킨스, 타일러 젠킨스."

자신의 가슴을 짚으며 자기소개를 한 젠킨스가 악수를 하자고 손을 내밀었다. 그의 통통한 손을 잠시 바라보던 민구가 차갑게 말했다.

"그런 건 됐어."

Chapter 54
회전 단두대

01

상봉 코스트코 앞에서는 시체 치우기가 한창 진행 중이었다. 일단 정문 주변에서 썩어 가고 있는 시체부터 치워야 코스트코 내부에 아직 남아 있는 좀비들을 모두 정리할 수 있다.

고글에 모자, 마스크, 앞치마, 고무장갑으로 단단히 무장을 하고 시작했지만, 이 일은 단 몇 분 만에 사람을 미치기 직전까지 내몰았다.

부패하고 빗물에 퉁퉁 불어 터진 시체들을 들어 올려서 리어카에 차곡차곡 쌓는다……고 말로는 정말 간단하지만, 이건 정말…… 할 짓이 아니었다.

엎어진 채 죽어 있던 시체를 들어 올리면 거의 100퍼센트의 확률로 내장이 와르르 쏟아졌다.

"쥐가 갉아 먹어서 그런가 봐."

내장 더미와 썩은 물이 주르르 흘러나온 시체를 보며 삼식이가 중얼거렸다. 유빈은 잔뜩 찌푸린 얼굴로 고개만 끄덕였다.

힘들다. 체력이 쭉쭉 빠진다. 작업용 마스크를 쓰고 있는데도 숨을 쉬기 어려울 만큼 독한 악취가 후각을 괴롭혔다.

지난 7월 14일 이후, 더러운 꼴, 험한 꼴을 어지간히 봤지만, 막상 이 시체들을 만지고 있으려니 또 속이 다 뒤집힌다. 조금만 힘을 줘도 떨어져 나갈 것같이 물컹물컹한 살점을 만지고 있으면, 또 파랗게 퉁퉁 부은 시체의 얼굴과 눈이 마주치면 곧바로 토할 것 같다.

거기에 시체들이 갑자기 벌떡 일어나 달려들 것 같다는, 막연한 두려움 때문에 괜히 식은땀이 흐른다.

"유빈아, 괜찮아?"

바로 뒤에서 해머를 짚고 서 있던 보안관이 걱정스레 물었다. 유빈은 손을 들어 멀쩡하다는 표시를 해 줬다. 물론 진짜로 멀쩡하지는 않다.

보안관은 이 시체 치우기 작업에서 제외시켰다. 눈에 띄지는 않지만 아직 골목 안에 남아 있는 좀비들이 있는데, 전부 다 시체 나르기에만 몰두해서 뒤를 비워 놓을 수는 없다. 가장 뛰어난 전투력을 가진 보안관은 망을 보며 언제라도 싸울 수 있도록 대비를 해야 한다.

비위가 상하기는 해도 이 일은 위험한 게 아니니까, 그저 인내심으로 참으면 된다. 그리고 시체의 수도 사실 그리 많지 않다.

20여 구. 리어카로 몇 번만 왕복하면 끝낼 수 있다. 유빈은 그렇게 생각하며 이를 악물었다.

"거기 잡아. 들어 올리자."

유빈은 시체의 어깨를 잡으며 말했다. 삼식이가 시체의 발목을 꽉 잡은 걸 확인하고 유빈은 셋을 셌다.

"하나, 둘, 셋! 끄응차!"

살점이 떨어져 나가고 심하게 훼손되었다고는 해도 덩치가 큰 남자의 시체는 어지간히 무거웠다. 두 친구는 축 처진 거구의 시체를 좌우로 흔들다가 리어카 위로 던졌다.

쿵!

리어카가 흔들거리고, 시체에서 튄 물이 사방으로 흩어진다.

"그만 실어! 무겁다고! 이걸 어떻게 끌란 말이야!"

리어카 앞에서 대기하고 있던 신입이 찡찡댔다. 토할 것 같아서 이것만은 도저히 못 하겠다는 놈을 억지로 끌고 왔다. 녀석은 '도저히 이것만은' 못 하겠는 게 너무 많다. 하지만 이 일이 비위가 틀어지기는 해도 목숨이 왔다 갔다 하는 건 아니니까, 신입도 뭔가 몫을 해야 한다.

그제 실컷 싸우고, 울고, 토한 제니와 태권 소녀는 규영이와 함께 옥상에서 망을 보는 중이다.

"세 구뿐이잖아. 충분히 끌고 갈 수 있어. 나랑 유빈이가 밀어 줄게, 신입."

삼식이가 차분히 설득한다. 신입은 계속 헛구역질을 하면서 뒤도 제대로 돌아보지 못하고 있다. 하지만 말은 여전히 밉살스럽게 잘도 지껄여 댄다.

"세 구면⋯⋯ 씨발, 하나당 70킬로그램씩만 잡아도 200킬로가 넘잖아! 뭐가 충분하다는 거야! 이 새끼야!"

"그렇게 안 나가. 내장 무게는 다 빠지니까. 내장은 여기 바닥에 있잖아. 그리고 피 무게도 꽤 빠질 거고."

태연하게 말을 하고는 있지만, 삼식이의 고글도 땀이 송골송골 맺혀 있다. 좀비들이랑 싸우는 것과는 또 다른 종류의 고역이다.

내장? 아무 생각 없이 뒤를 돌아본 신입이 또 헛구역질을 꿱꿱, 하며 난리를 친다.

"으아, 씨발. 저게 뭐야? 어흐, 역겨워! 토할 것 같아. 우욱! 아으, 좆도!"

"아예 큰 통을 하나 가져와서 거기에 이걸 쓸어 담아 가며 할까? 어차피 이것도 또 버려야 하잖아."

삼식이가 바닥에 흘러내린 내장을 보며 유빈에게 제안을 했다. 딴에는 일리가 있는 말이다. 괜히 이걸 밟고 넘어지기라도 하면 단순히 기분이 더러운 데서 끝날 일이 아니니까.

악취가 이렇게 심할 때에는 이 주변이 아주 온갖 병균의 온상이라고 보면 될 거다. 유빈이 중얼거렸다.

"통…… 하아~ 무슨 통에다가 하지? 양이 꽤 되는데."

"큰길가에 보니까 음식물 쓰레기통 큰 거 있던데, 그걸 비워 버리고 거기에 넣자. 아예 통을 자빠뜨려 놓고 삽으로 떠 넣지, 뭐."

"그래. 이번 리어카 비우고 올 때는 음식물 쓰레기통 하나 주워 오자."

둘은 내장 치우기 방법에 동의를 하고, 리어카에 실린 시체를 잘 고정했다. 지금 조금 귀찮다고 대충 얹어만 놨다가 괜히 중간에 떨어지기라도 하면 일을 두 번, 세 번 해야 한다. 네 구째 시체를 차곡차곡 얹은 후, 삼식이가 신입을 불렀다.

"출발하자, 신입. 뒤에서 밀 테니까."

"아아~ 씨발, 이거 할 수 있을지 모르겠다. 나는 이렇게 험한 일 안 하고 살았는데…… 아후, 뒤에 시체가 있다는 생각만 해도 토할 거 같아. 냄새는 또 왜 이렇게 지독한 거야? 허리 나가면 어떻게 하지?"

"그만 찡찡거리고 빨리 끌어. 뒤에서 직접 시체들 주무르는 사람도 있어. 자꾸 그러면 내가 끌고 너보고 실으라고 할 거야. 내가 해 보니까, 이거 진짜 못 할 짓이다."

삼식이의 엄포가 효과를 발휘했는지, 신입은 끼잉, 하는 맥없는 기합 소리와 함께 리어카를 끌기 시작했다. 유빈과 삼식이가 양쪽에서 밀자 노점상들이 쓰던 리어카는 별 말썽 없이 굴러갔다. 그 뒤로 삽과 해머를 든 보안관이 멋쩍어하며 천천히 따랐다.

리어카는 정문에서 20여 미터를 전진한 뒤에야 멈췄다. 거기에 그들이 지정한 무덤, 2.5톤 탑차가 있다.

삐이익—.

보안관이 트럭의 짐칸을 열었다. 내부는 텅 비어 있다. 원래부터 태권 소녀 일행이 트럭에서 요긴한 물건을 다 빼다 쓰기도 했고, 남아 있던 짐도 어제 다 끄집어내서 버린 상태다.

"안쪽으로 던져."

유빈과 삼식이는 다시 시체들을 끌어 올려서 트럭 안으로 던져 넣는다.

쿵!

시체의 머리가 트럭 바닥을 때리면서 둔중한 소리가 울렸다. 그 위로 또 다음 시체를 던진다. 죽은 사람들의 가족이나 친구가 이런 모습을 본다면 기분이 좋지 않겠지만, 지금 유빈과 삼식이는 이보다 더 예의를 갖추기 어려웠다. 남의 시체에 필요 이상의 에너지를 쏟아도 될 만큼 사는 게 녹록하지가 않은 세상이 돼 버렸으니까…….

"삽 줘."

보안관으로부터 삽을 넘겨받은 삼식이가 흙 포대를 쭉 찢고 크게 한 삽을 떠서 트럭 안으로 뿌렸다. 흙은 꽃집에서 가져온 배양토다.

시체들 위로 흙을 두 삽 더 퍼부은 삼식이는 소주병을 따서 한 번 휙 털었다.

"근데…… 너 지금 이게 뭐 하는 거냐? 이런다고 냄새가 안 나는 것도 아니고, 살균이 될 것 같지도 않은데…….''

신입이 못마땅한 얼굴로 묻는다. 삼식이는 담담히 대답했다.

"뭐…… 굳이 따지고 물어보면, 그냥…… 장례 비슷한 거지. 가만히 죽어 있는 사람들 억지로 끌고 와서 아무렇게나 핵핵 집어 던진 게 미안하니까 묻어 주는 시늉하는 거야. 그렇게 하면 내 마음이 좀 편해질까 해서."

"그…… 그렇게 하면 혹시 복 받을까? 나와 봐. 나도 한 번 뿌리자."

신입은 찜찜한 표정으로 다가와 흙 한 삽을 떠서 던졌다. 요령이 없으니, 반은 트럭 안에 떨어지고, 반은 트럭 바깥에 날린다. 어쨌든 그렇게 하고 나서 녀석의 표정은 한결 가벼워졌다.

돌아오는 길에 유빈이 바닥에 자빠져 있는 음식물 쓰레기통을 하나 주워 밀고 왔다. 이미 시체 덕에 악취에는 익숙해진 줄 알았는데, 거기에서는 또 다른 종류의, 지독한 냄새가 주변의 공기를 물들이며 일렁였다.

일행은 다시 조금 전의 일을 반복했다. 시체를 리어카에 싣고, 바닥에 흘러내린 체액과 내장은 흙을 뿌려 음식물 쓰레기통에 담았다. 그런 후에 그걸 끌고 와 트럭 안에 던져 넣었다.

스무 구를 다 처리하고 나니 몸도, 마음도 아주 지친다. 피폐해진다는 게 어떤 기분인지 절절히 느껴졌다.

"그 자리, 락스로 청소도 해야겠더라. 후우~ 코스트코 안의 좀비 시체들을 치울 때도 또 이 짓을 해야 한다는 거잖아."

시체로 꽉 찬 트럭의 짐칸 문을 잠그면서 유빈이 한숨을 내쉬었다. 조금 전까지도 구역질을 하며 죽어 가던 신입이 뿌듯하다는 듯 중얼거렸다.

"그래도 그것만 하면 드디어 코스트코가 다 내 거잖아. 말하자면 대형 마트 사장님이 되는 거라고. 씨발, 어린 시절 꿈이 이렇게 이뤄지는구나."

시체를 다 치운 뒤에도 일행은 장갑을 벗지 못하고, 정문 주변의 넓은 마당을 청소해야 했다. 희석한 락스를 뿌려 가며 열심히 비질을 해도 시체가 누워 있던 자리는 확연히 구분이 된다. 냄새도 완전히 가시지 않았다.

일단은 살균이 목적이어서 유빈은 더 공을 들이지 않기로 했다. 앞으로 몇 번인가 더 비가 오면 저 거무튀튀한 자국도 결국은 씻겨 나갈 것이다.

"후와~! 더워. 이거, 진짜 이러다가 내가 죽을 것 같아. 탈진해서······."

삼식이가 물로 얼굴을 씻어 내며 앓는 소리를 냈다. 장착하고 있던 모자와 고글, 장갑, 앞치마, 마스크, 긴팔 옷을 다 벗어 던지고 나니 온몸은 땀으로 범벅이 되어 있다.

한여름의 대낮에 할 만한 일은 진짜 아니긴 하다. 고무장갑 안에 고여 있던 땀을 모으면 소주 한 컵은 나올 모양새다.

"신발도 여기에다 버려. 바지도 벗고."

유빈은 커다란 비닐봉지를 들고 다니며 삼식이와 신입이 입고 있던 것들을 다 한군데로 모았다.

병균 범벅과 씨름을 할 때 입었던 옷이니 따로 모아서 버려야 한다. 애초부터 그러려고 허름한 옷차림으로 작업을 시작했었다.

세 명은 알코올 적신 솜으로 몸을 닦고, 보안관이 가방에서 꺼내 주는 새 옷을 입었다. 그 정도만 해도 뭔가 제법 정화된 기분이 든다.

다만, 코는 예외다. 아무리 물로 씻고 코를 풀어 내도 안쪽에 시체 썩는 냄새가 남아 있다.

"와…… 이거, 밥을 어떻게 먹지? 내장 흘러나온 모습이 아직도 눈에 선한데. 그 냄새랑……."

유빈이 힘없이 중얼거렸다. 길가 모텔 옥상까지 가는 동안에도 계속 킁킁대며 자기 손 냄새를 맡게 된다.

"많이 힘들었죠? 괜찮아요?"

옥상에서 기다리고 있던 제니가 애틋한 표정으로 물었다. 태권 소녀도 불편해하며 한마디 했다.

"나도 같이한다니까, 왜 힘든 일을 너희들만 하겠다는 거야?"

"됐어! 됐어! 여자가 할 일이 못 되더라. 그런 건 남자가 하면 되지, 뭘. 아우~ 담배나 한 대 피워야지. 일을 열심히 했더니 목이 그냥 칼칼하네!"

신입이 뻐기며 잘난 척을 한다. 여자들에게 점수를 따고 싶은 마음에 방금 전까지 토할 것 같다느니 뭐니 했던 걸 다 잊어버린 모양이다. 유빈과 삼식이도 괜찮다는 표시로 손을 흔들어 줬다.

"남자 어쩌구 할 일은 아니지만, 너희들도 좀 쉬어야지. 그제 아주 애썼잖아."

삼식이는 캔 커피를 따서 마시면서 담배에 불을 붙였다. 좀비 무리들을 하나로 다 몰아 놓고 나니 나머지 시간에는 편한 마음으로 담배를 피울 수 있어서 좋았다.

"꼬맹아, 망 잘 봤어?"

삼식이가 머리를 쓰다듬자 규영이는 다소곳하게 고개를 끄덕였다. 녀석도 이제 형에 관한 일을 어느 정도 받아들인 것 같다.

"근데…… 흠흠, 이거 무슨 냄새야? 누가 요리했네?"

삼식이가 콧구멍을 벌렁거리면서 물었다. 옥상 중앙에 놓인 휴대용 가스레인지 위에서 뭔가가 바글바글 끓고 있다. 냄새만 맡았는데도 어째 불길한 예감이 든다. 규영이 제니를 가리키며 씨익 웃었다.

"제니 누나가 솜씨 발휘한댔어요. 형들 일하고 오면 배고프고 힘들 거라고."

헐, 삼식이가 절망적인 표정을 지으며 중얼거렸다.

"……가뜩이나 입맛 없는데……."

"에이, 무슨 말이 그래요? 제니 누나가 얼마나 열심히 준비했다고요. 천하의 대스타가 직접 요리를 해 주는 건데, 무조건 맛있을 거예요."

아무것도 모르는 규영은 신이 났지만, 삼식이는 그런 녀석을 동정했다.

뭐, 어차피 한입 딱 떠 넣는 순간 알게 될 거니까 미리 언질을 할 필요는 없다. 대신에 친구들에게 마음의 준비를 시킬 의리는 발휘해야 한다.

"제니가 요리했대."

그 말을 들은 유빈도 가볍게 한숨을 내쉬었다. 물론 등신 같은 보안관은 '와우ㅡ!' 환호성을 지르며 또 좋아하는 척 연기를 한다. 그게 진심이라면 미맹이다. 보안관은 활짝 웃으며 제니에게 물었다.

"제니야, 메뉴가 뭐야?"

"후후, 비밀이에요. 오빠가 먹고 맞혀 봐요."

제니는 애교가 넘치는 웃음을 지으며 사람들에게 수저와 즉석밥을 하나씩 나눠 준다. 일행은 휴대용 가스레인지를 중심으로 빙 둘러앉았다. 제니가 뿌듯해 하며 냄비 뚜껑을 열어 보인다.

"짠! 드셔 보세요."

정체가 모호한 붉은 액체에 가장 먼저 수저를 댄 것은 규영이었다.

"잘 먹겠습니다!"

기쁜 듯이 크게 외치고 한입을 크게 떠 넣은 규영은 잠시 얼어붙었다. 유빈은 그런 녀석의 마음을 충분히 이해할 수 있다.

알아, 문화 충격이지?

마음 같아서는 등이라도 토닥여 주고 싶을 정도다.

두 번째 용자는 당연히 보안관이다. 보안관은 크게 한 숟갈을 푹 떠서 입 안에 집어넣고서 곧바로 엄지손가락을 치켜올렸다. '맛있어! 맛있어! 그렇지? 규영아!'를 외치면서.

어찌 보면 이놈이 제일 나쁜 놈인지도 모르겠다.

"……으응, 마, 맛있어요, 누나."

규영이는 억지로 미소를 지으며 제니를 향해 고개를 끄덕여 주었다.

"어디…… 나도 한번."

태권 소녀가 참전했다.

음?

국물을 맛본 태권 소녀는 잠시 고민하다가 보안관을 향해 물었다.

"너…… 이게 진짜 맛있어?"

"응! 당연하지!"

보안관이 진지한 얼굴로 고개를 끄덕이자 태권 소녀는 규영에게로 시선을 돌렸다.

"규영이, 너도 맛이 있고?"

"아…… 네, 네. 맛있어요."

흐음~ 그래?

태권 소녀는 고개를 갸웃거리면서 두어 번 더 국물을 떠먹었다. 그래도 여전히 납득이 되지 않는지, '난 잘 모르겠는데…….'라고 중얼거렸다.

그러는 동안에도 보안관은 국물을 퍽퍽 떠서 즉석밥과 함께 입 안에 욱여넣는다. 그 모습을 보고 있던 태권 소녀가 제니에게 물었다.

"뭐, 뭐 넣고 어떻게 끓이면 이런 맛이 나와? 나는 요리를 안 해 봐서……."

"아니…… 저기, 일부러 배울 필요까지는…….."

유빈이 양심의 소리를 내보려다가 보안관의 눈빛이 번뜩이는 것을 보고 말을 삼켰다. 제니는 행복한 웃음을 지으면서 설명을 해 주었다.

"후후, 별거 없어요. 그냥…… 통조림 햄이랑 참치 넣고, 고추장 풀어서 끓인 거예요. 아, 야채가 없으니까 피클을 좀 넣었어요. 그게 비결이었을까요?"

으음, 그래서 이 찌개가 이렇게 시큼하면서도 달았구나……. 뻘겋기만 하지,

간도 제대로 배지 않았고.

비밀을 깨달은 유빈은 고개를 끄덕였다. 그런 거라면 맛이 납득이 간다. 삼식이와 신입은 아예 햄만 건져 내서 밥과 함께 먹고 있다.

"음, 피클…… 너희는 이런 걸 좋아하는구나."

태권 소녀는 아직도 진지하게 맛을 보면서 비법을 머릿속에 각인시키고 있다.

그냥 잊어버리는 게 더 좋을 텐데…….

유빈은 걱정스러운 눈으로 태권 소녀를 바라봤다. 만약 그녀까지도 이렇게 기괴한 요리를 경쟁적으로 내놓으면, 그때는 몰래 따로 챙겨 먹는 수밖에 없다.

어쨌든 다들 찌개를 반찬으로 삼아 밥 한 그릇을 먹어 치우기는 했다. 독재자 제니가 다른 반찬을 아예 내놓지 않았기 때문에 선택의 여지가 없었다.

"이제 코스트코 들어가는 문제인데…….”

밥그릇을 치우고 커피도 한 잔씩 마시고 난 다음, 유빈이 입을 열었다.

"……아직 저기 남아 있는 놈들 다 정리해야 하잖아. 그래서 생각해 놓은 방법이 두 가지 정도 있어. 그중에 어떤 걸 택할지 잘 판단이 안 서."

"그렇게 고민할 만큼 어려운 문제야? 어차피 남아 있는 놈들 다 제대로 걷지도 못할 만큼 망가져 있잖아."

태권 소녀가 묻는다. 유빈은 고개를 끄덕였다.

"확실히 그렇기는 하지. 멀쩡하게 뛰어다니는 놈들 상대하는 거랑은 비교도 안 되게 쉬워. 이건 할 수 있을까나 안전하게 이길 수 있을지에 대한 고민은 아니야."

"그럼 뭐가 문제인데?"

"음, 뭐라고 해야 되지?"

유빈은 머리를 긁적이며 말을 골랐다.

"꾸미지 않고 있는 사실 그대로를 말하자면 이런 거야. 내일 우리가 코스트코에서 해야 하는 일은 승패를 모르는 싸움이라기보다는, 처형에 가까워야 해. 우리는 절대로 다치지 않으면서 남은 좀비들은 확실히 죽이는, 그런 방식의 싸움 말이야. 딱히 어쩔 수 없으면 맞서 싸운다지만, 그저께 다들 잘 싸워 준 덕에 이제는 그럴 필요가 없어졌거든."

"그러면 좋은 거 아니냐? 안전하다는 말이잖아. 그냥 싹 다 죽여 버리지 뭐, 저 개새끼들."

신입이 허세를 부리며 떠들어 댔다. 어차피 자신은 끼지 않아도 될 것이라 믿고 있으니까 두려운 게 없다. 보안관이 물었다.

"처형 방식이라고? 그게 정확하게 어떤 거야? 뭔 소리인지 모르겠어."

"그냥…… 둘 다 원리는 같아. 코스트코 정문에 새시하고 굵은 파이프로 좁은 통로를 만드는 거야. 문 전체를 커버할 수 있는 길이지만, 기어야만 겨우 통과할 수 있는 높이의 통로지. 그 앞은 창살문이나 그런 걸로 막아 놓고, 좀비들을 꾀어서 거기로 오게 만든 다음에…… 정리하는 거지."

"꾀는 거는 담배로 하면 된다 치고, 죽이는 건 어떻게 죽여?"

"응. 머리를 날린다는 원칙은 같은데…… 하나는 목을 자르는 거고, 하나는 머리를 아예 터뜨리는 거야. 내가 말했던 건 그 둘 중에서 어떤 방법을 택할지 고르라는 거였고."

유빈은 말을 하면서도 마음이 편치 않았다. 목을 자르는 것과 머리를 터뜨리는 것 중에서 택일을 하라니, 이런 건 사이코패스들이나 하는 대화가 아닌가.

아니나 다를까, 태권 소녀는 눈살을 찌푸리며 질린다는 듯 고개를 저었다. 당연한 반응이다. 말하는 유빈 자신도 소름이 끼치는데.

태권 소녀가 물었다.

"내가 듣기에는 그냥 똑같은 말 같은데, 두 방법이 무슨 차이가 있어?"

"확실히 있지. 장점이랑 단점이 있는데…… 목을 자르는 방식은, 에…… 원형 절단기를 이용하는 건데, 더 속도가 느려. 그래서 놈들이 죽어 가는 걸 우리가 느린 속도로 봐야 돼. 물론 이미 죽은 놈들이라는 걸 잘 알아도 어지간히 보고 있기 괴로울 거야. 대신에 몸은 힘이 덜 들어. 준비하는 것도 그렇고, 실행하는 것도 그렇고."

"머리를 터뜨리는 방식은?"

"그건…… 실행의 순간만큼은 빨라. 아마 우리는 놈들이 죽는 순간 자체를 제대로 못 볼 만큼 빨리 끝날 거야. 무거운 철판을 단두대처럼 위에서 떨어뜨릴 거거든. 도로 표지판 정도의 크기와 무게면 딱 좋을 텐데. 쿵! 하고 떨어지면 벌써 퍽! 터지고 끝이지. 대신에 이 방법의 단점을 꼽으라면 몸이 힘들어질 거야. 높이 매달린 도로 표지판을 떼어 오는 것도 꽤나 힘든 일이고, 그걸 매번 끌어 올렸다가 놓고, 다시 또 끌어 올리는 걸 계속 반복해야 돼. 표지판이랑 그 뒤에 고정 기둥…… 무게가 상당할 텐데, 여러 번 하다 보면 고생스러울 거야. 박살 난 머리 파편을 치우는 건 또 다른 문제고."

다들 유빈의 말을 들으며 심각하게 두 장면을 상상하고 있다. 물론 두 가지 다 어지간히 구역질이 이는 이야기였다. 태권 소녀가 유빈에게 물었다.

"다 이해한다고 해도 그걸 굳이 우리에게 고르라고 하는 이유는 모르겠네. 여태까지는 다 네 마음대로 정했잖아. 무빙워크에 기름 뿌리는 것도 그렇고, 좀비들 다 한 덩어리로 묶는 것도 그랬고."

"그거야 그때는 이판사판으로 목숨을 걸고 싸우는 거였으니까. 이건 좀 다르거든. 그래서 직접 고르라고 하는 거야. 어차피 우리가 다 힘을 모아서 해야 하는 당사자들이니까."

"그 다르다는 게 대체 뭐냐고? 어차피 좀비를 죽인다는 사실만 떼어 놓고 보면 다 똑같은 거 아닌가?"

아……. 유빈은 태권 소녀부터 시작해서 보안관, 삼식이, 제니, 그리고 신입까지 한 번 죽 돌아보고 보충 설명을 시작했다.

"예전에 그런 이야기를 들은 적이 있는데…… 총살형이 실행될 때 사형수 한 사람을 향해서 여러 명이 한꺼번에 방아쇠를 당긴대. 그런데 그중에 한두 사람의 총에는 공포탄이 들어 있다는 거야. 그렇게 해야만 다들 '내 총은 아니겠지.' 하고 최선을 다해서 목표를 조준할 수 있다는 게 이유였어. 쏘고 나서도 '내가 죽인 건 아니야.' 하고 자신에게 면죄부를 줄 수 있고."

"이 새끼는 무슨 총살에 대해서 설명을 하고 앉았어? 왜 우리에게 방식을 고르라고 했는지 물었는데."

신입이 답답해하며 끼어든다. 유빈은 이야기를 마무리했다.

"이상하다는 거 못 느껴? 전쟁에 나서는 군인들에게 '너희들 총 중에 몇 개는 공포탄이다. 그러니까 마음대로 적을 겨눠라.'라고 하는 소리는 못 들어 봤잖아. 그런데 총살은 그렇게 한다고. 왜일까? 내 생각에 제대로 저항하지 못할 처지의 상대방을 죽이는 건, 서로 목숨을 걸고 싸울 때와 비교할 수 없이 커다란 죄책감을 안겨 줄 거라고 생각해. 아마 내일, 바닥에서 기어 나오는 놈들을 안전하게 죽이고 있으면 우리도 비슷한 기분을 느끼게 될 거야. '이게 뭐지?' 하고 괴로워질 거라고. 그래서 너희들의 의견을 물어본 거야. 어느 쪽이 더 중요한지 말이야. 죄책감을 덜어 내는 거야, 아니면 편안하고 효율적인 거야?"

그때까지 가만히 듣고 있던 제니가 물었다.

"안전은요? 어느 쪽이 더 안전해요?"

"안전은 회전 톱 쪽이 아닐까? 위에서 떨어뜨리는 단두대는 자칫 하중이 잘못 걸렸을 때, 구조물 자체가 다 박살 날 수도 있거든."

유빈의 대답에 제니는 단호하게 1번을 골랐다.

"그럼 전 무조건 회전 톱이요. 아무도! 아무도 안 다치는 게 제일 중요해요."

"그래, 너는 목을 자르는 방식에 한 표."

유빈이 제니의 의견을 기록했다. 하지만 사실 얘는 그걸 견디기 어려울 거다. 예전에 좀비들을 불태워 죽였을 때, 제니는 이미 대단히 괴로워하는 모습을 보인 적이 있었다. 심지어 그때는 서로 죽느냐 사느냐를 걸고 싸우던 때였는데도.

"나도 더 안전한 방법에 한 표요, 나한테도 투표권이 있는지는 모르겠지만."

규영이 두 번째로 의사 표현을 했다. 다들 '당연히 있지.'라고 대답한다.

이걸로 2 대 0.

보안관과 삼식이, 태권 소녀는 입을 꾹 다문 채 고민에 빠져 있다. 회전 톱으로 좀비들을 죽이는 장면을 상상하고 있는 모양이다.

빠르게 회전하는 톱날이 목덜미를 스치고 파고드는 동안에도 앞만 보고 울부짖어 대는 좀비들…… 역겹고 속이 뒤틀린다.

"그런데 이거, 사실 물어보나 마나 한 거잖아. 누가 더 힘든 방향으로 가겠다고 하겠어? 자기뿐만 아니라 남의 목숨도 걸려 있는 일인데."

눈썹 사이에 11자를 그리며 태권 소녀가 묻는다. 유빈은 솔직하게 대답했다.

"나도 그 이유 때문에 이런 방법까지 생각해 낸 거긴 한데…… 여기 있는 사람들 중 아무도 다치지 않고 일을 마무리하고 싶었거든. 그런데 그렇게 궁리를 하다 보니까, 떠오른 방법이 너무 잔인한 것 같았어. 내가 이렇게 또라이였나 싶기도 했고. 그래서 너희들에게 물어보는 거야. 이거…… 사용해도 되는 방법인지, 아니면 한계를 넘어가 버린 건지 말이야. 어쩌면 '우리'를 운운하면서 솔직히는 내 책임감을 덜고 싶었는지도 모르겠다. 아무리 좀비라고 해도 저것들이 사람 모양을 하고 있으니까 자꾸 신경이 쓰여서."

유빈의 말에 태권 소녀는 수긍한다는 듯 고개를 두어 번 끄덕였다.

"너 약간 사이코패스인 것 같기는 해, 이런 생각을 할 수 있다는 것 자체가."

그러고는 얕은 한숨을 내쉰 후 다시 물었다.

"그런데 그 계획에서 난 뭘 하면 되는데?"

3 대 0.

유빈은 보안관과 삼식이를 돌아보았다. 삼식이가 중얼거렸다.

"공구상에 있던 회전 톱이 무슨 방식이었지? 기름 넣는 건가? 좀 있다가 신입 데리고 우리 차로 가서 세녹스 가져와야겠다. 오랜만에 선로 산책이나 해야지."

보안관도 동의한다는 표시를 했다. 이걸로 방식은 결정이 났지만, 그들이 지켜보게 될 것을 상상하면 벌써부터 마음이 무겁다.

내일 그들은 또 새로운 형태의 지옥을 경험할 수밖에 없다.

"그런데 말로만 들어서는 정확히 어떤 구조인지 잘 모르겠는데…… 내가 머리가 나쁜 건가? 너희는 상상이 딱 되냐? 잘 알고 무슨 1안이니, 2안이니 하고 있었던 거야?"

보안관이 물었다. 그와 눈이 마주친 삼식이가 천진한 얼굴로 대답했다.

"못 나오게 하고 목을 자른다는 거잖아, 회전 톱으로. 위이잉— 아으, 끔찍하다."

"아이…… 야, 그러니까 어떤 구조로 그렇게 되냐고 묻는 거 아냐."

유빈이 좀비 이동 시간표용 유성펜을 가져와서 쪼그려 앉았다.

"아, 그거…… 내가 대충 설계도 그려 놓은 게 있기는 한데, 내 방에 놔두고 왔거든. 일단 여기다 대충이라도 그려 볼게."

유빈은 옥상 바닥에 비뚤비뚤한 선을 몇 개 그렸다. 그리고 각 부위 옆에 숫자를 기입했다.

모두 조용히 그 그림을 바라보았다. 보안관이 제일 처음 질문을 던졌다.

"이게 어느 쪽이야? 코스트코 문이 어디에 있는 건데, 지금?"

"아, 그러네. 그걸 안 써 놨네. 여기 뒤쪽이지. 이 그림에서 앞쪽이 우리 있는 방향이고, 코스트코 문 앞에 셔터를 먼저 붙여 놓을 거야. 좀비들이 위쪽으로는 넘어오지 못하고 아래쪽으로만 기어 나오도록."

유빈은 다시 펜 뚜껑을 열어 화살표를 쓰고 메모도 추가했다. 그러고는 가운데의 둥근 그림을 가리키며 말했다.

"이게 12인치 회전 톱이고, 여기에 손잡이를 달아서 양쪽으로 밀고 당기고 하는 거야."

"으음, 콘크리트 절단하는, 그런 거 말이지? 위에 고정하는 틀을 만들어서 끼우고 아래쪽에 바퀴를 하나 더 달면 되려나? 바퀴가 꽤 커야겠네. 흔들거리다가 빠지면 안 되니까."

보안관이 턱을 쓸면서 중얼거렸다. 유빈도 동의했다.

"응. 그렇기도 하고, 아예 튀어 오르지 못하도록 위쪽으로 틀을 만들어서 눌러 놓으려고 해. 그러면 좀 더 안정적이겠지. 손잡이는 틀에다 연결해 둘 거고."

태권 소녀는 좀비들이 회전 단두대 자체를 엎을까 봐 걱정스러워하며 물었다.

"이게 전체적으로 고정이 될까? 이 자체 무게가 얼마나 되는지는 몰라도 좀비들 미는 힘이 장난 아니던데. 여러 놈이 한꺼번에 달려들면 통째로 밀고 나올 거야. 아, 기어 나오는 거니까 그만큼 걱정하지 않아도 되려나?"

"그거는 1번을, 그 기둥으로 쓰는 새시 두 개 있잖아, 그걸 코스트코 문틀에다가 나사못으로 박아서 고정을 시키면 돼. 다 만들어 놓으면 이거 무게만 해도 물론 상당하기는 할 거야. 새시에, 파이프에, 전동 기계에 다 더하면 보안관도 혼자서 못 들지 싶어."

유빈은 그림의 숫자를 짚어 가며 설명을 하고, 친구들의 궁금증은 계속 이어진다. 신입도 문제를 제기했다.

"야! 전에 내가 도로 위에 지나가는 좀비 새끼들 다 톱으로 자르면 될 것 같다니까, 네가 안 된다고 했었잖아! 뭐, 날이 무뎌지고 어쩌고 갖은 핑계를 다 갖다 붙이더니, 이건 왜 된다는 거야?"

"그건 천 마리가 넘었잖아. 이번에 죽여야 하는 건 대충 스물 몇 마리뿐이야. 그리고 회전 톱의 날은 그냥 톱하고도 완전히 다른 물건이고."

"그리고 전에 내가 무기로 쓴다고 전기톱 달라니까 위험해서 안 된다며! 잘못 들어가면 팍, 튄다며!"

"이것도 들고 설치면 위험하지. 그래서 고정시키려는 거잖아."

열심히 설계도를 바라보고 있던 제니가 그림의 아랫부분을 짚으며 물었다.

"여기로 좀비들이 기어 온다는 거잖아요, 오빠. 딱 한 마리가 지나올 수 있는 높이로 맞춰서."

"응, 맞아."

유빈이 고개를 끄덕이자 제니는 질문을 이었다.

"그러면 맨 처음 들어온 놈들을 다 죽이고 나서 어떻게 해요? 시체에 막혀서 뒤의 좀비들이 못 들어올 것 같은데요? 시체를 옆으로 빼내요?"

"아니야. 그러면 시체 빼는 그 공간으로 다른 놈들이 기어 나오려고 할 거고, 금방 엉망이 될 거야. 시체를 일일이 치워 가면서 하면 시간도 꽤 걸릴 거고. 시체는 일단 그냥 둬. 한번 싹 다 잡고 나면 새시 기둥에 고정시켜 뒀던 회전 톱이랑 파이프 틀을 한 칸 올려서 새로운 틈을 만들 거야. 여기 1번 기둥에 구멍들 보이지? 거기에 볼트로 끼워서 고정하고 풀고 할 거니까 한꺼번에 네 명이 한 귀퉁이씩 잡고 올리면 돼. 그다음에 셔터도 한 칸 더 위까지 여는 거지."

유빈은 설명을 하면서 선반 자체를 들어 올리는 시늉을 곁들였다. 하나, 둘, 셋…… 손을 꼽으며 수를 세 본 태권 소녀가 물었다.

"그러면 최소한 다섯 사람은 거기 붙어 있어야 되네. 나사를 조일 사람이 필요하니까."

"응. 다섯 명도 좋은데, 양쪽에서 동시에 볼트를 조이는 편이 훨씬 안정적일 거야. 사고 위험도 확 줄고. 그럼 오늘 보안관처럼 따로 뒤에 빠져서 경계만 보는 역할을 규영이가 해 줘야 돼. 이 동네에 코스트코 좀비랑 우리만 있는 건 아니니까."

태권 소녀와 유빈의 대화를 듣고 있던 신입이 갑자기 화들짝 놀라 끼어들었다.

"잠깐만! 나도 그거 같이해야 한다고?"

"그럼, 당연한 거지. 아까 뭐라고 했어? 남자한테 맡기라며?"

태권 소녀가 팍 쏘아붙인다.

"아니, 그러기는 했는데…….

신입은 뭐라고 핑계를 대야 할지 고민했다. 하지만 별로 할 말이 없다.

저 혜주라는 길쭉한 계집애는 하여간 말도 싸가지 없이 하고, 때로는 말보다 발이 더 먼저 나와서 상대하기가 영 껄끄럽다. 이럴 때는 그냥 입을 다무는 편이 이득이다. 태권 소녀 앞에서 도무지 기를 펴지 못하는 신입에게 유빈이 말했다.

"맨 처음, 가시방석으로 좀비들 잡을 때도 우리들 다 힘 합쳤었잖아. 그때랑 같아. 전부 다 정신만 똑바로 차리고 서로 이야기해 가면서 도우면 그렇게 위험하지는 않아. 그리고…… 그 고비만 넘어서면 코스트코 진입이야. 저기에 있는 거 다 우리 거라고. 저 안에 있는 거 전부 다!"

"거미베어!"

태권 소녀가 주먹을 꽉 쥐며 또 동기부여를 했다. 제니와 삼식이도 분위기를 맞추며 외쳤다.

"목욕!"

"양주!"

"뭐, 뭐야, 이놈들? 갑자기 왜 이래? 미친놈들처럼."

그저께 무빙워크에서 나눈 대화에 대해 모르는 신입이 주변을 두리번거리며 당혹스러워했다. '양주!'를 외치던 삼식이가 신입을 보며 웃었다.

"하하하! 동기부여야! 신입! 포기하고 싶고 힘들 때, 그걸 생각하면서 기운을 내라고. 너도 원하는 걸 외쳐 봐!"

잠시 생각해 보던 신입은 입술을 떼려다가 말을 삼켰다. 솔직하게 '제니와 혜주가 비키니 입고 목욕해라!'라고 외쳐 봐야 괜히 엉덩이나 한 대 걷어차일 뿐이다. 그래서 그냥 삼식이를 따라 외쳤다.

"그, 그럼 나도…… 씨발, 코스트코 다 내 거!"

"하하하! 좋아, 신입! 힘내는 거야! 오늘 시체 만지는 연습도 했잖아!"

삼식이가 으쌰으쌰 분위기를 띄우는 동안 유빈과 보안관은 회전 단두대의 세부적인 부분들과 거기에 필요한 재료들을 어디에서 구할지에 대해 이야기했다.

"새시는 당장 공구 가게 진열대도 그걸로 만들어져 있으니까 구하는 데 문제없을 거고. 거기에서 가져와야 하는 게…… 아시바랑 클램프. 클램프는 90도 꺾인 게 많이 쓰이겠지……. 이거는 양이 많으니까 아예 요 앞 건물 공사하는 데 만들어 놓은 비계를 뜯어 오는 편이 낫겠다. 전동 드릴 가져와야 하고, 나사못이랑…… 볼트, 렌치, 바퀴…… 야, 이거 다 기억 못 하겠다. 좀 써서 체크해 가면서 해야 실수가 없지. 야, 이거, 이 회전 단두대인지 뭔지 앞에 막는 건 뭘로 할 거냐?"

"그건 그냥 방범창 같은 걸 떼어 와서 붙이려고. 따로 만들면 시간이 너무 많이 드니까."

"그러면…… 신입이랑 삼식이 차 있는 데로 보내서 세녹스 두 통 가져오게 하고, 공구 가게에 엔진오일은 있을 거고. 선반용 새시하고 셔터는 오늘 아예 작업을 다 해 두는 게 낫겠네. 그 밖에 꼭 필요한데 내가 말 안 한 게 뭐 있어, 유빈아?"

"꼭 필요한 거……."

유빈은 머리를 긁적이다가 대답했다.

"인내심일 거야. 지금 말로는 이렇게 하고 있어도 막상 톱날이 위이잉―! 돌면서 좀비들 머리나 목을 잘라 들어갈 때 보는 건 정말 끔찍할 것 같아. 당기는 사람은 그 감촉까지 진동으로 다 느끼면서 파이프를 당겨야 하니까 더 힘들겠지. 내가 생각해 내긴 했지만, 회전 단두대라는 게 워낙에 끔찍한 물건이라서……."

유빈은 아무 생각 없이 그림의 아래쪽에 '회전 단두대'라고 쓰고는 심각한 표정으로 그림을 바라봤다.

인내라…… 보안관과 태권 소녀도 이마를 찌푸렸다.

그때까지 곁에서 가만히 듣고 있던 제니가 어깨 뒤쪽에서 팔을 뻗어 유빈의 유성펜을 빼앗아 쥐며 말했다.

"오빠는 참, 자꾸 회전 단두대라는 끔찍한 이름으로 부르니까 그렇죠. 이름만 바꿔도 훨씬 덜 소름이 끼칠걸요. 자, 봐요."

유빈이 써 놓은 글씨에 크게 X표를 찍찍, 그은 제니는 자신이 명명한 새 이름을 적고 마침표까지 딱 찍었다.

안전 수호자.

그러곤 유빈과 보안관, 태권 소녀의 얼굴을 보며 씩 웃었다.
"어때요? 느낌이 확 다르죠?"
다들 같은 생각을 했다.
……그럴 리가 없잖아.

02

잠시 후, 삼식이와 신입이 선로 쪽으로 떠나고, 유빈과 보안관, 태권 소녀는 공구 가게 쪽으로 걸어 내려갔다. 제니, 규영은 옥상에서 대기하라고 시켰다.
무지개 색 좀비들의 행렬이 다시 돌아오려면 아직 멀었다는 걸 잘 알지만, 언제 어떤 변수가 있을지 모르니 망을 보다가 호루라기 불어 주는 사람은 꼭 두어야 한다.
짐이 많을 거라서 일행은 가던 길에 새 리어카 하나를 장만했다. 노점상들이 사용하던 노점에서 가판대를 치워 버리면 되니까 리어카는 여유가 있는 자원이다.
보안관이 턱 나서서 리어카를 끌자 태권 소녀가 뒤에 걸터앉는다. 왠지 재미있어 보여서 유빈도 그 옆에 나란히 앉았다. 나름 낯선 경험에 잠시 들뜬 둘은 깔깔거리며 발을 끌다가 들어 올리기를 반복했다.
"야, 뭐 해? 내려와. 내가 무슨 소인 줄 알아?"
보안관은 툴툴거리면서도 오히려 속도를 높이는 서비스까지 해 준다.
하하하하, 리어카가 빨라지면서 태권 소녀의 웃음소리가 커졌다.
승차감은 꽝이지만, 보도의 경계를 지날 때마다 엉덩이가 통통 뛰는 것까지도 재미있다. 색다른 맛이 있는 라이딩은 금방 끝났다.

공구 가게 앞에 멈춰 선 보안관은 천천히 리어카의 손잡이를 내려놓았고, 태권 소녀와 유빈은 여전히 웃음기가 남은 채로 발딱 일어났다.

"너 이거 잘한다. 인력거 장사해라."

태권 소녀의 말에 보안관이 코웃음을 쳤다.

"재능을 인정받으니까 엄청 좋네. 근데, 백번 양보해서 이걸 한다고 해도 누가 타? 살아 있는 사람이 있어야 손님도 있는 거지."

"내가 매일 타 줄게."

"아이고, 감사한 말씀이신데요…… 한 분만 태워서는 목구멍에 풀칠도 못 합니다. 저도 먹고살아야죠. 에…… 어디 보자, 일단 회전 톱부터 챙기고…… 엔진 오일이랑……."

공구 가게 앞에 쳐 둔 청테이프를 뜯으면서 보안관이 건성으로 대꾸했다.

한번 자물쇠를 연 가게에는 청테이프로 테두리를 쳐 둔다. 그래야 누군가 들어오지 않았다는 것을 확인하고 마음 편히 들어갈 수 있다.

"먹고사는 이야기가 나와서 그러는데…… 너는 왜 운동 안 했냐? 어렸을 때부터 배웠으면 지금보다 더 나았을 텐데."

태권 소녀가 묻자 보안관은 무뚝뚝하게 대꾸했다.

"나보다 약한 놈들한테 뭘 배우라고."

그런 후, 보안관은 가게 안쪽으로 들어가 버렸다. 반응이 너무 냉담해서 멈칫해 있는 태권 소녀에게 유빈이 귓엣말을 했다.

"운동한 적 없는 척 저러지만, 쟤도 한때 열심히 배웠어. 시합 나가서 자기보다 약한 애한테 실격패로 지고, 그러니까 성질나서 그만둔 거야. 자기 떨어뜨리고 우승한 놈 얼굴을 아주 곤죽으로 만들어 놓고. 판정으로 이긴 새끼가 시상대에 올라갔을 때 얻어터진 얼굴이 공개돼야 한다나. 하여튼 그래. 그 이야기 하면 괜히 저렇게 발끈해."

"……암만 그래도 아깝네, 저 실력에. 하긴 세상이 이렇게 되어 버렸으니 올림픽 금메달을 받았어도 다 아무 소용이 없는 일이긴 하지만."

공구 가게에 들어가 필요한 연장들을 챙기면서 태권 소녀가 중얼거렸다. 진심으로 보안관의 실력이 아까운 모양이다.

그건 유빈도 동감이다. 원래 네 친구의 계획은 돈을 모았다가 전부 제대하고 난 뒤, 보안관에게 투자한다는 것이었다. 잘 먹이고 훈련을 시켜서 외국 종합 격투기까지 간다는 원대한 꿈이 있었다.

심지어 네 사람은 보안관이 챔피언이 되면 얼마나 수익이 날지, 최하 스폰서 계약 금액은 얼마로 해야 할지, 그런 것까지도 자기들 마음대로 계산해 뒀었다. 그 꿈속에서 유빈은 회계 담당이었다.

아, 여보세요. 세계 챔피언 남광훈 사무실입니다. 나이키요? 저희 챔피언과 스폰서 계약을 하시고 싶다고요? 네? 2억이요? 월간 스폰서인가요? 네? 하하하, 연간 그 금액으로는 안 되죠. 크게 한 장은 쓰셔야 됩니다. 메인 스폰서가 되시려면 한 장 더 쓰셔야 하고요. 저기, 고민하실 거면 먼저 들어가겠습니다. 지금 아디다스 홍보 담당자랑 이야기 중이어서요.

……그런 꿈.

실제로 이룰 수 있을지 어떨지 몰라도 네 명이 방 안에 앉아 맥주병과 과자를 앞에 두고 상상의 나래를 펴는 동안은 좋았다.

투자해 볼 수 있는 친구가 바로 옆에 있다는 것도 좋았고, 그 우정이 한 사람의 성공 따위로 깨지지 않을 거라는 확신이 있어서 행복했다.

후우~.

공구 상점 안으로 들어가며 유빈은 작게 한숨을 내쉬었다. 이제 그런 꿈을 꾼다는 건 어리석은 짓이다. 실현될 가능성이 전혀 없으니까.

정말 운이 좋아서 좀비 세상이 끝날 때까지 살아남는다고 해도 전 세계로 격투기가 중계되는 호사를 금방 다시 누릴 수 있게 될 것 같지는 않다.

낭만적인 꿈이 사라진다는 건 슬픈 일이다. 지금 그들은 생존하는 것이 곧 꿈인 세상에서 살고 있다.

다음 날 오후, 보안관 일행 일곱 명은 두근거리는 마음으로 코스트코 앞에 서 있었다. 이제 아주 징그럽고 소름 끼치는 몇 시간을 보내야 한다.

하지만 그것만 넘어서면 달콤한 보상이 찾아올 거다. 적어도 몇 달은 더 생존할 수 있을 만큼의 풍요로운 음식과 물자들이 이 문 너머에서 기다리고 있다.

"다시 한번 확인해 보자. 흔들어 봐."

유빈의 말에 보안관과 삼식이가 양쪽에서 회전 단두대를 잡고 힘을 줘 본다.

이미 여러 번 튼튼하다는 걸 확인했지만, 톱에 시동을 걸기 전에 한 번 더 확실히 짚어 두려는 것이다. 새시에 연결된 파이프 선반은 튼튼하다. 나사가 느슨한 곳도 없다.

"그럼, 톱 시동 건다."

파이프 선반에 올라선 유빈이 손잡이의 스위치를 꾹 누르고 스로틀을 당겼다.

푸륵— 푸륵—.

두 번 만에 시동이 걸려서 콘크리트용 원형 톱날은 맹렬한 속도로 돌기 시작했다. 유빈은 공구 주머니에서 절연 테이프를 꺼내 스위치를 친친 동여맸다. 손을 떼도 톱이 계속 돌아가도록 하기 위해서다.

위이이이잉—.

빠르게 돌고 있는 회전 톱을 그대로 두고 유빈은 선반 아래로 내려섰다.

쿵— 쿵—.

문 안쪽에서는 좀비들이 쉬지 않고 강화 유리를 머리로 들이받고 있다. 어제 새시 고정 작업을 하는 동안에도 저놈들이 이따금씩 저렇게 소리를 내는 바람에 깜짝깜짝 놀랐었다.

그르르르— 그롸아아—.

바닥을 기고 있으면서도 좀비들은 엄청난 기세로 포효해 댔다.

"그래, 실컷 울어 둬라. 이제 그 짓도 얼마 더 못 할 테니까."

유빈은 어두운 그림자 속의 좀비들을 보며 중얼거렸다. 그동안 회전 톱 조종을 맡은 삼식이와 보안관은 길게 뻗어 나온 손잡이를 잡고 회전 톱을 좌우로 움직여 본다.

돌돌돌—.

손잡이를 움직일 때마다 회전 톱 아래에 달아 둔 바퀴는 제법 잘 따라 움직여 준다. 이 정도면 큰 문제 없다.

"괜찮지? 열까?"

유빈이 셔터를 내리면서 물었다. 보안관과 삼식이가 고개를 끄덕였다. 유빈은 셔터를 파이프 선반과 묶어 단단히 고정했다.

이제 이 셔터는 선반이 위아래로 움직일 때마다 함께 따라 오르내릴 것이다.

셔터의 고정 부위를 확인한 뒤, 유빈은 망치를 들어 강화 유리문을, 좀비들이 그렇게도 두드려 대던 문을 힘껏 내려쳤다.

콰창—!

유리 조각들이 떨어져 내리고, 곧바로 좀비들이 열린 틈으로 기어 들어온다.

그롸아아아아— 그롸아아아—.

좀비들은 미친 듯한 기세로 파이프 아래를 기었다. 놈들의 몸이 부딪칠 때마다 그렇게 무겁던 선반도 가볍게 흔들린다. 그리고 좀비들은 그들 앞에 놓인 장벽을 만났다.

턱, 좀비의 손이 단두대 앞쪽을 막아 둔 방범창에 걸렸다.

그롸아아—.

놈들은 어떻게든 그 너머까지 가기 위해 방범창을 밀어 치고 파이프를 깨문다.

"후우우우~."

담배를 피우고 있던 삼식이가 더 많은 놈들을 꾀기 위해 불붙은 담배를 깡통 안에 던지고, 그걸 앞쪽에 가져다 뒀다. 깡통 모서리에는 배터리용 싸구려 미니 선풍기가 열심히 돌면서 담배 연기를 코스트코 내부로 들여보내고 있다.

"하나, 둘, 셋, 넷…… 네 마리네. 슬슬 시작해 볼까?"

함정 안으로 들어와 난동을 치던 좀비들의 수가 네 마리까지 늘어났을 때, 삼식이와 눈빛을 교환한 보안관은 반대편 구석에서 돌고 있던 회전 톱을 천천히 잡아당겼다.

위이이이잉—.

날카로운 톱날이 회전을 하며 선반을 가로지른다.

지지지직— 가가각—.

위이잉—.

좀비의 팔이 가장 먼저 날에 걸렸다. 놈의 뼈가 잘릴 때, 그 진동이 파이프를 통해 고스란히 전달되어 와서 보안관은 눈살을 찌푸려야 했다.

위이이잉—.

순식간에 팔 하나를 자른 회전 톱은 곧바로 놈의 목덜미를 파고들었다.

가가각— 지지이익—.

자기 목 뒷덜미가 잘려 나가는 동안에도 좀비는 저항도, 달아나려는 노력도 하지 않는다. 오로지 파이프 너머의 삼식이를 노려보며 잘린 팔을 내저을 뿐이다.

핏— 피핏—.

좀비의 목덜미에서 떨어져 나온 살점과 끈적한 검은 피가 측면에 붙여 둔 아크릴판에 튀었다.

"아흐으~."

삼식이가 얼굴을 찌푸렸다. 고글과 마스크로 얼굴을 단단히 감싸고 있고, 거기에 아크릴판도 가려져 있는데 꼭 놈들의 피가 피부에 직접 닿는 것 같다. 이걸 보고 있자니 머리통에 못을 박는 것과는 비교가 되지 않을 만큼 기분이 나빠진다.

물론 직접 파이프를 잡고 당기는 보안관은 훨씬 더 죽을 맛이었다. 자신이 당기기 때문에 좀비의 목이 떨어져 나가고 있는 것이다.

파이프를 감싼 손아귀에 아주 싫은 감각이 전해져 온다. 두꺼운 보호 장갑조차 그 느낌을 차단해 주지 못하고 있다.

툭.

톱날에 걸리던 아주 약한 저항이 사라졌다. 목뼈를 포함해 목이 4분의 3 이상 잘린 좀비의 머리가 아래로 뚝 떨어진다. 녀석은 이제 죽었다.

위이이잉—.

톱날은 조금도 페이스를 늦추지 않고 다음 목표를 향해 나아간다. 두 번째 좀비의 어깨 근육을 잘라 낸 톱날은, 놈의 두개골과 관자놀이를 가르기 시작했다.

파바박—.

순식간에 머리통에 커다란 금이 생겨난다. 당기고 있는 방향의 반대편인 삼식이 쪽 아크릴판에 초록색 뇌수가 팍 튀어 뒤덮였다.

주르르르.

뇌수에 섞인 두개골 조각들이 아크릴판을 타고 흘러내린다.

"우우욱! 우웨엑!"

거리를 둔 채 바라보고 있던 신입이 가장 먼저 반응했다. 신입은 황급히 마스크를 끌어 내리고 구석으로 뛰어가 배 속에 들었던 모든 것을 토해 냈다.

"왜 그래요? 왜……."

등을 돌린 채 골목 쪽을 보고 있던 제니와 규영이 불안해하며 물었다. 절단 현장을 보게 했다가는 도저히 뒷감당이 안 될 것 같아 그 둘은 처음부터 돌려 세워 놨었다.

자신은 이런 거 아무렇지도 않다면서 고집스럽게 앞을 보고 있던 태권 소녀가 말했다.

"……그냥 역겨워서 그래. 위험한 일 없으니까 돌아보지 마."

규영이 제니의 손을 꽉 잡았다.

"누나…… 나 무서워요. 괜히 내려온다고 했나 봐요. 저 소리도…… 후우, 후우……."

"괜찮아, 규영아. 오빠들 믿고 앞에 봐. 우리는 망보면 돼. 그게…… 우리 일이야."

다독이는 제니의 목소리도 떨리기는 마찬가지였다. 잠시 후, 저 좀비들을 다 죽이고 나면 선반을 한 칸 올리는데, 그땐 자신도 전동 드라이버를 들고 가서 나사를 조여야 한다.

얼마나 끔찍한 걸 봐야 하는지도 두렵지만, 자신이 겁을 먹고 실수를 할까 봐 그게 더 무섭다.

나사를 떨어트리거나 해서 모두에게 피해를 끼치면 어쩌지?

후우, 후우~. 제니는 제대로 호흡하기 위해 안간힘을 썼다.

위이이잉—.

회전 톱은 이미 두 번째 좀비의 머리를 측면에서 세로로 갈라놓고 세 번째 좀비의 목을 자르는 중이다. 세 번째 좀비는 다른 놈들에 비해 왜소했다. 넉넉하게 닿을 것이라고 계산해서 세팅해 둔 톱날이 놈에게는 좀 높았다.

톱날은 좀비의 목덜미를 아주 얕게 자르고 지나쳐 네 번째 좀비의 팔뚝 살을 파고들기 시작했다.

"아, 젠장! 왜 한 번에 안 죽고 또 일을 두 번 하게 하냐…… 사람 돌아 버리게!"

보안관이 이를 악물었다. 한 번을 지켜보고 있는 것만으로도 충분히 괴로운데, 이걸 왕복하기 시작하면 톱날이 좀비를 자르는 건지, 사람의 인내심을 자르는 건지를 모를 지경이 될 것이다.

어쨌든 톱날의 진행을 멈추고 있으면 좀비가 움직여서 제힘으로 머리를 들이밀지 않는 한 이 작업은 안 끝난다.

보안관은 다시 천천히 파이프를 당겼다. 너무 빨리 당기면 선반 끝의 파이프를 자를 위험이 있으니까 속이 뒤집히는 것 같아도 눈을 똑바로 뜨고 보면서 힘 조절을 해야 한다.

가가각— 가각—.

갑자기 좀비가 머리를 드는 바람에 뒤통수가 톱날에 걸려들었다. 보안관은 황급히 손을 멈췄다. 머리카락이 무척 짧던 두 번째 놈과 달리 이 좀비는 긴 머리가 치렁치렁했다. 머리카락은 위험하다.

콘크리트도 잘라 내는 다이아몬드 날이지만 머리카락이 축에 말려 들어가면 어떤 문제가 일어날지 모른다. 모르는 게 당연하다. 이런 걸 잘라 본 적은 한 번도 없으니까.

보안관은 파이프를 뒤로 밀고 좀비가 다시 머리를 숙일 때까지 기다렸다. 그런데 이놈, 어지간히 정신없이 움직여 댄다.

"야, 얘 좀 어떻게 해 봐! 방향을 바꾸든지, 아니면 목을 좀 더 앞으로 빼게 하든지 뭔 수를 좀 내. 머리카락 때문에 어떻게 해야 할지를 모르겠어!"

짜증인지 두려움인지 모를 감정 때문에 보안관의 언성이 높아졌다. 그사이에 세 번째 놈이 또 난리를 치다가 팔이 날에 걸려들었다.

지지지직ㅡ.

놈의 가느다란 팔뚝이 순식간에 잘려 나간다.

"멈춰 봐! 아예 삼식이 쪽으로 쭉 빼! 삼식아, 네가 당겨! 찬찬히!"

이쪽저쪽을 뛰어다니며 내부의 상황을 살피던 유빈이 다급하게 외쳤다. 삼식이는 잔뜩 몸을 움츠리면서도 손잡이를 당겼다.

위이이잉ㅡ 카가가각ㅡ.

세 번째 좀비의 얼굴 반쪽이 순식간에 날아간다. 놈의 이빨이 선반과 아크릴 판에 튀고 바닥에 뒹군다. 좀비들의 피와 뇌수가 찐득한 검은색과 녹색이기에 망정이지, 정말 큼직한 피범벅이 될 뻔했다.

위이잉ㅡ.

한쪽 끝으로 회전 톱을 빼낸 뒤, 세 친구는 긴급한 회의를 열었다.

"아, 머리카락. 왠지 저거, 진짜 걸리면 안 될 것 같은데…… 계획 짤 때엔 전혀 생각을 못 했네. 그냥 좀 힘들어도 위에서 무거운 걸로 내리찍을 걸 그랬나?"

유빈이 난감한 얼굴로 중얼거렸다. 보안관이 고개를 저었다.

"그거라고 돌발 상황이 없었겠냐? 그런 거 후회하지 말고, 저거 어떻게 할지나 생각 좀 해 봐."

"머리카락이야 뭐, 태우면 되잖아. 금방 타."

삼식이가 별거 아니라는 듯 말했다.

"쟤 머리를 태운다고? 뭘로? 토치로? 만약에 불을 질렀다가 옷이나 이런 데 옮겨붙으면 어떻게 해? 골치 아파질걸?"

보안관이 반박을 했다. 유빈도 같은 생각이라서 '그래그래'를 남발한다. 하지만 삼식이는 여전히 태평이다.

"하하, 이 바보들. 하도 끔찍한 걸 봐서 머리가 어떻게 되는 것 같았는데, 너희들 때문에 내가 웃는다. 왜 그렇게 계산이 안 돼? 일단 잘라. 머리카락이 끼더라도 모터가 멈출 때까지는 그냥 해 봐. 어차피 과열되면 엔진이 자동으로 멈춰. 저게 얼마짜린데 엔진이 탈 때까지 계속 돌겠어? 다 자르고 난 다음에 엔진 끄고 머리카락 끼어 있는 것만 태우면 되잖아. 뭐, 기계에 무리가 갈지는 모르지만, 오래 써야 하는 거 아니니까. 오늘만 어떻게 돌리면 되는 거 아냐?"

유빈과 보안관은 서로 얼굴을 마주 봤다. 삼식이의 말을 듣고 나니 그럴듯했다. 하긴 머리카락일 뿐이니까…….

괜히 진지하게 고민하며 소리를 질렀던 자신들이 바보 같다.

"그래, 알았어. 일단 삼식이 말대로 해 보자. 지금 이걸 중단하고 새 방법을 찾는 것보다는 그게 나을 것 같다. 그럼 그건 됐고…… 어때? 할 만해?"

유빈의 질문에 보안관은 고개를 절레절레 흔들었다.

"아, 영 안 좋아. 이건…… 그냥 치고받는 게 훨씬 마음이 편하겠어."

"못 견디겠으면 내가 손잡이 잡을게."

"야! 됐어! 나 하기 싫은 일을 널 주겠냐? 그리고 어차피 네가 하는 일도 그렇게 속이 편할 것 같지는 않아. 다시 시작하자. 그…… 세 번째 좀비…… 저기 저 바짝 마른 놈 있잖아, 저놈 목에 안 걸리더라. 네가 높이 조절해."

보안관과 삼식이는 다시 양쪽 손잡이로 돌아가고, 유빈은 대걸레 자루를 방범 창살 사이로 집어넣었다. 대걸레 자루의 끝부분에는 긴 송곳이 달려 있었다.

대걸레 자루를 창처럼 찔러 넣던 유빈은 몇 차례의 시도 끝에 결국 놈의 목 주변에 송곳을 박을 수 있었다. 조금 전, 얼굴이 워낙 처참하게 손상당해서 목 외에는 찌를 만한 곳이 별로 없다.

"잡았어! 올라간다! 당겨!"

유빈은 배에 힘을 꽉 주고 자루를 들어 올렸다.

찌직, 가죽이 찢기는 소리와 함께 좀비의 얼굴이 위로 들린다. 그 틈을 놓치지 않고 보안관이 손잡이를 당겼다.

위이이잉—.

회전 날이 몇 센티미터 더 높이 올라온 좀비의 목을 지난다.

까드드득—.

뼈가 갈리는 소리가 났지만, 톱날은 마치 두부 사이를 지나가듯이 부드럽게, 별 힘을 들이지 않고 옆으로 이동했다. 발버둥을 치던 좀비의 움직임이 뚝 끊어진다.

녀석이 완전히 죽은 것을 확인한 유빈이 막대기를 빼내는 동안, 보안관이 조종하는 톱날은 네 번째 좀비의 치렁치렁한 머리카락과 단단한 두개골을 동시에 잘라 버렸다.

이제 겨우 네 마리를 잡았을 뿐인데 측면의 아크릴판은 온갖 체액과 뇌수로 뿌옇게 뒤덮여 버렸다.

"한 칸 올릴까? 다 죽은 것 같은데?"

삼식이가 물었다.

"아니! 확인 삼아 몇 번 더 왕복해. 확실히 죽었다는 걸 확신하기 전까지는 판 올리지 않을 거야."

유빈의 말이 맞다. 이미 죽은 놈들의 시체가 손상되는 걸 보기 싫다고 살아 있는 친구의 목숨을 위험에 내몰 수는 없는 노릇이었다.

보안관과 삼식이는 미동도 없는 좀비들의 시체 위로 두 번 더 회전 톱을 지나가게 했다. 그리고 손끝에 전해지는, 이 더러운 감각을 저주했다.

위이이잉— 위이이잉— 파파팟—.

톱날은 무심하게 회전하며 범위 내에 들어오는 모든 것을 갈랐다. 뒤의 좀비들이 동료의 시체를 밀어 대는 바람에 네 마리 좀비의 몸뚱이는 금방 엉망이 되어 버렸다.

"자, 이제 손잡이 스톱! 내가 올라가서 일단 끌게."

함정 아래의 좀비들이 결코 다시 살아나지 못할 거라는 걸 확신한 유빈이 선반으로 올라가 손잡이를 조여 둔 테이프를 풀었다.

회전 톱이 완전히 멈추고 나서 유빈은 제니와 태권 소녀, 신입을 불렀다. 한 칸 올릴 시간이다.

"우웁!"

선반을 들기 위해 합류한 세 사람은 누구라고 할 것 없이 모두 좀비들의 끔찍한 꼴을 보며 구역질을 했다.

다가가서 선반의 볼트를 푸는 태권 소녀와 제니의 몸이 덜덜 떨린다. 시체 바로 옆에 앉아서 선반을 받치고 있는 신입도 안색이 새파랗다.

"다 풀었어요!"

제니가 외친다. 태권 소녀도 같은 말을 복창했다.

끄응차~ 네 사람은 선반의 네 귀퉁이를 잡고 두 칸 위로 끌어 올렸다.

씨이이잉ㅡ.

제니와 태권 소녀는 양옆에서 전동 드라이버를 이용해 나사를 조였다. 제니가 앞쪽에서 작업할 때 태권 소녀가 뒤쪽을 맡았고, 그다음에는 그와 반대로 해서 중심이 어그러지지 않도록 주의했다.

"자! 힘내자! 이제 앞으로 다섯 번도 안 남았어. 이 페이스면 스물 몇 마리라야 금방이야."

나사가 단단히 조여졌는지 확인한 후, 선반에 올라 회전 톱의 시동을 다시 걸면서 유빈이 외쳤다.

위이이잉ㅡ.

톱날이 돌기 시작하고, 유빈은 손잡이를 테이프로 감았다. 규영과 제니가 등을 돌린 걸 확인한 유빈은 바닥에 내려와 셔터를 조금, 아주 조금 들어 올렸다.

콰장창ㅡ.

요란한 소리를 내며 좀비들의 시체 더미 위로 다른 놈들이 덤벼들었다.

위이이잉ㅡ.

놈들이 아무렇게나 휘두르는 팔이 벌써 회전 톱의 날에 휘말려 갈리기 시작한다.

 기기기긱―.

 끔찍한 소리가 난다. 살면서 절대 듣고 싶지 않은, 그런 소리다.

 이 짓을 앞으로 대여섯 번은 더 해야 한다는 생각에 모두의 등에서는 식은땀이 흘렀다. 이 순간의 기억은 앞으로도 아주 오랫동안 가장 끔찍한 악몽 중 하나로 남게 될 것이다.

Chapter 55
좋은 사람들

01

 상봉동 코스트코에서 회전 단두대가 제 임무를 다하고 있을 때, 웅덩이 아래쪽으로 산책을 나온 진우는 아주 흐뭇한 미소를 지으며 나뭇가지를 바닥에 두드리는 중이었다.
 "자, 봤지? 주워 오는 거야. 알았지?"
 헥헥…… 대장 개는 좌우로 풀쩍거리며 진우의 손에 집중하고 있다. 진우는 나뭇가지를 멀리 숲속으로 내던졌다.
 얼ㅡ.
 녀석은 짧고 낮게 짖은 뒤, 곧바로 내달렸다. 그러고는 금방 진우가 던진 나뭇가지를 찾아 물고 돌아왔다.
 "후후후, 잘했어, 잘했어. 옳지!"
 침이 뚝뚝 떨어지는 나뭇가지를 넘겨받고, 진우는 또 환하게 웃으면서 녀석의 목덜미를 쓸어 줬다.
 이 개, 정말 끝내준다. 용맹하고, 순종적이고, 잘 훈련되어 있다. 생긴 것과 달리 무지하게 영리하다. 이제는 생긴 것도 귀여워 보이기까지 한다. 지금껏 그가 보았던 흔한 개들과는 완전히 다르다.

"너 잃어버린 주인은 엄청 아까워하겠다. 살아 있다면 말이지."

장난기가 가득한 눈으로 자신을 바라보고 있는 녀석에게 진우가 말했다. 정을 주지 말자던 다짐은 어디로 다 사라지고, 이미 그의 마음은 녀석에게 푹 빠졌다.

비록 말 한마디 못 하는 녀석이지만, 살아 숨 쉬는 내 편이 곁에 있다는 것만으로도 마음이 한결 편안해진다. 특히 잠들 때 그렇다.

"멍멍아, 그만. 돌아가자. 이제 그만 놀고 밥 먹어야지. 너무 뛰어다니면 허기져."

진우가 개를 진정시키며 앞서 걸었다. 녀석은 잠시 진우의 뒷모습을 바라보다가 쫄래쫄래 따라왔다.

멍멍이…… 진우는 아직 녀석에게 이름을 지어 부르지 않았다.

몇 개나 떠오르는 이름이 있었지만, 굳이 그걸 입 밖으로 소리 내서 부르는 걸 삼가게 된다. 녀석이 좋지만, 아직 동행에 대한 확신이 서지 않는 부분이 있어서였다.

"이 녀석, 완전히 내 뜻대로 통제될 수 있을까……. 암만 영물인 척해도 결국 개일 뿐인데."

앞질러 걸어가는 녀석의 엉덩이를 보며 진우는 자신의 고민을 중얼거렸다.

같이 놀고, 먹고, 잠들 때는 좋지만, 만약 그가 사람들의 눈을 피해 숨어야 하는 상황이 온다면…… 그때도 이 개가 말썽 피우지 않고 그의 마음처럼 움직여 줄까?

그럴 것 같지 않다.

혹시라도 이 녀석이 군인들을 침입자로 알고 짖는다면, 그래서 군인들의 눈길을 한 번 더 끌게 된다면…… 그렇게 되면 도망자인 진우에게는 치명적인 문제가 일어날 수 있다.

아무리 개가 귀여워도 녀석 때문에 자신의 목숨이 위협받는 건 싫다. 그것이 두려워 진우는 아직도 마음을 정하지 못하고 있었다. 그래서 그는 아직 녀석에게 이름을 붙여 주지 않은 것이다.

같이 가도 될까?

그는 매시간 그 질문을 스스로에게 던지고 있다.

그렇게 진우가 고민을 곱씹으며 숲속을 헤쳐 나가고 있을 때, 앞서 걷던 녀석이 우뚝 멈춰 섰다. 그러고는 아주 낮게 짖었다.

얼!

거의 들리지 않을 정도의 작은 소리였다. 이럴 거면 뭐 하러 짖나 싶을 정도.

"왜 그래, 멍멍아? 토끼라도 있어? 못 잡아. 지금 총소리 내면 안 돼."

진우는 녀석의 머리를 쓸어 주며 지나쳐 가려 했다. 그때, 녀석이 진우의 탄띠를 꽉 물고 뒤로 당겼다.

"어?"

진우는 놀라 뒤를 돌아보았다. 녀석은 아직도 탄띠를 놓지 않고 있다.

"뭐야, 인마? 이건 무슨 장난인데?"

진우가 손으로 밀어내려고 해도 녀석은 목만 돌려 슥, 피하고 한 번 더 당긴다. 놈은 전력을 다하는 것 같지 않은데 몸 전체가 훅 당겨 갈 정도다. 어지간히 장사다.

"더 놀자고? 밥 먹을 거라니까."

하지만 놈의 눈빛에는 데굴데굴하던 장난기가 사라져 있다. 이상하다는 걸 눈치챈 진우가 다시 물었다.

"왜 그래? 이쪽으로 가지 말라고?"

진우는 전방으로 고개를 돌렸다.

웅덩이로 가는 길.

그저 평범한 산길이다. 나무들이 울창하고, 잡초와 덤불이 있는 고요한 숲······. 조금 전에도 여기를 지나 산책을 나왔다. 그때나 지금이나 수상하다고 할 만한 점은 없다.

그가 앞을 둘러보고 있는 동안에도 녀석은 계속 허리를 당겨 댄다. 진우도 나름 버티고는 있지만, 점점 더 당기는 힘이 세져서 결국 뒷걸음질을 쳐야 했다.

"알았어, 알았어. 간다. 네 말 들을게. 그만 당겨. 넘어지겠다."

진우가 발을 떼기 시작하자 녀석의 당기는 힘도 줄어들었다. 방향까지 바꿔가며 몇 미터 뒤의 언덕 너머로 끌고 온 녀석은 진우를 반강제로 주저앉혔다.

"야, 너 진짜 뭘 느끼기는 하고 그러는 거야?"

놈의 장단에 맞춰 놀아나는 것 같아 진우는 영 마음이 편치 않았다. 슥, 진우가 앉고 나니 녀석도 비로소 탄띠를 놓아주고 바로 곁에 웅크리고 앉았다. 헥헥거리는 숨소리마저 크기가 확 줄었다.

"하…… 이게 또 뭐 하는 짓이야? 으, 축축해. 다 젖었잖아."

언덕 아래의 덤불 사이에 모습을 숨기면서도 진우는 계속 툴툴거렸다. 군복 바지는 녀석의 침으로 범벅이 되어 있다. 그래도 동시에 마음 한구석에서는 두근대는 느낌이 생겼다.

그제 들개들이 가방을 찢고 먹을 것을 훔쳐 가려 할 때, 이 녀석이 미리 알고 달려가지 않았다면 꼼짝없이 당했을 거다. 그러니까 이번에도 뭔가 있을지 모른다.

자신이 좀비를 느끼는 것보다 더 뛰어난 어떤 감각을 가진 걸까?

진우는 개를 따라 숨소리를 낮추고 덤불 틈 사이로 언덕 너머를 노려보며 기다렸다.

그렇게 기다리기를 1분. 아무것도 변화가 없다. 하지만 진우는 인내심을 가지고 기다렸다. 또 1분, 그리고 또 1분…….

진우는 옆의 개를 돌아보았다. 녀석은 똘똘한 척 연기를 하며 30도 좌측에 시선을 고정해 두고 있다.

슬슬 속은 건가 하는 생각이 들기 시작했다. 이러다가 이놈이 벌떡 일어나 아무렇지도 않게 척척 걸어 나간 뒤에 뒤를 힐끔 돌아본다면…… 개에게 놀림을 당한 꼴이 된다.

진우는 마지막이라는 심정으로 녀석의 시선을 따라 고개를 돌려 봤다. 움직이는 것은 없다. 그저 바람에 흔들리는 잡초와 덤불들뿐. 5분은 된 것 같다. 이제 충분히 기다렸다.

'내가 미친놈이지······. 뭔 생각에 개가 시키는 대로······.'

진우는 일어서기 위해 바닥을 짚었다.

턱—.

개의 앞발이 진우의 손을 누른다. '아직! 기다려!'라고 하는 듯하다. 진우는 황당해져서 녀석의 눈을 봤다.

야, 그런 훈련은 인간이 개한테 하는 거야. 개가 사람한테 가르치는 게 아니라고······.

하지만 녀석은 재차 앞발로 단호하게 진우의 손을 누른다.

이놈에게 어떻게 서열을 제대로 알려 주지······ 하고 진우가 고민할 때, 왼쪽에서 아주 미세한, 그러나 확연히 알 수 있는 인위적인 냄새가 바람에 섞여 날려 온다. 진우는 가슴이 뜨끔해져서 좌측으로 고개를 돌렸다.

화약 냄새다. 다른 곳이었다면 느낄 수 없을 만큼 미미한 향이지만, 온통 나무와 풀 향기로 가득 차 있는 평화로운 산속에서는 그 차이를 인지할 수 있었다.

'어디지?'

바쁘게 주변을 훑던 진우는 30여 미터 떨어진 나무 사이에서 덤불 더미들이 걸어 나오는 광경을 보았다.

머리와 어깨, 그리고 전술 조끼에까지 온통 위장용 장비와 풀들을 걸친 사람들이 움직이는 숲처럼 천천히 이쪽으로 다가온다. 이렇게 가까이 다가올 때까지 전혀 눈치채지 못했다.

총인원은 여덟. K-2와 저격 소총으로 무장하고 있다. 진우가 가지고 있는 총과 같은 모델인 것 같다. 개중에는 더 큰 구경의 대물 저격 소총을 메고 있는 군인도 있었다. 위장이며 개인 화기, 몸짓까지 모든 요소가 위험한 놈들이라는 걸 일러 준다.

진우는 소리를 죽여 총을 고쳐 잡고 모드를 안전에서 3점사로 돌렸다. 이제 여차하면 곧바로 갈길 수 있는 준비가 됐다.

옆에 앉아 있는 개가 혹시 부주의한 소리를 낼까 봐 조마조마하다. 놈이 얼—하는 순간, 바로 일어나 방아쇠를 당겨야 한다.

진우는 마음속으로 우선순위를 정했다. 만약 교전하게 된다면 K-2를 들고 있는 넷을 먼저 쏘고, 그다음에 저격 소총 셋을 잡아야 한다. 대물 저격 소총을 메고 있는 상대는 맨 마지막으로 돌려도 될 것 같다.

얼마 만에 끝낼 수 있을까…….

2, 3초. 그걸 넘어가면 승부를 장담할 수 없다. 이 덤불들 한 명, 한 명에게서 다 심상치 않은 기운이 풍겨 나온다. 웬만하면 부딪치지 않고 지나가는 게 가장 좋기는 하다.

진우가 입술을 꽉 깨물고 머리를 굴리는 동안, 덤불들은 신중하게 주변을 경계하며 천천히 나무들 사이를 지났다.

그들의 진행 방향은 진우가 가려고 했던 방향과 거의 직각. 그대로 계속 쭉 가면 이 산을 넘어가 서쪽 산의 기슭과 만나게 될 것이다.

휘이이—.

바람이 불어와 얼굴의 땀을 식혀 주었다. 미처 의식하지 못했는데, 지금 진우와 개는 바람이 부는 방향을 마주 보고 있다. 애초에 그런 위치로 그를 끌고 왔던 개는 지금 주둥이를 꾹 다물고 아무 소리도 내지 않는다.

진우의 정면 쪽까지 다가온 덤불들이 잠시 멈춰 섰다. 거리는 여전히 20여 미터. 각도는 진우가 숨은 언덕보다 약간 아래다.

이제 선택의 기로에 섰다. 저놈들의 목적이 뭔지는 모르지만, 여기에서 더 오래 시간을 끌거나 여러 방향으로 흩어지는 기미를 보인다면…… 아예 지금 쏴 버리는 편이 더 승산이 높다. 지금은 지형적으로도 그가 유리하고, 기습이라는 장점도 있다.

'그냥 쭉 가…… 멈춰 서지 말고 쭉.'

진우는 덤불들을 노려보며 생각했다. 그중 한 놈이 지도와 나침반을 꺼내 들고 주변을 둘러본다. 아마도 위치와 방향을 확인하는 모양이다.

잠시 후, 길고 지루한 대기가 끝나고 덤불들은 다시 움직이기 시작했다. 그리고 진우가 예상했던 대로 서쪽 능선 너머로 사라져 버렸다.

망원경으로 놈들의 뒷모습을 끝까지 좇던 진우는 그들의 머리가 능선에 가려져 보이지 않게 된 후에야 다시 모드를 안전으로 돌리고 긴 한숨을 내쉬었다.

젠장, 하마터면 어디에서 날아온 것인지도 모르는 총알을 맞고 죽을 뻔했다.

헥— 헥— 헥—.

개도 참아 왔던 숨을 헐떡인다. 진우는 녀석의 둥글넓적한 얼굴을 가만히 바라봤다.

이놈…… 대체 어떻게 알았을까? 우연일까, 아니면…… 화약 냄새를 미리 맡았던 것일까?

잘 놀다가 갑자기 멈춘 것이나, 바람을 마주하고 숨은 것이나, 전부 다 우연일 뿐이라고 치부하기에는 어려운 부분들이 많다.

하지만 만약 이 녀석이 화약 냄새를 곧 위험이라고 여긴다면 대체 내게는 왜 그리 친근하게 접근했던 걸까?

진우는 그 점을 이해할 수 없었다.

"멍멍아."

진우는 머리를 쓸어 주며 녀석을 불렀다. 녀석은 반응하지 않고 군인들이 사라진 방향을 주시하고 있다. 이놈의 이상한 습관이다. 그렇게 치대고 애교를 부리는 놈인데, 진우가 부르면 돌아보지를 않는다. 자기 이름이 아니라서 그러는 건지, 아니면 정말로 귀가 먹은 건지…….

"멍멍아, 인마."

진우는 녀석의 볼을 잡고 돌리며 다시 불렀다. 녀석의 볼은 아주 잡을 게 많다. 투견답게 가죽의 주름도 많고 잘 당겨진다. 개는 한쪽 입술이 벌어진, 바보 같은 표정이 되어 진우를 돌아보았다.

"너 진짜 군인들이 오는지 알고 그런 거야? 그런 재주가 있어?"

그러나 녀석은 아무 표정의 변화 없이 천진한 눈빛으로 진우를 보며 헥헥거릴 뿐이다. 벌려진 입술 사이로 떨어진 침이 진우의 엄지손가락을 타고 흐른다.

그런 녀석의 얼굴에서 조금 전 진우를 이쪽으로 끌고 와 엄하게 앉히던 때의 총명함은 찾아보기 어렵다.

"……정체가 뭔지는 모르겠지만, 이걸로 벌써 세 번이나 날 구해 줬네. 고맙다."

진우는 녀석의 이마와 머리를 쓸어 주었다. 녀석은 '오, 그렇지. 시원하다.' 하는 표정으로 지그시 눈을 감는다. 녀석의 행복해하는 얼굴을 보면서 진우는 결심했다.

서울까지, 아니, 그 후의 모든 여정을 이 녀석과 함께하겠다고. 이제 더 이상 버리고 가느니 마느니 하는 고민 따위는 하지 않을 것이다.

널름!

진우가 녀석과의 동행에 대한 계획을 세우고 있을 때, 개가 손을 핥는다. 마치 '잘 생각했어.'라고 하는 것 같다.

훗, 진우는 녀석의 두툼한 목을 다독거리면서 물었다.

"이제 갈까?"

얼— 녀석이 뻔뻔한 얼굴로 낮게 대답한다. 이럴 때는 멀쩡하게 반응을 하면서 왜 총을 쏠 때나 멍멍이라고 부를 때는 전혀 안 들리는 척을 하는지…….

참 이상한 녀석이다. 수수께끼도 많고.

혹시 구미호 같은 건데 개로 둔갑한 걸까? 그럼 왜 하필 개로?

어쨌든 진우는 녀석과 함께 일어나 웅덩이 쪽을 향해 걸어 올라갔다.

물이 풍요로워서 지내기가 편했지만, 여기도 이제 슬슬 떠나야 할 때가 왔다. 한번 군인들이 눈에 띄었으니, 앞으로 점점 더 많은 군인들이 이 근처를 기웃거리게 될 것이다.

일반 병사들도 아니고, 고도로 훈련된 저격수들이다. 평화로운 숲이 피 냄새와 총성으로 뒤덮일 날도 머지않았다.

'어디로 가야 하지?'

진우는 나무로 빽빽하게 뒤덮인 숲을 둘러보며 생각했다. 아직 힘의 균형이 팽팽히 유지되고 있는 상황이라 방향 선택이 조심스러울 수밖에 없다.

조금씩, 아주 신중하게 교전 지역에서 멀어져야 한다. 말이 쉽지, 다가올 고생이 눈앞에 선하다.

"아 참."

개와 나란히 걷고 있던 진우가 자신의 머리를 가볍게 두드렸다. 녀석은 이상 행동을 보이는 진우를 흥미롭게 쳐다본다. 진우는 녀석의 눈을 향해 친근하게 웃어 보이며 말했다.

"너, 이름을 지어 줘야지. 언제까지 멍멍이라고 부를 수는 없잖아."

다시 평소의 맹한 얼굴로 돌아온 개는 그저 혀를 내밀고 헥헥거릴 뿐이다. 진우는 지난 이틀 동안 생각해 뒀던 이름을 불렀다.

"킹!"

녀석은 아무런 반응이 없다.

바보 같은 녀석, 자기 이름 불러 주는 건지도 모르고.

진우는 다시 친절하게 반복했다.

"킹! 이제 네 이름은 킹이야, 킹! 어때? 멋있지?"

손가락으로 콕, 찍어 가며 일러 주기까지 했는데 아무런 호응이 없다. 조금 기운이 빠진다.

좋아할 거라고 생각했었는데…….

진우는 뜻을 일러 주며 팔을 쫙 벌렸다.

"왕이라는 뜻이야, 인마. 킹! 캬~ 좋다. 자, 이리 와, 킹!"

개가 고개를 휙 돌린다. 개에게…… 외면을 당했다. 이 꼴을 본 사람이 아무도 없어서 다행이다.

킹은 싫은가 보군. 멋있는 이름인데…….

뭐, 그럴 수도 있지. 자기 이름을 갑자기 바꾸는 거니까.

진우는 너그럽게 제1안을 포기하고, 그가 두 번째로 좋다고 생각했던 이름을 불렀다.

"그래, 그럼 썬더로 가자. 썬더!"

돌아보지도 않는다. 진우는 녀석을 앞질러 가서 다시 입 모양을 보여 주며 불렀다.

"썬더."

개가 하품을 했다. 그러고는 진우를 지나쳐서 걸어간다. 진우는 녀석의 엉덩이에 대고 말했다.

"그럼 뭐가 좋은 건데? 너 계속 이런 식이면 그냥 멍멍이라고 부를 수밖에 없어. 영어는 어려워서 그래? 아, 좋아. 그러면 튼튼이 어때? 튼튼아!"

그렇게 웅덩이에 도착할 때까지 진우는 수많은 이름으로 개를 불렀다.

대장, 초코, 맥스, 펀치, 버디, 해피, 흑표, 흑호, 돼지…….

이 개새끼는 한 번도 대답해 주지 않았다. 결국 진우는 이름 붙여 주기를 포기했다. 위장해 둔 가방 옆에 턱 앉아 버린 녀석을 보면서 진우가 중얼거렸다.

"까다롭네, 그 새끼. 쯧, 자기 전에 다시 시도해 봐야겠다. 나는 킹이 마음에 쏙 드는데……."

02

상봉동 코스트코의 회전 단두대에서는 계속 잔혹한 작업이 반복됐다. 회전 톱은 일정한 속도로 계속 돌고, 좀비들은 동료들의 시체 위로 기어오르며 철창 너머에서 기다리고 있는 유빈을 향해 돌진했다.

철컹!

철창을 들이받아 아우성을 치고 있는 좀비의 어깨와 목으로 날카로운 회전 톱이 지난다. 보안관과 삼식이는 멘탈이 거의 파괴된 표정으로 손잡이를 당기고, 또 밀었다.

위이이이잉—.

가가각! 기긱!

잘려 나가는 살과 뼈.

좀비가 확실히 죽는지 확인하기 위해 두 눈을 부릅뜨고 지켜봐야 하는 유빈의 얼굴에도 다크 서클이 짙게 드리워져 있다.

선반이 좀비들의 시체로 꽉 찰 때마다 한 칸씩을 올렸던 회전 단두대는 이제 5단까지 높여져 있다. 문 안에는 더 이상 좀비들이 보이지 않는다. 이게 마지막이다.

그리고 그마저도 한 마리만 더 처리하면 다 끝난다.

위이잉—.

회전 톱이 마지막 한 마리의 목을 지난다. 이 좀비는 발버둥을 치다가 다른 좀비 시체 사이에 끼어 버렸고, 그 후로 좀처럼 위로 올라오지 못하고 있다.

그르렁거리는 포효 소리만 들릴 뿐, 밖에서는 잘 보이지도 않는다. 이래서야 아무리 회전 톱을 좌우로 밀고 당겨도 이미 죽어 있는 좀비들의 시체만 계속해서 잘라 낼 뿐이었다.

"잠깐만 잡고 있어 봐. 내가 찍어서 올려 볼게!"

유빈이 송곳 달린 막대기로 좀비 시체들 사이를 쑤시며 삼식이에게 외쳤다.

……알았어.

삼식이가 지친 목소리로 대답하고, 잔뜩 더럽혀진 고글을 닦는다.

작업용 장갑의 손바닥에는 온갖 끈적한 액체들이 묻어났다.

"익! 어디 있냐! 어디! 좀 박혀라."

유빈은 좀비들의 시체 사이로 막대기를 찔러 넣고 헤집으며 소리를 질렀다. 보안관과 삼식이의 손에 전달되는 느낌도 끔찍하지만, 직접 좀비 몸을 쑤셔 대야 하는 유빈의 이 작업은…… 정말 속이 다 뒤집어지는 일일 터였다.

푸슉— 푹—.

좀비들의 썩은 몸뚱이를 뚫고 송곳이 박히면, 그걸 다시 빼내야 한다. 워낙 시체 더미가 빽빽하게 쌓여 있어서 눈으로 보이지는 않지만…… 자신이 찌른 게 죽은 좀비인지, 아니면 아직 움직이는 좀비인지는 확실하게 알 수 있다.

살아 있는 좀비는 끊임없이 움직이며 몸을 챈다. 잠시도 가만히 있는 법이 없다. 그래서 송곳을 찌르면 잡고 있는 사람이 휘청댈 만큼 막대기가 흔들렸다.

푸슉— 푸슉—.

몇 차례나 좀비 시체의 살을 쑤셔 댄 후에야 비로소 손끝으로 느낌이 전해진다.

크게 요동치는 막대기.

놈을 찾아냈다.

"잡았다! 올릴게!"

유빈은 곧바로 막대기 끝에 힘을 줘 더 깊이 박아 넣고, 몸을 낮추며 들어 올렸다. 단순히 막대기만 지레처럼 누르다가는 뚝 부러질 위험이 있어서다.

끄으응— 끄응—.

유빈은 용을 써 가며 다른 좀비들의 무게에 눌려 있는 마지막 한 놈을 위쪽으로 밀어 올렸다.

그롸아아아—.

그러는 동안에도 좀비 역시 맹렬하게 몸부림을 친다. 이러다가는 근육이 찢겨서 송곳이 빠져 버리지 않을까 불안할 정도로 격한 움직임이다.

유빈은 손끝의 느낌만으로 계속 좀 더 송곳을 깊숙하게 쑤셔 넣으면서 동시에 위쪽으로 빼냈다.

"아! 나왔다! 머리 보이냐?"

좀비의 썩은 대가리가 다른 좀비들의 잘린 목들을 옆으로 밀어내고 쑥 올라온다. 유빈의 송곳은 놈의 쇄골과 갈비뼈 사이에 박혀 있었다.

그롸악! 그락!

좀비는 처음부터 꺾여 있던 어깨를 휘저으며 어떻게든 몸을 움직여 보려고 난리를 쳤다.

"그대로 있어! 당긴다!"

보안관이 손잡이를 당기며 큰 소리로 외쳤다. 유빈은 놈을 놓치지 않기 위해 막대기를 꽉 움켜쥐었다.

위이이잉—.

회전 톱이 레일을 타고 죽 전진하며 좀비의 목뼈를 가른다.

가가각!

그러는 동안에도 놈은 끊임없이 몸을 채고 포효한다.

지이잉—.

회전 톱이 놈의 목을 완전히 지나자 포효 소리가 뚝 그친다. 유빈의 손에 전달되던 그 맹렬한 몸부림도 갑자기 멈춰 버렸다.

위이잉—.

고개를 떨군 좀비의 벌어진 목덜미로 확인차 다시 한번 톱날이 지나갔다. 이번에는 아무런 반응이 없다. 놈은 확실히 죽었다.

"……끝났다."

삼식이가 손잡이를 놓으며 한숨을 내쉰다. 유빈은 막대기를 놓고 회전 톱의 전원부터 차단했다.

위이이이이…… 푸득…… 푸득…….

몇 시간 동안이나 거의 쉼 없이 울려 대던 회전 톱 엔진 소리와 좀비들의 포효가 모두 한꺼번에 사라지자 세상이 갑자기 고요해진 것 같다.

친구들은 서로 얼굴을 마주 봤다. 이제 다 끝났다. 더럽게 지치고 감정이 소모되었지만, 아무도 죽거나 부상당하지 않고 용케 코스트코 내의 그 많던 좀비들을 다 잡았다. 이 끔찍한 싸움을 끝까지 불평 한마디 없이 치러 냈다.

턱, 유빈과 삼식이가 손바닥을 마주쳤다. 그런 후, 두 친구는 보안관과도 손을 마주쳤다. 마음 같아서는 부둥켜안고 등이라도 두들겨 주고 싶은데, 장갑 바닥이 워낙 더러워서 꾹 참았다.

"다 잡았어."

보안관이 멍한 얼굴로 나머지 일행들에게 말했다. 전투 담당이었지만, 고집스럽게 과정 전체를 지켜보고 있던 태권 소녀가 고개를 끄덕인다. 등을 돌린 채 계속 마음을 졸이며 망을 보고 있던 제니도 한숨을 내쉬었다.

그녀는 그제야 규영이의 머리 뒤에서 귀를 막아 주고 있던 손을 뗐다. 제니의 손을 꽉 움켜쥐고 버티던 규영이가 겁에 질린 눈으로 제니를 돌아본다.

"어? 끝, 끝났어요?"

"응, 그래. 끝났대. 이제 괜찮아."

그러고는 제니가 뒤로 돌아섰다.

"고생 많았어요. 힘들었죠?"

모두를 안아 주려고 두 팔을 벌리며 다가서자 보안관이 질색을 하며 물러난다. 좀비 체액과 뇌수를 뒤집어쓴 이런 몸을 제니의 피부에 닿게 하고 싶지 않다.

"아, 아냐, 아냐. 지금 엄청 더러워. 만지면 안 돼."

"큭! 크흑!"

신입이 갑자기 훌쩍거리기 시작했다. 녀석은 세 번이나 구토를 해 대면서도 끝까지 도망치지는 않았다. 그리고 다리를 후들거리면서도 이를 악물고 자신의 임무였던 선반 들어 올리기를 충실히 수행했다. 삼식이가 허탈한 표정으로 미소를 지으며 달랜다.

"왜 울어, 신입? 이제 힘든 거 다 끝났는데."

"씨발…… 모르겠어. 기분이 이상해서 그래. 쪽팔리게…… 씨발, 쿨쩍."

눈물을 훔치려던 신입의 팔을 삼식이가 붙들었다.

"야, 너 이 손으로 눈 만지면 100프로 눈병 난다. 눈썹도 아직 절반밖에 없으면서. 뚝 그쳐."

잠시 휴식을 취하기로 한 일행들은 뒤쪽으로 물러나 바닥에 주저앉은 채 코스트코 정문과 회전 단두대를 멍하니 바라봤다.

새시로 만들어 놓은 틀과 선반은 켜켜이 쌓여 있는 시체들로 꽉 찼다. 바닥에는 좀비에게서 흘러나온 체액과 뇌수가 엉켜 고여 있다. 역겹고 소름 끼치는 광경이다.
 멀쩡히 움직이고 있던 좀비들을 저런 상태로 만든 게 바로 자신들이기 때문에 어제 부패한 시체들을 치웠을 때와는 완전히 다른 종류의 충격이 모두의 감정을 뒤흔들었다.
 '좀비니까 괜찮아…….'라는 짧고 단순한 이유로 아무리 자신을 합리화해 보려고 해도, 좀처럼 마음이 진정되지 않는다.
 "후우~ 저거, 오늘 다 치우는 게 낫겠지?"
 장갑을 벗고 담배를 피워 문 삼식이가 시체 더미를 가리키며 물었다. 좀비들의 악취로 가득한 거리로 담배 냄새가 퍼지자 오히려 산뜻하기까지 하다.
 응, 유빈은 고개를 끄덕였다.
 "아무래도 그렇겠지. 내일 저걸 또 만지려면 목욕도 두 번 해야 하고…… 저 상태로 내버려 두고 들어가면 계속 신경이 쓰일 테니까. 잠깐 숨 좀 돌렸다가 마저 하고 옷을 갈아입자. 나도 물 좀 줘."
 유빈은 보안관에게서 물병을 넘겨받아 마셨다. 마스크와 고글을 쓰고 일했기 때문에 얼굴은 몸에 비해 깨끗하다.
 꼴꼴꼴, 빈속에 물이 타고 들어가며 요란한 소리를 낸다.
 유빈은 물병을 다시 보안관에게 건네고 일어났다. 다들 얼이 빠져서 좀비 시체에만 시선이 꽂혀 있으니까 자신이라도 망을 보기 위해서다.
 "어디에 치우지? 어제 그 트럭은 꽉 찼는데. 또 트럭 하나 찾으면 되나? 아, 젠장. 머리가 잘린 놈들이 많아서 그거 만지기가 영 기분 더러울 것 같다."
 보안관이 투덜댔다.
 목, 그것만 들어 올려야 한다니…….
 언젠가 영화에서 보았던, 사람을 제물로 바치는 어느 부족의 잔인한 제의 장면이 떠올라 또 욕지기가 일었다. 생각만 해도 소름 끼친다. 무슨 망나니도 아니고…….
 그렇다고 어제 내장 치울 때처럼 삽으로 그것만 따로 담아 버린다는 것도 또 너무 끔찍하다. 내장과 머리는 뭔가 상당히 다른가 보다.

어쩔 수 없지. 일단 목을 포대에 담고 치울 때는 몸과 함께…….

어흐으! 생각을 하다가 몸서리가 쳐진다. 유빈은 이마를 찌푸렸다.

"……소주 땡긴다."

삼식이가 손바닥을 들여다보며 중얼거린다. 회전 톱의 진동이 아직도 고스란히 남아 있다. 퀭해진 녀석의 얼굴이 오늘 얼마나 감정 소모가 심했는지를 고스란히 드러내 준다. 혜주가 동의한다.

"나도……."

굳이 소리 내 말은 안 했지만, 유빈도, 보안관도 크게 다르지 않은 심정이었다. 이런 짓은 이제 정말 하고 싶지 않다.

"저거 청소하고 나면 네 말대로 이제 정말 끝이지? 씨발, 이제 역겨운 거 더 안 해도 되는 거 맞지? 괜히 다른 말 하는 거 아니지?"

신입이 유빈에게 물었다. 말투며, 표정이며, 아주 간절하다. 슬쩍 신입을 돌아본 유빈은 잠시 머뭇거리다가 대답했다.

"그…… 거의 다 한 거나 다름없지. 이제 이 시체들 치우고 코스트코 안에 있는 시체만 치우면 끝나니까."

"하아~ 뭔 놈의 시체가 그렇게 많아? 씨발…… 그거는 또 얼마나 되는데?"

"글쎄, 정확하게 세어 보지는 않았는데, 여기 이것보다는 좀 더 많을 거야."

신입은 영혼이 빠져나간 듯 눈을 크게 뜨고 울상을 짓는다. 시체 만지는 일, 지긋지긋하다. 멀쩡하게 죽은 시체도 아니고, 하나같이 다들 깨지고 터지고 뇌가 흘러내리는 좀비 시체들…….

죽었다는 걸 빤히 알고 있지만, 갑자기 억— 하고 달려들 것 같아서 가까이 가야 할 때마다 매번 무섭고 두렵다. 싫다, 싫어.

뒤로 자빠져서 어린애처럼 발을 동동 구르는 신입을 보며 규영이가 말했다.

"아직도 톱에 뼈 잘리는 소리가 들리는 것 같아요. 지금 병원 가서 검사해 보면 아마 우리 전부 다 외상 후 스트레스 장애 판정받겠죠? 오늘 밤에 잠이 들면 어떤 꿈을 꾸게 될까요?"

"그건 제니한테 물어보면 돼. 예전에 좀비들 불태웠을 때 어마어마했거든. 아마 오늘 밤에도 소리 엄청 지를 텐데······."

삼식이가 제니를 가리킨다. 평소였다면 장난스럽게 받아쳤을 제니지만, 오늘은 순순히 고개를 끄덕였다.

"네, 무서워요. 그러니까 오늘은 다 같이 잤으면 좋겠어요. 혼자서는 도저히 못 잘 것 같아요. 나사 돌리는 동안에도 미치는 것 같았어요. 안 봐야 한다고 생각했는데도 눈이 자꾸 바닥의 좀비 시체들로 가서······."

"그래그래, 다 같이 자면 되지. 내가 지켜 줄 거니까 걱정하지 마."

보안관이 안타까워하며 가슴을 두드린다. 태권 소녀가 물었다.

"다 같이 자다니····· 일곱 명이나 되는데 어디서····· 그리고 그보다, 오늘 밤에는 경비 안 봐?"

"아니, 봐야 돼. 내일은 종일 코스트코 안에 들어가 있을 건데, 혹시라도 바깥에 무슨 일이 생기면 안 되지."

등을 돌리고 서 있던 유빈이 단호하게 대답했다. 다들 지쳐서 어리광을 부리고 싶다는 건 알지만, 제일 힘든 일을 다 끝내 놓고 방심했다가 후회하고 싶지는 않다. 담배를 뻑뻑 빨아 대던 신입이 물었다.

"오늘 들어가지 않고?"

"저 안이 100퍼센트 안전하다고 할 수 없으니까. 게다가 지금처럼 몽롱한 상태로는 안 들어가고 싶어. 푹 자고 내일 기운 바짝 차린 다음에. 그리고 앞으로 세 시간 후에는 좀비들이 이 앞으로 지나갈 시간이잖아. 이래저래 오늘은 힘들어."

정말 혼자 자기가 두려웠는지 제니가 경비에 대해 절충안을 냈다.

"그럼 다 같이 망을 보면서 자면 되죠. 가발 가게 넓던데. 이불 가져가서 깔고, 같이 이야기하고, 간식도 먹고."

"그거 좋네. 술도 한잔하고."

담배를 비벼 끄며 찬성을 표시한 삼식이가 물을 벌컥벌컥 들이켠 후, 장갑을 주워 낀다. 다시 시체들과 씨름할 시간이다.

03

다음 날, 오전 11시가 조금 지난 시간에 그들은 코스트코 정문 앞에 섰다. 그 사이 누가 다녀간 흔적은 없었다.

셔터도 어제 그들이 내려놓은 그대로 자물쇠가 채워져 있다. 햇살은 반짝이고, 주변에서는 락스 냄새와 시체 썩는 냄새가 반반씩 섞여 난다.

어제 밤늦게까지 술 한 잔씩을 기울이고 아무거라도 스트레스를 줄일 수 있는 이야기를 하느라 늦잠을 잤다는 걸 제외하면 모든 게 순조롭다.

"드디어!"

신입이 얼굴을 쓸어내리며 중얼거렸다.

"여기를 접수하는구나. 씨발, 그동안 한 걸 생각하면 진짜……."

나머지 여섯 명도 가슴이 두근거리기는 마찬가지였다.

이 안에 있는 그 모든 물건들, 풍요로운 삶. 특히나 물! 그리고 이 요새처럼 단단해 보이는 구조의 커다란 건물.

이 안에 안전하게 입성하기만 하면 한동안은 생존에 대한 고민 없이 살 수 있다.

그렇기 때문에 그 지독한 일들을 꾹 참아 가며 했고, 이제 막 보상이 이뤄지려는 참이다. 두근거리지 않는다면 그게 더 이상하다.

"들어가기 전에 마지막으로 한 번 더 확실히 하자."

보안관이 해머를 짚으며 말했다.

"내가 제일 앞서서 갈 거야. 내 앞으로 아무도 나가지 마. 괜히 마음에 드는 물건 있다고 흥분해서 뛰어나가면 위험해."

"넵! 대장님!"

삼식이와 제니가 거수경례를 하며 꼿꼿이 몸을 세운다. 삼식이는 그나마도 왼손으로 했다. 보안관은 신경도 쓰지 않고 다음 주의 사항을 말한다.

"플래시로 비췄을 때 뭐든 보이면 곧바로 소리 내서 말하기야. 그리고 확인은 내가 하는 거니까 함부로 손대지 말고."

"근데, 진짜 그렇게 쫄 만큼 위험해? 셔터 안에 유리문이 깨진 채로 꼬박 하루 가까이가 지났는데, 좀비가 없잖아. 어저께 이 앞에서 시체 치울 때에도 안쪽이 조용했고. 안쪽에 뭐가 있기는 해?"

삼식이가 원론적인 질문을 한다. 보안관이 진지한 얼굴로 대답했다.

"안에 뭐가 있는지 나도 모르지. 모르니까 일단 몸을 사리라고. 우리들 중에 누구든지 손톱만큼이라도 물리…… 아니, 다치는 거는 절대 싫어. 조심해서 손해 보는 건 시간밖에 없는데, 우리가 시간은 좀 넉넉한 편이잖아."

"야, 네 말 뭔 소리인지 알겠는데…… 그런데 이건 꼭 지고 가야 되냐? 어차피 이 안에 들어가면 다 있는 거잖아. 불편한데 벗어 놓고 가자."

신입이 배낭을 들썩거리며 말했다. 유빈이 정해 둔 표준 생존 장비, 즉 스패너와 망치, 물병, 하루 치 먹을 것이 들어 있는 배낭이라 무게는 좀 된다. 잔소리꾼 유빈이 곧바로 차단했다.

"안 돼에~ 벗지 마. 버릇처럼 메고 다녀야 돼. 특히 낯선 데는. 그 가방 안에 든 작은 배터리 하나가 네 생명을 구할 수도 있어."

"오케이, 오케이. 알아들었으니까 들어가기나 하자."

기분 좋은 날이라서 그런지 신입도 더 고집 피우지 않았다. 헤드 랜턴의 스위치를 켠 보안관은 코스트코 셔터의 자물쇠를 풀었다.

드르르륵—.

셔터를 올리고 천천히 안으로 들어간 보안관이 들어오라는 신호를 보낸다. 보안관 바로 뒤에 야구방망이를 든 태권 소녀가, 그 뒤에 플래시를 든 제니와 신입, 그리고 휠체어를 미는 삼식이가 걸어 들어갔다.

맨 뒤에는 유빈이 섰다. 셔터를 내려놓았지만 잠그지는 않았다. 여차하면 튈 수 있어야 하니까.

환한 대낮인데도 코스트코 내부는 어두웠다. 매장에 창문이 없는 구조여서 외부의 빛이 들어올 수 있는 통로가 아예 존재하지 않는다. 헤드 랜턴과 플래시의 불빛에 온전히 의지해야만 한다.

"어휴~!"

보안관이 악취 때문에 진저리를 쳤다. 무빙워크가 있어서 공기가 완전히 갇혀 있지는 않았을 테지만, 그래도 매장에 들어서자마자 썩은 악취가 강하게 진동한다.

"무빙워크 쪽부터!"

보안관은 매장 왼편으로 방향을 잡았다. 철망으로 막힌 벽을 따라 몇 걸음 더 들어가자 태권 소녀에게 들은 대로 무빙워크가 나타났다.

보안관은 신경을 곤두세운 채 엉망으로 얽혀 있는 카트들과 그 너머를 살폈다. 난간과 바닥에 머리가 깨지고 허리가 접힌 채 죽어 있는 좀비들의 시체가 널브러져 있다.

움직이는 것은 보이지 않는다. 복도의 끝에는 아래층에서 올라오는 무빙워크가 있다. 아직 1층 정찰이 끝나지 않았으니 거기까지 들어가면 안 된다. 고립될 수도 있기 때문이다.

"막아 놓자."

보안관이 뒤쪽을 경계하는 동안, 유빈과 삼식이가 카트들을 모아서 복도 전체를 막는 바리케이드를 이중으로 쳤다. 이제 만약 뭔가가 이리로 지나온다면 카트의 쇠가 요란하게 찰캉거리게 될 거다. 이제 뒷문 단속은 끝났다. 본격적인 매장 탐방에 나설 차례다.

"저거 봐!"

삼식이의 손가락과 헤드 랜턴 불빛이 가리키는 곳으로 모두의 고개가 돌아갔다.

철책의 격자무늬 철망 사이로 매장 안에 걸려 있는 대형 튜브 욕조가 보인다.

아이들 두세 명은 족히 들어가 물놀이를 즐길 수 있을 만한 크기다. 그 옆에도 여러 종류의 물놀이 용품들이 잔뜩 매달려 있다.

"야아~."

모두의 입에서 탄성이 터진다.

저걸 옥상에 올려 두고 물을 가득 담아 햇살을 받으면서 목욕 겸 물놀이를 할 수 있다면…… 그리고 맥주를 한잔!

"흥분하지 말자, 아직은."

보안관이 조심스러워하며 말했다. 하지만 실은 그 역시 두근거리고 있다.

무빙워크 쪽에서의 접근을 차단한 일행들은 두 번째 단계에 돌입했다.

매장 수색!

말이 수색이지, 뭐 좋은 게 있는지 눈으로 확인하는 시간이다.

이 단계에서 가장 유념해야 하는 사항은 물건에 홀리지 말고 위험 요소가 없는지에 집중해야 한다는 것이다. 물론 알면서도 지키기 어렵다.

"직진해서 오른쪽으로 한 칸씩 확인해 나가자."

내부 구조를 아는 태권 소녀와 보안관이 이동 경로에 대해 논의하고 있을 때, 삼식이는 비어 있는 여러 개의 카트 중에 깨끗한 놈을 골랐다.

"규영아, 여기로 바꿔 앉자."

카트를 골라서 가지고 온 삼식이는 규영이를 번쩍 안아 올려 그 안에 집어넣었다.

"다리 편하게 됐어? 어때?"

규영이가 카트 뒤쪽에 기댈 수 있게 도와주며 삼식이가 물었다.

네, 규영이는 고개를 끄덕였다. 삼식이는 카트를 가볍게 앞뒤로 밀어 보고 방향도 바꿔 본다.

"엉덩이 울려?"

"아, 아뇨. 그냥 괜찮은 편이에요."

"좋아, 이렇게 하면 우리는 정찰과 쇼핑을 동시에 할 수 있게 되었지. 여기 있으면 아래쪽에서 물릴 위험도 없고, 여차할 때 돌파하기도 좋을 거야. 부우웅~."

혜주가 힐끔 뒤를 돌아보았다가 빙긋 웃어 주고 다시 보안관과 이야기를 마저 한다.

"여기가 출구 쪽인 거 잘 기억해 둬."

매장 입구에 걸려 있는 커다란 표지판을 가리킨 뒤, 보안관이 앞장서서 들어갔다. 그런데 사실 다들 그리 긴장하지는 않고 있었다. 단순히 물욕에 눈이 먼 것은 아니다.

그동안 경험한 대로라면, 몰래 숨어서 인기척을 숨기는 좀비라는 건 없다. 지금까지 아무 일이 없다는 건 그린 라이트일 가능성이 99퍼센트다. 지금 조심하는 건 단지 그 나머지 1퍼센트가 생명을 빼앗을 수도 있기 때문이다.

물건들이…… 정말이지 엄청나게 많았다. 일반 대형 마트처럼 진열되어 있는 물량으로 끝나는 게 아니라, 그 위층으로 선반 두 개에 걸쳐 팰릿째 포장된 예비 물품들이 빼곡히 쌓여 있다.

다가올 가을은 물론이고, 내년 가을이 지날 때까지도 끄떡없을 것 같은 물량이다.

"오, 선탠오일. 이런 건 하나쯤 있어 줘야지."

매장 입구의 계절상품 전시대를 지나며 삼식이는 태닝 오일 한 병과 비치 타월 두어 장을 집어 규영이에게 넘겼다.

그걸 카트 바닥에 내려놓으며 규영이가 히죽 웃는다.

제니 누나의 등에 이걸 발라 주는 상상만 해도…… 후후후.

"우와! 오빠, 저거 마음에 들어요."

공기 주입식 소형 물놀이 풀장들이 천장에 주렁주렁 매달려 있는 지점을 지날 때, 제니가 그중 하나를 가리켰다. 두 명이 겨우 들어갈 수 있을 크기에 하얀색 사각형이고, 옆에는 컵 홀더와 물총까지 달려 있다.

태권 소녀도 흥미가 가득한 얼굴로 다양한 모양과 크기의 풀장들, 그리고 튜브들을 바라본다.

"이것도 괜찮은 것 같아. 예쁘다."

그녀가 말한 것은 옆면에 분홍색 별과 하트가 그려진 둥근 풀장이다.

어머, 진짜. 언니, 잘 골랐다…….

제니가 맞장구를 치고 뭔가 여자들만의 수다 분위기가 만들어진다.

"아냐! 아냐! 이따가~ 한 바퀴 돌고 나서 안전해진 다음에."

맨 뒷줄에 서 있던 유빈이 시어머니 역할을 해서 대화를 깬다.

다시 일행은 전진. 이번에도 또 거대한 유혹이 밀려온다. 등나무 그네 의자…… 거기에 대형 파라솔, 바비큐 세트. 해먹까지…… 열대 휴가 풀세트다. 조금 전에 유빈의 잔소리를 들었건만, 멈춰 서고 싶다.

"으음, 이거는 옥상에 올려놓을 수밖에 없겠네."

그 곁을 지나며 삼식이가 진지한 얼굴로 중얼거린다. 녀석이 규영이를 태운 카트에는 어느새 여러 가지 물건들이 잔뜩 쌓여 있다. 별로 꼭 필요한 물건들도 아니다. 그사이 규영이는 홍삼액을 뜯어서 쪽쪽 빨아 먹고 있다.

옷들이 쌓여 있는 공간을 지나서 가전제품과 사무 용품이 진열된 칸을 통과했다. 커다란 TV와 냉장고, 에어컨들이 잔뜩 늘어서 있지만, 거의 무용지물이다.

가전제품은 아무래도 꺼려진다. 발전기를 동원해서 소주를 식혀 먹는 사치를 부려도 되는 것인지, 또 그렇게 하는 행동이 혹시라도 좀비들을 꾀는 것은 아닐지 걱정이 되기 때문이다.

이따금씩 엎어져 있는 냉장고나 피가 튄 흔적들, 상품이 다 쏟아져 내린 진열대들이 눈에 들어온다. 이 안에 갇혔던 사람들이 좀비를 피해 필사적으로 달아나던 흔적이다.

그것들이 눈에 띄자 물놀이 생각에 느슨해졌던 긴장감이 다시 올라간다. 죽음은 언제든 닥쳐올 수 있다.

"랜턴이네."

조명 기구 진열대에서 걸이용 손잡이가 달린 랜턴을 발견한 보안관이 흥미를 보인다. 전시품을 집어 든 태권 소녀가 위아래를 돌려 가며 살피다 스위치를 찾았다.

팟—.

랜턴이 켜지자 사방으로 빛이 뻗으며 순식간에 주변이 다 환해진다. 플래시로 한 방향만 비출 때의 답답함이 해소되는 기분이다. 랜턴을 위로 들어 올리며 태권 소녀가 말했다.

"아늑하네. 이 정도면 한 칸에 세 개 정도씩만 걸어 놔도 굳이 플래시 안 켜고 다닐 수 있겠는데?"

"그렇게 하자. 물건도 산더미처럼 쌓여 있구만. 여기서 박스 다 뜯은 다음에 카트에 담아서 끌고 가다가 길목마다 하나씩 걸어 놓자."

유빈이 적극적으로 찬성했다.

"그래? 그럼 배터리부터 찾아야 하는데……."

주변으로 눈을 돌리자 엘리베이터 전체를 꽉 채울 수 있을 만큼의 배터리가 진열되어 있다.

역시 소비자의 동선을 감안한 배치. 상술이 보통이 아니다. 물론 그 위로도 두 칸에 걸쳐 예비 박스들이 채워져 있다.

우와~. 그들은 자신들이 대량생산 자본주의의 천국에 와 있음을 재차 실감했다.

보안관과 태권 소녀가 양쪽에서 길목을 지키고 있는 동안, 나머지 일행들은 랜턴 포장을 벗겨 내고 AA 사이즈 배터리를 채워 넣었다.

사용 설명서에 따르면 25시간 연속 사용이 가능하다니까, 오늘 여기에서 돌아다니는 동안에는 계속 환하게 지낼 수 있다.

유빈이 근처에서 끌고 온 카트에 배터리를 채운 랜턴들을 차곡차곡 담았다. 후텁지근하고 악취가 가득한 공간 속에서 땀을 뻘뻘 흘리면서도 다들 웃고 있다. 즐겁다.

"밝다. 훤하네!"

길목마다 랜턴을 걸어 두거나 올려 두니 눈이 다 시원하다. 물론 선반에 튄 핏자국도 더 선명하게 보이기는 한다.

다시 전진. 랜턴을 담은 카트는 신입이 밀고, 제니가 계속 꺼내 놓는 역할을 맡았다.

주방 기기, 헬스 용품, 비타민, 목욕 용품, 세탁 용품 따위를 모두 지나서 우측 벽과 붙은 맨 마지막 칸에 마실 것들이 있었다.

물, 탄산수, 탄산음료, 스포츠 음료, 에너지 음료…… 그리고 그 오른편의 문이 열린 창고 안에는 진열된 것보다 훨씬 더 많은 물이 그득그득 쌓여 있다. 한쪽에 세워진 지게차로 실어 날라야 할 정도의 물량들이다.

만세! 만세다! 창고 바닥이 말라붙은 피로 점철이 되어 있든 말든 지금 이 순간만큼은 만세다.

"주문하시겠습니까? 뭘로 드릴까요?"

삼식이가 웨이터 자세를 취하며 제니에게 물었다. 제니가 고상한 척 옆머리를 넘기며 대답한다.

"음…… 페리에로 할게요. 레몬은 얹지 마세요."

"탁월하십니다."

삼식이는 페리에 박스를 뜯어 제니에게 건네며 태권 소녀를 향해 고개를 돌렸다. 태권 소녀는 조금 쑥스러워하면서도 장난에 동참했다.

"저는 에비앙으로……."

그렇게 모두가 어린애 같은 표정이 되어 음료수 박스를 뜯어 마시고 있을 때, 레드 불을 벌컥거리던 신입이 말했다.

"야, 그런데 맥주가 없잖아. 비싼 양주 같은 것도…… 생각해 보니까 지금 지나쳐 온 거, 다 먹지도 못하는 것들뿐이잖아."

태권 소녀가 대답했다.

"그건 한 층 더 내려가야 돼. 먹을 건 주로 거기에 있어."

일행은 음료수를 쭐쭐 빨면서 지하 1층 이동 전용 무빙워크 쪽으로 움직였다. 컴컴한 지하 1층에는 고기와 야채 썩는 냄새가 잔뜩 깔려 있어 어지간히 숨쉬기가 불편했다. 간간이 바닥에 떨어져 깨진 포도주가 발효한 냄새도 섞여 있다.

팟, 제니가 랜턴을 켜서 박스에 올렸다. 생각보다 깨진 유리병이 많다. 다 치우려면 시간이 좀 필요할지도 모르겠다.

"네가 좋아하는 게 처음부터 나왔네."

각종 술들이 진열되어 있는 모습을 보며 삼식이가 신입을 돌아봤다.

맥주, 양주, 포도주, 보드카, 소주, 사케…… 난리가 났다.

"이것 봐, 이건 비싼 거라서 진열장에 넣어 놨나 봐. 사토 페트……뤼스, 원산지 프랑스, 에…… 가격이…… 와, 세다. 이십육만 팔천이백칠십구십…… 아, 아니네. 이백육십…… 260만 원! 이거 한 병에? 보안관, 이것 좀 봐! 이게 거의 300만 원 돈이야! 우와!"

강화 아크릴 커버 안에 눕혀 놓은 와인을 구경하던 삼식이가 눈을 동그랗게 뜨고 탄성을 질렀다.

"진짜? 에이, 네가 잘못 봤겠지."

오류를 지적하려던 유빈도 '오호!' 하고 감탄한다. 정말로 와인 한 병에 그 값이다. 바로 옆에도 400만 원짜리 코냑과 170만 원짜리 위스키가 있다.

"이게 돔 페리뇽이구나. 이름만 들어 봤지, 실제로 보는 건 처음인 것 같다. 이것도 20만 원이 넘는데 비싼 것들 사이에 있으니까 왠지 싸구려 같네."

신입과 삼식이, 유빈이, 세 촌놈이 고가의 술을 보고 고개를 끄덕이며 군침을 삼킨다. 엄청나다. 평생 먹어 볼 일 없었을 술들이 잔뜩 있다.

"역시 이런 날은 샴페인이죠! 뜨뜻한 것도 맛이 있을까? 어쨌든 우리 이거 가져가서 이따가 마셔요."

제니도 진열장 속의 돔 페리뇽을 가리킨다.

"네가 사는 거야?"

삼식이가 물었다. 제니가 진지하게 대답한다.

"네! 돈 받으러 오면 제가 다 낼게요. 걱정 말고 드세요."

"그럼 이 샤토 페트…… 그것도 마실까? 260이야."

"응, 무한정! 뭐든지!"

오케이! 삼식이는 만족스러운 표정으로 자물쇠를 뜯어냈다. 그러고는 고가의 와인 두 병과 코냑 한 병, 샴페인 네 병을 꺼내 규영이 옆에 놓았다.

파티를 위한 시간이 다가온다. 치익, 신입은 벌써 맥주 캔을 따서 기울이며 따라오고 있다.

많은 신선 식품들이 아깝게도 썩어 버렸지만, 음식은 아직 잔뜩 남았다. 포테이토 칩과 과일 통조림만 먹어도 몇 달은 문제없이 버틸 수 있을 정도다.

"어, 형! 나 저거! 저거요! 말린 체리."

규영이가 찍으면 삼식이가 집어서 준다. 규영이의 카트 안은 각종 과자와 안주로 덮였다. 코스트코 내부 정찰을 다 끝마쳤을 즈음, 평화로운 행진의 맨 앞을 걸어가던 보안관이 진열대에서 뭔가를 집어 뒤로 돌아섰다.

"자."

그가 태권 소녀에게 내민 것은 커다란 봉지에 꽉 찬 거미베어 젤리였다.

"네 거 여기 있네. 고생 많았어."

어? 어어……

태권 소녀가 조금 볼을 붉히며 젤리를 받는다. 그러고는 모깃소리같이 작게 대답했다.

"고마워."

"이제 셔터 내리고 목욕하자! 실컷 돌아봤다."

삼식이가 팔을 들어 올리며 외친다.

목욕! 제니도 합류했다.

"아…… 아직 시체도 다 안 치웠는데…… 바닥 청소도 한번 해야 하고…… 할 일 다 해 놓지 않고 그러면 마음이 편치 않잖아. 목욕은 정리 다 끝내 놓은 다음에 해도……."

걱정왕 유빈이 만류하려 들었지만, 곧바로 야유가 쏟아진다.

우~ 우~.

그의 편은 한 명도 없다.

"목욕…… 근데, 뭘 입고 하려고? 옷 같은 것도 준비해 와야 하잖아."

"위층에 수영복 잔뜩 있던데."

거미베어 봉지를 소중하게 들고 있는 태권 소녀가 무뚝뚝하게 대답한다.

수영복?

그 한 단어에 몇 명인가는 가슴이 두근댄다. 유빈은 또 핑계를 대 봤다.

"물을 목욕할 만큼 실어서 올라가려면 하루 종일 걸릴걸? 생각해 봐, 네 층이나 끌고 올라가야 돼."

"타이어 갈러 와서 열쇠 맡겨 놓은 차들 몇 대나 서 있더라. 자동차 배터리 바꿔서 그걸로 옥상까지 셔틀버스 운행하면 돼."

"어머! 그럼 그 차 에어컨으로 샴페인도 식혀서 먹어요!"

그래도 유빈은 바닥에 굴러다니는 깨진 병 조각과 핏자국이 계속 신경 쓰인다.

"으, 이렇게 어지럽혀진 상태에서 노는 건 성미에 진짜 안 맞는데……. 내가 한 이틀만 더 참으라고 하면……."

우~ 우~!

또 야유. 어린애처럼 유치하게 다들 한마음이 됐다. 이러면 이길 도리가 없다. 유빈은 어쩔 수 없이 고개를 끄덕였다.

"알았어. 근데 오늘만 날이 아니니까 간단하게 하자."

다들 고개를 끄덕인다. 하지만 그들 중 진심으로 동의한 사람은 단 하나도 없었다.

04

"내가! 세상의 왕이다!"

잔뜩 흥분한 신입이 맥주를 입과 얼굴, 가슴에 부으며 생난리를 친다. 늘 구석에 음침하게 서서 꿍얼대던 놈이 그러고 있으니 유빈조차 잔소리를 못 하겠다.

하긴, 유빈도 가슴이 계속 두근거린다. 옛날 해적들이 보물섬을 찾으면 이런 기분이었겠지 싶다. 매일 샤워를 한다거나 하는 미친 짓만 벌이지 않으면 이제 배고프고 목마를 일은 없다. 아주 오랫동안.

지난 두 시간 동안 코스트코 옥상은 호텔 수영장 뺨치는 초호화 리조트로 변모했다. 대형 파라솔 그늘 아래에는 식탁과 등나무 의자, 그물 침대가 설치되어 있고, 공기 주입식 풀은 세 개나 된다. 식탁에는 음료수, 과자, 술이 넘치도록 쌓였다.

"하하하하!"

삼식이가 밝게 웃으며 공기 주입식 풀에 물을 붓는다. 풀 하나를 채우기 위해 깜짝 놀랄 정도로 많은 양의 물이 필요하다.

평소의 유빈이었다면 당장 멈추라고 말렸겠지만…… 뭐, 코스트코 정복 첫날이니까 이 정도 사치는 누려도 된다고 스스로를 납득시켰다.

그 지옥 같은 시간 동안 묵묵히 함께 고생한 것을 생각하면 친구들 모두 이보다 더 큰 상을 받아도 된다. 풀장은 위에 비닐 커버를 씌워 두면 몇 번쯤은 반복해서 사용할 수 있다. 아까운 물은 몸을 담그는 순간 땟국물로 곧장 변하겠지만.

코스트코의 물탱크에 아직 물이 남아 있다는 것도 든든한 부분이다. 매장에 있는 브리타 정수기를 이용하면 정 급할 때 식수로도 쓸 수 있을 것이다.

여기는 사람들이 농성을 하며 버틴 곳이 아니라 순식간에 휩쓸려 떼죽음을 당한 곳이어서 모든 게 바닥을 드러내지 않았다.

"하아~."

유빈도 간만에 마음의 평화를 느끼며 접이식 해변 의자에 몸을 뉘었다. 반바지와 슬리퍼 차림으로 바람을 맞고 있으니, 아직 물에 들어가지도 않았는데 벌써 극락이다.

"에헤헤헤."

보안관이 그물 침대를 흔들어 주자 규영이 환하게 웃는다. 옥상의 반대편, 자동차 안에는 아직도 규영의 형이 있지만, 오늘은 말해 주지 않고 일단 덮어 두기로 했다.

즐길 수 있을 때 실컷 즐겨 두고 싶다. 제니와 태권 소녀가 화장실에서 수영복으로 갈아입고 나오면 그때부터 본격 풀 파티 시작이다.

"갈아입었어? 자, 아무 데나 골라서 들어가!"

삼식이가 제니와 태권 소녀에게 말을 건네는 소리에 유빈은 자신도 모르게 그쪽으로 고개를 돌렸다. 다른 남자들의 고개도 일제히 돌아간다.

꿀꺽!

오버 사이즈의 얇은 집업 재킷을 위에 걸치고 나온 제니와 태권 소녀가 풀의 종류에 관심을 보인다.

"우와, 풀이 세 개나 되네요? 어머, 이 색깔 봐."

"그러게. 전부 물일 거라고 생각했는데, 이건 뭐야?"

삼식이가 자신 있게 대답했다.

"동그란 풀에 든 건 녹차, 네모난 건 그냥 물, 그리고 여기 이건…… 비장의 삼식이 스페셜."

"흠, 흠, 이거…… 맥주 아니에요?"

"맞아, 맥주 풀이야. 꿈이 이뤄지는 거지."

별것도 아닌 농담에 까르르, 까르르, 웃으며 제니와 태권 소녀는 어느 풀로 들어갈지를 고른다. 결국 그녀들은 생수 풀부터 들어가기로 했다.

둘이 거의 동시에 재킷의 지퍼를 내릴 때, 삼식이를 제외한 남자들은 초고도의 집중 상태로 눈에 힘을 주었다.

"어라! 비키니 아니잖아? 아까 한참 고르는 것 같더니……."

신입이 자신도 모르게 내뱉었다가 무안해져서 급하게 고개를 돌린다. 제니와 태권 소녀, 둘 다 래시 가드를 입고 있다.

"이 안에 입었어요."

제니가 머리를 틀어 올려 묶으며 대답해 준다. 물속에 먼저 들어가서 다리를 쭉 편 태권 소녀가 아무렇지도 않게 말한다.

"내가 이거 입자고 했어. 너무 비교되는 거 싫어서. 으아…… 좋다."

"……그, 그러면 목욕이 안 되잖아. 걱정되는데……."

"이따가 너희 내려가라 하고 우리 둘만 있을 때 씻을 거야. 걱정하지 마. 그리고 경고하는데, 더 지껄이면 곧바로 한 대 찬다. 물볼기 맞으면 더 아플걸? 입든지 벗든지 내 맘이다."

신입은 힘없이 입을 다물었다. 하지만 억울한 것은 신입 혼자만이 아니다. 그 물 침대 쪽의 규영이와 보안관도 멍해져 있다.

맥주를 벌컥벌컥 들이켠 보안관이 규영이에게 자신의 분노를 토로한다.

"후우~ 래시 가드 만든 새끼, 누군지 몰라도 감옥에 처넣어야 돼. 네 생각은 어떠냐?"

"나도 속상하긴 한데요. 그러지 말고 물에 어른거리는 저 선이랑 다리를 봐 봐요. 지금 눈에 보이는 것도 충분히 아름답잖아요. 그걸 감사하면서…… 나쁜 일은 일어나기 마련이다. 그것에 어떻게 반응하느냐가 나의 성품과 삶의 질을 결정한다. 월터 앤더슨. 그건 그렇고, 아…… 카메라를 가지고 왔어야 하는 건데……."

보안관은 규영의 얼굴을 잠시 바라보다가 고개를 끄덕였다.

하긴 예전 내 소원은 제니가 와이셔츠만 입고 있는 걸 보는 거였으니까…… 이 정도면 꽤나 근접했다.

"터뜨린다?"

삼식이가 자동차 에어컨을 쐬고 있던 샴페인 병을 가져와 열심히 흔든다. 그러고는 허락이 내리기도 전에 곧바로 마개를 젖혔다.

퐁—.

샴페인의 흰 거품이 높이 터져 나오며 사방으로 치솟는다. 삼식이는 모두를 향해 골고루 병을 흔들고 뿌려 댔다.

"하하하하!"

20만 원짜리 샴페인의 반 이상을 뒤집어쓰고 나니 모두의 얼굴에 더 큰 웃음이 피어났다. 일회용 플라스틱 컵에 샴페인을 따라 제니와 태권 소녀에게 나눠 준 삼식이는 맥주 풀 안으로 풍덩 뛰어들었다.
　"으흐흠~ 달달하구나."
　병째 샴페인을 기울이고 나서 삼식이가 고개를 갸웃거린다.
　"지금 마신 한 모금이 만 원이라니…… 나한테는 너무 사치스러운 것 같은데. 어디……."
　그러고는 플라스틱 컵으로 자신이 몸을 담그고 있는 풀 속의 맥주를 떠서 시원하게 쭈욱 들이켰다.
　카아! 역시 이게 더 낫다.
　삼식이는 만족했지만, 보고 있던 보안관이 기겁을 한다.
　"야, 너 그거 네 땟국물이잖아. 멀쩡한 맥주 두고 왜 그걸 마셔?"
　"하하하, 때는 이러~옇게 밀어내고 뜨면 되지. 이렇게 건져 내도 되고. 너도 들어와서 이렇게 한잔해 봐. 이거 완전 짱이야."
　"됐어, 너나 실컷 마셔. 자, 규영아. 우리도 물에 몸 좀 담그자. 웃차."
　보안관은 규영이를 그물 침대에서 들어 올려 녹차 풀 쪽으로 걸어갔다. 규영이가 뻔뻔한 얼굴로 제니와 태권 소녀를 돌아보며 말한다.
　"아…… 내가 미처 말을 못 했는데요, 나는 녹차 안 돼요. 알레르기가 있어서 녹차가 닿으면 뭐가 막 나고 엄청 가려워져요. 그냥 물에 들어가야 돼요. 생수 풀 쪽에."
　이놈 봐라?
　보안관은 의심이 가득한 눈으로 규영을 봤다. 녀석은 시선을 마주치지 않고 딴청을 피운다.
　"이리 들어와 봐요, 오빠. 그렇게 서 있지 말고."
　제니가 수면을 찰박거리며 다리를 오므려 자리를 만든다. 황송하옵게도…… 보안관은 좋으면서도 수줍어서 쭈뼛거렸다.

"그, 근데 내가 들어가면 불편하지 않아? 여자들만 있는데."
"에이, 그런 게 어디 있어요. 그리고 이거 다 오빠들이 힘들게 싸워서 얻은 거잖아요. 빨리 와요. 에잇! 이래도 안 와요?"
제니가 물을 쫙쫙, 끼얹는다. 자, 태권 소녀도 한쪽으로 다리를 모아 준다.
그, 그러면…….
보안관은 규영이와 함께 첨벙 물속에 몸을 집어넣었다.
커다란 덩치의 보안관이 규영이까지 안고 들어가자 순식간에 물이 확 넘쳤다. 출렁거리며 흘러넘치는 물을 보면서 제니는 가벼운 환호성을 지른다.
"잘했어."
규영을 자리에 앉혀 주며 보안관은 작게 귓속말을 속삭였다. 이 어리고 뻔뻔한 변태 놈 덕분에 제니와 같은 풀 속에 들어올 수 있었다.
"오빠, 이쪽으로 다리 펴요. 큰 사람이 그렇게 하고 있으면 불쌍해 보여요."
제니와 불과 몇 센티 차이를 두고 나란히 다리를 뻗고 있다니, 이게 꿈이라면 나는 영원히 깨고 싶지 않다…….
보안관은 신체 변화를 들키지 않기 위해 엉덩이를 뒤로 빼며 몸 전체에 힘을 줬다.
흐읍! 강철 같은 근육으로 제니의 시선을 사로잡겠노라는 유치한 의지였다.
과연 효과가 있다. 태권 소녀와 제니는 그를 빤히 쳐다본다. 옆에서 물장난을 하고 있는 규영이를 보는 게 아니다.
'오빠, 눈이 부셔요.'라는 말을 듣게 되면 어쩌지?
보안관은 괜히 두근거리며 제니의 눈을 마주 봤다. 태권 소녀가 피식 웃음을 터뜨린다.
"왜? 왜 웃어?"
"아~ 아니, 별건 아니고, 그…… 면 티 자국이 너무 선명해서 꼭 분장한 것처럼 보여서……."
"언니도 그 생각 했어요? 저도요!"

두 미소녀가 까르르 넘어갈 때, 보안관은 자신의 몸을 내려다봤다. 다른 친구들도 다 그러니까 특이하다고 인식하지 못했는데, 목 위와 팔이 너무 새까맣게 타서 아직도 옷을 입고 있는 것 같다. 노가다 때보다 몇 배나 심해졌다.

"이, 이상해?"

보안관이 부끄러워하면서 두 손으로 커다란 몸을 가리려 들자, 태권 소녀가 더 당황해서 얼른 손을 내젓는다.

"아냐, 너 몸 좋아. 승모근도 좋고, 삼각근도 전면, 측면, 후면 다 엄청 크고 모양도 잘 잡혔어. 광배근도 그렇고, 전완근도 너처럼 발달한 사람 보기 드물어. 아무나 가질 수 없는 몸이야. 놀린 거 아니야."

음…… 분명 칭찬을 듣긴 들었는데, 뭔가 인간으로서 칭찬받은 게 아니라 고기 품평을 받은 느낌이다.

이 마블링과 육질을 좀 봐! 1++ A등급 한우로군!

보안관이 아직도 손을 내리지 못하고 있자, 제니가 미소를 지으며 말했다.

"오빠, 멋있어요."

그, 그렇지?

보안관은 다시 슬금슬금 손을 내리고 가슴을 쫙 폈다.

"젠장, 쟤 옷 좀 입으라고 하면 안 되냐? 몸이 좋아도 좀 어지간히 좋아야지. 내가 꼭 어린애 같아서 근처엘 못 가겠잖아."

신입이 새로 딴 샴페인 병을 가지고 맥주 풀 안으로 들어오며 중얼거렸다. 여전히 컵으로 휘휘 저어 맥주를 떠서 마시고 있던 삼식이가 대꾸한다.

"어린애 같으면 어때. 이런 사람 있고, 저런 사람 있는 거지. 아 참, 오줌 싸면 안 돼. 나 이거 떠서 마시고 있으니까."

"너는 이 새끼야, 잘났으니까 아무렇지도 않게 그딴 말을 씨부릴 수가 있는 거야. 내 입장이 되면 안 그렇다고. 아이! 다리 좀 오므려 봐! 자꾸 닿잖아. 다리도 씨발, 존나게 기네. 야, 그건 그렇고, 이거 죽이기는 한다. 톡 쏘는 게…… 한 병에 20이라고 그랬지?"

신입은 투덜거리면서도 샴페인을 홀짝거리고 라벨을 보면서 행복해했다. 삼식이는 자신이 옆에 놓아두었던 모엣 샹동 샴페인을 들어 올려 보여 주었다.

"나는 이거랑 그렇게 큰 차이 모르겠던데, 값은 거의 네 배 되더라. 너, 이것도 한번 먹어 봐. 눈 감고 마시면 구분 못 할걸?"

"지랄, 너는 입이 싸구려니까 그렇지."

"하하, 엄밀히 말하자면 틀린 말은 아니네. 지금 이것도 먹어 본 술 중에 꽤나 비싼 편에 속하니까. 아닌가? 제일 비싼 건가?"

"나도 여자애들이랑 같은 풀에서 놀고 싶구만. 자기 목욕한 물 마시는 또라이 말고."

신입이 한숨을 내쉰다.

하하하, 삼식이는 밝게 웃었다.

"아직 해 떨어지려면 멀었어. 한참 더 놀 건데 뭐."

뭔가 부산스럽던 유빈이 일을 다 마치고 돌아와 녹차 풀에 몸을 담근다.

"여기는 통 인기가 없냐?"

유빈은 건너편 풀의 삼식이와 신입을 향해 맥주 캔을 들어 올렸다. 셋은 허공에서 건배를 하고 일제히 고개를 젖혔다.

"근데 유빈아, 여태까지 뭐 했어? 혼자서?"

"아아, 늬들 꽐라 될 때까지 다 취하면 어디서 재울까 그거 궁리했어. 우리 둘이 보안관 업고서 모텔까지 못 갈 거니까. 모텔을 가도 그 비밀 통로로 올리지를 못하겠지."

"우리 오늘 꽐라 돼?"

"100프로지. 저 술 양을 좀 봐라. 보안관 새끼…… 지금도 또 새로 샴페인 딴다, 저거. 혜주는 주량이 어떤지 모르겠네. 안주도 젤리만 먹던데."

"하하, 그래서 어디에서 재울 건데?"

"승합차 한 대 문 따고 좌석 다 눕혀 놨어. 덮고 자라고 타월도 몇 장 놔뒀고. 몇 명은 거기, 몇 명은 우리 타고 올라온 차. 그렇게 하면 대충 하룻밤이야 보낼 수 있겠지, 뭐. 여름이니까."

유빈은 걱정 대장답게 손가락을 꼽아 보다가 또 맥주 캔을 기울인다.

"녹차 풀은 어때요? 미끌미끌해요?"

제니와 혜주가 물에 젖어 착 달라붙은 래시 가드 차림으로 다가와 묻는다.

"나, 나도 녹차가 궁금하더라!"

신입이 벌떡 몸을 세워 일어나려다가 엉덩방아로 물보라를 일으켰다. 뜻밖의 바보짓에 또 한바탕 웃음이 터졌다. 주목의 대상이 된 것이 기분 좋은지 신입도 환하게 웃는다.

삼식이는 샴페인을 한 모금 들이켜고서 물에 띄워 둔 플라스틱 통을 끌어온다. 상자 안에서 담배와 라이터를 꺼낸 삼식이는 만족스러운 얼굴로 연기를 내뿜었다. 그러고는 주변을 둘러보았다.

담배, 술, 음식, 평화, 친구…… 전부 그가 좋아하는 것들뿐이다. 풍요롭고 고마웠다. 매력적인 여자가 없다는 게 좀 아쉽지만…… 그 정도는 참을 수 있다. 누구나 완벽할 수는 없는 거니까.

05

건대 쉘터 의무실의 고 하사는 초조한 마음으로 책상을 두드리고 있었다.

똑똑.

노크와 거의 동시에 문이 열린다. 그러고는 중년의 아저씨가 들어선다.

"어깨랑 목이 너무 결리고, 머리도 지끈지끈해서……."

아저씨는 자신이 얼마나 괴로운지 인상을 쓰는 것으로 표현하려 한다.

네, 고 하사는 아저씨의 하소연을 한참 들어 주고 서랍을 열었다.

이부프로펜 성분의 진통제. 이제 진통제는 이것밖에 없다. 그것도 딱 스무 알

뿐이다. 그가 임수정을 위해 따로 챙겨 둔 것들이다. 그녀는 이 약이 더 잘 맞는 것 같다고 했었다.

진통제가 다 떨어졌다.

이미 사흘 전에 왔어야 하는 보급이 계속 감감무소식이다. 강 소위에게 물어봐도 답답한 한숨만 지을 뿐이다. 내일 주변의 약국을 털어 가져오겠다고는 하지만, 역시 보급품이 없으면 감당이 안 된다. 특히나 진통제는 더 그렇다.

생존자들은 대부분 진통제에 의존하고 있다. 정신적인 스트레스를 육체적인 아픔이라고 착각하는지도 모르겠다.

고 하사는 두 알을 뚝 떼어 테이블에 올려놓았다.

"두 알 드리겠습니다. 지금 드시고, 저녁 드신 다음이나 가능하시면 내일 아침 식사 후에 드십쇼. 속이 쓰릴 수 있습니다."

"아이고, 두 알 가지고 불안해서 안 돼. 난 이놈의 통증을 아주 달고 사는데, 그거 한 판 몇 알이야? 그냥 그거 다 주면 되겠네."

아예 빼앗으려 달려드는 아저씨의 손을 피하며 고 하사가 두 알을 내밀었다.

"안 됩니다. 그렇게 남용하시면 이거 위 천공이 생겨서 큰일 날 수도 있습니다. 제가 관리를 해야 돼요."

엄포를 놓아 겨우 아저씨를 돌려보냈다. 사실대로 약이 다 떨어져서 넉넉히 줄 수 없다고 말할 수는 없다. 그랬다간 대번에 소문이 나고 먼저 약을 쟁여 놓으려는 사람들이 미친 듯이 달려올 테니까.

'이러다가 영영 보급이 안 오면 어쩌지?'

상상만 해도 끔찍해서 고 하사는 진저리를 쳤다. 약은 문제도 아니다. 당장 물과 실탄 보급이 끊기면…… 다 죽는 거다.

이제 열여덟 알.

고 하사의 마음은 조금 더 무거워졌다. 임수정에게 '약이 없어요.'라고 말하고 싶지 않다. 지금쯤 와 주면 정말 좋겠다. 여섯 알쯤 뚝 떼어 주고, 한동안 이걸 구하기 어려울지도 모른다고, 아껴 먹으라고 미리 일러 주고 싶다.

똑똑.

또 노크.

고 하사는 설렘과 두려움을 동시에 느끼며 고개를 들었다. 들어선 것은 가희다. 이 여자도 어지간히 진통제를 달고 산다.

"안녕하세요."

가희가 혀 짧은 소리를 내며 테이블 맞은편 의자에 앉았다.

"네, 안녕하십니까. 증상이 어떠신데요?"

"몸이…… 다 아파요. 관절도 뻐근하고…… 누구한테 맞은 것같이, 그렇게 아파요. 가희가 원래 몸이 약해서요."

이 여자의 통증 호소는 엄살이 아니다. 여전히 외모가 예쁘기는 하지만, 요즘 많이 초췌해졌다. 고 하사는 고개를 끄덕이며 진통제 두 알을 떼어 내밀었다.

"두 알…… 그러면 내일 또 부탁하러 와야 하는데요. 가희는 번거롭게 해 드리기 싫은데."

늘 넉넉하게 주던 것과 비교가 되는지 가희가 머뭇거린다. 고 하사는 얼른 말을 지어냈다.

"아, 이거요. 이게 전에 드시던 약과 다른 성분이 보급이 와서 조금만 드리는 겁니다. 약보다도요, 마음을 편하게 먹는
게 더 중요합니다. 그러면 통증도 줄어들 겁니다."

"그래야 하는 거 아는데요, 가희가 걱정이 많아서 그래요. 여려서."

"네, 그러신 것 같네요. 그런데 너무 걱정하지 마시고 마음 푹 놓으세요. 세상이 이렇게 되었어도 쉘터는 안전합니다."

고 하사의 조언을 들으며 자리에서 몸을 일으키던 가희가 물었다.

"여기가…… 정말로 안전할까요?"

그녀의 말이 어딘가 섬뜩하게 들려서 고 하사는 흠칫했다. 하지만 다시 생각해 보니 별것도 아닌 말이다.

많은 사람들이 안심하고 싶어서 흔히들 저렇게 묻는다. 일종의 보채기 같은

거다. 고 하사는 다시 평소의 얼굴로 돌아가 미소를 지어 주며 고개를 끄덕였다.

"그럼요. 철통같은 보안입니다. 걱정하실 거 하나도 없습니다. 대한민국 국군을 믿으세요."

"······그렇겠죠? 고맙습니다."

가희는 다소곳하게 고개를 숙이고 방을 나갔다. 또 두 알이 줄었다. 고 하사의 등에서 땀이 흘렀다.

가뜩이나 덥고 답답한 데다가 매일 아프다고 칭얼대는 사람들만 만나야 하는데, 이제는 약 개수까지 세고 있어야 하다니······. 차라리 좀비 대가리라도 쏠 수 있는 전투병이었으면 좋겠다.

똑똑.

의무실 문은 1분이 멀다 하고 노크 소리를 울려 댄다. 또 새 환자다.

"체한 것 같아요. 아까 밥 먹고 있는데 밖에서 총소리가 울리는 통에 딱 얹혔어요. 아우, 답답해."

아줌마는 아파 죽겠다고 하는데, 고 하사는 안도의 한숨을 내쉬었다. 진통제가 줄지 않아도 된다. 하지만 보급 없이 이렇게 얼마나 버틸 수 있을까?

가희의 방문으로부터 한 시간도 지나지 않았는데, 진통제는 이제 겨우 여섯 알 남았다.

"하아~."

고 하사는 한숨을 내쉬었다. 차별하면 안 되는 걸 잘 알지만, 이 약은 원래부터 임수정을 위해 챙겨 놨던 거다. 그런데 정작 약의 주인인 그녀가 오질 않는 동안 다른 사람들이 야금야금 조금씩 다 뜯어먹고 있다.

속이 상한다. 그녀의 것을 빼앗기고 있는 게 속상하고, 다른 사람에게 약을 줄 때 망설이는 자신의 모습에 실망스러워 속이 상한다.

중대장인 문 대위가 왜 그렇게 장교나 부사관들의 연애에 대해 엄격하게 대응했는지 이제는 절감할 수 있다.

사적인 관계는 공정함을 유지하는 데 확실히 어려움을 준다. 모든 게 넉넉할 때는 잘 드러나지 않지만, 당장 쪼들리기 시작하니까 고민이 깊어졌다.

고 하사는 계속 스스로에게 묻고 있었다.

만약 마지막 두 알이 남았을 때, 그때까지도 다른 환자가 문을 두드리면 어쩌지? 약이 없다고 해? 아니면 감기약 같은 대체품을 줘?

그렇게 하면 약은 남겠지만, 스스로의 양심과 수용자들 모두를 속이는 게 된다. 임수정뿐만 아니라 다들 너무나 절박한데…….

똑똑.

노크 소리가 난다. 고 하사는 머리를 푹 숙였다. 이 방문을 두드리는 사람들 중 자신과 즐거운 이야기를 나누고자 하는 사람은 거의 없다. 다들 아프다고, 괴롭다고, 네가 준 약이 듣지 않는다고, 조르기만 한다.

그동안은 잘 참았는데, 오늘은 그 역시도 영 괴롭다. 남은 하루만이라도 제발 그만들 좀 찾아와서 괴롭혔으면 좋겠다.

하아~ 또 어떤 사람이 어디가 아픈 걸까?

고 하사는 짜증을 부리지 않아야 한다고 스스로에게 다짐을 했다.

아픈 채로 여기에 갇힌 건 이 사람들의 잘못이 아니다. 어쩔 수 없던 거다. 그런데 노크 소리 뒤에 문 열리는 소리가 들리지 않는다.

응?

고 하사는 고개를 들었다.

다시 똑똑, 이번 노크는 좀 더 커졌다.

"네, 들어오세요."

고 하사가 답을 한 뒤에야 문이 열린다. 그리고 임수정이 들어섰다.

아아~.

고 하사는 자신도 모르게 안도의 탄식을 내뱉었다. 이렇게 다행스러울 수가.

"아, 피곤하시죠? 죄송합니다. 좀 참아 보려고 했는데 두통이 가라앉지를 않네요."

임수정은 한숨의 의미를 착각하고 쭈뼛거렸다. 고 하사는 손사래를 치며 의자를 권했다.

"아, 아닙니다. 앉으십쇼. 피곤해서 그런 거 아니에요. 그냥…… 후, 머리 아프세요? 참…… 계속 그러면 힘드실 텐데."

고 하사는 서랍을 열고 진통제를 꺼냈다. 이놈, 이 약…… 지금 테이블 너머에 앉은 그녀에게 이 약을 주지 못할까 봐 온종일 마음을 얼마나 졸였던가. 남은 여섯 알 중 네 알을 떼어 임수정에게 건네며 고 하사가 말했다.

"고맙습니다. 이렇게 와 주셔서…… 저 정말로 걱정을 많이 했었는데."

"네? 어떤 걱정을…….."

"약을 못 드리게 될까 봐 좀 무서웠습니다. 실망하는 얼굴을 보고 싶지 않았거든요."

"그게 무슨 말씀이신지 잘……."

임수정은 정확한 말의 의미를 이해하기 어려워 고 하사의 얼굴을 쳐다봤다. 고 하사도 자신의 설명이 불친절했다는 걸 깨닫고 설명을 보탰다.

"지금 받으신 약하고 이거 두 알이 쉘터에 남아 있는 이부프로펜 진통제 전부예요. 임수정 씨가 오시면 드리려고 모아 놨었는데, 근데…… 오늘 유난히 이 약을 찾는 사람이 많더라고요. 아마 조금만 늦으셨으면 이나마도 못 드렸을 겁니다."

"아, 네."

임수정은 그제야 고개를 끄덕이며 엷은 미소를 지었다.

"고맙습니다. 그런데 그렇게까지 걱정을 끼쳤다니, 죄송하네요. 그냥 다른 약을 먹어도 되는데……."

"그러면 안 되죠. 저는 제일 좋은 걸 임수정 씨에게 드리고 싶어요."

스트레스가 과했던 탓일까?

자신도 모르게 진심이 툭 튀어나왔다. 고 하사는 말을 해 놓고 아차 싶어 식은땀을 흘렸다.

임수정의 얼굴에도 당황스러운 기색이 역력하다.

미쳤군…… 진통제 몇 알로 여자를 홀리겠다는 수작도 아니고, 내가 이게 지금 뭐 한 거지…….

고 하사가 난감해하고 있을 때, 임수정이 물었다.

"선생님은…… 모든 환자분들에게 그렇게 말씀하세요?"

고 하사에게는 선택의 여지를 열어 주는 질문이었다. 여기에서 그가 '네.'라고 하면 말실수가 다 무마된다. 하지만 그래서야 진전도 없다. 그는 리스크를 택하기로 했다. 고 하사는 눈을 질끈 감으며 말했다.

"아뇨! 안 그럽니다! 좋아하는 사람한테만 그렇게 해요. 제가 약을 따로 챙기는 사람은 임수정 씨, 한 사람뿐이에요."

이제 눈을 떠야 하는데…… 씨발, 뜰 용기가 안 난다. 다시 눈을 뜨고 그녀를 봤을 때, 그녀가 곤란해하거나 불쾌해한다면…… 어떻게 해야 되지?

이상한 타이밍에 너무 성급하게 고백을 한 것 같은데…….

고 하사는 딱 달라붙어 있으려는 눈꺼풀을 억지로 들어 올렸다.

임수정은 약간 걱정스러운 표정으로 고 하사의 꽉 쥔 손을 내려다보고 있었다. 그리고 그녀가 입을 열기까지 그 몇 초가 고 하사에게는 영원처럼 느껴졌다.

"저는……."

임수정이 시선을 다시 고 하사의 얼굴로 돌리며 입을 뗐다.

"여기 트렌드라고 해야 하나…… 그런 걸 잘 모르는데요, 그런 말을 들으면 제가 어떻게 해야 하는지…… 어떤 암묵적인 룰 같은 게 있나요?"

이곳 쉘터에서 군인들과 연애하는 다수의 여자들은 아주 빠르게 사랑에 빠져들고, 뜨거운 밀회를 즐긴다. 그게 서로의 공허함이나 두려움을 지우기 위한 것이든, 아니면 뭔가 다른 이유가 있든 엄청난 과속이라는 것만은 분명하다.

마치 '내일'이라는 시간이 남겨져 있지 않은 것처럼 사람들은 오늘 할 수 있는 모든 걸 다 해야 직성이 풀리는 모양이다.

주변 사람들과 특별히 친밀하게 관계를 맺고 있지는 않지만, 임수정도 눈과 귀가 있으니까 그런 사실 정도는 안다.

만약 지금 고백을 한 이 젊은 군인이 그런 걸 바라는 거라면 어쩌지?

그것이 고백을 받아 기쁘면서도 동시에 걱정스러운 부분이었다. 나눠 본 대화라고는 '어디가 아프세요?' 정도가 전부인 사람과 섹스라니, 아무래도 이상하다.

"네. 있습니다, 그런 룰."

고 하사가 눈을 빛내며 말한다.

역시 그렇구나…….

임수정은 속으로 탄식했다.

뭐라고 하지? 기분을 상하게 하고 싶지는 않은데…….

임수정은 다시 걱정스러운 얼굴이 되어 고 하사의 손으로 시선을 돌렸다. 그의 손은 아주 미세하게 떨리고 있다.

"둘이서 커피를 마시는 겁니다. 이야기도 하면서."

에?

고 하사의 말에 임수정이 다시 고개를 들었다. 무슨 은어인가 싶을 정도로 정통파 구식 데이트 신청. 그녀가 반응하기 전에 고 하사는 빠르게 말을 이었다.

"제 관물대에 캔 커피 여섯 개가 아주 고이 모셔져 있습니다. 데이트 때 함께 마시고 싶어서 그동안 제가 아껴 둔 겁니다. 오늘, 아니…… 오늘 아니어도 됩니다. 아무 때라도 임수정 씨가 시간 나실 때, 같이 마셔 주세요. 참고로 전 9시에 근무 끝납니다."

이쯤 되면 귀엽다. 임수정이 미소를 지으며 대답했다.

"그럼 오늘 9시 반에 만나요."

감격한 표정의 고 하사에게 임수정이 물었다.

"어디에서 기다리고 있을까요?"

고 하사가 마음속으로 만세를 부르고 있을 때, 체육관 3층에서는 무거운 분위기의 회의가 진행 중이었다. 참석한 사람은 다섯. 문 대위와 소위 셋, 그리고 이 원사였다.

"보급 소식은 아직인가?"

문 대위가 물었다. 멍한 얼굴의 박 소위가 그렇다고 대답한다. 무전을 아무리 쳐도 응답이 없다.

"안 좋군요."

문 대위는 이 원사를 돌아봤다. 이 원사는 '다 그런 거지.' 하는 얼굴로 종이철을 넘기며 보고한다.

"소등 시간을 한 시간 당기도록 했습니다. 전등 개수도 3분의 2로 줄였으니까 그렇게 큰 표는 안 나면서 기름은 꽤 덜 쓸 수 있을 겁니다. 에, 그리고 배식도 일단 20프로 정도 양을 줄이라고 말해 놨습니다."

"괜찮겠습니까? 20프로면 꽤나 큰 차이일 텐데요."

문 대위의 우려에 이 원사는 고개를 저었다.

"충분합니다. 사실 지금까지 중대장님 잘 만난 덕에 사람들이 너무 잘 먹은 겁니다."

강 소위도 그렇게 생각하고 있었다. 언제부터인가 건대 쉘터의 사람들은 슬슬 착각을 하고 있는 것 같다. 이 시설은 고생스럽더라도 살아남도록 해 주겠다는 곳이지, 안락하고 평화로운 삶을 위한 휴가지가 아니다.

그런데 문 대위의 배려에 익숙해진 사람들은 점점 더 많은 것을 요구했다. 그러면서도 그게 다행이라거나 고맙다는 생각조차 하지 않는 것 같다.

왜 담배가 이것밖에 지급되지 않느냐고 따지고 달려드는 사람들을 보고 있으면, 정나미가 다 떨어질 지경이었다.

"가정을 하나 해 볼까요? 지금부터 보급이 오지 않는다고 가정할 때, 이 원사님이 말씀하신 대로 하면 얼마 정도 더 운영이 가능하겠습니까?"

문 대위의 질문을 받은 이 원사는 곧바로 대답했다.

"사흘 동안 20프로를 줄이고 있는 동안에도 보급이 도착하지 않으면, 그다음에는 다시 40프로까지 낮출 겁니다. 일단 반찬 가짓수를 줄여야 하겠죠. 사실

고추장에 밥만 먹어도 사람은 몇 달 버틸 수 있습니다. 물론 성질이야 좀 내고 그러겠지만, 중대장님께서는 그런 건 모른 척하시면 됩니다. 제가 다 알아서 하겠습니다. 그렇게 하면 두 달은 갈 겁니다. 쌀은 좀 징발을 해 왔거든요."

"하하, 역시 이 원사님이시네요. 그럼 유류와 탄약이 문제인 거군요."

"네, 그렇습니다. 제일 급한 게 화장실입니다. 이런 식으로 보급이 지연되면 앞으로는 계속 펌프로 물을 퍼 와야 하는 건데, 그 귀한 물을 그냥 똥 싸고 쫙쫙 내려 버리고 있으니까 말입니다. 물도 아깝고, 발전기에 쓸 기름도 아깝습니다. 다음 주까지도 보급이 도착하지 않으면 이제 외부에 화장실을 파야 할 것 같습니다. 지하실 있는 건물을 아예 개조를 좀 해서 만들든지 말입니다. 그 기름은 전차로 돌려야지요."

"저는 유류보다도 탄약이 더 아쉽습니다. 벌집탄도 다 떨어졌고…… 운용 비용에 비해서 효율이 너무 낮은 것 같아 면목이 없습니다."

전차장이 한숨을 내쉰다.

"무슨 소리야? 밤낮없이 좁은 전차에서 고생하고 있다는 걸 내가 잘 아는데."

문 대위가 그를 달래고 다시 이 원사에게 물었다.

"탄약은 어떻습니까?"

"에…… 그거는 애초에 제가 하루 소비되는 양을 좀 뻥튀기를 해서 보고를 올리고 혹시 몰라서 조금씩 쟁여 뒀었는데, 그래도 역시 넉넉하지는 않습니다. 제일 신경 쓰이는 건, 하루에 거의 두 번씩 이 근처로 지나가는, 그 무지개 좀비인지 뭔지 하는 이상한 놈들입니다. 워낙 많기도 하고 자꾸 공사해 놓은 걸 다 부숴 놓고 가는 것도 적지 않은 손해고 말입니다. 만약에 그런 놈들이랑 전면전을 하게 되면…… 반 정도 죽일 때 탄약이 바닥날 겁니다. 애들이 총을 또 워낙에 못 쏴서……."

이 원사는 생각하는 것만으로도 답답하다는 듯 고개를 저었다. 저쪽에서 좀비들이 응사를 하는 것도 아닌데 명중률이 너무 떨어진다.

물론 그게 다 평시에 사격 훈련보다 삽질과 청소를 더 많이 시켰던 고질적 병

폐의 대가이기는 하다.

그나마 희망적인 면이라면 건대 쉘터에서는 오발 사고나 무리한 병력 운용으로 인한 손실이 확연히 적다는 점이었다. 주변 건물들을 먼저 연결하고 그 옥상을 점유해서 사대로 사용하도록 한 중대장의 덕이다.

"무리한 교전만 피하고, 아껴 먹고 싸면 두 달은 버틸 수 있다는 말씀이시군요. 고맙습니다. 이 원사님이 보급 행정을 관리해 주시지 않았으면 지금쯤 난감했을 겁니다."

문 대위의 칭찬에 이 원사는 쑥스럽다는 듯 웃었다.

"허, 아니, 제가 뭘 한 게 있다고…… 다 중대장님께서 이것저것 세심하게 신경 써 주신 거 그냥 꽉 움켜쥐고 안 풀었던 것뿐인데요. 그런 말씀은 진짜 부끄럽습니다."

가만히 듣고 있던 박 소위가 눈치를 살피며 물었다.

"그런데 중대장님, 두 달간이나 보급이 오지 않을 경우를 상정해야 합니까? 무슨 사연인지는 모르지만, 다음 주에라도 연락을 해 오지 않겠습니까?"

"음…… 박 소위, 귀관 말이 맞다. 이건 그냥 가정을 해 보는 것이라고 이해를 하도록."

"만약 그런 상황이라면 제일 먼저 수감자들부터 해결해야 할 것 같습니다. 보급도 제대로 이뤄지지 않는데 굳이 그런 놈들에게까지 먹을 걸……."

옆자리의 강 소위가 테이블 아래로 손을 뻗어 허벅지를 꽉 잡는 통에 박 소위는 입을 다물었다. 문 대위는 박 소위를 노려보다가 한 번 화를 꾹 참았다. 계속 잔소리만 해 댈 수는 없는 노릇이다.

이 원사도 어이가 없기는 마찬가지였다.

어쩌다가 이런 미친놈과 같은 근무지에 배치되었는지…….

하루가 멀다 하고 밤마다 여자를 끌고 나가 교성을 질러 대는 것까지도 이해할 수 있다. 그럴 나이니까. 하지만 요즘 이놈 때문에 저승 문고리 만지고 온 병사들이 한둘이 아니다.

대체 정신이 어디 박혀 있는지, 총기라는 게 아예 없다. 늘 멍~하니 입을 벌리고 딴생각만 한다. 그래도 된다면 아주 멍석말이를 해서 내다 버리고 싶다.

"다들 돌아가도 좋다. 잘 알고 있겠지만, 오늘 회의 내용은 이 밖으로 유출시키지 않도록. 아, 이 원사님은 저랑 차 한잔하시죠. 제가 커피 잘 끓입니다."

"허허, 잘 밤인데…… 그래도 중대장님이 주신다니 기쁘게 마시겠습니다."

어린 장교들을 내보내고 문 대위는 휴대용 가스레인지에 주전자를 올린 뒤 불을 켰다. 물이 끓기를 기다리고 있는 문 대위에게 이 원사가 물었다.

"어이쿠, 정말 커피를 끓이시게요?"

"후후후, 그럼 그냥 말씀드릴까요?"

문 대위가 멋쩍게 웃자 이 원사는 걱정스러운 표정으로 고개를 끄덕였다.

"예, 그러시죠. 무슨 사달이 난 게 맞습니까?"

"음…… 그렇습니다. 최악을 대비해야 할 것 같습니다. 실은 어제 잠실에 계신 여단장님 참모께서 연락을 주셨었습니다."

"뭐라고 하시든가요?"

"누가 찾아왔답니다, 헬기 편으로. 계급이며 소속을 말씀 안 해 주셔서 저도 모르는데, 하여간 그 사람들이 여단장님께 단도직입적으로 묻더랍니다."

"물어요? 뭐를요?"

"어느 편이냐고."

허, 이놈의 알력.

이 원사는 앞으로 듣게 될 이야기를 어느 정도 예상할 수 있었다. 그의 눈앞에 서 있는 문 대위만큼은 아니지만, 여단장인 잠실 쉘터의 김 준장도 어지간히 꼿꼿하고 강단이 있는 군인이다.

잠실부터 탈환하고 사람들을 피신시키는, 그 모든 큰 그림을 짠다는 것부터가 일단 보통 인물이 할 수 있는 일이 아니었다.

"그래서 뭐라고 하셨답니까?"

이 원사가 물었다. 그가 알기로 김 준장은 사실 채 장군 라인도 아니다. 문 대위가 미소를 지으며 대답했다.
"'국민 편이다, 이 정신 나간 새끼들아!'라고 하셨답니다. 멋지죠?"
멋지긴, 이 대책 없는 양반아…….
이 원사는 바닥이 꺼지는 것처럼 정신이 아득해졌다. 일단 똥구멍을 빠는 척이라도 해서 힘을 모아야지, 이제 보급품 구경하기는 완전히 텄다.
이제 군에서는 김 준장 관할의 잠실과 건대를 포함한 주변 쉘터들을 버릴 것이다. 군인과 민간인을 합쳐 적어도 수만 명이 굶어 죽게 생겼다.

Chapter 56
Big Picture

01

이 원사는 현기증을 이기지 못하고 의자에 주저앉았다.
"대체 어쩌다가 그런 이야기까지 나오게 된 겁니까, 중대장님? 누구 편이니 뭐니…… 하는 이야기들 말입니다."
안다고 해도 그가 해결할 수 없는, 저 하늘 높은 곳의 문제지만, 최소한 자신이 왜 굶어 죽어야 하는지는 아는 채로 죽고 싶다.
"저 같은 일개 대위가 뭘 알겠습니까마는……."
문 대위는 막 끓어오른 물을 부어 커피를 타 주며 말했다.
"간간이 들려오는 소문들은 아주 흉흉합니다."
이 원사는 커피 잔을 받아 들고 아직 소용돌이가 그치지 않은 그 까만 액체를 무표정하게 바라봤다. 막 자대 배치를 받은 이병들에게 고참이 상투적으로 던지던 농담이 떠오른다.

― 눈을 감아라. 뭐가 보이나?
― 아무것도 안 보입니다! 캄캄합니다!

— 그것이 네 군 생활이다.

……그런데 그 농담이 이제 자신의 현실이 되었다. 캄캄하다. 보급이 끊긴다. 길게 버텨야 두어 달. 그것도 장담할 수 없다. 분명 탄약이 더 먼저 바닥날 것이다.
"여단장님께서 꼭 그렇게 세게 나가셨어야 했을까요? 그냥 대충 얼버무리실 수도 있었을 텐데."
"최소 인원만 남기고 병력을 차출하겠다고 왔던 거랍니다. 선택의 여지가 애초에 없었습니다."
그렇다면 이래도 저래도 민간인들은 다 죽을 상황에 놓였던 거다. 김 준장은 민간인들과 운명을 함께하겠다는 선택을 한 것이고.
"……그러면 혹시 잠실이나 상암 쉘터에서 이쪽으로 보급 지원을 해 줄 가능성은 없습니까?"
이 원사의 질문에 문 대위는 고개를 저었다.
하긴…… 거기는 또 거기대로 난감할 것이다. 수용자의 수도 훨씬 많고, 병력도 수천에 달하니까. 이 원사도 애초에 큰 기대 없이 던져 본 이야기였다.
수용 인원이 500일 때는 슈퍼마켓 하나만 털어도 며칠 넉넉하지만, 만 명일 때는 그 정도 가지고는 표도 안 난다.
"그럼 중대장님은 앞으로 어떻게 하실 생각입니까?"
"음…… 고민을 좀 해 봤습니다. 처음엔 정말로 난감하더군요."
"난감한 게 당연하지요. 노골적으로 다 죽으라고 하는 거나 다름없잖습니까?"
"그런데 어젯밤에 문득 이런 생각이 들더군요. '나는 대체 여기를 왜 지키고 있는 거지?' 하는 의문이었습니다."
문 대위는 커피 잔을 들고 다가와 앉는다. 이 원사는 이 위중한 때 별걸 다 묻는다는 식으로 대답했다.
"아니…… 그야, 중대장님께서 여기에 쉘터를 구축하고 민간인 수용자를 보호하라는 명령을 받으셨으니까 그렇죠."

"네, 이 원사님 말씀이 맞습니다. 그런데 왜 하필 여기냐는 겁니다. 왜 규모 넷, 규모 오처럼 대규모 좀비들이 가득한 이 서울 시내에서 소모적인 농성을 하고 있는 건지 아무리 생각을 해 봐도 그 이유를 모르겠더군요."

문 대위는 언제나처럼 힘 있는 눈빛으로 이 원사를 바라본다. 이 원사가 아무 대답도 하지 못하자 문 대위가 다시 말을 이었다.

"일반적인 전쟁이라면 어떤 지점을 사수하라는 명령을 이해할 수 있습니다. 적에게 한 점만 뚫려도 전선 자체가 흔들릴 위험이 있으니까요. 그런데 지금 우리가 좀비들을 더 진행하지 못하도록 막고 있는 건 아니잖습니까? 우리 후방의 사람들이 퇴각할 수 있는 시간을 벌어 주는 것도 아니고, 그렇다고 지원군이 도착하기를 기다리는 것도 아닙니다. 그저 아무 목적도 없이 이 무의미한 지점을 지키고 있을 뿐인데, 그게 무슨 의미가 있나 싶더군요."

"하지만 아무리 그래도 아무 목적이 없다고까지 하시는 건…… 사람들을 지키고 계시잖습니까? 여기 있는 민간인 수용자들은 중대장님만 믿고 목숨을 맡기고 있습니다."

"그겁니다. '왜 민간인들을 여기에서 지켜야 하지? 다른 곳으로 옮겨 가서도 지킬 수 있는데…….' 하는 의문이 들었던 겁니다. 만약 제게 주어진 가장 중요한 임무가 민간인들을 보호하는 것이라면 이런 서울 도심보다 전술적으로 유리한 지역이 얼마든지 있으니까요."

이 원사는 문 대위가 무슨 말을 하는 것인지 정확히 이해하지 못했다. 그는 고개를 저으며 물었다.

"서울에서 발생한 난민들이니까 서울에서 수용하는 게 당연한 것 아닙니까? 지리적으로도 가깝고 말입니다."

"잠실 쉘터가 처음 만들어졌을 때는 이 원사님의 말씀이 맞습니다. 상암도 그렇고요. 초기에 만들어진 쉘터들은 부근에서 가능한 한 많은 사람들을 대피시키기 위해 그 자리에 세워질 수밖에 없었죠. 하지만 여기는 아닙니다. 돌이켜 보면 건대나 한양대에 소규모 쉘터를 건설하라는 명령은, 포화 상태의 잠실 수용

인구를 분산시킬 수 있는 방법 중에 최악이었던 겁니다. 국방부에서 무슨 이유가 있어서 이런 곳을 지정해 줬는지 모르지만, 적어도 장기적인 계획은 아니었던 것 같습니다."

"그럼 이렇게 하지 않았으면 무슨 방법이 있었겠습니까?"

이 원사가 묻자, 문 대위는 커피 잔을 옆으로 치우고 지도를 테이블에 폈다. 한강을 손가락으로 짚으며 문 대위가 말했다.

"당연히 강을 이용해서 수용자들을 남쪽 지방으로 보내야 했습니다. 남쪽 해안 지역에서는 아직도 공장이 가동될 정도로 안정적이라고 하더군요. 여기까지 길을 뚫고 철책을 쌓는 것보다 그 편이 훨씬 더 수월했을 겁니다."

"에⋯⋯ 그렇군."

이 원사는 고개를 끄덕였다. 그의 생각에도 그게 더 나았을 것 같다. 늘 보급품을 싣고 오는 배가 돌아가는 길에 사람을 태우고 가면 되는 거였다.

꾸준히 그렇게 했으면 지금쯤 잠실도, 그리고 여기도 훨씬 홀가분해졌을 것이다. 하지만 그런 소리를 해 봐야 뭐 하겠나, 이미 다 지난 일인데. 이 원사는 조심스레 물었다.

"중대장님, 말씀하시는 데 자꾸 딴죽만 거는 것 같아 죄송합니다만, 이제 이 방법은 못 씁니다. 보급품이 안 오니까요."

"알고 있습니다. 국방부에서 우리를 포기했단 의미죠. 저나 이 원사님뿐만 아니라 수백 명의 민간인들을 전부 다. 그리고 잠실의 수만 명까지도⋯⋯ 여기를 지키기 위해 보급을 유지하는 게 전술적으로 무의미하다고 판단한 거겠죠. 그러니까 우리도 생존 모색을 위해 자의적으로 이동할 수 있게 된 겁니다. 위수 지역이란 게 해제되어 버렸으니까요."

이 원사는 문 대위의 얼굴을 빤히 쳐다보며 생각에 잠겼다.

보급이 끊겼는데도 이 사람은 어째 이리 당당한 거지? 왜 자신을 버린 위쪽의 누군가를 원망하지 않지? 암만 도덕 교과서에서 튀어나온 것 같은 사람이어도 그렇지, 현실감각이 부족한 건가?

이 원사는 다시 물었다.

"그래서 어디로 가시겠다는 겁니까?"

"여깁니다."

문 대위가 손으로 가리킨 곳은 전라북도와 충청남도의 경계쯤 되는 곳이었다. 이 원사는 눈을 껌뻑였다. 점점…… 이해하기가 어려워진다.

"왜 하필 거기를……."

"몇 가지 이유가 있습니다. 첫째는 인구밀도입니다. 이쪽이 아마 우리나라에서 가장 인구밀도가 낮은 지역이었을 겁니다. 사람이 없으면 좀비도 없겠죠. 그리고 두 번째는 땅입니다. 이제 우리는 더 이상 식량을 보급받지 못합니다. 굶어 죽지 않으려면 밭이라도 일궈야 하지 않겠습니까? 하지만 이런 도시에서는 경작할 수 있는 땅이 없으니까요."

"경작…… 그렇게까지 멀리 내다보시는 겁니까? 몇 달이나 그런 게 아니라?"

이 원사의 말에 문 대위는 미소를 지으며 대답했다.

"다들 오래 살아야죠. 그래야 좋은 날 오는 것도 볼 것 아닙니까."

"그런데…… 여기 있는 사람들이라야 다 도시 사람들인데요. 만날 펜대 굴리던 사람들에게 갑자기 농사를 지으라고 하면 잘하겠습니까? 저 같은 촌놈도 아니고."

"그거야 이 원사님이 가르쳐 주시면 되죠."

하아~ 전부 산골로 옮겨 가서 농사를 짓는다고?

이 원사는 조금 전 문 대위가 짚었던 지점을 물끄러미 들여다봤다.

하긴 거기야 이렇다 할 시설도 없고, 좀비 떼도 그리 크지 않을 것 같기는 하다. 지금 보유하고 있는 정도의 화력으로도 어찌어찌 버티는 게 불가능한 일만도 아니다.

농사라…… 감자도 심고, 내년 봄에는 모내기도 하고, 상추, 고추 심고…….

이 원사는 잠시 행복한 꿈에 잠겼다.

아기 같은 병사들이랑 같이 모를 심고 있으면, 여자들이 찐 감자를 내온다. 그걸 나눠 먹고 또 힘을 낸다. 쑥국, 천렵…….

어린 시절이 떠오른 이 원사의 눈앞이 흐려진다. 그렇게 평화로운 시절로 돌아간다는 건 꿈이다. 중대장이 말한 이 원대한 계획에는 너무도 큰 허점이 있기 때문이다. 눈가를 훔친 이 원사가 그 허점을 지적했다.

"정말 좋은 말씀입니다. 잠깐 동안이지만 아주 마음이 따뜻해졌습니다. 그런데요, 중대장님. 대체 거기까지 어떻게 가실 생각입니까? 지금 당장 5킬로미터 떨어진 잠실까지 이동하는 것도 헬기를 띄워서 좀비들 눈치를 보며 장갑차를 타고 가야 하는 상황입니다. 그렇게 해도 가끔 사고가 나고요. 그런데 이 많은 사람들과 병사들을 다 끌고 저 먼 데까지 가신다고요? 300킬로미터는 넘게 떨어져 있는 곳인데요."

이 원사의 지적을 듣고도 문 대위는 당황하지 않았다. 그는 손가락으로 지도의 선을 따라 움직이며 말했다.

"우리 중대 단독으로서는 물론 어려울 겁니다. 하지만 잠실과 상암의 여단 병력이 합세한다면, 그때는 아주 실현 가능성이 높아집니다. 여기를 보세요."

문 대위가 가리킨 것은 용산역이었다.

"여기에서부터 상암까지의 거리와, 잠실까지의 거리가 거의 비슷합니다. 다시 말해서 양쪽 모두에서 지원이 가능하다는 의미죠. 두 쉘터의 병력 규모에서 대대급 정도를 차출한다고 하면 보름이 걸리지 않아서 기차선로까지 길을 틀 수 있을 겁니다. 그렇게만 하면 그 뒤에는 고생스럽기는 해도 위험하지 않게 이동할 수 있습니다. 전차들이 선봉에 서서 길을 트고, 병사들이 민간인을 호위한 채로 이동하면 됩니다. 하루에 30킬로미터씩만 걸으면 열흘 뒤에는 우리가 목적했던 곳에 닿는 겁니다. 그보다 더 전에 정착할 만한 장소를 찾을 수도 있고요."

이 원사는 홀린 사람처럼 문 대위의 이야기에 집중했다. 확실히 고속 도로보다는 안전한 것처럼 들린다. 거기까지 길을 낼 수만 있다면…… 그 뒤로는 문제도 안 된다.

조금 전까지만 해도 차가운 도시의 건물 내부에서 좀비들에 에워싸인 채 굶어 죽게 될 거라고 걱정했었는데, 이렇게 하면 살 수 있다니.

300킬로가 아니라 3천 킬로라도 걸어야 할 판이다. 출발한 사람 중에서 반만 무사히 도착해도 남는 도박이다.

"그런데 중대장님, 왜 서쪽입니까? 강원도도 사람이 별로 많지 않을 텐데요. 경상도 지역도 있고요."

"강원도는 지금…… 민간인들을 데려갈 만한 상황이 아닙니다. 경상도 쪽 철도는 해안과 아주 멉니다. 이동해야 하는 거리도 더 길고요."

이 원사는 납득했다.

이 사람이 그렇다고 하면 그런 거겠지.

아무 생각 없이 일을 저지를 사람도 아니고, 거짓말은 더더욱 못 할 사람이다.

"……그래서 이런 이야기를 윗분들에게 제안해 보셨습니까?"

이 원사가 물었다. 아무리 좋은 아이디어라도 채택되지 않으면 그만이다. 그런 일은 군뿐 아니라 어디에서라도 비일비재했다.

"참모께 말씀드려 봤습니다. 저를 좋게 봐주시는 분이 계셔서요."

"그래서 뭐라고 하시던가요?"

"유선으로 해서 될 이야기가 아니니, 나중에 정식으로 보고하라고 하시더군요. 그러면 좀 낫지 않겠냐고. 그래서 이런 이야기를 이 원사님께 드린 겁니다. 아무래도 제가 잠실로 찾아뵙고 와야 할 것 같습니다. 하루라도 빨리 준비를 해야 할 일이니까요."

이 원사는 문 대위의 얼굴을 보며 작게 한숨을 쉬었다. 이 사람은 자기가 생각하는 것을 그대로 말하니까, 남들도 자신처럼 입 밖으로 흘리는 말과 생각이 일치할 거라고 믿는 모양이다.

참모가 한 말은 그냥 듣기 좋은 거절이었을 뿐이다. 나중에 하라는 말은, 하지 말라는 말과 다를 바가 없다. 그런 이 원사의 마음을 안다는 듯 문 대위가 가벼운 미소를 지으며 말했다.

"어려울 것 없습니다. 무슨 걱정 하시는지도 잘 알고요. 하지만 이대로 죽을 날만 기다리면서 배를 곯고 있느니, 시도라도 한번 해 봐야 하지 않겠습니까? 그리고 그쪽도 절박하기는 마찬가지니까요."

"뭐…… 중대장님 말씀이 맞습니다. 어쨌든 말은 한번 꺼내 봐야 죽을 때 후회라도 없겠죠. 그러면…… 잠시 자리를 비우실 수밖에 없군요."

"네. 그래서 이 원사님께 이렇게 다 말씀을 드린 겁니다. 믿을 수 있는 분이라서. 우리 소위들, 이제 임관한 지 1년도 채 되지 않은 어린 친구들이라 많이 힘들어할 겁니다. 제가 여단 사령부에 다녀오는 동안 잘 좀 도와주십쇼. 그 친구들에게는 쉘터를 다시 합치기 위해 사령부에서 호출했다고 해 두겠습니다."

문 대위는 진지한 얼굴로 부탁을 했다. 이 원사는 허리를 낮추며 대답했다.

"아이구, 제가 할 수 있는 게 있으면 해야죠. 제 목숨도 걸려 있는데. 그런데 잠실까지 어떻게 이동하시려고요? 그리고 며칠이나 가 계셔야 합니까?"

"전차를 쓰려고 합니다. 저를 내려놓고 전차는 다시 돌려보낼 테니까 그건 크게 우려하지 않으셔도 될 텐데, 돌아오는 날짜요…… 그건 정확히 모르겠습니다. 제일 좋은 건 물론 첫날 면담 기회를 갖는 건데, 워낙에 바쁘신 분이니까 그런 행운이 따라 줄지……. 그래서 좀 마음이 무겁습니다. 제가 책임을 다하지 않는 것 같아서요."

문 대위가 이마의 땀을 닦으며 말했다. 이 원사는 고개를 저었다.

"그렇지 않습니다. 문 대위님이 가만히 계셨다면 두 달 뒤에 우리 모두 다 100퍼센트 죽었을 겁니다. 이 이상 책임을 다하실 수는 없어요. 잘 말씀하시고 돌아오십쇼. 여기는 별일 없을 겁니다."

02

다음 날 아침, 잠실 쉘터 상공에는 두 번째 신호를 매단 드론이 지나고 있었다. 사람들은 첫 번째 드론을 대했을 때와 마찬가지로 고개를 하늘로 든 채 드론 뒤에 달린 문자들을 넋을 잃고 바라봤다.

② 3RG, OL, G2U

이번에도 패턴은 같았다. 무슨 의미인지 파악할 수 없다는 점도 동일했다. 사람들은 대체 저 약자들이 무슨 암호일지에 대해 수군거렸고, 저런 걸 띄우는 주체가 누구일까에 대해서도 열심히 의견을 주고받았다.

워낙 새로운 구경거리나 낙이 없는 상황이어서 그 정도만 되어도 충분히 지적 자극을 주는 요소였다.

"저 사람들…… 무슨 말들을 하고 있나, 테라 양? 응? 알려 줘."

드론 덕에 잠시 산책을 멈추게 된 젠킨스가 주변의 사람들을 둘러보며 테라에게 물었다.

"그냥 예상하시는 대로예요. 저게 무슨 의미인지 모르겠다고. 그걸 제일 궁금해하는 중이에요."

"큭큭큭, 저급한 인간들이 머리를 막 쥐어짜 내며 고생들 하고 있겠군. 큭큭큭, 하지만 안 돼. 절대로 모를 거라고. 애초부터 풀라고 낸 문제가 아니란 말이야."

어리둥절해하는 사람들을 보고 기분이 좋아졌는지 젠킨스는 오만한 태도로 킬킬거린다. 낮은 목소리로 테라가 경고했다.

"제가 말씀드린 적 있죠, 젠킨스 씨. 영어를 하는 사람들은 많아요. 그저 귀찮아서 당신이 하는 이야기를 못 알아듣는 척하는 것뿐이라고요. 하지만 만약에 그게 경멸이나 모욕에 관한 이야기라면, 그때는 아마 그냥 지나쳐 주지 않을 거예요. 젠킨스 씨, 부디 고향에 있을 때와 똑같은 매너로 행동하세요. 당신을 위해서 하는 충고예요."

"아니, 머리가 나쁘다는 게 모욕이라고? 그건 그냥 상태에 관한 이야기잖아. '저 사람은 말랐군, 저 사람은 뚱뚱하군. 음…… 저 사람은 머리가 나쁘군.' 이런 거란 말이야······. 오, 테라 양. 그런 눈으로 보지 말아 줘. 알겠어. 귀하를 위해서라면 말조심도 할 수 있지. 비록 그게 필요 이상이라고 해도 말이야. 우리는 세상에 둘도 없는 산책 친구니까."

뻔뻔한 소리를 지껄이던 젠킨스가 테라의 표정을 보고 입을 다문다. 테라는 젠킨스의 가슴에 비수를 한 번 더 꽂아 주었다.

"게다가 젠킨스 씨의 지금 반응을 보니까 저 암호도 아무 소용이 없는 건가 보네요. 부메랑이라는 게 또 먼 곳에 설치되었나요?"

끄응~.

젠킨스가 얼굴의 땀을 훑으며 고개를 끄덕였다.

"인정하기 싫지만, 그런 상황이 맞아. 하지만 뛰어난 알고리즘으로 위치를 선정하고 있으니까 점점 오차가 줄어들 거야."

"그래서 지금 건 얼마나 떨어져 있나요?"

테라의 질문에 젠킨스는 웃으며 고개를 저었다.

"하하하! 안 되지, 테라 양. 그런 유도는 곤란해. 그러면 암호가 무슨 의미인가? 그냥 멀다고만 알면 돼. 3RG, OL, G2U는 모두 여기에서 1킬로미터보다는 먼 곳이야. 이런 식으로 범위를 점점 좁혀 가다 보면 앞으로 두 번, 어쩌면 세 번 내에는 이 근처까지 오겠지. 하하, 여유가 많지 않아, 테라 양. 함께 가고 싶다면 지금부터 부탁해야 돼."

머리를 좌우로 흔들 때마다 볼살이 푸들푸들 떨리는 젠킨스의 모습을 물끄러미 바라보던 테라는 같이 가자는 제안은 깨끗이 무시하고 다른 걸 물었다.

"그렇다고 해도 역시 이해가 가지 않네요. 이 쉘터가 없었다면 젠킨스 씨는 어떻게 생존할 계획이셨어요?"

젠킨스는 순순히 인정했다. 자신은 중간에 휴식이 없다면 1킬로미터도 제대로 걷지 못한다. 뛰는 것은 아예 꿈도 꾸지 않는다. 남들보다 몇 배나 많은 칼로리를 섭취해야 한다는 것도 분명히 서바이벌을 위해서는 치명적인 단점이다.

"음, 타당한 질문이군. 이렇게 대답하지. 이 나라의 시스템은 JL이 자체적으로 평가했던 것보다 더 문제가 많았어. 그래서 계획이 틀어졌다는 말이야. 예를 들어 보지. 우리가 기억하는 첫날인 14일 오전, 이미 좀비들이 꽤 확산됐던 시기지. 하지만 그때만 해도 확산 속도를 줄일 수 있는 방법은 얼마든지 있었어."

무슨 질문을 하든 젠킨스는 그 잘난 척하는 태도를 버리지 않았다. 그리고 틈만 나면 앉아 쉬려고 한다. 이래서야 산책을 하는 보람이 없다.

테라는 다시 일어나서 걸으라는 손짓을 했다. 젠킨스는 마지못해 일어나 걸으면서도 계속 뒤를 돌아다보며 지껄였다.

"일단 사람들이 외부로 나가지 않도록 유도했어야 해. 하지만 그런 안내는 없었지. 심지어 좀비 사태가 일어났다는 보도조차 몇 시간 동안이나 이루어지지 않았어. 테라 양, 귀하는 그날 사이렌 소리를 들었던 기억이 있나? 없었겠지. 나도 마찬가지야. 헬리콥터에서 이뤄지는 경고 방송은? 물론 그것도 없었어. 그러면 대형 전광판의 화면이라도? 아니, 그건 내가 기억해. 나는 그때 자동차 안에 갇혀 있었거든, 내 경호원들과 같이. 전광판에서는 영화 예고편을 보여 주고 있더군. 그날 길에서 좀비가 된 사람들은 거의 다 아무런 경고도 듣지 못했어. 자신의 차 앞으로 피를 뚝뚝 떨어뜨리는 좀비가 걸어올 때까지 무슨 일이 벌어지고 있는지조차 몰랐지. 헤엑~ 또 말해 줄까?"

"숨차지 않으세요? 그렇게 말하면서 걸으면?"

"헤엑~ 숨차. 하지만 잘난 척하고 싶으니까…… 하아~ 참는 거야. 내가 내…… 경호원들 이야기한 적 있었나? 헤엑~ 우수한 요원들이었지. 무장도 했었고."

"과거형을 쓰시는군요."

"뭐, 그래. 그러니까 내가 지금 이렇게 혼자 있는 거잖나. 그들은…… 임무를 다했어. 그게 제일 가치 중립적인 어휘일 것 같군."

산책은 그 후로도 20여 분 이상 지속됐다. 5분을 넘긴 시점부터 젠킨스는 끊임없이 투덜대며 쉬려 들고, 테라는 그런 그를 계속 달래며 걷게 만들었다.

그래도 며칠 전 처음 걷기 시작했을 때에 비하면 훨씬 나아졌다.

"이제…… 헤엑…… 이제는 그만. 귀하가 내게 원하는 게 끔찍한 고문이 아니라면 좀 멈추게 해 줘."

마지막으로 한 번 더 외야석을 찍고 돌아섰을 때, 젠킨스는 온몸이 땀으로 범벅이 된 채 두 다리를 짚으며 허리를 숙였다. 몰아쉬는 숨에서는 쇳소리가 난다.

"이렇게 하다가는 정말 가까운 곳에 그 부메랑이라는 수신기가 설치됐다는 신호가 오더라도 JL로 돌아가지 못할 거예요. 최소한 그 장치 근처까지는 걸어가야 하잖아요."

"하아~ 몇 번을 말해야 돼, 테라 양. 하아~ 나는 안 걸어. 그냥…… 부메랑이 1킬로미터 내에 설치된 걸 확인했을 때, 신호만 보내면 된다고……. 하아~ 하아~ 위치를 추적해서 헬리콥터가 올 건데, 내가 뭣 때문에 걸어야 하겠나……."

"아니면 그 전에 심장마비가 올 수도 있죠."

"그건…… 저주인가? 헤엑~ 헤엑~ 너무하는군. 나는 좋은 사람이야, 테라 양. 귀하의 그 소중한 헌터 남자를 위해 매일 하루에 두 번씩 붕대를 갈아 주고 소독도 해 주는, 천사 같은 사람이라고."

과장된 몸짓을 하며 떠들어 대던 젠킨스는 테라의 눈치를 슬쩍 살피곤 의자에 주저앉아 버렸다. 좀 쉬어도 봐줄 것 같은 눈치다. 잠시 생각에 잠겨 있던 테라가 물었다.

"계속 그 말씀을 하시는데, 젠킨스 씨가 정말로 그 아저씨 붕대를 갈아 준다고요? 젠킨스 씨는 움직이는 걸 싫어하시잖아요."

"일반적인 상황이라면 그렇지. 바로 옆에서 근육질의 남자가 뭉텅이째 날아간 옆구리의 근육 때문에 제대로 몸을 돌리지 못하고 멍청이처럼 붕대를 질질 흘려도 내버려 두겠지. 맞아, 그게 내 캐릭터이긴 해. 하지만 그 남자가, 내가 진심으로 아끼는 테라 양과 친분이 있는 사람이라면 이야기가 달라지지. 그러니까 내가 아무 대가도 없이 그 남자의 붕대를 갈아 주는 건…… 사실 테라 양을 위한 행동이라는 거야. 어때, 이 정도면 과자로 보상을 받을 만한 선행 아닌가?"

젠킨스는 팔을 활짝 벌리며 위선적인 미소를 지어 보였다. 하지만 테라는 그런 장난에 장단을 맞춰 줄 기분이 아니었다.

옆구리 근육이 날아갔다고 했다. 공상 과학 영화에 나오는 레이저 총에 맞은 것처럼 움푹 팬 상처는 화상으로 뭉개져 있었다고…….

갈비뼈에 금이 간 것은 시간이 가면 낫겠지만, 그 상처는 자연적으로 치유가 되는 게 아니라는 말도 젠킨스로부터 들었다. 테라의 안색을 살피던 젠킨스가 애절하게 두 손을 모으며 말했다.

"오, 이런 또 눈물을 흘리려고 하는군, 테라 양. 괜찮아. 그냥 오른쪽 외사근의 80퍼센트가 손실된 것뿐이라고. 죽지 않아. 그저 앞으로는 평생 배에 힘을 주지 못할 테니까 숨을 제대로 참을 수 없을 거고, 한쪽으로 몸을 기울였다가 빨리 제자리로 돌아올 수 없게 된 것뿐이야. 그리 큰 문제가 아니라니까."

"울지 않았어요. 그리고 그렇게 도발하려고 해도 안 통해요."

협박인지 조롱인지 모를 위로를 해 주는 젠킨스를 보면서도 테라는 그다지 화를 내지 않았다. 어차피 이 사람은 타인의 고통 같은 것을 공감할 줄 모른다. 그런 감각이 아예 결여되어 있다.

그러니 실은 인간적으로 더 큰 장애를 가진 쪽은 이 사람이다. 그 자신은 그걸 오히려 자랑스러워하기까지 하지만.

빤히 쳐다보는 테라의 눈빛에 분노가 담겨 있지 않은 걸 깨달은 젠킨스는 도발의 수준을 한 단계 더 올리기로 했다.

"그렇게 손상된 근육이라도 되살릴 수 있다는 게 JL의 근육 세포 배양과 이식 기술이기는 하지. 테라 양, 이런 거야. 원시 세포를 배양해서 특수 성장인자를 넣으면 인체의 각종 부위가 된단 말이야. 시험관 속에서 부글거리며 그 흉터 남자의 외사근이 자라나는 거지. 그게 충분한 크기로 배양되면 지금의 상처를 도려내고 거기에 근육을 새로 이식하면 돼. 반년쯤 뒤에는 아무도 어디가 수술 부위였는지 짚어 낼 수 없을걸? 그만큼 완벽한 기술이라고. 아, 내가 이 이야기를 전에도 했던가?"

테라가 여전히 대꾸하지 않자 젠킨스는 결정타를 날렸다.

"하지만 그 남자는 그렇게 치료될 수 있다는 사실조차 모른 채 몸을 휘청거리며 살겠지. 그 남자의 여자 친구가 JL 연구소로 가고 싶지 않다는 이유, 단 하나 때문에 모든 기회를 박탈당하는 거야. 아, 불쌍하군. 정말이지, 너무 슬픈 이야기야."

"여자 친구가 아니라고 했잖아요, 젠킨스 씨."

테라가 단호하게 선을 긋는다. 이런 일관된 태도도 흥미롭다. 그럼 대체 무슨 관계란 말인가. 가족이나 애인도 아니고, 특별히 오랜 친분이 있는 것 같지도 않은데……

게다가 남자 쪽에서는 테라에게 아무런 관심도 없다. 그녀를 찾는 것 같은 눈치도 보이지 않고…… 젠킨스로서는 상상하기 어려운 상황이었다.

"자꾸 그렇게 이상한 말만 하고 사람 기분 나쁘게 만드시고 싶다면, 그렇게 하세요. 그래 봐야 어차피 저는 젠킨스 씨와 함께 가지 않을 거니까요. 이제 일어나서 20분만 더 걸어요. 전에도 말했듯이 당신은 백신을 만들기 전까지는 천벌을 받으면 안 된다고요."

테라는 젠킨스를 다시 일으켜 세웠다. 젠킨스는 한숨을 내쉬면서도 순순히 따랐다. 이걸 다 완수해야만 과자를 지급받을 수 있으니, 거부할 도리가 없다.

"그건 그렇고, 테라 양. 어제부터 배급되는 식사량이 줄어든 것 같지 않았어? 가뜩이나 적은 양이었는데, 이제는 그마저도 안 되니 말이야. 봐, 벌써 배가 이렇게 홀쭉해졌어. 식사량이 적었다는 분명한 증거지."

한동안 씩씩거리며 걷던 젠킨스가 물었다. 테라는 고개를 저었다.

"저는 원래부터 그리 많이 먹지 않는 사람이라서 잘 모르겠어요. 제게는 늘 충분하거든요. 고마운 식사고요."

"흠, 그런 식사라도 좋게 말해 주다니, 천사 같은 사람이라 역시 다르군. 하지만 그 남자의 인생만은 구원해 주고 싶지 않다니, 어느 쪽이 테라 양의 진짜 모습인지 난 모르겠어."

젠킨스가 비꼬자 테라는 곧바로 그 말을 되돌려 줬다.

"제가 하고 싶은 말이군요, 젠킨스 씨. 이득이 되지 않는 일은 절대로 하지 않으시는 분이 왜 그 아저씨를 JL로 데려가 치료하고 싶어서 이렇게 애를 태우는지 아무리 생각해도 모르겠어요. 제가 어떻게 이해해야 할까요?"

그 후로도 한동안 공격과 역공이 계속되었다. 젠킨스는 어떻게 해서든 테라로부터 JL 연구소로 가겠다는 말을 끄집어내기를 원했고, 테라는 화를 내지 않으면서 줄곧 그 말을 흘려보냈다.

"이거요."

산책이 끝나고 젠킨스가 잠시 숨을 돌리고 있을 때, 테라는 비닐봉지를 한 개 가지고 돌아왔다. 과자와 주스가 몇 가지 들어 있다.

"오호, 오늘은 이런 것도 주는 건가? 운동을 열심히 한 것에 대한 상인 거지?"

젠킨스가 환호하며 주스를 집으려 할 때, 테라는 손으로 비닐봉지를 덮으며 말했다.

"젠킨스 씨는 산책하시는 동안 많이 드셨잖아요. 이건…… 그 아저씨에게 전해 주셨으면 하는 거예요. 뭐가 도움이 될지 몰라서 그냥 좋아 보이는 걸 몇 개 담았어요. 주스의 비타민이라도 섭취하는 게 나을 것 같아서요."

"흠, 그래? 아무것도 안 한 그 남자가 열심히 운동을 한 나보다 더 많이 받다니, 왠지 불공평한 것 같지만 물건의 주인이 주겠다는데 어쩔 수야 없지……."

젠킨스는 심드렁하게 대꾸하며 봉지를 받아 들었다. 테라는 다시 한번 간곡하게 부탁했다.

"꼭 그분에게 전해 주세요. 제가 전했다는 말은 하지 마시고, 그냥 젠킨스 씨가 인심 쓰는 것처럼 해 주셨으면 좋겠어요."

'그래, 걱정하지 마!'라고 흔쾌히 대답하고 젠킨스는 테라와 헤어졌다.

복도를 따라 걷던 테라는 코너에 숨어 젠킨스의 뒤를 눈으로 좇았다.

뒤뚱거리며 몇 걸음을 걷던 젠킨스는 등 뒤를 힐끔 돌아보고 주변을 두리번거리더니, 쓰레기통 부근으로 이동한다.

봉지 안을 가만히 들여다보던 젠킨스는 일단 주스부터 꺼내서 마신다. 행동에 조금도 거리낌이 없다. 다 마신 주스 팩을 쓰레기통 안에 던져 넣은 뒤, 젠킨스는 과자를 꺼내 이로 포장을 뜯었다.

 그러고는 다시 주변을 한 번 살피고서 과자를 입 안에 털어 넣는다. 젠킨스는 봉지 안이 바닥날 때까지 계속 집어 먹고 마셨다.

 마침내 작은 과자 봉지 하나와 주스만 남았을 때, 젠킨스는 잠시 고민을 하다가 주스를 마저 꺼내 마셔 버렸다. 그런 후, 비닐봉지에서 과자만 꺼내 자신의 주머니에 넣었다.

 주머니를 두드리며 걸어가는 젠킨스의 뒷모습을 보며 테라는 고개를 끄덕였다. 애초부터 자신이 젠킨스 편으로 보내는 음식이 온전히 다 그 아저씨에게 갈 거라고는 기대하지 않았지만, 저 정도까지 전부 먹어 치울 줄은 또 몰랐다.

 역시 이 방법으로는 안 될 것 같다. 음식을 전해 주려면 무슨 다른 수를 생각해 내야 한다.

 민구가 늦은 아침 식사를 마치고 돌아와 소독을 위해 붕대를 풀었을 때, 젠킨스도 뒤뚱거리며 돗자리로 돌아왔다.

 '큭큭…… 저놈, 또 뭘 먹었군. 가만 보면 계속 뭔가를 오물거리고 있는데, 참 재주도 좋단 말이야. 내가 주는 담배 한 개비씩으로 저만큼 얻을 수 있을 것 같지는 않고…….'

 젠킨스의 입 주변에 묻은 온갖 과자 부스러기를 보며 민구는 웃었다. 그것이 원래는 테라가 자신에게 전달해 달라고 부탁한 과자였다고는 전혀 상상도 하지 못했다.

 "헤이, 네이버!"

 젠킨스가 민구에게 알은척을 하며 다가온다. 민구는 상대방을 무표정하게 바라보다가 다시 소독에 집중했다.

 옆자리의 녀석. 아침저녁으로 제가 먼저 제안을 하고 붕대를 꼼꼼히 감아 주는 건 요긴하지만, 도무지 정은 안 가는 놈이다. 비록 말은 안 통해도, 속이 시커멓다는 게 본능적으로 느껴졌다.

"기프트!"

젠킨스가 과자 한 봉지를 내민다.

또 담배 한 개비랑 바꾸자는 건가?

민구는 차갑게 대꾸하며 손을 저었다.

"안 사, 치워."

원래부터 과자 같은 걸 오물거리는 취미도 없고, 매일 건빵 한 봉지는 지급이 되니까 그 정도면 충분하다.

오! 리얼리?

민구가 거부 의사를 밝히자마자 젠킨스는 반색을 하며 그 자리에서 곧바로 과자 봉지를 뜯었다. 그러고는 과자를 우적거리며 구석에 쪼그리고 앉아 양복 주머니에서 뭔가를 꺼낸다. 지도다.

부스럭거리면서 지도를 편 젠킨스는 몇 군데를 짚어 가며 혼자서 뭐라고 중얼거렸다. 이윽고 다시 지도를 접어 주머니에 넣은 젠킨스는 민구를 돌아봤다.

마침 소독이 다 끝난 민구를 향해 젠킨스는 붕대와 퉁퉁한 자신의 가슴을 번갈아 가리킨다.

붕대를 갈아 주겠다는 거다. 그 거래는 할 만하다. 아직까지도 도무지 옆구리를 튼다는 게 어려워서 한번 붕대를 감으려고 하면 눈앞이 캄캄해질 만큼 지독한 고통을 맛봐야 한다.

게다가 그마저도 제대로 매지 못하고 주르륵 흘러내려 버린다. 민구는 주머니에서 담배 한 개비를 꺼내 돗자리에 내려놓았다.

"오케이!"

젠킨스는 얼른 과자 봉지를 놓고 알코올 솜에 꼼꼼하게 손을 닦았다. 그리고는 새 붕대를 꺼내 민구의 옆구리에 대고 감기 시작했다. 그간 몇 번 해 봤다고 어느새 요령이 좀 붙어서 처음 했을 때보다 훨씬 빨리, 깔끔하게 일을 끝낼 수 있다.

민구는 손으로 붕대를 짚어 보며 느슨한 구석은 없는지 확인했다. 이번에도 평소처럼 꼼꼼하다.

이런 손재주가 있는 놈이 왜 과자는 저렇게 주둥이에 다 묻히고 처먹는지 모르겠다.

만족한다는 표시로 고개를 끄덕여 준 민구는 벌떡 일어나서 트레이닝복을 걸쳤다. 이제 운동을 할 시간이다. 물론 운동이라야 아직 비척거리며 걷는 수준이지만.

처음엔 한 발을 뗄 때마다 옆구리가 터져 나가는 줄 알았는데, 이제는 한결 버틸 만하다. 걷는 속도도 건강한 사람들에게 크게 뒤처지지 않을 정도까지는 되었다.

진통제를 자기 전에만 복용하니 깨어 있는 동안에는 늘 아프고, 한 번씩 격한 고통이 밀려올 때면 정말 미칠 것 같지만, 어지럼증만은 확실히 줄었다.

눈앞이 일렁거리며 비틀대는 것보다는 아픔을 참는 편이 낫다. 어지러우면 아무것도 못 하니까.

"후우~!"

민구는 신음처럼 숨을 내뱉으며 걷기 시작했다. 오른손에는 물병을 들었다. 그쪽 옆구리의 근육이 꽤 많이 날아가 버렸으니 남은 부분이라도 단련을 해야 하는데, 아직 무거운 건 무리였다.

"저건 대체…… 야생 짐승인가?"

담배를 건빵으로 바꿔 오려던 젠킨스는 민구의 뒷모습을 보며 중얼거렸다. 분명히 만신창이인 몸인데 저 정도라도 멀쩡하게 걸어 다닌다는 게 믿어지지 않는다.

게다가…… 어제보다 속도가 빨라졌다. 어제 그가 보았던 민구의 걸음걸이는 결코 자신보다 빠르지 않았다. 비슷하거나 오히려 더 느린 정도였다. 그런데 불과 하루 만에 저런 속도의 향상을 보이다니…….

젠킨스는 태어나서 거의 처음으로 신체 능력에 관한 질투를 느꼈다.

애초부터 그는 운동에 소질도 없었고, 누구와 라이벌이라는 생각 자체를 갖지 않았었다. 그는 운동에 있어서만큼은 패배자라고 일찌감치 현실을 인정한 채 살아왔다.

하지만 저 남자만은 다르다. 저 남자는…… 어제까지 그보다 못했던 인간이다. 그렇다고 굳게 믿고 있었다.

이제 평생 장애를 가진 채 살아야 할 거라고 테라에게 말했던 것이 온전한 허풍만은 아니었다. 그런데 그런 남자가 지금 자신보다 빠른 속도로 더 멀리까지 걸어가려 하고 있다.

멀어져 가는 민구의 등에 테라의 얼굴이 겹쳐 보이자, 젠킨스의 가슴속은 갑자기 분노로 가득 차올랐다.

"너한테는 안 져! 최소한 너보다는 잘 걸을 수 있다고!"

크게 소리를 내지른 젠킨스는 무릎이 시큰거리는 걸 꾹 참으며 빠르게 걸음을 떼기 시작했다.

주먹을 꽉 쥐는 바람에 과자 여섯 봉지 값어치의 비싼 담배가 뚝 부러져 버렸지만, 휙 내팽개쳐 버렸다.

지금 그의 머릿속에는 오직 한 가지, 이 지점으로 돌아올 때 저 남자보다 앞서 있겠다는 생각뿐이었다.

격차를 줄이기만 해도 자신의 승리다. 이 승부는…… 건빵보다 훨씬 더 중요하다.

그렇게 두 남자가 잠실 쉘터의 건물 내부에서 보잘것없는 경주를 하고 있을 때, 외부의 게이트에는 문 대위를 태운 전차가 막 도착했다.

03

문 대위가 군인들에게 둘러싸여 잠실 쉘터 게이트를 통과하여 이동하고 있던 그 시각, 진우는 군인들로부터 벗어나기 위해 산속을 헤매고 있었다.

"좀 쉴까?"

숲이 우거진 능선 부근에 올라섰을 때, 진우가 물었다. 여기쯤이면 우거진 덤불과 나무들 속에 모습을 감추고 잠시나마 마음 편하게 숨을 돌릴 수 있다.

헥— 헥— 헥—.

개는 길게 빼문 혀로 대답을 대신했다. 진우는 녀석의 가슴에 묶어 둔 나일론 로프를 풀어주었다. 끌고 오던 들것의 무게에서 벗어난 개는 온몸을 부르르 털고 나서 바닥에 주저앉았.

양쪽 어깨를 짓누르던 가방 두 개를 땅에 내려놓자, 진우도 비로소 좀 숨을 편히 쉴 수 있었다.

"힘들다, 그치?"

수통의 물을 한 모금 마신 진우는 전투식량 봉지를 잘라 만든 조그만 그릇에 물을 부어 내밀었다.

꼼짝도 하기 싫다는 듯 엎드려 있던 개가 겨우 일어나 물을 핥는다. 녀석의 혀가 날름거리는 동안 진우는 수통을 좀 더 기울여 한 번 더 물을 채워 줬다.

"요만큼만 마시자."

녀석에게 부어 준 물의 양이 부족할 것을 알면서도 진우는 수통의 뚜껑을 닫았다. 총알은 가방 네 개를 채울 만큼 있는데, 물은 수통 하나가 전부다. 둘이 마음대로 마시면 순식간에 바닥을 보인다. 이 불균형도 그들의 이동을 힘겹게 만드는 요소 중 하나다.

타아아앙— 파아아앙—.

산의 서쪽에서는 어젯밤부터 시작되었던 저격 소총의 총성이 아직도 이따금씩 들려왔다. 저격 소총의 째지는 듯한 소리가 몇 발 울리고 나면 곧이어 연발이 이어진다.

분명 어제 그의 눈앞을 지나갔던 그 덤불들 소행인 것 같은데, 경기관총 발사음까지 더해진 걸 보면 그 후로도 몇 놈이 더 합류했다는 이야기다.

"후우~ 저 새끼들 진짜······."

놈들의 총성이 울릴 때마다 진우는 공연히 성질이 나서 한 번씩 그쪽으로 눈을 흘겼다. 산적이나 구미호처럼 산속에 자리를 잡고 길목을 지나는 사람들과 차량을 잡아먹는다는 게 마음에 들지 않는다. 진우 자신 역시 놈들 때문에 어떤 위협을 받게 될지 모른다.

멀리에서 피어오르는 연기도 신경이 쓰인다. 슬슬 어디에선가 좀비들도 몰려오고 있을 것이다. 불을 지르면 좀비가 온다는, 그 간단한 공식조차 이 새끼들은 전혀 모르나 보다.

이래저래 빨리 이 지역에서 벗어나는 것만이 답이다. 하지만 그걸 알고 있어도 현실은 거북이처럼 느리게 움직일 수밖에 없었다. 문제는 역시 무게였다.

그와 개는 5인을 완전무장시키고도 남을 양의 개인 화기와 예비 실탄, 거기에 전투식량이 더해진 무게를 나눠 끌며 산속을 주파해야 한다.

거기에 진우는 K-2와 저격 소총, MP5까지 총 세 자루의 총을 메고, 들고 있다. 험한 산길을 헤매고 다니기에 적합한 짐의 양이 결코 아니었다.

"아······ 이거, 슬슬 찢어지려 하네. 이러면 더 힘들어질 텐데······."

들것의 바닥을 살피던 진우가 혀를 찼다. 마찰과 무게 때문에 해지고 군데군데 구멍이 뚫렸다. 한계까지 내몰린 게 그들의 체력과 인내심만은 아니었나 보다.

"뭘 좀 먹자."

진우는 인삼 몇 뿌리와 전투식량을 꺼냈다. 여러 개로 나뉜 비닐 포장을 전부 다 뜯은 진우는 그중에서 초코바 두 조각만 자신이 먹기로 하고, 나머지 전체를 은박에 늘어놓았다.

"나는 이것만 먹을게, 나머지는 네가 먹어."

그러자 개가 앞발로 진우의 팔을 건다. '어허, 잠깐 기다려 봐.'라고 하는 몸짓이다. 진우는 웃으며 고개를 끄덕였다.

"그래, 네 말이 맞아. 이게 제일 먹을 만하다는 건 나도 동의해. 근데 생각해 봐. 달랑 이거 두 개랑 나머지 전부잖아. 어떤 게 더 이익이겠냐?"

진우의 말을 들은 개는 킁킁거리며 초코바의 냄새를 맡고 다시 나머지 전투식량들, 그러니까 빵, 햄, 강정들에 코를 가져다 댔다. 고민하는 모습이 역력하다.

같은 동작을 한 번 더 반복하며 시간을 끌던 녀석은 결국 수긍을 하고, 강정부터 아득거리며 씹어 먹기 시작했다.

"그래, 잘 생각했어. 그게 이득이라니까."

진우도 초코바를 깨물었다. 전투식량 중 그나마 이게 제일 씹을 만하다. 지난 며칠 동안의 경험상 아예 처음부터 녀석에게 더 많이 주고 최소한의 정량을 챙기는 편이 낫다는 결론을 얻었다.

공평하게 둘로 나눠 먹기 시작해도 녀석의 먹는 속도가 월등히 빨라서 어차피 거의 다 빼앗기기 때문이다.

두 번째 초코바가 4분의 1조각쯤 남았을 때, 녀석은 벌써 제 몫을 다 먹어 치우고 진우를 보며 애절한 표정을 지은 채 서 있다.

주둥이에서 뚝뚝 떨어지는 침을 진우가 못 본 척하자, 녀석은 좀 더 노골적으로 구걸을 하기 시작했다.

끄으응~ 끄으응~.

"크, 너 진짜…… 무슨 깡패냐? 안 돼……. 아, 맞다. 이럴 때 훈련을 시키면 되나? 킹."

진우의 말이 떨어지기가 무섭게 녀석은 짧게 얼— 하고 대답한다.

아하…… 그래. 이렇게 훈련을 시키는 거였구나.

진우는 고개를 끄덕이며 원래부터 조금밖에 남지 않았던 초코바의 절반을 내밀었다.

날름, 녀석은 혀로 잽싸게 핥아먹는다. 교육에 성공한 진우는 환하게 웃으며 한 번 더 불렀다.

"킹!"

얼—.

"좋아, 그거야! 그게 네 이름이라고. 자."

진우는 나머지 초코바를 녀석에게 주고 머리를 다독거렸다.

"이제부터 내가 킹이라고 부르면 대답하는 거야. 알았지?"

초코바 조각을 삼키고 있는 개는 대꾸하지 않았다. 진우는 조금 전의 학습을 각인시키기 위해 놈이 잊어먹기 전에 한 번 더 녀석의 이름을 불렀다.

"킹!"

개는 눈만 힐끔 돌려 진우를 쳐다본다. 조금 전의 그 영민하게 대답하던 모습이 거짓말인 것처럼 냉담하다. 진우는 답답해하며 말했다.

"아…… 참 내, 이런 바보. 킹이라고 부르면 대답을 하라니까. 그게 네 이름이라고. 킹!"

녀석의 눈이 진우의 빈손을 먼저 보고, 다시 얼굴 쪽으로 향한다. '어이, 아저씨. 초코바도 없으면서 뭐 하는 짓이야? 일단 꺼내 놓고 시작합시다.'라는 메시지를 아주 노골적으로 드러내고 있다.

헐…….

놀림감이 되어 버린 진우는 어처구니가 없어서 녀석의 뻔뻔한 얼굴을 멍하니 쳐다봤다. 이 놀이에서 바보는 녀석이 아니라 그 자신이었다.

"너, 그런 식으로 나오면 이거 안 줄 거야."

인삼 뿌리를 내밀며 협박을 해 봐도 소용이 없다. 조금 분한 마음의 진우가 인삼을 씹어 먹고 있을 때, 녀석의 귀가 쫑긋거린다.

잠시 후, 진우도 그 소리를 들었다.

키리리리링, 키리리리- 길길길길길-.

아주 묵직한 엔진 소리와 쇠가 마찰하는 소리다. 산의 북서쪽 방면에서 점차 가까워져 오고 있다.

"여기서 잠깐 쉬고 있어. 주변 좀 둘러보고 올게."

저격 소총을 들것 옆에 내려 두고, 소음기가 부착된 MP5를 옆구리로 돌려 메며 진우가 말했다.

이 총은 위력도 약하고 유효 사거리도 짧지만, 가까이에서 맞히면 망치로 못

질하는 정도의 총성만 낸다. 그리고 정확도도 꽤 높아서 소리를 내지 않고 좀비를 잡아야 할 때는 꽤나 유용하다.

K-2는 가슴에 사선이 되도록 멨지만, 되도록 쓰는 일이 없기를 바랄 뿐이다.

그가 움직일 채비를 마치자 개도 몸을 일으키며 따라나서려 했다.

"아니, 아니, 좀 쉬고 있어도 돼. 금방 보고 올 테니까. 이거 지키는 담당도 있어야 하잖아."

진우는 가방들을 가리키며 녀석을 진정시켰다. 가방을 지키는 것도 물론 중요한 일이긴 한데, 더 중요한 일은 이 덩치 큰 개에게 쉴 시간을 주는 거다.

이 녀석, 엄청나게 센 힘에 비해서 꽤나 금방 지친다. 밥도 그다지 많이 못 주는 상황인데, 짐도 끌게 하고 정찰도 데리고 다닐 수는 없다. 그러다가 쓰러져 버리면 너무 미안할 테니까.

말을 알아들었는지 녀석이 다시 가방 옆에 털썩 엎드리는 것을 확인하고 나서 진우는 완만한 비탈을 올랐다.

발목을 휘감는 잡초들과 씨름해 가며 위로 올라가기를 10여 분.

진우는 산의 북서쪽 능선에 도착했다. 바닥에 배를 깔고 엎드린 진우는 망원경으로 아래쪽 도로를 살폈다.

"전차구나……. 어휴, 많기도 더럽게 많네."

도로에는 여러 대의 전차들이 자리를 잡으며 나란히 멈춰 서고 있었다. 저런 놈들이 합류한 시점부터 이 전쟁은 그가 어떻게 개입할 수 있는 수준을 넘어섰다.

가지고 있는 탄환을 다 쏟아붓는다고 해도 저 괴물 같은 쇳덩이에게는 아무런 충격도 주지 못한다.

그런 게 한 대도 아니고 여러 대. 그의 시야가 닿는 범위 내에만 다섯 대 이상이 보인다. 얼른 도망쳐서 사정거리 밖으로 달아난다는 선택지를 택할 수도 없는 상황이다.

"……주둔하면 안 되는데."

전차와 주변의 유류 수송차, 그 사이로 오가는 보병들을 차례로 훑으면서 진우가 중얼거렸다. 이 주변에서 벗어나기에는 북서쪽으로 나 있는 저 2차선 도로가 가장 적합한데, 이제는 전차들에게 점령당해 버렸다.

만약 저놈들이 움직일 기미가 보이지 않으면 그와 개는 어젯밤부터 왔던 길을 되돌아가서 다시 새로운 도주로를 모색해 봐야 한다.

귀찮기도 하고, 체력적으로 소모가 심한 일이다. 진우는 그렇게 되지 않기를 바랐다.

"아, 젠장. 겨우 여기까지 돌아왔더니……."

진우는 혼잣말로 전차들을 원망하며 개와 짐이 기다리는 숲속으로 돌아왔다. 갈 때는 10여 분에 걸쳐 올라간 길이지만, 내리막으로 돌아오는 때는 그 절반밖에 걸리지 않았다.

숲에 도착했을 때, 개는 충성심이 가득한 표정으로 뒤쪽을 지키고 서 있었다.

"아쭈우~ 이놈 봐라?"

조금 내려진 가방의 지퍼와 온통 침에 젖어 번들거리는 그 주변의 천을 보면서 진우가 중얼거렸다. 개는 여전히 경계에만 집중하는 척을 하고 있다. 진우는 녀석의 뒤로 천천히 다가가며 말했다.

"너 아주 요새…… 슬슬 재주가 는다? 응? 내가 같이 갈까 말까 망설일 때에는 아주 착하고 바른 생활 하는 개처럼 굴더니…… 이제는 무슨 말썽을 피울까 그 궁리만 하는 것처럼 보이네?"

진우가 가까워지는 동안 개는 이따금 한 번씩 힐끔거리며 그를 돌아본다. 진우가 녀석의 등에 손을 턱, 얹자 발랑거리며 뛰는 심장의 고동이 고스란히 느껴진다.

"야, 말을 하면 좀 돌아봐야지."

진우는 녀석의 머리를 자신 쪽으로 돌렸다. 녀석은 최대한 순진무구하고 천진한 표정을 지으며 헥헥거린다. 진우는 오른손으로 살가죽이 넉넉한 녀석의 볼따구니를 잡아당겼다.

"이 시키야…… 가방이 침으로 아주 범벅인데, 그렇게 열심히 망보는 척하면 내가 모를 것 같지? 또 말썽 부릴 거야?"

 개는 무슨 소리인지 모르겠다는 듯 버티고 있다. 진우는 그런 놈의 얼굴을 잠시 더 바라보다가 머리를 쓰다듬어 주며 말했다.

 "배가 고프겠지만, 지금은 더 못 줘. 이 산에서 빠져나갈 때까지 조금만 더 참자. 알았지?"

 화해의 분위기인 걸 아는지 개는 얼른 진우의 손을 핥았다. 침으로 범벅이 된 손을 바지에 슥슥, 문질러 닦고, 진우는 다시 들것을 녀석의 몸에 연결했다.

 네 개의 가방 중 좀 더 무거운 쪽 두 개를 녀석이 끄는 들것에 고정했고, 나머지 두 개는 진우가 양쪽 어깨에 비스듬히 걸쳐 멨다.

 "캑! 어후, 무거워."

 이미 완전무장을 하고 있는 몸에 가방 두 개의 무게가 더해지자 숨이 턱턱 막힌다. 목과 등이 졸리는 것 같아 진우는 이마를 찌푸렸다.

 괴롭기는 개도 마찬가지다. 녀석은 천천히 첫발을, 그리고 몸의 방향을 바꾸면서 그다음 발을 뗀다. 관성이 붙기 전까지의 몇 걸음이 가장 무겁고 힘들다. 진우의 이마에서는 땀이 뚝뚝 떨어진다.

 "젠장, 이 정도 차이가 나는구나. 좀 심한데……."

 짐을 끌어가며 가까스로 능선 위에 도착한 둘이 조금 휴식을 취하는 동안, 진우가 한숨을 몰아쉬며 중얼거렸다.

 조금 전, 빈 몸으로 올라왔을 때에는 10분 정도밖에 걸리지 않던 거리를 30분이나 걸려서 겨우 도달했다. 세 배 이상의 시간이 걸렸다는 걸 인식하고 나자 이 이동 방식에 회의가 들기 시작했다.

 이런 식이면 물도, 식량도 세 배가 들고, 체력은 그보다 더 소모될 것이다. 더 중요한 것은 3분의 1로 줄어든 속도다. 죽어라 달아나도 시원찮을 판에 그렇게 느리게 도망을 쳐도 되는 것일까?

 진우는 개를 돌아봤다. 녀석도 혀를 길게 빼며 힘겨워하고 있다. 뭔가 다시 생각을 해 봐야 할 때가 온 것 같다.

하지만…….

가방으로 시선을 돌리면 이야기가 또 달라진다. 이 가방 안에는 우수한 개인 화기들과 탄창, 그리고 전투식량이 있다. 삼척 발전소를 탈출한 이래 그가 너무도 간절하게 찾아 헤매던 물건들이다.

전장에서는 아주 흔한 것처럼 보이지만, 일단 민간인들의 영역으로 옮겨 간 이후에는 아무리 구하려고 해도 구할 수가 없는 보물이다.

"젠장…….."

진우는 전차들에 점령당한 도로와, 소중하지만 무거운 가방들을 번갈아 쳐다봤다. 절충안을 찾아야 한다.

속도와 체력에 이렇게 극심한 손실을 보지 않으면서도 어느 정도의 화력은 유지할 수 있는 선. 이 상태로는 죽도 밥도 안 된다.

"하지만 뭘 버리냐고. 버릴 게 하나도 없는데…….."

진우는 투덜거리면서 지퍼를 열었다. 5.56㎜ 나토탄 탄창과 그가 국방부에서 지급받은 K-2, 927307이 모습을 드러낸다. 이건 다 너무 소중하다.

"안 돼, 안 돼. 이건 진짜 못 버려."

진우는 고개를 저으며 그다음 가방을 열었다. MP5용 9㎜ 탄창들과 전투식량. 이것들도 유용해서 버릴 수 없다.

특히 좁은 건물 내부를 통과하거나 해야 할 때, 이 총의 짧은 총신은 대단히 효과적일 것이다. 전투식량이야 뭐, 말할 것도 없다.

그러면…….

진우는 이번에는 개가 끌고 온 가방을 열었다. 다시 5.56㎜ 탄창들과 전투식량, 생명을 지키는 것과 생명을 유지하는 것이 들어 있다. 여기에도 버릴 수 있는 건 하나도 없다.

마지막 가방에는 케이스에 든 저격 소총과 그 총을 위한 7.62㎜ 탄창이 들어 있다. 아직 손에 익지 않았지만, 저격 소총은 정말 좋은 놈이다.

이걸로 600미터 이상 원거리에 있는 놈들을 미리 처치할 수 있다. 게다가 이 위력이면 웬만한 하이바나 방탄조끼 따위는 한 방에 관통이 가능하다. K-2로는 도저히 할 수 없는 일이다.

"젠장…… 결국 버릴 건 하나도 없네."

진우는 이마로 흘러내린 땀을 훔쳐 내며 투덜거렸다. 당연하다. 녹이 슬었을지도 모르는 땅속의 실탄 만 발을 얻기 위해 그 멀고 험한 길을 다 헤치고 왔는데, 내 손 안에 들어 있는 이 반짝거리는 무기와 탄약들을 어떻게 내버린단 말인가.

키리리릭— 기리리릭— 길길길—.

진우가 가방마다 지퍼를 열어 놓고 미친놈처럼 좋아하다 안타까워하기를 반복하고 있는 동안, 멀리 아래쪽 도로에서는 전차들이 다시 이동을 하는 소리가 들려왔다.

"어? 저놈들 이제 빠져나가려고 시동 거나 보다."

진우는 얼른 망원경을 꺼내 북서쪽 도로를 살폈다. 그의 예상은 반은 맞고, 반은 틀렸다. 전차들이 움직일 준비를 한다는 점에서는 맞았다. 하지만 놈들은 도로를 따라 빠져나가는 게 아니라, 언덕을 타고 넘어올 준비를 하고 있었다.

쿠르르르릉—.

요란한 엔진 소리와 함께 전차들이 나무를 짓밟으며 비탈을 타고 오른다.

"헐! 이런 씨발……."

진우의 입에서 저절로 욕설이 터져 나온다. 그와 개가 숨어 있는 산은 이제 전차들의 이동 경로가 되어 버렸다.

04

"일어나! 도망쳐야 해!"

가방의 지퍼를 올린 진우는 개에게 소리쳤다. 그러고는 자신도 서둘러 두 개의 가방을 양쪽 어깨에 멨다.

달아나야 한다. 전차들이 그들이 위치한 곳까지 도달하기 전에, 전차가 오지 않을 만한 곳으로…….

진우는 주변을 둘러보고 좌측의 골짜기를 목표로 삼았다. 건너편의 골짜기와 적어도 20여 미터 이상 떨어진 깊은 협곡으로 분리되어 있다. 저기라면 일부러 돌아오지 않는 한, 전차가 닿지 않을 것이다.

골짜기까지의 거리는 대략 250미터 남짓. 위아래로 오르내려야 하므로 실제 거리는 그보다 좀 더 될 것으로 보인다.

서둘러야 한다. 진우는 가방의 무게를 못 이겨 휘청거리면서도 개를 돕기 위해 들것을 잡아당겼다.

"끄으으!"

미친 사람처럼 용을 써 가며 걷고, 또 개를 도와 들것을 끄는 진우의 입에서 신음이 터져 나왔다. 하지만 가방은 무겁고, 잡초들은 무성하다. 도무지 빨리 전진할 수가 없다.

키리릭— 키리리릭—.

그러는 사이에도 전차들의 엔진 소리는 점점 커져 온다.

속도가 얼마나 되는 걸까?

진우는 마음처럼 움직이지 않는 몸을 억지로 잡아끌면서 계산을 해 봤다.

평로가 아닌 야산을 가로지르는 것이니까 시속 20킬로미터? 아니면 15킬로미터?

막연히 생각했을 때는 느리다고 생각했는데, 막상 거리와 시간을 대입해 보면 숨이 턱 막힐 정도다.

망원경으로 확인한 거리가 1.3킬로미터 정도였으니 시속 15킬로미터면 5분 만에 도착한다. 그리고 일단 한번 눈에 띄고 나면 달아난다는 것 자체가 불가능하다.

바로 앞의 언덕 능선에만 올라도 여기까지 훤하게 시야가 확보되는 상황. 그러면 쓸 수 있는 시간은 더 줄어든다.
 진우는 비 오듯 흘러내리는 땀을 닦고 시계와 전방을 번갈아 돌아보았다. 벌써 몇십 초가 순식간에 지나갔다.
 개도 입에 거품을 물며 용을 쓴다.
 지지직!
 힘겹게 움직이던 들것이 이상한 소리와 함께 턱 멈춰 버린다. 손잡이가 덤불 사이에 걸렸다.
 진우는 대검을 빼 들고 엉켜 있는 덤불을 쳐 냈다. 왜 이렇게 질기고 또 복잡하게 휘감겨 있는지, 좀처럼 잘리지가 않는다.
 끄응!
 잡초를 뽑아내려고 이를 악물던 진우는 가방의 무게를 이기지 못하고 뒤로 벌렁 나뒹굴었다.
 "하아, 하아……."
 날카로운 풀에 베인 손바닥에서는 피가 흐르고, 아직 아물지 않은, 손톱 없는 속살의 더께가 채 덮이기도 전에 또 뜯겨 나갔다.
 진우의 얼굴은 조바심으로 일그러졌다.
 이대로는 도저히 안 된다…….
 두 다리의 힘이 풀려 뒹구는 동안에도 시간은 야속하게 흐르고 있다.
 탄약들…… 이 아까운 탄약들…… 다 가져가야 하는데, 그러지 못할 것 같다.
 "움직이지 마……."
 마침내 결심을 한 진우는 대검을 들고 개에게 다가갔다. 그러고는 녀석의 가슴에 묶어 뒀던 밧줄을 잘라내 버렸다.
 순식간에 속박에서 풀려난 개는 어리둥절한 모습으로 진우를 올려다본다. 진우는 숨을 헐떡거리며 자신의 가방 두 개 중에서도 하나를 벗어 던졌다.
 "가자! 빨리!"
 홀가분해진 진우와 개는 속도를 높여 좌측으로 달려갔다.

키리리릭— 키리릭—.

와지끈, 우지직—.

무한궤도가 돌며 자그마한 나무들을 넘어뜨리고 짓뭉개는 소리가 턱밑까지 가까워졌다.

진우는 필사적으로 골짜기를 향해 뛰었다. 비스듬히 둘러맨 탄약 가방이 들썩거리면서 옆구리를 계속 때린다.

"엎드려! 엎드려!"

몇 개의 높고 낮은 구릉을 구르듯 내달린 진우는 잡초들 사이로 몸을 내던지며 개에게 손짓을 했다.

사삿, 개가 자세를 낮추고 진우의 곁으로 기어온다.

헥— 헥— 헥—.

녀석도 어지간히 숨을 헐떡이고 있다. 둘은 나무와 풀들로 모습을 감춘 채 전방을 노려보고 기다렸다.

쿠르르르릉—.

간발의 차였다. 30초도 지나지 않아 나무들을 밀어 넘어뜨리며 전차들이 능선 위로 모습을 드러냈다. 보이는 것만 총 여섯 대. 어쩌면 더 있을 수도 있다.

그중 한 대가 진우가 숨어 있는 골짜기 쪽에서 접근하다가 길이 끊어진 것을 발견하고 방향을 오른쪽으로 틀었다.

키리리릭— 우우우웅—.

요란한 엔진 소리, 엄청난 차체.

100미터 이상이 떨어져 있는데도 그 위용에 기가 죽는다.

"움직이면 안 돼. 얌전히 있어."

진우는 개의 등을 쓰다듬어 주며 속삭였다. 물론 개는 그런 충고 이전부터도 아주 얌전히 제자리를 지키고 있는 중이다.

출렁거리면서도 꽤나 빠른 속도로 내달리는 전차들은 조금 전 진우가 개의 매듭을 잘랐던 자리 부근을 지난다.

키 작은 나무들은 무한궤도 아래로 빨려 들어가 순식간에 짓뭉개져 버리고, 높다란 아름드리나무들은 뿌리째 뽑혀 나간다.

수십 톤에 달하는 K2 전차 여섯 대가 열을 지어 지나간 자리에는 언덕과 숲이 다져져서 꽤나 널찍한 길이 만들어졌다.

'저 근처에 있었더라면…….'

그랬더라면 꼼짝없이 죽었겠지…….

상상을 하는 것만으로도 아찔해서 진우는 가볍게 몸서리를 쳤다.

만약 그가 무기 가방에 대한 미련을 조금만 늦게 버렸어도 아마 그는 지금 탱크들이 지나친 바로 그 위치쯤에 숨어 있다가 봉변을 당했을 것이다. 탱크가 직접 깔아뭉개지 않았더라도 기총 사수들이 그를 내버려 뒀을 리가 없다.

쿠르르르르—.

첫 여섯 대가 지나간 지 얼마 되지 않아서 2조가 모습을 드러냈다. 이번에는 두 대. 앞서 지난 전차들이 다져 놓은 길로 내달리는 두 대의 K2 전차는 거침이 없다.

진우는 멀어져 가는 전차들을 보며 안도의 한숨을 내쉬었다. 총알 가방이 어떻게 되었는지는 아직 모르겠지만, 적어도 목숨을 건지고 위기를 잘 넘어섰다.

"어…… 저놈들, 저거 왜 저러지?"

고개를 돌린 채 전차들의 뒷모습을 좇던 진우의 입에서 불안한 혼잣말이 흘러나왔다.

두어 개의 언덕을 넘어가 능선 부근에 오른 전차들이 제자리 회전을 하거나, 횡으로 이동을 하면서 흙먼지를 일으키고 있었다.

근처의 나무들이 다 꺾이고 쓰러진다. 여덟 대나 되는 커다란 전차들이 그 짓을 하고 있으니, 주변은 순식간에 평평한 개활지가 되어 버렸다.

위이이잉—.

벌려선 전차들의 포탑이 일제히 북쪽을 향한다.

"설마…… 여기서?"

진우는 주변을 돌아보았다. 하긴…… 저 지점쯤이면 북쪽 산의 중턱을 때리기에 딱 좋은 위치이긴 하다.

진우가 어떻게 해야 하는지 망설이는 동안 전차들은 첫 번째 발을 일제히 발사했다.

콰아앙!

쓔우우웅―.

120㎜ 주포가 불을 뿜자 잠시 후 음속을 돌파한 포탄이 날아가는 소리가 요란하게 울린다.

쿠쿵―.

북쪽 산에 명중한 포탄의 굉음이 이쪽으로 전해지기도 전에 K2 전차들은 다시 두 번째 발을 쏘아 올렸다.

콰아앙― 쓔우우우―.

그리고 전차의 포탑에서는 한 대당 다섯 개씩의 작은 알들이 위쪽으로 일제히 튀어 올라 분산된다. 그 알들은 이내 폭발하며 커다란 녹색 연막을 만들어 주변을 뿌옇게 어지럽혔다.

위장 연막 뒤에 숨은 전차는 조금 뒤로 물러나 위치를 바꾼 다음, 재차 사격을 가했다.

콰아앙―.

같은 동작을 두어 번 반복하고 나니 사방은 다 녹색의 연막으로 뒤덮였고, 물러난 전차들은 진우로부터 100여 미터 떨어진 선까지 근접해 왔다. 그리고 진우가 우려하던 일이 일어났다.

쓔우우우― 콰쾅!

북쪽 산의 병력들도 얌전히 죽여 주기만을 기다릴 리가 없다. 그쪽에서도 곡사포인지, 자주포인지 모를 포탄들을 사정없이 쏘아 댔다.

콰아앙―.

대구경의 포탄들이 떨어져 내린 산은 지진이라도 난 것처럼 흔들렸고, 튀어

오른 돌가루와 흙더미가 사방으로 쏟아졌다.

이 포격에 비하면 예전에 수류탄이 터졌을 때 느꼈던 충격은 애교 섞인 장난 수준이다.

키리리리릭—.

전차들은 바쁘게 움직여 포격을 회피하며 포탑을 돌려 응사했다.

콰콰아아앙—.

어지럽게 쏟아지는 포탄의 비를 피하기 위해 진우는 개를 끌고 일어났다. 얌전히 모습을 숨기고 있다고 해서 끝날 일이 아닌 게 되어 버렸다. 언제 머리 위로 155㎜ 곡사포가 떨어져 내릴지 모른다.

"따라와!"

진우는 개와 함께 달렸다. 모습을 숨기는 것보다 화망의 범위 밖으로 달아나는 것이 더 중요하다. 어차피 지금 전차의 승무원들은 대각선 뒤쪽의 그를 보지 않는다.

둘은 가능한 한 전차들에서 멀어지기 위해 필사적으로 숲속을 내달렸다.

콰앙—.

산의 아래쪽에서 울려오는 커다란 포격 소리!

진우는 본능적으로 납작 엎드렸다.

그리고 이어지는 중기관총의 사격.

타타— 타타타타타타— 타타타타—.

'뭐지? 무슨 소리지?'

풀숲에 쓰러진 채 진우는 공포에 얼어붙은 머리를 최대한 굴렸다. 예상치 못했던 장소에서, 예상치 못했던 총성이 울리자 그게 또 사람을 당황시킨다.

그사이에도 여전히 포격은 산을 뒤흔들며 쏟아져 내리고 사방으로 파편을 튕긴다.

화악—.

근처에서 터진 포탄의 열기에 진우는 낮은 비명을 지르며 얼굴을 감쌌다.

얼— 얼—.

개가 겁을 먹고 진우의 주변을 돌며 냄새를 맡는다. 아마도 그가 피격당했다고 생각한 모양이다.

"아니야…… 괜찮아, 괜찮아. 내가 일어날게……."

전투 조끼의 어깨를 물고 잡아끌려는 개를 달래며 진우는 다시 일어났다. 아래쪽에서 들려오는 포격의 이유를 어렴풋이 깨달을 수 있을 것 같았다.

아마도 그 덤불들, 어제부터 자리를 잡고 길목을 털던 그 저격수들을 전차가 처단하는 모양이다.

그렇다면 그 아홉 번째 전차가 이곳에 도달하기 전에 최대한 달아나서 모습을 숨겨야 한다.

진우와 개는 계속 달렸다. 이제 주변은 더 이상 위장 연막탄을 터뜨릴 필요가 없을 정도로 짙은 흙먼지와 불타오른 나무들의 연기로 뒤덮여 버렸다.

쓔우우웅— 쓔우우우웅—.

그 한 치 앞도 제대로 보이지 않는 지점을 향해 북쪽의 병력들은 또 쉴 새 없이 포탄을 쏘아 올린다. 한 번만 걸려라 하는 식의 무차별적인 지향 사격인 셈이다.

반면, 전차들은 그 와중에도 뭔가가 보이는지 포탑을 돌려 가며 조준 사격을 때려 댔다.

양쪽 산은 2.5킬로미터 이상 떨어져 있는데, 그 먼 곳에 있는 무언가를 노리고 서로 쏘아 대고 있는 것이다.

"하아…… 하아……."

이제 더 이상은 뛸 수 없을 만큼 지쳤을 때, 진우는 무릎을 꿇으며 앞으로 고꾸라졌다. 어깨를 짓누르는 가방의 무게 때문에 일어나기도 버겁다.

몇 개의 언덕을 구르듯이 내달렸는지 모르겠다. 하여간 여기서는 비탈에 가려져 전차의 모습이 보이지 않는다.

얼— 얼—.

개가 진우의 어깨에서 가방끈을 벗겨 내 자신이 물고 끈다. 진우는 흙과 땀으로 범벅이 된 얼굴을 쓸며 일어났다. 그러고는 개와 함께 가방을 끌고 비탈 아래 나무숲 속까지 겨우 전진했다.
"하아…… 이제 여기에 숨자. 하아…… 우리 멀리 온 거 맞겠지?"
나무에 등을 기대며 진우가 중얼거렸다.
콰아아앙— 콰아아앙—.
지축을 흔드는 충격은 여전하지만, 그래도 이제는 직접적인 폭발이 보이지 않는다. 한 번씩 땅이 흔들리고 나무가 진동할 때마다 진우의 심장은 멈칫멈칫한다. 살아 있어도 살아 있는 것 같지가 않다.
"캑! 쿨럭!"
숨이 턱 막히며 목이 뜨거워져 온다. 수분이…… 물을 너무 마시지 못했다. 진우는 떨리는 손으로 수통을 열고 두 모금을 마셨다. 그러고는 개를 돌아보았다. 개는 얌전히 자기 차례를 기다리고 있다. 녀석의 맑은 눈동자에는 보챈다거나 의심한다는 마음 자체가 없어 보인다.
"잠깐만."
진우는 하이바를 벗고 고정 끈 사이에 끼워 뒀던 핑크 펀치의 사진을 뺀 후, 거기에 남은 물을 거의 다 부었다. 그런 후에 개에게 내밀었다.
찹찹찹, 개 역시 어지간히 목이 말랐었는지, 엄청난 속도로 혀를 움직이며 물을 먹는다. 진우는 한 모금도 안 되는 나머지 물을 입 안에 담고 음미하며 아주 천천히 조금씩 삼켰다.
"우리도 언제 죽을지 모르겠다, 야."
물이 사라지고 개의 침만 남은 하이바를 닦아 다시 핑크 펀치의 사진을 끼우며 진우가 중얼거렸다.
개는 고개를 갸웃거리면서 그 사진을 바라본다. 녀석을 보고 웃으며 진우가 물었다.
"예쁘지? 얘가 테라고, 얘가 제니야."
개는 그저 물끄러미 지켜만 보고 있다. 하이바의 냄새를 한번 킁킁, 맡아 본

후 머리에 쓰고 턱 끈을 조인 진우가 말해 줬다.

"내 애인들이야. 둘 다 나만 좋아해……는 뻥이고, 그냥 예전에는 이 세상에 이렇게 아름다운 것들도 존재했었다는 걸 기억하고 싶어서 가지고 다니는 거야. 지금 생각해 보면 다 꿈이었던 것 같지만."

쿠쿵— 콰아아앙—.

굉음이 울릴 때마다 나무가 흔들리고 나뭇잎들이 떨어져 내렸다. 진우는 등에 기댄 나무의 진동으로 폭발을 느끼며 이를 악물었다.

더 이상 달아날 기운도 없고, 달아난다고 해도 의미가 없다. 일단 포격이 시작되었으니, 마음만 먹으면 몇십 킬로미터까지도 닿을 수 있다.

현대 화력전 앞에서 그의 신체 능력 같은 것은 개미의 발버둥에 지나지 않는다. 그저 여기가 놈들의 목표가 아니길 바랄 뿐이다.

진우의 손이 떨리는 것을 눈치챈 개가 옆으로 다가와 머리를 기댄다. 진우는 불안을 달래듯 녀석의 목덜미를 쓸고 '괜찮을 거야.'라는 말을 반복적으로 중얼거렸다.

아름다운 것들을 보던 시절로 돌아가고 싶다. 좋아하는 사람들과 그 아름다운 것들을 보며 웃던 시절로…….

"응?"

먼 산을 보며 진동과 소음을 참아 내고 있던 진우는 갑자기 확 온몸을 뒤덮는 오한에 고개를 돌렸다. 어제 덤불들이 트럭을 불태울 때부터 그를 불안하게 만들었던 요소, 좀비들이다.

10여 마리의 좀비들이 천천히 비탈길을 기어 올라오고 있었다. 거리는 50여 미터.

"하아…… 너희들도 참 어지간하다. 대체 어떻게 알고…….'

언제 죽을지 모른다고 해도 좀비들에게 뒷덜미를 물려 '지금' 죽고 싶은 마음은 추호도 없다.

진우는 K-2의 모드를 단발로 놓고 가늠자 안에 좀비의 머리가 들어오도록 조준했다. 어차피 이 정도의 총소리쯤은 완전히 묻힐 만큼 사방이 시끄럽다.

콰아아앙―.

새로운 폭발음이 터지는 것과 동시에 진우는 방아쇠를 당겼다.

타앙―.

좀비의 이마에 커다란 구멍이 생기고, 뒤통수가 확 터져 나간다.

진우는 곧바로 총구를 돌려 두 번째 놈의 미간을 겨냥했다.

타아앙―.

그리고 세 번째, 네 번째…….

타아앙― 타앙―.

진우가 침착하게 열두 마리의 좀비를 모두 처리하는 동안 개는 충성스러운 얼굴로 전방을 주시하고 있다.

"더 없나?"

불안한 눈초리로 주변을 확인한 진우가 개에게 시선을 돌렸다. 녀석은 아주 영리한 척 진우의 명령을 기다리고 있다.

"야……."

진우가 녀석의 눈을 보며 말했다.

"그렇게 잘난 척할 일이 아니잖아. 저기 좀비들 오고 있었는데, 왜 안 짖어?"

얼―.

개는 무슨 소리인지 전혀 모르겠다는 표정이다. 진우는 좀비들의 시체를 가리켰다.

"저기, 좀비들 있었잖아. 너 냄새 기가 막히게 잘 맡는 놈이 왜 그건 몰라? 이 악취 모르겠어? 인마, 썩은 내가 화약 냄새를 뚫고 들어오잖아."

콰아아앙―.

근거리에서 터진 폭탄 소리에 진우는 다시 자세를 낮추고 앉았다. 여건상 개 교육은 조금 이따가 시켜야 할 것 같다. 물론 둘 다 살아남았을 때의 이야기다.

그렇게 괴롭고 두려운 시간이 아주 천천히 지나갔다.

콰아아아앙—.

커다란 폭음에 고막이 울린 것을 마지막으로 더 이상은 폭발음이 들려오지 않았다.

끝난 건가…….

진우는 그렇게 생각하면서도 마음속으로 300을 세었다. 전차의 엔진 소리를 구분할 수 있으면 좋겠는데, 지금 그의 청력으로는 무리였다.

귀에서는 계속해서 폭발의 여파 같은 울림이 윙윙거리고 있다. 실제의 소리와 울림이 잘 구분되지 않는다. 진우는 한 번 더 300을 헤아렸다.

"……298, 299, 300!"

고개를 끄덕인 진우는 자리에서 일어나 비탈을 기어 올라갔다. 개도 그의 뒤를 따른다.

산 전체는 화약의 연기와 불타오른 나무들에서 뿜어져 나오는 검은 연기, 그리고 아직도 다 걷히지 않은 위장 연막탄의 녹색 안개로 뒤덮여 있다. 전차는 어디론가 사라지고 없었다.

"내 가방들…… 다 작살났겠네…….'

엉망으로 파헤쳐지고 부서져 잿더미가 된 숲을 바라보며 진우가 중얼거렸다. 살아남았다는 걸 확인하자마자 그것이 가장 걱정스러웠다.

진우는 불길이 타닥거리는 나무 사이로 터덜터덜 걸어갔다. 조금 전까지만 해도 살아남는 것밖에는 머릿속에 없었는데, 그 위기가 지나자마자 바로 미련이 떠오른다.

탄약, 실탄, 총…… 내가 얼마나 바라던 것들이었는데…… 그걸 얻었을 때 얼마나 기뻤었는데…….

이제 아마 조금 뒤에는 그 잔해들만 찾게 될 것이다.

"조심해. 그쪽 아직 뜨거운가 보다."

한층 더 울퉁불퉁해진 길을 걸으며 진우가 개에게 말했다. 전차의 무한궤도가 휩쓸고 간 자리는 깊게 파여 있고, 폭탄이 직격한 곳마다 커다란 웅덩이가 만

들어졌다.

　웅덩이 주변의 풀은 새까맣게 타서 아직도 연기를 피워 올리고 있었다. 사방 어디를 둘러봐도 멀쩡한 곳이 없다.

　마치 지옥의 입구에 그와 개만 단둘이 뚝 떨어져 내린 것 같은 풍경이다. 그나마 시체가 눈에 띄지 않아서 시각적인 폭력이 좀 덜할 뿐이다.

　"한 대는 박살 났구나⋯⋯."

　멀리 언덕 너머에 불타오르는 전차의 모습이 들어온다. 무한궤도는 끊어져 있고, 열린 해치 위로 검은 연기가 피어난다.

　그렇게 강력하게만 보이던 녀석도 산 전체를 뒤덮었던 포화에는 버티지 못했던 것이다.

　몇 분 뒤, 진우는 아까 자신이 개의 줄을 끊었던 곳에 도달했다. 폭발로 인해 튄 흙 때문에 지형이 바뀌었지만, 그래도 어찌어찌 그 지점을 찾을 수는 있었다.

　"허⋯⋯."

　진우의 입에서 탄성이 터져 나왔다. 가방과 들것이⋯⋯ 모두 너무나 멀쩡하게 그 자리에 있다. 갈색 흙더미를 덮어쓰고는 있지만, 그걸 제외한다면 그가 버리고 떠났던 그 모습 그대로다.

　전차들이 그 난리를 치며 이동하고, 사방에 폭탄이 비처럼 쏟아졌는데도⋯⋯.

　너무 거짓말 같은 기적이라 진우는 잠시 눈을 깜빡거렸다. 그러고는 곧바로 가방의 흙을 털어냈다.

　"세상에⋯⋯ 이게 무슨 운명 같은 건가⋯⋯ 아니면 인생에 세 번 온다는 기회 중 하나를 쓴 걸까?"

　지퍼를 열어 본 진우는 반가운 마음에 혼잣말을 중얼거렸다.

　"이렇게 깨끗하게 보존될 수가 있다니⋯⋯ 이 근방이 온통 다 홀랑 뒤집히고 불타 버렸는데⋯⋯."

　하지만 감탄만 하고 있을 여유는 없었다. 한번 전차가 휩쓸고 지나갔으니 언제 보병들이 그 뒤를 따라 진군해 올지 모른다.

진우는 서둘러 들것의 나일론 줄 한 겹을 풀어냈다. 아까 너무 급해 줄을 잘라 버렸기 때문에 이제는 양쪽에서 짧게 묶어야 개에게 연결할 수 있다.

"이리 와. 이거 묶어야 돼."

진우는 개에게 손짓을 했다. 잠깐이나마 개가 한숨을 쉰 것처럼 보였지만, 진우는 신경 쓰지 않았다. 개의 가슴에 엮여 있는 매듭과 나일론 줄을 연결하는 것이 더 급했기 때문이다.

그렇게 채 피가 아물지 않은 손가락으로 매듭을 묶고 있던 진우의 머릿속에 의문이 떠올랐다.

'너 지금 뭐 하냐?'

응? 실탄 챙기잖아…….

무심결에 대답하려던 진우는 갑자기 자신이 얼마나 바보처럼 굴고 있는지 깨닫고 바닥에 주저앉았다.

불과 몇백 미터도 마음대로 이동하기 어렵도록 만들었던 그 무거운 짐을 다급한 순간이 끝나자마자 다시 짊어지려 하고 있다니, 대체 얼마나 멍청한 거냐…….

"그러네……."

진우는 저격 소총이 든 가방을 바라보며 힘없이 중얼거렸다. 이 세상에 무서운 존재는 좀비만이 아니다. 그보다 훨씬 더 비인간적이고 강력한 것들이 얼마든지 있다는 것을 지난 며칠 동안 그 자신이 직접 눈으로 확인했다.

1킬로미터 밖에서 몸을 꿰뚫는 소총, 기관총을 흩뿌리며 날아가는 헬리콥터, 그 헬리콥터를 박살 내는 대공 발칸, 그리고 절대로 부서지지 않을 것 같은 전차에 산 전체를 뒤엎는 곡사포까지…….

실탄 만 발이 아니라 10만 발이 있어도 그 모든 위협에서 자신을 지켜 낼 수는 없다. 그런 것들은 처음부터 인간의 능력을 넘어서기 위해 만들어 낸 무기들이다.

바로 조금 전에도 이 개인 화기들을 가지고 숨어 있던 인간 덤불들이 모두 전차에 의해 처참하게 목숨을 잃는 것을 목도하지 않았는가.

"내가 대체 왜 이렇게 욕심을 부리지?"

진우는 그래도 미련이 남아서 저격 소총을 꼭 쥐면서 힘없이 중얼거렸다. 애초에 그가 이 총을 욕심냈던 것은 자신의 시야 밖에서 목숨을 위협하던 적 저격수에 대한 두려움과 미움 때문이었다.

그런데 이제 그는 자신이 가장 증오했던 그 저격수와 닮기 위해 이 저격 소총의 사격술을 익히고 있다니……

바보 같은 짓이다.

콰아앙—.

산의 북서쪽에서 다시 폭발음이 들려온다.

타타타타타—.

요란한 총성도 그 뒤를 따른다. 전투가 시작된 것이다. 달아나려면 지금이 둘도 없는 기회다. 무거운 건 다 벗어 던지고 서둘러야 한다.

"하지만…… 이렇게 멀쩡히 남아 있잖아. 차라리 박살 나 버렸다면 나도 미련을 가지지 않을 텐데……."

머리를 감싸 쥔 채 잠시 고민에 빠져 있던 다음에야 진우는 지난 며칠 동안 잊고 있던 것을 다시 떠올릴 수 있었다.

그건 애당초 그가 왜 이 험한 길을 걷고 있는지에 대한 이유이자 목적이었다.

"그래…… 나는 서울로 가던 길이었어. 총알을 가지는 게 목적이 아니었지. 총알은 그냥 내가 서울까지 도달해서 사랑하는 사람들을 구하기 위해 필요했던 거잖아."

신기한 무기들에 홀려 정작 가장 중요한 목표가 뒷전이 되어 있었다. 어금니를 꽉 깨문 진우는 저격 소총의 레일에서 조준경만 떼어 냈다.

다 가지고 갈 수는 없다. K-2의 레일에 이놈만 부착해서 봐도 400미터 이상 떨어진 표적쯤은 우습게 명중시킬 수 있다. 그 정도면 충분하다.

그가 이 무게 때문에 하루를 지체하면, 그가 기억하는 사람들의 생존 가능성도 그만큼 낮아진다. 지금 그의 상황에서 이 가방들은 무장이 아니라 족쇄다. 그것도 아주 무거운 족쇄.

차고 있던 MP5도 벗었다. 어차피 구경이 작은 총이라 탄약 호환도 안 되니까, 이놈만을 위한 예비 탄창을 짊어지고 다니는 것 역시 사치다. 탄창은 5.56㎜에 맞춰서 한 종류만 가져가는 게 효율적이다.

"배낭이랑 가방 하나, 그렇게 딱 두 개에 채울 만큼만 짊어지자."

진우는 배낭의 절반을 탄창으로 채우고, 전투식량과 망원경, 플래시, 조준경을 담았다.

MP5용 예비 탄창 따위는 모두 빼 버렸다. 권총용 탄창 다섯 개를 더 집어넣은 진우는 배낭을 닫고 들어 봤다. 그 정도의 무게 조정만으로도 한결 가뿐하다.

또 다른 가방 하나에는 총기 수입 도구와 탄창, 전투식량을 넣었다. 가방 두 개를 다 꽉 채우지 않았는데도 60개 이상의 탄창이 들어간다. 그만하면 충분하다.

"너는 어쩌지……."

자신의 낡은 K-2, 총번 927307을 들고 잠시 망설이던 진우는 하부 총몸만 분리해서 가방 안에 넣었다. 총열은 이미 소모될 대로 소모되어 버렸지만, 그 외의 부품은 아직 건재하다.

사실 그런 이유보다도 더 큰 것은 함께한 시간과 기억이다. 이 총을 꼭 쥐고 넘겼던 수많은 생사의 고비를 생각하면 2킬로그램쯤의 불필요한 하중이 더해지는 것은 참을 수 있었다.

"웃차!"

배낭을 짊어지고 일어난 진우는 가방을 오른쪽으로 비껴 메고, 그 위에 다시 왼쪽으로 K-2의 멜빵을 비껴 멨다. 이렇게 하면 여차할 때 가방을 벗지 않고도 편하게 사격 자세를 취할 수 있다. 무게를 덜어 낸 만큼 몸은 가벼워져서, 뻥을 좀 보태면 날아다닐 수도 있을 태세다.

"얼—."

매듭을 풀어주자 개가 가볍게 짖는다. 진우가 혹시 자신을 버리겠다는 건 아닌지 걱정스러운 모양이다.

진우는 녀석의 얼굴을 보며 미소를 지었다. 자신의 욕심 때문에 이 아무 죄도 없는 녀석에게까지 무거운 걸 지우고 거품을 물 만큼 힘든 이동을 시켰었다.

"응, 넌 짐 없어. 이제 그냥 가면 돼. 가자."

진우는 개의 머리를 한 번 쓸어 준 후, 따라오라는 손짓을 했다. 가방과 진우를 번갈아 보며 어리둥절해하던 개는 결국 뭉뚝한 꼬리를 달랑거리며 진우의 뒤를 따라 걷기 시작했다.

그 험하던 산길도 짐을 벗어 놓고 나니 별 어려움 없이 통과할 수 있었다. 40분 정도 내리막길을 따라 걸어간 뒤, 진우는 전차와 보급 부대가 빠져나간 도로에 도착했다.

물론 그 가방들을 다 끌고 왔다면 아직 3분의 1도 채 지나지 못했을 것이다.

"어디…… 다들 간 건가?"

진우는 나무 뒤에 몸을 숨긴 채 고개만 내밀어 도로의 상황을 살폈다. 무한궤도에 파여 나간 흔적만 남아 있을 뿐, 도로는 조용했다. 뭐, 처음부터 그렇게 붐빌 만한 길도 아니었지만.

"없는 것 같지? 네 생각은 어때?"

인적 없는 도로를 바라보던 진우가 개에게 물었다. 덤불들을 미리 감지했던 그 신통력을 생각하면 이놈에게 어느 정도 권위를 인정해 줘도 될 것 같다.

개는 머리를 빳빳이 들고 킁킁거리다가 잡초 더미를 풀쩍 뛰어넘어 도로에 내려섰다.

서너 걸음을 사뿐사뿐 내디디던 개가 뒤쪽의 진우를 돌아보며 얼— 하고 낮게 짖는다. '갑시다.'라고 알려 주는 것 같은 소리다.

진우는 고개를 끄덕이고 녀석의 뒤를 따랐다. 그의 등 뒤, 산의 북서쪽에서는 아직도 요란한 총성과 폭발음이 들려온다.

죽고 죽이는 군인들을 뒤로하고 진우와 개는 탁 트인 길로 또 한 발을 내디뎠다.

05

잠실 쉘터의 장교 숙소이자 사령부가 위치한 잠실 실내 체육관에서는 문 대위가 대기하고 있었다.

복도에 배치된, 긴 의자에 앉아 있던 문 대위는 시계를 보았다. 기다리기 시작한 지 두 시간이 지났다.

가벼운 한숨이 난다. 대대장의 얼굴을 보기까지도 이렇게 긴 기다림이 필요한데, 하물며 준장을 직접 알현하려면 얼마나 오랜 시간이 걸리게 될지, 그것이 두렵다.

마음 같아서는 김 준장에게 직접 계획에 대해 보고를 하고 싶지만, 군에는 계급과 체계가 있다. 그렇게 몇 단계를 훅 뛰어넘는 것은 용납되지 않는다.

그를 각별하게 여겨 주는 것이 여단 사령부 작전 참모라고 해도 어차피 소령. 문제가 생겼을 때 수습하기 쉽지 않은 계급이다.

그러니 시간이 걸리고 번거로워도 단계별로 거슬러 올라가는 수밖에 없다.

문 대위가 다시 자세를 바로 하고 정면을 주시하고 있을 때, 앞쪽 사무실의 문이 열리고 몇 명의 병사들이 서류철을 들고 나간다. 그 뒤를 따라 나온 오 중령이 손짓을 한다.

"들어오게."

경례를 올리려는 문 대위를 오 중령이 만류했다.

"그냥 됐어, 그런 거는. 아까도 인사했잖아."

오 중령은 방 안으로 문 대위를 인도하고는 소파의 상석에 턱 걸터앉는다.

문 대위는 자신의 직속상관인 대대장 오 중령의 집무실을 둘러봤다. 그야말로 별게 없다. 전화를 받는 당번병조차도 자리에 없다.

"앉아, 그렇게 서 있지 말고. 아, 그리고 테이블 위에 있는 것 중에서 아무거나 마셔도 돼."

오 중령은 피곤한 기색을 감추지 않으며 담배에 불을 붙였다.

후우우~ 두어 번 연기를 내뿜고 나서 오 중령이 입을 열었다.

"오래 기다렸지? 서류 업무가 뭐 이렇게 많은 건지 모르겠어. 일은 늘었는데 애들이 모자라서 당번병까지 서류 들고 뛰어다녀. 그러니 어색하고 답답해. 대대장 되고 나서 내가 직접 내 손으로 뭘 해 본 적이 있어야 말이지. 여단장님 명령이니 거역할 수는 없지만…… 아이구, 너무 힘들어. 내 손으로 커피 타고 무전 돌리고 서류 들춰 보는 거."

문 대위는 가벼운 미소로 답을 대신했다. 오 중령이 물었다.

"그나저나 자네는 어떻게 지냈어? 건대 쉘터는 잘 돌아가나?"

"배려해 주신 덕분에 큰 사고 없이 잘 운영되고 있습니다."

문 대위의 대답을 들은 오 중령이 피식 웃었다.

"하긴 자네야 뭐, 워낙에 실력도 좋고 인망이 높으니까…… 그래서 나도 별걱정 없이 거기를 자네한테 맡긴 거고. 후우~ 그래도 힘들지? 보급 끊긴 지 얼마나 됐나?"

"오늘도 도착하지 않으면 나흘째 지연되는 겁니다."

"으음, 안 올 거야. 이제 안 온다고 보고 작전을 수립하면 편해. 그 새끼들 하여간……."

생각하는 것만으로도 짜증이 나는지 오 중령은 말을 하다 말고 고개를 설레설레 저었다. 문 대위는 기회다 싶어 조심스럽게 입을 열었다.

"대대장님께서 그렇게 말씀하시니까 저도 의심이 더 굳어집니다. 이렇게 찾아뵙겠다는 부탁을 드린 것도 실은 그 문제 때문입니다."

"설마, 당장 보급을 지원해 달라는 거면 그건 어려울 건데…… 여기도 그렇게 여유로운 상황은 아니어서 말이지."

오 중령은 대뜸 엄살부터 떨었다. 그러나 문 대위는 그 엄살보다 '당장'이라는 어휘에 관심이 생겼다.

당장은 어렵다?

그렇다면 그 뒤에는 무슨 수가 있다는 의미다.

"보급 요청은 아닙니다. 부족한 부분이 발생하겠지만, 외부 물자 징발을 추진하면서 몇 주 정도는 버텨 낼 수 있습니다."

"그래? 그건 다행이구만. 몇 주 정도 버티겠어?"

"5주는 큰 문제가 없을 것 같고, 6주 차는 힘겹게 넘길 것 같습니다. 그 뒤는 장담하기 어렵습니다."

문 대위는 이 원사의 계산보다 2주를 줄여서 보고했다. 어차피 그만큼의 식량은 그의 중대원들이 목숨을 걸고 외부로 나가 획득해 온 것들이니 셈에 넣을 필요가 없다.

6주라……. 오 중령은 수염을 긁적거리면서 생각에 잠겼다가 고개를 끄덕였다.

"그 정도면 어찌어찌 되겠는데? 잘 버티고 있으면 좋은 소식이 있을 거야. 한데 설마 우리 문 대위가 공연히 앓는 소리를 하러 일부러 이렇게 찾아왔을 리는 없고…… 용건이 뭐였지? 내가 벌써 들었나?"

"아닙니다. 제가 아직 보고를 드리지 않았습니다."

"아, 그래. 내가 요새 영 깜빡깜빡한다니까. 마흔다섯 고개 넘어가니까 그다음부터는 확 다르더라고. 이런데도 당번병 애를 빼 버렸으니 내가 더 정신이 없지. 말해 봐."

오 중령은 담배를 재떨이에 비벼 끄고 소파에 깊숙이 기대앉았다. 문 대위는 서류철을 열고 지도를 꺼내 오 중령이 보기 좋도록 돌려서 내밀었다.

"주제넘지만, 보급이 중단된 이후 제가 몇 가지 생각을 좀 했습니다. 주로 어떻게 하면 이 난국을 타개할 수 있을까에 관한 것이었습니다. 그러다가 제 딴에는 꽤 괜찮은 계획이 떠오른 것 같아서 이렇게 찾아뵈었습니다. 대대장님께서 한번 지도를 해 주시면 제가 미처 염두에 두지 못한 것들을 깨닫고 부족한 부분도 발견할 수 있을 것 같습니다."

"허허, 그 사람 참……. 아, 내가 이…… 안경이 어디 갔는지……."

오 중령은 문 대위의 겸양이 싫지 않다는 듯 웃으며 지도를 들고 팔을 멀리 뻗

Chapter 56 Big Picture

으며 눈을 찌푸렸다. 초점 조정을 마치고 잠시 더 지도를 훑어보던 오 중령이 물었다.

"용산이랑 여기랑 빨간 줄로 그어 놨네? 자네가 한 건가?"

"그렇습니다."

"이게 무슨 의미야? 에, 또…… 보니까 상암이랑도 이어졌고."

"용산역까지 안전한 철책을 구축하고 그곳에서 선로를 통해 이동하면 어떨까 하는 계획이었습니다. 보급이 중단된 마당에 서울을 더 사수한다는 것이 의미가 없기도 하고, 또 물리적으로도 여러 가지 난점이 있기 때문에 든 생각이었습니다."

문 대위의 말을 들은 오 중령은 난감하다는 표정을 지었다.

"서울을 버린다고? 그럼 어디로 가겠다는 건가?"

"경작할 수 있는 땅이 있고, 인구가 적은 곳입니다. 제가 생각했던 최적지는 충남과 전북의 경계였습니다. 워낙에 인구밀도가 낮은 곳이었으니 이동하는 좀비들의 규모도 작을 거라고 판단했습니다."

그 뒤로 문 대위는 이 대규모 이주 계획에 대해 차분히 설명했다. 그의 이야기를 다 듣고 난 오 중령은 다시 수염을 긁적이면서 말했다.

"좋은 이야기긴 해. 음…… 내가 몇 가지 보완만 하면 훨씬 더 나아지겠지만…… 그런데 말이야, 이건 아직 잠시 유보해 둬야 할 것 같아."

테이블에 늘어 둔 음료수 중 하나를 따서 목을 축인 오 중령은 다시 담배에 불을 붙이며 말했다.

"첫째, 지금 시국이 시국이라…… 병력 이동을 할 때에는 신중해야 돼. 자네, 제주도 이야기 들었지? 높으신 분들 다 한꺼번에 천국 가셨어. 그 일이 어지간히 충격적이었는지, 하여튼 연대장 이상 급들은 대부분 반쯤 돌았다고 보면 돼. 그런데 이런 때에 전차들을 용산역 부근으로 집결시킨다? 안 돼. 그러다가 큰 오해 생겨. 겁 많은 사람이 보면 그걸로 자기 친다고 생각하지, 누가 사람들 시골로 이동시킨다고 보겠나."

"그렇습니까? 그 부분은 생각하지 못했습니다."

문 대위는 대답을 하면서도 가슴이 답답해졌다. 자신의 대대장이 어떤 사람인지는 그도 잘 알고 있다.

오 중령이란 군인은 문 대위의 평가에 의하면 '신중하신 분'이고, 다른 이들의 평에 따르면 '우유부단한 인물'이다. 언제나 남들의 행동을 다 지켜보고 나서 그제야 갈 방향을 정한다. 오 중령은 연기를 내뿜으며 말을 이었다.

"그리고 또 한 가지 기다려 보라고 하는 이유는…… 지금 여단 사령부가 태양 그룹이랑 딜에 들어가 있어. 국방부를 통한다고는 하지만, 어차피 보급품들 대부분이 거기에서 오는 거니까 말이야. 차라리 번거롭게 국방부를 통하지 말고 직접 납품해라, 뭐, 이런 거지."

"태양 그룹에서 그 제안을 받겠습니까? 우리 여단이 대금을 지불할 수 있는 여력이 있는 것도 아닌데 말씀입니다."

문 대위는 의아해하며 물었다. 오 중령이 빙긋 웃으며 대답해 준다.

"아니, 사실 걔들도 다급하긴 마찬가지야, 순망치한이라고, 쉘터들 다 빠지면 그때는 좀비들한테 태양 그룹 본사가 에워싸이는 형국이 되니까 말이야. 방어선이 사라지는 셈이랄까?"

'아, 그래서였나…….'

문 대위는 큰 충격을 받고 지도를 다시 들여다봤다. 태양 그룹 본사는 용산역 부근의 삼각지에 위치해 있다. 그리고 첫 쉘터인 잠실을 제외하면 나머지 후발 쉘터들은 전부 다 삼각지를 빙 두르는 형태로 배치되어 있다.

이것이 우연일까?

문 대위는 오 중령에게 물었다.

"건대나 한양대, 상암 쉘터의 입지와 태양 그룹이 관련되어 있습니까?"

"그야 뭐, 당연한 거지."

오 중령은 아무렇지도 않게 대답했다.

"태양 그룹이 정부 대책 회의 때 아예 처음부터 같이 들어갔다는 이야기도 있었으니까. 후보지를 몇 개 추천했다더군. 거기로 정해야 보급품을 납품하거나 할 때 동선이 합리적이라면서 말이야. 그런 거야 걔들이 전문가겠지. 물류도 다루고 있잖아."

문 대위의 마음속에는 분노와 황망함이 동시에 차올랐다. 지난 고민의 과정에서 그는 굳이 건대를 사수해야 하는 이유를 찾아내지 못했다.

그리고 서울에 소규모 쉘터들을 분산 배치한 것이 그저 국방부의 엉성한 행정 처리 때문에 일어난 일종의 방치였다고만 생각했다.

그런데 그게 아니었다. 이유가 따로 있었다. 각 소규모 쉘터들은 모두 태양 그룹 본사로 좀비들이 모여들지 못하도록 막고 분산시키는 방파제였던 셈이다.

아무 생각 없이 그 입지를 승낙했기 때문에 애꿎은 어린 병사들이 쉘터를 방어하다 목숨을 잃었다. 처음부터 남쪽으로 생존자를 이동시켰다면 잃지 않았어도 될 아까운 목숨들을…….

'대체 무슨 벌을 받고 싶어서 이런 짓을…….'

문 대위는 감정을 드러내지 않기 위해 이를 악물었다. 분한 것과 별도로 이주 계획을 추진해야만 하는 간절함이 그에게는 있었기 때문이다.

"그러면 태양 그룹과의 딜은 어느 정도까지 진행된 상태입니까, 대대장님?"

"음, 계속 대화 중인가 봐. 나도 내일 오전 회의에 들어가 봐야 좀 더 정확한 진전 사항들을 알겠지만, 그쪽에서 단번에 대답하기 어렵다는 입장인 것 같아. 며칠 더 여유를 달라고 했다는 것도 같고. 하긴 큰 액수기도 하잖아? 그렇지? 걔들이 3만 명 하루 부식비로 2만 원씩만 요구해도 6억 원이야. 매일 먹는 걸로만 6억 원씩이 까진다고. 한 달이면 180억."

오 중령은 태양 그룹의 태도를 이해한다는 투로 말했다. 그러나 문 대위의 생각은 달랐다. 억이라는 숫자에 기가 죽을 수도 있지만, 사실 군의 입장에서 그 정도는 부담스러운 액수도 아니다. 그렇게 반년을 버틴다고 해도 전투기 한 대 가격에도 못 미친다.

태양 그룹이 시간을 끄는 것은 다른 이유가 있어서이다. 날짜를 보내겠다는 거다. 이 협상은 시간이 갈수록 이쪽이 불리해질 수밖에 없는 모양새로 되어 있다.

남은 식량이 줄어들수록 쉘터는 간절해질 것이고, 그렇게 되면 점점 더 많은 요구 조건을 수용할 수밖에는 도리가 없다.

"제 소견으로는 시간을 끄는 것이 그다지 유용한 전략이 아닐 것 같은 우려가 듭니다, 대대장님."

문 대위의 말에 오 중령은 고개를 끄덕였다.

"뭐, 그렇지. 여단장님 생각도 비슷한 것 같아. 일주일 내로 답을 안 주면 독자적인 생존 방안을 모색하겠다고 말씀하셨다니까, 그쪽에서도 생각해 보고 답을 해 주겠지. 하지만 말로는 일주일이라고 해 봐야 막상 당일에 다시 연락해서 뭐 이런저런 조율이 들어가고 그러면 실제로 보급이 재개되는 건 3주나 4주 지나야 되지 않을까? 순조롭게 잘 진행이 된다고 해도 말이야. 문제는 탄약인데, 그것도 태양 그룹 군수공장을 통해서만 지원받아야 해. 그게 안 좋아. 걔들이 모든 종류의 탄약을 제조하고 있는 게 아니라서 제한적이거든."

문 대위에게도 좋은 상황은 아니었다. 이렇다 할 대안이 없었다면 자신의 탈출 계획에 대해 대대장도 더 귀를 기울였을 것이고, 그것이 여단장에게까지 보고될 가능성도 더 높았을 텐데, 지금은 일단 여단장이 직접 추진하는 사업이 가장 우선이 될 터였다.

사실 지금 문 대위는 태양 그룹과의 딜이 체결되는 것조차 그리 반갑지 않았다. 어차피 끝이 보이지 않는 싸움. 소모되는 것은 자신의 병사들이다. 그럴 바에야 차라리 너무 늦기 전에 남쪽으로의 이동을 결행하는 것이 더 바람직해 보인다.

하지만 그에게는 결정권이 없다. 그러니 일단은 건대로 다시 돌아가서 답답함을 꾹 누르고 기다리는 수밖에 없다. 아직 두 달의 여유는 있으니까.

"그래도 말이야……."

오 중령이 문 대위를 바라보며 말했다.

"조금 전 자네가 했던 이야기는 괜찮은 면이 있었어. 때로는 지혜로운 일보 후퇴가 더 효율적일 수 있지. 음, 피난 가는 것 같아서 이미지가 좀 흐려지는 게 흠이기는 한데…… 일단 독자 생존이 가능할 거라는 게 제일 좋더라고. 누군가가 주는 것을 받아먹는다는 게 아무래도 항상 뒤가 불안한 거잖아. 좀비가 적은 곳으로 이동한다…… 난 솔직히 그런 건 생각도 안 해 봤었거든. 그래서 말인데…… 자네, 여기 며칠 더 있어 봐."

"네? 어떤 이유이신지 여쭤봐도 되겠습니까?"

뜻밖의 제안에 놀란 문 대위가 묻자, 오 중령은 몸을 앞으로 숙이며 은밀하게 대답했다.

"여단장님께서 불시에라도 다른 방법은 없냐고 물어보실 수도 있는 거 아닌가. 태양 그룹 애들이랑 이야기하다가 심기가 틀어진다거나 하는 경우에 말이야. 원래부터 좀 돌발적인 면이 있으신 분이니까 그럴 가능성은 얼마든지 있지. 그럴 때에 내가 이 계획에 대해 말씀을 드리려고 그래."

"아, 그렇게 해 주신다면 정말 감사합니다."

"음, 하지만 내가 이 긴 이야기 다 기억하겠나? 그러니까 일단 내가 여단장님께 '아, 제가 계획을 하나 수립해 둔 게 있습니다.'라고 말씀드린 다음에 자네를 보고자로 삼는 걸로 하지. 그때를 대비해서 자네는 언제라도 이 계획 보고할 수 있도록 준비를 마쳐 둬. 알지? 여단장님께서 좋아하시는 규격. 궁서체로 20포인트, 그림 많이 넣고, 잘 만들어 보라고. 자네, 그 프레젠테이션 프로그램 쓸 줄 아나? 그걸로 해야 돼."

"네, 그렇게 하겠습니다."

문 대위는 진지한 표정으로 고개를 끄덕였다. 이 계획을 보고할 수만 있다면 며칠 더 기다리는 것쯤은 얼마든지 감내할 수 있다. 오 중령은 만족했다는 듯 고개를 주억거리더니, 다시 소파에 몸을 기댔다.

"나가서 복도 끝까지 쭉 걸어가면 사령부 행정실이거든. 거기 노트북 남는 것 있을 거야. 가서 내가 보냈다고 하고 준비해 둬. 방도 하나 배정해 달라고 하고. 그러면 이런 거 하나 줄 거야."

오 중령은 목에 걸고 있는 신분증을 들어 보였다. 사진과 계급, 이름이 적혀 있다.

"알겠습니다."

문 대위가 경례를 하고 돌아서 나오려는데, 오 중령이 부른다.

"아! 그래, 저기…… 1207호로 달라고 해. 거기가 공실이 됐다. 저녁때 내가 양주 한 병 가지고 가지. 필요하면 부를 테니까 멀리 가지 말고 항상 행선지 행정실에 밝히고 다니라고."

문 대위는 그렇게 하겠다고 대답하고 문을 닫았다. 왜 공실이 되었는지는 묻지 않아도 알 수 있었다. 어느 장교인지 최근에 전사한 것이다.

후우, 문 대위는 가볍게 한숨을 내쉬었다.

일은 딱 대한민국 군의 스타일로 마무리되었다. 된 것도 없고, 안 된 것도 없다. 그저 초조하게 희망 고문을 당하면서 매일 시간을 보내야 하게 생겼다.

명령을 받았으니 임의로 현 위치를 이탈해서도 안 된다. 최상의 결과는 아니지만, 그나마 아예 기회조차 얻지 못한 것보다는 훨씬 낫다.

'잘 부탁합니다.'

복도를 걷던 문 대위는 외부 창을 통해 보이는 한강 너머를 바라보며 마음속으로 이 원사에게 기원했다. 건대 쉘터를 비운 지 이제 겨우 반나절, 벌써부터 불안하다.

Chapter 57
공존

01

코스트코 옥상의 새 하루는 해가 중천에 떠오른 뒤 시작됐다. 가장 먼저 눈을 뜬 것은 삼식이. 햇살이 따가워 잠에서 깨어났을 때, 그는 자동차의 운전석에 기대 누워 있었다.

"음…… 어후, 여기가 어디야?"

간밤 늦게까지 달린 터라 기억이 돌아오기까지 꽤 시간이 걸렸다.

"아, 그래. 목욕하고…… 술 진창 마셨지…… 음, 맞아."

삼식이는 눈을 비비며 자동차 내부를 돌아보았다. 뒷자리에는 태권 소녀가, 조수석에는 제니가 잠들어 있다.

이불 삼아 덮어 준 비치 타월은 바닥에 떨어뜨려 버리고, 둘 다 자기 팔로 자기 몸을 꼭 감싸 안은 채 잠들어 있다. 아마 새벽에 추웠나 보다.

하긴 물놀이하던 차림 그대로니까 그럴 만도 하다. 하지만 지금은 아니다. 차 내부는 이미 뜨끈뜨끈하게 달아올라 있다.

부우욱—.

삼식이가 힘차게 모닝 방귀를 뀌자 태권 소녀와 제니가 동시에 작게 앓는 소리를 내며 얼굴을 찡그린다. 자동차 안에 냄새를 남겨 두고 삼식이는 밖으로 나왔다.

"음…… 다른 애들은?"

삼식이는 주머니를 뒤적거려 일단 담배부터 한 대 피워 물고 승합차 쪽으로 걸어갔다.

"어이구……."

보안관이 큰대자로 뻗어 승합차의 공간을 거의 다 차지하고 있고, 규영과 신입은 한쪽 구석으로 내몰려 잔뜩 움츠린 채 구걸하는 포즈로 잠들어 있다.

"유빈이가 없네?"

삼식이는 눈곱 때문에 달라붙은 눈을 깜빡거리면서 주위를 돌아봤다. 그물 침대에서 자고 있는 유빈이 보인다.

"음, 끄으응, 콜록, 콜록, 응?"

삼식이의 담배 냄새를 맡은 유빈이 몇 번 기침을 하다가 눈을 떴다. 삼식이는 유빈의 엉덩이를 찰싹, 때리면서 아침 인사를 건넸다.

"좋은 아침! 안 추웠어?"

"아…… 일어났네…… 몇 시야?"

잔뜩 갈라진 목소리로 유빈이 묻는다. 테이블에 놓여 있던 병들을 들어 보던 삼식이가 반 이상 차 있는 샴페인으로 목을 축이면서 대답했다.

"1시 넘었어."

"진짜? 으아…… 일어나자마자 담배 피우고 또 한잔하는 거야? 난 물 좀 줘."

그물 침대에서 휘청거리며 일어난 유빈이 자신의 머리를 꾹꾹 눌러 댔다. 숙취인지, 감기가 온 건지 아주 머리가 묵직하다.

"풋, 너 얼굴! 하하하하."

물병을 건네던 삼식이가 배를 쥐고 웃는다.

응?

유빈은 영문을 몰라 물었다.

"얼굴이 왜?"

"하하하, 그물에 눌린 자국이 그대로 다 남았어. 이쪽 얼굴 전체가 다 그래. 아니네, 팔이랑 다리도 다 그러네. 아우, 배야. 하하하하! 유빈이, 너 햄 됐어."

"진짜?"

유빈은 눈도 제대로 못 뜨고 얼굴을 문질러 봤다. 하지만 그렇게 한다고 풀릴 자국이 아니었다.

"그러게 왜 이런 데서 자?"

"그러면 어떻게 해. 보안관은 팔 쫙 벌리고 통나무 같은 다리를 아무 데나 척척 얹지. 혜주, 쟤는 똑바로 앉기만 하면 옆으로 눕지. 자리가 없었어. 새벽에 아무 데라도 가서 누운 게 여기야. 좀 지워졌어?"

"아니, 전혀. 아마 저녁때까지는 갈 것 같은데. 하하하."

두 친구는 달궈진 바닥에 주저앉아서 물과 샴페인을 마시며 아직 남아 있던 잠을 떨어냈다.

어제 오후부터 저녁까지 그들의 행복한 놀이터였던 세 개의 풀은 때가 좀 떠다니긴 하지만 아직도 건재하다. 다행스럽게도 아무도 저기에다가 토하지는 않았다.

"뭐랄까…… 좀 꿈같네."

유빈이 중얼거리자, 삼식이가 물었다.

"응? 뭐가?"

"아니, 우리 좀비 처음 보고 복지 센터로 도망쳤을 때랑 비교하니까 말이야…… 그때는 이러다가 꼼짝없이 갇혀서 굶어 죽지 싶었었는데, 저 풀이랑 비싼 술병들 굴러다니는 거 보니까 좀 신기하달까?"

"응, 그렇지? 아 참, 너 어제 새벽에 좀비들 지나가는 거 보고 잤어?"

삼식이의 질문에 유빈은 고개를 저었다.

"아니, 너무 피곤하더라고. 그래서 좀만 누워 있다가 일어나야지 한 게 지금까지 퍼질러 자 버렸네."

"피곤할 만하지. 요새 계속 강행군이었잖아. 나도 어제는 술이 잘 안 받고 졸리더라."

유빈은 어처구니없다는 얼굴로 삼식이를 돌아봤다. 샴페인이랑 맥주를 그렇게 퍼마시고 나서 추가로 양주 한 병을 거의 다 비운 주제에 술이 잘 안 받았다고? 무슨 알코올 분해 기계도 아니고…….

"슬슬 애들 깨우자. 쟤들 화상 입겠다."

달궈진 차체에서 아지랑이가 모락모락 피어오르는 걸 보고 있던 유빈이 엉덩이를 털고 일어났다.

"아오, 머리야…… 씨발, 샴페인 좆같네. 몸도 축축 늘어지고."

주차장 램프를 통해 옥상에서 내려오는 동안 신입은 계속 숙취를 호소했다. 제니도 그 못지않게 얼굴을 찌푸리며 자신의 목덜미와 어깨를 주무른다.

"몸살 난 것 같아요……. 진짜 그 샴페인 상했었나 봐."

"후후후, 술은 멀쩡했어. 문제는 너무 달린 너희들한테 있지. 모텔 편안한 침대에 가서 푹 자. 그러면 좀 나을 거야."

규영이를 업고 걸어가며 삼식이가 말했다. 이 괴물 같은 놈은 자기 뱃국물로 칵테일을 만든 맥주에, 샴페인에, 양주까지 다 섞어 마시고도 말짱하게 깼다. 뇌의 용량이 작으면 숙취의 크기도 줄어드나 보다.

"근데 우리 매번 이렇게 왔다 갔다 해야 되냐? 그냥 침대를 이쪽으로 옮겨다 놓으면 안 돼? 여기 먹을 것 다 있고, 수영장도 만들어 놨잖아."

신입이 걷기도 귀찮다는 듯 투덜댄다. 유빈이 대답했다.

"무빙 워크랑 그 주변에 쌓여 있는 좀비 시체부터 치우고 이사를 오든 뭘 하든 해야 돼. 지금은 찜찜하고 냄새가 나서 안 되지. 지하에 있는 썩은 것들 다 안 치우면 병 걸릴 수도 있고."

"풋! 오빠, 그런 얼굴로 엄청 진지하시네요. 후후후."

머리가 아프다고 하면서도 제니는 또 유빈의 얼굴에 난 그물 자국을 보며 웃는다. 보안관도 한 수 거들었다.

"너 보니까 햄 먹고 싶어진다. 스팸 쌈장에 찍어서 즉석밥이랑 먹어야지."

홋, 그래. 마음껏 놀려라.

유빈은 대꾸해 주지 않았다.

"근데…… 우리 이런 차림으로 다녀도 되나?"

태권 소녀가 자신을 내려다보며 중얼거렸다. 슬리퍼에 래시 가드, 비키니 하의 차림.

날씨에는 딱 맞는 복장이지만, 좀비 세상이라는 상황에는 전혀 적합하지 않다.

"괜찮아, 괜찮아. 이게 있으니까 안심해. 그리고 뭐, 사실 멀리 가는 것도 아니잖아. 이 주변에 누가 있다고 그런 걱정을 해? 아무도 없다고."

보안관이 해머를 부웅, 휘두르며 큰소리를 뻥뻥 내지른다.

그때, 주차장 셔터의 창살 사이로 낯선 소리가 들려왔다.

뗑그렁— 뗑그렁— 뗑그렁— 뗑그렁—.

모두가 서로 얼굴을 마주 봤다. 이건…… '덫'이다. 깡통에 줄을 엮어 그들이 묶어 놓은 것이다. 태권 소녀의 목소리가 다급해진다.

"아무도 없는 게 아닌가 본데."

일행은 재빨리 진입로 아래쪽으로 뛰어 내려갔다. 그러고는 셔터에 얼굴을 바짝 붙이고 바깥쪽을 살폈다.

좀비들이다. 세 마리의 좀비가 발목에 덫을 여러 개 매달고 요란한 소리를 내며 휘적휘적 걸어 다니고 있다.

"원래 여섯 마리 아니었냐? 세 마리뿐이네."

일전에 일행에서 떨어져 나왔던 좀비들이라고 생각한 유빈이 말했다. 보안관이 기지개를 쭉 켜며 배낭에서 장갑을 꺼내 꼈다.

"잘됐다, 이 새끼들. 계속 불안하게 숨어 다니더니. 근처에 왔을 때, 일단 저것들만이라도 잡아야지."

"잠깐만 기다려. 나도 신발 갈아 신고 같이 가."

태권 소녀가 만류하려 든다. 보안관은 고개를 저었다.

"됐어. 많은 것도 아니고, 겨우 세 마리잖아. 후딱 잡고 끝내자. 너 옷 입고 그러는 동안에 또 도망가 버리면 찾아다니기 힘드니까, 너희는 여기 있어."

그렇게 말한 보안관이 셔터를 들어 올리기 위해 허리를 굽혔을 때…….

끄롸아아아아!

난데없이 튀어나온 또 다른 세 마리의 좀비가 셔터 철창을 덮치며 포효한다.

"으앗! 씨발, 놀래라!"

보안관은 뒤로 훌쩍 뛰어 피하면서 욕설을 내뱉었다.

"뭐야? 이 개새끼들, 다 와 있었네. 이러면 총 여섯 마리 맞지?"

철렁거리며 철창을 흔드는 좀비들을 노려보며 보안관이 물었다.

"야…… 이거, 걔들 아니야."

유빈이 눈을 동그랗게 뜨고 중얼거렸다.

"응? 그게 또 뭔 소리야? 아니라니? 여기 셋, 저기에도 셋. 여섯 마리 딱 떨어지잖아."

"하…….'"

유빈은 한숨을 내쉬었다.

"색깔이 다르잖아. 이 세 마리는 까만색 페인트야."

"까만색 페인트?"

보안관은 철창을 흔드는 좀비들과 유빈을 번갈아 보며 물었다.

"그래. 전에 행렬에서 빠져나온 놈들 중에 페인트 묻은 놈들은 노랑파랑이랑 분홍이들, 두 종류뿐이었다고. 해물낙지집인가 거기로 저놈들 뛰어 들어갔을 때, 왜 혜주 발 삐었던 그날, 얘가 칠해진 패턴이랑 그런 것도 다 알려 줬잖아."

유빈이 삼식이를 가리키며 설명하자, 삼식이가 고개를 갸웃거린다.

"……내가 그런 똑똑한 소리를 했다고?"

"그럼 이놈들 정체는 뭐라는 거야? 어제 새로 떨어져 나온 놈들이라는 건가? 아…… 아니다, 그런 건 나중에 이야기하자. 일단 이놈들부터 좀 잡고 뭘 하든

해야지, 시끄러워서 안 되겠다. 아…… 냄새도 진짜 존나 구리네."

철창을 뒤흔들고 포효해 대는 좀비들을 보며 보안관이 해머를 쥐었다. 자물쇠가 단단히 걸려 있으니 쳐들어올 위험은 없지만, 신경이 쓰이는 건 사실이다.

깡통을 매단 세 놈도 어지간히 쩽그렁대며 동네를 휘젓고 다닌다.

"유빈아, 장갑 끼고 셔터 올려. 저기 세 마리 이쪽으로 합류하기 전에 이 새끼들 먼저 잡자. 너희들은 뒤로 좀 빠져 있어."

일행들이 위로 피하고 나서 유빈이 장갑을 찾아 끼우고 있을 때, 미간을 찌푸린 채 생각에 잠겨 있던 보안관이 갑자기 해머를 내려놓으며 중얼거렸다.

"음…… 생각해 보니까 무작정 다 죽여 버린다고 끝날 문제가 아니네. 야, 유빈아, 이거 좀 이상하지 않냐?"

"뭐가 이상해?"

"좀비들 말이야. 나는 그동안 계속 이해가 안 됐어. 뭔가 찜찜하기는 한데 머릿속에서 정리가 다 안 되니까 흐릿한…… 뭐, 그런 느낌이었달까? 근데 지금은 대강 알 것 같아. 하여튼…… 이걸 생각해 봐. 이 동네는 좀 이상했어. 좀비들이 계속 지나가기는 하는데, 흘리고 가는 좀비가 없었어. 길거리에 어슬렁거리는 좀비 못 봤잖아. 처음 왔을 때부터."

그게 정말 신기한 일인가 싶어 유빈은 기억을 되짚어 봤다. 하긴, 어디를 가도 놈들은 자신들이 지나는 길에 몇 마리씩 좀비를 떨어뜨려 놓고 갔던 것 같다. 무슨 홀씨나 포자를 퍼뜨려 놓는 것처럼…….

복지 센터 앞 번화가에서 좀비들의 행렬이 떠나갔을 때도 몇 마리인가는 거기 멍청히 남아 있었다고 했다. 유빈의 얼굴에서 납득한다는 표정을 읽은 보안관은 말을 계속 이었다.

"그렇지? 맞지? 그러니까 이 동네에 좀비들이 들어온 건 며칠 전에 우리가 길 막다가 너무 정체가 길어졌을 때밖에 없어. 그나마도 다 어딘가로 도망가 버렸고."

"음, 확실히 그러네. 왜 그랬던 거지?"

"내 생각에는……."

보안관은 주차장 진입로 바닥을 가리키며 말했다.

"여기 때문에 그랬던 것 같아."

"응? 뭔 소리야? 코스트코 때문에 그랬다고? 아……!"

순간, 유빈의 머릿속에도 스치고 지나가는 것이 있었다. 보안관이 무슨 말을 하는지 알 것 같다. 그들의 파티 다음 날 저렇게 반갑지 않은 손님들이 돌아다니고 있는 것은 우연이 아니다.

"그래, 그거야! 하, 이 자식. 역시 눈치 빠르다니까. 여기 있던 좀비들! 그 새끼들이 있는 동안에는 지나가던 좀비 무리들도 따로 몇 마리를 버려 두고 가지 않았던 거야. 왜냐! 이미 여기에 수십 마리가 와글거리니까 걔들 구역이라 이거지!"

보안관이 간만에 두뇌 풀가동을 하며 신나게 열변을 토하고 있을 때, 위쪽에서도 뭐라고 투덕거리는 소리가 들려왔다. 보안관은 삼식이와 혜주를 돌아보며 물었다.

"야, 너희는 또 왜 그래?"

"얘가 자꾸 신입이랑 나 구박해, 보안관! 우리가 담배 피워서 좀비들 왔다고!"

삼식이가 볼멘소리로 대답한다. 태권 소녀도 지지 않고 신입을 가리키며 받아친다.

"내가 언제 구박했어? 그냥 '담배 피워서 왔나 보다.' 한마디 하니까 저 녀석이 괜히 제 발 저려서 생난리를 친 거지! 그리고 담배 피우면 좀비들 오는 건 사실이잖아! 너도 자전거 타고 나가서 실험했을 때, 네 입으로 말했었잖아. 좀비들이 담배통 주변에 모여 서 있었다고."

"어휴~ 그런 거 아니야. 너희들, 왜 그런 걸로 싸우고 그러냐. 가뜩이나 골치 아픈데."

보안관이 답답해한다. 유빈이 도왔다.

"진정해. 만약에 담배 피운 자리에 좀비들이 멈추는 거면, 저 앞 사거리 지나서도 움직이지 않고 계속 그 주변에 멈춰 서 있었어야 돼. 삼식이랑 신입이 거기에서 실험했으니까. 그런데 그렇지는 않았잖아."

"그럼 네가 생각하는 이유는 뭐야?"

태권 소녀가 대답을 듣기 위해 다가오자 나머지 일행들도 우르르 다 따라 내려왔다. 그사이에도 좀비는 계속 철창을 잡고 흔든다. 삼식이의 등에 업힌 규영이가 겁먹은 목소리로 물었다.

"우리 근데…… 이 얘기 꼭 여기 서서 해야 되는 거예요?"

응? 보안관이 고개를 저었다.

"아니, 그런 건 아니지."

"그럼 다시 올라가자. 일단 한잔하면서 천천히 생각해도 되잖아. 오늘 나가서 꼭 해야 하는 일이 있는 것도 아닌데."

삼식이가 보안관과 유빈을 돌아보며 말했다. 하긴 안 될 것도 없는 이야기다. 어차피 그들은 풍부한 물건들이 가득 찬 요새 안으로 들어와 있고, 바깥에 좀비 몇 마리가 돌아다닌다고 해 봐야 그 정도의 힘으로는 안으로 치고 들어올 수도 없다.

그래서 그들은 다시 옥상으로 돌아가기로 했다. 전체적인 조망을 하기에도 거기가 훨씬 좋다.

"여섯 마리가 전부가 아니었네."

옥상 난간에 기대 아래를 내려다보며 보안관이 중얼거렸다. 거리를 돌아다니는 좀비들은 당장 눈에 띄는 것만 해도 열한 마리. 골목 안쪽에서 쩽그렁 소리가 울려 대는 걸 보면 거기에도 몇 마리인가는 더 있다는 뜻이다. 역시 높은 곳에 와서 조망하기를 잘했다.

"여기서 이렇게 좀비들 보고 있으니까, 폐경전철역 옥상에서 번화가 좀비들 걸어가는 거 구경하던 생각이 난다. 차이라면 그때는 엄청 배가 고팠었는데, 지금은 손만 뻗으면 먹을 거 천지라는 거네."

"다행이지, 뭐. 자, 들어 봐. 내 생각은 이래……."

보안관은 모두에게 왜 저 좀비들이 갑자기 여기 남겨졌는지 자신의 의견을 설명하기 시작했다. 다들 과자를 씹고 음료수나 맥주를 기울이면서 신중하게 들었다.

지금 그들에게 닥친 상황이 커다란 위협은 아니지만, 어쨌든 여기에서 더 안전하게 지내려면 반드시 해결해야 하는 문제니까. 보안관의 가설을 다 듣고 난 뒤, 태권 소녀가 물었다.

"그러니까 네 말은 저 좀비들이 어떤 텔레파시 비슷한 게 있어서 한 구역에 일정한 놈들 이상은 반드시 남겨 두려고 한다는 뜻이야?"

"텔레파시라고 거창하게 표현하니까 좀 우스워지기는 하는데…… 뭐, 대충 그래. 저 새끼들이 지금까지 저렇게 몇 마리씩을 떨어뜨려 놓고 가지 않은 건, 이 안에 좀비들이 있다는 걸 알고 있어서였던 것 같아. 그게 아니라면 우리가 좀비들을 다 죽이고 이틀도 되지 않아서 갑자기 저렇게 몇 마리나 떨어져 나왔다는 게 설명이 안 돼. 너무 공교롭잖아."

보안관이 이유를 설명한다. 유빈은 꽤나 그럴듯하다고 생각했다. 규영이 예리한 척하며 물었다.

"그럼 저 좀비들을 다 죽여 봐야 아무 소용이 없다는 말이네요? 어차피 금방 또 저만큼이나 그 이상의 좀비들을 놔두고 갈 테니까요."

"응, 바로 그거야. 매일 그 짓을 하고 싶지는 않거든. 며칠 꾸준히 수고해서 다 죽일 수 있다면야 또 이야기가 다르지만, 저쪽은 수천이라고. 어쩌면 그보다 더 많을지도 모르고. 그러니까 1년 내내 매일 열댓 마리씩 때려 죽여도 끝이 안 나."

다들 보안관의 말에 100% 공감했다. 지난 일주일 동안 좀비들과 싸우고 또 머리를 자른 경험만으로도 이미 충분히 괴롭고 힘들다.

게다가 아직 코스트코 내에 치워야 할 좀비 시체들이 남아 있는데, 거기에 또 시체들을 추가한다고 해 봐야 좋을 건 거의 없다. 감정도 조금은 쉬게 해 줄 필요가 있다.

"그럼 어떻게 할 거야? 저렇게 좀비들이 돌아다니게 둬서는 우리가 밖으로 나갈 수가 없잖아."

태권 소녀가 질문을 던지자, 신입이 되물었다.

"야, 근데 왜 꼭 나가야 된다고 생각하냐? 여기 먹을 거 잔뜩 있는데…… 그냥 청소만 쉬엄쉬엄하고, 당분간 여기에서 살자. 아래층에 소파랑 침대 매트리스 다 있더구만. 여기가 천국인데 어딜 자꾸 나가려고 그래?"

얼핏 듣기에는 어처구니없는 이야기이긴 하지만, 딱히 말이 안 될 것도 없다. 어차피 좀비 세상. 생존이 최고의 목표인데, 지금 그들은 생존에 필요한 장비를 거의 다 갖추고 있는 셈이니까.

안전한 석조 건물, 자물쇠가 달린 셔터, 풍부한 음식, 믿음직한 동료…….

제니도 신입의 의견에 동조했다.

"만약에 저 좀비들 다 죽여도 일이 해결되는 게 아니라면, 저도 일부러 위험해질 필요는 없다고 생각해요. 그냥 당분간 이 안에서 지내는 게 낫지 않을까요?"

"아니, 나는 반대야. 여기가 좋기는 하지만, 그냥 이 건물 하나만 믿고 살 수는 없어. 식량이랑 물도 여기에서 조금 떨어진 데다가 옮겨 놓고 잘 숨겨야 된다고 생각해. 그런 일 하려면 밖에 좀비들이 돌아다니면 안 되지."

유빈이 말했다. 이번엔 보안관이 물었다.

"음식을 다른 장소에 옮겨 놓는다고? 어디에?"

"음, 아직 구체적으로 정하지는 않았지만, 여기에서 조금 떨어진 곳. 지하철역으로 한 정거장 정도면 적당하려나? 돌아다니면서 차차 알아봐야지."

"그렇게 멀리까지? 왜 그렇게 사서 고생을 해?"

뜻 모를 소리에 모두의 시선이 유빈에게로 향한다. 유빈은 아직도 마름모꼴의 그물 자국이 그대로 남은 얼굴에 진지한 표정을 지으며 대답했다.

"여기에 물건 많다는 거, 누구나 다 알아. 우리도 맨 처음에 왜 이리로 오게 된 건지 기억할 거야. 코스트코에 끌린 거잖아. 여기뿐만 아니라 대형 마트들은 대부분 비슷하긴 하겠지만, 하여튼 그러니까 사람들이 음식을 구하고 싶으면 가장 먼저 찾게 되는 곳이 여기나 저 길 건너에 있는 저 대형 마트일 거라고."

"그런데?"

"살아남은 사람이 우리만 있는 건 아닐 거 아냐. 어쩌면 우리보다 몇 배나 더 규모가 큰 생존자 무리도 있을 수 있지. 그런 사람들도 먹을 걸 찾다 보면 이쪽으로 올 테지. 그런 경우를 대비해서야."

"그런 걸 왜 대비하냐? 그런 새끼들 껍죽거리면 두들겨 패서 쫓아내면 되지."

보안관이 자신만만하게 말했다. 유빈도 고개를 끄덕이며 대답했다.

"물론 비슷한 수라면 그럴 수도 있지. 우리 쪽에는 너도 있고, 혜주도 있으니까. 하지만 지금까지 자기들 힘만으로 살아남은 사람들이 있다면 그들도 나름 뭔가 능력이 있을 거야. 그렇지 않고서는 버티지를 못했을 테니까. 총 같은 무기가 있다면 암만 주먹이 세도 소용이 없을 거라고. 꼭 그런 경우만이 아니더라도 여러 가지 이유로 여기에서 더 못 버티고 우리가 도망갈 수도 있어. 앞날은 모르는 거고, 죽는 것보다는 배 좀 곯는 게 나으니까."

이야기를 듣던 제니가 미소를 지으며 말했다.

"아유, 귀여워. 뭔가 되게 다람쥐 같은 소리잖아요. 먹을 걸 몰래 숨겨 놓는다니……. 어쩌면 이렇게 걱정이 많을까?"

태권 소녀도 무표정하게 대꾸한다.

"음, 그게 약한 애들 특징이기는 한데…… 이거는 나도 찬성이야. 조심해서 나쁠 건 없다고 생각해. 미친놈들도 이미 질리도록 봤고, 인철이네 무리들이 도통 눈에 안 띄는 것도 은근히 신경은 쓰여. 얼마나 따로 빼 둘 계획인데?"

"한 달 치 정도. 그 정도 식량만 미리 확보해 놓아도 고비를 넘기는 데 큰 도움이 될 거야."

유빈이 걱정쟁이의 전공을 살려 대답하고 있을 때, 아래쪽을 굽어보며 맥주 캔을 기울이던 삼식이가 골목 안에서 나타난 좀비를 가리켰다.

"와, 저거 봐. 쟤…… 저거, 어디에서 저렇게 다친 걸까?"

"야, 다쳤으니까 좀비가 됐지. 물렸으니 변한 거잖아. 그건 당연한 거 아니야?"

보안관은 귀찮아하며 상대해 주지 않으려 들었다. 어차피 뭔가 또 징그러운 걸 발견하고서 혼자만 보기 아까워 저러는 거라고 생각했다. 하지만 삼식이는 한 번 더 진지하게 말했다.

"그런 게 아닌데…… 페인트칠해 놓은 위로 살점이 다 날아갔어. 우와, 너덜너덜."

"진짜?"

모두가 고개를 들어 건물 아래를 돌아본다. 삼식이의 말이 맞았다. 새로 등장한 녀석은 빨간색 페인트를 몸 전체에 뒤집어쓴 좀비였고, 녀석의 등짝에는 커다란 구멍이 두 개나 뚫려 있었다.

아주 거칠게 헤집어 놓은 상처라서 살점이 너덜거리지만, 페인트를 뒤집어쓰고 나서 생긴 상처라는 건 확실히 알 수 있었다.

"뭐지? 좀비끼리는 안 싸우는 것 같던데……."

"누군가 우리처럼 좀비들이랑 싸우고 있는 걸까?"

"그렇다고 해도 뭘로 어떻게 하면 저런 상처가 나? 그리고 왜 저기를 저렇게 해 놨지? 어차피 머리를 부수지 않으면 안 죽는데, 공연히 힘만 빼는 거잖아."

그렇게 다들 한마디씩 의견을 떠드는 동안, 문제의 너덜너덜 좀비가 돌아섰다. 녀석의 앞쪽 복부에는 아주 작은 구멍 두 개가 뻥 뚫려 있을 뿐이다. 커다란 상처가 난 등 쪽과 선명하게 대비되는 모습이었다.

"총인가 보네."

규영이가 말했다.

총?

보안관과 유빈이 묻자, 규영이가 고개를 끄덕였다.

"그 왜, 있잖아요. 그런 이야기 못 들어 봤어요? 총알이 이렇게 빙글빙글 돌아서 날아가기 때문에 몸 안에 들어간 구멍보다 빠져나간 구멍이 몇 배나 크다고. 이렇게…… 내장을 휘저으면서 팍 터뜨리고 나가는 거예요."

"그런 이야기 들어 본 적은 있는데, 실제로 본 건 영…… 저기 큰길에 매달려 있는 자…… 거시기 날아간 놈 상처는 그렇지 않던데? 그냥 뻥뻥 뚫려 있더라고. 그놈, 총 맞은 거라고 했었잖아."

보안관의 질문에 규영은 잘난 척하며 대답해 준다.

"그거는 산탄총이니까 회전이 없어서 그렇죠. 이거랑은 총알 종류가 달라요."

"씨발, 그러면 정말 총을 가진 놈들이 이 좀비들 다니는 길목 어딘가에 있기는 하단 말이잖아. 군인들일까, 아니면 그냥 어떤 새끼들이 총을 가지고 있는 걸까? 어휴, 그건 좀 좆같네. 어디에 있는 거지? 너무 가까우면 안 되는데……."

신입이 투덜거린다. 유빈이 말했다.

"그야 모르지. 열댓 시간 가까이 걸어야 한 바퀴 도는 놈들이니까 진짜 멀리까지 돌아다니는 거야. 하지만 그 길목 어딘가에 누군가 있다는 건 분명하네. 우리가 식량을 어디 몰래 쟁여 놔야 할 필요성도 더 높아진 거고."

그렇게 해서 다시 이야기는 원점으로 돌아갔다. 식량을 숨길 장소를 물색하고 운반하기 위해서는 저 바깥에 돌아다니는 열 몇 마리의 좀비들을 먼저 처리하지 않으면 안 된다.

하지만 지금 돌아가는 모양새로 봐서는 놈들을 다 죽인다고 해도 내일이나 모레 다시 또 그만큼의 좀비들이 여기에 남겨질 것이다. 좀비들은 요소마다 몇 마리씩 꼭 포자를 뿌리고 가니까.

일이 귀찮아졌지만, 두 가지의 소득은 있었다. 하나는 이 지역에서 더 이상 좀비 없이 산다는 것은 불가능하다는 사실이다. 놈들을 다 죽일 수는 없으므로 이제 놈들과 함께 살아가는 방법에 대해 고민해야 한다.

또 하나는 이 좀비들의 동선 어딘가에 총을 가진 사람이 있다는 것이다. 그게 만약 적이라면…… 가뜩이나 편하지만은 않던 삶은 더 팍팍해질 것이다.

'사는 게 내 뜻대로만은 안 되는구나…….'

동네를 배회하는 좀비들을 보면서 유빈은 가볍게 한숨을 내쉬었다. 그런 유빈의 어깨를 두드려 주며 삼식이가 미소를 지었다.

"뭘 그렇게 한숨까지 쉬어. 일단 천천히 생각해, 유빈아. 그렇게 할 수 있는 여유를 벌고 싶어서 계속 빡세게 좀비들이랑 싸우고 죽이고 그랬잖아. 이제 여기에 갇힌 지 겨우 하루라고. 아니지, 갇힌 게 아니야. 여기로 휴양 온 지 이제 하루 지난 거라고 하자. 그치, 신입? 와, 텁다."

규영이를 의자에 앉혀 둔 삼식이는 웃옷을 벗고 다시 맥주 풀 안으로 들어갈 채비를 마쳤다. 좀 전까지 머리가 깨진다고 찡찡대던 신입도 그새 의자에 앉아 샴페인을 따고 있다.

"하긴 그러네요. 그럼 우리 오늘도 파티인 건가요?"

제니도 환하게 웃으며 가라앉은 분위기를 띄우려 한다. 하긴…… 유빈은 자신들에게 허락된 것을 보며 마음의 위안을 얻었다. 좀비 세상에서 이 정도로 안정적인 삶이라는 건 꿈꾸기도 쉽지 않다.

"오빠! 방법 생각해 놔요. 물에서 기다릴게요."

제니와 태권 소녀가 유빈의 얼굴에 난 그물 자국을 건드리고 지나간다. 결국 맨 마지막에는 유빈과 보안관만 난간에 남았다.

"저 좀비들 안 죽이고 돌아다니려면…… 가둬 두는 수밖에 없을 것 같아. 내일도 이것보다 수가 늘어나지 않으면 한번 가둬 놔 보자."

유빈이 말했다. 보안관도 비슷한 생각을 한 모양이다.

"그런데 어떻게 가두지? 저렇게 지랄 맞게 팔팔한 새끼들을?"

"미끼를 써야지, 뭐."

"미끼라……"

보안관과 유빈의 시선이 동시에 삼식이와 신입에게로 향한다. 마침 두 녀석 다 담배를 꺼내 물려고 하는 중이었다.

"그럼 쟤들 담배 연기 피우게 해서 미끼로 쓴다고 치고, 장소는 어디로 정해?"

보안관이 물었다.

글쎄…….

유빈은 좀비들을 가둬 둘 곳의 조건에 대해 생각해 봤다.

첫째는 견고한 곳이어야 한다. 기껏 다 가둬 놨는데 그롸아아— 하고 갑자기 뚫고 나와 버리면 안 가둔 것보다도 더 위험할 수 있으니까.

두 번째는 함정을 만들고 미끼가 빠져나오는 데 큰 어려움이나 위험이 없는 곳이어야 한다. 작업의 난도가 너무 높은 계획을 짜면 안 된다.

아무도 다치지 않고 무사히 임무를 완수하는 것, 그것이 걱정쟁이로서 그가 수행해야 하는 퀘스트이다.

세 번째는 열댓 마리의 좀비들과 미끼가 안전하게 격리될 수 있는 공간까지 모두 확보할 만큼의 넓이여야 한다.

그리고 마지막으로, 어쩌면 이게 가장 중요한 조건일 수도 있는데…… 코스트코에서 그리 멀리 떨어지지 않은 곳이어야 한다. 너무 먼 곳이면 좀비들을 그곳까지 몰고 가는 것도 어려울 뿐 아니라, 좀비 무리들이 근처에 저희들 동료가 없다고 판단해서 또 새로운 좀비들을 홀씨처럼 떨어뜨려 놓고 갈지도 모른다.

유빈은 그런 조건들을 간략히 보안관에게 설명하고 함께 부근의 상가들을 눈으로 훑었다. 의외로 만만해 보이는 곳이 그리 많지 않았다.

대부분의 건물들은 상가이기 때문에 가능한 거의 모든 면적을 유리로 개방해 뒀다. 모텔이라고 해도 커다란 창이 나 있는 곳이 대부분이다.

그런 데는 언제 좀비들이 유리를 깨고 나올지 모르니까 안 된다. 고민하던 보안관이 제법 커다란 트럭을 가리켰다.

"저런 트럭은 어때? 그…… 시체들 채워 놓았던 것처럼 좀비들도 가둬 둘 수 있지 않을까?"

"넓이는 그렇다 치고, 좀비들 다 들어온 다음에 쟤들을 어떻게 빼내?"

"음, 그러면 저기는 안 되는 건가……."

잠깐만 생각해 보고 보안관은 이내 포기했다. 트럭 짐칸만으로는 애초에 좁기도 너무 좁았다. 유빈이 의견을 제시했다.

"이왕이면 지하 상점 같은 곳이 어떨까 싶은데. 계단 문만 잠가 둬도 좀비들이 빠져나올 수가 없잖아. 계단이 좁으니까 여러 놈이 한 번에 부딪치거나 밀어 댈 수도 없을 거고……."

"계단 문을 닫으면 완전히 꽉 막히는 건데, 그러면 쟤들은 어떻게 빠져나와?"

"음, 그러니까 엘리베이터 구멍도 같이 있는 곳이어야지. 미끼로 쓰던 애들은 그리로 끌어 올려 주면 되니까."

"엘리베이터가 있는 건물 지하...... 계단 출입구는 모두 잠글 수 있어야 하고...... 그거 은근히 까다로운데? 이 주변에 엘리베이터 있는 건물 자체가 많지가 않아."

보안관이 고개를 저으며 중얼거린다. 턱을 쓰다듬으며 고민하던 두 친구가 그나마 적절하다고 판단한 곳은 두 군데였다.

대각선 방향의 대로변 5층 건물, 반대편의 고층 주상 복합 빌딩. 그런데 두 건물이 굉장히 대조적이다.

고층 주상 복합 빌딩 지하는 수백 평이 넘는 넓은 상가, 반대로 대로변 건물의 지하는 달랑 유흥업소 하나.

택하라면 당연히 유흥업소 쪽이다. 대여섯 개에 달하는 주상 복합의 입구를 다 막으려면 일주일은 공사를 해야 할 거다. 보안관이 다시 고개를 갸웃거린다.

"근데 제 발로 순순히 지하까지 들어와 줄까? 좀비 새끼들, 지하철 쪽으로는 아예 들어가지도 않았잖아?"

"응. 나도 좀비들이 그리로 내려가는 건 본 적이 없었던 것 같아. 생각해 보니까 첫날에 지하 통로까지 우리 쫓아오던 놈들 말고는 진짜 못 봤어. 왜 그렇게 지하를 싫어하는지 모르겠네...... 껌껌한 걸 싫어하나?"

두 친구가 다시 좀비와 지하에 대한 이야기를 나누고 있을 때, 골목 쪽에서는 쩽그렁대며 깡통이 울리는 소리가 난다.

리듬으로 봐서는 두어 놈밖에 안 되는데, 소리는 엄청나게 요란하다. 온 동네 깔아 둔 깡통들을 전부 다 발목에 걸고 다니는 모양이다.

쩽그렁, 쩽그렁―.

"아, 저 새끼들 존나게 시끄럽네. 저 새끼들은 일단 죽일까?"

듣다 못한 보안관이 짜증을 부리며 말했다. 유빈은 말렸다.

"다음번 좀비 행렬 지나갈 때까지는 참아. 일단 그놈들이 몇 마리나 떨어뜨리고 가는지 보고 결정하자."

"근데 만약에…… 존나 많이 남겨 놓고 가면 어떡해?"

"'존나 많이'가 몇 마리 정돈데?"

"한 200마리? 300마리? 하여간 엄두도 안 날 만큼 많이."

보안관의 대답을 듣던 유빈의 눈빛이 흔들린다. 위이잉— 유빈의 걱정 엔진이 풀가동되기 시작한다.

휴우~.

한숨을 내쉰 유빈이 말했다.

"그러지 않기를 바라자."

말을 하는 유빈도, 듣는 보안관도 목덜미와 겨드랑이가 땀으로 흠뻑 젖어 있다. 오늘도 역시 어지간히 더운 날씨다. 풀장 튜브에 들어간 친구들을 물끄러미 돌아보던 보안관이 웃옷을 벗었다.

"그래, 그러면 그때까지 우리도 좀 시원하게 담그자. 이럴 때 아니면 언제 또 물속에 들어가 보겠냐."

"그 사이에 좀비들 지나가면 안 되는데, 유심히 봐야 하잖아."

유빈이 머뭇거리자 보안관은 녀석을 덥석 들어 올리며 말했다.

"그거는 맨정신에는 모를 수가 없어. 그 새끼들 근처에만 와도 벌써 코가 썩는데."

보안관이 유빈을 옆구리에 낀 채로 풀에 다가오자 태권 소녀, 규영과 함께 생수 풀 안에 들어 있던 제니가 물었다.

"아이디어 다 짰어요, 오빠?"

맥주 풀 안에서 신입과 샴페인을 기울이고 있던 삼식이가 유빈을 가리키며 말했다.

"후후, 그런 건 걱정하지 말라니까. 우리는 그냥 쟤 말하는 거 잘 듣고 따라 주기만 하면 돼. 여태까지 그렇게 해서 잘해 왔잖아."

낮술에 그새 기분이 좋아진 신입도 고개를 끄덕인다.

"응, 저 새끼 잔대가리는 인정. 존나 얌시러운 놈이니까 손해 볼 짓은 안 하지.

그대로 따른다에 나도 한 표!"

두 사람의 말을 가만히 듣던 유빈은 신입과 삼식이에게 새 샴페인 병을 가져다주면서 말했다.

"음, 그래서 그 계획 말인데…… 만약에 그걸 실행에 옮기게 되면 너희 둘을 미끼로 쓸 거야."

"뭐어? 미…… 미끼? 씨발, 그게 뭔데?"

신입이 눈이 똥그래져서 묻는다.

"뭐긴, 철창 안에 들어가서 좀비들 올 때까지 기다리는 거지. 좀 무섭겠지만 잘 부탁해. 젤 중요한 역할이니까."

"와~ 중요한 역할! 주연이다, 주연!"

제니, 태권 소녀, 규영이 동시에 짤깍짤깍, 손뼉을 쳐 주며 계획을 확정해 버린다. 이렇다 할 반응을 보일 틈도 없이 환호를 받은 신입은 잠시 멍해져 있다가 말했다.

"오늘?"

"아니, 아마 내일이나 모레쯤."

어휴~.

한숨을 푹 내쉰 신입이 테이블 쪽으로 걸어가 양주병들을 가리키며 삼식이에게 물었다.

"야! 이 중에 어떤 게 젤 비싼 거라고 했냐? 씨발, 내일을 알 수 없는 인생인데, 죽기 전에 존나 비싼 술이나 퍼마셔야지."

02

태양 그룹 본사의 헬기 착륙장에는 잔뜩 긴장한 얼굴의 간부들이 도열한 채

서 있었다. 오만방자한 성격의 오 박사도, 미치광이 메이저도 예외가 아니었다. 오후의 햇살이 따갑게 내리쬐고 있지만, 그들의 등에는 식은땀이 흐른다.

"늦는군……."

시계를 들여다본 오 박사가 인상을 찌푸리며 말했다. 그러고는 말끝에 나지막하게 한마디를 덧붙였다.

"……개년."

메이저도 불편한 기색을 감추지 않으며 하늘을 보고 있다. 그들을 불러내서 기다리게 만든 것은 태양 그룹 황 회장의 장녀, 황나연. 태양 그룹 내부에서는 본명보다 '파멸의 마녀'라는 별명으로 더 널리 불리는 여자다.

파멸의 마녀라는 별명은 그녀가 손을 대는 모든 사업이 전부 다 끔찍하게 실패하는 과정에서 자연스럽게 만들어졌다.

IT면 IT, 유통이면 유통, 패션이면 패션, 증권이나 금융, 엔터테인먼트 비즈니스까지…… 멀쩡하게 굴러가던 회사도 그녀가 손을 대기만 하면 채 2년이 지나지 않아 적자 규모가 눈덩이처럼 불어난다. 예외적인 경우조차 없었다.

태양 그룹 작은 회장이 천하의 개망나니라도 그렇게 귀한 대접을 받았던 것은 따지고 보면 이 파멸의 마녀 덕이다.

작은 회장이 아무리 미친 짓을 하고 돌아다닌대도 사업적 측면에서는 파멸의 마녀보다 몇백 배 나았다.

결국 그녀의 입지는 갈수록 좁아졌고, 근래 몇 년간은 중간 마진 정도나 떼어먹으며 버티는 신세로까지 전락했다.

태양 그룹 소유의 모든 계열사 매점에 납품하는 사업체 따위가 그녀의 차지가 되었다. 특별한 재주가 없이 그저 중간에 서류 한 장만 끼워 넣으면 되는 일.

하지만 작은 회장이 좀비가 되어 버린 후, 그녀는 상속자의 왕좌가 공석이 되어 버린 틈을 놓치지 않으려 했다.

황 회장조차도 파멸의 마녀가 남부 지방에 머물며 슬금슬금 업체들에 대한 영향력을 키우는 꼬라지를 방관했다. 어쨌든 멀쩡한 자식이라고는 이제 그거 하나가 남았으니까…….

 그리고 오늘, 그 파멸의 마녀가 태양 그룹 본사에까지 마수를 내밀려 하고 있다. 잠실 쉘터 지원 액수 증액에 대한 감사라는 명목하에…….

 뭔가 느낌이 좋지 않다.

 투투투투―.

 그녀를 태운 아구스타 AW109가 요란한 프로펠러 소리와 함께 다가온다. 과거, 작은 회장의 전용기였던 그 하얀 헬기가 헬리포트에 내려앉고 경호원들이 먼저 내려 문을 열었다.

 "아, 많이 기다렸어요? 더웠겠네?"

 헬기에서 내린 파멸의 마녀가 거만하고 재수 없는 말투로 지껄인다. 오 박사는 깊숙이 숙인 허리를 펴지 않은 채 대답했다.

 "천만의 말씀입니다. 찾아 주셔서 영광입니다."

 "글쎄…… 영광일지 쉐임이 될지는 지켜보자고, 닥터 오."

 마녀는 고개를 빳빳이 들고 건물 안으로 들어가 버렸다. 경호원들이 우르르 그 뒤를 따른다. 오 박사는 똥 씹은 표정을 하며 고개를 들었다.

 "이런 거 필요 없고, 마이 브라더부터 보고 싶은데…… 걔 컨디션이 아주 시리어스하단 말만 들었거든. 걔 전용 피딩 룸이 있다고 했지?"

 커피를 내오자 마녀는 휘휘 손짓을 해서 물리고 작은 회장부터 보고 싶단다. 오 박사는 억지 미소를 지으며 대답했다.

 "작은 회장님 문제는 제가 회장님께 허락을 받아야……."

 "노노노노노, 그게 아니지. 닥터, 그 생각 해 봤어요? 둘 있던 자식 중에 하나가 그 꼴이 됐는데, 대디가 이제 누구한테 의지할 것 같아? 그래, 맞아. 나야. 그러니까 당신은 내가 원하는 걸 하면 돼. 대디한테 따로 컨택할 필요 없어. 아니면…… 한번 시험해 보든가?"

 오 박사는 속으로 분을 삼키면서 고개를 끄덕였다. 본사에 2인자 전용 헬기를 타고 왔으니 인정할 수밖에 없다. 애초에 방문할 것이라는 통보도 회장 의전 비서실에서 보내온 것이다.

"이쪽입니다."

오 박사는 황나연을 식사실로 안내했다. 마녀는 경호원들까지 모두 대동하고 들어와 아래층의 문을 열라고 했다.

오 박사가 스위치를 누르자 문이 열리고 쿠션으로 덮인 방에 작은 회장이 모습을 드러냈다. 위층에서 풍겨 나오는 사람 냄새에 흥분한 작은 회장이 그륵, 그륵, 숨넘어가는 소리를 내면서 풀쩍풀쩍 뛰어오른다.

"오우, 쉣! 지금 디스 룸 카메라로 찍고 있나?"

마녀는 코를 막는 시늉을 하면서 물었다.

아닙니다.

오 박사가 고개를 젓자, 마녀는 흥미를 숨기지 못하고 선글라스를 들어 올린다. 그러고는 괴물로 변한 자신의 동생을 들여다보다가 미친년처럼 웃기 시작했다.

"아하하하하하! 오우, 마이 브라더! 너 리얼리 디스거스트해졌구나. 아하하하!"

마녀는 자신의 앞쪽 발판을 가리키며 명령했다.

"게이트 오픈해요. 더 생생하게 볼래."

"위험합니다. 조심하시는 게……."

"두 잇! 나우!"

마녀는 영어를 섞어 쓰는 특유의 짜증스러운 말투로 명령하며 손가락을 탁, 튕겼다. 연구원들은 곧바로 게이트의 문을 열었다.

그롸아아아—.

사람 냄새가 더 진해지자 작은 회장의 포효는 더욱 커진다. 천천히 열린 발판 부근으로 다가간 마녀가 그 꼴을 내려다보며 기쁨을 감추지 못한 얼굴로 지껄인다.

"오우~ 유, 어글리 몬스터!"
'씨발 년, 어지간히 잘난 척하네. 확 밀어 버렸으면 좋겠다.'
그녀의 뒷모습을 보면서 오 박사는 마음속으로 투덜거렸다. 경호원이나 뒤처리만 해결된다면 정말로 그렇게 하고 싶다. 이 잡놈, 잡년이 서로 엉켜서 잡아먹고 돼지처럼 비명을 지르는 꼴은 정말 볼만할 것이다.
"퉤―!"
갑자기 작은 회장의 얼굴을 향해 침을 뱉은 마녀가 휙 돌아서며 말했다.
"실컷 봤어. 이제 닫아."
회의실로 돌아간 마녀는 중앙의 상석에 다리를 꼬고 앉아 의자를 빙글빙글 돌리며 오 박사에게 물었다.
"닥터, 당신이 대디한테는 저 몬스터를 인간으로 리턴시킬 수 있다고 했다며? 그게 진심이었어? 아무리 봐도 그냥 좀비인데? 무슨 실적이 나온 것도 없잖아?"
"지금 한창 실험이 진행 중이니까 전부 다 말씀드리기 어려운 점이 있습니다. 하지만 세계에서 최초로 백신이 만들어질 곳은 바로 이곳이 될 겁니다. 그런 기대를 하셔도 좋을 만한 물적 증거들도 충분히 존재하고……."
"뭘 믿고 그따위 소리를 지껄이지? 그 면역자 혈청인가 뭔가, 그거를 트러스트하는 거야? 그 사람 얼레디 죽었잖아?"
"네, 중간 관리자의 관리 미숙으로 사망했습니다. 하지만 저희 연구소에는 그 사망한 면역자의 혈청과 신체가 보존 중이니까 곧……."
"그거 알아? 지금 우리 그룹에서 유어 파트의 실적이 가장 배드하다는 거? 다들 프로핏을 내고 있는데, 당신네 연구소만 돈을 펑펑 쓰고 아무것도 거둬들이지 못하고 있단 말이야. 면역자의 혈청? 그게 그렇게 대단해? 어이, 미스터 배. 이리로 와 봐요."
마녀가 손가락을 딱딱, 튕기자 경호원들 사이에서 한 사내가 걸어 나온다. 아까부터 다른 경호원들과는 이질적으로 느껴지던 사내다. 덩치도 작고, 딱 봐도 오래 운동을 한 사람의 몸이 아니다. 마녀가 교만한 미소를 지으며 말했다.

"보여 드려요."

그러자 사내는 넥타이를 풀고 와이셔츠를 열어젖혔다.

이빨 자국.

오 박사는 침을 꿀꺽 삼켰다.

승모근 주변 살점이 떨어져 나간 상처에 사람의 이빨 자국이 아주 선명하게 남아 있다. 다 아문 것으로 보아 꽤나 오래된 상처인 것 같다.

목을 젖혀 상처를 드러내던 사내가 이번에는 양복 웃옷을 벗고, 팔뚝을 들어 올렸다. 아직 딱지가 남은 새 상처가 또 모습을 드러낸다. 서너 개나 된다. 여기에도 역시 이빨 자국이 남았다. 으스대며 상처를 보여 주던 사내가 씨익 웃으며 다시 양복을 걸친다.

"봤지? 닥터 오, 뭐 느끼는 것 없어?"

마녀가 물었다. 오 박사는 대답하지 않았다. 무슨 말인지 알아들었지만, 그걸 자기 입으로 저 개같은 년에게 확인시켜 주고 싶지 않다. 오 박사가 분해하는 모습을 보면서 마녀는 깔깔대기 시작했다.

"아하하하하! 뭐야? 어째서 갑자기 말을 잃었어? 왜? 프라이드가 상해?"

자리에서 일어난 마녀는 미스터 배라는 사내의 얼굴을 손등으로 쓰다듬으며 말했다.

"영광으로 알아. 지금 당신은 홀 월드에서 유일할지도 모르는 항체 보유자를 만난 거니까. 우리가 여기 있는 미스터 배와 함께 인류를 위해 얼마나 많은 리서치를 하게 될지 상상이 돼? 응? 이 기적 같은 사람을 보고도 당신은 이 연구소에 무슨 가치가 있다 할 수 있나?"

오 박사의 눈이 질투심과 분노로 이글이글 타오른다. 할 수만 있으면 저 경호원들과 개같은 마녀 년을 모조리 X-1으로 마비시켜 좀비 밥으로 줘 버리고, 면역자를 빼앗고 싶다. 그리고 동시에 불안감이 밀려온다.

살아 있는 면역자라니…… 이러다가 백신 개발에서 뒤처지기라도 하면…….

그러면 지원은 끊길 것이고, 여기에서 왕 부럽지 않게 지내던 그의 지위도 무너질 것이다.

오 박사는 경련이 일어나려는 눈꺼풀을 움직여 가짜 미소를 지었다.

"어떻게 만나게 되셨는지 여쭤봐도 될까요, 황 사장님."

"글쎄…… 대답해야 할 의무가 있나? 당신이 내 보스야?"

마녀는 오 박사의 눈을 보고 빙글거렸다. 미스터 배라는 남자가 살아남은 건 순전히 우연이었다. 그는 원래 포항 방어 부대 소속의 군인이었고, 외상자라는 이유로 처형당할 뻔했다.

하지만 작업 때문에 처형이 하루 이상 지연되었을 때, 기적이 일어났다. 다른 우리의 부상자들이 모두 좀비로 변한 다음에도 이 남자만은 멀쩡히 인간인 채로 남아 있던 것이다.

며칠간이나 좀비로 변하지 않았으므로 남자의 혐의는 벗겨졌고, 고열에 시달리고 한쪽 눈이 붉게 충혈된 채 단순 부상자로 분류되어 태양 그룹 남부 지사에 넘겨졌다.

그리고 몇 개의 과정을 더 거쳐 이 특이한 남자의 이야기는 마녀의 귀에까지 들어갔다.

그를 처음 얻었을 때 마녀는 세상을 손에 쥔 것처럼 기뻐했다. 이제는…… 이제는 마음껏 활개를 치고 잘난 척을 할 수 있다.

"보스가 누구인지야 잘 알고 있죠. 저는 단지 이 세상에 사기꾼 같은 놈들이 많아서 황 사장님처럼 고귀한 분을 속일 수도 있다는 걸 알려 드리려는 겁니다. 사실 이빨 자국을 만들 수 있는 게 좀비들만은 아니잖습니까? 저 같은 인간이 살을 잘라 끊어도 같은 모양의 흉터가 남지요. 저 사내의 상처도 그런 것이 아닐까요?"

도발하는 오 박사의 뱀 같은 눈이 번득인다.

"오호호호! 너무 유치하고 한심해. 그럴듯한 소리를 잔뜩 늘어놨지만 결국은 루저라는 말을 인정하고 싶지 않다, 이런 말이잖아? 닥터 오, 그 정도밖에 안 되는 사람이었네?"

마녀는 미친 듯이 웃으며 오 박사를 경멸하는 눈으로 깔봤다. 오 박사는 차분하게 미소 짓는 흉내를 냈다. 그러자 마녀가 몸을 일으킨다.

"미스터 배, 한 번만 더 데몬스트레이션할까? 우리의 판타스틱한 미라클을? 이 우매한 인간들에게 말이야."

"아…… 그 짓을 또 해야 합니까?"

면역자는 한숨을 내쉰다. 마녀가 다가가 그의 머리를 쓸며 속삭였다.

"씨잉 이즈 빌리빙! 많은 인간들은 자기가 본 것만 믿거든. 특히 지능이 낮고 상상력이 빈약할수록 그렇지. 후후후, 나를 위해서라고 생각해 줘."

마녀가 요염한 척 웃어 댄다. 그 행동이 사나운 그녀의 인상과 전혀 어울리지 않아서 오 박사는 구토가 치밀어 올랐다. 아무리 비싼 옷으로 치장을 하고 있어도 우아함과는 거리가 먼 여자다.

그리고 골도 어지간히 비었다. 아무리 면역자의 면역 능력에 자신이 있다고 해도 제 시간을 굳이 투자해 가며까지 잘난 척을 하다니…….

이렇게 허영이 가득하니 손대는 사업마다 말아먹었던 게 너무나 당위적이다.

"뭐 어쩌겠습니까? 하라면 해야죠."

면역자는 결국 고개를 끄덕였다. 가끔 좀비에게 팔을 물리도록 하고 매일 아침저녁으로 피를 뽑아 가기는 하지만, 이 미친년 덕에 그의 인생 자체가 바뀌었다.

시큼한 땀 냄새 속에서 죽을 날만 기다리던 땅개가 요즘은 밤마다 미녀들을 품고 호의호식하고 있다. 게다가 경호원들의 삼엄한 호위까지……. 그러니 이런 부탁쯤은 순순히 들어줘도 된다.

"어디 있습니까, 좀비?"

면역자는 제법 호기로운 목소리로 오 박사에게 물었다. 호가호위라더니…… 마녀가 비위를 맞춰 주니 놈은 자기가 무슨 대단한 지위라도 가진 것처럼 굴고 있다.

오 박사는 당장에라도 녀석의 몸에 독극물을 주입하고 싶은 마음을 꾹 억누르며 인터폰으로 준비를 시켰다.

오 박사 역시 면역자가 좀비에게 물리고 생존하는 모습은 한 번도 본 적이 없다. 그걸 실제로 보고 나면 앞으로의 연구와 실험에 득이 될 것이다.

아니면 놈이 그냥 좀비로 변해 주는 것도 괜찮다. 이 마녀 년이 기가 죽은 채 돌아가는 모습 역시 속이 후련해질 장관일 테니까.

"이쪽입니다. 들어가시죠."

오 박사는 두 개의 방이 강화 유리로 연결된 곳으로 일행을 안내했다. 건너편 방의 철제 틀에는 좀비의 갈비뼈와 쇄골, 골반을 나사못으로 고정한 채 세워 뒀다. 팔과 다리 역시 단단히 묶여 있다.

이 연구소에서 작은 회장의 식사 재료들이 생명을 잃자마자 조처하는 기본적인 형태다. 다만, 깨물 수 있어야 하므로 머리의 철망은 벗겨 둔 채다.

"100퍼센트 세이프한 거 맞아?"

마녀가 물었다. 오 박사는 과장되게 고개를 끄덕였다.

"그럼요. 당연히 안전합니다."

"훗, 그러면 닥터 오부터 먼저 들어가 볼까? 호스트니까 그 정도 안내는 해 줘야지."

마녀는 들어가라는 손짓을 했다. 어지간히 의심도 많은 년이다. 오 박사는 넌더리를 내며 방문을 열고 들어갔다. 그 뒤로 메이저와 경호원 둘, 면역자가 따랐다.

사람들이 방 안에 들어서자 좀비는 난리가 났다.

끄롸아아아—.

놈은 크게 포효하면서 입을 쩍쩍 벌렸다. 움직일 수 있는 부분이 거기뿐이다.

"아, 다들 물러나세요. 보통 사람은 스치기만 하면 끝장이니까."

면역자는 여유를 부리며 경호원들에게 말했다. 뒤로 비켜선 경호원들의 얼굴이 딱딱하게 굳어 있는 것과 달리 면역자는 긴장한 기색조차 없다. 좀비의 근처에만 가도 다리가 얼어붙는 보통 사람들과는 확실히 다르다.

좀비는 작은 회장의 식사가 늘 그렇듯이 아무것도 걸치지 않은 채였다.

"여자네? 꽤 젊은데?"

좀비에게 다가서면서 면역자가 중얼거린다.

"이건 왜 이래요? 상태가 아주 안 좋네? 무슨 병 있었던 거 아니에요?"

여자 좀비의 몸 여기저기에 나 있는 피멍들을 가리키며 면역자가 묻는다. 오 박사는 '구조될 때부터 워낙 부상이 컸던지라……'라고만 대답하며 넘겼는데, 메이저가 마른침을 삼킨다.

하필이면 자신이 두들겨 패다가 숨이 넘어가기 직전에 작은 회장에게 넘겼던 여자가 샘플로 뽑혀 나온 것이다. 이렇게 상태가 안 좋은 걸 먹이면 어떻게 하느냐는 질책을 받을까 봐 신경이 쓰이는 눈치였다.

"음…… 뼈가 부러졌던 거구나. 어휴, 끔찍하네."

퍼렇게 멍든 여자의 갈비뼈 주변을 보며 면역자가 중얼거린다. 먹이가 가까이 오자 좀비는 뼈가 부러지는 소리를 내며 몸을 챈다. 하얗게 변한 그녀의 눈동자는 면역자를 노려보고 있다.

"이 정도면 닿으려나?"

면역자는 아슬아슬한 거리로 팔을 내밀었다. 깊이 물리기는 싫은 모양이다. 하긴 살점이 뚝 떨어져 나갈 것을 뻔히 아는데 팔뚝 전체를 내미는 놈은 없을 테니까.

좀비는 어떻게든 닿아 보려고 목을 쭉 뻗으며 이를 딱딱 부딪쳐 댔다. 면역자가 좀 더 가까이 팔을 붙이자, 마침내 좀비의 이빨이 그의 살갗을 찢는다.

"옷! 스읍~! 아야야!"

다 부러지고 빠져서 몇 개 남지 않은 좀비의 이빨이 살 속에 박히자마자 면역자는 팔을 뺐다.

딱, 소리가 나고 좀비의 위턱과 아래턱이 맞부딪친다. 면역자의 상처에서 피가 줄줄 흐르자마자 경호원들이 손수건을 상처에 대 주었다.

"자, 보셨죠? 분명히 물렸습니다."

면역자가 생생한 상처를 오 박사 쪽으로 돌려 보여 주자, 오 박사는 고개를 끄덕였다.

 깊은 상처는 아니지만, 좀비의 이빨에 찢겼다는 건 확인했다. 이제 이놈이 변하지 않으면 그도 인정할 수밖에 없다.

 "격리 시간은 얼마로 할까요?"

 오 박사가 물었다. 마녀는 여유로운 표정으로 되묻는다.

 "얼마나 지켜보면 인정하겠어요? 원 아워? 투 아워?"

 사실 어떤 좀비는 예외적으로 아주 긴 잠복기를 가지기도 하지만, 보통은 30분 내에 결판이 난다. 그동안에 구토를 하지만 않아도 이야기는 끝난 거나 다름없다. 오 박사는 한 시간만 지켜보자고 했다.

 "그럽시다. 두 사람, 옆에 같이 있으면서 말벗이라도 해 드려. 미스터 배, 수고했어요. 원더풀 퍼포먼스였어. 한두 번 본 게 아닌데도 볼 때마다 마이 하트가 터지는 것 같아. 감동적이어서. 드링크나 뭐 필요한 거 있으면 알려 줘요."

 경호원 둘에게 자리를 지키라고 명령한 뒤, 마녀가 면역자를 향해 가증스러운 미소를 지어 보였다. 면역자는 경호원이 가방에서 꺼내 건네준 알코올 솜으로 상처를 닦으며 말했다.

 "그럼 커피나 한잔 주세요. 말보로 레드하고."

 "커피 준비시키겠습니다."

 오 박사가 벽에 걸린 전화의 수화기를 들려 하자, 마녀는 오른손 검지를 들어 흔들었다.

 "노노노노! 네버! 미스터 배 먹을 것은 언제나 최고로 엄선한 베스트 오브 베스트만 제공해요. 오 박사는 신경 쓰지 마요. 어이, 커피."

 경호원 중 한 녀석이 트렁크를 들어 테이블에 놓고 연다. 먹을 것, 마실 것 따위가 잔뜩 들어 있다. 오 박사는 속으로 그런 마녀를 비웃었다.

 독이라도 탈까 봐 의심하나 보군⋯⋯. 미친년, 더럽게 용의주도한 척하네.

 어쨌든 경호원 둘과 면역자는 그 방에 남겨졌고, 면역자는 캔 커피를 기울이며 담배에 불을 붙였다. 나머지는 건너편 방에 앉아 유리를 통해 그 모습을 지켜

봤다.

오 박사는 기대와 호기심, 질투가 섞인 복잡한 감정 속에서도 면역자에게서 눈을 떼지 않았다. 처음으로 보는 신기한 인간이다.

"닥터 오, 그렇게 멍하니 구경만 하지 말고, 나한테 보고해요. 어차피 여기 비지트한 목적이 그거였잖아. 그래, 잠실 쉘터에서 리퀘스트한 토탈 액수는 얼마 정도라고요?"

마녀의 잔소리에 오 박사는 시선을 돌릴 수밖에 없었다. 곁눈질로 면역자를 힐끔거리며 오 박사가 서류철을 내밀었다.

"기한이 정해지지 않았기 때문에 액수는 딱히 말씀드리기 어렵습니다. 잠실의 군인들은 일단 매일 3만 명분의 식사와 기름을 조달해 달라고 요구했습니다. 그 후에 탄약에 대해서도 말하자고는 했고요."

"식사라…… 그래서 한 끼당 유닛 프라이스는 얼마로 책정했는데?"

마녀는 손끝으로 서류를 뒤적거리는 시늉만 하며 물었다.

"현재 공급가보다 30퍼센트 인상해서 세 끼와 간식을 포함한 가격을 2만 6천 원으로 말해 뒀습니다. 아무래도 보급망이 달라지는 거라 단가 인상이 불가피하다고 했고요."

오 박사가 대답했다. 그쯤 되면 원가의 다섯 배를 넘겨 파는 셈이다. 하지만 마녀는 만족하지 않는 눈치였다.

"닥터 오가 확실히 비즈니스 네고시에이션에 대해서는 잘 모르는구나. 있죠, 비즈니스에서 프라이스라는 건 바이어가 얼마나 간절하게 원하느냐에 따라 정해지는 거예요. 그런데 지금 그 잠실의 솔져들은 우리한테밖에 의지할 곳이 없잖아. 절박하다고. 그럴 때엔 좀 더 하이 프라이스를 불러도 되지 않겠어요? 음, 단가는…… 매일 3만으로 해요. 그래도 그쪽에서는 억셉트할 수밖에 없을 거니까."

"그렇게 말은 해 보겠습니다만, 저쪽도 배짱이 보통이 아니라서 말이죠."

"아이 돈 케어! 그 조건이 익스큐즈 안 되면 비즈니스 자체가 성립이 안 되는 거겠죠. 당연한 거잖아."

마녀는 미친년처럼 손가락을 흔들어 댄다. 그러고는 이따금씩 건너편 방의 면역자를 향해 웃어 준다. 오 박사가 그러겠다고 하자 마녀가 다시 물었다.

"그렇게 우리가 서플라이를 제공하고 나면, 저쪽에서는 뭘로 갚는다고 해요? 골드도 없을 것 같은데?"

"지금 당장이야 갚을 능력이 안 됩니다. 다만, 이 일이 수습되고 난 뒤에 국방부 예산을 최우선으로 돌려서 이쪽의 빚을 갚는 데 쓰겠다고 했습니다. 그리고…… 이 정도 관계를 유지해 줘야 우리 쪽에서도 민간인들을 더 많이 확보할 수 있습니다. 어차피 이 연구는 샘플을 얼마나 풍부하게 갖고 진행하느냐에 성패가 달렸으니까요."

"그 정도로는 낫 이너프! 사태 수습 후에 연고자가 없어서 국유지로 귀속되는 서울 땅의 하프를 달라고 해요. 어차피 오너도 없는 땅, 놀려서 뭐 할 거야. 쓸 사람이라도 쓰게 해야지. 그리고 지금 서바이브해야 정산이든 뭐든 하지. 사우스 에어리어에서는 다 그런 방식으로 비지니스하고 있어요."

마녀는 어지간히 잘난 척하며 조잘댄다. 오 박사는 그 조건을 포함시키겠다고 말했다. 마녀는 다시 한 가지를 더 추가로 요구했다.

"그리고 일주일마다 200명씩은 남부로 샌드해 줘요. 어차피 저희들이 끼고 있어 봐야 다 입이잖아. 식량만 축내는 거라고. 뭐, 고통 분담이라고 하든가, 복지 정책이라고 하든가, 우리가 케어해 준다고 해. 핑계는 적당히 만들어 내면 될 거고."

"일주일에 200이면 꽤 많은 규모인데요. 그건 받아들여 줄지 모르겠습니다."

"그러면 푸드도 없는 거지. 왜 별 이득도 없는 일에 빅 머니를 투자해야 하는 거죠? 액수도 작지 않잖아."

마녀의 이야기를 다 듣고 난 뒤, 오 박사는 솔직한 감상을 말했다.

"지금 말씀하신 걸 다 종합해 보면, 엄청나게 가혹한 조건입니다. 군인들이 자칫 거래를 하지 말자는 소리로 오해할 수 있을 것 같아서 조금 걱정이 되는군요."

마녀는 고개를 저었다.

"아이 돈 케어. 오해든 이해든 하고 싶은 대로 하라지? 어차피 물자를 쥐고 있는 쪽은 우리니까 손해 볼 일은 없지. 닥터 오, 밀리터리 포스는 여기에만 있는 게 아니에요. 사우스 에어리어에만도 수만의 병력이 있어. 우리는 가장 좋은 조건을 제시해 주는 쪽과 손을 잡으면 돼. 여기라고 특별할 게 없다는 말이야."

"하지만 군인들이나 쉘터가 다 없어지면 여기 본사 건물도 위험해질 텐데요."

"그것도 아이 돈 케어. 방어해 낼 자신이 없으면 여기 다 비우고 당신도 사우스 에어리어로 와요. 연구소 과장 자리 하나 정도는 준비해 놓을게. 이까짓 빌딩, 잠깐 비워 둔다고 무슨 빅 프라블럼이 생기는 것도 아니고…… 알겠죠? 내가 말한 조건들, 그거 다 지켜지기 전에는 아무것도 프라미스할 수 없어요. 그게 우리 그룹의 공식 입장입니다."

"여기 남아 있는 소중한 데이터나 자료들은……."

오 박사가 머뭇거리자, 마녀는 아무렇지 않다는 듯 고개를 저었다.

"닥터 오가 만든, 그 잘난 데이터 없어도 우리는 백신 개발 금방 성공할 수 있어. 남부 지방…… 아니, 사우스 에어리어에서 독자적으로 말이지. 왜냐하면 우리한테는 살아 있는 미라클, 미스터 배가 있으니까. 무슨 소린지 알아요? 두 유 언더스탠?"

오 박사는 면역자가 있는 방을 돌아보았다. 물린 놈이나 그 옆에서 맞담배를 피우며 이야기를 나누고 있는 경호원 놈들이나 전혀 긴장하는 빛이 없다. 이미 여러 번 경험해 본 일이라 무덤덤한 모양이다.

"인정하기 싫겠지만, 이제 당신 리서치는 그닥 대단한 것도 아니야. 어쩌면 지금부터가 메인 게임이지. 미스터 배와 내가 이룰 성과 말이지."

마녀는 교만한 표정을 지으며 경호원이 꺼내 준 와인 잔을 기울인다. 오 박사는 아니꼽다는 걸 굳이 감추려 들지 않았다.

어차피 이 계집애의 마음속 청사진에는 서울 본사가 끼어들 자리가 없다. 이럴 때에 아부를 한다고 해서 별로 상황이 달라질 것 같지도 않고, 이 미친년이 쉽게 생각을 고쳐먹을 리도 없다. 얼마나 불신이 크면 음료수와 식사까지도 따로 짊어지고 다니겠는가.

"닥터 오."

약속된 한 시간이 거의 다 경과했을 때, 마녀가 선글라스를 다시 걸치며 웃었다.

"미스터 배가 안 변해서 유감스러운 얼굴이네? 막 토하다가 꽤애액— 하고 좀비로 변했으면 좋겠다고 생각했지?"

"아닙니다. 그저 대단한 걸 관찰할 수 있어서 좋았……."

"저 사람은 수많은 실험을 다 무사히 통과했어. 좀비가 아무리 달려들고 깨물어도 멀쩡해. 그러니까 미라클이지. 이제 내 앞에 무릎 꿇고 싶은 생각 안 들어?"

네 싸대기를 후려갈긴 다음, 메이저에게 넘겨주고 싶다, 이 재수 오지게 없는 년아…….

오 박사는 차오르는 욕망을 억지로 꾹 눌러 참았다. 마녀는 자리에서 일어나 옷매무새를 가다듬으며 말했다.

"그동안은 마이 브라더를 미끼로 대디한테서 이것저것 펑펑 끌어다 썼겠지만, 더 이상은 안 돼. 이제는 내가 컨트롤을 하거든. 나는 마이 브라더나 대디하고 달라. 훨씬 더 냉철하고 이성적이고 합리적이지. 지금까지처럼 어설픈 방식, 나는 용납 못 해. 어이…… 가자. 미스터 배한테 돌아가시자고 해."

파멸의 마녀가 탄 헬기를 배웅하고 난 뒤, 옥상의 분위기는 싸늘하게 얼어붙었다. 자존심이 상할 대로 상한 오 박사는 눈을 꾹 감고 주먹을 부르르 떨며 화를 삭였다.

돌대가리 같은 년이 탯줄 하나만 믿고 감히…… 왜…… 면역자 같은 행운이 그년한테 가서…….

오 박사의 숨소리가 거칠어질수록 다른 직원들은 고개를 더 깊이 숙였다. 언제 화풀이 대상이 될지 모른다.

"아까 그 좀비 입에서 면역자 세포 회수했어?"

오 박사가 묻자 곁의 연구원들이 고개를 조아린다.

"네. 지시하신 대로 면역자 세포 다 회수해서 보존액 속에 넣어 뒀습니다."

"좋아, 일단 연구실로 돌아가서 대기해. 내가 가기 전에 아무도 손대지 말고."

연구원들은 안도의 한숨을 내쉬며 건물 내부로 돌아가자, 오 박사가 메이저의 어깨에 손을 얹으며 한숨을 내쉬었다.

"메이저, 전에 말했던 그 건…… 그거 있잖아."

"무, 무, 무슨 건 마, 말하는 거야?"

"쉘터에 가서 민간인들 데려오겠다고 한 거 말이야. 100명 이상도 가능하다고 했었지?"

아, 그거!

메이저는 고개를 끄덕인다.

"그, 그, 그, 그렇지. 어, 어차피 구, 군인 애들은 자, 자기 책임만 아니면 돼. 뒤, 뒷일은 신경 안 써."

"그거 부탁 좀 하자. 우리 지금 심각한 위기야. 저 미친년이 저렇게 설치고 다니는 꼴을 보아하니 여기 본사도 슬슬 망조가 들었어. 빠른 기한 내에 무슨 성과를 내야 돼. 백신 비슷한 거라도 만들어야 한다고. 그러니까 샘플로 쓸 놈들 잔뜩 잡아 와."

"그, 그러려면, 이, 일단 이, 이, 인심을 좀 사야 되는데…… 며칠 전부터 야, 야, 약품 지원을 해 달라고 아우성인데 계속 째, 쌩 깠거든."

메이저의 말에 오 박사는 두 팔을 벌렸다.

"그렇게 해. 달라는 거, 큰돈 들어갈 거 아니면 다 줘 버려. 사람만 데리고 오라고. 씨발, 저 개같은 년이 풀이 죽는 꼴을 좀 봐야겠어!"

오 박사의 발작적인 태도에 메이저가 어깨를 으쓱하며 물었다.

"그, 그, 근데 그 머, 멍청한 년이 배, 배, 백신을 만들기는 하, 할까?"

"흥, 그럴 리가 없지."

오 박사는 고개를 저으며 대답했다.

"그년은 멀쩡한 연구까지 다 중지시킨 뒤에 제 연구 말아먹고 나서 '읍스! 안 되네. 이게 왜 이러지?' 할 년이야. 달리 파멸의 마녀가 아니지. 저년 권한이 더 커지면 단순히 우리만 죽는 게 아니야."

03

이 원사가 오랜 군 생활을 통해 얻은 철칙은 간단하다. 사고를 미연에 방지하려면 작업을 빡세게 시켜야 한다는 것. 대민 지원이든, 진지 공사든, 정 할 게 없으면 청소라도…… 힘쓰는 일이라면 다 괜찮다.

뭐든 기력을 다 소진하게 만들어야 골치 아픈 일이 없다. 그는 그것을 진리라고 믿고 있었다.

한창 혈기왕성한 놈들을 억지로 끌고 와 좁은 데다 가둬 놓고 있으니, 잠시만 틈이 생겨도 뚫고 나오려는 놈들이 생기기 마련이다. 그러니까 베개에 머리만 대도 곧바로 곯아떨어지도록 만들어 놔야 한다.

좀비들과 대치 중인 데다가 중대장이 자리를 비우고, 보급 식량이 줄어든 지금 같은 상황에서는 더욱 그렇다.

"이놈들아, 중대장님 돌아오시기 전에는 이 벽 다 쌓아서 길 막아 놔야 한다. 못 했다가는 너희 다 큰일 난다고 보면 돼. 그분이 늘 하하 웃으시니까 사람 좋아 보이냐? 웃던 사람이 화내면 어떻게 되는지 알아?"

병사들을 격려하고 나서 이 원사는 강 소위를 돌아보며 싱긋 웃었다. 강 소위도 마주 웃는다.

문 대위가 자리를 비우기 전에 이 원사는 낮 시간 동안 강 소위가 병력 운용을 담당하는 것으로 교체해 달라고 부탁을 했었다. 작업을 진행하는 시간대이기 때문에 믿을 수 있는 사람과 함께 일하고 싶었던 것이다.

멀리 방어의 최전방을 담당하고 있는 전차가 믿음직하게 서 있다. 다른 방향에서 기웃거리는 좀비들도 문제지만, 역시 가장 골치 아픈 것들은 북쪽에서 대로를 타고 오는 대규모의 좀비 무리들이다.

원래는 그 정도로 큰 덩어리가 아니었는데, 어느 날 갑자기 손대기도 어려울 만큼 커져 버렸다.

게다가 처음엔 각각의 색깔끼리 돌아다니던 것들이 어느새 온갖 색의 페인트 무리로 합쳐진 채 뒤죽박죽 섞인 바람에 보고 있자면 기괴하기 이를 데가 없다.

어서 길을 끊고 대로 자체를 차단해서 놈들을 왔던 방향으로 다시 되돌려 보내는 것만이 위험부담을 줄일 수 있는 유일한 길이다.

"무지개 좀비들 올 때까지 네 시간 정도 남았지? 빨리빨리 작업하고 30분 전에는 다 복귀해 들어와. 괜히 어영부영하다가 휘말려서 죽네 사네 울어 봐야 그때는 너무 늦는 거다. 내 말 알아들었냐? 기합 팍 주고 일을 하되, 정신을 바짝 차리라는 말이야."

병사들 사이를 돌아다니며 잔소리 겸 주의 사항을 열심히 읊고 다니던 이 원사가 잠시 한숨을 돌리고 있자 강 소위가 다가온다.

"이 원사님, 여기는 걱정하지 마십쇼. 제가 잘 돌보겠습니다. 여기 아니라도 신경 쓰실 거 많으신데."

"예, 예, 오늘은 안 그래도 정신이 좀 없네요. 강 소위님, 그럼 부탁드립니다."

강 소위와 인사를 주고받으며 돌아선 이 원사는 자동차들이 치워진 대로를 걸어 쉘터로 돌아왔다. 도로변에서는 수감자들이 언제나처럼 군인들의 감시를 받으며 가로수 절단 작업을 하고 있었다.

"어이구, 수고 많으십니다. 안전사고 없이 오늘도 잘 마무리하세요."

이 원사는 수감자들 중 우두머리 격인 몇 명에게 고개를 숙이며 지나쳤다. 하지만 반응은 그다지 호의적이지 않다. 그저 뚱하게 쳐다보다가 고개를 꾸벅하고 시선을 돌릴 뿐이다.

일전에 좀비들의 습격이 있던 날, 수감자들이 여럿 사망한 뒤부터 그들은 군인들을 한층 더 두려워하면서도 증오하고 있었다.

중대장이 안전을 보장해 준다는 약속은 더 이상 통하지 않았다.

어쩔 수 없는 일이지······.

이 원사는 수감자들의 싸늘한 시선을 받으면서 생각했다.

'하여간 박 소위, 그놈이 문제야. 나중에 듣자 하니 그날도 생난리를 치다가 작업반장을 죽게 만들었다지······. 에잉, 쯧쯧. 마음에 안 들어. 어쩌다 그런 놈이 장교가 되어 가지고······.'

게이트 안으로 들어서며 이 원사는 혀를 찼다. 얼빠진 놈이 완장을 차고 있으면 주변의 여러 사람이 피해를 본다. 평시에는 그래도 그런가 보다 하고 넘어갈 수 있겠지만, 실탄을 다루고 생명을 거는 이런 실전 상황에서라면 더욱 신경을 곤두서게 하는 일이다.

"민간인들 다 모이라고 했어?"

쉘터 주차장 입구에서 기다리고 있던 중사에게 이 원사가 물었다. 중사는 그렇다고 대답했다.

이 원사는 주차장에 나와 대기하고 있던 민간인 수용자들에게 인사를 한 후, 확성기를 들었다. 이제 민간인들을 바쁘게 만들어 줄 차례다.

"에······ 오늘 이렇게 날도 더운데 여러분에게 모여 주십사 부탁을 올린 것은 다른 게 아니고요, 그 쉘터 내의 위생 문제에 관해서 좀 말씀드릴 게 있어서 그럽니다."

뙤약볕 아래에서 손을 들어 햇볕을 가리고 있던 수용자들이 서로 얼굴을 마주 보며 중얼거린다.

위생? 뭔 소리래?

이 원사는 웅성거림이 잦아들 때까지 잠시 기다렸다가 말을 이었다.

"여러분, 저희 군인들이 여러분을 위해서 여러 가지 최선을 다하고는 있습니다만, 여기는 어디까지나 같이 쓰는 공간입니다. 그게 뭔 소리인고 하면, 우리 모두가 다 주인 의식을 가지고 살아야 한다, 그런 이야깁니다. 근데 제가 볼 적에는 그런 게 좀 부족해요. 에…… 어저께 저희 식량 창고에서 쥐가 나왔습니다. 원래 여기에는 쥐가 있으면 안 돼요. 부지 선정할 때, 방역 작업을 다 해 놨기 때문에 그렇습니다. 그런데 왜 없던 쥐가 생겼냐? 바로 이런 거 때문이에요."

이 원사는 주머니에서 빵 봉투를 꺼냈다. 빵이 절반쯤 들어 있다. 이 원사는 빵 봉투를 흔들며 말했다.

"이거 제가 주워서 가지고 온 건데요…… 아니, 아까운 간식을 버린 것도 문제고, 또 간식이 남는다고 아무 데나 버리는 몰상식한 분들이 있는 겁니다. 참 내, 사방에 쓰레기통 천지인데 고거 몇 걸음을 걷기 귀찮아서 이런 걸 구석에다가 휙휙 버리고, 또 숨겨 놓는다, 이런 이야깁니다. 이게 뭡니까, 배울 만큼 배우신 분들이…… 제가 발견하고 치운 것만도 한두 개가 아니에요. 그래도 그냥 말을 안 하고 넘어가 볼까 했어요. 그런데 쥐가 식량을 쏠아 먹는 상황까지 오니까 그렇게 돼서는 안 되겠더라고요. 여러분, 쥐가 얼마나 무서운지는 잘 아시죠? 전염병을 옮기는 놈들입니다, 그 조그만 새끼들이."

전염병이라는 말에 사람들의 웅성거림이 커졌다. 그들의 얼굴에서 두려움을 읽어 낸 이 원사는 잠시 저희들끼리 떠들도록 내버려 뒀다.

무슨 병이 걸린다더라, 걸리면 약도 없다더라…….

근거가 있는 말과 없는 말이 어지럽게 섞여서 떠돈다. 수용자 중 한 사람이 큰 소리로 묻는다.

"아니, 그러면 대책을 세워야 할 거 아닙니까! 병 걸리면 어떻게 하려고 계속 그렇게 방치를 했습니까!"

그러게!

동조하는 목소리가 커진다. 이 원사가 다시 확성기를 켜고 말했다.

"저야말로 좀 물어봅시다. 거기 지금 말씀하신 신사분, 평소에 청소 한 번이라도 자발적으로 했습니까? 버려진 쓰레기 있으면 주워서 쓰레기통에 넣어 보셨냐고요."

콕 찍어서 도발을 하자 처음 떠들던 사람은 얼굴을 붉히며 입을 다물었다.

"군인 애들이 다 해 줄 거라고 생각했으면 그거 오산입니다. 얘들, 여러분 지켜 주는 게 임무지, 청소하는 애들 아니에요! 보건 위생은 다 각자가 자기 주변 치우는 데에서부터 시작되는 겁니다. 어쨌든 오늘은 더 못 참습니다. 대청소 한 번 해야 합니다. 안 그랬다가는 다 병 걸려서 죽어요. 쥐가 쏠은 거 버리느라 입은 식량 손해도 그거에 비하면 정말 아무것도 아닙니다. 자, 다들 소매 걷고 병사들 지시 따르세요."

이 원사는 확성기를 내리고는 기다리고 있던 중사에게 눈짓을 보냈다. 중사는 병사들과 함께 민간인들을 역할별로 나누기 시작했다.

쥐 이야기는 그가 사람들을 청소시키기 위해 지어낸 것이다. 아침에 자신이 반을 먹고 남긴 빵 봉지를 시멘트 바닥에 조금 갈아서 쥐가 쏜 것이라는 증거품도 날조해 냈다.

하지만 효과는 분명하다. 그렇게 위기감을 조성해 주면 사람들은 사소한 불편 정도는 곧잘 감수해 낸다.

'먹을 게 얼마나 넉넉하면 간식을 마구 버렸겠나.'라든가, '그래서 쥐가 꼬이는 바람에 상한 식자재를 버릴 수밖에 없었기 때문'이라고 하면 배급량이 조금 줄어도 당분간은 군소리하지 못할 것이다.

"휴우~."

대청소를 시켜 놓은 이 원사는 흡연 구역으로 걸어갔다. 담배를 피우고 있던 고 하사에게 다가간 이 원사는 녀석의 주머니에서 담배를 꺼내서 한 개비를 입에 물었다.

"야, 오늘 좋은 소식 하나 있다."

이 원사가 라이터를 켜며 말했다. 고 하사는 생글생글 웃으며 대답했다.

"네? 좋은 소식이라는 게 뭡니까?"

"어라, 이놈 봐라? 너는 이미 뭐 좋은 소식 있는 표정인데? 너 수상하다? 약 없어서 힘들어 죽겠다고 엄살 부리던 놈이 오늘은 아주 실실 웃고 다니네?"

이 원사가 의심스러운 눈으로 고 하사를 쳐다본다.

"아이참, 원사님. 무슨 말씀이십니까? 저야 언제나 원사님 뵈면 그저 존경하는 마음을 감추지를 못하고 저절로 입이 찢어지는 거 잘 아시잖습니까. 그나저나 좋은 소식이 뭡니까?"

고 하사는 너스레를 떨었다.

'네, 그제 짝사랑하던 여자한테 고백하고 처음으로 데이트도 했습니다. 아, 글쎄, 손도 잡았지 뭡니까? 그러니 당연히 기분이 날아가는 것 같죠.'라고 솔직하게 말할 수는 없으니, 둘러대는 게 서로 편하다.

흠, 여전히 의심을 거두지 않은 눈초리로 고 하사를 보고 있던 이 원사가 입을 열었다.

"의약품 지원 온단다, 태양 그룹에서. 아마 조금 있으면 헬기 도착할 거다."

"어, 정말이십니까? 계속 답이 없다고 하시더니, 어떻게 또 그렇게 갑자기?"

"그러게 말이다. 저희들 말로는 결재받느라 정신이 없어서 그랬다고 하는데, 그건 못 믿을 소리인 것 같고…… 뭔 꿍꿍이가 있겠지, 쯧. 어쨌든 우리야 당장 약 필요했었는데 잘된 거 아니냐? 그렇지? 일단 받아 쓰고 다음 일은 또 그때 고민하면 되는 거지."

어휴~ 고 하사는 안도의 한숨을 내쉬었다. 외부로 가서 징발해 오는 약의 양도 제한이 있을 수밖에 없다.

근처의 약은 이미 다 털어 왔기 때문에 점점 더 멀리, 위험 지역까지 나가야만 하는 상황이라 병사들에게 요청하기도 미안했다. 이런 때에 의약품 지원은 그야말로 가뭄에 단비다.

"이번에 얼마만큼이나 주고 갈지는 모르지만, 너 이거는 관리 확실하게 해야 돼. 저번처럼 민간인들이 달라는 대로 다 펑펑 인심 쓰면 안 된다. 민간인보다 군인들을 우선해야 돼. 우리 애기들 아픈데 약도 못 먹으면 전투는 어떻게 하냐? 알겠지?"

"네, 그렇게 하겠습니다."

고 하사는 고개를 끄덕였다. 이 원사는 몇 모금을 더 급하게 빨고 재떨이로 쓰는 드럼통 안에 꽁초를 던져 넣은 뒤, 고 하사의 배를 툭, 쳤다.

"나 간다. 그리고 표정 관리 좀 해, 이놈아! '저 연애합니다.'라고 이마에 쓰고 돌아다니지 말고."

"어, 아닙니다……."

"아니긴 개뿔이 아니다. 거울을 한번 봐라, 그딴 소리가 나오나."

이 원사가 돌아간 뒤, 고 하사는 자신의 볼을 쓸어 봤다. '내가 그렇게 실실거리고 있었나?'라고 생각하는 동안에도 실없는 웃음이 터진다.

당장 오늘 밤에도 임수정과 만나기로 했다. 함께 별을 보면서 이런저런 이야기를 나누었던 것뿐인데도 그날밤에는 악몽을 꾸지 않았다. 오늘도 하루 종일 가슴이 두근거린다. 아침에 눈을 뜨기가 싫을 만큼 지겹기만 하던 일상에 기쁜 한 점이 생겼다.

"후후, 청소하는 모습도 차분하구나."

철망 너머에서 다른 민간인들과 함께 비질을 하고 있는 임수정을 보며 고 하사는 미소를 지었다.

다들 군인들의 지시를 받으며 정신없이 쓸고 닦고 물건을 나르는 중이다. 대단한 고강도 노동은 아니지만, 요즘 들어 줄곧 쉬기만 하던 사람들이라 꽤나 힘들고 지칠 것이다.

이따금씩 불만의 목소리가 터져 나온다. 그래도 이 원사는 잘 다독거려 가며 일을 시키고 있다. 완강하게 저항하는 놈들에게는 서류철을 흔들면서 협박을 했다.

"어이, 아저씨. 이 서류 기억나? 아저씨가 처음 잠실에 갔을 때 자필로 서명한 서류고, 우리 군에서는 아무 때나 필요하면 당신을 징집할 수 있어. 남녀노소 구분도 없고, 날짜가 따로 정해져 있지 않다고요! 근데 그 선택권이 지금은 나한테 있네? 어째, 오늘 입영하실랍니까? 군복 입게 해 줘요? 응?"

그러면 아무리 잘난 척 뻐기던 놈도 입을 다물고 순한 양으로 돌변하는 기적이 일어난다. 기동이도, 주민 대표라고 껍죽대던 이요섭도 다 한 번씩 까불어 대다가 깨갱, 하고 꼬리를 말았다.

조용히 비질을 하고 있던 육만배가 징집이라는 단어를 듣자마자 깜짝 놀라 고개를 들었다. 이 원사의 뒤통수를 잠시 노려보던 육만배는 다시 허리를 숙여 일하는 시늉을 하면서 이를 악물었다.

'저 서류철이 저놈 손에 있으면 안 되겠는데……'

의약품을 실은 태양 그룹의 헬기는 오후 늦게 도착했다. 휴식을 취하던 박 소위가 나와서 서류에 사인을 했고, 고 하사는 물품 확인을 했다.

박스에 적힌 품목들을 종이에 옮겨 적으면서 고 하사는 몇 번이나 안도의 한숨을 내쉬었다. 대단한 양은 아니지만, 적어도 열흘 이상은 버틸 수 있게 되었다. 그게 어딘가.

"이것도 가져가요. 항생제랑 소염진통제 두 박스 더 드릴게."

검은 옷을 입은 태양 그룹 보안 직원들이 박스를 내려준다. 섀도 실드인지, 뭐, 그런 재수 없는 명칭의 집단이었다고 고 하사는 기억하고 있다.

"아유, 그냥 두십쇼. 제가 할게요. 받는 것만도 고마운데."

"하하, 아닙니다. 이왕 돕는 거, 제대로 돕는 게 좋죠."

고 하사가 사람 좋은 표정으로 웃자 섀도 실드 요원도 겸양을 부린다. 이렇게 착한 놈들이 아니었는데, 좀 의외다.

그 순간, 박스를 내려놓느라 허리를 굽히던 섀도 실드 요원의 웃옷 주머니에서 뭔가가 툭, 떨어졌다.

빨간색 캡슐에 흰 덮개가 달린 물건.

집어 올린 고 하사의 눈이 커진다.

"엇! 이거는……."

민구라는 사내가 대단한 보물인 척하고 주고 간, 바로 그 물건과 똑같이 생겼다.

"이, 이리 내놔요! 만지지 마요!"

잠깐이나마 상냥한 척하던 섀도 실드 요원이 당황하며 우악스럽게 빼앗아 간다. 고 하사가 물었다.

"그게…… 대체 뭡니까?"

"신경 쓰지 마요. 당신들이랑 상관없는 겁니다."

요원은 얼굴이 벌게져서 무뚝뚝하게 쏘아붙이고는 헬기 쪽으로 돌아갔다. 그의 상사인 것처럼 보이는 다른 요원이 묻는 소리가 들린다.

"뭔가? 왜 시끄럽게 굴어? 말썽 피우지 말라니까."

"그게 아니고 말입니다, D.E.M.을 떨어뜨렸는데 저 사람이 그게 뭐냐고 물어봐서 말입니다."

"뭐? 그걸 왜 떨어뜨려? 똑바로 간수 안 해? 목숨을 지켜 줄 수 있는 물건이야, 인마!"

두 요원이 떠드는 소리가 멀어진다.

오호, 이게 태양 그룹 물건이었구나…….

고개를 끄덕인 고 하사는 병사들에게 약품 박스를 의무실로 옮기라고 말했다. 그러면서 속으로는 코웃음을 쳤다.

야, 그까짓 거 나도 두 개 있어. 잘난 척 오지게 하네. 그까짓 이상한 약보다 나한테는 진통제 한 박스가 더 중요하단 말이야. 심장 멎는 약 같은 거 쓸 일이 어디 있다고…….

Chapter 58
돌이킬 수 없는 밤

01

지루하고 긴 하루가 흘러갔다. 약을 달라고 조르는 사람들과 씨름을 하느라 녹초가 되어 버린 고 하사의 업무도 밤이 깊어지자 종료되었다. 의무병과 임무 교대를 하고 밖으로 나온 고 하사는 뻐근해진 눈을 비비며 담배부터 피워 물었다.

"후후, 피곤하셨나 보네요."

어둠 속에서 기다리고 있던 임수정이 인사를 한다. 고 하사는 환하게 웃으며 손을 흔들었다.

"아…… 나와 계셨군요. 잠깐만 기다리세요. 제가 커피 가지고 올게요."

고 하사가 서둘러 담배를 끄려 하자 임수정이 만류했다.

"그냥 피우세요. 괜찮아요. 술도 못 마시는데 그 정도라도 스트레스 풀어야죠. 커피, 오늘은 제가 가지고 왔어요. 보급 나온 거 여유가 있더라고요."

임수정은 트레이닝복 주머니에서 캔 커피를 꺼내 고 하사에게 건넸다.

둘은 쭈뼛거리며 나란히 서서 걸었다. 고 하사의 손이 임수정의 손 주변에서 맴돌다가 천천히 깍지를 꼈다. 히죽, 고 하사의 입에 미소가 번진다.

두 사람은 쉘터 남쪽의 최근 확보한 건물 옥상에 올라갔다. 철책으로 막혀 있기는 하지만, 지키는 사람도 없어서 외지다. 한때 박 소위가 여기에서 가희와 밤마다 난리를 친다고 소문이 났던 그 건물이다.

"어, 좀 으스스하네요. 너무 외지고 어두우니까."

옥상에서 캄캄한 밤하늘을 보며 임수정은 어깨를 가볍게 떨었다. 고 하사가 말했다.

"저 믿으세요. 저 꽤 싸움도 잘하고 날랩니다. 수정 씨 한 분 지켜 드릴 힘은 있어요."

"후후, 그렇게 말해 줘서 너무 고마워요."

임수정은 진심으로 기쁜 미소를 지었다. 자신의 동생보다도 어린 남자지만, 이렇게 자신이 신뢰할 만한 누군가와 감정을 나눌 수 있다는 게 그녀에게도 꽤나 좋았다.

둘은 옥상 구석에 서서 가만히 어깨를 기댄 채 커피를 마셨다. 깍지 낀 두 손에 땀이 송골송골 맺힌다.

후우~ 후우~.

숨을 고르던 고 하사가 고개를 돌려 임수정의 옆모습을 본다. 임수정도 그의 시선을 느끼고 눈을 마주쳤다.

"하, 한 번만 안아 보고 싶습니다. 다른 뜻이 아니라 그, 그냥 이렇게 꼭 안는 거요."

고 하사의 말에 임수정은 작게 고개를 끄덕였다. 고 하사는 두 팔을 벌려 그녀를 끌어안았다. 작고 가냘픈 어깨와 등이 품 안에 들어오자 꿈처럼 행복하다.

"괜찮았습니까? 불편하게 만들거나 한 거 아니죠?"

긴 포옹이 끝나고 고 하사가 물었다. 임수정은 곤란한 웃음을 지으며 대답했다.

"저도 좋았어요······. 근데 그거는 뭐예요? 그······ 가슴 주머니에 든 거는 좀 뺐으면 좋겠어요. 얼굴이 눌려서······ 하하."

아! 고 하사는 자신의 군복 웃옷에서 D.E.M.을 꺼냈다. 이따위 게 두 개나 들어 있으니 눌리는 게 당연하다. 빨간 캡슐을 처음 본 임수정이 물었다.

"그건 뭔가요?"

"이거…… 어떤 사람이 선물한 건데요, 이 뚜껑을 벗기면 나오는 바늘을 몸에 주사하는 거랍니다. 그러면 잠시 동안 심장이 멎는대요. 10분 정도라고 했던가? 하여간 좀비들에게 포위당했을 때, 기적을 일으킬 수도 있는 이상한 약입니다. 아! 말 나온 김에 우리 하나씩 나눠 가질래요? 우정의 징표처럼."

고 하사는 두 개의 D.E.M. 중 하나를 임수정에게 건넸다. 가만히 캡슐을 들여다보고 있던 임수정이 다시 물었다.

"거짓말 같은 이야기네요. 그 선물한 사람이 뭘 잘못 알고 있는 거 아닐까요? 아니면 고 하사님을 놀렸거나."

"아니, 그런 장난을 칠 사람은 아니었어요. 평탄하게 살아온 사람 같지도 않았지만, 진지할 때는 진지하더라고요……."

민구에 대해 더 설명하려던 고 하사는 말을 삼켰다. 어차피 임수정이 모를 사람인데 구구절절 설명할 이유가 없다고 생각한 것이다. 자신이 구해 준 그 남자가, 임수정을 구해 줬던 남자일 거라고는 꿈에도 생각할 수 없었다.

"하여간 뭐, 그래요. 구라는 아닐 겁니다. 게다가 오늘 보니까 태양 그룹 보안 업체 애들도 이거를 아주 신줏단지 모시듯 하더라고요. 그쪽에서 쓰는 건가 봐요."

"아, 그래요? 그러면 정말 귀한 건데…… 저를 주시면……."

임수정이 돌려주려 하자 고 하사는 손사래를 쳤다.

"아니요. 이까짓 건 안 귀해요. 저한텐 수정 씨가 훨씬 귀합니다."

마주 보고 미소 짓던 두 사람은 한 번 더 포옹을 했다. 그리고 달궈진 분위기에 맞춰 막 입을 맞추려고 할 때, 멀리서 총소리가 들려왔다.

투투투— 투투투투투—.

두 사람은 놀라서 총성이 나는 쪽을 돌아봤다. 북쪽 게이트 너머였다.

"아, 또 왔나 보네. 작업하는 시간이 아니라 다행이기는 하지만……."

고 하사는 눈을 가늘게 뜨고 불빛이 번쩍이는 북쪽 게이트를 바라보았다. 몇 개의 건물들이 그 사이에 놓여 있기 때문에 구체적인 상황이 뭔지는 파악되지 않는다.

"고 하사님도 가 보셔야 하는 거 아니에요?"

임수정이 걱정스러운 표정으로 물었다. 야간에 총성이 들리는 건 낯선 경험이 아니다. 수용자들 대부분이 워낙 익숙해져서 어지간한 총소리 정도에는 잠에서 깨려고도 하지 않는다.

다만, 지금 그녀는 군인과 함께 있다. 그것도 일반 병사가 아니라 이 쉘터에 몇 명 되지 않는 부사관이다. 그게 신경이 쓰이는 것이다. 고 하사는 고개를 저었다.

"저요? 아뇨. 저는 전투병이 아닙니다. 쟤들 총 쏘다가 괜히 총열 만져서 데이거나, 어설프게 뛰다가 넘어져서 까지면 그 정도나 치료해 주는 사람이에요. 그나마도 지금은 다른 녀석한테 넘겨주고 왔고요. 전투 지휘는 장교들이 알아서 잘합니다. 걱정하지 마세요."

고 하사는 임수정을 안심시켰다.

탕— 타타탕— 탕— 탕—.

걱정하지 않아도 된다는 고 하사의 장담을 뒷받침해 주기라도 하는 듯, 잠시 후 총성이 잦아들었다. 두 사람은 동시에 안도의 한숨을 내쉬었다.

"갔네요. 작은 규모 놈들이었나 봅니다."

고 하사가 임수정을 향해 미소를 지어 보였다. 임수정은 의연한 척 고개를 끄덕였지만, 고 하사의 손을 꼭 쥔 그녀의 손은 계속 떨린다.

"무서우세요? 괜찮아요. 군인들이 지키고 있으니까."

"아…… 저도 머리로는 그렇다고 생각하는데요, 전에 구조되기 전에 보니까 군인들도 정말 목숨을 걸고 싸우더라고요. 그때 기억이 자꾸 되살아나서요. 재수 없는 말은 하면 안 되는데…… 철책으로 쌓은 방어선이라는 것도 좀비들이 워낙 많으면 금방 무너지는 거더라고요."

말을 하는 동안에도 임수정의 몸은 차가워진다. 구조되던 첫날, 강서 정수장에서 천막 틈 사이로 지켜본 전투는 너무도 끔찍했다. 머리가 터지던 좀비들. 그 강렬한 기억은 아마 평생 동안 남을 것이다.

평생……이라고 해 봐야 그게 몇 년이 될지, 아니면 며칠에 불과할지도 모르지만.

"여기는 다릅니다. 워낙에 중대장님이 유능하신 분이라 방어선을 몇 겹으로 잘 구축해 놓으셨거든요. 아, 그리고 맨몸으로 좀비 세상에 뚝 떨어져도 어찌어찌 생존하는 방법이 있다더라고요."

고 하사가 임수정의 어깨를 쓰다듬으며 말했다. 임수정은 못 믿겠다는 눈치다.

"저는 상상이 안 되네요. 한 시간도 못 버틸 것 같은데……."

"첫째!"

고 하사가 손가락을 하나 세웠다.

"따로 몸을 숨길 만한 곳이 없으면 지하철로 들어가야 한답니다. 거기는 좀비들이 잘 들어오지 않고, 그 안에서 좀비들을 만나더라도 훨씬 약한 놈들뿐이래요. 캄캄한 데는 좀비들이 싫어한대나 어쨌대나……."

"그건 이상하네요. 좀비라는 게 뭔가 어두운 걸 더 좋아할 것 같은데."

"근데 그렇지가 않대요. 그리고 둘째, 이거는 임수정 씨에게는 해당 사항이 없기는 한데…… 담배를 피우지 말아야 한답니다. 왜인지는 모르지만, 좀비들이 담배 연기에 아주 환장을 한대요. 이 쉘터 주변에 좀비들이 꼬이는 것도 다 담배 냄새와 환한 불빛 때문인 것 같다고 하더라고요."

"후후후, 그것도 거짓말 같아요. 고 하사님은 어디에서 그런 이야기를 들으셨어요?"

조금 여유를 되찾은 임수정이 물었다. 고 하사는 바지 주머니에 넣은 D.E.M.을 툭툭, 두드리며 말했다.

"이거 준 사람이 말해 준 거예요. 그 사람은 좀비라고도 안 부르고 괴물이라고 하던데…… 하여간 좀비 박사더라고요. 우리는 전혀 모르는 이야기들을 해 줬어요. 그런데 그 사람 몸이랑 눈빛을 보면 그 황당한 이야기들이 다 허풍 같지가 않게 들렸습니다. 흉터들만 해도 워낙 파란만장해 보이고……."

한창 좀비 이야기를 떠들던 고 하사는 이럴 때가 아니라는 걸 깨달았다. 소중한 데이트가 아닌가. 그래서 말을 끊고 임수정을 바라보았다.
"저기…… 우리요, 조금 전에 서로 꼬옥 안아 주는 분위기였는데…… 그놈의 총소리가 훼방을 놔서……."
고 하사가 쑥스러워하며 중얼거렸다. 임수정은 고 하사의 품에 얼굴을 묻었다. 땀 냄새와 담배 냄새가 진하게 섞여 있지만, 그마저도 어딘가 인간적으로 느껴져서 좋았다.
누군가에게 특별한 사람이 될 수 있다는 건 암울하기만 한 이 상황에서 너무도 큰 선물이다.
쿵쾅쿵쾅, 가슴에 닿은 귀를 통해 고 하사의 심장 박동이 또렷하게 들려온다.
"하아…… 피곤하실 거 잘 아는데, 너무 좋아서 떨어지고 싶지가 않군요. 그래도 돌아가야겠죠?"
길고도 긴 포옹을 끝내고 난 후, 고 하사는 아쉬움이 가득 남은 얼굴로 말했다. 임수정은 대답 대신 웃었다. 그가 욕망과 매너 사이에서 갈등하고 있다는 걸 잘 안다. 동시에 그녀도 가볍게 갈등하고 있었다.
진도를 나가도 되지 않을까 하는 마음과 이 간질간질한 느낌을 좀 더 유지하고 싶은 욕심이 아주 팽팽히 맞서는 중이다.
그때, 아래쪽에서 사람의 말소리가 들렸다. 남녀, 약간 들뜬 목소리의 실랑이다.
"아이, 여기 정말 괜찮은 거예요? 이제 여기는 소문이 나서 못 온다고 하지 않았어요? 잠겨 있지도 않은데……."
"괜찮다니까. 오늘부터 며칠 동안은 중대장님이 안 계시니까 나한테 뭐랄 사람 아무도 없어."
"모르겠어요. 가희는 불안해요."
"그러지 말고 따라와. 지금 그 건물로는 못 가. 좀 전에 교전이 있었기 때문에 애들이 북적거린단 말이야."
여자가 결국 수긍을 했는지, 두 사람이 계단을 탁탁거리며 올라온다. 둘의 발소리는 2층에서 멈췄다. 놀란 표정으로 입을 가리고 있던 임수정이 속삭였다.

"저 여자…… 누구인지 알 것 같아요."
"저는 여자, 남자, 두 사람 다 누군지 알 것 같습니다."
고 하사도 임수정의 귀에 대고 속삭였다. 소문이 무성하던 박 소위와 가희의 밀회를 본의 아니게 엿듣게 된 상황이다.
아…… 젠장, 하필이면…….
고 하사는 혀를 찼다. 건물이 여러 개인데 왜 하필 그들이 함께 있는 곳으로 와서…….
"미안해요. 저 때문에 여기 좀 더 갇혀 계셔야겠어요. 편히 주무시지도 못하고."
고 하사가 속삭이자 임수정이 미소를 지으며 고개를 젓는다.
"아뇨. 저는 같이 있는 게 더 좋아요."
두 사람은 옥상의 어둠 속에 기대앉아서 손을 마주 잡았다. 아래층에서는 벌써부터 요란스러운 교성이 울려온다. 가희는 가식적이었고, 박 소위는 무아지경인 것 같았다.
아~ 아~.
우! 우!
어지간한 포르노에서조차 들어 본 적이 없을 만큼 노골적인 신음들. 갓 연애의 단계에 접어든 고 하사와 임수정은 쑥스러워하며 그 소리를 고스란히 들어내야 했다.
'와, 박 소위 체력 대단하네……. 낮 시간에 계속 근무하고 이렇게 늦게까지 깨서 이 짓을 매일 한 거야? 오늘 낮에도 벽 쌓는다고 어지간히 힘들었을 텐데…… 아니, 잠깐만…….'
박 소위의 오늘 일과에 대해 생각해 보던 고 하사는 깜짝 놀랐다. 그게 아니다. 오늘부터 근무 시간이 바뀌었으니까…… 박 소위는 지금 자기 자리를 비우고 저 짓을 하고 있는 거다. 정말 대가리가 어떻게 된 게 아니고서야…….
당장에라도 뛰어 내려가서 박 소위의 멱살을 잡고 싶은 충동이 든다.
후우우~. 고 하사는 한숨을 내쉬며 흥분을 가라앉혔다.

225　　　　　　　　　Chapter 58 돌이킬 수 없는 밤

아무리 박 소위의 잘못이 명확하다고 해도 그는 어디까지나 자신의 상관. 그러니 고 하사의 힘만으로는 처벌이나 징계가 불가능하다.

그리고…… 지금 큰 소리를 내면 자신뿐 아니라 임수정이 여기에 있었던 것도 다 알려진다.

'내일은 이 원사님에게 알리고 무슨 수를 좀 내야겠다. 애들을 그냥 방치하고 자리를 비우면 어쩌자는 거야……. 그런데 그 밤늦은 시간에 너는 거기에서 뭘 했냐고 물어보시면 뭐라고 핑계를 대지? 뒤를 밟았다고 할까?'

끝없이 계속되는 신음 소리를 들으면서 고 하사는 초조하게 입술을 깨물었다. 곁에서 손을 잡고 있는 임수정에게 뭐라고 한마디 정도는 해야 할 것 같은데, 상황이 상황인지라 섣불리 얼굴을 마주 보기가 민망하다.

어지간히 오래도 한다는 생각이 들기 시작할 무렵, 그날 밤의 두 번째 총성이 고요하고 어두운 하늘을 갈랐다.

투투투투— 투투투투투— 투투투—.

이번에는 동쪽이었다. 이제야 저 지겨운 박 소위의 헐떡거리는 신음에서 해방이 되는구나 싶어 고 하사는 안도했다. 아무리 그 짓이 좋아도 교전이 벌어진 상황에서는 멈추고 현장으로 쫓아갈 수밖에 없을 테니까.

하지만 그것은 섣부른 기대였다. 아래층의 뜨거운 연인들은 도무지 움직이는 기미가 없다.

'대체 어쩌자는 거야? 무슨 대비를 해 놓은 게 있나?'

고 하사는 불안한 마음을 누르며 임수정의 떨리는 손을 꽉 잡아 주었다.

02

투투투투투— 투투투—.

총성은 계속 울려 댔다.

곤한 잠에 빠져 있던 이 원사도 그 시끄러운 소리에 깼다.

"뭐…… 뭐야? 왜 이렇게 오래 쏴?"

이 원사는 얼굴을 비벼 잠을 떨어내고 급하게 전투화를 신었다. 뭔가 이상하다는 직감이 그를 밖으로 내몬다.

끄아아아—.

복도를 지나는 동안에 비명이 들려온다. 비명…… 이런 소리는 있어서는 안 된다. 좀비는 비명을 지르지 않으니까. 이 원사는 속도를 높여 뛰었다.

"이거 뭐야? 비명 지른 거 누구야?"

동쪽 게이트로 달려 나간 이 원사는 탄창을 갈아 끼우고 있던 상병을 붙잡고 물었다. 상병이 겁먹은 목소리로 대답한다.

"외부 게이트가 무너졌습니다! 거기 경비병 둘이 미처 빠져나오지 못해서!"

"뭐?"

이 원사는 깜짝 놀라 고개를 돌렸다. 세 겹으로 이루어진 건대 쉘터의 동쪽 철책 중에 가장 바깥쪽이 좀비들에게 점령당했다. 서치라이트가 지나가며 훑는 동안 피투성이가 된 군복이 눈에 들어온다.

어째서!

이 원사는 가슴이 터지는 것 같았다. 어째서 문 대위가 자리를 비우자마자 이튿날부터 사망자가 나온단 말인가…….

투투투투— 투투투—.

동쪽 게이트 경비병들이 열심히 쏴 대고는 있지만, 워낙에 수가 부족하다. 몰려든 좀비의 수는 100마리에 가까운데, 이쪽은 겨우 일개 분대. 그나마도 두 명은 이미 목숨을 잃었다. 이 원사는 갈라진 목소리로 물었다.

"왜 지원 요청 안 했어? K-3 불렀어야지!"

"부르려고 뛰어갔습니다! 확성기가 없어서…….

모든 게 다 개판이다. 도대체 병력 배치를 뭐 이따위로 한단 말인가.

"야! 너희 지휘관 어디 갔어? 박 소위님 어디 있냐고!"
"잘 모르겠습니다! 순찰 도신다고 하셨습니다!"
상병은 악을 쓴다.
그롸아아아—.
철책에 매달린 좀비들은 더 큰 소리로 포효한다.
잠시 후, 요청을 받고 달려온 북쪽 게이트의 병력들이 사대 위에 자리를 잡았다.
투투투투투— 투투투투투—.
분대 두 개분의 화력이 더해지자 사태는 빠르게 진정되어 갔다. 철책 사이로 얼굴을 들이밀던 좀비들은 온몸이 꿰뚫린 채 쓰러졌고, 그 위로 K-3의 연사가 퍼부어졌다.
접근해 온 모든 좀비들의 머리가 박살이 나기까지 채 몇 분도 걸리지 않았다. 처음부터 병력 지원만 제대로 되었다면 아무도 다치지 않고 끝낼 수 있는 싸움이었던 것이다.
"후우~ 야, 너희들 왜 이렇게 늦었어? 이쪽에서 사격하는 소리 들렸을 거 아니야, 이 새끼들아!"
이 원사는 뒤늦게 달려온 북쪽 게이트 경비대를 책망하며 물었다. 병사들은 죄지은 것처럼 머뭇거리며 대답했다.
"이동하라는 명령을 못 들었습니다. 저희도 계속 기다렸는데 말입니다."
"그럼 명령받고 온 게 아니라고? 결정은 누가 내렸는데?"
"얘가 뛰어와서 다 죽게 생겼다고 울부짖는 거 보고 저희가 임의로 병력 반만 빼서 쫓아왔습니다. 분대장들끼리 이야기해서 말입니다."
"허! 그럼 박 소위는?"
"모르겠습니다. 아까 첫 교전 끝나고 순찰 도시겠다고 하셨습니다."
맙소사, 이 원사는 얼굴을 감싸 쥐었다. 분노가…… 오랜 군 생활 동안 온갖 더러운 꼴을 다 경험해 온 그의 인내심으로도 감당하기 어려울 만큼의 분노가 온몸을 휘감는다.

박 소위…… 그렇게 부탁을 했는데…….

역시 말로 해서 될 놈이 아니었다.

"……다들 자기 위치로 돌아가. 너, 김 중사 깨워서 임시 지휘 맡아 달라고 해."

병사들에게 지시를 내린 이 원사는 남쪽의 새로 확보한 건물을 향해 걸었다. 놈이 어디에서 뭘 하고 자빠져 있는지는 보지 않아도 훤히 알 수 있다.

개같은 놈…….

이 원사는 팔을 부들부들 떨었다. 자신이 무장하지 않은 상태라는 것도 잊을 만큼 그의 분노는 컸다. 이성이고, 논리고 아무것도 없었다. 그저 당장 그 때려죽일 놈의 멱살을 잡아 내팽개치고 싶다는 마음뿐이었다.

"무슨 일입니까, 이 원사님!"

뒤늦게 깨서 개인 화기를 갖추고 쫓아 나온 강 소위가 이 원사의 등에 대고 소리를 지른다. 이 원사는 강 소위를 한 번 돌아본 뒤, 대꾸하지 않고 다시 걸었다.

"이 원사님! 왜 그러세요?"

이 원사의 걸음을 따라잡은 강 소위가 그의 팔을 잡는다. 이 원사는 곧바로 뿌리쳤다.

"놓으십쇼. 가서 애들 좀 챙겨 주세요. 지휘관도 없습니다."

"예? 그게 무슨 말씀이십니까? 박 소위는요? 상황이 어떻게 된 건지 설명을 해 주셔야……."

"아, 좀 놓으라고요! 나 급해요! 현장을 잡아야 한다고!"

잠시 언쟁을 하고 있는 동안 등 뒤에서 웅성대는 사람들의 소리가 들린다. 몇몇 잠에서 깬 사람들도 밖으로 나와 주차장 쪽을 서성이며 이 원사와 강 소위를 주시하고 있다.

"다 들어가요! 쫓아오지 말고!"

가까이 다가서는 남자들을 향해 강 소위가 명령했다.

이것들이 무슨 재미있는 구경거리인 줄 아나…….

그러는 동안에도 이 원사는 남쪽의 철책을 통과해 새로 확보한 건물로 들어간다. 그의 목적지를 보는 순간, 강 소위도 대강의 상황을 짐작할 수 있었다.

박 소위, 이놈이 또 말썽을 피운 거다. 근무 중에 무단이탈까지 해 가면서…… 문 대위가 없는 사이에 큰 소란이 나게 생겼다.

"으아, 난감하네…… 내가 중위만 됐어도 상황 정리 다 할 수 있는데……."

강 소위는 이 원사의 뒤를 쫓아 달렸다. 주변은 모두 캄캄한 어둠 속이라 한번 모습을 놓치면 금방 찾아내는 것도 쉽지 않다. 이 원사는 벌써 계단을 오르는 중이다.

뚜벅뚜벅, 건물을 울리던 그의 전투화 소리가 갑자기 멈춘다. 그러고는 엄청나게 큰 고함이 들려왔다.

"대체 뭐 하는 놈이야! 네가 인간이냐? 응?"

"뭐, 뭐야? 당신 미쳤어? 이거 안 놔?"

박 소위도 지지 않고 소리를 질러 댄다.

꺄악, 자지러지는 여자의 비명 소리.

이 목소리는 가희다. 강 소위는 서둘러 계단을 뛰어 올라갔다. 일단은 말리고 징계든 뭐든 추후에 요청을 해야 한다.

지금처럼 잔뜩 흥분한 상태에서 서로 감정을 앞세우다 보면 자칫 대형 사고로 이어질 수도 있다. 총은 좀비만 죽일 수 있는 무기가 아니니까.

"너 같은 개새끼는 살다 살다 처음 본다! 생때같은 어린애들이 목숨을 내걸고 싸우는데, 너는 대갈통에 떡 치는 생각밖에 없냐, 이 미친놈아! 이 여우 같은 년 가랑이 생각밖에 없냐고?"

"가희 앞이야! 말조심해, 씨발 놈아! 존댓말 써 주니까 장교가 네 아래로 보여? 이 개새끼가! 어디서!"

강 소위가 2층에 올라섰을 때, 박 소위와 이 원사는 서로 멱살을 틀어쥔 채 힘싸움을 벌이고 있었다. 금방이라도 서로 주먹질을 할 것 같은 험악한 분위기다. 게다가 박 소위는 총까지 들고 있다.

그 옆에 비켜서 있던 가희는 강 소위의 얼굴을 보고 가벼운 비명을 질렀다. 그녀의 옷매무새며 헝클어진 머리만 봐도 둘이 뭘 하고 있었는지는 짐작이 간다.

"박 소위, 그 손 놔! 이게 뭐야! 이 원사님 연세가 몇인데……."

강 소위가 등장하자 박 소위도 주춤한다. 하지만 멱살을 움켜쥔 손에서 힘을 빼지는 않았다. 박 소위는 오히려 독기를 가득 품은 눈으로 강 소위를 노려봤다.

"오호라, 범인은 반드시 현장에 나타난다더니…… 역시 너였지! 그래, 이 개새끼야! 처음부터 네가 꼰지른 거 다 알고 있었어. 흐흐, 그렇게 질투가 나디? 가희가 네가 아닌 나를 선택했다는 게? 못난 새끼…… 이게 네가 원하던 거냐? 응? 속이 시원해?"

"뭔 소리야……. 박 소위, 많이 흥분했나 본데, 나는 소문하고 아무 상관 없어. 저 여자분하고도 그렇고. 내일 아침에 일어나서 후회할 짓 좀 그만해. 자, 그 손 놓고 숙소에 돌아가서 좀 쉬어. 이 원사님, 이 원사님도 멱살 놓으세요. 이러다가 사병 애들이 봅니다. 이게 통솔이 되겠습니까?"

강 소위는 왼손을 들어 보이며 두 사람을 진정시켰다. 그러면서도 오른손으로는 언제라도 총을 겨눌 수 있도록 대비를 했다. 박 소위가 꽉 쥐고 있는 K-2가 신경에 거슬린다.

"너 때문에! 너 때문에! 두 명이나 죽었다고! 이 미친 인간아! 후우~."

먼저 멱살을 놓은 것은 이 원사였다. 그가 한숨을 쉬며 손에서 힘을 빼자 박 소위는 이 원사를 밀쳐 내 버렸다. 뒤로 주춤하는 이 원사를 부축하며 강 소위가 말했다.

"잘했어. 정말 잘했어, 박 소위. 이제 돌아가서 한잠 푹 자……. 너, 지금 스트레스 너무 많이 받아서 그런 거 다 알아. 그러니까 야간 근무 걱정은 하지 말고 좀 쉬어. 그리고 오늘 여기에서 있었던 일도 여기에 다 묻고 잊어버리자. 나는 절대로 입 밖에 안 낼 테니까. 이 원사님도 그렇게 하시라고 내가 말씀드릴게."

"지랄하고 있네. 내가 너를 믿을 것 같아? 애초에 모든 문제의 원흉인 새끼가. 꺼져! 누구 등 뒤에서 총질을 하려고!"

강 소위를 밀치는 박 소위의 눈에서 광기가 번뜩인다.

아무래도 이놈, 온전한 정신이 아닌 것 같다. 등 뒤의 계단이 너무나도 길고 높게만 보인다.

이곳에서 아무도 다치지 않고 빠져나갈 수 있을까?

강 소위는 아득해지려는 정신을 억지로 붙잡기 위해 이를 악물었다.

"저거 봐, 저거 말하는 게…… 아직도 잘못했다는 걸 몰라. 강 소위님, 억지로 무마하려고 하지 마요. 이렇게 넘긴다고 끝나는 문제가 아닙니다, 이게."

아직도 분이 풀리지 않은 이 원사가 거친 숨을 몰아쉬며 씩씩거렸다. 박 소위도 지지 않고 턱을 치켜들며 눈을 부라린다.

"끝을 보고 싶다고? 응? 내가 끝을 내 줘?"

달빛이 유일한 조명인데도 녀석의 흰자위는 확연하게 번뜩인다. 평소에도 다혈질적인 면이 있었지만, 이건 그런 수준이 아니다.

이 녀석, 뭔가에 아주 단단히 취해 있다. 그런데도 술 냄새는 풍기지 않는다는 것이 더 무섭다.

강 소위의 마음이 초조해졌다. 단순한 애정 문제라고 보았던 게 실수다.

"야, 박 소위. 자꾸 그런 식으로 말하지 말고 감정 좀 가라앉혀. 네 말대로 우리가 먼저 갈게. 괜찮지?"

강 소위는 박 소위를 달래며 이 원사를 잡아당겼다. 그러고는 이 원사에게 먼저 계단을 내려가라고 손짓을 했다. 일단 이 자리를 떠야 한다. 박 소위를 어떻게 처리할 것인지는 녀석이 비무장 상태일 때 신병을 확보해 놓고 결정해도 늦지 않는다.

지금 총을 겨누는 기미라도 보였다가는 놈도 그렇게 할 테고, 그러면 지금 여기에 있는 사람은 다 죽는다.

"이 일, 떠벌렸다가는 어떻게 되는지 알지? 너 죽고 나 죽는 거야. 다 죽는 거라고, 이 개새끼야!"

박 소위는 입에 거품을 물고 악을 쓴다. 강 소위는 고개를 끄덕였다.

"알지. 내가 아까부터 말했잖아. 여기에서 있었던 일 다 싹 잊자고. 약속할게."

이 원사는 더 할 말이 있는 것 같았지만, 강 소위는 이 원사의 팔을 꽉 잡은 손아귀의 힘을 이용해 아래로 가라는 신호를 보냈다.

결국 이 원사도 이해했는지 잠자코 뒷걸음질을 쳐서 계단을 내려간다. 그가 계단참을 돈 것을 확인하고 강 소위도 천천히 뒤를 따랐다. 박 소위는 여전히 잡아먹을 듯한 기세로 둘을 노려보고 있다.

"흑! 흐윽…… 흐윽."

강 소위와 이 원사가 막 건물 밖으로 빠져나갔을 때, 가희가 갑자기 울음을 터뜨렸다. 밀회 현장이 누군가에게 발각되면 눈물을 흘리라던, 육만배의 평소 지시를 따른 연기였다. 하지만 박 소위는 그 어설픈 연기에 완전히 속아 넘어갔다.

"왜…… 왜 그렇게, 울어? 응? 괜찮아, 가희야. 울지 마."

"아뇨…… 그냥 더러운 년 취급을 당하는 게 너무 서러워서요. 그리고 이제 가희는 박 소위님이랑 헤어져야 할 테니까요. 흑!"

가희는 박 소위의 품에 안기며 애절하게 울어 댄다.

"그런 일 없어! 저 새끼들, 나한테 쫄아서 찍소리도 못 한다고! 지금 봤잖아! 걱정하지 마!"

"아뇨! 이 순진한 사람! 저놈들이 박 소위님을 속인 거라고요! 당장 여기에서 나가면 저놈들이 기다리고 있다가 당신을 체포할 거예요! 그럼, 그럼…… 박 소위님은 다른 부대로 쫓겨나고, 가희는…… 가희는 저 역겨운 인간들의 노리개가 되겠죠. 조금 전에도 강 소위라는 사람이 가희를 보던 눈빛 봤어요? 위아래로 징그럽게 훑으면서……."

박 소위의 가슴을 두드리며 신파극을 찍고 있던 가희는 갑자기 그의 대검을 확 빼 들며 뒤로 물러났다.

"왜, 왜 이래! 무슨 짓이야, 가희야!"

"죽을 거예요! 저 인간들에게 짓밟히느니, 그냥 깨끗한 가희인 채로 죽는 게 낫다고요!"

가희는 대검으로 자신의 목을 찌르는 시늉을 한다. 박 소위가 만류하려 다가갈 때마다 가희는 뒷걸음질을 쳐서 피한다.

누가 봐도 유치한 상황이지만, 아직 약 기운에 취해 감정이 과잉되어 있는 박 소위에게는 이 세상에서 가장 큰 위기처럼 느껴졌다.

"제발 그만둬! 그러다가 큰일 난다고! 그러지 마!"

"가희가 죽는 게 싫으면 저 사람들 입을 막아요! 그것도 못 하잖아요!"

박 소위가 망설이는 것을 느낀 가희는 마지막 승부수를 던졌다.

"안녕…… 가여운 사람. 가희는 박 소위님을 정말로 사랑했어요……."

말을 마친 가희는 눈을 질끈 감고 대검의 날을 얕게 찔렀다. 그녀의 흰 목덜미에 붉은 피가 흐른다.

"으아아아! 안 돼, 기다려! 할게! 할게! 제발!"

박 소위는 미친놈처럼 고함을 질렀다. 그러고는 창밖으로 고개를 내밀었다. 이 원사와 강 소위는 쉘터 쪽을 향해 빠르게 걸어가고 있다. 그들의 뒷모습이 서치라이트의 광원 끝자락에 아슬아슬하게 걸려 있다. 박 소위는 비 오듯 식은땀을 흘리면서 K-2의 총구를 겨눴다. 손끝이 부들부들 떨린다.

"강 소위님, 저거…… 어떻게 하시려고 이렇게 물러나는 겁니까? 애들 몇 명 무장시켜서 기다리고 있다가 지금이라도 체포합시다. 저놈 가만히 놔뒀다가는 줄초상 날 겁니다. 저는 저런 놈이 애들 지휘하는 거 못 봅니다."

이 원사는 자꾸 뒤를 돌아보려 한다. 강 소위는 그런 그를 만류하며 걸음을 재촉했다.

"돌아보지 마십쇼, 이 원사님. 그런 행동이 다 자극이 됩니다. 체포는…… 저 녀석 무장하지 않고 있을 때, 제가 처리하겠습니다. 지금은 그런 것보다 빨리 쉘터로 가는 것만 생각하십쇼."

강 소위의 입 안이 바짝바짝 마른다. 쉘터까지 남은 거리는 이제 60여 미터 남짓. 세상에 겨우 60미터인데 왜 이리 까마득하게 멀어 보이는지 모르겠다. 이 원사가 질린다는 듯 중얼거렸다.

"저놈 눈빛 보셨죠? 정말 돌아도 단단히 돌았습니다. 미안한 기색도 없어요!"

"네, 그것뿐이면 다행인데…… 쟤 꽤 잘 쏩니다. 아시잖아요. 어…… 이 원사님, 환한 데로 가지 마세요. 이쪽, 그늘 안으로 들어오세요."

강 소위는 길의 중앙 쪽에서 걷고 있던 이 원사를 당겼다. 어둠 속에라도 숨어야 한다. 못 이기는 척 당겨져 오며 이 원사는 쓴웃음을 지었다.

"설마 진짜로 쏘기야 하겠습니까…… 제 놈도 사람인……."

타아앙—!

총성에 묻혀 이 원사의 마지막 말은 제대로 전달되지 않았다. 그리고 이 원사의 복부에는 구멍이 뻥 뚫렸다.

큭! 외마디 비명을 지르며 이 원사가 앞으로 고꾸라진다. 관통된 방향에서 터져 나온 그의 내장이 바닥에 쏟아졌다.

"이, 이런 씨발!"

강 소위는 욕설을 내뱉으며 응사하기 위해 몸을 돌렸다.

타앙—.

또 한 발의 총성.

강 소위의 몸이 바닥에 내동댕이쳐진다.

"으아아!"

강 소위는 비명을 지르며 바닥을 기었다. 오른쪽 허벅지 안쪽에 불이 붙은 것 같다. 더 치명적인 것은 총을 놓쳐 버렸다는 사실이다. 강 소위는 1미터 뒤쪽에 떨어진 자신의 K-2를 집기 위해 몸을 틀었다.

끄으윽!

조금만 움직여도 말로 다 형언하기 어려운 고통이 허벅지를 쥐어뜯는다. 온몸이 고압 전류가 통하는 것처럼 찌릿찌릿하게 울린다.

"하아~ 하아~."

강 소위는 움직이지 않는 다리를 질질 끌며 기었다. 깜빡깜빡, 수명이 다한 형

광등처럼 정신이 끊어졌다가 다시 돌아온다.

으으~ 강 소위는 자신의 총을 향해 손을 뻗었다. 이상하다. 바로 코앞에 있는 것 같은데 좀처럼 닿지가 않는다. 심지어는 점점 더 멀어지는 것만 같다.

"끄으으~."

강 소위는 신음을 내뱉으며 자신의 허벅지를 잡았다. 너무 고통스러워서 그렇게라도 하면 좀 진정이 될 것 같아서였다. 하지만 타오르는 것 같은 통증은 조금도 가라앉지 않고 점점 더 커진다.

온몸의 기운이 다 빠진 강 소위는 가쁜 숨을 내뱉으며 고개를 떨어뜨렸다.

쉘터의 병사들도 분명 이 총소리를 듣기는 했을 것이다. 하지만…… 그들에게 명령이 있기 전까지는 현 위치를 고수하도록 교육한 것은 바로 강 소위 본인이다. 그러니 병사들이 달려올 리가 없다, 지금 당장은…….

끄르르르—.

바로 곁에서는 원사가 피 끓는 소리를 내며 경련하고 있다. 이 원사의 눈앞에 마지막으로 떠오른 것은, 그제 문 대위의 계획을 들으며 꾼, 아름다운 꿈이었다.

냇가에서 물고기를 잡아 올려 큰 솥에 넣고, 다 함께 매운탕이 끓기를 기다리는 모습. 아무도 슬프거나 무서워하지 않고 웃는 삶.

그렇게 살 수도 있었는데…….

그 생각을 끝으로 이 원사는 두 눈을 홉뜬 채 숨을 거뒀다.

03

"어떡해…… 사람을…… 사람을 쏘면 어떻게 해요……."

이 원사와 강 소위가 모두 쓰러지는 것을 확인하고 나서 가희는 박 소위의 곁으로 다가가 중얼거렸다. 육만배가 시켰던 대로 총의 뒷부분을 꽉 잡고 눌러서 함부로 방향을 돌리지 못하도록 하는 것도 잊지 않았다.

"……뭐? 네가 쏘라고 했잖아?"

"아니…… 아니에요, 박 소위님. 가희는 그저 입을 다물게 해 달라고 했어요. 죽이라는 말이 아니었는데……."

예상 밖의 반응에 박 소위는 멍하니 입을 벌렸다.

이게 도대체 무슨 소리란 말인가…….

흥분과 자책과 두려움이 그를 한꺼번에 뒤덮는다. 그가 이성의 끈을 조금이라도 잡기 전에 가희는 얼른 말을 계속했다.

"죽었을까요? 둘 다?"

"강 소위는…… 잘 모르겠어. 맞히기는 했는데."

"큰일이네요. 우리 빨리 도망쳐요. 잡히기 전에……. 가희는 박 소위님만 있으면 돼요."

약 기운 때문에 꽉 막힌 박 소위의 뇌에도 비로소 뒷일에 대한 걱정이 들기 시작했다. 사람을 둘이나 쐈다. 그리고 아마 둘 다 죽었을 것이다. 이번에는 죄수를 죽였던 것처럼 대충 덮고 넘어가기 쉽지 않다. 정말로 큰일을 저질러 버렸다.

어떻게든 벗어날 방도를 생각해야 되는데…… 머리가 묵직하고 아무 생각도 나지 않는다. 그저 식은땀만 계속 흐른다.

하아~ 하아~. 그의 숨이 가빠지려는 순간, 뒤쪽의 어둠 속에서 목소리가 들려왔다.

"어허, 이게 대체 무슨 난리입니까…… 그 사람들은 왜 아무 죄도 없는 박 소위님을 괴롭혀서……."

"뭐야? 누구야?"

박 소위는 대뜸 총부터 겨누려고 했다. 하지만 가희가 딱 달라붙어 방해를 한다.

"제발, 그만! 박 소위님! 그만요! 총 내려요! 당신이 죄를 짓는 거, 더는 못 보겠어요!"

"놔! 이제 돌이키기엔 늦었다고!"

박 소위는 거품을 물고 악을 썼다. 어둠 속의 목소리가 차분하게 말했다.

"진정하세요, 박 소위님. 저는 당신 편입니다."

"……내 편이라고? 왜?"

박 소위의 목소리가 떨린다. 이제는 뭐가 뭔지도 모르겠다. 자신과 가희만의 밀회 공간에서 왜 갑자기 낯선 이의 목소리가 들려온단 말인가…….

뭔가 대단히 기괴한 악몽 속에 빠진 것 같다. 목소리의 주인공은 옆방 문 뒤에 몸을 숨긴 채 얼굴만 살짝 내밀었다.

육만배 사장이다……. 워낙 봉사를 열심히 하는 사람이고, 민간인들 사이에서는 인기인이라 박 소위도 기억한다. 총구가 자신에게로 향하지 않은 것을 확인한 육만배가 이야기를 이었다.

"그거야 당연히 박 소위님이 가장 우수한 군인이니까 그렇죠. 박 소위님이 안 계시면 당장 우리 목숨도 위태롭다는 걸 저 정도 되는 사람들은 다 파악할 수 있거든요. 박 소위님, 강 소위가 말다툼 끝에 저 사람을 죽인 걸로 하세요. 그리고 박 소위님은 말리려다가 강 소위를 쏜 걸로 합시다. 그러면 당신은 아무 죄가 없어요."

"아무도 안 믿을 거야……. 강 소위는 여우 같은 놈이라…… 누구하고 척지는 성격이 아니었어."

박 소위가 고개를 젓자, 육만배는 자신 있게 말했다.

"아뇨, 믿을 겁니다. 믿을 수밖에 없어요. 저도 그렇고, 여기 이 녀석들도 그렇고, 증인이 있으니까요. 제가 봤다고 하겠습니다. 강 소위가 사람 죽이는 모습을, 그리고 박 소위님이 말리려고 했다는 것도 다 말이죠."

육만배의 곁에는 커다란 덩치의 남자들이 둘이나 더 있다. 박 소위는 숨을 헐떡이며 물었다.

"하아~ 증언을…… 한다고요?"

"네. 그게 사실이잖습니까? 그것만 기억하세요. 강 소위가 이 원사와 다퉜던 겁니다. 그리고 박 소위님이 말리려고 하는데 먼저 방아쇠를 당겼어요. 그렇게만 말하면 서로 좋은 겁니다."

"그렇게 해요, 박 소위님. 그렇게 하면 지금처럼 매일 볼 수 있어요. 저는 박 소위님 없으면 안 돼요. 죽어 버릴 거라고요!"

가희도 곁에서 거들며 박 소위의 정신을 쏙 빼놓는다. 박 소위는 초점 없는 눈으로 허공을 보며 중얼거렸다.

"강 소위가 쐈어…… 내가 아니라…… 그래서 나는 말리려고 강 소위를 쏜 거고……."

그렇게 말을 하고 나니 그게 사실이라는 착각마저 든다.

멍청한 놈, 완전히 넘어왔군…….

육만배는 고개를 끄덕였다.

"맞습니다. 제가 이 사람들이랑 먼저 분위기를 잡을 테니까, 준비 다 하고 천천히 내려오세요. 옷매무새도 좀 바로 하시고…… 지퍼도 올리시고요."

그렇게 말한 육만배는 갑자기 창밖을 향해 큰 소리로 외쳤다.

"강 소위가 사람 죽였다! 살인 사건이다!"

그러자 바깥의 어둠 속에서 몇 명인가가 약속한 듯이 그 말을 고스란히 따라 소리친다.

"강 소위가 사람 죽였다! 살인이다!"

어둠 속에서 들려오는 큰 합창을 들으며 육만배는 가벼운 미소를 지었다.

"우리끼리만 입 맞추면 아무도 모릅니다. 본 사람 아무도 없어요."

그 말을 남기고 두 명의 사내와 함께 계단을 걸어 내려가는 육만배의 얼굴에는 만족한 미소가 지어졌다.

이 미인계는 애초 문 대위를 잡기 위해 꾸몄던 함정이지만, 가희 년이 물고 온 소식에 의하면 지금은 그가 없다고 하니 이런 놈들부터 처리하는 것도 나쁘지 않다. 문 대위는 돌아온 후에 다른 술수를 꾸며 죽여 버리면 된다.

하지만 그의 말과 달리 이 모든 상황을 다 듣고 지켜본 사람이 있었다. 바로 옥상에 숨어 있던 고 하사와 임수정이다.

"살인이다! 강 소위가 사람 죽였다!"

어둠 속에서 울려오는 외침을 들으며 고 하사는 임수정을 돌아보았다. 당혹스러운 일이다. 두 사람은 처음부터 다 보고 들었다.

이 원사와 강 소위가 어둠 속을 걸어 이쪽으로 올 때에 그들의 뒤를 따라오는 놈들이 있었다는 것도, 박 소위와 이 원사의 멱살잡이도, 그리고 가희와 육만배의 간교한 말들도…… 전부 다.

"으윽! 으윽!"

어둠 속에서 매질하는 소리와 강 소위의 비명 소리가 들려온다. 미리 와서 몸을 숨기고 있던 놈들이 아직 살아 있는 강 소위를 둘러싼 채 두드려 패고 있는 것이다.

총도 맞은 사람을…….

저런 식이면 얼마 못 가 숨이 끊길지도 모른다. 시간이 없다.

"미안해요."

고 하사가 임수정의 얼굴을 보며 말했다.

"……왜요? 뭐가 미안해요?"

"이런 일에 얽히게 해서요. 그런데…… 도저히 그냥 보고 있을 수는 없을 것 같아요."

고 하사는 그 말을 남기고 재빨리 계단의 난간을 타고 미끄러져 내려갔다.

스으읏―.

소리가 거의 나지 않는다. 자신이 꽤 날래다고 했던 말이 허풍은 아니었던 모양이다. 임수정은 신발을 벗어 들고 그의 뒤를 따라갔다. 고 하사는 어느새 2층까지 도달해 있었다.

"가희야, 저 육만배라는 사람을 믿어도 될까?"

박 소위는 가희에게 그런 이야기를 묻는 중이었다. 가희는 박 소위의 얼굴과 가슴을 쓸어 주며 고개를 끄덕였다.

"저분, 가희는 잘 모르지만, 사람들 사이에서 평판이 좋아요. 그리고 이제 우리는 저분 믿을 수밖에 없어요. 그것 외에는 길이 없어요."

"후우~ 그래, 네가 그렇다면 그런 거겠지. 그럼 일단 나가자. 너는 사람들 사이에 숨어. 증언도 하지 말고."

계단 쪽으로 발을 내디딘 박 소위는 인기척을 느끼고 위를 올려다봤다. 위층 계단의 어둠 속에서 떨어져 내리는 형상!

'사람이다!'라는 것을 온전히 다 깨닫기도 전에 고 하사의 두 무릎이 박 소위의 어깨를 찍는다.

"크윽!"

박 소위는 엉덩방아를 찧으며 바닥에 쓰러졌다.

꺄아아아—.

가희가 비명을 지른다. 재빨리 몸을 일으킨 고 하사는 박 소위의 얼굴을 한 번 더 걷어차고, 그의 총을 빼앗았다. 그러고는 계속 비명을 지르는 가희의 배를 개머리판으로 후려쳤다.

흑, 가희는 숨넘어가는 소리와 함께 바닥에 나뒹군다.

"이 개같은 것들아!"

아직 정신을 차리지 못하는 박 소위의 얼굴에 총을 겨누며 고 하사가 외쳤다.

그때, 바깥쪽에서 또 매타작하는 소리와 함께 강 소위의 비명이 들려왔다. 사내들의 낄낄대는 소리도 들린다. 그중 한 놈의 목소리는 익숙하다.

기동이라는 새끼…….

뒤쪽에 임수정이 따라온 것을 확인한 고 하사는 그녀와 함께 계단을 뛰어 내려갔다. 지금은 저 조폭 새끼들로부터 강 소위의 생명을 건져 내는 일이 가장 시급하다.

어둠 속을 내달려 간 고 하사는 쓰러져 있는 강 소위를 향해 빗자루를 휘두르고 있는 조폭들에게 총을 겨누며 외쳤다.

"손 들어! 이 개새끼들아! 그 사람한테서 떨어져!"

"억! 뭐…… 뭐야?"

강 소위를 후려갈기던 놈들이 주춤거린다. 전혀 예상치 못했던 인물이 갑자기 툭 튀어나와 총까지 겨누는 바람에 당황한 기색이 역력하다. 고 하사는 박 소위의 총을 들어 보이며 한 번 더 악을 썼다.

"물러나라고, 이 개새끼들아! 이 총 안 보여?"

기동이를 포함한 네 놈의 조폭은 슬금슬금 뒤로 물러난다. 놈들과의 거리가 3미터 이상 벌어졌을 때, 고 하사는 강 소위를 불렀다.

"강 소위님! 정신 차리세요! 일어날 수 있습니까?"

"끄으으으…… 누구야? 고 하사? 나…… 다, 다리가…… 끄으으……."

강 소위는 제대로 말을 맺지 못하고 연신 신음만 내뱉었다. 고 하사는 강 소위의 다리 쪽으로 시선을 돌렸다.

깜깜한 어둠 속이라 정확하게 보이지는 않지만, 온통 피로 번들거린다는 정도는 확실히 알 수 있다. 저렇게 출혈이 심한데 매타작까지 당했으니, 쉽게 제정신을 찾지 못하는 게 당연하다.

"강 소위님! 총 어디 있습니까? 강 소위님 총 말입니다!"

고 하사의 질문을 받은 강 소위는 힘겹게 손을 들어 주변 어딘가를 지목한다.

"저…… 저기…… 떨어뜨려서…… 끄으으~."

고 하사는 옆으로 시선을 돌렸다. 총은 보이지 않는다. 대신에 내장이 터져 나온 이 원사의 시체가 있다. 맥을 짚어 보지 않아도 이미 사망했다는 것을 분명히 알 수 있었다.

"하아~ 하아~."

시체, 죽음, 목숨을 건 싸움…….

고 하사의 맥박이 빨라진다. 임수정에게도 이야기했듯 그는 전투병이 아니다. 사격 훈련을 마지막으로 했던 게 언제였는지 기억조차 가물가물하다.

지금 총을 들고 위협을 하고 있지만, 제대로 맞힐 수 있을 것 같지가 않다. 무작정 총을 빼앗아 달려오기는 했으나, 현재 탄창에 몇 발이 남아 있는지도 모르겠다.

 게다가…… 좀비 사태 이후에도 사람 모양의 표적에 방아쇠를 당겨 본 적이 없다. 줄곧 빨간 약만 발라 주고 붕대나 감았다.

 그런데 갑자기 이런 상황에 뚝 떨어져 버린 것이다. 조금 전 박 소위의 얼굴에 총을 겨눴을 때, 고 하사는 분명히 깨달았다. 사람의 아구창을 날리는 배짱과 머리통에 구멍을 뚫는 배짱은 완전히 다른 차원의 것이라는 사실을. 그는 전사가 아니라 힐러였으니까.

 방아쇠울 안에 집어넣은 고 하사의 손가락이 덜덜 떨린다. 두렵다. 사람을 쏘는 것도 두렵고, 그렇게 쏴서 맞히지 못할 만큼 사격 실력이 형편없다는 걸 들킬까 봐도 두렵다.

 피가 끓어서 뛰어들기는 했지만, 막상 일을 저지르고 난 지금은 어떻게 마무리를 해야 하는 건지 전혀 모르겠다. 머리의 한계다. 이래서 엄마가 공부를 열심히 하라고 했던 건가…….

 "응?"

 다시 시선을 조폭들에게 돌리던 고 하사는 기동이 놈의 눈빛에서 이상한 기색을 읽었다. 놈이 자신의 등 뒤에 있는 뭔가와 눈빛을 교환하고 있다. 고 하사는 얼른 뒤쪽으로 몸을 틀었다.

 깜깜하다. 아무것도 단번에는 보이지 않는다. 눈을 부릅뜨고 신경을 집중한 뒤에야 고 하사는 자신의 여덟 시 방향에서 세 놈이 접근하고 있었다는 걸 깨달을 수 있었다.

 후다닥—.

 세 놈의 윤곽은 서둘러 철제 구조물 뒤로 모습을 감춘다. 워낙 어두워서 누구인지 알아본다는 건 불가능하다.

 "야! 오지 마! 뒈지고 싶냐? 응? 총알 몇 방 먹여 줘?"

 세 놈은 꼭꼭 숨은 채 아무 대답도 없다. 위협이 될 만큼 가깝지는 않지만, 뭔가를 던질 수도 있다. 그리고 사라진 강 소위의 개인 화기도 신경이 쓰인다.

고 하사는 미친 사람처럼 총구를 앞뒤로 돌려 가며 두 방향의 적들을 겨누고, 곁에 있는 임수정을 불렀다.

"수정 씨! 수정 씨! 저한테 바짝 붙어요! 움직이는 놈들은 다 쏴 버릴 겁니다!"

임수정이 바짝 다가서는 것을 느끼고 고 하사는 다시 속삭였다.

"수정 씨, 이제부터 강 소위님에게 갈 겁니다. 저한테 바짝 붙어 걸으면서 뒤쪽 좀 신경 써 주세요. 움직이는 게 있으면 저한테 알려 주세요."

"네⋯⋯ 그럴게요."

임수정이 떨리는 목소리로 대답한다. 두 사람은 천천히 강 소위 쪽으로 다가갔다. 그 방향에 있던 네 놈은 더 뒤로 물러난다. 그러는 동안에도 총은 보이지 않는다. 누군가 가져가 버린 모양이다.

씨발, 가뜩이나 불안한데 총까지 신경 써야 되나⋯⋯.

고 하사의 얼굴은 땀으로 범벅이 되었다.

"강 소위가 사람 죽였대!"

"뭐, 강 소위가 누구야?"

저 멀리에서는 아직도 헛소문을 퍼 나르는 놈들과 거기에 휘말린 사람들이 웅성대고 있다. 이제 그걸 들은 병사들이 이쪽으로 오는 것도 시간문제다.

'그때까지만 버티면 되는 건가⋯⋯.'

병력 지원만 오면 이까짓 깡패 새끼들은 문제도 안 된다. 다 잡으라고 해서 '대가리 박아'를 시킨 다음에 곡괭이 자루가 부러질 때까지 두들겨 패 줄 거다. 그건 망설이지 않고 잘할 자신이 있다.

개새끼들⋯⋯.

고 하사가 그런 희망에 가득한 상상을 하고 있을 때, 뒤쪽 철제 구조물에 숨은 남자가 말을 걸었다.

"군인 양반, 왜 살인범을 감싸는 거요? 당신도 한패인가? 음⋯⋯ 그런가 보군."

혼자 묻고 답하고 다 한다.

지랄하네⋯⋯.

고 하사는 욕설을 내뱉었다. 초희에게 이름을 들은 뒤 줄곧 유심히 관찰해 왔던 요주의 인물이라 갈라진 목소리만 들어도 누구인지 알겠다.

육만배…….

이를 악문 고 하사는 고개를 돌리지 않은 채 소리를 질렀다.

"개소리하지 마, 이 새끼야! 네가 누군지 다 알아! 꼴 같지 않아서 가만 내버려 뒀더니, 조폭 새끼가 끝 간 줄 모르고 깝치네! 어디서 뭔 협잡질을 하려고!"

"허~ 세게 나오시네. 그런데 당신이 불리해. 이쪽에는 증인이 많거든. 하지만 당신들 편은 누가 들어 줄 건가? 지금 저 건물에서 당신이랑 떡 치고 나온 그년? 그년은 음침해서 친구 하나 없어. 아무도 그년 편 들어 주지 않는다고."

"아가리 닥쳐, 개새끼야! 확 쏴 죽여 버리는 수가 있어!"

일단 윽박을 질러서 입을 다물게는 했지만, 고 하사의 등에서는 식은땀이 주르륵 흐른다.

대체…… 이 미친 짓의 범인이 박 소위라는 것과, 처음에 말을 옮겼던 증인입네 하는 놈들이 다 한 패거리의 조폭이라는 걸 어떻게 밝힌단 말인가.

강 소위가 사람 죽였다는 말은 이미 수십 명의 입을 타고 옮겨졌다. 그걸 뒤집기 위한 증거 같은 건 하나도 없고…….

"포기해! 이 새끼야! 누구인지 모르겠지만, 순순히 죗값을 받아!"

건물 2층의 박 소위가 소리를 지른다. 이제야 좀 정신을 차린 모양이다. 코뼈가 뭉개졌는지 목소리가 꽉 막혀 있다. 놈의 곁에 있던 가희라는 계집애는 어딘가로 사라지고 없다.

아마 그년이 범행 시간 동안 쉘터 내에 있었다는 걸 증명해 줄 가짜 증인도 어딘가에서 또 툭 튀어나올 것이다. 고 하사는 입술을 깨물며 고심했다.

현명한 판단을 내려 줄 것 같은 문 대위는 지금 자리에 없고, 눈치가 빠삭한 이 원사는 이미 차갑게 식어 있다. 결국 목소리 큰 놈이 이기는 형국이 되어 버렸는데, 저쪽은 사건 현장을 봤다고 나설 놈들이 열 명도 넘는다.

"……망했네."

힘없이 중얼거린 고 하사는 강 소위에게 말을 걸었다.

"강 소위님! 일어날 수 있습니까? 좀 일어나서 정신을 차려요! 강 소위님이 뭐라도 말을 해 줘야 우리가 삽니다."

"저 새끼…… 박 소위 잡아. 저 새끼가 이 원사님 쐈어…… 끄으으."

"그건 알아요. 근데 저만 압니다. 다른 놈들은 모른다고요! 다른 놈들은 강 소위님이 범인이라고 생각해요! 무슨 증거 같은 거…… 없습니까? 어휴! 제발 정신 좀 차려요! 이러다가 우리 다 좆 됩니다!"

고 하사가 끌어 일으키려고 해도 강 소위는 자꾸 까무룩 넘어간다. 그럴 수밖에 없는 몸 상태라는 걸 아는데도 답답해서 미칠 것 같다.

"저기…… 총에 든 총알 개수 같은 게 정해져 있지 않아요? 이분 총은 아직 발사되지 않았잖아요. 그걸로 결백을 주장하면 안 될까요?"

임수정이 조용히 의견을 낸다. 침착하게 생각했다는 점은 가상하지만, 채택할 수 없다. 고 하사는 고개를 저었다.

"그 총이 지금 없어요. 그리고 총알은 아무 때나 쏴 버리면 그만이에요. 언제 어디서 쐈는지, 그런 기록 같은 건 안 남으니까."

04

에에에엥—.

투투투투— 투투투투— 투투투—.

갑자기 북쪽 게이트에서 요란한 사이렌 소리와 함께 총성이 울려온다. 고 하사는 시간을 짐작해 봤다.

어느새 새벽이 깊어서 그 얼룩덜룩 페인트를 뒤집어쓴 대규모의 좀비들이 올 때가 된 모양이다. 그게 아니면 이렇게까지 요란하게 총을 쏴 댈 이유가 없다.

놈들이 이 부근을 돌아 나가는 데만 적어도 한 시간은 걸린다. 수천 마리가 좁은 길목을 돌아 나가면서 발생하는 병목현상 때문이다.

그 말은 곧 앞으로 한 시간 동안 병사들이 이쪽에 관심을 둘 여유가 없다는 의미다.

'한 시간…… 이 긴장을 유지하며 한 시간을 버틴다는 게 가능할까? 나는 총도 진짜 존나게 못 쏘는데…….'

더 안 좋은 소식은 그 한 시간이 지난 뒤, 병사들이 이곳으로 온다고 해도 누명을 벗을 만한 뾰족한 수가 없다는 것이다.

고 하사는 떨림을 감추기 위해 다리에 힘을 꽉 주며 버텼다. 약해 보이면 저 새끼들이 기어오를 거다.

사사삿ㅡ.

전방의 뒤로 물러나 있던 놈들이 건물 벽 쪽으로 숨어 들어간다. 그러고는 계속 소리를 지르며 신경을 긁는다.

"자수해! 살인자 새끼야!"

"아까 쐈어야지, 등신아! 넌 이제 죽었어!"

총소리에 야유까지 섞여 정신이 홀랑 빠지는 것 같을 때, 뒤쪽에서 누군가 움직이는 기척이 느껴졌다.

팍ㅡ!

잠시 후, 임수정의 발밑에 벽돌 조각이 떨어져 반으로 갈라진다. 놈들이 던진 게 분명하다. 워낙 캄캄해서 바로 눈앞에 올 때까지 전혀 보이지도 않았다.

'안 돼, 이대로는…….'

고 하사는 강 소위와 등 뒤의 어둠을 번갈아 보았다. 강 소위의 상처도 지혈해 줘야 할 것 같은데, 지금은 손에서 총을 놓을 수가 없다. 적들을 한 방향에서 상대할 수 있는 곳으로 피하는 게 더 나을 것 같다.

그리고…… 박 소위의 손에 깡패 새끼들이 빼돌린 강 소위의 소총이 들어가기 전에 엄폐물을 찾아야 한다. 박 소위는 개같은 놈이지만, 사격 솜씨만큼은 꽤 괜찮은 수준이다.

얼마 전에 좀비들에게 물린 수감자 작업반장을 처리할 때도 머리를 깔끔하게 날렸다고 하는 걸 들었다.

'젠장, 아까 그냥 쏴 죽일 수 있었으면 좋았을걸…….'

스스로를 책망하던 고 하사는 임수정에게 속삭였다.

"아무래도 이동해야겠어요. 강 소위님 왼쪽 어깨 좀 부축해 줘요. 내가 오른쪽을 들게요."

"어디로 가요?"

"우리 달 보던 건물 옆에 작은 게이트가 있어요. 건대 캠퍼스랑 이어져 있는 문인데, 거기로 빠져나갈 거예요. 거기는 열쇠 없으면 지나오지도 못하는 데니까 최소한 뒤통수 맞을 일은 없어요. 여기는 탁 트인 데다 사방에 신경을 써야 해서……."

"열쇠는 우리도 없잖아요."

"아뇨. 끄응차! 강 소위님이 가지고 있을 거예요. 게이트 관리는 장교들만 하니까……. 맞죠? 강 소위님, 열쇠 가지고 있죠?"

고 하사는 강 소위의 어깨를 떠메면서 물었다. 임수정도 얼른 부축을 하며 도왔다.

"으윽, 있어…… 내 윗주머니에…… 오른쪽…… 끄으으! 윽!"

총에 맞은 오른쪽 다리가 끌리자 강 소위는 이를 악물고 진저리를 쳤다.

팍—!

그러는 동안에도 어딘가에서 날아온 벽돌이 주변을 때리는 소리가 난다.

개새끼들, 집요하고 악랄하다. 서둘러야 한다.

"미안합니다! 좀 참아요! 안 그러면 죽게 생겼으니까."

고 하사는 미안하다고 하면서도 걸음을 멈추지 않았다. 세 사람은 3인 4각을 하듯 천천히 발을 맞춰 가며 건대 캠퍼스와 이어진 게이트 쪽으로 이동했다.

처음에는 도무지 못 할 것 같았는데, 점차 요령이 붙으면서 자연스럽게 속도도 올라갔다.

투투투투— 투투투—.

타아앙— 타아앙—.

아직도 총소리는 끊이지 않고 있다. 저 시끄러운 총성 중에 박 소위가 쏘아 대는 권총의 발사음이 있을지도 모른다는 생각이 들었다.

눈치채지 못하는 사이에 머리 위로 권총 탄환이 스치고 지나갈지도 모른다는 생각을 하니 아찔하다.

"열쇠! 수정 씨, 열쇠 꺼내요! 오른쪽 웃옷에 들었다고 했어요!"

게이트에 등이 닿자 고 하사는 다급하게 외쳤다. 임수정은 몸으로 강 소위를 지탱하며 힘겹게 열쇠 꾸러미를 꺼냈다. 무리한 이동을 견디느라 강 소위의 몸은 땀으로 범벅이 되어 있었다.

"열렸어요!"

임수정은 어둠 속에서 손을 벌벌 떨면서도 몇 개의 열쇠 중에서 맞는 것을 찾아 자물쇠를 열었다. 세 사람은 게이트 밖으로 나가 다시 자물쇠를 잠갔다.

"이제 어디로 가요?"

캄캄한 대지에 펼쳐진 넓은 대학 캠퍼스를 돌아보며 임수정이 물었다. 고 하사라고 해서 답이 있는 건 아니다. 그저 일단 살아남아야겠다는 일념으로 도망쳐 온 것뿐이다.

"모르겠어요……. 그냥 가까운 건물에라도 들어가야 할 것 같아요. 지금 강 소위님 상태도 영 안 좋고……."

"좀비가 있지 않을까요?"

"아니요. 이 부근에는 좀비 없어요. 행진하는 놈들 중에서 몇십 마리씩 매번 끈질기게 떨어져 나오기는 하는데, 그럴 때마다 싹 다 잡아 죽여요. 오늘 낮에도 그랬으니까…… 지금 저 북쪽에서 총질하는 것도 제 갈 길 안 가고 떨어져 나온 놈들 때문에 시끄러운 겁니다."

세 사람은 안간힘을 써 가며 가까운 건물을 향해 걸음을 옮겼다. 그때, 플래시 불빛 몇 개가 어지럽게 흔들리며 게이트 쪽으로 가까워져 온다.

고 하사는 자세를 낮췄다. 죄를 지은 것도 아닌데 몸을 감춰야 한다는 게 서럽다.

"뭔 소리입니까, 대체? 이 원사님이 돌아가셨다는 게…… 아니, 그리고 소대장님들 다 어디에 계십니까? 아니, 지금 비상이 걸려도 모자랄 판에……."

플래시를 든 병사 둘이었다. 그중 하나가 묻는다. 그들을 끌고 온 민간인이 목청을 높여 호들갑스럽게 떠든다.

"아니, 그걸 왜 안 믿어요! 강 소위가 이 원사랑 싸우다가 그냥 쏴 버렸다니까! 내가 담배 피우러 나왔다가 얼마나 놀랐는지 알아요? 저기 있네, 저기! 저 사람들 봐요! 저 사람들도 다 같이 봤어! 얼마나 무서웠을 거야, 대체! 도망도 못 치고!"

플래시 불빛이 비춘 방향에는 이 원사의 시체가, 그리고 그 뒤에는 기동이와 세 남자가 서 있다.

헉! 시체를 눈으로 확인한 병사들이 동요하는 소리가 들린다.

"야! 가서 애들 더 데려와! 범인이 셋이야! 저쪽 어딘가에 숨어 있을 거야! 따라와! 싹 다 잡아 죽여야 돼!"

어느새 건물을 빠져나온 박 소위의 목소리가 들린다.

저런 뻔뻔한 개새끼…….

고 하사는 이를 빠득, 갈았다. 코가 박살 나 피투성이가 된 박 소위의 얼굴에 놀라 멍해 있던 병사가 외친다.

"박 소위님! 지금 병력 여유가 없습니다! 북쪽 게이트에 난리 났습니다! 김 중사님이 박 소위님 모셔 오라고 해서 온 겁니다!"

"뭐? 똑바로 막고 있으면 되잖아!"

"그게…… 다들 열심히 한다고는 하는데 말입니다……."

병사는 말을 삼킨다. '씨발, 지휘를 하지 않아도 전투가 잘 수행될 것 같으면 장교는 왜 있는데?'라고 외치고 싶었으리라.

"으음……."

박 소위는 잠시 고민을 했다. 그놈들을 놔두고 가자니 영 뒤가 찜찜하다. 하지만 게이트가 뚫리는 것만은 막아야 한다. 그랬다간 다 죽는 거니까.

'일단 이것만 막고 곧바로 돌아오면 되겠지…….'

박 소위는 어둠 속 어딘가에 숨었을 강 소위를 한 번 노려보고 나서 걷기 시작했다.

"가자! 그리고 너! 저분들이랑 여기 지켜! 서치라이트 불빛 안으로 들어오는 건 무조건 다 쏴 버려!"

병사 한 명에게 명령을 내려놓고 박 소위는 육만배를 돌아보며 몰래 고개를 끄덕였다.

철컹.

남쪽 내부 게이트가 닫히는 소리가 들린다. 플래시 불빛들이 멀어져 가는 걸 보며 고 하사는 한숨을 푹 내쉬었다.

이제 어지간한 묘수가 떠오르기 전에는 저 게이트 가까이 접근하기는 텄다. 경비를 보는 병사 하나는 어찌 말로 구슬릴 수 있을지 몰라도, 그 옆에 바짝 붙어 있는 독사 같은 놈들은 무조건 달려가서 박 소위에게 이를 테니까…….

상황이…… 점점 더 난감해진다. 이제 쉘터로 돌아가기는 텄다.

"나…… 나 좀 눕고 싶은데…….'

고 하사가 멍하니 생각에 잠겨 있는 동안 비지땀을 흘리던 강 소위가 미안한 목소리로 부탁을 했다.

아, 내 정신 좀 봐…….

고 하사는 강 소위를 끌고 건물 안으로 들어갔다. 눕히고 상처도 좀 봐야 한다.

"끄으~ 고마워…… 면목이 없다. 너한테는…… 저분한테도……."

바닥에 누운 강 소위가 신음을 섞어 가며 중얼거린다. 고 하사는 고개를 저었다.

"아뇨…… 제가 못난 놈입니다. 아까 박 소위 그냥 쏴 버렸어야 하는데…… 그럴 용기가 안 나더라고요. 미안합니다."

Chapter 58 돌이킬 수 없는 밤

"미안하기는…… 내가 미안하다. 끄으…… 너보다 나한테 먼저 쏠 기회가 있었어……. 젠장, 그냥 말로 설득할 수 있다고 생각했어. 전우고 뭐고 그냥 제압했어야 하는데…… 그랬으면…… 이 원사님도 안 돌아가셨을 텐데…… 끄으으…….."

강 소위는 자책하며 고통으로 일그러진 이마를 쥐어뜯었다.

"그런데 생각해 보니까…… 아까 그 박 소위라는 사람을 죽였더라도 우리가 쫓기지 않았을 것 같지는 않아요. 어쨌든 총을 가진 건 군인들뿐이니까 현장에 있던 두 분한테 혐의가 갔겠죠. 증인도 잔뜩 있었고요, 가짜기는 하지만."

임수정의 말을 들은 두 군인은 한숨을 푹 내쉬었다. 그렇더라도 쏘는 게 나았을 거라는 후회는 남는다.

"상처부터 보겠습니다."

고 하사는 강 소위의 전술 조끼에서 플래시를 꺼내 손바닥으로 가리며 상처에 바짝 붙인 뒤 켰다. 군복 바지는 피에 흠뻑 젖어 검게 물들어 있었다.

피! 피를 생각 못 했다. 점점이 떨어진 핏자국을 잠시 멍하게 보고 있던 고 하사는 세차게 고개를 저은 뒤, 허리띠를 풀었다.

지금은 딴생각을 할 때가 아니다. 지혈을 하기 위해 허리띠를 졸라 묶자, 강 소위가 가벼운 신음을 흘린다.

"쪽팔린데…… 너무 아파, 씨발. 아흐으으…….."

고 하사는 아무 말도 해 줄 수 없었다.

쉘터에 가면 오늘 새로 들어온 약이 잔뜩 있는데…….

임수정이 조심스럽게 입을 열었다.

"진통제라면 저한테 있어요. 이거 드셔도 되는 걸까요?"

그녀가 트레이닝복 주머니에서 꺼낸 것은 고 하사 자신이 줬던 바로 그 진통제다. 네 알 중에 아직 세 알이 남아 있다.

고 하사는 잠시 망설였다.

출혈이 멎는 걸 방해하면 어쩌지?

이부프로펜 성분…… 아스피린만큼은 아니지만, 분명히 용혈 작용을 일으킬 수 있다.

"고 하사…… 나…… 먹을게. 먹어도 된다고 좀 해 줘……."

강 소위는 벌써부터 손을 벌리고 기다린다. 하긴 총알이 생살을 휘저으며 찢고 지나갔으니 어지간히 아프기도 할 것이다.

진통제 몇 알로 해결될 문제가 아니긴 하지만, 그래도 플라시보 효과라는 게 있어서 안 먹는 것보다는 훨씬 나을 거다. 게다가 지금부터 이동도 해야 하니까…….

고 하사는 고개를 끄덕였다.

"그래요. 그거 드시고 숨만 좀 돌린 다음에 곧바로 또 이동해야 합니다. 여기에 더 못 있어요."

"응? 왜? 우리가 어디 있는지 모를걸? 쉘터 내에 숨었다고 생각하지 않을까?"

진통제 두 알을 물도 없이 씹어서 삼키던 강 소위가 얼굴을 찡그리며 묻는다. 고 하사는 플래시를 켜서 그들이 지나온 자리를 비췄다. 강의실의 대리석 바닥에 뚝뚝 떨어진 핏자국이 드러난다.

"그랬으면 좋겠지만, 우리가 어디로 가는지 다 알려 줬어요. 금방 찾아낼 겁니다. 북쪽 게이트 좀비들 정리하고 이리로 돌아오기 전에 피해야 돼요. 우리는 이동하는 속도가 느리니까."

고 하사의 말에 강 소위는 한숨을 내쉰다. 또 움직일 생각만 해도 정신이 아찔해진다.

"하아~ 하아~ 그래, 어디로 가자고?"

"모르죠. 그냥 여기 있으면 안 된다는 겁니다. 일단 핏자국 흘리고 다니지 않을 방법부터 좀 생각해 봐야겠습니다."

두 군인의 대화를 듣던 임수정이 조심스럽게 끼어든다.

"그냥…… 강 소위님 소대원들에게 사실대로 말씀하시는 방법은 어떨까요?"

"그러면 좋기는 하겠지만, 끄으으~ 꼭 제 소대원들이 쫓아오라는 법이 없으니까요……. 아마 박 소위도 제 소대원들로 추격대를 꾸리지는 않을 겁니다. 멍청하다고 해도 그 정도 생각은 할 테니까요. 후우~."

"계속 피해 다닐 수밖에 없네요. 그럼, 근처의 다른 쉘터까지 갈 수 있을까요?"

"아뇨. 그렇게 운이 좋을 리도 없고, 너무 힘들죠. 그냥 중대장님 복귀하실 때까지 며칠만 숨어 있으려는 겁니다. 그분이라면 박 소위가 둘러대는 이야기를 다 믿지 않으실 테니까요. 그러면 다시 조사를 하실 거고…… 그때는 우리도 순순히 잡혀서 다 솔직히 말하면 됩니다."

고 하사의 설명에 임수정은 고개를 끄덕인다.

"그렇게…… 믿을 만한 분인가요?"

"끄으으~ 네. 문 대위님 판단은 확실히 보장할 수 있습니다. 가까이서 모신 제가…… 잘 압니다."

강 소위의 대답을 들으면서도 임수정의 불안은 온전히 가라앉지 않았다.

"그…… 그러면 언제 복귀하시는 건가요?"

"……모릅니다. 쉘터 통합 회의 참석이니 어쩌니 핑계를 대셨는데 그건 아닌 것 같은 눈치였고, 하아~ 하아~ 하여간 며칠 내로 전차가 남쪽 게이트를 통과해서 한강 쪽으로 갔다 돌아올 겁니다. 그때 복귀하셨다고 보면 됩니다."

며칠…… 버틸 수 있을까? 부상자와 여자, 그리고 형편없는 사격 솜씨의 군인이라는 허술한 조합이…….

추격해 오는 군인들뿐 아니라 좀비들까지도 신경을 써야 하고, 식량이나 의약품도 조달해야 하는데…….

고 하사도 마음이 무거워진다.

"강 소위님은 사격 잘하십니까?"

"그저 그래. 끄으으~ 여자분 앞이라 보통 때 같으면 엄청난 명사수라고 뻥뻥거리겠지만…… 지금은 그런 허세 부릴 상황이 아니니까."

"그럼 좀비들을 만나도 위험해지겠네요. 무조건 꼭꼭 숨는 수밖에…… 후우~ 강 소위님, 애들 데리고 외부 징발 많이 나가셨었죠? 이 근처에 아직 물품 남은 약국 어디에 있었는지 좀 기억해 보십쇼. 그리고 잡화점 같은 것도요. 식량을 구할 만한 곳이 있어야 합니다."

고 하사가 물었다.

"약국은…… 아마 여기서 남동쪽으로 한…… 모르겠어. 대충 열 블록 정도 떨어져 있을 거야. 음식은…… 에, 그게……."

줄줄 흘러내리는 땀을 닦으며 맑지 않은 머리를 최대한 굴리려고 노력하던 강 소위는, 도저히 안 되겠는지 담배를 꺼내 물었다. 한 대 피우고 나면 그래도 생각이 날 것 같다.

"어, 담배 피우시면 안 됩니다, 강 소위님."

고 하사의 만류에 강 소위는 무슨 말인지 안다는 듯 고개를 끄덕였다.

"그래그래…… 알지. 부상에 별 도움 안 되는 거…… 그런데 한 대는 좀 봐줘라. 속이 답답해서 터질 것 같다."

"아뇨, 그런 것 때문에 말리는 게 아닙니다. 담배 냄새를 맡으면 좀비가 온다고 해서 그래요."

"뭐? 어디에서 그런 말도 안 되는 소리를……."

강 소위가 어처구니없어하자 고 하사는 그의 입에서 담배를 빼며 말했다.

"저도 쉘터 안에서 처음 그 이야기 들었을 때는 안 믿고 곧바로 담배에 불붙였습니다. 그런데 막상 철창 밖으로 나오니까 그저 흘려버리기에는 너무 신경이 쓰여요. 좀 안전한 데를 찾을 때까지만이라도 참아 주십쇼."

"하아~ 그래…… 뭐, 나 때문에 이 지경에 빠진 사람 말이니까 듣기는 하는데…… 그거는 진짜 웃기는 이야기다."

강 소위에게 좀 더 휴식을 준 고 하사는 창가로 다가갔다. 어느새 밤의 짙은 어둠이 걷히고 새벽 어스름이 희미하게 주변을 밝히고 있다.

투투— 타아앙— 타아앙—.

총소리는 점점 잦아들고 있다. 이제 정말로 달아나야 할 시간이 왔다.

"강 소위님, 일어나세요. 가야 합니다."

탈진해서 눈이 가물거리는 강 소위를 부축하며 고 하사와 임수정은 캠퍼스의 잔디를 걸었다. 지혈 덕에 피가 멎어 핏자국이 그들의 행선지를 알려 줄 염려는 접을 수 있었다. 그것만으로도 숨통이 트이는 기분이다.

　하지만 아침이 밝았다는 것은 서쪽 방향에서 접근하던 좀비 행렬이 슬슬 이 부근을 지나갈 시간이 되었다는 의미이기도 하다.

　"일단 지하철역으로 갈 겁니다. 두 분은 거기 숨어 계세요. 제가 약을 구해 올게요. 이 상태로 다 같이 다니는 건 속도도 안 나고, 너무 눈에 띄기 쉬워요."

　정문을 벗어나면서 고 하사가 말했다. 운이 좋으면 지하철 매점에서 물이라도 몇 병 건질 수 있을지 모른다. 깜깜한 지하철의 입구를 보고 있으니 한숨만 나온다.

　이제 민구라는 사내가 말해 줬던 서바이벌 가이드가 정말로 올바른 것이기를 바라는 수밖에 없게 되었다.

Chapter 59
내가 그의 이름을 불러 주었을 때

01

"야, 킹."

나무 뒤에 숨어 바깥을 엿보던 진우가 불렀다. 대답이 없다.

개새끼…….

진우는 개의 옆모습을 한 번 흘겨봐 줬다. 오로지 먹을 것을 손에 쥐고 있을 때만 이름에 반응을 해 준다. 게다가 지조 없이 아무 이름이나 불러도 얼— 얼— 거린다.

킹이라고 해도 얼— 썬더라고 해도 얼—.

하지만 그때뿐이다. 음식을 먹고 나면 언제 그랬냐는 듯이 돌아봐 주지도 않는다.

"야, 인마……."

진우는 개의 볼을 잡아 시선을 자신의 쪽으로 돌리며 물었다.

"가도 되겠냐고…… 응? 저기에 총 가진 군인들 있어, 없어?"

진우가 가리킨 것은 전방 100여 미터 떨어진 작은 마을. 다 찢어져서 풀풀 날리는 비닐하우스들 너머에 한때 사람들이 살던 집이 모여 있다.

해가 뜨기 전이라 주변은 아직 캄캄하지만, 시선을 피해 이동해야 하는 진우에게는 이런 때가 오히려 더 낫다.

얼ㅡ.

개가 해맑은 톤으로 작게 짖는다.

있다는 거야, 없다는 거야?

진우는 알아듣지 못하고 다시 물었다.

"있다고?"

얼ㅡ.

"없는 거 아냐?"

얼ㅡ.

그래…… 내가 나빴다.

진우는 고개를 끄덕였다. 암만 똑똑한 개라고 해도 이 정도의 고등 대화가 가능할 리가 없는데, 녀석이 워낙 별난 재주를 많이 보여 주다 보니 이따금씩 착각을 하게 된다.

따지고 보면 허리띠를 물고 가지 못하게 경고해 주는 것만 해도 정말 엄청난 재주다.

"좀비는 없는 것 같아. 냄새가 그래."

흐음~ 진우는 폐 가득 숨을 들이켜 봤다. 특유의 지독한 악취는 느껴지지 않는다. 그리고 소름이 돋지 않는 걸로 봐서도 좀비가 잔뜩 있을 것 같지는 않다.

이제 남은 문제는 군인이다. 어쩌면 군인들이 좀비보다 더 무섭다. 위협적인 면에서도 그렇고, 죽여야 할 때의 기분도 몇 배나 더럽고 힘들다.

"안 잡으면 간다. 우리 물이랑 음식 찾아야 돼. 밤에 걸칠 것도 있어야 하고."

진우는 개의 눈치를 보면서 한 발을 뗐다. 녀석은 말리는 기미가 보이지 않는다. 그러면 군인들에 대해서도 걱정할 필요가 없는 모양이다. 녀석이 따라나서는 것을 확인한 진우는 속도를 올리며 말했다.

"그리고 너, 물그릇으로 쓸 만한 양재기도 하나 챙기자. 언제까지 계속 하이바에다가 물을 마실 수는 없잖아."

가뜩이나 땀 냄새에 찌든 하이바에 개 침 냄새까지 더해지니, 그걸 쓰고 다니는 것도 꽤 고역이었다. 물론 녀석도 매번 물을 마실 때마다 진우의 머리 냄새까지 함께 마셔야 한다.

며칠 껴안고 자는 동안 냄새가 서로 옮아서 이제는 내가 개인지, 개가 나인지 모를 정도가 되기는 했지만, 그래도 개선할 수 있는 부분은 개선하고 싶다.

"어느 집부터 들어가 볼까? 어디에서 맛있는 냄새가 나냐?"

마을 어귀에 들어선 진우가 개에게 물었다. 개는 킁킁거리며 바닥의 냄새를 맡다가 일단 담벼락에 다리부터 척 걸쳤다. 저렇게 아무 때나 찔끔거릴 수 있는 것도 어찌 보면 대단하다. 물도 그렇게 넉넉히 마시지 못했는데.

얼―.

오줌을 다 갈기고 난 개는 오른쪽 모퉁이의 집으로 뛰어가 대문 앞에서 진우를 돌아본다.

거기에 먹을 게 있다, 이거냐?

진우는 혼잣말을 중얼거리며 그 뒤를 따랐다.

박박박박, 몸을 일으킨 개는 닫혀 있는 마루문을 긁어 대고 있다.

"알았어, 잠깐만 기다려. 내가 열어 줄게."

진우는 유리문 안쪽을 한 번 슥, 훑어보고 손잡이를 당겼다. 위험 요소가 없는 것 같다고는 해도 조심해야 한다. 감이라는 게 언제나 100퍼센트는 아니니까.

탁― 탁―.

문을 열자마자 개는 마루를 가로질러 구석의 방으로 들어갔다. 음식물 썩은 악취가 집 안 전체에 퍼져 있다. 진우는 눈살을 찌푸리며 천천히 그 뒤를 따랐다.

개와 좀비가 서로를 알아보지 못하는 것 같으니까, 그 부분은 진우 스스로 대비를 하는 수밖에 없다.

"야…… 어디 가냐, 주방이 이쪽인데…… 천천히 가. 내 시야에서 사라지지를 말라고. 윽! 냄새!"

잔소리를 하며 문지방을 넘으려던 진우는 팔을 내저으며 악취와 달려드는 파리를 쫓았다. 작은 우리 안에 토끼들의 시체가 들어 있다.
 얼마나 오래전에 죽은 놈들인지는 모르겠지만, 하여간 이미 꽤나 많이 부패가 진행된 상태였다. 토끼의 눈 주변에는 온통 구더기가 들끓는다.
 보기에도, 또 냄새를 맡기에도 괴로웠지만, 개의 입장은 달랐나 보다. 녀석은 진우가 우리를 열어 주기를 기다리며 침을 뚝뚝 떨어뜨리고 있다.
 "저기…… 나는 이런 거 못 먹어. 이런 거 말고…… 너 먹었던 것 같은 음식을 찾으라는 의미였어. 나와, 빨리."
 진우는 미련을 버리지 못하는 개를 억지로 잡아끌고 나와서 문을 닫아 버렸다.
 끄으응~.
 개는 조금 기죽은 소리를 낸다. 진우는 옆으로 비껴 멘 가방에서 전투식량 한 봉지를 꺼내 녀석의 눈앞에 대고 흔들었다.
 "이런 거를 찾으라는 말이야. 아니, 지금 먹자는 게 아니고, 찾으라고."
 다시 움직이기 시작한 개는 닫혀 있는 방문을 긁는다. 진우는 고개를 갸웃거리면서 경고했다.
 "이번에도 또 시체 나오면 나 화낼 거다. 알았지?"
 얼—.
 개는 자신만만한 목소리로 짖는다.
 좋아.
 진우는 마음의 준비를 하고 손잡이를 살짝 돌렸다.
 끼이익.
 문이 다 열리기도 전에 틈을 비집고 안으로 뛰어 들어간 개는 이내 커다란 건빵 봉지를 물고 나온다. 정말 전투식량 비슷한 걸 잘도 찾았다.
 "그래, 맞아. 그런 거야. 이제부터는 썩어 가는 토끼 같은 거 찾지 말고 그런 거만 골라. 알았지? 아니면 더 맛있는 걸 찾아도 되기는 하는데……."
 건빵 봉지를 건네받은 진우는 녀석의 머리를 쓸어 주며 칭찬을 해 줬다. 이렇게 말귀를 잘 알아먹는 놈인데 왜 이름 훈련만은 그다지도 안 되는 건지 이상하다.

"이거, 네 물그릇 할래? 어때? 아닌가? 너무 큰가?"

주방의 찬장을 열어 스테인리스 그릇들을 뒤적이던 진우가 냉면 그릇을 하나 집어 들고 물었다. 개는 그저 좋다는 듯 헥헥거리고 있다.

진우는 바닥에 놓여 있던 물병 중 하나를 집어 뚜껑을 열고 냄새를 맡은 뒤, 살짝 입술을 축여 봤다.

"물 맞다. 자, 마셔라."

진우는 개의 새 물그릇에 물을 가득 부어 줬다. 그러고는 자신도 꿀꺽꿀꺽 들이켰다. 웅덩이를 떠나 산속을 헤매고 다니는 동안, 배고픔보다도 목마름을 참는 게 훨씬 더 힘들었다.

물통은 몇 개 챙겨야 한다. 수통 하나만으로는 성인 남자와 대형견 한 마리의 갈증을 채울 수 없다.

찹찹찹—.

열심히 혀를 놀려 물을 마시고, 진우가 부어 준 건빵을 깨물어 먹던 개가 갑자기 번쩍 고개를 든다.

얼—.

녀석이 높고 큰 목소리로 짖는다. 경계가 아니라 기쁨의 감정이 가득 담긴 '얼—'이었다.

"왜 그래? 뭔데?"

건빵을 우물거리던 진우가 물었다. 개는 진우를 한 번 힐끗 돌아보더니 다시 짖었다.

얼—.

이번 짖는 소리는 더 에너지가 넘친다. 그런 후, 녀석은 곧바로 집 밖을 향해 내달리기 시작했다. 엄청난 기세다.

"야! 너 갑자기 왜 그러는 건데!"

진우는 목소리를 낮춰 부르며 녀석의 뒤를 따라 뛰었다. 저 처먹는 거 좋아하는 놈이 건빵을 고스란히 내버려 두고 달려 나갈 정도면 굉장히 중요한 일일 게 분명하다.

녀석은 맹렬한 속도로 마을을 가로질러 건너편의 도로 쪽으로 달려간다. 가방을 두 개나 멘 채로 녀석을 쫓으려니 진우는 숨이 턱까지 차올랐다.

"하아~ 하아~ 너~ 이 새끼~ 대체 왜, 하아~."

마을의 끝자락에 멈춰 선 개를 보며 진우는 숨을 몰아쉬었다. 하지만 그 의문은 이내 풀렸다.

개들이다. 스무 마리가 넘는, 꽤 큰 규모의 들개 떼가 주변을 어슬렁거리고 있다. 진우와 개를 보고도 그리 경계하는 기미는 없었다.

얼!

개는 천천히 걸어가 개들의 무리에 섞여 들어갔다. 발걸음도 엄청 가볍다. 진우는 녀석이 대체 왜 저러는지 이해할 수가 없었다.

자신을 따라오기 위해 무리의 대장 지위도 초개처럼 던져 버렸던 녀석이 지금은 왜 다른 개들을 보고 저리도 흥분한 걸까? 이제 이만 헤어져서 각자의 길을 가자는 의미인 건가?

그럴 리는 없을 거라고 생각하면서도 마음 한구석이 조금은 섭섭하다.

하지만 그런 게 아니었다. 녀석은 꽤나 덩치가 큰 잡종견의 곁으로 다가가 다짜고짜 엉덩이 냄새를 맡기 시작했다.

"허—!"

진우는 한숨 섞인 실소를 내뱉었다. 그러고는 녀석을 향해 손짓을 했다.

"야, 인마. 좀 천천히 다가가야지, 다짜고짜 그렇게 치대면 싫어해! 네가 아직 여자를 잘 모르는구나. 이리 와! 내가 전투식량 햄이라도 줄 테니까 그거라도 같이 나눠 먹으면서 호감을 줘…… 허!"

진우의 두 번째 '허'는 감탄의 의미가 가득 담겨 있었다. 녀석에게는 싸구려 햄 따위 필요하지 않았다.

"와…… 저놈 봐라?"

감탄사를 내뱉고 나서 진우는 고개를 돌렸다. 개들이 연애하는 장면을 빤히 지켜보고 싶지는 않았다. 몇 걸음 물러나 애써 외면하고 있던 진우의 입에서 갑자기 한숨이 푹 새어 나온다.

"하아~ 저 개새끼도 연애를 하는데, 나는……."

하이바를 벗은 진우는 거기에 끼워 둔 핑크 펀치의 사진을 보며 중얼거렸다.

"이 꽃다운 나이에 천 날, 만 날 얘네들 사진만 들여다보고 있는 거야…… 예쁘다, 예쁘다 하면서……. 으아~ 이거, 뭔가 굉장히 불공평한 기분이다."

물론 그렇게 말을 하는 동안에도 사진 속의 제니와 테라는 여전히 아름답다.

후우~. 진우는 한숨과 신음이 섞인 소리를 내뱉고 나서 다시 하이바를 썼다.

"나는 외롭지 않다…… 나중에 연애 엄청 많이 할 거다……. 나는 외롭지 않다……."

멍하니 개를 기다려야 하는 시간 동안 진우는 주문을 외우며 마을 주변을 둘러봤다. 그리고 가져가야 할 것, 꼭 필요한 것들을 다시 되짚어 가며 확인했다.

"……끝났냐? 그럼 이제 가자."

녀석의 헥헥— 거리는 소리가 그친 것을 확인한 진우는 오라는 손짓을 했다. 녀석은 본 척도 안 하고 다른 개들 사이를 기운차게 돌아다닌다.

이 무리의 대장 격이었을 것으로 보이는 덩치 큰 개 한 마리는 벌써 아까부터 다른 개들 사이로 숨어 버렸다.

"완전히 독무대구만……. 야, 시비 걸고 다니지 마. 킹! 이리 와."

하지만 녀석은 돌아보지 않는다. 개들 사이에서 매의 눈으로 번득이던 녀석은 덩치가 크고 털이 긴 흰 개에게 다가갔다.

주변에서 펄쩍거리며 흰 개의 관심을 끈 녀석은 킁킁, 냄새를 맡고, 뭉뚝한 꼬리를 흔든다.

새 여자 친구와 헤어진 지 얼마나 됐다고 벌써 다른 개에게…….

진우는 어처구니가 없어서 실소를 터뜨렸다.

"이 바보 같은 놈아, 그게 통할 리가 없잖아! 그 개도 네가 아까 저 누런 개와 어울리는 거 다 봤다고! 그렇게 껍죽대다가 물려도 난 모른다. 여자들 화나면 무섭단 말이……."

녀석의 어리석음을 비웃던 진우는 자신의 어리석음을 절감해야 했다. 녀석은 벌써 흰 개와 뜨거운 사랑에 빠졌다.

초스피드!

녀석이 자신을 힐끔 돌아본다. 빤히 응시하는 그 눈이며 표정이 이렇게 말하는 것 같다.

'응? 뭐라고 했어? 통할 리가 없다고? 잘 못 들었는데, 다시 한번 말해 볼래?'

마주 보기 싫어서 진우는 고개를 저으며 뒤돌아섰다. 아니, 이건 말이 안 되잖아. 다른 개랑 놀아나는 걸 빤히 다 보고 있었으면서 어떻게……. 뭐지? 될 놈은 뭘 해도 되는 건가?

"훗, 진정하자. 그냥 저 새끼가 오늘 운이 엄청 좋았던 거야. 우연히 이 무리에 저렇게 못생긴 새끼가 이상형이었던 개 두 마리가 있었던 거지. 뭐, 살다 보면 누구나 한두 번쯤 그런 경험을 하지 않나? 소개팅에 나갔는데 여자들이 다 자기한테만 반해서 관심을 보이고 그러는……."

혼잣말로 자존심을 지켜 보려고 했는데, 실패다. 생각해 보니 그랬던 적 없었다. 지금까지 소개팅으로 만나 본 여자애들 열에 아홉은 삼식이만 쳐다보고, 삼식이에게만 말을 걸었었다.

젠장!

그래서 삼식이를 제외한 세 친구는 나머지 10퍼센트 정도의 여자애들의 마음에 들기 위해 치열한 경쟁을 해야 했다.

그리고 그들만의 마이너 리그에서조차 자신과 유빈은 보안관에게 밀렸었다. 키와 덩치라는 보안관의 두 무기가 제법 강력하게 작용했었으니까.

하긴 저 녀석의 덩치도 어지간히 크니까 인간으로 치자면 보안관급일 것이다.

쿠우웅— 쿠우웅—.

멀리 몇 개의 산 너머에서 요란한 폭발음이 들려온다. 아직도 싸우고들 있는 모양이다.

 하지만 이제는 정말로 멀어져 있다. 공중전이 개입되지 않으면 여기까지 전선이 확대될 것 같지는 않다. 진우는 폭발음의 메아리가 울리는 방향을 멍하니 바라보았다.

 얼—.

 어느새 익숙해진, 낮게 짖는 소리. 녀석이다. 녀석은 그동안 흰 개와 실컷 놀아났는지, 근처로 와서 진우를 향해 한 번 짖었다. 자신을 봐 달라고 자랑하는 것 같다.

 "그래, 알았으니까 잘난 척 그만해. 이제는 정말 가자."

 가까이 오라는 손짓을 하면서 진우가 말했다. 녀석은 아직도 좀 더 자유를 갈망하는지 진우의 손짓을 보고도 다시 개들 사이로 뛰어가 버렸다.

 그리고 몇 분 지나지도 않아서 오늘의 세 번째 여자 친구와 사이좋게 서로 냄새를 맡기 시작했다.

 "이런 미친……."

 두 번째까지는 그러려니 했던 진우도 더 이상은 눈꼴시어서 봐줄 수가 없다. 저렇게 밝히는 놈도 말 그대로 개새끼지만, 그런 바람둥이를 받아 주는 상대도 문제다.

 "아…… 젠장, 그냥 쓱, 다가가기만 하면 일사천리로 되는구나. 젠장, 꼭 삼식이를 보는 것 같네."

 얼—!

 진우가 넋두리를 늘어놓던 중간에 녀석이 갑자기 크게 한 번 짖는다. 자신이 얼마나 대단한 능력자인지 봐 달라는 듯. 진우는 언성을 높였다.

 "안 봐! 이 난봉꾼 새끼야! 페로몬이 막 뿜어져 나오는 거냐? 여자를 함락시키는? 네가 무슨 삼식이도 아니고!"

 얼—!

 개는 또 한 번 크게 짖으며 돌아본다. 이건 꼭…… 이름을 불렀을 때의 반응

비슷하다. 세상에 온갖 이름을 다 갖다 붙여 봐도 돌부처 같던 놈이 갑자기 저렇게 나오다니!

이 소중한 기회를 놓치기 싫었던 진우는 이마를 찌푸리며 고개를 갸웃거렸다.

"뭐야…… 마음에 드는 이름이 있어? 무슨 단어에 반응한 거야? '페로몬'? 아니면 '뿜다'?"

녀석은 조용하다. 진우는 자신이 했던 말을 되짚어 봤다.

"새끼? 여자? 난봉꾼? 에…… 함락?"

반응이 없다. 그러면 남은 단어는…….

진우는 의심스러운 표정으로 물었다.

"설마…… 삼식이……는 아니지?"

얼―!

녀석이 **펄쩍펄쩍** 뛴다.

진짜? 삼식이라는 이름이 좋다고?

진우는 도저히 이해가 가지 않으면서도 다시 외쳐 봤다.

"삼식아!"

얼―!

폭발적인 반응이다.

짝! 짝!

진우는 손뼉을 두 번 치고 두 팔을 쫙 벌렸다.

"삼식아! 이리 와!"

녀석은 혀를 내두르며 빠르게 달려왔다. 진우의 눈에는 그 모습이 마치 감동적인 슬로비디오처럼 느껴졌다.

따라라~ 라라~.

옛 친구를 찾아 주는 프로그램의 상봉 장면에서 틀어 주던 BGM이 들려오는 것 같다. 녀석은 그 커다란 덩치를 부웅 날려 진우에게 안긴다.

윽―!

50킬로그램은 족히 될 것 같은 놈이 무작정 기대는 바람에 진우는 휘청대며 가벼운 비명을 질렀다. 배낭과 옆으로 멘 가방이 보조 추 역할을 해 주지 않았으면 뒤로 넘어갔을 것이다.

"오! 그래, 삼식이! 잘했어! 잘 왔어!"

진우는 녀석의 머리와 가슴을 쓸어 주며 웃었다. 녀석과 함께한 이래, 처음으로 이름에 반응하는 모습을 본 것이 꽤나 기뻤다.

이제야 처음으로 녀석과 온전한 친구가 된 기분이다. 녀석도 어지간히 좋은지 곰 발바닥 같은 커다란 앞발을 진우의 가슴에 척 얹고, 진우의 목과 얼굴을 핥으려고 난리가 났다.

"읍! 퉤! 퉤! 아으…… 야! 너, 그 혀, 좀 전에 다른 개들 똥구멍 핥던 혀잖…… 읍!"

하지만 녀석은 막무가내다. 사방으로 튀는 침 공격에 난감해하던 진우가 손가락으로 땅을 가리키며 명령했다.

"삼식이, 앉아! 앉아!"

척. 신기하게도 녀석은 그 말에 따랐다.

이럴 수가, 무슨 매직 키워드도 아니고…… 그저 '삼식이'라는 단어 하나 붙였을 뿐인데…….

진우는 마술 같은 일이라고 생각했다.

"너, 그 이름 정말 마음에 드나 보구나……. 좋아, 넌 지금부터 삼식이다. 객관적으로는 킹이 더 낫긴 하지만…… 뭐, 어쩌겠어. 제 이름이니 자기가 좋다는 걸 불러 줘야지."

얼굴과 목에서 녀석의 침을 닦아 낸 뒤 진우는 몇 가지 명령을 실험해 봤다.

손! 엎드려! 일어서!

……다 통한다!

이놈, 전문적으로 교육받은 모양이다. 진우가 재미있어서 이것저것 시켜 보는 동안 들개 무리는 다른 곳으로 이동하려 하고 있었다.

끄으응~!

기다려!

명령에 따라 대기하고 있던 삼식이가 떠나가는 개들을 힐끔거리며 앓는 소리를 낸다. 세 번째 여자 친구와 일을 마저 치르지 않은 것이 못내 아쉬운 모양이다.

홋, 지치지도 않는구나. 진짜 삼식이 같은 놈이네…….

진우는 코웃음을 쳤다.

"가서 놀다 와, 삼식아. 가."

진우의 허락을 받자마자 삼식이는 신이 나서 달려갔다. 그러고는 자기가 콕 찍었던 그 여자 친구의 옆으로 다가가 또 슬슬 수작을 건다.

녀석의 구애가 이뤄지는 것을 확인하고 나서 진우는 멍하니 자리에 앉아 기다렸다.

"그러고 보니…… 진짜 삼식이 놈은 어떻게 지내고 있을까? 저 짓 못 해서 반쯤 미쳤을 것 같은데. 일주일이 멀다 하고 다른 여자랑 어울리고 다니던 놈이……. 하긴, 연애가 다 무슨 배부른 소리야. 살아 있는지 어떤지도 모르는데."

진짜 삼식이의 근황에 대해 이런저런 생각이 떠오르다가 죽었을지도 모른다는 걱정이 들자 갑자기 심란하다.

친구들, 내가 아는 사람들, 죽었다면…… 혼은 어디로 가는 걸까? 나를 볼 수 있을까?

그런 고민을 하고 있는 동안 어느새 녀석이 다시 돌아와 진우의 곁에 착 달라붙어서 헥헥거리고 있다.

"……설마!"

일순, 진우의 눈이 커졌다. 별로 흔하지도 않은, 삼식이라는 이름을 가진 개가 자신과 이렇게 만나고 또 자신을 좋아할 확률이 얼마나 될까?

거기에 그 개가 지독한 색광이고, 그게 또 잘 통한다는 희박한 확률도 더해야 한다.

이건 뭔가…… 이상하다. 단순한 우연이 아닌 것 같다. 그렇다면…….

하아~. 하늘을 보고 있던 진우는 한숨을 내쉬었다.
"삼식아, 너…… 혹시 진짜 삼식이냐? 죽어서 개로 태어난 거야?"
욕망의 굴레에서 해방되어 돌아온 개가 해맑은 눈으로 바라본다.
그래, 말이 되는 것 같다.
진우는 녀석의 목을 와락 끌어안았다.
"개가 되어서 찾아온 거구나. 내 옆에 있어 주려고……. 응? 그런 거야? 아휴, 이 자식아! 다른 애들은 어떻게 됐어?"
눈물이 핑 돌려 하는 순간, 한 가지 의문이 스친다. 개의 얼굴을 잡고 빤히 보던 진우는 무덤덤해진 어조로 중얼거렸다.
"근데…… 삼식이는 이렇게 똘똘한 놈이 아닌데…… 유빈이라면 몰라도."
결국 지능의 격차가 너무 심하다는 이유 때문에 사람 삼식이가 개 삼식이로 다시 태어났을 거라는 가설은 기각되었다.
이 녀석은 그냥 삼식이라는 이름을 가진, 또는 그 이름을 좋아하는 별난 개다. 그 이상도, 이하도 아니다.
하아암―.
진우가 생각에 잠겨 있는 동안에 개 삼식이는 입이 찢어져라 하품을 한다. 진우는 쯧쯧, 혀를 찼다.
"피곤하셔? 당연히 그렇겠지. 자, 일어나. 이 동네에서 해야 할 일 많아. 빨리 다 하고 챙겨서 나가야 돼. 뭐…… 너는 이미 많은 일을 하기는 했지만."

02

삼식이를 데리고 동네 주변을 천천히 걷던 진우는 어느 집 마당에 멈춰 서 있는 자동차를 발견했다.

"여기 동네가 청운면이라는 데구나."

진우는 대문 옆에 붙은 주소를 확인한 뒤, 자동차의 유리창을 깨서 자물쇠를 열고 차의 내부를 뒤졌다.

"지도가 어디 있나…… 지도야……."

첫 번째 차에는 지도가 없었다. 차의 운전자가 내비게이션에만 의존하던 사람이었는지, 아니면 지도 따위 없어도 이 주변을 훤히 꿰고 있던 사람인지는 몰라도, 별 도움이 안 된다는 사실에는 변함이 없다.

진우는 글러브 박스를 뒤져서 일회용 라이터와 티슈를 챙겼다. 그 두 가지는 큰 무게가 나가지 않으면서도 아주 요긴한 물건들이다.

"다음 차로 가 보자. 지도를 찾아야 돼. 가자, 삼식아."

두 대의 자동차를 더 뒤진 끝에 원하던 크기의 지도를 찾은 진우는 자동차 보닛에 걸터앉았다.

타탁, 삼식이도 풀쩍 뛰어올라 옆에 앉는다. 진우는 횡성 주변을 손가락으로 짚어 가며 중얼거렸다.

"청운면…… 청운면…… 어디에 있는 거냐, 이 동네가……."

곁에서 함께 지도 보는 흉내를 내던 삼식이가 앞발을 올려 지도의 한 점을 턱, 짚는다. 자기도 뭔가 참여하고 싶은 모양이다.

"아냐, 거기…… 지도 볼 줄 아는 척하면 내가 속을 것 같아?"

진우는 삼식이의 발을 치우고 다시 지도를 살폈다. 횡성 부근 어딘가라는 것 외에는 근처의 지리에 대해 전혀 모르기 때문에 시간이 좀 걸렸다.

진땀을 흘리며 한참을 투자하고 나서야 진우는 자신이 있는 위치를 확인할 수 있었다.

"산을 타고 다니는 동안 횡성 밖으로 다 빠져나왔었네……."

진우는 새삼 스스로가 대견해져서 자신이 왔던 방향 쪽으로 고개를 돌렸다.

지난 며칠간 그가 온갖 고생을 하며 헤치고 나온 산들이 멀리 겹겹이 서 있다.

"에…… 이게 이 방향인가? 여기가 서쪽이면…… 아닌데, 저 산이 이거고……."

지도의 그림과 주변의 경관을 비교해 가며 동서남북을 짐작한 진우는 청운면 위쪽의 선 하나를 따라 손가락을 움직였다.

6번 국도…… 양평, 팔당, 구리를 지나면 서울에 닿는다. 망우리, 상봉동, 동대문…….

두근대는 마음으로 거기까지 짚어 가던 진우가 혼잣말을 중얼거렸다.

"가만있어 봐. 상봉동이면 보안관이랑 다들 마지막으로 공사했던 데 근처잖아. 걔들도 태릉 부근 어딘가라고 했었는데…… 아, 어디였지? 주소가…… 기억이 날 듯하면서도 가물가물하네. 하긴 뭐, 계속 옮겨 다니니까……."

기억을 살려 내고 싶어서 머리를 통통 두들기던 진우는 이내 고개를 저었다.

"야, 너 진짜 단순하다. 거기 알아서 뭐 할래? 거기에서 공사했었다고 계속 거기에 있겠어? 바보 아니냐? 당연히 그 쉘터인지 수용소인지로 피해 갔겠지. 그치, 삼식아?"

얼ㅡ.

개는 멋도 모르고 그저 좋아서 대답을 한다. 진우는 녀석의 얼굴을 한 번 쓸어 주고서 다시 지도로 시선을 옮겼다.

"보급품을 실어다 주던 헬기 조종사가 수용소는 잠실에 있다고 했었지. 그러니까…… 구리까지 들어갈 게 아니라, 차라리 여기에서 한강을 건너 가지고 미사리로 넘어가자. 그런 다음에 강변을 따라서 쭉 가면 잠실이네…… 간단하구만!"

진우는 만족한 표정을 지으며 지도를 탁, 두들겼다. 지도에 그려진 선을 따라가 보는 길은 너무도 쉽고 가깝다.

거기에는 수만 마리가 떼를 이루어 지나가는 좀비 무리들도 등장하지 않고, 전차까지 동원해서 전쟁을 벌이는 군인들도 없다.

복잡하게 그려진 등고선을 아무리 숙지하고 있어도, 직접 산을 타는 동안 느껴야 하는 육체적 고통은 시각만으로는 전달되지 않는다.

현 위치에서 잠실까지의 거리는 대략 80킬로미터 정도. 거기에 산으로 피신하거나 우회하는 경우를 더하면 실제 이동해야 하는 총 거리는 100킬로미터 남짓이 될 것이다.

"허! 세상에, 겨우 100킬로미터밖에 떨어져 있지 않다니······."

진우는 가벼운 현기증을 느꼈다. 100킬로미터. 그 거리가 너무 짧고 구체적이어서 오히려 비현실적인 것 같다.

지난 보름 가까이 동안 그에게 서울은 너무나 멀고 아득한 곳, 도저히 닿을 수 없는 이상향이었다.

그런데 이제 그 꿈까지 불과 100킬로미터만이 남았다. 고속 도로에서 자동차로 한 시간을 달리면 도달하는 거리.

"우와······."

진우는 벅차오르는 가슴을 진정시키기 위해서 몇 번이나 크게 숨을 내쉬어야 했다. 다 이뤄진 것 같다고 미리 긴장을 풀면 안 된다.

지금부터 서울에 도달하기까지 자신이 돌파해야 하는 지역은 경기도. 거긴 강원도와는 비교도 되지 않을 만큼 많은 사람들이 살던 곳이다.

당연히 좀비들도 많을 테고, 경계를 차단하는 초소에는 병력들이 배치되어 있을 것이다.

또 어쩌면 서울에 도착하고 나서부터가 정말 힘든 일들의 연속일지도 모른다.

"음······ 짐도 있고 가끔 산길도 있고 하니까 한 시간에 넉넉하게 3킬로미터 걷는다고 치고, 그러면 대충 34시간 정도네······. 34시간이면 하루에 여섯 시간 걷는다고 했을 때, 5일이나 6일······ 에, 뭐가 계산이 잘못된 거 아닌가? 겨우 100킬로미터를 6일 동안이나 걸쳐서 가야 한다고?"

진우는 머리를 긁적이며 다시 계산을 해 봤다. 그래도 답은 일치한다.

아냐, 아냐······ 이건 안 돼. 좀 더 페이스를 올리자······.

진우는 계산해 놓았던 것을 볼펜으로 직직 그어 버리고 다시 숫자를 기입하기 시작했다.

이번에는 하루에 24킬로미터 이동으로 설정했다. 여덟 시간씩만 걸어가면 나흘 만에 서울까지 도달한다. 오늘부터 시작해서 나흘 밤만 자면······.

"우와! 좋아! 좋아! 기운을 바짝 내는 거야!"

진우는 가방을 열어 남아 있는 전투식량의 개수를 파악했다. 녹색의 봉지를 보자마자 개는, 아니, 삼식이는 신이 나서 앞발을 휘젓는다.

총 네 봉지가 남아 있다. 이 한 봉지는 이 자리에서 먹어 치운다고 가정하고, 앞으로 적어도 나흘 치의 식량은 확보해 둬야 서울까지 쉬지 않고 걸어갈 수 있다.

"자, 이거 먹어. 그리고 같이 먹을 것 찾자. 알았지?"

진우는 늘 하던 것처럼 삼식이에게 햄과 빵과 강정을 주고, 자신은 초코바 두 개만을 가졌다.

그리고 삼식이는 늘 하던 것처럼, 엄청난 속도로 세 종류의 딱딱한 음식을 먹어 치우고 진우의 초코바를 향해 간절한 눈빛을 보낸다.

"이거 달라고, 킹?"

얼—.

녀석이 꼬리를 친다. 초코바를 위해서라면 영혼도 팔 녀석이다.

훗, 진우는 마지막 남은 초코바 조각을 보란 듯이 자신의 입에 넣고서 녀석의 볼을 쥐고 흔들었다.

"너 삼식이잖아. 이제 다 알아, 인마. 그리고…… 지금보다 적게 먹어도 될 것 같아. 보니까 대낮부터 아주 기운이 펄펄 넘치더구만."

끄으응—.

녀석이 기죽은 시늉을 한다. 그러면서도 진우의 눈치를 살핀다.

치밀한 놈…….

진우는 손을 탁탁 털고 보닛 아래로 풀쩍 뛰어내렸다. 그러고는 속도를 올려 뛰며 소리쳤다.

"음식이랑 점퍼 찾으러 가자, 삼식아! 서울까지 얼마 안 남았어!"

삼식이는 금방 진우를 앞질러 달리며 맑고 큰 목소리로 대답했다.

얼—!

"일단 물이야. 지금 상황에서는 물이 제일 중요해. 총알은 여기 있으니까."

진우는 옆으로 비껴 멘 가방을 두들기며 중얼거렸다. 다른 곳을 경유하지 않고 쭉 도로를 따라 직진하기만 한다는 가정에서, 적어도 4일 치 소비할 물은 필수적으로 준비해야 한다. 여유를 둬서 5일 치쯤은 가져가는 게 좋다.

배고픔은 하루쯤 참아도 되지만, 목이 마른 채로 하루를 걷다가는 죽을 수도 있다. 요즘처럼 태양이 달아올라 기승을 부릴 때는 더욱 그렇다.

"어디…… 보자, 하루에 너랑 나랑 각각 생수 큰 거 한 병씩만 먹는다고 치면…… 우와, 그것만 해도 닷새 치면 거의 20킬로그램이 되네."

손을 꼽아 보던 진우는 새삼 놀랐다. 물론 하루하루 시간이 지남에 따라 점차 무게가 줄어들겠지만, 짊어지고 가기에는 무리인 무게다. 거기에 식량의 부피와 무게도 더해야 한다.

일반 가정집에서 손에 넣을 수 있는 음식들은 전투식량처럼 수분을 완전히 제거해 압축해 놓은 게 아닐 테니, 꽤나 무겁고 부피도 클 것이다.

"리어카를 끌고 가야 하나…… 아니야. 그거는 길 막힌 데에서 자동차 사이로 빠져나가기가 힘들어. 그런 거 말고…… 여행용 캐리어나 바퀴 달린 장바구니…… 그런 종류가 낫겠다. 시골이니까 할머니들 장터에서 물건 사 가지고 올 때 쓰는 거 있겠지. 그치, 삼식아?"

들떠서 정신없이 혼잣말을 떠들어 대는 진우를 삼식이가 걱정스러운 표정으로 바라본다.

훗, 진우는 미소를 지었다.

"미친 게 아니라 좋아서 그러는 거야. 정말 까마득하게 먼 거라고만 생각했는데, 이제 손에 잡힐 것 같거든. 그러니까 그런 눈으로 보지 않아도 돼. 봐 봐, 자, 표정 이렇게 하면 멀쩡하지?"

진우는 애써 진지한 얼굴 연기를 선보였다. 하지만 마음이 들뜨는 것은 사실이다. '여행용 캐리어…… 여행용 캐리어…….'라고 흥얼거리던 진우는 곧 훨씬 더 좋은 것을 발견했다. '농협 마트'라는 로고가 찍힌 쇼핑 카트다.

"아이쿠, 뉘신지 모르지만, 어르신 아주 좋은 거 챙겨 오셨네……."

진우는 카트에 들어 있던 장작들을 밖으로 집어 던지고 자신의 배낭과 가방부터 담았다. 그 두 개의 무게를 덜고 나니, 숨쉬기가 한결 수월해졌다. 지도책도 배낭 안에 담았다.

"바퀴에는 그리스 칠 좀 해야 할 것 같은데…… 뭐, 농기구들 쓰니까 금방 찾을 수 있겠지."

카트를 앞뒤로 굴려 보고 방향도 바꿔 보면서 진우는 고개를 끄덕였다. 비바람에 조금 녹이 슬고 먼지가 뽀얗게 앉았지만, 이게 어딘가. 잘 굴러가고 많이 실을 수 있다. 게다가 폭도 그리 넓지 않아서 자동차들 사이로 통과하기도 좋다.

진우는 카트를 끌고 삼식이와 함께 집마다 들어가서 필요한 것들을 담았다. 구제 시장에서 쇼핑을 하는 기분이다.

다만, 가끔씩 문을 열었을 때, 썩어 가는 동물의 시체나 사람 시체가 반겨 줄 때도 있으니까 언제나 긴장을 풀면 안 된다.

"카트가 생겨서 무게에 그렇게 민감해질 필요 없네. 이럴 줄 알았으면 총도 가지고 올걸. 저격 총 좋은데……."

카트 안에 참치 통조림을 던져 넣던 진우는 두고 온 총과 실탄들이 떠올라 잠시 아쉬움을 느꼈다. 그러나 이내 고개를 젓고 잊기로 했다.

그걸 다 끌어안고 있었으면 아직도 포화가 피어오르는 산속에서 벗어나지 못했을 것이다. 어쩌면 이미 죽었을 수도 있다.

"가만있어 보자…… 이렇게 막 담을 게 아니라 가벼운 가방을 몇 개 담아서 그걸로 분류를 해 놔야겠다. 하루 치씩 딱 싸 놓으면 계산하기도 좋고……."

정신없이 물건들을 쌓던 진우는 새로운 포장법을 따랐다. 장바구니를 다섯 개 펼쳐 놓고, 거기에 순서대로 물건을 채운다. 불필요한 욕심을 부리지 않을 수 있어서 효율적이다.

"이거 어떠냐, 삼식아? 나한테 어울리는 느낌?"

판초 우의를 찾아낸 진우가 옷 위에 걸치고 두 팔을 벌려 보였다. 삼식이는 무표정한 얼굴로 대응한다. 마음에 들지 않는 모양이다. 싸구려라 그럴 것 같기는 했다.

흥, 까다로운 놈.

"그냥 며칠만 참아. 어차피 밤에 추워질 때만 입을 거니까 잘 안 보이잖아."

진우는 녀석의 머리를 쓸어 주고 우의를 접어 카트에 담았다. 예전에 총을 잃어버릴 뻔했던 마을에서 쇼핑에 몰두해 있던 때의 일이 생각난다.

그때, 군인들에게 에워싸였다가 토할 만큼 뛰었던 경험도 있지만, 지금은 그때보다는 마음이 편하다. 만약에 화약 냄새 풍기는 군인들이 근처로 다가온다면 삼식이가 먼저 냄새로 알고 경고를 해 줄 테니까.

"결국 물이 제일 넉넉하지 않네. 믿고 마실 만한 물이 별로 없어."

마을을 한 바퀴 돌고 나서 쇼핑의 결과물을 확인해 보던 진우가 중얼거렸다.

통조림, 건빵, 미숫가루, 라면, 사탕, 돗자리에 담요 두 개, 비상약, 장갑, 휴지, 빈 그릇들, 수저, 수건, 옷가지 몇 개, 예비 플래시에 배터리까지…… 다 어느 정도 넉넉히 챙겼는데, 결국 모자라는 건 또 물이다.

이 마을 사람들은 다들 어딘가에서 물을 길어다 먹거나 끓여 먹었던 모양이다. 그래서 아무거나 마실 수 있는 건 다 담았다.

박카스, 캔 커피, 사이다, 이온 음료, 두유…… 그리고 페트병에 든 소주도 한 병. 비바람이 부는 날에 체온을 유지하는 데 도움을 줄 것이라는 핑계를 스스로에게 댔다.

"으음, 다 챙겼나? 까먹은 거 없지? 어째 너무 사치스러운 것 같기도 하고……."

묵직해진 카트를 보면서 진우는 빨랫줄을 앞쪽 철망에 동여맸다. 만약 음식이 꽉 찬 초반에 가파른 언덕길을 만나면 삼식이 녀석이 끌고 자신이 뒤에서 밀어야 한다. 그때, 이 줄을 풀어 삼식이에게 묶을 계획이다.

"자, 이거 먹고 기운 내서 출발하자."

마을 어귀의 나무 그늘 아래 앉아 진우는 커다란 냉면 그릇에 여분의 참치 통조림과 스팸, 마른 멸치, 건빵을 한꺼번에 부어 섞었다.

개밥이라고 해서 너무 무시하는 거 아니냐고? 무슨 소리인가, 어차피 그 자신도 똑같은 걸 먹을 건데.

진우는 섞은 음식의 3분의 1만 뜨고 나머지를 바닥에 내려놓았다.

와구와구, 삼식이는 신이 나서 먹어 댄다.

"맛있다. 그치?"

진우도 수저를 핥으며 미소를 지었다.

얼—.

삼식이도 아주 적극적으로 동의해 준다.

세상에…… 며칠간 그 딱딱한 특수부대용 전투식량과 인삼만 먹었던 터라 참치 기름이 듬뿍 묻은 건빵이 아주 살살 녹는다.

남은 여정의 좋은 징조인 것 같아서 진우는 웃었다. 대지를 달구는 태양조차 사랑스럽다. 눈앞에 보이는 저 길을 따라 걷기 시작해서 100킬로미터. 그만큼만 가면 목적지에 다다른다.

03

같은 시각, 잠실 쉘터에서는 두 약골의 자존심을 건 레이스가 또다시 펼쳐지고 있었다. 속도 면에서는 레이스라는 거창한 표현을 사용하는 것이 부끄러울 정도였지만, 참가자의 열의만큼은 그 어디에 내놔도 뒤처지지 않을 수준이다.

"헥, 헤엑, 헥, 많이 늘었군. 하지만 이 챔피언에게 도전할 수준은 아니야! 그러기에는 우리의 클래스가 너무 달라! 헤엑, 헥, 헥……."

젠킨스가 숨을 할딱거리며 잘난 척을 한다. 하지만 현실의 그는 민구의 등을 보고 걸어가는 중이다. 그리고 둘의 격차는 점점 더 벌어져 갔다.

젠장, 저 괴물 같은 인간. 어제보다 또 더 빨라졌다. 도대체 저렇게 커다란 상처를 옆구리에 가진 인간이 어째서 저렇게 걸을 수 있는 건지…….

하지만 그에게는 아직 회심의 전법이 있다. 젠킨스는 살이 늘어진 볼을 부르르 흔들었다. 이 게임, 아직 져 줄 생각이 없다. 적어도 환자보다는 빠른 사람이 되고 싶으니까.

그가 숨을 헐떡이며 뒤처지는 사이에 민구는 벌써 야구장의 한쪽 끝을 찍었다. 벽을 짚고 잠시 숨을 고른 민구는 몸을 돌려 다시 왔던 길을 되짚어 걷기 시작했다.

"히익!"

민구가 턴을 한 걸 확인하자마자 젠킨스도 숨넘어가는 다급한 소리를 내며 뒤돌아 걸었다. 이것이 그가 가진 비장의 전술이다.

거리가 얼마나 벌어져 있든 간에 민구가 턴을 하면 그도 턴을 한다. 그리고 출발 지점까지 먼저 도착하면 자신의 승리다.

처음부터 멀리까지 따라오지 않고 아예 출발 지점 부근에 머무르는 비겁한 수는 쓸 수 없다. 민구가 턴을 하는 순간을 보지 못하면, 젠킨스 자신의 패배니까.

애초에 그가 혼자만의 룰을 만들 때, 그 정도의 페어플레이는 하기로 했다. 그게 정정당당한 승부다.

지난 며칠 동안 젠킨스는 이 게임에서 계속 이겼다. 하지만 오늘, 견고해 보였던 그의 왕좌가 위협받고 있다.

"헤엑ㅡ! 저 괴물! 점점 더 가까워진다!"

뒤를 돌아볼 때마다 민구와의 거리가 줄어든다. 젠킨스는 뒤뚱거리며 최선을 다해 걸었다.

제기랄, 이런 승부 애초부터 시작하지 않았더라면 좋았을 걸 그랬다. 그랬더라면 질 일도 없는데…….

헤엑, 헤엑…… 폐는 터질 것 같고, 허벅지는 풀렸다. 눈이 따끔거린다. 살면서 이만큼 지독하게 자신의 육체를 혹사해 본 적이 없다.

"바로 저기…… 바로 저기까지만 가면 돼……. 바로 저기까지만…… 헤엑, 헤엑……."

젠킨스는 비 오듯 흘러내리는 땀을 씻어 내면서 필사적으로 다리를 들어 올렸다. 골인 지점인 두 사람의 돗자리까지 이제 겨우 10여 미터. 여기에서 포기할 수는 없다.

힐끔 뒤를 돌아보니 민구는 어느새 바로 몇 미터 뒤까지 추격해 와 있다.

이익, 젠킨스는 이를 악물었다.

"움직여! 움직이라고!"

휘청거리는 다리를 억지로 끌어 올릴 때마다 무릎이 쑤셔 온다. 결국 마지막 2미터를 남겨 놓고 젠킨스는 고꾸라졌다.

우당탕!

앞으로 넘어지며 구르는 젠킨스의 시야에 민구의 모습이 들어온다. 분명히 자신보다 결승선을 늦게 통과했다.

"하아~ 하아~ 이겼다! 이겼어! 내가 챔피언이야! 승자는…… 헤엑, 헤엑…… '아직도' 무패의 챔피언! 타일러 더 매드 사이언티스트~ 젠킨스!"

젠킨스는 당겨 오는 옆구리를 꽉 움켜잡은 상태에서도 입을 쉬지 않고 놀렸다. 몸은 고통스럽지만 승리의 쾌감은 너무나 짜릿하다.

다들 이래서 운동경기에 그렇게나 열광했던 모양이다. 권투 링 아나운서의 말투까지 흉내 내 가며 승리를 만끽하는 젠킨스를 보면서 민구는 눈살을 찌푸렸다.

"이놈, 이상한 방식으로 열받게 구는군……. 하아~ 하아~."

말의 내용은 알아들을 수 없지만, 녀석이 기뻐한다는 것과 챔피언이라는 단어만은 알겠다.

챔피언이라니, 네놈은 다 완주를 하지도 않았잖아…….

민구는 저려 오는 갈비뼈를 잡았다.

이 녀석, 분명히 요즘 자신을 따라 걷는 것 같은데, 중간에 되돌아온 주제에 계속 승자인 척 난리를 피운다.

이놈 때문에 민구도 덩달아 오버 페이스를 하고 있다.

네가 이긴 게 아니야. 끝까지 갔다가 돌아와야지!

그 말을 영어로 설명할 수가 없으니 그냥 내버려 두고 있지만, 미묘하게 자존심이 상한다.

오늘은 거의 다 따라잡았는데…… 이놈이 술통처럼 굴러 들어오는 바람에…….

민구는 숨을 고르며 화를 가라앉혔다. 두들겨 패 주는 건 일도 아니지만, 그런 방식으로는 그 자신이 개운치가 않다. 확 따라잡아서 코를 납작하게 해 줘야 기분이 풀릴 것 같다.

"헤엑, 헤엑, 에너지…… 탄수화물……."

큰대자로 뻗은 젠킨스는 주머니를 뒤적거려 사탕을 꺼냈다. 두 알을 급하게 입 안에 넣고 우물거리던 젠킨스는 고개를 돌려 민구를 보며 사탕 한 알을 들어 올렸다.

"헤엑~ 유 원트 잇? 헤엑~ 헤엑~ 원 시가렛."

"……미친놈."

민구는 대답 대신 혼잣말을 중얼거리고 녀석을 외면해 버렸다. 붕대를 대신 감아 주는 거래를 튼 이후, 어찌나 장사를 하려고 드는지…… 뭐든지 다 담배 한 대란다. 항상 바가지를 씌우고 싶어서 눈이 벌겋다.

"응? 이건 뭐야?"

숨을 헐떡이며 물을 마시고 있던 민구의 곁으로 어린아이 한 녀석이 아장거리며 걸어온다. 아직 기저귀도 떼지 않은 꼬마다.

"아찌, 아찌."

'아찌'가 아저씨라는 뜻임을 민구가 파악했을 때쯤, 꼬마는 땅바닥에 질질 끌고 온 비닐봉지를 돗자리에 털썩 내려놓았다. 꼬마가 손가락으로 민구를 가리키며 말했다.

"머거."

뭐지, 이건?

민구는 꼬마가 떨어뜨려 놓은 비닐봉지와 녀석의 얼굴을 번갈아 쳐다봤다.

'용케 살아남았군, 이런 몸으로.'

꼬마의 짧고 작은 팔다리를 보며 민구는 생각했다. 멀쩡한 성인들도 대부분 버티지 못하고 괴물이 되어 버렸는데, 제대로 걷지도 못하는 놈이…….

녀석의 운이 좋다고 해야 할지, 구해 낸 보호자의 힘이 대단하다고 해야 할지 모르겠다. 비닐봉지에 든 건 주스 두 팩, 사탕 한 봉지.

단출하지만 누가 봐도 저 또래의 꼬마가 쉽게 남을 위해 포기할 내용물은 아니다. 모든 물자가 넉넉하지 않은 이 수용소에서는 더 그렇다.

"야!"

민구는 봉지를 주워 다시 꼬마에게 쥐여 줬다. 괜히 애새끼 거 빼앗아 먹었다는 소리 듣고 싶지 않다.

으차, 꼬마는 봉지를 또 민구 앞에 내려놓았다. 그러고는 같은 말을 반복했다.

"아찌 머거. 쥬쯔! 쥬쯔!"

꼬마는 주스 팩을 가리킨 작은 손가락으로 민구를 향해 삿대질을 해 댄다. 녀석이 사람을 착각하는 것 같지는 않다. 이쯤 되면 누구의 소행인지 민구도 짚이는 게 있다.

그 바짝 마른 계집애…… 테라. 늘 어린애들에 둘러싸여 있는 것 같더니, 결국 이렇게 애새끼에게 심부름을 보냈다.

"쥬쯔!"

심부름을 마친 뒤에도 꼬마는 돌아가지 않고 그 자리에 서서 연신 주스를 외쳐 댄다. 민구는 녀석이 왜 그러는지 뒤늦게야 눈치를 챘다.

가져다주기는 했지만, 녀석도 주스에 욕심이 난 것이다.

참 바보 같군. 그까짓 걸 알아채는 데 그렇게 한참이 걸리다니…….

민구는 속으로 웃었다. 뭐, 당연하다. 지금까지 사는 동안 이런 또래의 아이와 함께 있어 본 적이 거의 없었으니까.

"자."

민구는 주스 팩에 빨대를 꽂아 꼬마에게 내밀었다. 녀석은 곧바로 빨대를 물고 힘차게 빨아들인다. 한참을 쭉쭉거리던 꼬마는 카― 하는 감탄사와 함께 참았던 숨을 내뱉었다.

꼬마가 주스 마시는 걸 주목하고 있던 젠킨스도 흐으~ 하고 안타까운 신음을 흘렸다.

"마이따? 마이따?"

물어보는 말인지, 감상을 말하는 것인지 모를 소리를 두 번 반복하고 꼬마는 또 주스를 마저 빤다. 녀석의 모습을 가만히 쳐다보며 민구는 잠시 생각에 잠겼다.

이곳으로 옮겨 온 후, 그 깡마른 계집애와 몇 번 마주친 적이 있다. 대부분 먼 발치에서였지만, 한두 번은 바로 근처를 스쳐 지났다.

제아무리 야구장이 넓다고는 해도 어차피 폐쇄된 공간이고, 먹는 곳, 싸는 곳이 정해져 있으니 불가피한 일이었다.

그럴 때마다 그 계집애는 고개를 숙이고 외면한 채 서둘러 그 자리를 피했다. 신경 쓰지 않는 척했지만, 민구 본인도 그다지 유쾌하지는 않았다.

이 몸뚱이 꼬라지…… 제대로 걷지도 못하는 이런 모습. 딱히 그녀뿐 아니라 누구에게라도 일부러 보여 주고 싶은 꼴은 아니다.

― 넌 머리가 나쁘냐? 얼쩡거리지 말라고 내가 분명히 말했을 텐데?

이 쉘터를 떠나기 전 테라가 인사를 하러 왔을 때, 자신이 쏘아붙였던 말을 민구는 생생히 기억하고 있다.

단순히 자신과 얽히면 그녀에게 좋지 않을 것 같아 한 말이 아니었다. 그 가시 돋친 말들은, 그녀를 보면 뭔가 마음이 약해지는 자신을 지키기 위한 방어책이기도 했다.

그런데 이 꼬라지가 되어 돌아왔기 때문에 그녀와의 인연이 다시 얽히려 하고 있다. 그것도 대등한 게 아닌 동정받는 관계로…… 그것만큼은 정말이지 사양하고 싶다.

'아무래도 한번 정리를 해야겠군…….'

테라는 부근의 코너에 숨어 아이와 강 실장이라는 남자, 그리고 젠킨스를 보고 있었다. 워낙에 똑똑한 아기라서 심부름을 잘해 주리라는 것은 의심하지 않았다.

과연 아기는 주스를 무사히 전달하고 대접까지 받고 돌아온다. 주스 두 개 중에 하나를 전달했다. 젠킨스를 심부름꾼으로 채용했을 때보다 몇 배나 뛰어난 효율이다.

"테다야."

아장아장 걸어오는 아이가 테라를 향해 손을 들어 보이며 방긋 웃는다. 테라는 얼른 아이의 손을 잡았다.

"아유~ 우리 예쁜 애기, 심부름 잘했어요?"

"어."

"고마워요, 왕자님."

테라가 아이의 머리를 쓰다듬고 있을 때, 그녀의 머리 위로 그늘이 드리워졌다. 갑작스러운 인기척에 놀라 테라는 고개를 들었다.

그녀의 앞에는 민구가 서 있었다. 서둘러 걸어오느라 꽤나 고통스러운 표정이다.

"아……."

테라가 당혹스러워하며 눈을 내리깐다.

후우~ 후우~ 숨을 고른 민구는 싸늘한 눈으로 그녀를 쳐다보며 물었다.

"뭐 하자는 거야?"

말을 고르느라 잠시 머뭇거리던 테라가 차분한 목소리로 말했다.

"인사를 드리고 싶었는데, 제가 직접 찾아가면 화를 내실까 봐…… 그래서 귀여운 아기에게 부탁을 한 거예요. 워낙에 사랑스러운 아이라서 얼굴이랑 행동을 보시면 기분이 좀 풀리실 거라고 생각했었어요. 그렇게 해서 차츰 가까워지려고……."

"얘 엄마도 이런 걸 아나?"

민구가 보따리같이 작은 꼬마를 가리키며 물었다. 테라는 고개를 끄덕였다.

"네. 제게 고마운 분이 지금 아프신데, 이 아기에게 간식을 전달시켜서 깜짝 놀라게 해 드려도 될지 여쭤봤어요. 기꺼이 허락해 주셨고요."

"그래? 후우~."

가볍게 한숨을 내쉰 민구가 찌푸린 얼굴을 테라에게 바짝 가져다 대며 물었다.

"그 아픈 놈 직업이 칼잡이라는 것도 말해 줬나? '사람 모가지 따는 일로 먹고 살던 말종 또라이한테 네 새끼 좀 심부름 보낼게.'라고 말했냐? 그래도 허락을 하던가?"

"아뇨…… 안 했어요. 그런 분이 아니니까요. 왜 그렇게 무서운 거짓말을……."

민구가 겁을 주는 동안에도 테라는 물러서거나 눈을 피하지 않는다. 민구는 낮은 목소리로 윽박지르듯 내뱉었다.

"아니, 그게 사실이야! 그런 놈이라고! 네 멋대로 날 뭐라고 생각했었는지 모르지만, 나는 네가 상상하는 것처럼 착한 놈도 아니고, 이렇게 조그만 애새끼 보면서 기분 좋아지는 보통의 인간도 아니라고! 알겠어?"

테라는 대답하지 않았다. 아직 이름도 모르는 이 남자가 위험한 사람이라는 사실은…… 그를 처음 보았을 때부터 알고 있었다.

1미터가 넘는 칼을 휴대하고 다니다가 좀비들의 목을 자르는 광경은 충격적이었다. 평범한 인간은 뿜어낼 수 없는 난폭함이 그에게는 있었다. 하지만 아이를 해칠 만큼 나쁜 사람이라고는 추호도 의심하지 않았다.

"아기를 데려온 건…… 잘못했어요. 그냥 저는…… 이 아이 웃는 모습을 좋아하실 거라고만 생각했었어요. 제가 그랬으니까요. 아기가 위험에 빠지거나 할 거라고는 전혀 예상 못 했어요. 경솔했습니다."

사과하고 돌아서려는 테라의 앞길을 민구가 막았다.

"내 꼬라지를 보고 동정하는 것도 그만둬. 더 기웃거리면 그때는 곱게 안 끝낼 거야."

"……왜 곱게 끝날 수 없는 건가요?"

잠시 고개를 숙인 채 침묵하고 있던 테라가 쓸쓸하게 중얼거렸다. 민구는 눈살을 찌푸렸다.

"뭐라고?"

"동정하는 게 아니에요. 그저 도울 수 있으니까 돕고 싶어요. 아저씨도 저를 도와주셨잖아요. 그런데 저는 아저씨를 도울 수 없다는 건 너무 이상해요."

"내가 볼 땐 이상할 게 하나도 없어. 너는 그때 누군가 도와주기를 바랐고, 지금의 나는 그렇지 않아. 네게 남는 음식 몇 가지 던져 주고서 함부로 동정이 아니라느니, 돕겠다느니 하는 소리 하지 마. 그냥 내버려 둬. 그리고 그때 일은 잊어버리라고 했잖나. 우리는 서로 빚진 거 없어."

민구는 차갑게 내뱉고 등을 돌렸다. 이쯤 했으니 자존심이 상해서라도 더는 가까이 오지 않을 것이라고 생각했다. 하지만 테라는 달랐다.

"말씀은 그렇게 하시지만, 아저씨도 실은 알고 계신 거예요. 제가 진 빚이 훨씬 더 큰 거라는 걸요. 그러니까 이렇게 일방적으로 정산을 하실 수 있는 거고, 저를 윽박지르시는 거겠죠. 하지만 그렇게 화를 내셔도 저는…… 고마운 은인을 외면하지 않을 거예요."

고개를 돌린 민구는 이를 악물었다.

"나는 그런 은인 같은 게 아니야! 마음에 빚진 걸 따지자면 오히려 내 쪽이 더 커. 왜냐하면! 나는……."

입 안에서 하고 싶은 말이 맴맴 돈다.

나는 네가, 그리고 여기에 있는 모든 사람들이 이런 거지 같은 상황에 갇히도록 만든 놈이야! 내가 그 안경잡이를 고문해서 비밀번호를 토해 내도록 만들었어!

그놈이 그렇게 열지 말아 달라고 간청했었는데도…… 애초에 그 트럭이 열리지 않았다면…… 너는 지금도 잘살고 있었을 거고, 그런 놈들에게 봉변을 당할 일도 없었다고! 그런 눈으로 보면서 고맙다고 하지 말라는 말이다!

민구는 터져 나오려는 속내를 애써 다시 삼켰다. 여기에서 이 계집애에게 자신의 범죄를 고백하고 싶지 않다.

그녀가 호의를 가지고 가까이 다가오는 것도 싫지만, 자신을 경멸하는 시선으로 쳐다보는 모습도 원하지 않는다.

"테라 씨, 괜찮으십니까?"

두 사람의 분위기가 심상치 않았는지 곁을 지나던 병사들이 다가와 묻는다. 테라는 민구가 반응하기도 전에 얼른 표정을 바꾸며 웃었다.

"안녕하세요. 네, 저 괜찮아요. 이분이⋯⋯ 아, 이분은 전에 저희 기획사 계시던 강 실장님이세요. 근데 이번에 심하게 다치셔서요. 부상당한 이야기 듣고 있는 동안 제가 아마 저도 모르게 인상을 썼나 보네요. 너무 무섭고 아프겠더라고요. 오빠들도 항상 다치시지 않도록 조심하세요. 신경 써 주셔서 고맙습니다."

테라는 두 손을 모으고 깊이 허리를 숙였다. 옆에 있던 아기도 그녀를 따라 배꼽 인사를 한다. 병사들이 안도의 미소를 지으며 돌아간 뒤, 테라는 다시 조금 전의 표정으로 돌아와 조용히 민구의 말을 기다렸다.

"너희 기획사에 있었던 사람이라고? 강 실장이라는 소리는 어떻게 나왔지?"

"여기 떠나시던 날에 초희 선배가 아저씨를 그렇게 부르는 걸 들었어요. 누가 구해 준 건지 이름도 몰랐으니까 그 정도라도 잘 기억해 두자고 생각했었고요."

초희 선배? 그렇게 싸가지 없는 말을 잔뜩 퍼부어 댔던 상대에게 선배라고? 암만 같은 연예인이라지만, 일하는 분야도 다르고 인기는 하늘과 땅 차이였을 텐데⋯⋯.

이상한 계집애다. 아무에게나 꾸벅꾸벅 잘도 고개를 숙이고 스스로를 낮추는데, 비굴해 보이지 않는다.

"깍까깍까까."

어른들이 진지한 이야기를 하는 동안에도 아기는 테라의 손을 잡고 뭔가 이상한 소리를 지르며 놀고 있다. 저 혼자 흥분했다가 웃다가⋯⋯ 아주 기분이 좋다.

"후우~."

민구는 한숨을 내쉬며 마음을 가라앉혔다. 이 계집애와 얽히면 자꾸 감정이 북받쳐서 평소와 다른 행동을 하게 된다. 총에 맞아 사경을 헤매던 동안에도 환상 속에서 그녀를 보았다. 그게 무섭다.

하지만 그런 낯간지러운 이야기 역시 솔직히 털어놓을 수 없는 부분이다.

"너랑 말씨름하는 거 지친다. 끝날 것 같지도 않고…… 이렇게 하자."

한동안 뜸을 들이던 민구가 입을 열었다.

"네 도움이 필요해지면 내가 찾아가서 부탁을 하지. 그때까지는 굳이 알은척을 하지 마. 따로 신경을 쓰지도 말고. 네가 그 발가락을 붕대로 싸 놓은 것처럼, 나도 남에게 보여 주고 싶지 않은 모습이 있어. 그게 바로 지금이야. 네가 정말로 빚을 졌다고 생각한다면, 그 정도 부탁은 들어줄 수 있겠지."

테라는 커다란 검은 눈으로 민구를 보았다. 이 남자가 이보다 더 양보를 할 것 같지는 않다.

"제 도움이 필요할 때 정말로 말씀해 주실 거죠?"

"그래, 약속하지."

민구는 진심으로 약속을 했다. 그녀의 도움이 필요하다고 느끼지 않으면 된다. 그러면 거짓말을 하는 것도 아니다. 테라는 고개를 끄덕였다.

"그럼 한 가지만 더…… 이름을 알려 주세요. 알고 있고 싶어요."

"아니, 그건 됐어. 찾아가는 건 나니까. 얼굴 다 알잖아."

그렇게 말하고 민구는 돌아섰다. 어차피 여기에서 끊을 인연, 실 한 가닥이라도 더 보태고 싶지 않다.

Chapter 60
엇갈린 운명

01

저벅저벅.

가까워지는 발소리. 전투화 소리다. 지하철역 지하 1층, 캄캄한 물탱크실 안에 숨어 있던 강 소위와 임수정은 숨을 죽였다.

비지땀을 흘리고 있는 강 소위는 신음을 내지 않기 위해 이를 악물고서 총을 고쳐 잡는다.

저벅, 저벅, 저벅.

발소리는 물탱크실 앞에 멈춰 섰다. 문틈으로 플래시 불빛이 어른거린다. 그런 후, 노크가 울렸다.

통통통— 통통—.

미리 약속했던 대로 세 번, 그리고 두 번.

하아~. 강 소위가 안도의 한숨을 작게 내쉬었다.

"접니다, 고 하사입니다."

문을 열기 전에 고 하사는 다시 한번 확인을 해 준다. 임수정은 잠겨 있던 문을 열었다. 고 하사는 재빨리 안으로 뛰어들었다.

"우와, 숨차라. 진짜 이렇게 뛰어 보기는 또 오랜만이네. 괜찮으세요?"

고 하사는 플래시로 방 안을 비추며 물었다. 임수정은 고개를 끄덕였고, 강 소위는 도리질을 한다.

"젠장, 괜찮을 리가 없잖아……. 아파. 아주 죽는 것 같아."

"그럴 때가 좋은 겁니다. 아직 의식이 멀쩡하다는 거니까요. 피가 생각보다는 많이 빠져나가지 않은 모양입니다."

고 하사는 옆으로 비껴 메고 있던 가방을 벗으며 말했다. 아까 지상으로 올라갈 때에는 가지고 있지 않던 물건이다. 강 소위는 씁쓸하게 웃었다.

"흐흐흐…… 얼마나 더 빠져나갔으면 좋겠냐? 이 바지에 피 말라붙은 것 좀 봐라. 지금도 빙글빙글 돈다. 그래…… 위쪽은 좀 어때?"

"뭐…… 자세히는 못 봤습니다. 약이랑 음식 구해 오는 것만 해도 후달려서 죽을 뻔했지 말입니다. 약국이 강 소위님 설명해 주신 거랑 좀 다른 골목에 있어서 그거 찾느라고……."

"로데오 골목 끝자락 길 건너에 있다고 했잖아. 그…… 무슨 보쌈집인지 그런 거. 큰 거 보고 들어가면 놓치기가 어려운데, 다음 징발할 목표였기 때문에 다 기억하고 있어."

"그게 설명 들을 때랑 막상 눈으로 보면서 돌아다니는 거랑 완전히 다르더라고요, 여기 며칠이나 있었지만 저는 외부 나가 본 게 처음 아닙니까? 그래도 길을 헤매는 바람에 먼발치서 몇 가지는 몰래 봤습니다. 쉘터, 멀쩡하게 돌아가고 있습니다. 게이트 철책이 몇 군데 무너지기는 했지만, 애들 나와서 평소처럼 벽 쌓고 있고요. 수감자들은 좀비 시체 치우고 있습니다. 이거 드십쇼."

고 하사는 강 소위에게 알약을 몇 개 집어 주고 가방 안에서 붕대와 소독약을 꺼냈다. 약을 씹어 삼킨 강 소위가 물었다.

"전차는 봤어? 김 소위랑 이야기할 수 있으면 좋을 텐데……. 그 친구가 약다고는 할 수 없지만, 박 소위처럼 악질은 아닌데…… 으으, 따갑다, 따가워. 으윽!"

상처를 소독하는 고통에 강 소위가 몸부림을 친다. 이렇게 소리를 내면 곤란하다. 고 하사는 붕대 한 뭉치를 내밀었다.

"자요, 이거 물고 계시는 게 나을 것 같습니다. 전차는 병사 애들 작업하는 부근에서 호위하니까 거기까지 접근한다는 게 불가능합니다."

"으음! 으! 읍! 저기⋯⋯ 고 하사, 아니, 고 하사님. 악의가 없다는 건 알겠는데, 좀 살살 해. 아니면 소주 같은 거라도 입에 물려 주든가. 네, 고 하사님?"

강 소위가 입에서 붕대 뭉치를 빼고 고통을 호소한다. 고 하사는 피식 웃었다. 이 정도 농담을 할 수 있는 걸 보니 당장 죽지는 않을 모양이다.

"그렇지 않아도 두 병 챙겨 오기는 했는데⋯⋯ 좀 드시겠습니까? 근데 많이는 안 됩니다. 우리 계속 움직여야 하니까요."

고 하사는 가방에서 소주병을 꺼냈다. 강 소위는 적극적으로 고개를 끄덕인다. 꿀꺽꿀꺽, 두 모금을 크게 들이켠 강 소위는 인상을 쓰며 입술을 닦는다.

총성을 듣고 깨어나서 이 원사를 쫓아간 이래, 밤새도록 처음으로 섭취한 수분이자 음식이다.

"자요, 수정 씨도 좀 드세요. 반짝 기운이 날 겁니다."

고 하사가 다른 병을 내민다. 임수정은 순순히 받아 마셨다. 맨정신으로 버티기가 너무 힘든 하룻밤이다.

"⋯⋯어우, 쓰네요."

임수정은 한 모금을 겨우 넘겼다. 좀비 사태 이후 처음으로 마셔 보는 술은 전에 없이 짜릿하고도 독했다. 고 하사는 주섬주섬 먹을 것 몇 가지를 꺼냈다.

"약이랑 물 챙기느라고 다른 거는 많이 못 가져왔어요. 무겁게 짊어지면 빨리 뛰지를 못하니까. 이거 드시고 마저 이동해야 합니다. 여기는 지상에서 너무 가까워요."

고 하사는 크래커 봉지를 뜯어 임수정과 강 소위에게 나눠 주고 플래시를 껐다. 어둡고 좁은 공간에 붙어 앉아 바스락거리며 크래커를 씹어 먹고 있자니 분위기는 공연히 우울해진다.

"혹시⋯⋯ 제가 먼저 자수해서 사실대로 이야기를 하면 어떨까요? 잘돼서 오해가 풀리면 곧바로 두 분을 찾으러 오면 되는 거고요."

임수정이 물었다. 강 소위는 크래커를 삼키고 나서 우울하게 대답했다.

"어제도 보셨겠지만, 증인이라고 나서는 사람들이 워낙 많아서 웬만한 목소리는 묻힐 겁니다. 세상에…… 이 쉘터에 그렇게 많은 놈들이 한 패거리로 숨어 있는 줄은 또 몰랐네. 아, 그리고 생각해 보니까…… 그놈들뿐만 아니라 다른 사람들도 저랑 이 원사님이 언성을 높이는 걸 봤지 말입니다. 이 원사님이 흥분하셔서 제 손을 막 뿌리치고 그러셨거든요. 진짜 싸운 건 아니지만, 멀리서 보기에는 오해하기에 딱 좋겠죠. 거기에 증언도 있으니."

"그렇게 돼서 제가 쉘터에 다시 갇히더라도 최소한 제 몫의 음식이랑 물이 아껴지는 거잖아요. 그러면 두 분은 좀 더 편하게 숨어 계실 수 있을 것 같은데요. 나중에 오해가 풀리고 나서 절 구하러 와 주시면 되죠."

임수정의 말에 이번에는 고 하사가 반대의 입장을 밝혔다.

"아뇨, 수정 씨. 그렇게 하면 안 돼요. 박 소위가 소리 지르는 거 들으셨잖아요. 싹 다 잡아 죽여야 한다고……. 그놈은 우리 입이 제일 무서울 거예요. 자수한다고 두 손을 들고 나가도 무조건 서둘러 죽이려고 할 겁니다. 우리 어디에 있는지 불라고 무슨 짓을 할지도 모르고요. 지금 나가시는 건 찬성할 수 없습니다. 불안하고 힘드시겠지만, 조금만 더 참아 주세요."

"……그렇군요. 알겠어요."

임수정은 더 고집을 피우지 않고 얌전히 크래커를 씹는다. 고 하사가 고개를 숙였다.

"미안합니다. 이런 일에 말려드시게 해서…… 차라리 제가 고백을 하지 않았더라면 좋았을 걸 그랬어요. 그랬으면 이런 고생은 안 하셨어도 되는데……."

"아니에요. 저도…… 고 하사님이 데이트하자고 하셨을 때, 굉장히 기뻤어요. 매일 총소리를 들으면서 불안해하고 떨 때마다 그런 생각 했었거든요. 내가 도대체 왜 이렇게 살려고 발버둥을 칠까? 날 기억하는 사람들도 다 죽어 버렸을지 모르는데…… 그냥 나도 죽는 게 차라리 낫지 않을까? 그러면 더 이상은 아프지도 않고, 무섭지도 않을 테니까요."

"아니, 그건 정말 안 되는 이야기죠. 죽어 버린다니요. 왜 죽습니까? 끝까지 이를 악물고 버텨야지."

고 하사의 말을 들은 임수정은 쓸쓸하게 웃었다.

"후후, 네. 잘하는 짓 아니라는 거 알아요. 근데 한번 죽을까 하는 생각이 들고 나니까 점점 그것도 괜찮겠는데 싶어지더라고요. 그만큼 허무했어요. 그럴 때, 고 하사님이 말을 걸어 주신 거예요. 그날 밤에 이야기를 나누면서 고맙고 기뻤던 것만으로도 이 정도 고생할 가치는 충분해요. 다시 선택을 하라고 해도 저는 이쪽을 택할 거예요."

고 하사는 감격해서 임수정의 손을 꼭 잡았다.

큼! 큼! 두 사람이 사랑에 관해 이야기를 나누며 부스럭거리자, 강 소위는 불편해서 어쩔 줄을 몰라 한다. 깜깜해서 아무것도 안 보이지만, 자신이 지금 방해꾼이라는 것은 확실히 알 수 있다.

다리만 멀쩡했다면 당장에라도 자리를 피해 주고 싶다. 아니면 잠시 기절을 했다가 깨어나도 괜찮고.

애애애애앵—.

위쪽에서 사이렌 소리가 들려온다. 그러고는 확성기로 떠드는 말소리가, 그 뒤를 이어서 총성이 잇달아 울렸다.

타탕— 타아앙— 타아앙—.

옥상 저격조가 사격을 미리 예고하고 방아쇠를 당길 때의 패턴이다. 대규모 교전은 아니지만, 또 좀비 무리들이 접근해 온 모양이다.

고 하사 일행에게는 더 깊은 지하로 숨어 들어갈 기회였다. 외부에서 총소리가 울리는 동안은 혹시 지하의 좀비들과 마주치더라도 총을 쏴서 놈들을 잡을 수 있기 때문이다.

지하 1층은 너무 아슬아슬하다. 지하철을 지목해서 수색을 하기 시작하면 언제라도 발각될 수 있다.

핏—.

고 하사가 플래시를 켠 뒤, 문을 열었다. 그러고는 임수정과 함께 강 소위를 부축해 일으켰다.

"어느 쪽이었죠? 아, 한 번 나갔다가 왔는데도 헷갈리네요."

어두운 미로처럼 얽힌 지하철역을 둘러보며 고 하사는 머리를 긁적였다. 임수정이 그들을 아래층 계단까지 인도했다. 집이 이 부근이었던 그녀는 자주 이용하던 역이다.

"근데 참 이상하네요."

캄캄한 계단 아래쪽으로 플래시를 비추던 고 하사가 희미하게 들려오는 좀비들의 울음소리를 듣고 중얼거렸다.

강 소위는 총을 손에서 놓치지 않기 위해 애를 쓰며 물었다.

"뭐가 이상해?"

"좀비들 말입니다. 어떻게 약속이라도 한 것처럼 입구 근처에는 한 마리도 없었던 걸까요? 울음소리 들리는 거 봐서는 저 밑 어딘가에서도 돌아다니고 있는 모양인데 말입니다."

"모르겠어. 사실은 궁금하지도 않아. 입구 근처에 있던 놈들은 다 밖으로 나가 버렸나 보지, 뭐."

강 소위가 말하는 동안에도 어둠 속에서는 포효가 울린다.

그와아아— 그롸아아—.

고 하사는 소름이 끼친다는 듯 부르르 몸을 털었다.

"아, 젠장. 꼭 오지 말라고 경고하는 것 같은데…… 저 아래를 내려가는 게 잘 하는 짓인지 모르겠습니다. 다시 생각해 볼까요? 다들 의견이 어떠십니까?"

세 사람은 서로를 마주 봤다. 이곳에 머무르는 게 위험하다는 건 분명하지만, 그렇다고 해서 저 아래가 더 안전하다는 보장은 되지 못한다. 당연히 망설일 수밖에 없다.

그때, 멀리서 복도를 울리며 들려오는 소리가 있었다.

"너희 넷, 이쪽으로! 그리고 너희! 너희들 넷은 반대쪽으로 가!"

세 사람의 얼굴이 굳었다. 수색대다.

"젠장! 왜 벌써 여기까지. 서둘러요."

고 하사가 신호를 보내고 계단을 내려가기 시작했다. 암흑 속으로 들어가는 게 내키지 않더라도 이제 더 이상 망설일 수가 없어졌다.

"조심하세요, 조심!"

강 소위가 발을 헛디딘다. 휘청, 임수정이 몸으로 버텼다. 세 사람은 비틀거리면서도 최대한 속도를 냈다. 몇 번이나 넘어질 뻔했지만, 그래도 용케 구르는 것만은 면했다.

아래층으로 내려온 그들은 계단 뒤쪽에 몸을 숨긴 채 플래시를 껐다. 그러고는 잠시 숨을 돌렸다. 부축한 채 걸어 보니 높은 계단이라는 건 힘겹고 위험한 장애물이다.

"하아~ 하아~ 어떻게 딱 여기를 알고 쫓아온 겁니까? 우리도 나름 머리를 썼는데……."

고 하사가 중얼거렸다. 네 명에 또 네 명. 지시를 받은 것만 해도 여덟 명이다. 명령을 내린 목소리를 더하면 아홉이나 된다. 그만큼의 병력을 차출해서 여기를 뒤진다는 것은 어지간히 확신이 있었다는 말이다.

하지만 고 하사 일행은 오늘 새벽 총성이 울리는 틈을 타서 한 정거장을 더 와서 몸을 숨겼었다. 벌써 건대 지하철역과 그 주변 수색을 마쳤다는 이야긴가?

건대역은 환승역이어서 엄청 크고 복잡하던데…… 그건 말이 안 된다. 너무 빠르다.

"그냥 동시에 주변 역들을 다 뒤지고 다니는 건 아닐까요?"

임수정이 목소리를 낮추어 물었다.

"아니요. 그건 너무…… 주변 역으로 세 개만 잡아도 거의 서른 명이 필요한데, 그만큼의 병력이 빠지면 쉘터 방어가 안 됩니다. 가뜩이나 어젯밤을 꼴딱 새웠을 텐데, 아홉 명이나 열 명 정도가 수색으로 돌릴 수 있는 최대치일 겁니다."

"너, 약 찾아오는 길에 뒤 밟히거나 했던 것 아니야?"

강 소위가 속삭인다. 고 하사는 고개를 저었다.

"아이구, 제가 무슨 띨띨입니까? 계속 돌아보면서 왔습니다. 아무도 없었어요."

"젠장, 그럼 뭐지? 하긴 지금 이유를 알게 된다고 해 봐야 무슨 소용이야? 빨리 다음 역으로 도망가는 수밖에 없어. 조금이라도 불 켤 수 있을 때, 빨리 가자."

한숨 돌린 강 소위는 신음 소리를 흘리며 먼저 발을 뗐다. 오늘 새벽, 여기로 오는 선로 안에서 좀비들을 사살할 때 새삼 확인했다. 자신은 대단한 명사수가 못 된다. 9 대 1의 교전이 펼쳐지게 되면 승산이 전혀 없다.

설사 이길 수 있다고 해도 아무 죄도 없는 병사 애들을 쏴 죽여야 끝이 난다. 죄도 없는데 쫓기는 신세가 된 것이 억울하고 화가 나지만, 도망 다니기 싫다고 어린 병사들을 다치게 해야 한다면…… 그러느니 좀비들과 맞닥뜨리는 게 훨씬 낫다.

"수정 씨, 방향 한번 다시 확인해 주세요. 혹시라도 잘못해서 건대 쪽으로 돌아가면 큰일 납니다."

선로에 내려서기 전, 고 하사가 재차 확인을 했다. 임수정은 고개를 끄덕였다. 고 하사가 먼저 내려가 좌우를 비춰 보고, 강 소위를 어깨로 업었다.

임수정은 제일 늦게 내려갔다. 그러는 동안에 수색대의 발소리는 벌써 꽤나 가까운 곳까지 쫓아왔다. 셋은 서둘러 걸음을 옮겼다.

"윽!"

선로에 다리가 끌린 강 소위가 비틀거린다. 애초부터 세 명이 나란히 걸어가라고 만들어 놓은 공간이 아니라서 이런 식으로 부축하면서 걷는 게 힘이 들고 불편하다.

결국 임수정이 앞으로 나서서 플래시를 비추고, 고 하사와 강 소위가 뒤따르는 형태로 바꿨다. 고 하사에게만 의존해 걸어가는 동안 강 소위의 고통은 더 커졌다. 세 사람의 힘든 도피는 선로 옆 도피 공간을 만나면서 잠시 멈췄다.

"하아~ 하아~ 타임! 타임! 조금만 쉽시다. 나, 나 죽을 것 같아."

강 소위가 먼저 간절하게 휴식을 요청했고, 고 하사도 두말 않고 도피용 공간의 벽에 기대앉았다. 그러고는 임수정에게 플래시를 꺼 보라는 손짓을 했다.

핏, 플래시의 불빛이 사라지자 주변은 완전한 어둠 속에 묻혔다. 고 하사는 빼죽 고개를 내밀어 뒤쪽을 살폈다. 승강장 쪽에서 떠들어 대는 소리가 희미하게 들려온다.

"어이, 거기 다 꼼꼼히 살핍니다! 어이! 직접 가서 보라고! 멀리서 대강 비추지만 말고!"

"하…… 하지만 여기 너무 어두운데요……. 뭐라도 휙 튀어나오면 어떻게 합니까? 무기라야 달랑 이 몽둥이 하나인데……."

"무서워할 것 없습니다! 우리가 여기에서 엄호해 주지 않습니까? 빨리 이동합니다!"

응? 고 하사는 고개를 갸웃거렸다.

대화가 뭔가…… 이상하다. 왜 명령받는 녀석들은 몽둥이로 무장을 하고 있다는 거지? 개인 화기는 어디에다 두고?

탁탁탁, 승강장을 걷는 발소리가 울린다.

그러고 보니…… 저 발소리는 전투화 소리가 아니다. 훨씬 가벼운 운동화 같은 거다.

설마…….

고 하사의 뇌리에 가설이 떠올랐다.

박 소위, 그 미친놈이 민간인들을 수색에 동원한 건가?

그렇다면 이 미칠 듯 빠른 추격 속도도 이해가 된다. 병력들은 3인 1조 정도로 나누고 동원한 민간인들을 앞세운다면, 1개 분대 병력으로 30명 이상의 효과를 낼 수 있다.

하지만 민간인을 군 작전에 동원한다니…… 이건 정말 미친 짓이다. 게다가 이렇게 멀리까지 거의 무방비로 나온다는 건 민간인에게도, 군인에게도 모두 위험한 일이다.

만약 좀비 떼라도 만나게 되면 대체 어떻게 하려고 이런 작전을 짠단 말인가.

고 하사가 그렇게 마음속으로 복잡한 생각들을 정리하고 있는 동안 발소리는 저벅거리며 승강장을 가로질러 오다가 선로에까지 내려섰다. 뒤쪽은 이제 수색대가 비추는 플래시 불빛으로 훤해졌다.

'어쩌지? 걷기 시작하면 여기 도착하는 것도 금방인데…… 민간인을 때려서 제압해야 하나?'

세 사람의 심장이 긴장감으로 두근거릴 때, 수색대 민간인들 중 한 사람이 속삭였다.

"야, 그만 걸어가. 됐어, 씨발. 그 새끼들이 뭔지는 모르겠지만, 잡는다고 우리한테 뭔 이득이 있다고…… 그냥 제자리걸음 하면서 발소리 내고 플래시만 멀리 비춰. 어차피 안 보여. 니미, 가로수 절단 작업 빼 준다고 했을 때, 괜히 좋아했네. 이게 훨씬 위험하구만."

선로에 내려서서 앞을 비추던 사람이 자신의 동료들에게 중얼거린다. 그런 후, 그들은 일제히 발소리를 내는 척을 했다.

'가로수 절단 작업'이라는 단어를 듣자마자 의문이 풀렸다. 박 소위는 수감자들을 동원한 것이다. 평소부터 그들을 인간 이하로 취급하던 놈답다.

"에이, 더러워서 진짜…… 우리는 뒈져도 그만이라는 거야, 뭐야? 형님, 우리 차라리 도망쳐 버릴까요? 이 길로 내빼면 설마 저희들이 쫓아오겠습니까?"

수감자 중 한 녀석이 속삭인다. 조금 전, 제자리걸음을 하라고 했던 놈이 곧바로 윽박을 지른다.

"미친놈아, 정신 차려! 그래도 저기에서는 밥도 주고 편하게 잘 수도 있어! 옛날 같은 줄 알아? 탈옥해도 개뿔, 너 맞아 줄 건 좀비들밖에 없는데, 내빼긴 어디로 간다는 거야? 그냥 얌전히 시간 보내다가 돌아갈 생각이나 해."

그 말이 어지간히 설득력이 있었는지, 더 이상 도주 제안을 하는 녀석은 없었다.

'그래, 너희 말이 맞다. 그냥 시간만 보내다가 꺼져 줘라.'

고 하사와 강 소위는 긴장한 채 간절하게 빌었다.

저벅, 저벅, 저벅.

발소리가 울리지만, 가까워지지는 않는다. 플래시의 불빛은 그들이 숨은 곳 부근까지 밝히고 있다.

"저기…… 고 하사님, 저기……."

임수정이 다급하게 고 하사를 잡고 흔들며 속삭였다. 목소리가 제법 크다.

"예? 왜 그러세요? 쉿! 쉿!"

뒤쪽을 살피는 데 온 신경을 집중하고 있던 고 하사가 임수정을 진정시키려고 고개를 돌렸다. 얼굴이 파랗게 질린 임수정이 멀리 앞쪽 선로를 가리킨다.

"저기에…… 저기에 좀비가……."

네?

고 하사는 앞쪽으로 고개를 돌렸다. 하지만 아무것도 보이지 않는다. 새까만 암흑뿐이다.

"잘못 보신 거 아니에요?"

"아니요. 조금 전에 저 사람들 플래시가 비추고 지나갔을 때…… 언뜻 비쳤어요. 저 앞쪽에 두 마리가……."

임수정은 뒷말을 삼켰다. 더 설명할 이유가 없어졌기 때문이다.

그롸아아아ㅡ.

멀리에서 좀비의 포효가 들려왔다. 아주 작은 소리이기는 하지만, 확실히 있다.

"야, 저거 좀비 소리 아니야? 어휴, 옘병. 무서워."

수감자들이 웅성거린다. 고 하사의 얼굴에서도 핏기가 사라졌다.

앞쪽에는 좀비, 뒤쪽에는 수색대…….

대체 전생에 무슨 잘못을 했기에 이렇게까지 내몰리는 건지 모르겠다.

"기다려요. 좀비는 저 뒤에 수색대 놈들 가고 나면 처리하면 됩니다. 그때까지만……."

고 하사가 임수정과 강 소위의 손을 더듬거리며 말했다. 하지만 그 역시 자신이 없었다. 바로 코앞도 보이지 않는 깜깜한 암흑 속, 좀비들이 지금 얼마나 가까이 왔는지 전혀 모르겠다.

혹시 벌써 바로 몇 미터 앞까지 와 있는 건 아닐까? 이러다가 갑자기 달려들어 물기라도 하면…….

그때는 후회해도 너무 늦는다.

세 사람은 마른침을 꿀꺽 삼켰다. 두려움이 온몸을 덮는다.

"어이, 후배님! 군인 아저씨!"

그때, 선로 위의 수감자들이 승강장으로 돌아가 감시하고 있는 병사를 불렀다.

"한참 들어가 봤는데, 여기에는 없어요. 이제 올라갈게요. 이 길로 반대편 역까지 가라는 건 아니잖아요? 게다가 지하철역만 수색하는 게 아니고, 건물들 다 뒤질 거라면서? 이러다가 해 지기 전까지 다 못 끝냅니다. 인제 좀 돌아갑시다. 좀비 우는 소리도 들리고 하던데."

"얼마나 가 봤습니까?"

병사들이 묻자 수감자들 중 우두머리가 느물거리며 둘러댄다.

"얼마나라니, 그걸 내가 뭐라고 설명해야 되나…… 내가 무슨 인간 줄자도 아니고…… 거리를 어떻게 알아? 하여간 여태까지 계속 걸어갔다가 온 겁니다. 그런 말 하려면 애초부터 '어디어디 가면 무슨 표시가 있다. 그걸 딱 찍고 와라.'라고 구체적으로다가 말을 해 주든가."

대답을 들은 병사는 말이 없다. 어떻게 하면 좋을지 망설이는 모양이다. 녀석이 머뭇거리는 1초, 1초가 암흑 속에서 떨고 있는 임수정 일행에게는 피 말리는 것 같은 시간이었다.

"알겠습니다. 올라와요!"

수감자들이 가벼운 환호를 하며 승강장으로 기어 올라간다. 그 소리를 들은 임수정 일행도 안도의 한숨을 내쉬었다.

발소리가 충분히 멀어졌다고 생각했을 때, 임수정은 플래시를 전방으로 향하고 스위치를 눌렀다. 검은 그림자가 확 어른거린다. 좀비들은 이미 10여 미터 떨어진 곳까지 접근해 와 있었다.

"젠장! 더럽게 가깝네! 아직 총소리를 내면 안 되는데!"

강 소위가 혀를 찬다.

으읏차!

고 하사는 용을 쓰며 강 소위를 부축해 일어섰다.

"반대쪽 선로로 해서 그냥 도망가 보는 걸로 하시죠! 뿌리칠 수 있으면 뿌리치는 게 나으니까요!"

"그, 그게 될까요? 우리…… 속도가…….'"

임수정이 걱정스럽게 말했다. 하지만 그런 탁상공론을 하고 있을 시간이 없다. 그 시간에 한 걸음이라도 멀어지는 게 도움이 된다.

"끄으응차! 끄응차!"

고 하사는 이를 악물고 한 발, 한 발을 뗐다. 그에게 기댄 강 소위도 신음 소리를 흘려 가며 걸음을 서두른다.

플래시로 전방을 비추면서 앞서 걷고 있는 임수정은 안타까운 심정으로 뒤를 돌아보고 다시 앞쪽을 살폈다.

맞은편 선로로 걸어오고 있던 좀비들은 천천히 방향을 바꿔 다가온다. 지상에서 봤던 것들과 비교하면 좀비라는 걸 믿을 수 없을 만큼 느리지만, 문제는 이쪽이 더 느리다는 데 있었다.

두 사람이 아무리 안간힘을 써도 도무지 속도가 붙지 않는다. 좀비들과의 거리는 조금씩 가까워진다.

8미터, 7미터, 6미터…….

"안 되겠어! 이젠 안 돼! 쏴야 돼!"

5미터도 남지 않았을 때, 강 소위가 주저앉으며 사격 자세를 취했다. 고 하사가 다시 그를 일으키려 했다.

"안 됩니다! 지금 소리를 내면…… 다 들릴 거예요."

"야! 어차피 물리면 다 죽어! 두 마리나 되는데, 그렇게 빨리 맞힐 자신이 없다고! 임수정 씨! 저쪽 비춰 주세요!"

고 하사도 더 말릴 수가 없었다. 강 소위는 안전장치를 해제하고 방아쇠에 손가락을 걸었다. 가빠 오는 숨 때문에 총구가 계속 부들부들 떨린다.

타앙—.

엄청난 메아리를 만들어 내며 발사된 첫 발은 앞서 있던 좀비의 턱을 박살냈다.

털썩.

좀비가 뒤로 나가떨어지는 것과 동시에 강 소위는 총구를 돌렸다. 두 번째 좀비는 어느새 팔을 들어 올린 채 다가오고 있다.

탕—.

두 번째 발도 커다란 소리가 났다. 좀비는 뒤통수가 터져 나가며 날아가 버렸다. 두 마리 좀비는 죽었다. 하지만 진짜 문제는 이제부터 시작이다.

"여기야! 이쪽! 야! 지원 요청해!"

멀리에서 들려오는 고함 소리, 그리고 바쁘게 울리는 발소리.

위치가 노출됐다. 수색을 종료하고 돌아가려던 병력들이 급하게 돌아오고 있다.

"젠장! 다 들렸나 보네!"

강 소위가 고 하사의 손을 잡고 일어나며 한탄을 한다. 고 하사는 그를 부축하고 걸음을 서둘렀다. 임수정도 허리를 굽히고 들어가 강 소위가 넘어지지 않도록 지탱을 했다.

다들 필사적으로 안간힘을 썼지만, 속도는 여전히 느리다. 토끼와 경주하는 거북이가 된 심정이다.

"오지 마! 이 개새끼들아! 다 쏴 버릴 거야!"

뒤쪽으로 플래시 불빛이 어른거리자, 강 소위가 몸을 돌리며 총알 세례를 퍼부었다. 딱히 누군가를 겨냥하고 쏜 건 아니지만, 제압사격으로서의 효과는 확실했다.

추격자들의 발소리는 얼어붙었다. 납작 엎드려 있는 게 분명하다.

"이 틈에 거리를 벌려 놔야 돼요! 저 새끼들, 지원 병력 올 때까지 바짝 못 쫓아올 겁니다. 강 소위님! 힘내세요! 다음 역까지만 가면 괜찮을 겁니다!"

그렇게 그들은 서로를 격려해 가며 지하철 한 정거장을 돌파했다. 도중에 또 네 마리나 되는 좀비를 만나 3점사를 퍼붓느라 한참 시간을 잡아먹었고, 위치도 적들에게 각인시켜 줬다.

"하아~ 하아~ 드디어 왔다! 여기에서 올라가면 됩니다. 역에 숨으면 모를 거예요."

탈진하기 직전까지 내몰린 고 하사가 강 소위를 승강장으로 올리려고 한다. 임수정도 겁에 질린 표정으로 힘을 보탰다.

"끄으으! 으으! 아이고, 나 죽는다, 진짜!"

승강장 바닥에 앉혀진 강 소위가 총상 입은 부위를 감싸 쥔 채 이를 악문다. 고 하사가 정성을 쏟아 지혈해 놓았던 부위에서는 다시 피가 줄줄 흘러나오고 있었다.

"괜찮습니다. 조금만 참으세요! 이제 계단만 올라가서 숨으면 절대로 못 찾을 겁니다!"

고 하사는 최면을 걸듯 같은 말을 반복하고 있다.

하아~ 하아~.

숨을 몰아쉬며 기어 올라오다가 강 소위가 흘린 피에 미끄러진 임수정이 고개를 저었다.

"아뇨. 하아~ 이러면 안 돼요. 100퍼센트 걸릴 거예요. 우리 발소리가 안 들리면…… 당연히 이 역에 숨었다고 생각할 테니까요."

고 하사와 강 소위의 표정이 당혹스러워진다. 사실 조금만 생각해 보면 알 수 있는 일이었다. 그저 몸이 너무 힘드니까 외면하려고 했던 문제다.

"후우~."

강 소위가 한숨을 내쉬며 고 하사에게 개인 화기를 내민다.

"자, 이 총 가지고 가. 너랑 저분, 둘만 뛰면 지금보다 훨씬 빠르게 도망갈 수 있잖아. 이만하면 너는 할 만큼 다 했어."

"아뇨! 강 소위님, 그게 무슨 소립니까? 그럴 것 같았으면 애초에 끼어들지를 않았을 겁니다! 다 같이 삽시다!"

고 하사는 총을 다시 강 소위의 품으로 밀어 넣고 그를 들어 올리려 용을 썼다.

임수정은 생각을 해 봤다. 고 하사의 말이 맞다. 그들이 고난을 겪어야 했던 건 강 소위를 구하기 위해서였다. 그러니 여기에서 포기하면 지금까지 했던 그들의 모든 행위가 부정당하는 거나 마찬가지다.

하지만 이대로 셋이 몰려 다녀서는 결코 승산이 없다는 것 역시 분명한 사실이다. 두 명이 숨는 동안 누군가 한 사람은 미끼가 되어 저 수색대를 끌고 돌아다녀야 한다.

"고 하사님."

임수정은 고 하사의 손을 꼭 잡았다.

네?

고 하사는 지칠 대로 지친 얼굴을 돌린다. 임수정은 간곡하게 말했다.

"미끼는 있어야 돼요. 발소리를 내 줄 사람 말이에요. 제가 할게요."

"네? 그건 안 됩니다! 정 그래야 하면 차라리 제가……."

"아뇨. 제 힘만으로는 강 소위님 부축하고 저 계단 못 올라가요. 그리고 지혈도 못 하고요. 고 하사님은 강 소위님 곁에 계셔야 돼요."

임수정은 펄쩍 뛰는 고 하사를 만류하며 차근차근 이야기했다. 그러는 동안에도 시선은 자꾸 지나온 선로를 살피게 된다. 발소리가 가까워지고 있다. 시간이 없다.

"이 역에 숨어 계세요. 다 따돌리고 나서 다시 돌아올게요. 그렇게 약속해요."

대답하려는 고 하사의 입이 채 열리기도 전, 임수정은 그 말만을 남기고 승강장 아래로 뛰어 내려갔다.

고 하사는 하늘이 무너진 것 같은 표정으로 고개를 저었다.

"안 됩니다. 잡히더라도 다 같이⋯⋯."

"쉘터의 다른 사람들을 생각하세요. 우리만 힘들어지고 끝나는 문제가 아니잖아요. 가세요. 어서요!"

임수정은 두 사람을 향해 손을 흔들었다. 두 사내는 잠시 얼어붙어 있었지만, 이내 정신을 차리고 비틀거리며 계단을 오르기 시작했다.

치익, 강 소위가 라이터를 켜서 앞을 밝힌다.

02

탁탁탁탁탁―.

발소리와 플래시 불빛이 가까워진 걸 확인하고 임수정도 달리기 시작했다. 어차피 추격자들은 그녀가 들고 있는 플래시의 희미한 빛을 따라온다. 자신들이 몇 명을 쫓고 있는지는 알아채지 못할 것이다.

"저기! 선로 위에 뛰어간다! 빨리 와!"

추격대의 선봉이 소리를 친다. 임수정은 이를 악물고 달렸다.

그래⋯⋯ 쫓아와라⋯⋯.

뭔가 뜻있는 일을 좀 하고 있다는 생각이 들자 신기하리만큼 용기가 났다. 가슴이 두근거린다.

고 하사가 말을 걸지 않았더라면, 지금 이 시간쯤에도 멍하니 쉘터 벽에 기댄 채 두통에 시달리며 자살에 대한 망상이나 하고 있었을 것이다.

그런 것보다는 지금 이 순간이 훨씬 더 살아 있다는 느낌이 충만하다. 누군가를 위해 도움을 줄 수 있다는 사실이 기쁘다.

"거기 서! 쏜다!"

등 뒤에서 반복적으로 울리는 경고. 그러나 임수정은 멈추지 않았다.

타아앙—.

총성이 울린다.

피이이이잉— 피이잉—.

총알이 갇힌 공간의 공기를 가르며 기묘한 소리를 낸다. 그 소리에 심장이 덜컥 내려앉는 것 같다. 임수정은 허물어지려는 다리에 힘을 줘 버텼다.

'맞지 않아. 맞을 리가 없어.'

그렇게 스스로를 속여 봤다. 근거도 있다. 어차피 깜깜한 지하 선로. 자신이 정확하게 보이지 않을 것이다. 그랬다면 한 명밖에 없다는 걸 깨닫고 한바탕 소란이 일었을 테니까. 그러니 지금의 사격은 그저 대충 방향만 맞춰 두고 쏘는 위협 수준에 불과하다.

"하아~ 하아~."

임수정의 숨이 가빠진다. 가끔씩 헬스클럽에서 러닝머신 위를 달렸던 경험은 있다. 그러나 남자들의 뛰는 속도에 따라잡히지 않기 위해 뛴다는 건 꽤나 힘겨운 일이었다.

하루 종일 쫓기고 부축하느라 체력을 소진한 상태여서 더욱 힘에 부친다. 하지만 이왕 시작한 일, 여기에서 대충 끝내고 싶지는 않다.

'기운 내, 임수정. 너는 독한 년이야. 강단이 있어. 연구소 다니면서 학위 논문 쓸 때를 생각해. 하루에 두 시간도 못 자면서 버텼어. 그때 생각하면 이런 건 힘든 것도 아니야.'

심장이 터질 것 같아서 멈춰 서고 싶을 때마다 임수정은 자신이 가장 힘겹게 싸웠던 시절을 떠올렸다.

넓은 책상을 꽉 채운 책들, 그리고 속절없이 흐르던 시간.

그렇게 밤을 새워도 결과는 쉽게 나오지 않았다. 길이 보이지 않는 것 같아 책장을 찢어 버리고 싶을 때가 한두 번이 아니었다.

그에 비하면 지금은 길이 있고 답이 있다. 눈앞에 쭉 펼쳐진 선로, 저기를 따라 달리면 된다.

두 개 정도의 역을 더 지나, 잠시 몸을 숨겼다가 수색대가 포기하고 철수한 뒤 다시 돌아오면 그걸로 끝이다. 고 하사를 다시 만나 무용담을 늘어놓으며 웃을 수 있다.

'그래, 그거야. 지나고 나면 아무것도 아니야.'

당겨 오는 옆구리를 꽉 움켜쥐고 달리면서도 임수정의 얼굴에는 희미한 미소가 남아 있었다.

이따금 한 번씩 선로 주변에 쓰러져 있는 시체들을 만나면 가슴이 서늘해지지만, 그래도 주저앉지 않고 쉼 없이 발을 앞으로 뻗었다. 암흑 속에서 플래시 불빛이 정신없이 흔들거린다.

1킬로미터 정도의 거리를 순식간에 주파해 중곡역에 도착한 임수정은 쉬고 싶은 유혹을 뿌리치고 멈춤 없이 다음 역을 향해 내달렸다.

승강장과 만나는, 이 긴 직선 구간이 어쩌면 가장 위험하다. 여기에서 추격대와의 거리가 줄어들면 정말로 총에 맞게 될 수도 있다.

"아! 젠장! 빨리 뛰어! 이 새끼들아! 저쪽에는 부상자가 있다고! 그런데 그걸 왜 못 따라잡아? 발포해!"

"시야가 확보되지 않습니다!"

"일단 쏴! 불빛 훤한 쪽에다 대고 갈기라고, 이 새끼야!"

뒤쪽에서 떠들어 대는 군인들의 소리. 그리고 잠시 후, 정말로 또 총성이 울린다.

'정말로 죽일 셈인가? 재판조차 없이?'

임수정은 인정머리 없이 방아쇠를 당기는 병사들이 원망스러웠다. 하지만 동시에 추격자들이 그렇게 막무가내로 잔인해진 이유도 짐작할 수 있을 것 같았다. 그들 역시 낯설고 위험한 곳까지 나오게 돼서 불안하고 두려운 것이다. 목숨을 내건 사람과 엉덩이를 뒤로 뺀 채 마지못해 흉내 내는 사람의 마음가짐 차이가 그녀와 추격대 간의 거리를 유지시키고 있었다.

'무서우면 돌아가! 이제 이만큼 했으니까 포기하라고!'

임수정은 작은 우월감을 느끼며 계속 내달렸다. 쉘터 바깥은 무섭다고만 생각했었는데, 비록 지하라고는 하지만 이렇게나 자유롭게 뛰어다닐 수 있다니…….

내가 달리고 있어! 게다가 군인들을 따돌리고 있어!

신선한 충격 때문에 가슴이 벅차오른다. 용마산역을 지나 그다음 역을 향해 내달리는 동안 그녀의 승리감은 더욱 커졌다.

"헉! 이건……."

휘어져 있던 구간을 돌아 나온 임수정은 발을 멈추고 짧은 비명을 질렀다. 탈선한 지하철 전동차가 벽을 들이받은 채 멈춰 서 있다.

뒤틀리고 찢어진 쇳덩어리는 암흑 속에서 커다란 관처럼 무시무시해 보인다. 선로는 자빠진 전동차들로 꽉 막혀 있다.

임수정은 플래시로 전동차들을 비췄다. 박살 난 유리창에는 쏟아부은 것처럼 흥건한 핏자국이 검게 말라붙어 있다. 그리고 그 내부에는 끔찍하게 훼손당한 시체들이 뒤엉켜 썩어 가는 중이다.

시체를 파먹고 있던 쥐들은 플래시의 불빛을 받아도 달아날 생각조차 하지 않는다. 걸어서 지나갈 만한 틈은 없다. 여기를 통과하려면 전동차 위쪽으로 넘어가든지, 아니면 아래의 틈으로 기어 나가야 한다.

전동차의 크기가 꽤나 커서 임수정의 키로는 위로 넘어간다는 게 사실상 불가능했다.

'……진정해, 진정해. 이것만 지나가면 돼……. 어차피 다 죽은 사람들이야. 괜찮아.'

임수정은 전동차 앞에서 스스로를 다그쳤다. 하지만 도저히 발이 떨어지지 않는다. 보기만 해도 소름이 끼치는 시체 더미와 쥐 떼 사이를 뚫고 전동차 너머까지 기어간다는 게 그리 간단한 일은 아니었다.

그녀가 머뭇거리는 동안 추격대는 바짝 쫓아왔다. 등 뒤를 밝히는 불빛의 밝기가 그들의 거리가 얼마나 가까운지를 방증해 준다.

머뭇거릴 여유가 없다. 임수정은 선로에 떨어진 채 썩어 가고 있는 잘린 팔을 발로 밀어내고, 바닥에 엎드렸다.

찌지직, 쥐새끼들이 부근을 내달리며 바퀴벌레처럼 흩어졌다.

"으으~ 으으~ 흐으으~."

임수정은 신음을 내뱉으며 시체들과 쥐들 사이로 머리를 들이밀었다. 몇 번이나 돌아 나오고 싶은 충동이 일었지만, 등 뒤에서 들려오는 추격대의 고함 소리가 그녀를 전진하도록 밀어붙였다.

"야! 쏴! 저기에 불빛이 보이잖아!"

타아앙— 타타타— 타앙—.

근처의 돌들 위로 불꽃이 일고, 전동차의 쇠에 맞은 총알이 요란한 소리를 만들어 낸다. 더 시간을 끌다가는 그녀 역시 여기에 시체로 누워 쥐새끼들에게 눈알을 파 먹힐 것이다.

임수정은 재빨리 팔꿈치와 무릎을 움직여 기었다. 불과 몇 미터 되지 않는 짧은 거리였지만, 세상에서 가장 구역질 나고 끔찍한 곳처럼 느껴진다.

"흐으으~ 하아아~ 우웨엑."

전동차 아래를 빠져나온 임수정은 몸에 달라붙은 부패한 살덩어리들을 털어 내다가 구역질을 했다. 죽음이 혐오스러운 모습과 냄새가 되어 자신에게 손길을 뻗어 오는 것 같다.

그녀는 다시 뛰었다. 이제 가장 어려운 장애물을 통과했으니 두려워할 필요가 없다고 생각했다. 이따가 돌아가는 길에 저길 다시 통과해야 된다는 게 마음에 걸리기는 하지만, 그 정도는 참아 낼 수 있다.

"야, 여기로 넘어! 누가 좀 받쳐 봐!"

전동차를 타고 넘으려는 추격대의 외침이 들려온다. 임수정은 뒤를 힐끔거려 가며 속도를 올렸다. 벌써 또 다음 역이다.

여기가…… 무슨 역이었지?

임수정은 연신 이마를 쓸었다. 분명 자주 다니던 노선이었는데, 도무지 기억이 나지 않는다. 체력이 떨어져 눈앞이 일렁거린다. 들떠 있던 마음과 달리 그녀의 몸은 이미 한계까지 모든 기력을 다 뽑아 써 버린 모양이다.

"아……!"

역 이름을 확인하기 위해 플래시를 좌우로 비추던 임수정은 절망스러운 광경과 마주하게 되었다. 멀리서 걸어오는 좀비들이 희미하게 그림자를 만든다. 자빠진 전동차에 가로막혀 있던 좀비들인가 보다.

"……왜 이렇게 많아…… 하나, 둘, 셋……."

좀비들을 헤아리며 달아날 방법을 찾고 있을 때, 그녀의 손에 들려 있던 플래시가 깜빡거린다.

깜빡.

그리고 다시 켜진 플래시는 방금 전에 비해 훨씬 더 어두웠다.

다시 깜빡…….

"아, 안 돼! 안 돼!"

임수정은 신경질적으로 플래시를 두드렸다.

깜빡—.

잠시 어둠. 다시 플래시가 잠시 켜진다. 좀비들의 수는 더욱 불어나 있다.

안 돼…….

임수정의 애타는 바람을 배신하며 플래시는 매정하게 꺼져 버렸다. 완전한 암흑이 그녀를 덮친다.

"으아아아아! 으아아아아!"

어둠 속에 갇히자마자 구조되던 날의 악몽이 그녀를 사로잡는다. 빛이라고는 전혀 없던 냉장고 내부의 캄캄한 어둠 속에서 땀에 흠뻑 젖은 채 기었던 그 경험. 앞도, 뒤도, 위도, 아래도 구분되지 않던, 그 막막하고 끔찍한 심연.

임수정은 그 자리에 허물어져 버렸다. 다른 사람들을 생각하라고 고 하사를 설득하던 자신이 얼마나 오만하고 두려움에 대해 무지했던 것인지 뼈저리게 느껴진다.

플래시 불빛이 사라져 버리자 그녀의 용기도 자취를 감췄다. 바로 당장에라도 좀비의 더러운 손톱이 살을 찢고, 그 이빨이 목덜미를 파고들 것 같다.

"ㅇㅇㅇㅇ…… ㅇㅇ……."

임수정은 빛이 사라지기 전의 기억을 필사적으로 되살려 기었다. 승강장 아래에 분명 움푹하게 들어간 공간이 있었다. 거기에라도 숨어야 한다.

……어디에라도 숨어야 한다.

탁.

앞으로 내젓던 손이 벽에 부딪친다. 여기가 끝이다. 임수정은 몸을 동그랗게 말고 그 움푹한 공간 안으로 들어가 머리를 감싸 쥐었다.

그렇게 하는 것이 별 효과가 없다는 생각조차 들지 않을 만큼 그녀의 마음은 바닥까지 내몰려 있었다.

"야! 뭐야? 왜 불빛이 사라졌어? 놓쳤잖아! 아이, 쌍! 수감자들이 자꾸 늑장을 부리니까 이 모양이지!"

뒤쪽에서 쫓아오던 추격대의 목소리, 그리고 희미한 플래시의 불빛.

임수정은 더욱더 작게 몸을 움츠렸다. 뭘 어떻게 해야 가장 자신에게 유리할지도 계산이 되지 않는다. 그저 어떻게든 이 위기가 지나가기만을 바랄 뿐이다.

"아이, 씨발! 진짜 좆 됐잖아. 못 잡으면 곡소리 날 거라고 무전으로 지랄하던데."

"아니, 그게 왜 우리 잘못이라고 하는지 모르겠습니다. 정 잡고 싶으면 박 소위 본인이 와서 잡으면 되는 거 아닙니까? 우리는 어디 있는지 알려 줬으면 그걸로 된 거지 말입니다."

역 입구에서 멈춰 선 추격대 병사들이 저마다 한마디씩 떠들어 댄다. 대여섯 명이 쉬지 않고 떠들어 대니 정신이 하나도 없다.

칙, 누군가 담배에 불을 붙였다.

"우리도 한 대 주쇼, 후배님. 죄수복 입었다고 담배 피울 줄 모르는 거 아닌데……."

"후우~ 그럽시다. 자요."

병사들은 함께 달려온 수감자들에게도 담뱃갑을 내밀었다. 담배 연기는 금방 선로 위를 가득 채웠다.

"근데, 혹시 불을 끄고 이 부근에 숨어 있는 거 아닙니까? 깜깜한 데 숨어 있다가 쏘려고……."

"지랄, 영화 찍고 앉아 있네. 야, 그럴 것 같았으면 아까 그 전동차에 숨었다가 쐈지. 내가 볼 때, 이 새끼들 총알 없어. 다 떨어졌다고."

승강장 입구 주변에서 담배로 심란한 마음을 달래고 있던 병사들 중 하나가 앞으로 몇 발짝을 내디딘다. 플래시의 희미한 광원이 반대편 승강장까지 비춘다. 숨어 있는 임수정의 눈앞에 병사의 전투화가 멈춰 선다.

"뭐야? 왜 그래?"

"아니, 그게 아니고 말입니다. 저기 뭔가 움직이는…… 어엇! 어어어!"

병사는 요란한 비명을 지르며 총을 고쳐 쥐었다. 좀비들. 지금까지 오는 동안에는 보지 못했던, 많은 규모의 좀비들이 어기적거리며 걸어오고 있다.

"쏴! 쏴!"

수감자들이 비명을 내지른다. 겁에 질려 주저앉는 놈과 뒤돌아 뛰어가는 놈, 몽둥이를 고쳐 쥐는 놈이 한데 섞여 대혼란이 일었다.

그롸아아아—.

좀비들은 두 팔을 들어 올린 채 그들의 뒤를 쫓는다.

타타타— 타타— 타— 타타타—.

병사들은 덜덜 떨면서도 방아쇠를 당겼다. 여러 개의 총구에서 불이 뿜어져 나온다.

탁.

누군가 떨어뜨린 플래시가 바닥에 뒹군다.

피이잉—.

난사된 총알은 임수정이 엎드려 있는 승강장 아래까지 날아와 그녀의 근처를 때렸다.

불빛에 아주 약간 기운을 얻은 임수정은 다시 벌떡 일어났다. 여기에 가만히 있으면 죽는다.

"어! 저기! 저 여자! 저것도 한패 아닙니까?"

"미친 새끼야! 여자 내버려 두고 좀비 잡아! 물리면 뒈진다고!"

"으아아악— 으으! 끄으으! 살려 줘!"

뒤쪽에서는 총성과 비명, 좀비의 포효가 한데 섞여 대혼란이 일어났다. 임수정은 다시 내달리기 시작했다. 군인들이 비추는 플래시 불빛이 앞쪽을 조금이나마 밝혀 줄 때 뛰어야 한다.

그롸아아아—.

희미한 그림자가 덮쳐 온다.

히익, 임수정은 목을 움츠렸다.

타아앙— 타아앙—.

그녀를 향해 아가리를 벌렸던 좀비가 가슴을 맞고 뒤로 날아간다. 임수정은 알고 있는 모든 신의 이름에게 이 우연을 감사하며 속도를 높였다.

점점 주변이 어두워진다. 그리고 곧 암흑이 되었다. 이제는 바로 코앞에서 좀비와 맞닥뜨린다고 해도 모를 것이다. 다리가 부들부들 떨렸다. 이는 계속 딱딱 부딪친다.

끄아아— 타타타타— 투투둑— 투투둑—.

멀리 뒤쪽에서는 아직도 총소리가 끊어지지 않고 울려 댔다.

"컥! 으허억!"

선로에 놓여 있던 무언가에 발이 걸린 임수정은 부웅, 날아가 앞으로 고꾸라졌다. 뭔지 보이지는 않는다. 하지만 아무 소리도 나지 않는 걸로 봐서 좀비는 아닌 것 같다.

하아아~ 하아아~.

눈뜬장님이 된 임수정은 다시 기어가기 시작했다. 벽을 짚고 일어나려던 그녀는 따끔한 고통 때문에 몸을 움츠렸다.

주르륵, 뜨거운 피가 손바닥을 타고 흐른다.

"뭐지? 이거…… 그냥 벽이 아닌데?"

임수정은 베인 손을 다시 뻗어 벽 쪽을 더듬거렸다. 날카로운 쇠파이프와 깨진 유리의 단면이다.

"……승강장!"

임수정은 미친 사람처럼 중얼거리며 두 손을 뻗었다. 단단한 대리석 바닥의 감촉이 느껴지는 것만으로도 한결 호흡이 편해진다. 임수정은 안간힘을 쓰며 승강장으로 기어올랐다.

이제…… 암흑은 지긋지긋하다. 어떻게든 위로 올라가서 빛을 보고 싶다. 어차피 좀비의 이빨에 찢겨 죽어야 한다면 그래도 햇살 아래에서 죽는 편을 택할 것이다.

그녀는 기다시피 하며 계단을 찾았다. 이따금씩 손에 걸리는 물컹한 물체가 전신에 소름을 돋게 만든다.

분명히…… 사람의 몸이다. 죽어 버린 사람의 차가운 촉감. 암흑 속에서 시체를 타 넘고 지날 때에는 등골이 오싹하다. 당장에라도 시체가 손을 뻗어 그녀의 발목을 잡아챌 것 같다.

"계단이다. 하나님, 감사합니다. 아……."

계단에 손톱을 찧은 임수정은 잠시 두 손을 모았다가 기어 올라가기 시작했다. 계단참의 위치를 몰라 손을 헛짚는 바람에 몇 번이나 고꾸라질 뻔했지만, 그래도 난간을 꼭 붙잡고 버텨 냈다. 그녀는 아주 오랜 시간이 걸려서 겨우 한 층을 올라왔다.

지하 2층의 어둠 속에 익숙해져 있던 임수정의 눈은 어두컴컴한 지하 1층에서 희미하게나마 사물을 구분할 수 있었다. 아주 작은 양의 햇빛이 들어와 반사된 것뿐인데도 시각이 회복된다. 기적 같은 일이었다.

그녀는 더 밝은 곳을 향해, 빛이 들어오는 곳을 향해 걸었다. 걸어가면서도 자신이 뭘 바라고 있는지 정확히 알 수 없었다.

혹사당한 두 다리는 후들거리고, 극심한 스트레스에 시달렸던 마음은 금방이라도 무너질 것 같다. 만약 지금 다시 좀비를 한 마리라도 만난다면…… 그걸로 끝이다.

더 이상은 뿌리칠 용기도, 달아날 기운도 없다.

지상으로 이어진 계단 앞에서 그녀는 풀썩 쓰러져 버렸다. 바깥으로 나가고 싶지만, 막상 그럴 수 있게 되니 두려움이 앞섰다. 거대한 좀비 무리들이 기다리고 있는 절망적인 모습이 상상된다.

"아아~."

임수정은 힘없이 한숨을 내쉬었다. 입술이 바짝 말라 찢어지는 것 같다. 다시 돌아가겠다던 자신의 약속이 얼마나 큰 만용이었는지 다시 한번 실감된다.

그녀는 이제 곧 죽게 될 것이다.

근처를 지나는 좀비가 포식을 하겠지…….

그렇게 그녀가 모든 것을 다 포기한 채 계단을 베고 누워 햇볕을 쬐고 있을 때, 위쪽의 거리에서 사람의 목소리가 들려왔다.

"이제 그만 가자. 여기 별로 볼 것 없어. 나는 오늘 미끼 역할 하느라고 엄청 피곤하단 말이야. 근데 왜 이렇게 멀리까지 끌고 와? 응? 보안과안~!"

"아, 그 새끼, 진짜 어지간히 징징거리네. 그리고 왜 나한테 뭐라고 하는 거야? 정작 끌고 나온 건 유빈이 이놈인데. 나도 낯선 동네 별로 안 좋아해. 얘한테 말해!"

보안관은 유빈을 가리키며 투덜댄다. 삼식이는 그런 보안관의 옆구리를 간질이며 웃음을 터뜨렸다.

"하하하, 그거야 보안관 너를 졸라 대는 게 훨씬 더 재미있으니까 그렇지. 너는 조금만 귀찮게 해 주면 막 짜증스러워하잖아. 유빈이는 그냥 건성으로 듣는단 말이야."

"내가 무슨 짜증을 낸다고 그래, 미친놈아! 아, 더워! 만지지 좀 마!"

보안관은 겨드랑이를 움츠리며 삼식이의 손을 피했다. 오늘도 태양은 뜨겁고

습도는 높다. 며칠 내 비가 한 번 제대로 올 모양새다.

그렇게 가뜩이나 푹푹 찌는데 삼식이 놈까지 엉겨 붙으니 불쾌지수는 두 배, 세 배로 팍팍 뛴다.

"야…… 너희, 좀 긴장감이라는 걸 가지려고 노력해 봐. 모르는 동네에 왔는데 너무 풀어졌잖아."

유빈은 투덕거리는 두 친구를 돌아보며 가볍게 한숨을 쉬었다. 지하철역으로 한 정거장 떨어진 이곳 면목역까지 자전거를 타고 좀비의 꽁무니를 쫓아왔다.

그래 봐야 고작 1킬로미터 남짓의 거리이고 자전거까지 있지만, 항상 조심하는 마음으로 몸을 사려야 한다. 보안관이 땀을 닦아 내며 툴툴거렸다.

"얼씨구? 삼식아, 이 새끼 말하는 것 좀 봐. 좀비 떼가 지나간 뒤를 따라서 그 모르는 동네까지 끌고 온 게 너잖아. 음식 숨겨 놓을 비밀 기지 찾아야 한다고. 안 그랬으면 지금쯤 또 물에 들어가서 더위 식히고 있었을 텐데."

"그래도 그 많은 좀비들이 어느 쪽으로 가는지, 방향이랑 경로는 궁금했던 거 잖아. 그리고 어느 정도의 간격마다 한 번씩 다른 좀비들을 떨어뜨려 놓는지도 알아보고 싶었고."

"방향 알기는 다 튼 것 같아. 저기에서 또 꺾는구만, 뭐. 그리고…… 좀비들은 별로 떨어뜨려 놓는 것 같지 않은데?"

삼식이가 목에 건 망원경으로 좀비들이 걸어간 방향을 다시 살피며 중얼거린다. 유빈이 고개를 끄덕였다.

"그래, 안 떨어뜨려 놓고 갔어. 그 말인즉슨, 여기 어딘가에 좀비들이 충분히 있어서 저 무리에서 딱히 새로 좀비들을 두고 갈 필요가 없다는 말인 거야. 그러니까……."

유빈은 주변의 도로와 건물들을 한 번 돌아보고 나서 말을 이었다.

"저 건물들 사이에서 언제 좀비들이 툭 튀어나올지 모른다는 거네. 몇 마리나 되는지도 모르고."

동네 전체의 분위기를 모르니까 빈 학교 건물만 봐도 괜히 으스스한 것 같고,

가슴이 콩닥거렸다.

슬슬 돌아가는 게 낫지 않을까 하는 생각이 계속 고개를 든다.

그때, 삼식이의 옆구리에서 치이익— 하는 기계음이 들려왔다.

수신 감도가 좋지 않자 삼식이는 지하철역 앞의 개방된 공간 쪽으로 위치를 옮겼다.

— 치이익, 치익. 여기는 제니, 여기는 제니! 치익, 삼…… 오빠 나와라…… 치익.

이제야 뭐가 좀 들린다. 삼식이는 배낭 고리에 걸고 있던 무전기를 꺼내서 입에 가져다 댔다.

"여보세요? 응, 나야. 왜에?"

— 치이익, 거기…… 치익, 어때요? 치익, 위험하……는 않아요?

수신 상태는 그리 좋지 않지만 대충 알아들을 수는 있다. 코스트코에 계절상품으로 비치되어 있던 장난감 비슷한 무전기. 오늘 처음 쓴다.

겉포장에 적혀 있기로는 유효 통신 거리가 5킬로미터라고 했지만, 실제로 나와서 써 보니 이제 고작 1킬로미터 남짓 거리인데도 감도가 이 모양이다.

하긴 워낙 빌딩들이 많으니 당연한 건지도 모른다. 그래도 없는 것보다는 확실히 나을 것이다.

"아, 괜찮아. 이제 슬슬 돌아가려고 하고 있어."

— 치익, 현재 위치가…… 치이익, 어딘……요?

"응, 면목역. 정말로 딱 지하철역 앞. 이 동네는 별로 높은 건물이 없어. 어엇! 보안관 저것 좀 봐."

무전기의 'Talk' 버튼을 끄지 않은 채 삼식이가 중얼거렸다. 유빈과 보안관은 삼식이가 가리키는 방향, 그러니까 지하철역의 계단 쪽으로 다가갔다.

컴컴한 그늘 속에서 산발을 한 여자 좀비가 계단을 네발로 기어 올라오고 있다. 좀비의 손이며 옷은 온통 피투성이였다.

"으아…… 섬뜩하다."

삼식이가 계속 무전기를 통해 중계해 준다.

"이런 식으로 등장하는 놈은 또 처음 보네."

보안관은 어깨에 메고 있던 야구 배트 케이스에서 배트를 뺐다. 좀비치고는 엄청 느리지만, 저렇게 어기적거리다가도 갑자기 부웅— 뛰어오를지도 모른다. 하지만 뭔가 느낌이 다르다.

"어? 사람 아니야?"

삼식이가 물었다. 보안관이 눈을 떼지 않으며 중얼거렸다.

"기다려 봐. 좀만 더 보자."

겉모습은…… 아무래도 사람이다. 그렇지만 사람을 만난다는 게 좀비를 만나는 것보다 훨씬 더 이상한 일이어서 세 친구는 자신의 눈을 의심하며 선뜻 나서지를 못하고 있다.

"윽!"

계단의 중간쯤에 도달했을 때, 팔에 힘이 빠졌는지 여자는 앞으로 고꾸라졌다.

아으~.

보고 있던 삼식이의 입에서 안타까운 탄성이 터진다. 계단 모서리에 부딪쳐 터진 입술에서는 다시 붉은 피가 흘러나온다. 여자는 가까스로 몸을 다시 일으킨 뒤, 한 손을 들어 올리며 말했다.

"……사, 사람이에요. 좀비…… 아니에요…… 도와주…… 도와주세요."

바짝 갈라진 목소리의 애원을 듣자마자 삼식이가 자동으로 뛰어 내려간다. 유빈이나 보안관이 만류할 틈도 없었다.

"저한테 기대세요. 일으켜 드릴게요."

삼식이가 여자를 부축해서 일으켰다. 여자는 멍한 눈동자를 껌벅거리며 힘겹게 고맙다는 말을 했다.

여자가 사람인 걸 확인하고 나서도 유빈과 보안관은 혹시 무슨 함정이나 그런 게 아닐까 싶어 지하철역 내부를 뚫어져라 노려보았다.

저 지경이 된 여자를 가지고 무슨 함정을 만들 수 있냐고 물으면 딱히 떠오르는 대답은 없지만, 그래도 워낙에 뒤숭숭한 시절이니까…….

"혼자예요? 저 안에 혹시 또 일행 없어요?"

여자를 반짝 들어 계단 위로 올라오면서 삼식이가 물었다. 여자는 흠칫 놀라며 지하철역 안의 어둠을 한 번 돌아보고 나서 잠시 망설이다가 고개를 저었다.

"그래요? 어쨌든 다행이에요. 막 돌아가려던 참이었는데……."

삼식이는 사람 좋은 미소를 지어 줬지만, 유빈은 여자가 보여 준 그 짧은 머뭇거림을 놓치지 않았다.

이 사람…… 뭔가 숨기는 게 있다.

"자요, 물이에요."

여자를 역의 대리석 기둥에 기대 앉힌 뒤, 삼식이는 자신의 배낭에서 물병을 꺼내 여자의 손에 쥐여 줬다. 여자는 물병을 들어 올릴 힘도 없는지 계속 팔을 부들거리기만 한다. 바짝 마른 입술에서는 아직도 피가 새어 나오고 있다.

"하아아~."

삼식이의 도움으로 겨우 물병을 기울여 입을 축이고 얼굴을 닦은 여자가 깊은 한숨을 내쉰다. 그러고는 자신을 에워싸고 있는 세 명의 남자를 천천히 둘러봤다.

"군인들은……?"

여자가 아주 힘겨운 목소리로 묻는다.

군인? 뭔 소리야?

세 친구는 서로 얼굴을 마주 보았다. 유빈이 나섰다.

"군인은 없어요. 난데없이 왜 군인을 찾는 건지 모르겠네……. 그보다 무슨 일이 있었던 건지 좀 알려 주세요. 왜 그렇게 다쳤어요? 손도 그렇고, 옷에 묻은 그거…… 그거 그쪽 피예요?"

유빈의 질문을 들은 여자는 잠시 멍해져 있다. 서로가 서로의 말을 선뜻 이해하지 못하는 상황. 여자는 유빈이 가리킨 자신의 배 쪽으로 시선을 돌렸다.

트레이닝복에는 전동차 아래로 기어 오며 묻은 시체들의 체액과 강 소위의 피가 범벅 되어 있었다.

"아뇨. 이건 그냥…… 시체……에서 묻은 거예요. 전 다치지 않았어요. 이 손은…… 지하철 승강장에 기어 올라오다가 베인 거고요. 그 승강장에 전동 문이 있잖아요. 지하철 오면 열리는…….”

힘에 부치면서도 최선을 다해 설명했다. 예전에 실처럼 가느다란 상처에도 호들갑을 떨며 총을 겨누던 군인들이 생각난 것이다. 물렸다고 생각하면 버리고 갈지도 모른다.

"힘드니까 그만 말해도 돼요. 시간이 있으니까 나중에 천천히 이야기하세요.”

삼식이는 여자를 만류하고 다시 물을 권했다. 더 떠들게 놔뒀다가는 탈진해서 캑, 하고 죽어 버릴 것처럼 보였기에 유빈도 더 캐묻지 않았다. 물을 한 모금 더 마신 여자는 주변을 돌아보며 묻는다.

"이 쉘터는 왜 철책이 없어요? 그리고 군인들이 없다는 게 대체…….”

"네? 쉘터? 야, 유빈아. 쉘터가 뭐더라? 들어 봤는데.”

삼식이가 유빈을 돌아본다. 유빈은 머리를 긁적였다.

"그…… 대피소인지 보호소인지 그거잖아.”

"아하! 맞다, 보호소!”

삼식이가 머리를 두드리며 설명을 해 줬다.

"여기 쉘터나 그런 거 아니에요. 군인들도 없고요. 사실 우리도 이 동네 처음이에요. 우리는 여기서 한 정거장…… 읍!”

속도 없이 떠들어 대는 삼식이의 입을 보안관이 틀어막았다. 녀석을 뒤로 보내는 동안 여자의 고개가 힘없이 까딱댄다.

조는 사람처럼 꾸벅거리던 여자는 스르륵 앞으로 고꾸라졌다.

털썩, 그녀의 손에서 떨어진 물병이 바닥을 적시며 구른다.

"주…… 죽은 거야?”

보안관에게 붙잡혀 있던 삼식이가 겁먹은 목소리로 묻는다. 여자의 목덜미에 손가락을 대 본 유빈은 고개를 저었다.

"아니야, 맥 뛰어. 그냥 탈진해서 기절했나 봐. 저기요! 일어나요! 정신 차려 봐요!"

유빈이 팔을 잡고 흔들자 여자는 맥없이 땅바닥에 쓰러진다. 연기하는 건 아닌 모양이다. 보안관이 난감한 듯 머리를 긁었다.

"어쩌지? 어떻게 데리고 돌아가? 이러면 자전거를 못 타는데······."

"업고 묶으면 되잖아. 몸무게도 많이 안 나가 보이는구만, 뭐. 왜? 저 사람 옷에서 피 묻을까 봐? 옷이야 새걸로 잔뜩 있는데 무슨 걱정이야."

삼식이가 해맑은 얼굴로 대답한다. 유빈이 고개를 저었다.

"업는 거는 안 돼. 이 사람이 좀비로 변하지 않는다는 보장도 없고."

"토하지 않는 거 보니까 별로 그럴 것 같지는 않는데······."

"다 토하고 올라와서 지금 변하기 전에 마지막으로 뻗은 건지 알 게 뭐야. 우리가 이 사람을 언제 봤다고. 하필 이 동네는 리어카도 없네. 평평하고 넓은 것 좀 찾아보자. 테이블이나 간판이나······ 뭐, 그런 거에 묶어서 싣고 가야지."

손을 털고 일어난 유빈은 삼식이가 바닥에 떨어뜨린 무전기를 주웠다.

치익— 치익—.

무전기 저편에서는 제니가 계속 다급하게 물어보고 있다.

— 치익, 오빠, 무슨 일이에요? 응? 왜 그래요? 치치익, 뭐가 섬뜩해요? 오빠, 괜찮아요? 대답해 줘요!

하······ 삼식이 이놈, 송신 버튼을 계속 누른 채 중계를 하고 있다가 갑자기 집어 던졌구나. 이러니 걱정을 하지······.

유빈은 잠시 제니의 이야기가 들려오지 않는 틈을 타서 무전을 보냈다.

"어! 우리 무사해! 걱정하지 마!"

— 치익, 걱정했······요. 대체, 무슨 일이었던 거예요?

유빈은 뭐라 대답할지 잠시 생각을 정리해 봤다.

지하철에서 피투성이 여자가 기어 나왔는데, 삼식이가 준 물을 받아먹고 지금 기절해 있어. 지금 그 사람 끌고 돌아갈 만한 수단을 찾고 있어······.

너무 길다.

"에…… 삼식이가 사람을 한 명 구했어. 만나서 이야기해. 금방 갈게."

짧게 정리한 유빈은 친구들 쪽으로 돌아갔다. 보안관과 삼식이는 식당의 탁자를 뒤집어 놓고 탁자 다리에 여자를 묶어 고정하는 중이었다.

머리 쪽에는 방석을 여러 겹 대 줬다. 먼 길이라면 이렇게 해서 자전거로 끌고 가는 게 무리겠지만, 고작 1킬로미터니까.

03

상봉역으로 돌아온 유빈 일행은 그때까지도 의식을 찾지 못하고 있는 여자를 코스트코 맞은편의 모텔 1층으로 옮겼다. 그들이 늘 망을 보던 바로 그 건물이다.

"왜 여기에 둬? 코스트코로 옮기지. 아니면 파라다이스 모텔로 데리고 가든가. 이제 와서 좀비로 변할 것 같지는 않은데."

여자를 방에 눕혀 두고 나와 삼식이가 유빈에게 물었다.

"조심하는 거지. 저 사람이 누구인지도 모르는데 처음부터 우리가 가진 거 다 탈탈 털어 보여 줄 필요는 없잖아. 집에 데려가는 건 믿을 만한 사람이라는 걸 확인하고 나서 해도 안 늦어. 그러니까 너도 저 사람이 묻는 이야기에 시시콜콜 다 대답해 주지 마. 세상 사람들이 다 너처럼 착한 게 아니야. 아, 맞다. 사진!"

유빈은 다시 방으로 들어가 규영에게 빌려온 카메라로 여자의 얼굴을 찍었다. 그리고는 코스트코로 돌아가 태권 소녀 앞에 카메라를 내밀었다.

"이 사람, 본 적 있어? 그…… 전에 네가 말했던 인철이네인가 하는 패거리에 있던 사람이야?"

"아니, 처음 보는 사람이야. 하지만 인철이네가 다른 동네로 간 다음 거기서 만난 일행일 수는 있겠지. 나이는 좀 있는 것 같고…… 그나저나 이 언니, 많이 다쳤네……. 너희가 때렸어?"

사진을 보고 나서 태권 소녀는 고개를 저으며 물었다. 유빈은 헛웃음을 지었다.

"때리기는…… 자기가 힘이 빠져서 계단에 부딪친 거야. 그전에부터도 이런저런 상처가 많더라고."

"지금 어디 있어요, 이 언니는?"

제니가 물었다.

"저기…… 길가 모텔에. 믿을 만한 사람인지 확인되기 전에는 계속 거기에 둘 거야. 너희들도 그때까지는 만날 생각 하지 마. 나랑 보안관, 삼식이는 어차피 얼굴을 보여 줬지만, 그 외에 전체 일행이 몇 명이고, 누구누구인지 다 보여 줄 생각은 없거든."

"너, 이 언니 속옷 풀어 줬어? 브래지어 말이야."

태권 소녀의 질문에 유빈은 고개를 저었다.

"아니. 왜 난데없이…… 브래지어 이야기를……. 내가 기절한 여자한테 그런 짓 할 사람으로 보여?"

"그럴 것 같더라. 풀어 줘야 돼. 기절을 한 건지, 탈진해서 자고 있는 건지는 모르겠지만, 숨을 잘 못 쉰다고. 가뜩이나 호흡도 불안정한데 가슴이 조이면."

"그런 거는 몰랐네. 근데 그렇게 조일 것 같지 않던데…… 그 사람도 꽤 말라서……."

태권 소녀의 타박을 들은 유빈은 힘없이 중얼거렸다. 태권 소녀가 유빈의 등을 탁, 친다.

"하여간에 이렇게 여자에 대해서 모른다니까……. 가자, 그 언니한테. 내가 가서 속옷도 헐겁게 해 주고, 이야기도 하고 해 볼게."

"아…… 나는 혜주 너까지 끼어들지 않았으면 하는데…… 아직 위험한 사람일지 아닐지도 몰라서……."

"야, 입장을 바꿔서 생각을 해 봐. 혼자 살아남았던 여자가 어찌어찌 구조는 됐어. 그런데 눈앞에 보이는 사람은 시꺼먼 남자 셋이 전부야. 어떨 것 같아? 얼마나 심리적으로 위축이 되겠냐? 그럴 때 같은 여자가 끼면 대화가 한결 수월해지지. 본심도 나오고. 그리고 말이야……."

말을 끊은 태권 소녀는 유빈의 가슴을 가볍게 팍, 두들겼다. 워낙 빠른 잽이어서 유빈은 주먹이 지나간 뒤에야 몸을 움츠렸다. 태권 소녀는 씩, 웃었다.

"위험할까 봐 걱정해 주는 건 고마운데, 내가 너보다 더 세."

"그래요, 오빠. 혜주 언니랑 같이 가요. 제 생각에도 그 언니 깨어났을 때 남자들만 있으면 굉장히 긴장할 것 같아요. 대신에 저는 여기서 얌전히 기다릴게요."

제니까지 혜주의 의견에 한 표를 던졌다. 듣고 보니 유빈의 생각에도 그게 더 현명한 것 같다.

"아, 정신이 좀 드세요? 목마르시죠?"

임수정이 깨어났을 때, 가장 먼저 들려온 것은 여자의 목소리였다. 임수정은 아직 완전히 떠지지 않은 눈을 깜빡이며 목소리의 주인공을 찾아 고개를 돌렸다.

키가 크고 늘씬한 쇼트커트의 젊은 여자가 자신을 내려다보고 있다.

또 정신을 잃었던 건가……. 임수정은 속으로 한숨을 내쉬었다.

"……네."

임수정은 꺽꺽한 목소리로 간신히 대답했다. 일어나 앉는 것도 꽤나 힘이 든다. 어제 밤새도록, 그리고 오늘까지 지하 선로의 암흑 속에서 무리하게 끌어다 썼던 체력이 경고등 한번 깜빡이지 않은 채 전원 공급을 차단했던 모양이다.

쇼트커트의 여자가 물병을 건네준다. 친절하게 빨대까지 꽂아 뒀다. 임수정은 고개를 꾸벅 숙이고 물을 빨았다.

찢어지고 부은 입술 때문에 몸 저 안쪽에 거대한 갈증이 끓어오르는 것 같은 느낌이다. 차츰 시야가 넓어지고 방 전체가 눈에 들어왔다.

임수정은 자신이 침대에 누워 있었다는 걸 뒤늦게 깨달았다. 그것도 꽤나 깨끗한 시트에. 아까 지하철역에서 자신을 구해 줬던 세 명의 남자는 방의 맞은편에 앉아 있다.

침대에…… 의자에…… 이 쇼트커트 여자가 입고 있는 말끔한 옷까지…….

뭔가 이질적이다. 좀비 세상 이전으로 돌아온 것 같은 착각이 들 정도다.

멍해 있는 임수정에게 쇼트커트의 여자가 자기소개를 한다.

"안전하니까 걱정하지 않으셔도 돼요. 제 이름은 혜주고, 스물세 살이에요. 쟤들은 아까 보셨죠? 저기 저 덩치 큰 녀석은 보안관이라고 부르시면 돼요. 그 옆에 멀끔하게 생긴 애는 삼식이, 그 옆은 유빈이. 전부 다 제 동생들이니까 언니도 편하게 부르세요."

"야! 누가 네 동생이야? 친구라고 해야지!"

보안관이 발끈한다.

혜주, 보안관, 삼식이, 유빈이…….

임수정은 마음속으로 따라 읊었다. 하지만 여전히 얼떨떨하다.

대체 여기는 어딜까? 이 사람들은 어째서 이렇게 멀쩡하게 살아가고 있었던 걸까?

게다가 다들 조금도 기가 죽은 느낌이 없다.

"자, 기운 좀 차리셨으면……."

임수정이 물병을 다 비울 때까지 기다리고 있던 혜주가 의자를 가져와서 침대 앞에 놓고 걸터앉으며 말했다.

"이제 언니 이야기를 좀 들려주세요."

"저는……."

임수정은 힘겹게 입을 열었다. 어디에서부터 시작해야 할지 막막하기만 하다. 이 사람들은 믿을 수 있는 사람들일까? 솔직하게 이야기를 털어놓았다가 만에 하나라도 고 하사와 강 소위에게 안 좋은 일이 생기면 어쩌지, 하는 기우가 아주 짧게 머리를 스치고 지났다.

하지만 임수정은 이내 그 생각을 떨쳐 버렸다. 그건 전혀 말이 안 되는 걱정에 불과하다.

"임수정입니다. 서른두 살이고요. 제가 어제까지 있던 곳은…… 건대 쉘터였어요. 군인들이 운영하는 민간인 대피소였는데…….”

"건대? 어머, 여기에서 얼마 멀리 떨어지지도 않은 데네요?"

태권 소녀가 깜짝 놀란다. 임수정은 힘없이 고개를 끄덕였다.

"지금 여기가 면목역 부근이면 그래요. 철책이 어린이대공원 부근까지 이어져 있으니까 실제로는 더 가깝고요…….”

임수정은 자신이 건대 쉘터에서 겪은 일들을 차분히 들려줬다. 중요한 일들만 추려 낸다고 했는데도 그녀와 고 하사, 그리고 강 소위가 누명을 쓰고 쫓기는 몸이 된 사연까지 다 이야기하고 났을 때는 꽤나 긴 시간이 흘러 버렸다.

"그러니까…… 그 고 하사라는 분하고 강 소위라는 분은 아직 그 역에 숨어 계실지도 모르는 거네요. 언니가 돌아오겠다고 했으니까요."

"……붙잡히지 않았다면 그럴 거라고 생각해요."

태권 소녀의 질문에 임수정은 고개를 끄덕였다. 하지만 그러면서도 그들이 좀비들에게 당했을지 모른다는 두려움이 섬광처럼 밀려들었다.

얼른 돌아가서 그들의 안전을 확인하고 싶다. 그러나 물병 하나 제대로 들지 못하는 지금의 체력으로는 무리다.

'흠, 그래서 아까 삼식이가 일행이 있냐고 물었을 때 머뭇거린 거였나…….'

유빈은 임수정이 지금까지 해 준 이야기들을 하나하나 되짚어 봤다. 전부 다 명쾌하게 이해가 되는 건 아니지만, 특별히 허술하거나 앞뒤가 안 맞는 부분은 없어 보인다.

물론 그렇다고 해서 그 말이 다 사실이라는 증거는 되지 못한다. 거짓말을 지어내는 사람은 항상 이야기가 그럴듯해질 때까지 다듬는 법이니까.

"어쨌든 건대 쉘터라는 데는 지금 갈 데가 못 되는군요. 미친 군인에…… 일반인 코스프레를 하고 있는 조직폭력배들에…… 좀비들은 매일 덮쳐 오고…….”

유빈의 이야기를 들은 임수정은 쓸쓸하게 웃었다.

"말하고 보니까 그렇게 들리겠네요. 그런데 사실 어젯밤까지는 딱히 힘들다거나 하지는 않았어요. 그런 것들이 한꺼번에 확 겉으로 드러나 버렸거든요. 물론 때도 가리지 않고 총소리가 울린다거나 하면 무섭기는 했지만요."

"그…… 건대 쉘터라는 곳에는 애초에 어떻게 가시게 된 거예요? 좀비 첫날, 그러니까 7월 14일부터 그런 데가 있었나요?"

"아니요. 건대는…… 나중에 옮겨 간 곳이에요. 살던 동네라서 혹시 아는 사람을 만나게 되지는 않을까 싶었거든요. 처음 구조돼서 간 곳은 잠실 쉘터였어요. 야구장이요. 거기에 사람들을 대피시켜 두고 보호해 줬어요."

잠실 대피소. 거기는 유빈과 친구들도 안다. 전단지를 줍고 난 이후, 계속 그곳에 가는 걸 제일 큰 목표로 삼았었다. 산책로를 따라 자동차를 달리며 목표로 삼았던 곳이기도 하다.

그롸아아아—.

갑자기 좀비의 울음소리가 작게 들려오자 임수정의 얼굴이 파랗게 질린다. 건물 내부에서 울려오는 소리다. 가까이에 있다. 보안관이 손을 내저었다.

"아니, 걱정하지 않으셔도 돼요. 오늘 아침에 가둬 놓은 놈들이 한 번씩 저렇게 소리를 지르기는 하는데, 위험하거나 하지는 않아요. 바로 이 건물 아래라서 소리가 생생하죠?"

"……가둬 놔요? 좀비를? 어떻게…… 아니, 그것보다도 왜요?"

"말하자면 길어지니까 나중에 자세히 알려 드릴게요. 그냥 그렇게 하는 편이 더 안전하고 편해요. 그래서 그런 거예요."

보안관의 설명이 끝나고 나서도 여전히 얼떨떨해 있는 임수정에게 유빈이 물었다.

"잠실은 어때요? 거기도 위험한가요? 사람은 많아요?"

임수정의 피곤한 안색을 보면 더 말을 시키지 않는 편이 좋을 것 같기도 한데, 그래도 이 여자가 얼마나 진실을 말하고 있는지 확실히 확인해 두고 싶다.

전단지를 주운 사람들이라면 누구나 잠실에 직접 가 보지 않아도 거기에 쉘터가 있다는 말 정도는 할 수 있는 거니까.

"잠실은 굉장히 커요. 사람들도 많고…… 붐비고, 적어도 몇만 정도는 거기에 있는 것 같아요. 군인들도 대규모라서…… 위험해 보이지는 않았어요. 탱크 같은 것도 보이고. 하여간 눈으로 보면서도 믿기지 않을 정도의 스케일이었어요."

"몇만…… 그러면 유명 인사들도 많이 있었을 것 같은데요? 정치인이든가, 무슨 대기업 회장, 이런 사람들도 돗자리 하나 깔고 자는 거예요? 언니, 물 한 병 더 드릴까요?"

혜주로부터 새 물병을 건네받아 마신 임수정은 도리질을 했다.

"아니요. 그런 사람들은 별로 못 봤어요. 그냥 보통 사람들이 대부분이었는데, 그래도 대단한 스타는 한 사람 있었네요. 테라 아시죠? 핑크 펀치의……."

"테라요?"

듣고 있던 네 사람이 동시에 같은 목소리를 내며 놀란다. 임수정은 그 반응이 테라의 생존에 대한 반가움이라고만 생각해서 희미하게 웃었다.

"훗, 역시 인기가 대단하네요. 잠실에서도 엄청났거든요. 지나가는 군인들마다 계속 먹을 것을 선물하고…… 사물함이 꽉꽉 찼었어요. 그럴 수밖에 없기도 한 게, 가까이에서 직접 보니까 정말 너무 이쁘더라고요. 이건 뭐랄까…… 하아~ 사람이 아니에요. 성격도 얼마나 착한지…… 왜 그래요? 다들 표정들이……."

잠시 흐뭇한 기분이 되어 테라에 대해 회상하고 있던 임수정은 말을 다 맺지 않고 물었다. 모두 겉으로 티는 내지 않고 있지만, 뭔가 불편한 심기가 엿보인다.

"아뇨, 별거 아닙니다. 피곤하실 텐데 저희가 너무 오래 붙잡고 있었네요. 좀 쉬세요. 이야기는 나중에 또 하기로 하고요. 아, 배고프시면 저기 테이블 위에 있는 거 아무거나 다 드셔도 돼요. 화장실은 이쪽이구요."

유빈이 서둘러 대화를 마무리 지었다. 임수정은 네 사람의 갑자기 돌변한 태도에 마음이 불편했지만, 그래도 순순히 고개를 숙였다.

"……네, 고마워요."

차르르륵—.

네 사람이 나가고 난 뒤, 셔터가 올라가는 소리가 난다. 임수정은 다시 멍해져서 물병을 꼭 쥔 채 자신 때문에 더럽혀진 시트를 바라보았다.

대체 무슨 말실수를 한 건지 모르겠다. 하여간 자신의 목숨을 구해 준 사람들이 갑자기 뭔가 대단히 심기가 불편해져서 나가 버렸다.

그리고…… 그들은 방 밖으로 나와도 좋다는 말을 하지 않았다. 그러니 다시 그들이 찾아올 때까지 자신은 이 방 안에서 움직이지 말아야 한다는 의미다. 테이블에 준비된 음식은 풍요롭지만, 호의는 거기까지였던 모양이다.

욱신, 머리가 또 아파져 온다. 임수정은 주머니에서 진통제를 꺼내 만지작거리다가 다시 집어넣었다.

고 하사가 준 약. 이제 한 알밖에 남지 않았는데, 그걸 다 먹어 없애고 싶지가 않았다. 임수정은 피딱지가 앉은 손으로 진통제 포장을 꼭 쥐었다.

"저 사람…… 뭐지? 허언증 환자인가?"

모텔 밖으로 나온 보안관이 불쾌한 표정으로 입을 뗐다. 삼식이도 머리를 긁적인다.

"그러게…… 갑자기 테라가 등장하는 바람에 신빙성이 확 떨어져 버렸네. 나쁜 사람처럼 보이지는 않았는데. 옷은 더러웠지만……. 근데 숨어 있다는 그 군인 두 명 어쩌지? 좀 불쌍한데."

"야, 그 말은 사실이겠냐? 그냥 나오는 대로 아무 소리나 막 하는 것 같은데. 테라랑 같이 지냈다고 하잖아. 제니가 들었으면 공연히 또 눈물 뺄 뻔했네."

"저기, 테라가 물렸다는 이야기는 나도 제니한테 얼핏 들었어……. 근데, 저 사람 말이 맞을 수도 있지 않아? 가능성이 제로는 아니잖아."

태권 소녀가 이의를 제기해 본다. 하지만 곧바로 보안관의 반발을 샀다.

"뭐? 그러면 네 말은 제니가 거짓말을 했다는 거야? 걔가 왜 그런 거짓말을 하겠어?"

"아니, 너 왜 그렇게 성질을 내? 이건 무슨 제니 이야기만 나오면 발끈해서…… 내 말은 걔도 잘못 알고 있을 수 있다는 거야. 예를 들어서 물린 줄 알았는데 사실은 그게 아니었다거나…… 뭐, 그런 거 말이야. 사실 너도 제니에게 이야기 들은 게 전부잖아. 네가 직접 그 현장을 본 것도 아니고, 다른 증인도 없었다고."

"하긴…… 사람의 기억이라는 게 항상 완전하지 않다는 건 맞는 말이야. 나도 그런 경험이 몇 번 있었거든. 분명히 아는 여자애라고 생각해서 말을 걸었는데, 한참 이야기하다 보면 사실은 처음 만난 애더라고."

삼식이가 태권 소녀와 제니의 편을 동시에 들어 준다. 하지만 그건 별로 도움이 되지 않았다. 보안관이 귀찮다는 듯 대꾸했다.

"그런 착각은 너나 하는 거지. 하도 여기저기 건드리고 다니니까."

그렇게 친구들이 한마디씩 떠들어 대는 동안 굳게 입을 다물고 있던 유빈이 모두를 돌아보며 물었다.

"왜 하필 테라라고 했지?"

"뭐?"

"저 사람 말이야, 콕 찍어서 테라를 지목했어. 자기가 잠실에서 만났던 유명 인사로."

"그래, 다 같이 들었잖아. 뭐 새로운 이야기라고 그런 눈빛을 하면서 중얼거려?"

"아니, 다시 생각해 봐. 그냥 허풍이라면 핑크 펀치를 만났다고 하는 게 더 일반적이지. 제니, 테라, 이 둘이 따로 떨어질 거라는 생각을 잘 안 하게 된다고. 게다가 제니가 아니라 하필 테라야. 우리가 제니와 함께 있다는 걸 저 사람이 알 리가 없는데. 정리해 보면 수많은 연예인 중에 핑크 펀치를, 그것도 둘 중에 한 사람만, 그리고 제니가 아니라 테라를 만났다는 거야. 이상하지 않아? 이 모든 게 다 우연히 들어맞은 허풍이라고 하기에는 말이야."

유빈의 설명을 들은 세 사람은 서로 얼굴을 마주 보았다. 듣고 보니 뭔가 그럴싸하기도 하다. 열이 좀 가라앉은 보안관이 유빈에게 물었다.

"그럼 네 결론은 뭐야? 테라가 정말로 살아 있고, 저 사람이랑 함께 있었다고?"

"그건 아직 몰라. 하지만 적어도 이야기를 더 들어 볼 필요는 있을 것 같다는 생각이야. 미친 사람 취급 하기에는 너무 걸리는 부분이 많으니까."

유빈은 말을 다 마치기도 전에 다시 모텔로 돌아가 임수정의 방문을 노크했다.

"죄송해요. 하지만 굉장히 중요한 이야기라서 조금만 더 물어보고 싶었어요."

유빈은 임수정의 발치에 앉았다. 조금 전 냉담하게 문을 닫고 나갈 때와 달리 엄청난 흥미가 눈에서 뿜어져 나온다. 임수정은 멍한 얼굴로 대답했다.

"미안해하지 마세요. 이렇게 구해 주셨는데 그 정도로……."

"테라와 함께 계셨다고 하셨죠?"

"네, 그랬어요. 며칠 정도뿐이었지만."

"어떻든가요? 그러니까…… 몸 상태 같은 것 말이에요. 아프거나…… 다친 곳 같은 건……."

뭐야? 무슨 중요한 이야기를 하려나 했더니, 연예인의 몸 상태를 걱정한 건가? 이 사람, 테라의 팬이었나 보군…….

임수정은 조금 맥이 빠지는 걸 느끼면서도 순순히 대답을 해 줬다.

"그냥…… 건강했어요. 잘 웃고, 뭐, 물론 자면서 끙끙 앓기는 했고……."

임수정은 잠시 망설였다. 별로 좋은 이야기도 아닌데 발가락이 잘렸다는 걸 알려도 될까 싶었지만, 그냥 사실대로 말해 주기로 했다. 어차피 잠실 쉘터에서는 비밀도 아닌 이야기다.

"또 발가락이…… 한 마디 정도 잘려 있어서 한동안은 걷는 데 애를 좀 먹었지만, 그 외에는 딱히……."

"발가락이요? 어느 쪽 발? 어떤 발가락이요?"

유빈의 목소리가 커진다. 임수정은 기억을 더듬어 봤다. 격리 시설에서 '언니도 맨발이시네요.' 하고 말을 걸어온 날, 어떤 발을 내밀었더라?

"……왼발 새끼발가락이었어요."

허어~. 유빈이 크게 한숨을 내쉰다. 임수정은 여전히 영문을 알 수 없었지만 물어보기가 조심스러웠다. 어쩌면 이 사람은 테라의 회사 관계자였는지도 모르겠다는 생각이 들었다.

매니저였을까? 그렇다고 하기에는 굉장히 어려 보이는데…….

"저기…… 저는 믿고 싶어요. 지금 하신 말씀들이요. 혹시 증거가 있을까요?

누나가 테라랑 같이 있었다는 걸 증명할 만한 물건이나…… 사진 같은 거 말이에요."

유빈의 말에 임수정은 고개를 저었다.

"사진 같은 건…… 없어요. 사진을 어떻게 찍겠어요. 카메라는 구경도 못 해 봤어요. 이런 싸구려 트레이닝복 배급받는 것만도 감지덕지인데……."

트레이닝복 소매의 고무줄을 늘여 보이던 임수정이 멈칫한다.

시계! 테라가 준 시계가 있다.

"아, 그래요. 있었네요. 이거예요."

임수정은 자신의 팔목에서 시계를 풀어내 유빈에게 건넸다.

"제가 건대 쉘터로 오던 날, 그걸 줬어요. 같이 못 가서 미안하다고…… 자기는 제니를 조금만 더 기다리고 싶다고…… 그러면서 싫다는데도 억지로 쥐여 줬어요. 비싼 거니까 필요한 물건이 있으면 그걸로 바꾸면 된다고. 잠실 쉘터에도 암시장 같은 게 있었거든요."

유빈은 건네받은 시계를 가만히 쳐다봤다. 시계 디자인 같은 건 잘 모르지만, 분명 제니가 이것과 유사한 모양의 시계를 차고 있었던 것도 같다.

제니라면 확실히 알 수 있겠지…….

유빈은 시계를 쥐고 임수정에게 부탁했다.

"이거, 잠시만 빌려주세요. 금방 돌려드릴게요."

뭐지, 이 상황은? 그냥 대놓고 빼앗는 것도 아니고…….

물론 목숨을 구해 주었으니 물건을 아까워할 수는 없지만, 저건 테라에게 돌려주어야 하는 것인데…….

비싼 거라는 이야기를 듣자마자 저렇게 눈빛이 달라질 수 있는 건가?

임수정은 어처구니가 없었지만, 그러라고 했다. 안 된다고 버텨 봐야 순순히 돌려줄 것 같지도 않았다.

"고맙습니다. 금방 가져올게요!"

유빈은 시계를 꼭 쥐고 모텔 밖으로 뛰어나갔다. 제니는 이미 모텔 밖에서 기다리고 있었다. 태권 소녀가 가서 이야기를 전하며 데리고 온 모양이다.

"오빠, 이게…… 무슨 소리예요? 혜주 언니 말이, 테라랑 함께 지냈다고 하는 사람이라고…… 오빠답지 않게 왜 그런 거짓말에 속아요?"

평소와 달리 제니의 얼굴에는 작은 원망과 불쾌감이 드러나 있다. 늘 웃던 그녀지만, 자신의 가장 후회스럽고 아픈 기억이 파헤쳐지고 희화화된다는 건 견디기 힘들었던 모양이다. 유빈도 이해한다.

하지만 임수정은 테라의 잘린 발가락이 어떤 것인지까지도 정확히 맞혔다. 물리는 광경을 직접 본 사람은 제니와 제비뿐이었고, 제비는 예전에 죽었다. 이건 단순한 우연이 아닌 것 같았다.

"이 시계, 테라가 자기한테 준 거래. 테라 시계가 맞아?"

어머!

유빈이 내민 시계를 보고 제니가 입을 감싼다. 그녀의 숨소리가 거칠어졌다. 제니는 바들거리는 손으로 시계를 쥐었다.

"하아~ 하아~ 이게…… 이게 왜 그 사람 손에…… 테라 거 맞아요."

제니는 건네받은 시계를 자신의 시계에 나란히 댔다. 밴드의 색깔만 다를 뿐, 똑같은 시계다.

"근데, 그런 시계…… 그냥 가게에서 사면 되는 거 아니에요? 어차피 인터넷에서 테라 시계, 이렇게 치면 모델명에 가격까지 쫙 다 뜨는데."

규영이가 논리의 허점을 파고들어 본다. 하지만 도리질을 하는 제니의 눈가는 이미 꽤나 젖어 있었다.

"이 시계…… 중국에서…… 제일 큰 백화점이 스위스에 주문해서 선물해 준 거예요. 거기 사장이 팬이라고…… 딱 두 개만 만들었다고 했어요. 그러니까…… 테라 맞아요. 그 언니, 테라랑 같이 있었다고 하는 그 언니 어디 있어요? 만나고 싶어요."

제니는 감정이 북받쳐서 금방이라도 울음을 터뜨리려 한다.

테라가…… 테라가 살아 있다. 자신이 버려두고 와서 죽었다고만 생각했던,

그 예쁘고 겁 많은 소중한 친구가…….

제니의 머릿속에는 오직 그 생각뿐이었다. 하지만 아직 한 가지 가능성이 더 있다. 혹시 테라의 시체에서 이 시계를 훔친 것은 아닐까…… 그게 아니라는 걸 확인받고 싶다.

"실례합니다."

제니가 방문을 열고 들어가자 임수정의 눈이 커진다.

"어머, 어머! 세상에…… 이게 뭐죠? 제니!"

"네, 처음 뵙겠습니다."

"하~ 이런 일도 있군요. 쉘터에서는 테라를 만났었는데…… 그 테라가 그렇게 애타게 기다리던 제니를 또 여기에서 내가 만나네요. 이런 우연이 또 있을까? 세상에……."

임수정은 믿을 수 없다는 듯 고개를 저었다. 제니가 시계를 꼭 쥔 채 용기를 짜내 물었다.

"테라가…… 정말로 살아 있어요?"

"그럼요. 왜요?"

"뭘 입고 있었어요? 신발은요? 신발이……."

'테라는 신발이 없었어요. 차에 벗어 두고 갔었는데…….'라는 말을 하려는데 눈물이 나서 제니는 잠시 숨을 가다듬었다. 그날의 후회가 고스란히 살아나 가슴을 친다.

"테라는 까만 원피스를 입고 있었어요."

임수정이 이야기를 시작하자 제니의 표정이 바뀐다. 그날 마지막 보았을 때 테라는 헐렁한 옷을 입고 있었다. 정체를 숨길 수 있는 편한 옷. 그러니 이 여자의 말은 시체를 묘사하는 게 아니다.

이제 이어지는 이야기는 완전한 거짓말이거나, 완전한 진실일 수밖에 없다. 그런 제니의 마음을 모르는 임수정은 눈을 내리깐 채 조용히 말을 이었다.

"굉장히 짧은 치마였어요. 라인이 몸에 예쁘게 달라붙는…… 시폰인지, 실크인지…… 저는 여자지만 그런 걸 잘 몰라서…… 하여간 얇고 하늘하늘해 보였어요. 가슴에 굉장히 선명한 색깔들로 무늬가 들어간 옷이었는데……."

임수정이 거기까지 설명했을 때, 제니는 무너지듯 주저앉아 펑펑 울기 시작했다.

"흐윽~ 테라가…… 흐윽~ 제일 좋아하는 옷……이에요. 으으으~ 베르사체 원피스! 흐으으윽~!"

흐느끼는 제니 덕에 여자들은 덩달아 눈시울이 뜨거워졌다. 제니가 왜 저렇게 우는지 자세한 내막을 모르는 임수정까지도 눈에 눈물이 어린다.

크흑! 눈가를 찍어 내고 감정을 추스른 태권 소녀가 제니의 어깨를 잡고 일으켰다.

"자, 이제 잠깐 스톱. 제일 궁금했던 거 확인했으니까, 이 언니 치료부터 하자. 보안관, 내 가방 좀 줘. 거기에 약통 들었어. 자, 그리고 남자들은 다 나가. 제니, 너도 나가서 좀 진정하고 와. 갈아입을 만한 옷이랑 물 가져다주면 더 좋고."

"네가 치료하면 낫는 게 아니라 더 아파지는데……."

보안관이 가방을 들고 머뭇거렸다. 소독해 준다면서 딱지를 후벼 파던 거친 손길이 생생하게 기억난다. 태권 소녀는 보안관의 손에서 가방을 빼앗아 쥐며 낮게 으르렁댔다.

"내가 안 하면 제니가 해야 하는 건데, 그게 더 좋겠냐? 응? 이 바보야."

그 말의 효과는 100퍼센트여서 보안관은 곧바로 물러났다. 안전의 측면에서 그게 훨씬 나은 선택지다. 저 임수정이라는 사람의 무력이 어떤지는 모르지만, 태권 소녀를 제압할 만한 능력자로 보이지는 않으니까.

"아! 으읏!"

남자들이 나가고 치료가 시작되었을 때, 임수정의 입에서는 가벼운 비명이 터져 나왔다. 태권 소녀의 손길 때문에 그런 것이 아니었다.

더러워진 트레이닝복을 벗기 위해 슬쩍 팔을 들어 올리고 허리를 돌리는 것만으로도 날카로운 통증이 느껴져서 견디기가 힘들다. 보다 못한 태권 소녀가 소매를 잡아 준다.

"자, 이제 팔 빼세요. 갑자기 근육을 무리하게 써서 그래요. 평소에 운동 거의 안 하셨죠?"

"으읏! 네…… 가끔 헬스클럽 등록해도 그냥 러닝머신이나 가볍게 뛰는 정도였죠, 뭐. 그나마도 일주일에 두 번이나 가면 많이 가는 거였고요."

"격한 운동을 하면 근육이 찢어진달까…… 손상되거든요. 다시 회복될 때까지 며칠 갈 거예요. 그동안 잘 드시고 휴식하시면 돼요."

며칠…….

임수정의 마음이 무거워진다. 고 하사와 강 소위에게 돌아가겠다고 약속했었는데…… 하도 급하게 한 약속이라 정확히 어디에서 기다려 달라는 말도 하지 못했다.

그리고 사실…… 그들이 아직 무사한지 어떤지도 모른다. 그녀의 표정에서 다급함을 읽은 태권 소녀가 냉정하게 충고를 한다.

"소독 받고 뭐 좀 드신 다음에 일단 푹 주무세요. 뭘 하고 싶으시든 간에, 지금 이 상태로는 못 해요. 사람 몸은 정직하거든요."

태권 소녀는 약솜에 알코올을 묻혀 임수정의 상처들을 닦았다. 손바닥, 얼굴, 팔꿈치와 무릎, 옆구리, 허벅지…… 긁히고 찢어지지 않은 부위가 별로 없다. 발톱이며 손톱에도 까맣게 멍이 들어 있다.

깜깜한 지하철 선로에서 얼마나 필사적으로 부축하고 구르고 달리고 매달렸는지, 그녀의 온몸이 고스란히 보여 준다.

"언니는 그래도 용케 도망치셨네요. 웬만한 사람들은 그렇게 못 하는데."

"하아~ 물론 운도 좋았지만, 좀비들이…… 그렇게 빠르지 않더라고요. 지하철 속의 좀비는 느리다는 이야기를 들었을 때 믿기지 않았었는데, 실제로 보니까 그 말이 사실이었어요. 예전에 봤던 보통 좀비들이랑은 속도가 완전히 달랐어요."

"느린 좀비라니…… 잘 상상이 안 되네요. 왜 그런 차이가 있는 걸까요?"

태권 소녀는 고개를 저으며 상처에 회복 연고를 발라 줬다. 소독이 끝나 갈 때쯤 제니가 갈아입을 옷과 물을 가지고 돌아왔다.

"옷은 대충 맞으실 것 같은데, 신발은 사이즈를 모르겠어서 그냥 슬리퍼를 가지고 왔어요. 우선 오늘만 신으세요."

분홍색 슬리퍼를 내밀며 제니가 말했다. 가격표는 붙어 있지 않지만, 분명히 새 슬리퍼다. 옷과 속옷도 마찬가지였다. 접어 놓았던 자국이 선명한 새 옷들이다.

음식과 물에 이어서 이런 것까지 넉넉한가 보네…….

임수정은 이 사람들의 풍요로움을 이해할 수 없었다.

내가 격리되어 있던 동안에 세상이 많이 바뀐 걸까? 쉘터 주변의 세상에서는 좀비들이 별문제가 안 되는 건가?

말도 안 되는 이야기이지만, 그게 아니라면 대체 이 사람들은 어떻게 이토록 자유로운 건지 모르겠다.

"그리고 이거요."

화장실에서 생수로 세수를 한 임수정이 새 옷을 걸치고 나오자 제니는 테이블에 테라의 시계를 놓는다. 임수정은 손을 저었다.

"아뇨, 이거는…… 저보다 제니 씨가 가지고 있는 게 더 옳은 것 같아요. 테라와 가까웠던 걸 생각하더라도 제니 씨 쪽이……."

"그냥 제니라고 편하게 부르세요. 말도 놓으시고요."

"하하…… 그럴까……요? 하여튼 시계는 이제 제니가 맡아 줘. 어울리지 않는 사람이 차고 있자니까 그거 은근히 부담스럽더라고."

임수정이 호칭과 시계 문제로 쑥스러워하고 있을 때, 그녀의 낡은 트레이닝복을 치우던 태권 소녀가 미안한 목소리로 부른다.

"저기, 언니……. 이 옷은 버려야 할 것 같아요. 워낙 뭐가 많이 묻고 다 찢어져서 못 입겠어요. 주머니에서 필요한 것만 꺼내세요."

임수정이 곤란한 표정을 짓자 태권 소녀가 다시 묻는다.

"싫으세요? 버리지 말까요?"

"아니…… 딱히 아까울 건 없는 옷인데요, 근데…… 나중에 제가 지하철로 돌아갈 경우를 생각하면 필요하지 않을까요? 제 일행들 눈에 익숙한 옷을 입고 있는 편이 아무래도 더 만날 가능성이 높을 것 같아서 그래요."

"아, 맞다……. 그런 것도 있겠네요."

태권 소녀는 고개를 끄덕이면서 더러운 옷을 다시 곱게 접어 놓았다. 일행과 헤어져 혼자 남은 사람이 느낄 여러 감정에 대해 생각하니 마음이 무거워진다.

불안함과 미안함, 그리고 책임감 같은 감정들…….

상황은 다르지만, 얼마 전 태권 소녀 그 자신도 느꼈던 감정이니까.

"어린 사람이 자꾸 똑같은 잔소리 하는 것처럼 들리시겠지만, 일단 뭘 좀 드시고 주무세요. 그래야 새로 시작도 할 수 있어요. 시트도 새걸로 가져다드릴 테니까요."

태권 소녀는 임수정의 어깨를 짚었다. 앙상하다. 치료하면서 보았던 손이며, 근육이며…… 정말로 운동 같은 것과는 거리가 먼 사람이었다. 즉, 이 사람 자체는 그리 위험하지 않다.

"아, 밤중에 좀비들이 근처를 지나기는 하는데, 이쪽에서 일부러 가까이 가서 소리 지르고 난리 치지 않는 한 별로 걱정할 일은 없어요. 저희는 이 위 옥상에 있을 테니까 필요한 거 있으면 언제든지 찾아오시면 돼요."

제니와 함께 방을 나가며 태권 소녀가 일러 줬다. 임수정은 거듭 고맙다는 말을 하고 고개를 끄덕였다.

04

"여기야. 잘 치료해 줬어? 꽤 한참 걸렸네."

태권 소녀와 제니가 문을 닫고 나가자, 복도 끝 계단에서 기다리고 있던 유빈과 보안관이 올라오라고 손짓을 한다.

"저 언니, 다친 데가 꽤 많더라고. 소독은 했지만, 약 가져와서 좀 먹도록 해야 할 것 같아. 그렇게 해도 심한 근육통이 며칠 갈 거야, 아마."

함께 계단을 올라가면서 태권 소녀가 말했다. 잠자코 듣고 있던 유빈이 물었다.

"자기 일행 구하러 가야 한다는 소리 안 해?"

"야, 지금 아예 뛰지를 못한다니까. 운동이라곤 해 본 적 없는 사람이 아주 죽을힘까지 다 쥐어짜서 쓴 거야. 온몸이 근육통으로 끊어지는 것 같을걸?"

흠, 유빈이 머리를 긁적인다. 보안관의 시선은 제니에게 고정되어 있었다. 얼마나 울었는지 아직도 눈이 부어 있다. 보안관은 제니의 머리를 쓰다듬으며 물었다.

"괜찮아? 좀 진정됐어?"

"아…… 네. 얼떨떨하기는 한데…… 정말 테라가 살아 있는 게 맞는 것 같아요. 이 시계도 그렇고, 테라가 고른 옷도 그렇고…… 딱 그 애다워요. 정말 다행이에요. 흑~! 얼마나 미안했었는데……."

제니는 그 이름을 부르는 것만으로도 또 눈물이 솟아나는 모양이다. 계단 중간에 서서 눈물을 닦아 낸 제니가 다시 말을 이었다.

"그런데…… 아직도 모르겠어요. 그날 나랑 대표 오빠는 대체 뭘 보고 그 애가 물렸다고 착각을 했던 걸까요? 왜 둘이 동시에 착각을 해서 테라를 버리고 도망쳤던 건지…… 그렇게 멀쩡히 살아 있는 애를……."

"순전히 착각만은 아닌 것 같은데? 저 누나도 테라의 발가락이 잘려 있었다고 했어. 제니, 네가 봤던 것하고 그 부분에서 일치하잖아."

유빈의 말을 들은 제니는 더 모르겠다는 얼굴이 되었다.

"그럼 뭐죠? 저 언니한테는 왜 다쳤는지 말해 줬대요?"

"나도 마음이 급해서 그런 것까지 물어볼 여유가 없었어. 근데 결과를 아니까 대충 끼워 맞춰서 추측을 해 볼 수는 있지. 예를 들어 밀려 넘어지면서 어딘가에 찢겨 피가 났는데 그걸 보고 물렸다고 착각을 했다든지…… 뭐, 그런 건 나중에 만나면 알게 되겠지. 일단은 살아 있다는 게 제일 중요한 거잖아. 그치?"

유빈은 그렇게 말하며 옥상 문을 열었다. 텅 빈 옥상을 보며 태권 소녀가 물었다.

"다른 애들은 어디에 있어?"

"코스트코에서 쉬라고 했어. 다 여기에 모여 있을 필요는 없잖아."

네 사람은 앞으로 어떻게 해야 할지에 대해 이야기를 나눴다.

임수정은 좋은 사람 같았지만, 그 일행들을 구하러 가는 건 또 완전히 다른 문제다. 그렇다고 그녀를 혼자 돌려보낸다면 그냥 죽으라고 하는 거나 다름없다. 그녀를 돕기 위해 누군가 따라나서야 한다면 그때부터는 목숨을 걸어야 하는 일이다. 지하철 안의 좀비들이 꽤 느리다고는 하지만 확신할 수 없는 노릇이고, 좀비보다 더 신경이 쓰이는 것은 군인들 쪽이다. 수색하던 군인들이 플래시 불빛을 보고 다짜고짜 총을 쏠 수도 있다.

지금까지 그들이 살아남을 수 있던 건 매사에 두려움을 가지고 무리하지 않은 덕분이기도 하다. 함부로 아무 데나 발을 내디디고 싶은 마음은 없다.

보안관과 태권 소녀가 아무리 싸움을 잘해도 총에 맞으면 그걸로 끝이다. 그들은 슈퍼 히어로가 아니니까.

또 만약 운이 좋아서 임수정의 일행을 만나 무사히 데리고 왔다 쳐도, 그 낯선 남자들을 옆자리에서 재운다는 것도 아무래도 마음이 편치 않은 일이다. 비록 두 명뿐이라지만, 군인들에게는 총이 있다.

"나는 솔직히 얘가 제일 걱정이야. 내 입으로 말하기는 좀 자존심 상하지만…… 너무 예쁘잖아. 아이돌이라는 희소성도 있고."

태권 소녀가 제니를 가리키자 보안관이 진지한 얼굴로 고개를 끄덕인다.

"음, 맞아. 진짜 예뻐."

태권 소녀는 보안관의 종아리를 한 번 냅다 걷어찼다.

바보 같은 놈! '너도 예뻐.'라고 말하라고!

하여튼 이 바보 같은 놈과 그 친구 놈들이 어지간히 별종인 거다. 언제 죽을지도 모르는 상황에서 매력적인 여자를 건드리려 들지 않는다는 건 결코 쉬운 일이 아니다. 당연히 말썽이 날 것을 두려워해야 하는 게 맞다.

하지만…… 그럼에도 불구하고 마음이 쓰인다. 착한 사람들이 억울하게 쫓기고 있다는데 손을 내밀어 주지 않는다는 건…….

"아, 젠장. 어찌 됐든 간에 내려가 보는 수밖에 없겠어. 그 사람들 돕는 것도 돕는 거지만, 다른 군인 놈들이 수색을 하고 있다면서? 그 소리 듣고 나니까 계속 신경이 쓰이네. 좀비 가둬 놓고 나면 이제는 걱정거리 없을 줄 알았는데……."

이야기가 길고 복잡해지자 보안관이 머리를 긁으며 유빈을 쳐다본다. 지하철 탐험 계획을 짜 보라고 말하는 시선이다.

유빈은 이마의 땀을 훔쳤다. 위험하지만, 해야 하는 일이 맞다.

"저기…… 올라가도 될까요?"

몇 가지 세부적인 이야기를 더 하고 있는 동안 계단을 올라온 임수정이 열려 있는 옥상 문을 가볍게 두드린다.

"그럼요. 오세요."

태권 소녀의 허락을 듣고 나서야 임수정은 천천히 옥상 중앙으로 걸어 나왔다.

"방에 가만히 있으려니까 답답해져서요. 탁 트인 광경을 보고 싶었어요. 건대에서는 늘 철책에 에워싸여 있었고, 지하철에서는 너무 깜깜해서 숨이 막히는 것 같았거든요. 햇살 속에서 이런 경치 내려다보는 거…… 정말 오랜만이에요."

임수정은 경이롭다는 표정으로 주변을 돌아보며 숨을 크게 들이쉬었다. 유빈이 그녀의 곁으로 가서 말을 걸었다.

"저희 이따가 지하철 아래로 내려가 볼 거예요. 군자역까지도 갈 수 있으면 갈 거고요."

"그건 너무…… 위험하지 않을까요? 여기 있는 사람들하고는 아무 상관도 없는데…… 그렇게까지 신세를 질 수는 없어요. 가더라도 저 혼자 가야죠."

임수정은 도와달라고 매달리기는커녕 오히려 말리는 투였다. 이쯤 되면 의심했던 게 미안해질 지경이다.

"누나는 지금 달리기를 할 수 있는 체력이 안 되니까, 우리가 가려는 거예요. 근데 그 군인분들을 구해 오겠다는 장담은 못 해요. 위험하다고 생각되면 곧바로 돌아올 겁니다."

"저 뛸 수 있어요. 깨어난 뒤에 물도 마시고 해서 한결 살 것 같아요. 그리고…… 여기 있는 사람들 중에 고 하사님이랑 강 소위님이 어떻게 생겼는지 아는 분 한 명도 없잖아요. 공연히 다른 군인들에게 접근했다가 무슨 문제라도 생기면 어떻게 하려고 그래요."

임수정의 말을 들은 유빈과 보안관은 서로 얼굴을 마주 봤다. 그녀의 말이 맞는 것 같다.

"할 수 없네……. 그럼 우리 셋이 가는 걸로 하죠. 신발 가져다드릴 테니 준비하세요. 우리도 준비할 테니까요."

보안관이 유빈과 자신, 그리고 임수정을 가리켰다. 여차하면 보안관이 길을 트고, 유빈이 임수정을 업은 채 도망쳐 오면 된다.

태권 소녀도 함께 가고 싶어 했지만, 보안관이 완강히 반대했다. 그렇게 하면 여기 남아 있는 쪽의 전투력이 너무 형편없어진다.

남을 구하러 가자고 내 집 문단속을 허술하게 해 놓을 수는 없는 노릇이다.

"무전기를 가지고 가기는 하는데, 절대로 먼저 무전 보내지는 마. 혹시 좀비 떼가 우리 예상보다 더 빠르게 지나오거나 해도 말이야. 할 말이 있거나 이 부근에 돌아오면 우리가 말을 할게. 알았지?"

지하철역으로 들어가기 전, 유빈은 태권 소녀와 제니에게 다시 한번 당부를 했다. 제니는 걱정스러운 표정으로 두 사람과 임수정을 바라보았다.

"무리하지 마요, 오빠. 절대로요."

제니의 부탁에 유빈은 고개를 끄덕이며 헤드 랜턴을 썼다.

"응. 알잖아, 나 겁쟁이인 거. 걱정하지 않아도 돼."

세 사람은 지하철 계단 아래로 걸어 내려갔다. 해머를 든 보안관이 당연히 앞장을 섰다. 아직 해가 지려면 멀었는데도 한 층 아래로 내려서자 사방이 깜깜해진다.

보안관이 헤드 랜턴을 켰다. 표준 장비가 든 가방을 짊어지고 걷는 임수정의 목덜미에서는 벌써부터 식은땀이 줄줄 흘러내렸다.

자신이 내뱉은 말이 있어서 비록 신음은 흘리지 않았지만, 온몸의 근육이 콕콕 쑤셔 댄다. 티셔츠 위에 다시 걸쳐 입은 더러운 트레이닝복에서는 지독한 냄새가 풍겨 왔다.

"여기도 엄청났구나……."

지하철의 대리석 바닥에 메말라 붙어 있는 검은 핏자국들과 시체들을 보면서 보안관이 중얼거렸다. 이 동네에서 며칠이나 지냈지만, 여기로 내려와 보는 건 처음이다.

긴장되는 게 당연하다. 보안관은 승강장 차단벽에 다가가 가만히 귀를 기울였다. 별로 특별한 소리가 들리지 않는 것을 확인한 보안관은 이번에는 고개를 내밀어서 좌우를 살폈다.

"뭐가 좀 보여?"

유빈의 질문에 보안관은 고개를 저었다.

"아니, 안 보여. 여기는 별거 없어. 내려가자."

계단을 통해 선로로 내려가던 보안관이 임수정에게 다시 당부를 했다.

"절대로 제 앞으로 가시지 마요. 그렇게 하면 지켜 주기가 힘들어지니까."

"네, 알겠어요."

임수정은 고개를 끄덕였다. 그러면서도 여전히 보안관의 지켜 주겠다는 말이 잘 이해가 가지 않았다. 건장하긴 하지만 무장이라고는 해머와 알루미늄 배트뿐인 사람이 대체 뭘 믿고 이렇게 자신만만한지…….

표준 장비라고 메어 준 배낭 속에도 그저 일상생활에서나 필요한 물건들뿐이다. 그들의 풍요로운 생활을 봤을 때는, 당연히 엄청난 무기들이 있을 거라고 막연하게 생각했었다.

총 한 자루 없는 낯선 이들에게 이렇게 짐이 되어도 되는 걸까?

임수정은 불안하고 미안한 마음을 가지고 캄캄한 선로로 내려섰다.

세 사람은 일렬로 서서 걸었다. 보안관, 임수정, 유빈의 순이다. 유빈은 작은 플래시를 손에 들고 벽과 바닥을 비춘다.

"줄은 어디에다가 쳐 둘 거야?"

보안관이 유빈에게 물었다. 유빈은 허리에 감아 둔 빨랫줄 뭉치를 풀며 대답한다.

"좀 더 가서부터 묶어 두려고. 여기는 너무 가까워서 쳐 놔야 별 쓸모가 없을 것 같아."

그런 후, 유빈은 임수정에게도 다시 당부를 한다.

"돌아올 때는 언제나 선로의 왼쪽 방향에 계세요. 걷거나 뛰거나 마찬가지예요. 오른쪽으로 오는 건 저 승강장 계단으로 올라갈 때만이에요. 아셨죠? 그거 잊어버리면 안 돼요."

임수정은 고개를 끄덕였다. 유빈은 헤드 랜턴조차 켜지 않고 있다. 보안관도 유빈도 그걸 알아채지 못하고 있는 걸 보니, 겉으로는 여유 있는 척을 해도 실은 어지간히 긴장한 모양이라고 생각했다.

"저기…… 이거, 머리에 쓰는 랜턴…… 불이 안 켜졌는데……."

임수정은 유빈을 돌아보며 알려 줬다. 유빈이 싱긋 웃는다.

"네, 저는 보험이에요. 보안관의 랜턴이 망가지거나 건전지가 다됐을 때 켜는 용도. 플래시도 있기는 하지만, 그래도 조심하는 게 좋거든요."

아…… 당황한 게 아니었구나.

임수정이 감탄하고 있을 때, 빨랫줄을 꺼낸 유빈은 플래시를 입에 물고 선로와 기둥을 사선으로 연결했다. 능숙한 솜씨로 매듭을 묶은 뒤, 커터로 자른 유빈은 팽팽히 당겨진 빨랫줄을 탁, 튕기며 말했다.

"잊지 마세요. 올 때는 언제나 선로 왼쪽으로. 안 그러면 여기에 걸립니다."

왼쪽으로 달리라는 게 그런 의미였나?

임수정은 멍해져서 고개를 끄덕였다. 이후에도 유빈은 간간이 멈춰 서서 비슷한 장애물을 만들어 뒀다.

면목역 부근까지 거의 다 왔을 때, 앞서서 걷던 보안관이 뒤를 돌아보며 작게 중얼거렸다.

"물러나요. 옵니다."

물러나라니…… 도망을 쳐야 하는 게 아닌가?

임수정이 주저하는 동안 유빈이 그녀를 뒤쪽으로 끌어당기고, 플래시를 들어 앞쪽을 비추었다.

약간 아래쪽으로 기울도록 조종해 뒀던 헤드 랜턴과 달리, 정면으로 비추는 플래시가 밝혀지자 멀리서 달려오는 좀비들의 모습이 훨씬 선명하게 시야에 들어온다.

그롸아아아—.

네 마리였다. 선로를 어기적거리며 걸어오는 것이 셋, 미친 듯이 뛰어오는 놈이 하나.

뛰어오는 좀비의 속도에 놀라 임수정의 눈이 커진다. 지하철 내부의 좀비라고 해서 느리기만 한 게 아니었나 보다.

"어디서든 꼭 튀는 놈이 있다니까."

보안관은 별로 개의치 않는 눈치였다. 해머를 높이 치켜든 채 기다리고 있던 보안관은 뛰어오던 좀비의 머리통을 사정없이 후려갈겼다. 망설임도 없고, 두려움도 없다.

콰작—!

두개골이 납작해진 채 목이 꺾인 좀비가 날아가 기둥을 들이받고 떨어진다. 보안관은 곧바로 다음 좀비를 후려치기 위해 다시 허리를 돌렸다.

그 일격을 보는 순간, 임수정은 데자뷰에 빠진 것 같았다. 강서 정수장에서 만났던 남자, 민구가 좀비들을 상대할 때의 모습과 너무도 유사하다.

'저 괴물 같은 움직임의 좀비보다 더 빠르고 강해. 게다가 무서워하는 기색이

없어. 이런 사람이 또 있다니…….'

그때의 기억이 살아나자 의도하지 않은 공포가 소름과 함께 돋아 임수정의 온몸을 휘감았다.

다리와 어깨가 온전하지 않았던 칼잡이…… 그가 놓쳤던 좀비가 그녀를 덮쳐 왔었다. 그리고 거기에서 기억은 끊겨 있다.

하아~ 하아~.

다시 공포와 정면으로 마주 선 임수정의 호흡이 거칠어진다.

"정말인데? 이 새끼들은 엄청 느리네. 정신만 바짝 차리면 누구라도 두어 마리 정도는 그냥 잡을 수 있겠다. 그런가 하면 이놈은 또 빨랐단 말이지. 참 내, 대체 무슨 조화지?"

임수정이 두려움에 사로잡혀 있는 동안 보안관은 벌써 네 마리의 좀비를 모두 잡고 녀석들의 시체를 보면서 중얼거리고 있었다. 한 방에 한 마리씩, 딱 네 번의 스윙이었다.

"말로는 정신을 바짝 차리면 된다지만, 무서우니까 오금이 달라붙는다고. 다 너처럼 배짱이 좋은 게 아니라서……. 근데 이놈은 좀비가 된 지 얼마 안 된 모양이야. 이거 봐, 상처 주변에 핏자국이 생생해. 옷에 묻은 피가 번질거리는 것도 그렇고…… 오늘 죽었다고 해도 믿겠는데?"

가장 앞서서 빠르게 달려왔던 좀비를 플래시로 비춰 보며 유빈이 말했다. 그 말에 임수정도 억지로 눈을 돌려 좀비를 쳐다봤다.

끔찍한 모습이다. 한쪽으로 움푹 찌그러진 두개골에서는 뇌수가 줄줄 흘러 오고, 목은 이상한 각도로 돌아가 있다. 목덜미와 팔에 살점이 뭉텅 뜯겨 나간 상처는 피범벅이다.

그리고…… 눈에 익은 파란색 수인복. 이 좀비의 정체를 알 수 있었다. 건대 쉘터 옆 건물에 주거하면서 도로 공사를 돕던 수감자들 중 하나다.

"이 사람…… 오늘 물린 것 맞는 것 같아. 아까 우리 뒤를 군인들이랑 이 수감자들이 같이 쫓아왔었는데…… 좀비들에게 둘러싸여 버렸었어요. 아마 그때 물렸던 사람인가 봐요."

임수정의 이야기를 들은 유빈은 눈살을 찌푸리며 다시 좀비를 살폈다. 원래 지하철 속에 있던 좀비들은 느린데, 이놈만은 빨랐다. 그렇다는 건…… 지하철 속의 뭔가가 좀비들을 점점 약하게 만든다는 이야기다.

그게 뭘까? 환기장치가 고장 나서 가만히 숨만 쉬어도 몸이 약해지는 것 같은, 이 미세 먼지 가득한 공기? 아니면 이 지독한 어둠? 그것도 아니면 선로 내에만 잔뜩 있는 어떤 물건…….

유빈은 잠시 플래시를 위로 돌려 봤다. 멀리 위쪽에 전기장치들이 보인다. 하지만 지금 이 내부에는 전기가 흐르지 않는다.

"한 놈이 물렸으면 슬슬 더 나와도 이상할 게 없다는 이야기네요. 총 몇 명이나 쫓아왔었는지 혹시 기억나요?"

보안관은 움직임이 빠른 좀비의 규모를 파악하기 위해 임수정에게 물었다.

"정확하게는 몰라요. 뒤를 돌아볼 새가 없이 계속 뛰었거든요. 그냥 확실히 들은 거는 처음에 아홉 명 이상이었다는 거 정도예요. 그보다 더 줄지는 않았을 것 같아요."

"아홉 마리라……. 지금 하나 잡았으니까 여덟. 뭐, 전부 다 물렸을 리도 없지만, 그 정도는 사실 크게 위험하지 않긴 하겠는데……. 여차하면 빨랫줄 뒤로 피해 가면서 싸워도 되고…… 괜찮겠네요. 갈게요."

보안관은 다시 천천히 전진했다. 몇 걸음 신중하게 걷다가 멀리 앞쪽을 한 번 살펴보고, 어른거리는 불빛이 없으면 다시 걷는다.

속도를 조정하는 이유는 좀비 때문이 아니라, 혹시 아직도 수색을 계속하고 있을지 모를 군인들 때문이다.

그래서 여기 들어오기 전에 헤드 랜턴의 각도도 일부러 아래쪽으로 향하도록 조정해 뒀다.

빛이 멀리까지 뻗어 나가지는 않지만, 대신 이쪽의 존재가 들킬 가능성도 줄어든다. 대충 15미터 앞까지만 보이면 어지간한 좀비들은 대비할 수 있다.

"여기에서 물렸던 건가 보다. 그치?"

자빠져 있는 지하철 객차들에서 10여 미터 떨어진 지점에 도달한 보안관이 너덜너덜해진 좀비 시체들을 가리키며 말했다. 선로는 군데군데 피로 물들어 번들거렸다.

"어지간히 쐈네."

온몸에 총상을 입은 좀비들을 보니 보안관과 유빈도 새삼 긴장이 되었다. 파란 수인복의 시체 하나는 머리에 상처가 없다. 아마도 오발에 목숨을 잃은 모양이다. 아니면 물리자마자 겁에 질린 군인들이 막 갈겨 댔을 수도 있다.

분명한 건 저쪽이 심리적으로 별 여유가 없다는 점이다. 겁에 질려 있으니 여차하면 방아쇠를 당길 것이고, 그러니 미리 더 몸을 사려야 한다.

"여기에서는 불빛은 안 보여. 넘어가자."

전동차의 틈 사이로 선로 건너편을 살펴본 유빈이 말했다. 아까 임수정에게는 기어서 지나가야 하는 장애물이었지만, 남자 둘이 받쳐 주고 끌어 올려 주자 그리 애를 먹지 않고 통과할 수 있었다. 물론 팔이 당겨질 때에는 엄청난 근육통에 식은땀이 솟기는 했다.

전동차를 넘어가서 유빈은 또 선로에 장애물을 만들었다. 여기를 넘어갈 때 시간이 걸리니까 보험 하나쯤은 있는 편이 좋을 것 같았다.

"그럼 나머지 좀비들은 어디로 간 걸까요?"

임수정이 주변을 둘러보며 물었다. 분명 저것보다 더 많은 좀비들이 여기에 있었다. 유빈이 건너편 선로를 가득 채운 깊은 암흑을 가리킨다.

"저쪽…… 오면서 보니까 빈 공간이랑 예비 선로 같은 것도 어지간히 많고 공간도 넓던데, 그런 미로 속에서 돌아다닐지도 모르죠."

"무섭네요. 바로 옆에서 덮쳐 올지도 모른다고 생각하니까……. 미안해요, 나 때문에 이런 고생을 하도록 해서."

임수정은 몸을 부르르 떨면서 진심으로 사과했다. 그러나 유빈과 보안관은 동시에 아니라고 해 준다.

"신경 쓰지 마세요. 이리로 군인들이 돌아다니기 시작했으니, 어차피 한 번은 와 봐야 하는 길이었어요. 이런 일을 전혀 모르고 있던 것보다는 이렇게 대비할 수 있는 지금 상황이 더 나은 건지도 몰라요. 최소한 건대 쉘터가 위험하다는 것 정도는 알게 됐잖아요."

유빈은 최대한 긍정적으로 대답해 주며 시계를 봤다. 지하로 들어온 지 벌써 한 시간 반 이상이 흘렀다.

불과 3킬로미터도 되지 않는 거리였지만, 조심해 가며 전진하는 게 꽤 시간과 체력을 잡아먹고 있다.

그리고 이놈의 탁한 공기. 숨쉬기가 슬슬 힘겨워진다. 임수정이 지하철 밖으로 빠져나왔을 때, 정신을 잃고 쓰러졌던 것도 무리는 아니다. 아무리 좀비들이 약해지는 곳이라고 해도 이 안은 절대 사람 살 데가 못 된다.

"또 온다. 물러서 있어."

일행이 중곡역 부근에 도착했을 때, 보안관이 뒤를 돌아보며 경고했다. 두 번째 좀비 무리들이 헤드 랜턴의 빛이 닿는 끝자락에 모습을 드러냈다.

이번에는 세 마리. 아까보다 수는 적지만, 대신 빠른 놈이 둘이었다. 그리고 그중 하나는 군복을 입고 있었다.

그롸아아아—.

푸른 수인복의 좀비가 좀 더 빨리 뛰어들었다. 보안관은 평평한 곳에서 자리를 잡고 기다리다가 스텝을 밟으며 해머를 돌렸다.

와지끈!

목이 200도 이상 돌아간 좀비의 시체가 바닥에 떨어지기도 전에 군인 좀비가 아가리를 쫙 벌리고 덮쳐 온다. 보안관은 녀석의 배를 걷어차 거리를 벌리고 다시 해머를 휘둘렀다.

쩍!

쇳덩어리와 하이바가 부딪쳐 미끄러지며 기묘한 소리가 난다.

군인 좀비의 무릎이 바닥을 찧었다. 하지만 녀석은 죽지 않고 다시 일어섰다.

하이바가 충격을 꽤나 줄여 준 모양이다.

"그롸아아—."

무릎이 박살 난 군인 좀비가 비틀거리며 보안관을 향해 두 팔을 휘젓는다. 보안관은 다시 한번 해머를 돌렸다.

이번에는 몸통을 노려 쳤다. 갈비뼈가 박살 난 채 뒤로 나자빠진 좀비의 얼굴로 보안관의 해머가 내리꽂혔다.

한 번! 두 번! 세 번째 만에 좀비는 더 이상 움직이지 못했다. 녀석의 얼굴은 무너지고 쪼개진 뼈 때문에 한층 더 끔찍한 꼴이 되었다. 보안관이 혀를 찼다.

"헬멧 때문에 영 성가시네. 이런 좀비들 많으면 골치 아프겠다."

"보안관, 한 마리 더 있어. 느린 놈."

유빈이 세 번째의 좀비를 플래시로 비추며 말했다. 보안관이 씩 웃는다.

"오케이. 안 까먹고 있었어."

보안관은 풀스윙으로 세 번째의 느린 좀비를 끝장냈다. 그가 목숨을 내놓고 나서서 좀비들과 맞설 때마다 뒤에서 지켜보는 임수정은 미안함에 몸 둘 바를 모를 지경이었다.

아무리 강하고 용감하다고 해도 상대는 좀비다. 물리면 그 순간 끝이고, 예외 같은 건 없다.

"하아~ 숨쉬기가 별로 안 좋네. 바깥 공기를 좀 마시고 와야 하나? 지금 우리 얼마나 온 거냐, 유빈아?"

보안관이 장갑 낀 손으로 땀을 닦아 내며 물었다.

"이번 역 지나면 그다음이 군자역이야. 거의 다 오긴 했어."

"그래? 그러면 그냥 쭈욱 가자. 어차피 다음 역에 가면 승강장 위로 올라갈 거잖아. 혹시 가는 길에 저놈이 떨어뜨린 총 같은 거 줍게 되면 좋겠다. 삼식이한테 선물로 주게. 그 새끼, 만날 우산 들고서 총이라고 바보짓 하는데…… 누나, 괜찮으세요?"

임수정은 고개를 끄덕였다. 전신의 근육은 다 지독한 몸살을 앓는 것처럼 쑤셔 대고 두통은 점점 심해져 오지만, 참을 수 있다. 아니, 참아야 한다.

생전 처음 보는 사람들이 오로지 호의로 이렇게까지 해 주는데 팔자 좋게 엄살을 떨 수는 없다.

"그럼 갈게요. 너무 힘들면 중간에라도 말하세요. 무리하다가 쓰러지면 안 되니까…… 웃!"

다시 헤드 랜턴을 고쳐 쓰고 고개를 돌리려던 보안관이 얼른 몸을 숙이고 랜턴의 스위치를 끈다.

뭔지는 모르겠지만, 유빈도 플래시를 껐다. 그러고는 임수정의 헤드 랜턴까지도 꺼 버리자 주변은 완전한 암흑 속에 묻혔다.

"흐윽!"

갑작스러운 변화에 임수정이 가볍게 비명을 삼킨다. 하지만 큰 소리는 내지 않고 참아 낼 수 있었다. 그녀의 어깨를 꼭 짚어 안정감을 주며 유빈이 보안관에게 속삭인다.

"뭔데? 왜?"

"쉿! 불빛 번쩍였어. 저 앞에서."

보안관은 손으로 더듬더듬 짚어 유빈의 몸을 찾아냈다. 그런 후, 세 명은 나란히 옆쪽 선로로 옮겨 갔다.

좌우 구분조차 안 되는 상황. 오로지 등에 닿아 있는 벽만이 방향감각을 잃지 않게 도와준다.

잠시 기다리고 있자 정말로 멀리서 희미한 불빛이 비쳐 온다. 그리고 저벅거리는 발소리가 가까워졌다. 보안관은 기둥 뒤로 조금 더 물러나며 귀를 곤두세웠다.

"이제 진짜 그만 가고 싶습니다. 좀 전에도 그 좀비 소리 나는 거 들으셨잖습니까? 아니, 우리가 무슨 나라를 구하는 일을 하는 것도 아니고…… 이쯤 되면 너무 멀리 왔습니다. 벌써 몇 시간째 이 먼지 구덩이만 뒤지고 다니는 거지 말입니다."

툴툴대며 불평하는 목소리. 곧바로 다른 목소리가 이어졌다.

"하아~ 계속 징징거리지? 응? 씨발, 누구는 좋아서 이러고 있냐? 도망간 놈 셋 중에 하나라도 잡아야 할 거 아니야. 빈손으로 돌아가면 박 소위, 그 또라이 새끼가 참 수고 많았다고 해 줄 것 같냐? 응? 이 새끼야?"

"아니, 근데 말입니다, 이 근방 역을 세 개나 다 싹 헤집었는데도 없는 거면, 지하철 안에는 없는 거라고 봐야 하는 거 아닙니까? 제 생각에는 이 사람들 다 밖으로 도망 나갔다가 어딘가에서 좀비들한테 물려 죽은 겁니다. 그럼 지금쯤 그 좀비 떼랑 같이 돌아다니고 있을 텐데, 여기를 뒤져서 뭐 합니까?"

"하긴 그것도 일리가 없는 소리는 아니야. 우리는 가끔 교대라도 해 가면서 맑은 공기 쐬지만 걔들은 그러지도 못할 텐데, 도저히 이만큼 오래 못 버텨. 에이, 퉤! 죽은 애들만 불쌍하게 됐지."

네 개의 목소리가 각기 한 번씩 떠들어 댄다. 그럼 적어도 네 명. 그것도 총을 든 군인이다.

보안관은 최악의 사태를 가정해 봤다. 피할 수 없을 만큼 가까워진다면 싸워야 하는데, 암만 빨리 해머를 돌린다고 해도 한 번에 두 명 이상 잡을 수 있을 것 같지는 않다.

게다가 저쪽은 지금 언제라도 사격할 준비를 갖추고 있는 상태일 테지…….

안 좋다. 차라리 어둠이 가려 주고 있을 때 뒤로 더 물러나야 하나.

"장 상병님! 잠시 위로 복귀하셔서 휴식하랍니다!"

승강장 쪽에서 또 다른 목소리가 군인들을 부른다. 조금 전, 다른 병사에게 욕설을 퍼붓던 목소리가 대답한다.

"젠장, 벌써 한 시간이 지났냐? 어! 그래! 마침 여기 수색 다 끝났다! 간다!"

휴우~. 군인들의 발소리가 멀어져 간 뒤, 보안관 일행은 안도의 한숨을 내쉬었다. 놈들이 조금만 더 가까이 다가왔더라도 조금 전 보안관이 끝장낸 군인 좀비의 시체를 볼 뻔했다. 그랬으면 수상해서라도 저렇게 건성으로 수색을 마치지는 않았을 것이다.

"그 두 분도 아직 붙잡히지는 않았나 봐요. 하나라도 잡아야 한다는 걸 보면."

유빈이 플래시를 바닥으로 향해 켜며 속삭였다.

"이제 그만 돌아가요. 더는 위험해서 안 될 것 같아요."

임수정이 말했다. 진심이었다. 수색대가 계속 상주하는 것 같은데, 이 이상 위험을 감수하는 건 미친 짓이다.

유빈과 보안관도 고개를 끄덕였다. 여기까지가 그들이 할 수 있는 최선이었다. 이제는 그 두 군인이 살아 있길 바라며 행운을 빌어 주는 것 외에 달리 해 줄 수 있는 게 없다.

건대 쉘터에서는 밤늦게까지도 계속 벽을 쌓고 도로를 막는 공사가 진행 중이었다. 사망한 이 원사가 어제부터 작업 속도를 높였던 데다가 오늘 미칠 듯한 강행군을 계속한 덕에 슬슬 끝이 보인다.

"박 소위님! 애들 많이 지쳤는데, 너무 무리시키는 것 아닙니까? 쟤들 오늘 낮에 잠도 못 자고 계속 뺑뺑이 돌다 온 애들입니다."

김 중사가 다가와 박 소위에게 말했다. 그의 눈가에도 피로의 그늘이 짙게 드리워져 있다. 어제 새벽부터 지금까지 계속 잠시도 쉬지 못하고 전투와 수색, 그리고 장벽 공사를 지휘했다.

그뿐인가. 입에 담기도 끔찍한 살인 사건. 이 원사님이 피해자고, 범인으로 지목받은 게 강 소위와 고 하사였기에 그가 받은 충격은 더 컸다.

다들 어지간히 스트레스를 받고 있는 상황이라 언젠가 한번 사고가 터질 거란 짐작은 했지만, 이건 너무 의외의 일이어서 믿어지지가 않는다.

하지만 의심하기에는 증인이 너무 많았다. 그리고 증언도 일치한다.

강 소위가 이 원사를 쐈고, 그를 제압하려던 박 소위를 고 하사가 폭행하고 달아났다. 여자 문제 때문에 다투는 것 같았는데, 그 여자도 함께 도망쳤다…….

증인들은 다들 그렇게 말했다. 뭔가 이상한 부분이 있는 것도 같은데, 그런 생각을 할 틈도 없이 바빴다. 지금도 혼이 반쯤 빠져나간 상태다.

"김 중사님, 힘드신 거 잘 압니다. 하지만 조금만 더 기합으로 버텨 주십쇼. 저도 지금 쓰러지기 직전인데 악으로 깡으로 참고 있는 겁니다. 지금 중대장님 부재 상황에 이 원사님마저 돌아가셨으니, 제가 믿고 의지할 수 있는 건 전차장 김 소위와 김 중사님뿐입니다. 저 차단벽, 꼭 쌓아야 합니다. 이 원사님도 돌아가시기 직전까지 계속 작업 속도 올려야 한다고 하셨잖습니까? 부탁드리겠습니다."

박 소위가 전에 없이 성실하고 공손하게 말한다. 뼈가 부러져 퉁퉁 부은 코는 숨쉬기도 힘들어 보인다. 요즘 살짝 돈 것 같다는 소문이 있었는데, 오늘 하는 걸 봐서는 멀쩡하다.

김 중사는 박 소위의 태도가 갑자기 이렇게 돌변한 것이 책임감을 가졌기 때문이라고만 생각했다.

"제가 힘이 들어서 그러는 게 아니라…… 애들이 자꾸 다치니까, 그게 걱정이 돼서 그랬던 겁니다. 어쨌든 알겠습니다."

김 중사는 찜찜한 얼굴로 물러났다. 따지고 보면 틀린 말은 아니다. 지휘관이 거의 바닥난 상황이니만큼 북쪽의 장벽만 쌓아 놔도 한결 든든할 것이다.

온갖 색깔을 뒤집어쓰고 있는 대규모의 좀비 놈들이 한번 휘몰아치면, 지금 공사를 하다가 다치는 정도보다 더 큰 피해를 입을 수도 있다.

"쳇, 등신 같은 새끼들……."

장벽 너머를 가만히 둘러보던 박 소위가 터진 입술을 씰룩거리며 혼잣말을 한다. 도망친 세 사람에게 던진 욕설이었다.

무슨 조화를 부렸는지 몰라도 오늘 오후 늦게까지 진행된 수색이 모두 아무런 결과를 내지 못하고 종료되었다.

마음에 드는 건 아니지만, 그래도 별 상관은 없다. 그것들이 이 주변에만 있지 않으면 된다.

"달랑 총 한 자루로 밖에서 며칠이나 버틸 것 같아? 결국 그러다가 좀비한테 물어 뜯겨서 더 끔찍하게 뒈지겠지."

박 소위는 저주와 바람을 담아 중얼거렸다. 그런 놈들보다는 장벽이 최우선이다. 이 원사가 했던 걸 그대로 이어받아 병사들을 몰아치니 다들 정신이 없다.

그렇게 바쁘면 딴생각 같은 건 못 한다. 증언들의 허술한 구석도 그렇게 묻혀갈 것이다.

"좀비들 접근하면 탄약 아끼지 말고 미리부터 갈겨! 공사 현장에 접근하지 못하도록 차단 확실하게 해!"

박 소위는 병사들을 독려하며 소리를 질렀다. 탄약 재고가 부족하기는 하지만, 며칠 내로 보급이 올 거라고 굳게 믿고 있었다.

내일 오전까지 이 속도만 유지하면 깊은 구멍과 높은 장벽이 완성될 수 있다. 그러면 더 이상 컬러 페인트 좀비들 걱정은 하지 않아도 되는 태평성대가 온다.

Chapter 61
Heart

01

다음 날 아침, 임수정은 코스트코 옥상에서 거리를 내려다보고 있었다. 곯아떨어져서 몇 시간 동안 죽은 듯이 자고 났더니, 어제보다는 한결 머리가 돌아가는 느낌이다.

대신에 온몸의 근육통은 더 심해져서, 아침에 수저를 올리는 그 간단한 동작을 하면서도 연신 앓는 소리를 내야 했다.

지난 30여 시간은 거짓말처럼 극적인 사건들의 연속이었다. 살인 목격, 참전, 도주, 그리고 헤어짐…… 그다음에 또 새로운 만남, 모험…….

인생을 무료하다고 불평했던 그녀에게 신이 장난을 친 것 같다고 여겨질 만큼 변화무쌍했다.

안타까운 일만큼이나 놀라운 일들도 많았다. 그중에서도 그녀가 가장 경이롭다고 느꼈던 것은 보안관 일행이 성취해 놓은, 이 안정적인 삶의 수준이었다.

좀비 무리를 합쳐 흐름을 인위적으로 조정한다거나, 소수의 좀비들을 가둬서 다른 좀비들의 출입을 방지한다는 발상도 놀라웠지만, 이 큰 쇼핑몰 안의 좀비들을 모두 처리하고 자신들의 것으로 만들었다는 게 더 대단하다. 그것도 총 한 자루, 중장비 하나 없이…….

절대 가능할 것 같지 않은 일을 그녀보다 열 살 이상 어린 친구들 몇 명의 힘만으로 해냈다. 그 과정에서 목숨을 잃은 사람도 없다고 한다.

세상에…… 어떻게 그런 게 가능하지?

임수정은 가볍게 고개를 저었다. 코스트코 옥상에 앉아 평화로운 거리를 보고 있으면서도 좀처럼 실감이 되지 않을 만큼 엄청난 일이다. 군인들의 보호에만 의존해서 아무것도 시도해 보지 않았던 주제에 삶이 지겹다고 느꼈던 자신이 부끄러워진다.

"몸 좀 나아졌어요, 누나?"

옥상 한쪽에서 친구들과 이야기하고 있던 유빈이 옆자리에 앉으며 말을 건다. 임수정은 가볍게 미소를 지으며 목례를 했다.

"그냥…… 아직은 좀 그래요. 심한 몸살감기 같다고 할까요? 부끄럽지만 어제 제 딴에는 아주 죽을힘을 다한 거거든요."

임수정은 붕대를 감은 양 손바닥을 들어 보였다. 어제 지하철 안을 함께 다니며 임수정은 이 유빈이라는 청년도 보통이 아니라는 사실을 깨달았다.

처음에 그녀는 이 팀의 생존 비결이 앞장서서 싸움을 도맡아 하는 보안관의 압도적인 힘이라고만 생각했었다.

그러나 흔적을 남기지 말아야 한다며 선로에 쳐 뒀던 빨랫줄을 모두 회수하고 돌아오는 유빈의 모습에서, 이들을 지탱한 힘이 단순히 무력만은 아니라는 걸 알게 됐다.

"어휴, 말 놓으시라니까요. 한두 살 차이 나는 것도 아닌데, 듣는 사람이 오히려 더 불편해요. 그리고 진통제는 드셨어요?"

"응, 먹었어요. 말은 차차 놓을게…… 후후."

임수정은 쑥스러움을 웃음으로 때웠다.

진통제…… 이부프로펜…….

고 하사의 얼굴이 조건반사처럼 떠오른다. 둘만의 인연이 길었다고는 할 수 없지만, 극적인 순간을 함께했던 사람.

아마 앞으로도 꽤 오랫동안 진통제를 먹을 때마다 약을 전해 주며 수줍게 고백하던 그의 모습이 기억날 것 같다. 부디 잘 살아 있었으면…….

"동료분들 못 구해서 영 그러네요."

유빈의 말에 임수정은 고개를 저었다.

"그렇게 신경 써 주지 않아도 돼요. 하나도 아쉽지 않다고 하면 거짓말이겠지만, 그냥 잘 도망갔다고 믿으려고. 고마워요, 유빈 군."

임수정은 진심으로 대답했다. 이제 두 번 다시 이 어린 친구들에게 어두운 지하철 선로로 내려가 목숨을 걸어 달라고 부탁하고 싶지 않다. 그런 일에 목숨을 걸기에는 그들이 지금까지 이뤄 놓은 게 너무 많다.

"잠실 쉘터라는 데는 어떤 곳인가요? 저희도 원래 거기로 가려고 했었는데…… 길이 막혀서 도중에 포기했지만."

"어제까지만 해도 지금 내가 아는 가장 좋은 곳이라고 대답했을 것 같은데, 여기를 보고 나니까 뭐라고 답해야 할 지 잘 모르겠네. 그냥 군인들이 지켜 주는 야구장 안에서 세끼 밥 먹고, 돗자리 깔고 자고…… 그 정도예요. 인구밀도도 높고, 늘 시끄러웠어요. 그냥 안전한 생존이 최고로 내세울 수 있는 자랑일 거야. 하지만 여기처럼 계속 웃음소리가 나지는 않아요. 다들 누군가를 잃었으니까 아무래도 좀 우울하지."

임수정은 세 개의 풀 주변에서 와자지껄 떠들고 있는 친구들을 바라보며 말했다.

비록 며칠째 계속 사용하고 있어서 아침마다 때와 죽은 벌레들을 건져 내야 한다지만, 좀비 세상에서 저런 풀을 갖추고 놀 배짱과 상상력을 잃지 않았다니…… 임수정의 입가에 미소가 지어진다.

그녀와 눈이 마주친 제니가 손을 흔들고 유빈을 부른다.

"오빠, 수정 언니랑 같이 와요! 그렇게 따로 떨어져 있지 말고요!"

"응, 응. 알았어. 지금 그 이야기 하고 있어."

Chapter 61 Heart

건성으로 대답한 유빈은 임수정 쪽으로 고개를 돌렸다.

"아무래도 낯설고 서먹서먹하시겠지만, 금방 가까워질 거예요. 저희도 그랬어요. 워낙에 뭐든 같이해야 하니까 친밀해지지 않으면 이겨 내기가 힘들어요."

"그 말은…… 좀 의외네. 나는 유빈 군 일행이 전부 다 꽤 오랜 친구들이었을 거라고만 생각했는데. 처음 봤을 때 이야기하는 분위기는 꼭 가족 같았어."

"에이, 아니에요……. 딱 봐도 뭔가 귀티가 나는 사람들이 있고, 저처럼 빈티가 줄줄 흐르는 사람도 있고 그런데요."

유빈의 말을 들은 임수정은 다시 한번 친구들을 가만히 쳐다봤다.

"하긴…… 테라를 처음 봤을 때 나도 비슷한 생각을 하긴 했었어. 얘는 도대체 어떻게 이렇게 예쁜 거지? 얘랑 나랑 똑같은 인종이라는 게 말이 되나? 뭐, 그런 생각 말이야. 잠실의 그 많은 사람들 속에서도 단연 눈에 띄는 존재였지. 그런데 여기 오니까 그런 사람들이 또 있는 거야. 제니 양도 그렇고, 삼식 군도 그렇고…… 정말 놀랄 만큼 아름다워. 보안관 군이랑 혜주 양은 스포츠 웨어 모델 같은 몸이고. 그러고 보면 세상이라는 게 참 불공평한 것 같아. 어떤 면에서는 그래서 더 재미있는 건지도 모르겠지만, 우리 같은 사람들은 너무 억울하잖아."

'우리'라는 말을 하면서 임수정은 유빈 쪽으로 고개를 돌렸다.

하하…… 하하하…….

졸지에 별 볼 일 없는 외모로 함께 분류된 유빈은 멋쩍게 웃었다. 이미 잘 알고 있는 사실인데, 왜 타인의 입을 통해 들으면 마음이 아파지는 걸까?

"아 참, 내 정신 좀 봐."

임수정은 자신의 머리를 두드리며 바지 주머니에서 빨간색 캡슐을 꺼냈다. 고 하사로부터 받았던 D.E.M.이다. 임수정은 D.E.M.을 유빈에게 내밀었다.

"어제 입고 왔던 옷 버리려고 주머니에 들었던 거 정리하는데 이게 나오더라고. 받아요."

"이게 뭐예요? 처음 보는 건데."

유빈은 D.E.M.을 손으로 잡고 유심히 살펴봤다. 볼펜 반만 한 크기. 흰 뚜껑이

덮인 빨간색 플라스틱 캡슐 안에 액체가 들어 있다. 이름도 없고, 제조사도 없고, 아무런 정보가 표기되어 있지 않다.

"뭐 봐? 누나랑 같이 오라고 보내 놨더니, 너는 계속 둘이서만 이야기하고 있냐?"

"그러게요. 혜주 언니 때도 그렇더니, 가만 보면 오빠는 처음 보는 여자한테만 관심이 있나 봐요."

어느새 다가온 보안관과 제니가 양쪽에서 유빈의 어깨를 확 끌어안는다. 유빈은 보안관에게 D.E.M.을 넘겼다. 임수정은 쓰는 방법을 몸짓까지 동원해 가며 설명한다.

"그거…… 태양 그룹에서 만든 물건이래요. 저도 선물 받은 거긴 한데, 위의 걸 젖히고 몸에 콱 찌르면 심장이 10분간 멎는다고 했어요. 위급할 때 쓰는 거니까 나보다는 유빈 군 일행에게 더 유용할 것 같아서."

"이상한 약이 다 있네요?"

D.E.M.을 쥐고 있던 보안관이 믿을 수 없다는 표정을 짓는다. 그러다가 고개를 갸웃거리며 다시 중얼거린다.

"근데 심장이 10분 동안 멎는 약이 뭐에 필요한 거지? 그거, 그냥 가사 상태에 빠지는 거 아니야? 아무 이득이 없잖아."

"아마 그런 거 아닐까? 왜, 좀비들이 죽은 시체 안 뜯어 먹잖아. 그러니까 좀비들에 둘러싸였을 때, 그걸 콱 박는 거야. 그러면 좀비들은 네가 시체인 줄 알고 건드리지 않는다는 거지."

유빈이 추리를 해 주자 보안관이 다시 묻는다.

"그래 봐야 10분이잖아. 10분 뒤에는 어떡해?"

"음, 그사이에 뭔가 다른 변화가 있거나 할 수 있으니까 그거라도 노려 보자는 거지. 예를 들어 10분 동안 좀비들이 다른 것에 홀려 멀리 가 버린다거나, 아니면 구조대가 도착할 수도 있잖아."

"아하, 그런 식으로! 음, 상상력이 필요한 쓰임새네. 어쨌든 이거, 누나 건데 굳이 저희한테 주시지 않아도…….”

 보안관은 그제야 납득을 하고 임수정을 돌아봤다. 임수정은 확실히 의사를 전달하기 위해 두 손을 내저었다. 고 하사와의 추억은 아직 한 알이 남은 진통제 케이스만으로도 충분히 되새길 수 있다.

 “아니요. 기억만 났더라면 어제 이미 줬어야 하는 거였어요. 앞장서서 그 깜깜한 데를 헤치고 나가 싸웠는데.”

 “그럼, 보안관 오빠가 가지고 있어요. 대신에 수정 언니는 오빠가 지켜 주면 되죠.”

 자칫 어색해지려는 상황은 제니가 보안관의 손에서 D.E.M.을 빼앗아 그의 바지 주머니에 쏙 집어넣고 톡톡, 두드리는 것으로 마무리됐다. 보안관은 쑥스러운 표정을 지으며 고맙다는 말을 했다.

 “언니, 이리 와 봐요. 같이 샴페인 한잔해요.”

 제니가 애교를 부리며 임수정의 팔짱을 끼고 잡아끈다. 엉덩이를 뒤로 뺀 채 끌려가며 임수정은 제니와 유빈의 얼굴을 번갈아 봤다.

 “아침부터 샴페인? 그래도 괜찮아?”

 “잔소리쟁이가 오늘 오전에는 쉬어도 된댔어요. 사실 어제 좀비들 가둬 두는 작업 하느라고 언니 만나기 전까지 계속 일했었거든요. 어차피 앞으로 두어 시간 뒤에 좀비들이 앞으로 지나갈 동안에는 쥐 죽은 듯 조용히 있어야 하니까, 지금 가볍게 한잔해요.”

 “잔소리쟁이가 누구야?”

 임수정이 묻자 제니가 찡긋 윙크를 하며 유빈을 가리킨다.

 “여기 있잖아요. 언니한테는 무슨 잔소리 안 했어요?”

 자신이 말해 놓고 그게 재미있는지 제니는 한 번 까르르, 웃었다. 테라와는 상당히 다른 느낌이라고 임수정은 생각했다. 똑같이 친절하지만, 제니는 훨씬 더 에너제틱하고 장난기가 많다.

 “어서 오세요.”

풀의 귀퉁이에 앉아 물속에 발을 담근 채 캔 커피를 마시고 있던 태권 소녀가 손을 흔들며 반겨 준다. 임수정과 제니는 그 옆에 나란히 앉았다.

"자요, 언니. 미지근하기는 하지만, 그래도 마실 만해요."

제니는 커다란 플라스틱 컵에 샴페인을 따라 준다. 잔을 입 주변에 가져다 대자 코끝에 약한 기포가 닿으며 포도 향기를 전한다. 이런 호사를 누려도 되는 건가 싶어지는 순간이었다.

"테라가 혹시 제 이야기 한 적 있어요?"

건배를 하고 잔이 두 번 정도 비워진 뒤, 제니가 조심스럽게 물었다. 역시 테라에 관해 대화를 하고 싶었던 모양이다. 임수정은 고개를 끄덕였다.

"응, 자주. 잠실에 가면 한쪽 벽에 구조된 사람들이 붙여 놓은 메모가 꽉 차 있거든. 거의 매일 거기에 가서 확인을 하곤 했어. 혹시 자기가 모르는 사이에 제니가 왔을지도 모른다고. 엄청 그리워했어."

"……그리워했다고요? 원망이 아니라?"

제니의 목소리가 떨린다. 임수정은 그 말의 의미를 이해할 수 없었다.

"왜 원망을 하겠어? 그냥 어디선가 잘 지내고 있었으면 좋겠다고, 그렇게 말했는데."

"제가…… 테라를 버리고 도망쳤었거든요."

제니는 고개를 숙인 채 기어 들어가는 목소리로 중얼거렸다. 그녀를 대신해서 태권 소녀가 보충 설명을 해 준다.

"테라가 발을 물린 줄 알았대요. 그래서 소속사 사장이 얘만 데리고 도망쳤다고, 그런 이야기예요. 잠시 착각을 하는 바람에 둘이 헤어지게 된 거죠. 이렇게라도 알았으니 다행이지……. 그런데 물린 게 아니었으면 얘가 본 그 피는 대체 뭣 때문에 났던 걸까요?"

"발가락 이야기라면…… 내가 들은 건 그런 게 아니었는데…… 빨간 스포츠카가 밟고 지나갔다고 했어."

응?

서로의 이야기가 너무 달라서 세 여자의 눈이 커진다. 제니와 임수정은 계속 '아닌데…….'를 번갈아 연발하며 서로가 알고 있는 그날의 사건에 대해 말했다.

비록 자신이 직접 겪은 것은 아니지만 임수정은 똑똑히 기억하고 있었다. 테라가 몇 번이나 강박적일 만큼 그때의 일에 대해 이야기를 해 줬기 때문에 잊히기가 더 어려울 정도다.

"듣고 보니까…… 제니의 이야기 쪽이 더 맞는 것 같아. 지금 돌이켜 보면 테라는 제니와 그 사장이라는 사람에 대해서는 전혀 언급을 하지 않았었어. 마치 그날 같이 있지 않았던 것처럼 말이야……. 뭐지? 물린 게 아니라 그냥 다른 부상이었다면 그렇게까지 말을 꾸며 냈을 이유가 없는데……."

그렇게 말을 하던 임수정의 뇌리에 스치는 문구가 있었다. 거짓임이 증명된 사실을 다 제거한 뒤에 남는 가설이 있다면, 아무리 논리적으로 말이 안 되는 것처럼 보인다고 해도 그것이 진실이라는 말. 어느 탐정 소설에선가 읽었던 기억이 있다.

지금 이 상황에서 가장 말이 안 되는 것처럼 여겨져서 아예 논외로 두고 있는 일이란 다름 아닌…….

임수정은 커다래진 눈으로 제니를 보았다. 머리를 망치로 두들겨 맞은 것 같은 기분이다.

"제니가 잘못 봤던 게 아닌가 봐. 이제는 나도 테라가 정말로 물렸었는지도 모르겠다는 생각이 들어. 이야기 앞뒤를 맞춰 보면 그래야만 말이 돼."

"예? 하지만 물리면 좀비가 되는 거잖아요. 시몬은 그때 분명히……."

"그래, 그 어린아이는 좀비였을 거야. 그게 아니라면 어린아이가 무는 힘이 그렇게 강할 리가 없지. 뼈마디가 잘려 나갔으니까. 내 생각에는…… 무슨 이유 때문인지는 모르지만, 테라는 물리고 나서도 좀비로 변하지 않았……던 것 같아. 아마 모종의 항체 같은 게 있었던 게 아닐까? 하지만 그 사실을 숨긴 거지."

임수정의 말이 끝나고 잠시 침묵이 이어졌다. 쇼트커트 머리를 긁적이던 태권 소녀가 이해할 수 없다는 표정을 지으며 물었다.

"좀비에 대해서 항체가 있다는 건 상상도 안 해 봤는데…… 하여간 만약에 그러면 엄청 좋은 거 아닌가요? 테라, 그 친구는 그런 특별한 일을 왜 굳이 숨긴 거죠?"

"그건……."

임수정의 기억은 격리실에서 테라와 함께 좀비 여자로부터 위협을 받던 때로 되돌아갔다.

군인들에 의해 사살된 좀비 여자. 그 처형 장면을 고스란히 보았던 테라는 울면서 몇 번이나 자신은 물리지 않았다는 말을 반복했었다.

"……그건 아마 두려움 때문이었을 거라고 생각해. 물렸다고 하면 다들 변하기도 전에 죽이려고 든다는 걸 잘 아니까. 게다가 물린 사람은 일단 구조 대상도 아니고……."

"너무 불쌍해요. 가뜩이나 겁이 많은 애인데…… 혼자서……."

제니가 한숨을 내쉰다. '혼자서'라는 말은 어울리지 않는다고 임수정은 생각했다. 군인들이 계속 일부러 근처로 지나가면서 선물을 주고 주변에 어린 아기들도 많았으니까.

하지만 지금 제니와 비교를 해 본다면 분명히 외로울 것 같기는 하다. 테라와 함께 있는 동안 그녀가 제니처럼 밝고 유쾌하게 웃는 모습을 봤던 기억은 없다.

"좀비 와요!"

망원경으로 감시하고 있던 규영이 신호를 보낸다. 제니가 검지를 세워 입술에 대고 눈으로 웃는다. 어떻게 하라는 건지 몰라 임수정이 숨소리조차 내지 못하고 있자 제니는 또 까르르 웃는다.

"아뇨, 사실 그렇게 긴장할 필요 없어요. 제가 언니한테 장난친 거예요. 좀비 구경하러 가실래요?"

제니는 임수정의 손을 잡고 도로가 보이는 난간 쪽으로 걸어갔다. 이미 와 있던 남자들이 자리를 비켜 준다. 잠시 긴장 속에서 기다리고 있자, 좀비 무리의 선두가 도로에 모습을 드러낸다.

빨강, 분홍, 검정, 노랑, 파랑…… 온갖 색깔의 페인트를 뒤집어쓴 좀비들이 군데군데 섞여 있다. 건대 쉘터에서는 소문으로만 들어 봤던 바로 그 컬러 좀비들이다.
"어머…… 우리, 이렇게 보고 있어도 돼? 들키면 어떻게 하려고? 너무 가까운 거 아냐?"
수천에 이르는 좀비의 규모 때문에 압도된 임수정은 난간에 등을 기대고 앉아 숨으며 제니에게 속삭였다. 높은 건물 위라고 하지만 그다지 멀리 떨어져 있지도 않은데…….
제니가 곁에 쪼그리고 앉아 작은 목소리로 일러 준다.
"일부러 큰 소리를 내거나 불을 피우거나 하지만 않으면 알아보지는 못하는 것 같더라고요. 이쪽에 관심 두지 말라고 저기 길 건너 건물에 좀비들도 몇 마리 가둬 놨고요. 아, 또 담배도 얘네 지나가는 동안은 금연."
그랬던 거구나…….
임수정은 건대에서 난리가 났던 밤들을 돌이켜 봤다. 발전기는 계속 돌아가고, 사이렌에 총소리까지 더해져서 계속 좀비들을 도발했던 거나 다름없다.
몇 마리만 근처에 서성여도 다 제거하기 전까지는 비상이 풀리지 않았다. 좀비들의 행태를 이해하려는 사람은 아무도 없었다. 그녀 자신까지도.
"항체가 있다는 게 어떤 의미지? 그럼, 그 피 수혈받으면 나도 항체 생기는 건가? 그렇게 간단한 일이 아니겠지만……."
태권 소녀는 아직도 테라의 항체에 관해 생각하고 있었는지 혼잣말을 중얼거린다. 곁에 서 있던 신입이 아는 척을 한다.
"항체? 무슨 항체? 어쨌든 수혈받으려면 혈액형이 같아야 되는데, 너랑 피 줄 사람은 무슨 형인데?"
태권 소녀는 테라가 좀비에 대한 항체를 가진 것 같다는 이야기를 꺼내지 않았다. 아직 너무 불확실한 부분이 많다. 하지만 혈액형 정도는 알아 두고 싶었다.
"B형. 테라는……."

태권 소녀가 제니에게 물어보기 위해 고개를 돌리려 할 때, 규영이가 입을 열었다.

 "테라는 O형, 천칭자리. 제니 누나는 A형, 사자자리."

 제니가 긍정의 의미로 엄지손가락을 척 올려 보인다. 도로에서는 좀비들의 행렬이 한창 진행 중이다. 모두들 별 감흥 없이 그 다양한 색깔을 바라보고 있었다.

 이제 저놈들이 지나가고 나면 한 바퀴 돌아 다시 여기로 올 때까지 적어도 열 시간 이상이 걸릴 것이라는 데 아무런 의심도 없었다.

 좀비들은 예전과 같은 코스를 따라 천천히 행진을 한다. 두어 시간 뒤, 그 무리의 선두가 만나게 될 건대 쉘터의 북단에는 전에 없던 구조물이 굳건하게 버티고 서 있다. 오늘 아침 막 완성된 거대한 장벽이다.

 지금 모종의 변화가 일어나려 하고 있다.

02

 좀비들이 시야에서 사라지고도 20분 이상이 흐른 뒤에야 코스트코 옥상에는 평화로운 분위기가 돌아왔다.

 "아래층에서 먹을 것 좀 가져다 놔야겠다. 아…… 맥주도 좀 더 가져다 놓을까? 우리 술 엄청 마시네."

 담배에 불을 붙인 삼식이가 빈 술병들을 휴지통에 담으며 말했다. 사실 그중의 절반 정도는 녀석이 다 마신 거다. 신입이 벌떡 일어나 합류한다.

 "같이 가자. 나도 먹고 싶은 거 있었는데."

 "그러면 일단 무빙워크에 있는 좀비 시체들부터 좀 치우고 가자. 그거 계속 썩고 있을 생각 하면 심란하다."

유빈이 끼어들어 삼식이와 신입을 중노동의 늪으로 끌어들여 버렸다.

"에? 오늘?"

삼식이와 신입이 동시에 귀찮은 기색을 내비쳤지만, 딱히 싫다는 말은 나오지 않았다. 애써 외면하고 있었을 뿐, 어차피 언젠가 한 번은 해야 한다는 걸 잘 알고 있었다.

"어디다 버릴 건데? 꽤 많잖아."

"일단 팔레트로 밀어서 밖에라도 내놓자. 그리고 무빙워크 청소도 좀 하고. 언제까지 주차장으로 빙빙 돌아다닐 수는 없잖아."

"그럼 1층에서 고무장갑이나 마스크, 이런 거 먼저 찾아야겠네. 에…… 내가 고글을 어디에 뒀더라?"

삼식이는 아래층에서 끌고 온 자동차를 뒤져 필요한 장비들을 카트에 담았다. 세 사람이 주차장 통로를 따라 내려가기 직전에 보안관이 그 뒤를 쫓아가며 불렀다.

"야, 삼식아. 잠깐만 나 차 열쇠 주고 가."

"무슨 차?"

"산책로에 세워 둔 차들 있잖아. 배터리 방전되기 전에 시동 한번 걸어 두려고."

"아, 그거? 두 대 다 운전석 햇빛 가리개 안에 넣어 놨어. 문 열려 있으니까 꺼내서 시동 걸면 돼. 근데…… 혼자 가면 무서울 건데, 이따가 나랑 같이 가든가 하지."

삼식이의 말에 보안관은 같잖다는 듯 대답했다.

"괜찮아, 금방 갔다 올게. 너나 껌껌한 데서 좀비 시체 만지다가 오줌 싸지 마라."

둘의 대화를 듣던 유빈이 잠시 주저하는 듯했지만, 이내 고개를 끄덕였다. 다른 사람도 아니고 보안관인 데다가 멀리 가는 것도 아니니까. 사실 선로 위는 비교적 안전하다. 그래도 유빈은 두 가지 당부를 했다.

"조심해서 다녀와. 혹시 모르니까 귀찮더라도 배낭은 메고 가. 응? 무전기도 챙기고."

안전화로 갈아 신은 보안관이 배낭을 메고 있을 때, 제니가 다가와 묻는다.

"보안관 오빠, 어디 가려고요?"

"응, 산책로에 세워 둔 차도 좀 보고. 겸사겸사."

"혼자요? 에이, 외롭게 왜 혼자 다녀요? 그럼 저랑 같이 가요."

말이 끝나기도 전에 제니는 슬리퍼를 벗고 운동화를 신는다. 얇은 트랙 톱에 짧은 반바지 차림의 그녀를 보고 보안관이 물었다.

"그렇게 입고?"

"왜요? 너무 자극이 심한가요?"

제니는 트랙 톱의 지퍼를 조금 내리며 도발적인 표정을 지어 보였다가 보안관의 홀린 얼굴을 보며 또 까르르 웃었다.

잔소리쟁이 유빈이 있었다면 당장 난리를 치면서 긴 바지와 양말을 주문했을 테지만, 보안관은 제니와 함께 웃으며 그녀의 배낭을 챙겨 준다.

"어떤 게 네 거였지?"

"그거요. 볼라 달려 있는 거. 저희 다녀오겠습니다!"

두 사람은 태권 소녀와 규영, 임수정에게 인사를 하고 코스트코를 나왔다.

도로를 따라 10여 분을 걸은 보안관과 제니는 주유소 지붕에 미리 연결해 둔 사다리를 타고 선로로 올라갔다.

"으아, 덥네요. 확실히 여기는 다른 데보다 조금 더 뜨거운 기분이에요."

달궈진 선로를 걸으며 제니는 손으로 부채질을 했다. 알루미늄 배트를 빙글빙글 돌리며 걷던 보안관은 흐뭇한 미소를 지으면서 제니를 돌아본다.

"생각해 보니까 너랑 이렇게 둘이서만 산책하는 게 거의 처음인 것 같아."

"음, 그런가요? 아닌데? 우리 전에 있던 동네 마트에서 장 볼 때도 둘이 같이 돌았고, 자동차도 우리 둘이 같이 탔었는데."

"그렇기는 한데, 그때는 바로 근처에 다른 애들이 있었잖아. 지금은 근방 몇십

미터 안에 우리 단둘뿐이고. 그런 게 차이지. 오붓함……이랄까? 분위기가 완전히 달라서…….”

쑥스러워하는 보안관의 등을 탁, 치며 제니는 또 웃음을 터뜨렸다.

"하하하! 그게 뭐야. 이상해요! 엉큼해 보여!"

"아…… 나는 그런 의미로 한 말은 아니었어. 으아, 이거…… 지금 감점 발언?"

보안관의 얼굴이 조금 빨개지자 제니는 얼른 웃음을 그치고 그의 커다란 손을 살며시 잡았다.

"아뇨. 오빠는 감점 같은 거 신경 쓸 필요 없어요. 무슨 말을 하든, 어떤 행동을 하든 언제나 100점이에요."

두 눈을 바라보고 그렇게 말해 주는 제니의 모습이 어찌나 예쁘던지!

보안관의 머릿속에서는 잠시 불꽃놀이가 벌어졌고, 얼굴은 더 빨개졌다.

하마터면 이성을 잃고 제니의 가슴에 손을 얹으면서 '이래도 100점이란 말이야? 정말로? 그럼 이거는?'이라고 할 뻔했다.

"아후우~!"

상상을 한 것뿐인데도 너무 짜릿해서 보안관은 가볍게 도리질을 한 뒤에야 다시 제니의 얼굴을 마주 볼 수 있었다.

"손…… 조금만 더 잡고 걸어갈까? 꼭 사귀는 것 같아서 나 엄청 기분 좋은데."

보안관의 말에 제니는 미소를 지으며 고개를 끄덕였다. 두 사람은 연인처럼 손을 꼭 맞잡고 이글거리는 선로를 지나 두 대의 자동차를 세워 둔 산책로에 도착했다.

줄사다리를 타고 먼저 내려간 보안관이 제니를 받아 준다. 언제나처럼 친절하게, 그러면서도 사심이 느껴지지 않는, 그런 손길이었다.

"좀 줄어든 거 같기는 한데…… 아직 지나가기는 좀 힘들겠다. 며칠만 더 이렇게 쨍쨍하면 어찌어찌 갓길에 바싹 붙여서 통과할 수 있으려나?"

막힌 배수구 때문에 생긴 호수를 보며 보안관이 중얼거렸다. 찰랑거리는 물의 경계에 산책로의 가장자리가 얼핏 보인다.

야구 배트로 깊이를 재 봤다. 50센티미터 가까이 된다. 차를 몰고 들어가기에는 무리다. 보안관은 배트의 물기를 털어 내고 자동차를 세워 둔 곳으로 걸어갔다.

"으아! 숨 막혀. 이 안에도 푹푹 찌는구나."

자동차 문을 열자마자 내부의 열기가 확 덮쳐 온다. 창문을 조금 열어 뒀는데도 그다지 효과가 없는 것 같다. 보안관은 땀을 뚝뚝 떨어뜨리며 시동을 걸었다.

위이잉―.

다행히 배터리에는 별문제가 없는지 한 번에 엔진이 돌기 시작한다. 라디오에서는 여전히 치지직거리는 잡음만이 흘러나오고 있다.

"오빠! 이거 봐요!"

라디오의 주파수를 바꾸고 있을 때, 밖에서 기다리고 있던 제니가 부른다. 보안관은 고개를 들었다. 제니는 B급 영화 속의 히치하이커처럼 한쪽 다리를 내밀고 엄지손가락으로 세워 달라는 신호를 하고 있었다.

하하…… 보안관은 웃었다. 도저히 태우지 않을 수가 없을 만큼 매혹적이다.

"타시죠."

1미터 정도를 전진해 다시 멈춰 선 보안관은 조수석의 유리를 내리고 말했다. 제니는 조수석에 앉고 나서도 낯선 여자의 연기를 계속하며 물었다.

"이 차는, 어디로 가는 중이죠?"

"네가 가고 싶은 곳, 어디든지."

보안관은 최대한 낮고 굵은 목소리로 대답했다. 제니는 빵 터져서 보안관의 어깨와 자신의 허벅지를 때리며 웃었다.

"아하하하! 뭐야! 그 말투! 너무 느끼해요! 완전 아저씨! 감점! 이건 진짜 감점!"

"응? 감점 없다며!"

잠시 함께 깔깔대고 나서 조용해졌을 때, 보안관이 정색을 하며 물었다.

"왜 잠실이라고 안 해?"

"네?"

제니의 얼굴에서도 웃음기가 걷힌다. 보안관은 찌직거리는 라디오를 끄고 말했다.

"테라가 잠실에 살아 있다는 거 알았잖아. 그런데도 보고 싶다는 이야기를 한마디도 안 꺼내니까."

"당연히 보고 싶어요. 지금 당장이라도 가서 테라를 데려오고 싶어요. 하지만……."

제니는 곤란한 듯 고개를 숙이며 말을 이었다.

"하지만…… 그냥 아무 때나 휙 갈 수 있는 게 아니잖아요. 내 마음대로 돌아올 수 있는 것도 아니고요. 우리가 지금만큼 안전해지기 위해서 오빠들이 얼마나 고생했는지 잘 아는데, 어떻게 그런 말을 하겠어요. 거기까지 가려면 또 위험한 일을 잔뜩 해야 할 테고…… 그냥 지금은…… 살아 있어 줘서 고맙고, 거기서 안전하다니까 다행이라 생각하고 있어요."

그런 이야기를 하는 것조차 미안하다는 듯 제니는 두 손을 꼭 움켜쥐고 있다. 보안관은 눈가를 긁적이며 말했다.

"어젯밤에 유빈이랑 삼식이랑 이야기했었어. 네가 테라를 만나도록 돕고 싶은데, 아직 방법을 잘 모르겠더라고. 조금만 더 기다려 줘. 목숨 걸지 않고도 잠실까지 갈 수 있는, 좋은 묘수가 분명히 있을 거야. 물론 그걸 생각해 내는 건 아마 유빈이겠지만, 나도 최대한 머리를 굴려는 볼게."

"아니, 저 하나 때문에 그렇게까지 하는 건 너무…… 후우~ 코스트코 들어간 지도 며칠 안 됐잖아요. 이제 겨우 먹을 것 걱정 안 하고 편하게 잠들 수 있게 된 건데, 그렇게 제 생각만 할 수는 없어요."

제니는 어쩔 줄 몰라 하며 손으로 얼굴을 가린다.

속으로는 그렇게 힘들었으면서 티 내지 않으려고 계속 웃었던 건가…….

제니가 안쓰러워져서 보안관의 미간에도 주름이 잡힌다.

"미안해하지 마. 이렇게 생각하면 간단해."

보안관은 제니가 좀 진정되기를 기다렸다가 입을 열었다.

"우리 친구 진우 기억나지? 그 군대 간 녀석 말이야. 만약에 걔가 강원도 어느 산골짝이 아니라 잠실에 살아 있다는 걸 알게 됐다면 우리는 어떻게든 간다고 했을 거야. 겨우 10킬로미터 남짓이니까 가능성이 보이잖아. 그리고 아마 너도 별 반대하지 않고 도와줬겠지. 우리가 조금 더 행복해지기를 바라는 마음에서 말이야. 진우에게 별로 몰입이 안 되면 유빈이라고 가정해 봐. 걔랑 헤어졌었는데 알고 보니 잠실에 있더라. 그렇게 입장을 바꿔 놓고 생각해 보면 그냥 당연한 일이야. 잠실 쉘터라는 데에서는 최소한 안전은 보장받는다니까 큰 손해도 아니고…… 조금만 기다려. 같이 가자."

제니는 당혹스러운 마음에 아무 대답도 못 하고 창밖을 보며 눈가를 찍어 냈다. 이런 사람들이 또 있을까? 그 마음만으로도 엎드려 절을 하고 싶다.

그러나 고맙다는 말을 하면 그렇게 해 달라고 부탁하는 게 될까 봐 섣불리 감사의 말을 꺼내기가 두려워진다.

다들 그리운 사람이 있지만 꾹 참고 있는 걸 텐데, 자신만 그렇게 친구를 찾아 나선다는 게 과연 괜찮은 건지 모르겠다.

그러면서도 가슴속에는 그리움이 끝없이 차오른다. 마음이 너무 복잡하고 어지럽다.

혹시 나 때문에 모두가 불행해지면 어떻게 하지?

제니는 그게 무서웠다.

"기운 차려. 그렇게 기죽어 있지 말고."

제니의 어깨를 다독여 준 보안관은 두 번째 차의 시동을 걸기 위해 밖으로 나갔다. 그가 일어난 운전석에는 빨간색 캡슐이 떨어져 있었다. 어제 임수정이 준 그 이상한 약이다.

"이거요, 오빠. 아까 떨어뜨렸더라고요."

코스트코로 돌아가는 길에 제니는 D.E.M.을 보안관에게 건넸다. 보안관은 그 뚜껑을 열었다 닫았다 하면서 고개를 갸웃거렸다. 서먹한 사이에 주는 선물이라 거절할 수는 없었지만, 어째 별로 신용이 안 간다.

"근데 제니야, 너는 이거 믿기냐? 10분간 심장마비가 온다니…… 그게 정말일까? 너무 황당한 이야기 아니야? 이거, 그냥 독약이면 어떡해? 그 누나도 누군가한테 전해 들었다고 했잖아."

"재질이나 만듦새 같은 걸 보면 꽤 공들인 물건 같기는 한데…… 선물 받은 거니까 그냥 가지고만 있어요. 저도 그런 거 쓸 일이 아예 없었으면 좋겠어요."

"그치, 응? 내가 비뚤어진 게 아니지? 아, 맞다! 나 그거 해 보고 싶었는데."

먼저 도로로 내려가 제니를 받아 주던 보안관이 삼거리에 있는 가게를 돌아본다. 코스트코로 가는 방향의 반대쪽이다.

"뭔데요, 오빠?"

"저 복권 가게 안에 있는 즉석복권. 그거 몽땅 다 가져가서 긁어 보고 싶었어."

"하하, 그런 일을 해서 뭐 해요. 1등이 돼도 돈 줄 사람이 없는데."

"응, 돈이야 뭐 그렇긴 하지. 근데 보통 저런 가게 안에 있는 복권을 다 사 버리려면 얼마나 드는지, 그걸 다 긁으면 몇 원이나 당첨되는지 옛날부터 궁금했거든. 오늘 밤에 애들이랑 같이 한번 긁어 보자. 어때?"

"훗, 그래요."

제니는 웃으며 고개를 끄덕였다. 조금 전, 자동차 안에서 엄청 듬직한 오빠였던 남자가 지금은 어린애처럼 들떠서 아무 소득 없는 바보짓을 해 보고 싶다며 허락을 해 달란다.

조금 멀리 돌아가야 하기는 하지만 그 정도쯤이야…….

"이것밖에 없나? 즉석복권은 생각했던 것보다 그렇게 많지가 않네. 순 로또 용지밖에 없고."

복권 가게 안에 들어선 보안관은 비닐봉지에 닥치는 대로 즉석복권을 담았다. 물론 그런 짓을 해도 손해 보는 사람은 아무도 없다.

……아무도 없다고 생각했었다.

"응?"

가게를 나선 보안관이 삼거리의 우측을 돌아보며 제니를 감싼다.

"왜 그래요, 오빠?"

"아니…… 별거 아니고, 저기 뭐가 슥, 지나갔어. 그날 골목 안으로 들어왔던 좀비 중에서 아직 못 잡은 놈들 있잖아. 그놈들 중 하나인 모양인데…… 여기에서 돌아다니고 있었나?"

보안관은 복권이 든 봉지를 제니에게 넘기고, 배트를 두 손으로 잡았다. 제니는 보안관의 웃옷을 살짝 잡았다.

"지금은 그냥 가면 안 돼요? 나중에 다른 사람들이랑 같이 와서……."

"그래도 되긴 하는데, 이놈이 여기 계속 있어 준다는 보장이 없으니까. 괜찮아, 어차피 그놈들 다 합쳐 봐야 몇 마리 안 돼."

보안관은 호기롭게 웃었다. 기억이 맞는다면 아마 여섯 마리다. 껌이다. 그는 좀비가 모습을 감춘 코너 쪽으로 천천히 걸어갔다. 슬쩍 거리를 두고 고개를 내밀던 보안관의 얼굴이 이내 굳는다.

'왜 이렇게 많아?'

그롸아아아—.

보안관과 눈이 마주친 좀비가 목이 찢어져라 소리를 질렀다. 그와 동시에 도로를 배회하던 수십 마리의 좀비가 일제히 방향을 튼다.

"으아아아!"

보안관은 재빨리 뒤돌아 제니의 손을 꽉 움켜잡고 뛰었다.

"뭐예요? 왜 그래요?"

코너 저편의 상황을 보지 못한 제니는 열심히 달리면서도 겁먹은 목소리로 물었다. 그녀의 손에 들린 복권 봉지가 풀썩거리며 달리는 데 방해가 된다.

"제니야! 복권 버려! 좀비야! 존나 많아!"

보안관의 말을 들은 제니는 봉지를 뒤로 던졌다. 복권들이 정신없이 휘날린다. 보안관은 힐끔 뒤를 돌아보았다. 좀비들은 어느새 바짝 뒤쪽까지 따라붙었다.

확실히…… 달리기로 이놈들을 뿌리친다는 건 불가능하다. 가발 가게든 코스트코든, 안전한 곳까지는 너무도 멀다.

"이쪽으로!"

보안관은 제니를 잡아끌며 방향을 바꿨다. 선로로 올라가야 한다. 좀비들은 높은 데를 기어 올라오지 못하니까 그 주유소까지만 가면…… 거기에 사다리가 있다.

"윽!"

멈춰 서 있는 자동차가 장애물처럼 달리기를 방해한다. 보안관은 몇 번이나 호되게 무릎을 부딪쳐야 했다. 아픈 것은 괜찮은데, 자꾸 속도가 줄어든다.

이제는 주유소까지 가는 것도 포기해야 할 것 같다. 그냥 선로와 이어진 곳, 아무 데라도 가야 한다. 더 시간을 끌었다가는…….

"막혔어요!"

선로의 높은 차단벽을 보며 제니가 비명을 지른다. 보안관도 알고 있다. 하지만 이 정도가 최선이다.

그롸아아아—.

바짝 따라붙은 좀비가 손을 뻗어 온다. 보안관은 제니의 손을 놓고 배트를 꽉 움켜잡으면서 허리를 힘껏 돌렸다.

까앙—!

관자놀이를 직격당한 좀비가 뒷걸음질을 치다가 쓰러진다. 그리고 또 한 마리. 보안관은 두 번째 좀비의 정수리를 힘껏 내려쳤다.

빠직—.

타격은 제대로 들어갔지만, 배트는 해머보다 약하다. 단번에 죽이지 못한다.

'미쳤지…… 내가 뭐 한다고 이딴 거를 들고 와서…….'

보안관은 목이 꺾인 좀비의 가슴을 걷어차 뒤로 날려 버렸다. 불과 20여 미터 뒤에는 또 대여섯 마리가, 그 뒤에는 더 많은 좀비가 달려오고 있다. 끝이 안 보인다.

"제니야!"

보안관은 제니 쪽으로 뛰어가 배트를 버리고 두 손으로 그녀의 허리를 꽉 잡았다. 그 행동의 의미를 눈치챈 제니가 눈을 동그랗게 뜬 채 고개를 젓는다.

"아뇨…… 오빠…… 같이……."

보안관은 대꾸하지 않았다. 그렇게 낭비할 시간이 없다.

"이야아압!"

보안관은 있는 힘껏 두 팔을 휘둘러 제니를 위쪽으로 던졌다. 제니는 눈물이 맺힌 상태에서도 용케 선로 차단벽의 끝을 잡고 몸을 끌어 올렸다.

그녀가 안전해진 것을 확인한 보안관은 곧바로 뒤돌아섰다. 처음에 죽이지 못한 좀비에 여섯 마리가 더해져 한 뭉텅이로 달려온다.

"으아앗!"

배트를 집어 든 보안관은 놈들의 머리통을 후려갈기고, 가슴을 걷어차고, 다리를 부러뜨리며 버텼다.

필사적으로 길을 터 보려 했지만, 도저히 빠져나갈 수가 없다는 걸 이내 깨달았다. 쓰러지는 놈의 등 뒤에서는 그보다 몇 배나 되는 좀비들이 달려오고 있다.

빠아악ㅡ.

일곱 마리째의 좀비를 뒤쪽으로 날린 보안관은 급히 장갑을 벗고 바지 주머니를 더듬었다.

'독약이더라도 해 보는 수밖에 없다.'

D.E.M.의 뚜껑을 젖힌 보안관은 튀어나온 바늘을 왼쪽 가슴에 힘껏 찔러 넣었다.

찌리릭ㅡ.

빠른 속도로 주입된 약물이 지독한 통증을 남기고 뇌를 향해 치닫는다.

화아악ㅡ.

머릿속이 하얗게 변하는 것 같더니, 이내 가슴이 꽉 막힌다. 숨을 쉴 수가 없다.

"끄으윽!"

보안관은 핏줄이 도드라진 얼굴을 어떻게든 돌려 보려 했다.

Chapter 61 Heart

이게 마지막이라면…… 제니의 얼굴을 한 번 더 보고 싶다. 하지만 몸은 말을 듣지 않는다.

좀비의 갈퀴 같은 손이 뻗어 오고 있는데…… 피해야 하는데…….

그리고 모든 것이 무로 돌아갔다.

쿵!

통나무처럼 허물어지는 보안관을 내려다보며 제니가 울부짖었다.

"오빠아―!"

Chapter 62
Deus Ex Machina

01

"하아~ 하아~ 안 돼…… 안 돼……."

차단벽에 엎드린 채 매달린 제니는 고개를 저었다. 쏟아지는 눈물 때문에 앞이 잘 보이지 않는다.

보안관 오빠가…… 세상에서 가장 용감하고 힘센 보안관 오빠가 눈을 부릅뜬 채 바닥에 쓰러져 있다.

그리고 주변에는 아직도 미련을 버리지 못한 수십 마리의 좀비들이 서성인다. 단 한 번이라도 숨을 내쉬면 곧바로 달려들어 갈기갈기 찢을 기세다.

그롸아아— 끄르르르—.

또 다른 좀비들은 그녀를 노리고 열심히 몸을 날려 팔을 휘저었다.

쿵— 쿵—.

4미터가 훨씬 넘는 높이여서 닿을 염려는 없지만, 놈들이 부딪칠 때마다 얇은 철판으로 된 차단벽이 휘청거렸다.

"어떡해…… 어떡해……. 오빠, 흐으윽!"

제니는 두 팔과 다리에 힘을 꽉 준 채 버텼다. 이 상태가 위험하다는 것을 아는데, 시선은 보안관에게 꽂혀 움직일 줄을 모른다. 머릿속에 아무 생각도 나지 않고 계속 눈물만 솟았다.

저대로 그냥 죽어 버리는 게 아닐까?

아니, 어쩌면 이미 되살아날 수 없는 것 같다는 걱정만이 반복적으로 떠올랐다가 가라앉았다.

"아냐! 정신 차려! 생각해! 생각!"

제니는 자신을 향해 빽! 소리를 지르고 이를 악물었다. 이렇게 바보처럼 울고 있을 때가 아니다. 일단 지금은 할 수 있는 최선을 다해 둬야 한다.

그래야 임수정이 말했던 것처럼 10분 뒤에 보안관이 다시 깨어났을 때, 함께 달아날 수 있다.

10분 뒤에도 깨어나지 못하면…….

아니, 그럴 리 없어! 그런 걱정 말고 현실에 집중하라고!

제니는 세차게 고개를 저었다. 그러고는 아래쪽 인도를 노려봤다. 서른 마리가 넘는 좀비들이 부근에 모여 있다. 이 상태로 시간만 흐른다면 보안관이 정말로 깨어난다 해도 곧바로 목숨을 잃을 수밖에 없다.

"좀비들을…… 다른 데로 끌고 가야 해. 일단 여기를 다 깨끗이 정리해 둬야…… 하아~."

제니는 차단벽의 모서리를 두 팔과 두 다리로 꼭 끌어안은 채 앞쪽을 향해 기어가기 시작했다. 그녀를 노리며 점프하던 좀비들도 게걸음으로 따라 이동한다.

하지만 아직도 보안관 주변에 남아 멍하니 서 있는 놈들이 많다. 제니는 그놈들의 주의를 끌기 위해 손바닥으로 차단벽을 두들기며 소리를 질렀다.

"여기야! 여기로 와, 바보 새끼들아! 나를 잡아먹어 보라고!"

쿵—.

여러 마리의 좀비가 한꺼번에 몸을 날리자 차단벽이 휘청한다. 제니는 중심을 잃고 옆으로 미끄러졌다.

"으읙!"

양손을 쫙 벌려 어떻게든 차단벽의 틈을 움켜잡았다. 힘주어 오므린 허벅지에 생채기가 나면서 날카로운 통증이 느껴진다. 하지만 더 아픈 것은 심장이다. 순식간에 모두 다 타 버리고, 지금은 재만 남겨져 있는지도 모른다.

하아~ 하아~.

제니는 다시 중심을 잡기 위해 필사적으로 몸부림을 쳤다.

찌익, 발이 밀려 나가며 인도 쪽에 걸쳐진 왼쪽 다리가 아래로 미끄러졌다.

그롸아아아—.

높이 뛰어올라 휘젓는 좀비의 손가락이 아래로 미끄러진 제니의 발 바로 근처를 스치고 지나갔다.

제니는 얼른 왼쪽 다리를 위로 끌어 올리며 중심을 잡았다. 하마터면 아래로 떨어질 뻔했다. 그랬다가는…… 그녀만 죽는 게 아니다. 보안관도 같이 죽는 거다.

쿠웅— 쿵—!

그러는 사이에도 좀비들은 계속 차단벽을 들이받고 손바닥으로 후려치는 중이다. 손가락이 부러지고 어깨가 탈골되어도 도무지 멈출 기미가 없다.

제니는 최대한 몸을 밀착시키며 중심을 잃지 않기 위해 애를 썼다. 등에 메고 있는 배낭의 무게가 한쪽으로 쏠리는 것조차 부담스러울 만큼 아슬아슬하다.

그냥 매달려 있는 것 정도는 어찌어찌 버텨 낼 수 있겠지만, 좁은 차단벽의 모서리를 타고 이동하는 게 어렵다.

손을 뗀 순간에 벽이 흔들리면 또 방금 전처럼 휘청거리며 목숨을 건 서커스를 해야 한다. 매끄러운 재질이라 편히 잡을 만한 데도 별로 없다.

"여기라고! 이리 와!"

온몸이 식은땀으로 흠뻑 젖은 상태에서도 제니는 차단벽의 좁은 윗면에 엎드린 채 운동화 뒤축으로 벽을 때리면서 아직도 따라오지 않은 좀비들을 유도하기 위해 애를 썼다.

아직도 보안관과의 거리는 불과 3미터 정도. 진행은 턱없이 느리다. 이래서야 10분이 지나도…….

"시간!"

제니는 자신이 놓치고 있는 게 뭔지 뒤늦게 깨달았다. 보안관이 쓰러진 정확한 시간을 보지 못했다. 그러니 그때로부터 지금까지 몇 분이나 지났는지도 당연히 모른다. 제니는 떨리는 팔을 들어 시계를 확인했다.

오후 1시 7분…….

제니의 머릿속이 복잡해졌다.

대체 몇 분이나 지난 거지? 이 좀비들을 멀리 끌고 도망가야 하는 시간이 얼마나 남은 거지?

매달린 채 기어서 전진하느라 얼마나 시간을 썼는지 짐작할 수 없었다. 그리 길지는 않았던 것 같은데, 어쩌면 그게 자신의 착각일 수도 있다.

"아냐…… 이런 식으로 질질 끌어서는 해결이 안 돼."

제니는 입술을 꽉 깨물었다. 냉정히 계산을 해 보면 답은 분명하다. 1분을 기어도 채 2미터를 전진하지 못한다.

그나마도 몇 마리는 아직까지 보안관의 주변에 남아 있다. 더 적극적으로, 더 빠르게 놈들을 먼 곳으로 꾀어내야 한다.

"저 정도면 꽤 먼데…… 근데 저기로…… 어떻게 가지?"

제니는 멀리 떨어진 가전제품 대리점을 바라보며 중얼거렸다.

3층짜리 건물. 창문도 많고, 계단도 좁다. 좀비들이 따라 들어와 주기만 하면 꽤나 시간을 벌 수 있을 것이다. 또 다른 건물들과 이어져 있어서 의식을 잃은 보안관 쪽이 가려지는 효과도 있다. 하지만 일단 저기까지 기어서 가는 건 불가능하다.

이 방식으로는 안 돼…….

"익!"

제니는 일단 선로 쪽으로 몸을 던졌다. 그리고는 재빨리 가전제품 매장이 정면으로 마주 보이는 위치까지 뛰어가 배낭을 벗어 바닥에 대고 털었다.

"하아~ 하아~ 망치, 드라이버, 라이터…… 담배…… 물, 기름…… 등산용 로프, 칼…… 플래시…… 볼라, 음식은 됐고…….”

표준 장비라고 해서 언제나 메고 다녀야 했던 가방인데, 그다지 대단한 건 없다. 제니는 정신없이 눈을 굴리며 자신이 가진 것으로 뭘 할 수 있는지 생각했다.

저 건너편의 인도로 가서 좀비들을 그곳까지 유인한 뒤, 자신은 안전하게 빠져나올 수 있어야 한다. 그 모든 걸 앞으로…….

시계를 봤다. 바늘 시계라서 정확하지는 않지만, 대략 1시 8분. 그사이에 또 1분이나 지났으니까, 그 모든 작업을 앞으로 6분 내에 다 해내야만 한다. 그 정도밖에는 여유가 없다.

그녀를 따라와 차단벽을 두드리는 좀비들의 소리가 약해지는 게 불안하다. 놈들이 다시 보안관 오빠에게 돌아가 버리면 절대 안 된다.

제니는 선로에 깔린 자갈들을 주워 비운 배낭에 채우기 시작했다. 작은 배낭은 이내 자갈로 가득 차서 불룩해졌다.

“끄응~!”

제니는 배낭의 손잡이를 잡고 들어 올려 봤다. 꽤나 묵직하다.

이 정도면 30킬로그램은 되지 않을까?

무게를 가늠한 후, 등산용 로프의 매듭을 풀어내서 볼라의 한가운데에 묶었다. 볼라를 두어 차례 돌려 중심이 제대로 잡혔는지를 확인한 제니는 그걸 목에 걸고 차단벽 중간 높이의 틈에 드라이버를 박아 넣었다.

깡! 깡! 까앙—!

제대로 고정하기 위해 드라이버 뒷부분을 망치로 때려 깊숙하게 박았다.

아악—!

망치가 헛나가 왼손 엄지를 내려친다. 엄지가 터져 나가는 것 같았지만, 제니는 비명을 삼키고 곧바로 다시 망치를 휘둘렀다. 울면서 손가락을 빨 때가 아니다.

“됐어, 됐어. 이 정도면 안 빠져.”

드라이버에 무게를 실어 본 제니는 그걸 밟고 올라가서 다시 차단벽 모서리에 걸터앉았다. 한쪽 발등을 드라이버에 걸어 놓고 무게를 지탱할 수 있기 때문에 조금 전 그냥 매달려 있을 때보다 자세는 훨씬 더 안정적이다.

"시간이…… 하아~."

제니는 등산용 로프를 왼손에 쥐고 다시 시간을 확인했다.

1시 11분.

이제 여유 시간은 3분. 실수해서는 안 된다. 그녀는 오른손으로 볼라를 쥐고 팔을 높이 들어 올리며 빙빙 돌렸다.

"걸려라! 제발!"

볼라를 힘껏 던지며 제니는 안타까운 기도를 했다.

부웅— 붕— 붕—.

원을 그리며 날아간 볼라는 앞 건물 3층의 에어컨 실외기 거치대에 걸리며 휘리릭 감겼다.

감기는 순간, 당겨지는 힘 때문에 하마터면 그녀까지도 앞으로 고꾸라질 뻔했다. 제니는 드라이버에 건 발등에 힘을 주어 겨우 중심을 잡고 버텼다.

"웃차!"

자세를 다시 잡은 제니는 볼라에 연결한 로프를 당겨 봤다.

피잉—.

로프가 팽팽하게 당겨지자 볼라가 친친 감긴 실외기 거치대에서 까드드득거리며 쇠가 울린다. 단단히 묶였다.

"왼쪽 맨 끝 창문……."

볼라를 감아 둔 실외기의 위치를 확인하자마자 제니는 선로로 뛰어내렸다. 그리고는 볼라와 연결된 로프를 조금 전 자갈을 가득 채운 배낭에 묶었다.

"담배…… 담배…… 라이터!"

제니는 바닥에 떨어져 있던 두 갑의 담배와 라이터, 그리고 라이터 기름을 집어 트랙 톱 주머니에 쑤셔 넣었다.

다 챙긴 건가?

마지막으로 확인을 마치고 나서 다시 드라이버를 밟고 차단벽 위로 뛰어올랐다.

"······1분······."

시계를 확인한 제니는 차단벽에서 인도 쪽으로 뛰어내렸다. 높이가 꽤 됐지만, 매달려서 조심조심 내려올 여유 따위는 없다.

탁, 바닥에 내려서면서 제니는 한 바퀴 앞으로 굴렀다.

"끄으으으! 아으!"

제니는 비명을 지르면서도 곧바로 일어나 좀비들이 있는 방향으로 뛰어나왔다. 무릎의 살갗이 벗겨지고 손바닥이 긁혔지만, 그 정도면 감사하다. 발목이 멀쩡하면 뛸 수 있으니까.

"야! 이것들아! 이리 와! 너희들이 좋아하는 거잖아!"

제니는 좀비들을 향해 소리를 지르며 트랙 톱을 벗어 들고 라이터 기름을 그 위에 뿌렸다. 잡고 있는 소매 외의 부분이 기름으로 흥건해질 때쯤 제니는 라이터를 켰다.

화르륵!

기름을 잔뜩 먹은 폴리에스테르 재질의 옷은 금방 불길로 뒤덮였다. 트랙 톱 주머니 안에 든 담배에서도 특유의 냄새와 함께 검은 연기가 피어오른다.

"으윽! 아으으!"

속옷만 입고 있는 상체에 화염의 열기가 덮쳐들자, 땀이 증발하고 솜털이 그을린다. 뜨겁다. 제니는 이를 악물고 고통을 참으며 깨져 있는 자동차의 뒷좌석으로 불붙은 옷을 던져 넣었다.

그롸아아아아! 끄와아아아!

담배 연기, 불의 열기, 움직이는 사람 소리······.

여러 가지 유혹을 한꺼번에 받은 좀비들은 말 그대로 미친 듯이 포효하며 달려온다. 놈들의 관심을 잡아끄는 데 성공했다.

30여 미터의 거리는 금방 확확 줄어들었다. 제니는 곧바로 뒤돌아서서 가전제품 매장을 향해 뛰었다.

탁탁탁탁탁—.

지축을 울리는 발소리가 바로 등 뒤에까지 따라붙는 느낌이다. 매장 안으로 재빨리 들어간 제니는 좌우를 둘러봤다. 계단은 좌측 끝에 위치해 있다.

으지직— 쾌장창!

여러 마리가 한꺼번에 몸을 날리자 유리문이 박살 났다. 엎어진 좀비들의 몸을 밟고 수십 마리의 좀비가 일제히 뛰어 들어온다.

이제 미리 걸어 놓은 밧줄을 타고 선로 쪽으로 다시 돌아가기만 하면 된다.

도로에는 연기가 피어오르는 자동차에 관심을 보이는 놈들도 몇 마리 모여 있다.

두려움 때문에 얼굴이 파랗게 질린 상황 속에서도 제니는 열심히 매장 내부를 내달렸다. 그러고서 매대에 진열되어 있던 밥솥과 선풍기를 닥치는 대로 밀어 넘어뜨리고 계단을 뛰어올랐다.

쿵당탕—.

뒤쪽에서 요란하게 구르는 소리와 좀비들의 포효가 함께 울린다.

"하아아~ 하아아~."

가슴이 벅차도록 속도를 높여 2층에 들어섰을 때. 진하게 내려앉은 어둠이 그녀를 맞이했다. 여기는 전면 창이 없다. 제니는 비로소 자신이 챙겨 오지 않은 물건이 있었다는 걸 깨달았다.

플래시. 중요한 거였는데…….

설상가상으로, 3층으로 통하는 계단이 보이지 않는다. 아마도 3층은 별도의 계단을 통해 오르게 되어 있는 구조인가 보다.

"어쩌지? 어떻게 해야 되지?"

당황해서 망설이는 동안에도 좀비들은 계단 위로 뛰어 올라오고 있다. 제니는 앞뒤 잴 여유 없이 매장의 반대쪽을 향해 뛰었다.

진열된 물건들이 모두 커다란 냉장고뿐이어서 그녀의 힘만으로는 넘어뜨려 시간을 끌 수도 없다.

"사무실!"

사무실 문을 발견한 제니는 무조건 손잡이를 돌려 잡아당겼다.

콰당탕!

뒤쪽에서 냉장고가 넘어지는 요란한 소리가 울린다. 사무실 안으로 들어간 제니는 선로 쪽을 향해 난 커다란 창문을 보며 안도의 한숨을 내쉬었다. 그리고는 곧바로 문을 잠갔다.

찰칵, 그 작은 쇠붙이 돌아가는 소리가 그녀에게 안전을 보장해 준다.

쿵— 쿵—.

뒤늦게 쫓아온 좀비들이 쇠문을 향해 쉬지 않고 몸을 날려 대고 있다.

"하아~ 여기가……."

제니는 창문에 달라붙어 자신이 설치해 둔 밧줄을 찾았다. 볼라를 묶어 둔 실외기는 그녀가 숨은 사무실에서 사선으로 한 층 위에 위치해 있고, 자갈을 넣어 둔 배낭과 연결된 밧줄이 차단벽 쪽으로 이어져 있다.

"여길 어떻게 나가지?"

창문이 하부만 비스듬히 들어 올릴 수 있는 구조라는 걸 뒤늦게 깨달은 제니는 의자를 들어 올렸다.

의자를 던져 창문을 깨고…… 중간 창틀을 밟고 뛰면…….

콰자작!

그렇게 그녀가 계산을 하고 있을 때, 문과 직각인 벽이 뚫리며 좀비의 머리카락이 얼핏 비친다.

뭐지? 왜 벽이?

이해할 수 없는 현상에 의자를 들어 올리려던 제니는 바짝 얼어붙었다. 그쪽 벽이 그저 합판으로 막아 둔 간이 격벽이라는 걸 깨닫기까지 몇 초의 시간이 걸렸다.

콰자작— 콰자작—.

그동안에도 좀비들은 열심히 몸뚱이를 던져 합판을 쪼개고, 벽에 바른 석회를 떨어뜨린다. 갈라진 틈 사이로 손을 집어넣고 잡아 뜯어내는 놈들도 있다.

"후우~ 후우~ 어떡해…… 어떡해……."

제니는 두려움에 떨면서 의자를 들어 올려 창문을 향해 힘껏 내던졌다.

와장창—!

커다란 창문은 요란한 소리를 내며 깨졌다.

콰당—.

날아간 의자가 2층 아래 바닥을 때리는 소리가 그 뒤를 이어 들려온다.

책상에 있던 감사패로 틀에 걸려 있는 유리 조각들을 털어 낸 제니는 창틀을 밟고 올라섰다.

"아얏! 아야야!"

틀을 짚었던 손가락에서 금방 빨간 피가 솟았다. 깨진 유리에 베인 것이다. 늘 장갑을 끼라고 잔소리를 하던 유빈의 얼굴이 순간적으로 스치고 지나간다.

와지끈— 와지끈—.

합판 벽은 이제 완전히 너덜너덜해져 버렸다. 몸뚱이의 반 이상이 사무실 안으로 파고든 좀비들도 몇 마리 보인다.

"아냐, 아냐…… 여기에 집중해. 이거…… 이거 못 잡으면 너는 죽어…… 끝이란 말이야…… 하아~ 하아~."

제니는 계속 뒤를 돌아보고 싶은 본능을 꾹 눌러 참고 머리 위에 드리워져 있는 로프에 온 신경을 집중했다.

거리나 높이, 그리 멀지 않다. 제대로 점프만 하면 충분히 팔을 뻗어 잡을 수 있는 정도다. 다만…… 놓치면 2층하고도 절반 정도의 높이에서 떨어지는 거다. 그때는 더 이상 탈출할 수 있는 방도가 없다.

"할 수 있어! 할 수 있어!"

계속 자기 최면을 걸고는 있지만, 두려움이 완전히 떨쳐지지를 않는다.

우지지직!

벽이 완전히 다 무너져 내리고 여러 마리의 좀비들이 일제히 방 안으로 고꾸라져 들어왔다. 이제는 시간 여유가 정말로 0이다.

"꺄아아! 엄마!"

제니는 비명을 내지르며 몸을 날렸다. 그러고는 두 손을 뻗어 로프를 콱 움켜쥐었다. 팽팽했던 로프가 약간 느슨해진다.

찌릿! 조금 전 유리에 베인 손가락에서 날카로운 통증이 전달됐다. 하지만 해냈다는 성취감은 그 고통을 견뎌 내고도 남을 쾌감을 그녀의 뇌에 제공했다.

"아으으윽! 으윽! 끄으응!"

제니는 온몸을 버둥거리며 로프를 좀 더 제대로 고쳐 잡기 위해 안간힘을 썼다. 지금처럼 손끝만 아슬아슬하게 걸치고 있어서는 저기 차단벽까지 건너가지 못한다.

몇 번이나 몸을 챈 끝에 제니는 손바닥 전체를 이용해서 로프를 꽉 움켜잡을 수 있었다. 11자 복근을 더 선명하게 만들어야 한다고 못살게 굴던 개인 트레이너가 모처럼 고맙게 느껴졌다.

제니는 배에 힘을 꽉 주고 양손을 번갈아 바꿔 잡아 가며 앞으로 나아갔다. 뒤쪽에서는 요란한 포효와 유리창 깨지는 소리가 혼을 쏙 빼놓을 것처럼 울려 대고 있다.

그롸아아아―.

창틀 위로 몸을 날린 좀비가 허공에서 두 손을 휘젓다가 바닥에 곤두박질쳤다.

애초에 선로 안에 설치한 무게 추는 돌을 채운 작은 배낭이 전부다. 그녀보다 더 무거운 것이 로프에 매달리게 되면 어떻게 될지…… 아무것도 장담할 수 없다.

콰작!

바로 등 뒤에서는 무모하게 몸을 날린 또 다른 좀비가 바닥에 떨어지며 뼈가 박살 나는 소리가 들려온다.

'이제 한 번만 더! 한 번만 더 팔을 옮겨 잡으면 된다.'

차단벽이 눈앞으로 다가오자 가슴이 두근댄다. 제니는 길게 팔을 쭉 뻗어서 차단벽의 모서리를 움켜쥐었다.

그녀가 차단벽으로 체중을 옮긴 것과 거의 동시에, 수많은 실패를 딛고 좀비 한 마리가 로프 위로 뛰어내리는 데 성공했다.

좌라라라락—.

실외기에 감겨 있던 볼라에서 날카로운 소리가 났다.

까가각, 배낭이 끌려 올라오며 차단벽을 훑는다.

제니는 재빨리 두 손으로 차단벽을 잡고 목을 움츠렸다. 자갈을 채운 배낭은 모서리에서 한 번 텅, 튕겼다가 좀비의 무게를 지탱하지 못하고 쏜살같이 떨어져 내린다. 로프에 걸려 있던 좀비도 균형을 잃고 추락했다.

"하아~ 하아~."

내장이 터지고 뼈가 꺾인 좀비들이 바닥을 기며, 닿지 않을 높이에 위치한 제니의 다리를 향해 손을 들어 올리고 있다.

제니는 있는 힘껏 차단벽을 걷어차면서 그 탄력을 받아 건너편의 선로 위로 뛰어내렸다.

"하아~."

그제야 제니는 참았던 숨을 몰아쉬었다. 이것으로 보안관을 둘러싸고 있던 좀비들을 가전제품 매장 쪽으로 따돌리는 데 성공했다.

"늦었어! 늦었어!"

아얏!

제니는 급히 달려오던 속도를 이기지 못하고 자갈밭을 뒹굴었다. 그러나 이를 악물고 벌떡 일어나 곧바로 보안관이 쓰러져 있는 쪽으로 뛰어갔다.

몇 분이나 되었는지 시계를 볼 틈도, 용기도 그녀에게는 없었다.

02

30여 미터를 내달린 제니는 헐떡이는 숨을 참으며 선로 밖으로 머리를 내밀었다. 좀비는 모두 사라지고 없다. 그녀가 한 마리도 남김없이 꾀어낸 모양이다.

보안관은…… 아직도 처음 쓰러졌을 때와 똑같은 자세로 그 자리에 누워 있다. 부릅뜬 눈도, 핏줄이 도드라진 얼굴도 그대로다.

"아니…… 아냐. 왜…… 왜…….."

제니는 급하게 차단벽을 기어올라 건너편의 인도로 넘어갔다. 그러고는 보안관의 코와 가슴에 귀를 대 봤다. 숨결도, 심장 박동도 느껴지지 않는다.

왜? 대체 왜? 10분은 벌써 지나고도 남았을 텐데…….

제니는 고개를 저으며 넋이 나간 사람처럼 중얼거렸다. 커다란 상실감과 불안이 밀려와 눈물이 왈칵 솟는다.

뭐가 잘못된 걸까? 보안관 오빠의 말처럼 이건 그냥 독약이나 그런 거였을까? 되살아나는 게 아니었단 말인가?

제니는 눈물을 훔쳐 내며 보안관의 배낭을 풀고 커다란 몸을 똑바로 눕도록 당겼다. 그의 가슴에는 아직도 D.E.M.의 바늘이 그대로 박힌 채다.

"이익!"

붉은 D.E.M. 캡슐을 잡고 바늘을 뽑아낸 제니는 두 손을 겹쳐 보안관의 가슴에 대고 세게 눌렀다. 영화에서 보았던 대로나마 심폐소생술을 해 보려는 것이다.

"뛰어! 뛰라고! 숨 쉬어! 제발!"

보안관의 가슴을 콱콱, 누르며 제니는 기합 대신 소망을 외쳤다. 갈비뼈가 부러질 것 같은 기세로 눌러야 한다고 했던 것 같은데, 워낙 근육이 두꺼워서 그녀의 작은 손과 약한 힘으로는 제대로 된 압박조차 하기 어렵다.

체중을 실어 수십 번을 눌러 대던 제니는 보안관의 고개를 젖히고 입에 숨을 불어 넣었다.

"후우욱! 후우욱! 오빠! 숨 쉬어요! 눈떠!"

인공호흡과 흉부 압박을 번갈아 하는 동안, 그녀의 온몸은 땀으로 흠뻑 젖었다. 그리고 시간이 길어질수록 자꾸만 눈물이 솟아난다.

"안 돼요! 안 된다고요! 제발! 후우욱! 후우욱!"

울며 보안관의 입에 숨을 내쉬고, 주먹으로 가슴을 내려치기를 얼마나 반복했을까.

"크으윽! 커허헉!"

보안관이 긴 비명을 지르며 몸서리를 친다. 제니는 참았던 울음을 터뜨리며 보안관의 머리를 끌어안았다.

"아흐윽! 고마워요! 고마워요, 오빠!"

"……캑, 캑! 끄으윽! 제, 제니야…….."

다시 숨을 쉬기 시작했지만, 보안관은 여전히 정신을 차리지 못한다. 그는 계속 눈을 껌뻑거리면서 가슴을 움켜쥐었다.

심장이…… 누군가 몸 안에 손을 집어넣어 심장을 꽉 쥐고 흔드는 것처럼 아프다. 박동이 이상하다. 갑자기 엄청나게 빨라졌다가, 돌연 그 속도가 확 줄어든다. 그럴 때면 가슴이 꽉 막혀서 숨조차 제대로 쉬기 어렵다.

"일어나야 돼요, 오빠. 우리 피해야 돼요!"

고통스러워하는 보안관의 얼굴을 보면서도 제니는 그를 잡아 일으켰다. 좀비들을 잠시 떼어 놨다고 하지만, 가둔 것은 아니다.

불과 30여 미터 거리에 놈들이 있다. 도망칠 수 있을 때 도망쳐야 한다. 이제는 그 빨간 캡슐도 없다.

"아으으! 여…… 여기가…….."

제니에게 의지해 걸음을 떼는 동안에도 보안관은 자신이 지금 어떤 상황인지 제대로 인식하지 못했다.

가슴은 쥐어짜는 것 같고, 지독한 두통이 머릿속을 헤집었다. 팽팽해진 혈관 때문에 눈이 터질 것 같다. 아프다. 지금까지 앓았던 모든 병의 고통을 압축해서 몸 안에 풀어놓는다 해도 이만큼 아프지는 않을 것이다.

"으윽! 우웨에엑!"

보안관은 바닥에 허물어지며 토사물을 쏟아 냈다. 참아 보려 했지만, 치밀어 올라오는 구토를 견딜 수가 없다.

"괜찮아요? 오빠, 넘어지면 안 돼요……. 힘들더라도 조금만 더 가서 쉬어요. 네?"

등을 두들겨 주던 제니는 자꾸만 까부라지는 보안관의 팔을 잡아당기며 애원을 했다. 저 멀리서 하나둘씩 새로운 좀비들의 모습이 눈에 들어오기 시작한다. 선명한 색깔의 페인트를 덧입은 놈들. 분명히 오전에 이 앞으로 지나갔던 놈들이다. 지금 여기에 있으면 안 되는 좀비들이다.

"제발! 제발 일어나요! 끄으응!"

제니는 보안관의 가슴 밑으로 파고들어 가 그를 다시 일으켜 세우려 했다. 꿈쩍도 안 한다. 무겁기도 정말 엄청나게 무거워서, 바위를 미는 기분이다. 한 손에는 보안관의 배낭까지 들고 부축을 하려니 허리가 끊어지는 것 같다.

제니의 정성이 통한 것일까, 휘청거리던 보안관이 겨우 다시 몸을 추스르고 걷기 시작했다. 하지만 이런 상태라면 멀리는 못 도망간다. 제니는 고개를 들어 코스트코 쪽을 바라보았다.

바로 저기인데…… 여기에서 훤히 보이는데…….

제니의 시선에는 아쉬움이 가득하다. 하지만 코스트코에 있는 친구들이 지금 자신의 모습을 볼 가능성은 없다. 남자 셋은 지금쯤 좀비 시체를 치우느라 한창 땀을 빼는 중일 것이고, 나머지도 다른 일을 하고 있을 게 분명하다.

이미 좀비가 지나간 뒤니까 밤이 올 때까지는 특별히 거리를 노려보고 감시할 이유가 없을 테니까.

"오빠! 조금만 더 힘내요! 주유소까지만 가요! 거기에서 사다리를 타고 선로로 넘어가요. 끄응!"

불과 건물 하나만 지나면 주유소다. 그런데 그게 너무나 멀게만 느껴졌다. 보안관은 대답 없이 비척거리며 걸었다. 그가 지금 얼마나 괴로운지는 그의 몸에서 쏟아져 내리는 엄청난 양의 땀으로 짐작할 수 있다.

그롸아아아―.

좀비들의 포효. 제니는 겁에 질려 뒤를 힐끔 돌아보았다. 규모가…… 더 커졌다. 조금 전 40마리 정도의 좀비들도 많다고 느꼈었는데, 지금 모퉁이를 돌아 나오는 좀비들은 그보다 서너 배는 된다. 마음이 급해지고 발걸음이 빨라진다.

그렇게 속도를 올리자 보안관은 더욱더 고통스러운 표정으로 가슴을 움켜쥐었다.

주르륵, 그의 양쪽 콧구멍에서 붉은 피가 흘렀다.

"미안해요…… 미안한데…… 이렇게 해야 돼요. 조금만 참아요, 오빠."

제니는 눈물을 삼키면서 보안관을 잡아끌었다. 드디어 건물을 다 지나고 주유소 부지 안에 들어섰다. 사다리를 달아 놓은 곳까지 불과 20여 미터를 더 걸어가는 것인데도 진이 쪽 빠진다.

마지막 순간에 보안관이 조금이나마 기운을 차리지 않았다면 아마도 중간에 두 사람 다 허물어져 버렸을 것이다.

"나…… 조금 괜찮아졌어. 이제 괜찮아…… 저기…… 좀비들…… 위험한데……."

보안관은 비틀거리면서 사다리에 팔을 걸쳤다. 제니는 그의 다리를 붙잡아 올리고, 엉덩이를 받쳤다.

불안하다. 몇 미터 되지도 않는 낮은 사다리지만, 중간에 뚝 떨어져서 뒤통수를 찧을 것만 같다.

"올라가요! 꽉 잡고 올라가요!"

제니의 말을 들은 보안관은 사다리를 타고 오르기 시작했다. 흥건하게 흘러 나온 땀 때문에 손이 미끄러워 두 번이나 떨어질 뻔했다.

그래도 아슬아슬한 사다리 타기는 겨우 성공했다. 좀비들이 주유소 앞까지 도달했을 때, 겨우겨우 보안관과 제니는 차단벽을 넘어 선로 아래로 떨어져 내릴 수 있었다.

"우우욱! 으윽!"

보안관은 다시 심장을 움켜쥐고 뒹굴었다. 조금 전, 사다리를 타고 오르는 그 정도의 운동마저도 지금의 그에게는 견디기 어려울 만큼 격렬한 것이었나 보다.

끄으, 끄으, 끄으…….

숨을 제대로 들이쉬지 못하는 보안관의 호흡이 점점 더 빨라진다. 제니는 그의 가슴을 다시 압박하기 시작했다. 아무래도 아직 제 기능을 하는 것 같지가 않다.

"손 치우고 크게 숨 쉬어요! 후우~ 크게! 후우~!"

잔뜩 웅크리고 있는 보안관의 두 팔을 억지로 벌리게 하고 제니는 그의 심장을 콱콱, 눌렀다. 그래도 여의치 않자 아직 코피와 토사물이 묻어 있는 보안관의 입술에 대고 숨을 불어 넣어 줬다.

후우욱~! 후우욱~!

하긴…… 심장을 즉각 멎게 하고 강제로 10분 동안이나 뛰지 못하도록 억제하는 약에 부작용이 없을 리가 없다.

"흐으으~."

제니의 인공호흡을 수십여 차례 받고 나서야 보안관은 비로소 제대로 된 숨을 쉬기 시작했다.

사람이 코로 숨을 들이쉬는 그 당연한 소리가 이렇게나 반갑다니…… 제니의 눈에 또 눈물이 맺힌다.

"아아~ 다행이에요. 다행이에요, 오빠."

제니는 보안관의 가슴에 얼굴을 묻고 그제야 마음껏 울음을 터뜨렸다. 이렇게나 넓은 가슴을 가진 사람이…… 조금 전 너무도 허무하게 목숨을 잃을 뻔했다.

"나…… 그 이상한 주사…… 맞았었는데…… 지금 뭐가 어떻게 된 거야? 하아~ 제니, 너 괜찮아?"

보안관은 아직도 초점이 제대로 잡히지 않은 눈으로 제니를 내려다보며 물었다.

"네에, 네. 흑, 전 괜찮아요. 오빠가 선로 쪽으로 던져 줬었잖아요."

제니는 머리를 들고 보안관의 얼굴을 쓸어 주며 대답했다. 1초 정도 만에 보안관은 고개를 끄덕인다.

"그래…… 다행이다. 하아…… 응? 너 옷이…… 왜 그래? 진짜 괜찮아?"

보안관은 깜짝 놀라 물었다. 제니의 상의가 없어지고 속옷만 입은 채라는 걸 이제야 깨달은 것이다. 제니는 미소를 지으면서 눈물을 씻어 냈다.

"괜찮아요. 좀비들 꾀느라고 벗어서 불을 질렀어요."

"아…… 그랬구나. 나, 나를 구해 준 거네…… 기다려, 내가 내 옷을 줄 테니까…… 끄으응."

셔츠를 벗기 위해 상체를 일으키려던 보안관은 다시 털썩 누워 버렸다.

"내가 지금…… 하아아~ 힘이 안 들어가. 저기…… 조금만 있다가 벗어 줄게. 으아, 그 주사 진짜…… 다시는 안 맞아. 정말이야."

숨을 헐떡거리며 말을 하는 보안관을 보면서 제니는 고개를 끄덕였다. 이제야 그녀가 아는 보안관으로 돌아왔다. 뭐든지 해 주겠다고 말하는 그 사람으로.

"목마르죠?"

제니의 질문에 보안관은 힘없이 고개를 끄덕였다. 입 안에 모래를 잔뜩 채운 것같이 까끌거린다. 제니는 보안관의 가방에서 물병을 꺼내 그의 머리를 받치고 조금씩 부어 줬다.

그의 갈증을 조금 달랜 뒤, 입 주변의 토사물과 인중에 말라붙은 코피도 닦아 냈다. 그런 다음에야 자신도 한 모금을 마셨다.

하아아~. 너무도 긴 20분이었다.

그롸아아아—.

길가의 좀비들이 내뱉는 포효가 실감 나게 들려온다. 조금 벌어져 있는 차단벽의 이음매를 통해 보이는 수가 더 늘었다. 놈들은 코스트코 방향으로 행진 중이다. 보안관은 고개도 들지 못하고 중얼거린다.

"하아~ 뭐지, 저 새끼들? 웬 낯선 놈들이 저렇게 떼로 몰려와서……."

"저거…… 오전에 지나갔던 그 좀비들이에요. 페인트칠되어 있는 거 보면 확실해요."

"응? 그놈들이 지금 왜? 또 오려면 멀었잖아? 방향도 다르고."

"그건 모르겠어요……. 아, 맞다! 저거 경고해야 하는데! 유빈 오빠는 까맣게 모르고 있을 거예요!"

제니가 당황해서 몸을 일으키려 하자 보안관이 힘없이 말했다.

"내 가방에…… 무전기 있어…… 그걸로…… 얘기해. 셔터 내리라고. 잘 잠그라고……."

응! 제니는 배낭에서 무전기를 꺼내 송신 버튼을 누르고 큰 소리로 외쳤다.

"여보세요, 여보세요! 대답 좀 해 주세요! 이거 들려요? 대답해 주세요!"

두어 번 같은 말을 반복했을 때, 저쪽에서 답이 들려왔다.

— 치익~ 제니? 제니니? 치이익~ 왜? 무슨 일이야?

태권 소녀다. 제니는 곧바로 대답했다.

"좀비들! 100마리도 훨씬 넘는 좀비들이 지금 코스트코 쪽으로 가고 있어요! 아무도 밖으로 나가지 말고, 셔터 단단히 잠가 둬야 해요!"

— 치이익~ 진짜? 무슨 일이야? 하여튼 알았어. 내가 지금 뛰어 내려가고 있으니까…… 치이익.

잠시의 사이를 두고 태권 소녀가 다시 물었다.

— 너는 어디야? 제니야? 너희는…… 치익, 괜찮아?

"네, 저랑 보안관 오빠 지금 선로에 피해 있어요. 둘 다 무사해요. 언니, 조심해요."

무전을 끊은 뒤, 보안관의 얼굴을 보던 제니는 갑자기 그의 머리를 끌어안고 눈이며 이마, 코, 볼, 입을 가리지 않고 키스 세례를 퍼부었다.

둘 다 무사하다는 그 간단한 대답을 하마터면 하지 못할 뻔했다는 게 갑자기 너무나 통렬하게 실감되었기 때문이다.

죽음이…… 사신의 낫이 옷깃까지만 잘라 내고 지나갔다.

"고마워요, 오빠. 이렇게 살아 줘서 고마워요."

우와아~.

보안관은 지옥 뒤에 곧바로 극락을 맛보느라 정신을 차릴 수가 없었다. 제니의 맨다리를 베고 누워 그녀의 입맞춤을 받고 있다.

그 부드러운 입술이 스치고 지나가는 곳마다 감각이 되살아나고 전율이 돋는다. 게다가 한쪽 볼을…… 제니의 커다랗고 탄력 있는 가슴이 꽉 누르고 있다.

그것도 속옷 차림으로!

이건 꿈에서나 가능한 일이었다.

으…… 어우! 으…….

온몸에 소름이 돋으며 눈이 반쯤 감긴 보안관은 이 갑작스러운 애정 표현을 어떻게 받아들여야 할지 몰라 잠시 망설였다.

그 심장이 멎는 주사를 맞고 난 후에는 피가 도무지 순환되는 것 같지 않다고 생각했었는데, 그렇지 않다는 것도 증명되었다. 바지 속 어딘가로 피가 잔뜩 모여들고 있다.

보안관의 이마에 축복을 담아 입을 맞추는 것으로 제니가 수십 번의 키스를 마무리하고 눈물을 닦을 때, 보안관이 몸을 일으켰다. 그의 커다란 손이 그녀의 볼을 감싼다.

그러고는 보안관의 입술이 처음으로 제니의 입술을 덮었다. 길고도 진하게, 보안관은 눈을 꾹 감은 채 제니의 부드러운 입술을 느꼈다.

그녀의 고른 치열과, 촉촉하고 수줍어하는 혀와, 잇몸까지도 모두 탐했다.

"하아아~!"

한참 만에 입술을 뗀 보안관은 제니의 눈을 보았다. 조금 놀란 눈치였지만, 거절하려는 기색은 보이지 않는다.

보안관은 다시 그녀의 입술을 덮었다. 그러고는 자유로운 오른손을 뻗어 그녀의 조각 같은 팔과 어깨를, 작은 새의 뼈처럼 가녀린 쇄골을, 그리고 매끄러운 등과 허리를 쓸었다.

쿵쾅! 쿵쾅! 쿵쾅!

심장이 바르게 뛴다. 조금 전까지 그렇게도 쥐어짜듯 아팠던 통증은 깨끗이 사라졌고, 이제 기쁜 두근거림만이 남았다.

보안관의 오른손은 더 욕심을 부린다. 옆구리를 따라 올라온 그의 손가락이 제니의 브래지어 끈을 쓰다듬고 있다.

비슷한 자리에서 머뭇거리며 주저하던 보안관은 결국 손바닥을 펴서 제니의 가슴을 감쌌다.

찌리릿, 전기가 손바닥을 타고 올라와 뇌까지 흔든다.

"하아~ 하아~ 괜찮아?"

보안관은 입술을 떼고 물었다. 그의 목소리는 흥분 때문에 심하게 갈라져 있다. 제니는 볼이 빨갛게 달아오른 채 보안관을 마주 봤다.

가슴에 올려진 그의 손을 통해서 지금 그가 얼마나 흥분했고, 또 두려워하고 있는지 느껴진다.

이 순간이 오게 되면 이 사람을 부끄럽게 만들지 않을 거라고, 이미 수백 번 마음속으로 다짐했었다. 그리고 언젠가 이런 때가 오리라는 것도 알고 있었다.

제니는 대답 대신 보안관의 뒤통수에 손을 얹고 천천히 자신의 가슴 쪽으로 끌어당겼다.

허락을 받은 보안관의 손은 벌써 브래지어를 풀어내기 위해 분주하게 움직였다.

보안관의 입술이 가슴에 닿을 때, 제니는 가볍게 몸을 떨었다. 의식하지 않으려 하는데도 이 순간, 자꾸만 떠오르는 얼굴이 하나 있다. 그러나 그를 잊고 지금은 이 사람에게 집중해야 한다. 나를 살리기 위해 추호의 머뭇거림도 없이 죽음을 불사했던 사람에게…… 아무것도 아까워하고 싶지 않다.

보안관의 입술은 제니의 목덜미와 가슴 사이를 바쁘게 오갔다. 허리를 훑던 그의 손이 반바지의 단추를 풀었다.

열려 있는 단추와 지퍼 사이에서 그의 손이 또 머뭇거렸다. 제니는 그의 머리를 쓸어 주는 것으로 괜찮다는 신호를 보냈다.

보안관은 흥분 때문에 미치는 것 같았다. 심장이 1분에 200번은 뛰는 것 같다. 목 주변의 혈관에 피가 쏠려서 숨이 벅차 올 지경이다.

이런 순간이 오다니…… 내가…… 제니와…….

반바지 속에서 라인을 따라 미끄러지던 그의 손이 마침내 결심을 하고 속옷을 끌어 내렸다. 벗겨 낸 반바지와 속옷을 곁에 내려놓은 보안관은 잠시 입술을 떼고 몸을 일으켰다.

제니의 나신이 바로 눈앞에 있다. 상상 속에서도 제대로 본 적 없었을 만큼 적나라한 나신의 고운 선이…… 너무도 희고 아름다워서 눈이 부시다.

상처 입은 무릎과 허벅지의 핏자국조차도 누군가 붉은 꽃잎을 살짝 얹어 둔 것처럼 예쁘다.

보안관은 손가락으로 제니의 가느다란 발목부터 종아리와 무릎, 허벅지, 그리고 허리를 천천히 따라 올라갔다.

이 순간을 언제나 꿈꿨었다. 강렬하게 욕망하면서도 동시에 그것이 절대로 실현되지 않으리라는 것을 알고 있는 꿈이었다.

하지만 그 꿈이 지금 현실이 되려 하고 있다. 제니의 턱과 입술을 만지고 그녀의 긴 갈색 머리를 쓰다듬던 보안관은 자신의 셔츠를 벗었다. 그러고는 다시 한 번 제니에게 키스를 하기 위해 몸을 숙였다.

"하아…… 왜 그래?"

제니의 시선이 자신이 아닌 다른 것에 향해 있다는 걸 깨달은 보안관이 물었다.

응? 제니는 얼른 고개를 돌리고 그의 얼굴을 쓰다듬는다.

"아무것도 아니에요. 그냥……."

보안관은 조금 전 제니가 바라보던 쪽으로 고개를 돌렸다. 차단벽의 이음매 사이로 좀비들의 머리통과 손이 휙휙 올라왔다가 다시 내려간다.

한두 마리가 아니다. 놈들은 선로 너머 두 사람의 존재를 느끼고 어떻게든 차단벽을 넘기 위해 뛰어오르는 중이었다.

"신경 쓰지 마요. 그냥 좀비들이에요…… 아무것도 몰라요."

혹시라도 보안관이 화를 내 뛰어 내려가기라도 할까 봐 제니는 얼른 그의 얼굴을 자신 쪽으로 돌리고 입을 맞췄다.

그러나 제니가 입술을 떼었을 때, 보안관의 표정은 완전히 바뀌어 있었다.

"하아~ 저 새끼들이 저렇게 하는 걸 빤히 보고 있으면서도…… 그냥 나 하는 대로 받아들여 주고 있었던 거야? 내가 대체 뭔 짓을 한 거지……."

보안관은 벗어 놓은 자신의 셔츠로 제니를 감싸 주며 중얼거렸다. 지금 이 상황이 너무도 부끄럽다. 그의 꿈은 실현된 것이 아니었다. 그저 그 자신이 욕망과 타협하려고 했던 것뿐이다.

보안관의 상상 속에서 제니와 사랑을 나누는 공간은 언제나 이 세상에서 가장 고급스럽고 아름다운 곳이었다. 좀비 구경꾼들이 엿보는 뜨거운 선로 자갈 위가 아니었다.

게다가 그는…… 아직 한 번도 제니에게 사귀자고 고백하지 않았다. 아직 고백할 수 없는 상황이다.

그제야 보안관의 눈에 제니의 손에 남겨진 상처들이 보인다. 베이고 긁히고 피멍이 든 그녀의 작은 손…….

그 모든 상처는 전부 그를 구하려다 입은 것들일 게 빤하다. 보안관은 얼굴을 감싸며 기어 들어가는 목소리로 말했다.

"아…… 미안해, 제니야. 이런 짓을 해서……."

"미안해하지 마요. 이리 와요. 괜찮아요."

제니는 보안관의 머리를 꼭 끌어안아 줬다. 굳건하게 살아남아 준 이 사람에게 상을 주고 싶다.

오늘 깨달았다. 안전하고 풍요롭다고 착각하고 있었지만, 그들 모두의 목숨은 언제나 살얼음판을 걷고 있었다는 걸. 아무리 노력을 해도 죽은 사람을 행복하게 만들 방법은 없다.

"아니야, 안 괜찮아. 너랑 하고 싶어서…… 그냥 그 생각뿐이었어. 네 기분 같은 거 생각도 안 하고, 이런 황량한 데서…….”

보안관은 제니의 어깨에 얼굴을 묻은 채 힘없이 말했다.

"그럼 해요.”

"할 거야!”

보안관은 몸을 일으키고 제니의 눈을 보면서 말했다.

"언젠가 세상이 안전해졌을 때, 너를 찾아가서 사귀자고 하고, 네가 동의해 주면 그때! 정말로 아름다운 침실에서 너랑 사랑을 나눌 거야. 처음은 그렇게 시작하고 싶어.”

"왜 그렇게 복잡해요? 만약에 그때 내가 허락하지 않으면 어쩌려고 그래요?”

제니가 어처구니없어하며 묻자, 그녀의 속옷과 반바지를 집어 들던 보안관이 수줍어하며 대답했다.

"지금 못 한 걸 평생 후회하고 살겠지만, 그렇게 하는 게 사랑이라고 믿으니까. 어휴, 아주 작은 상처도 주고 싶지 않았는데…… 이게 뭐람…….”

제니는 잠시 보안관의 눈을 바라보다가 그의 이마에 입을 맞춰 줬다. 여자의 옷을 다 벗긴 후에 제멋대로 그만두는 바보지만, 이 사람은 미워할 수가 없다.

제니가 보안관의 커다란 셔츠를 입고 있을 때, 무전기에서 다급한 유빈의 목소리가 들려왔다.

— 치익, 난데! 너희 지금 선로에 있다고? 치익, 괜찮아? 먹을 건 있어?

"응, 괜찮아.”

뒤돌아서 있던 보안관이 무전기를 들고 대답했다. 사실은 그저 괜찮은 정도가 아니라 엄청난 행복을 느끼고 있었지만…… 보안관은 차단벽 틈으로 좀비들을 힐끗 살핀 후에 물었다.

"너희, 셔터 단속 잘했어? 지금 길거리에 좀비들 엄청 많아. 젠장, 점점 더 많아지네. 어째서 이렇게 된 거지?”

— 치이익, 응. 혜주가…… 치익, 무전 듣고 와서 부랴부랴 잠그고, 앞에 카트도 쌓아 뒀지. 치익, 아직 뭐가 문제인지 잘 모르겠어. 좀비들 다 빠질 때까지 너

희 당분간 거기에 있어야 돼. 여기 안전하니까 위험한 일 하지 마. 알았지?

"그래, 그럴게. 무슨 일 있으면 또 연락하자."

무전을 끊은 보안관은 좀비들로 가득 찬 도로를 노려보았다. 하지만 아무리 생각을 해 봐도 아침에 멀쩡하게 제 코스를 밟고 지나갔던 좀비들이 왜 갑자기 급선회를 해서 이 난리를 부리는지 이해가 가지 않았다.

"제니야, 어쩌면 오늘 밤 내에 코스트코로 못 돌아갈지도 모르겠어. 쟤들 걸어다니는 속도가 영 느려 터지네. 술 취한 새끼들처럼 빙글빙글 돌기도 하고."

좀비들의 움직임을 보고 있던 보안관이 말했다. 제니도 비슷한 걱정을 하고 있었다. 일사불란하게 행진을 하던 때와 달리 어딘가 어수선하고 우왕좌왕해 댄다. 방향감각을 잃은 놈들 같다.

"오빠, 나 올려 줘 봐요. 밖에 좀 잘 보고 싶어요."

보안관의 손을 밟고 차단벽에 매달린 제니는 상체를 최대한 내밀고 멀리 내다봤다.

도로의 끝자락에서는 아직까지도 더 많은 좀비들이 속속 밀려들어 오는 중이다. 아무리 봐도 이 난데없는 소동은 한두 시간 내에는 끝나지 않을 것 같다.

"자, 이제 오빠 차례! 밟고 올라가서 봐요."

차단벽에서 내려온 제니는 두 손을 모아 내밀고 허리를 숙인다.

저 조그만 손에 내 이 커다란 안전화를 올려놓으라고? 게다가 상처까지 입었으면서?

보안관이 거절하기 위해 손사래부터 치자, 제니는 또 까르르 웃으면서 그의 손바닥을 탁, 쳤다.

하…… 하하…….

보안관은 멋쩍게 따라 웃는 시늉을 했다. 조금 전의 일 때문에 어쩌면 한동안은 서먹서먹해질 수밖에 없을 거라 걱정했었는데…… 얘는 이렇게 변함없이 장난을 걸어 준다. 다행이다…….

"보니까 오늘 저녁 되기 전까지는 좀비들 계속 돌아다닐 것 같아요. 우리 전에 지어 놨던 움막 쪽으로 잠시 가 있을까요?"

"움막? 그…… 처음 선로에서 자리 잡았던 데 말하는 거야?"

"네. 어차피 더운 건 마찬가지지만…… 그래도 거기엔 그늘이 있잖아요. 거기에 우리가 주워 온 물건 아직 남아 있으려나? 오빠도 뭐 좀 입어야죠. 밤 되면 추워질 건데."

보안관은 그렇게 하자고 했다. 옷은 그렇다 치더라도 당장 무기가 배낭 안에 넣고 다니는 작은 망치뿐이라는 게 마음에 걸린다. 자동차 트렁크에 넣어 둔 도끼라도 하나 챙겨 놔야 마음이 좀 편할 것 같다. 기억이 가물가물하긴 하지만, 여분의 해머가 남겨져 있을 수도 있다.

"가자."

보안관은 배낭을 집어 들고 제니와 함께 다시 선로를 걸었다. 아까 이미 한 번 지나갔던 길이지만, 그때와는 분위기가 조금 달라졌다.

아까는 손을 잡고 걸어가도 아무렇지 않았는데, 지금은 그녀와의 거리를 의식적으로 벌리게 된다.

보안관이 벽 쪽에 붙어서 이따금씩 차단벽 틈으로 시선을 던지는 걸 보고 있던 제니가 그의 곁으로 다가와 맨살인 등을 두드리며 말했다.

"등 쫙 펴요. 죄지은 사람처럼 움츠리지 말아요. 오빠는 나한테 잘못한 거 없어요."

"응? 아니…… 그게 말이지, 좀……."

보안관은 멋쩍어하면서 입을 열었다.

"시간이 좀 지나고 생각해 보니까 오늘 내가 어지간히 꼴불견이었다 싶은 거야. 비틀거리면서 너한테 기대서 걷고, 막 토하고…… 젠장, 그리고 보니까 내가 토한 입으로 뽀뽀하자고 했던 거네……. 하여간 그런 게 슬슬 하나씩 생각이 나니까 부끄러워서 그렇지."

"그게 무슨 말이에요. 죽다가 살아났으니까 힘들어하는 게 당연한 거지. 그 약이 원래 그런 건가 봐요."

"근데 말이야…… 아까 내가 그냥 그 좀비들 다 잡았으면 그딴 거 쓸 일도 없는 거였잖아. 그랬으면 눈 까뒤집고 쓰러지는 꼴도 안 보여 줬어도 되는 거고, 너 그렇게 다칠 일도 없었는데……. 그래서 그냥 나한테 좀 화가 나기도 하고, 기가 죽기도 하고 그런 거야. 내 한계는 이 정도구나 싶어서."

"아까 오빠를 둘러쌌던 좀비가 40마리 가까이 됐어요. 그런 상황에서 무사히 빠져나올 수 있는 사람이 어디 있어요? 있죠, 오빠는 엄청 강해요. 그리고 오늘 현명한 선택을 했고요. 오빠가 우리 두 사람 다 살린 거예요."

제니의 위로를 들은 보안관의 표정이 조금 밝아진다. 생각해 보니 그 말이 맞는 것도 같다. 특히 현명한 선택이라는 말이 마음에 들었다. 보안관은 머리를 긁적이며 물었다.

"그…… 그런 건가?"

"그런 거예요. 그러니까 가슴 쫙 펴요."

"이 정도? 됐어?"

"더 쫙! 나처럼 이렇게!"

제니가 허리를 활처럼 휘며 과장된 표정을 지었다. 두 사람은 마주 보고 웃었다.

차단벽 너머의 도로에는 아직도 좀비들이 배회하며 울부짖어 댄다. 조금 전에 보았을 때보다도 그 수가 훨씬 더 늘어나 있었다.

03

"뭐지? 아까부터 자꾸 불편하게……."

진우는 발을 들어 밑창을 살폈다. 어딘가 이질감이 들고 걷기가 불편하다. 답은 금방 나왔다.

"이런 젠장…… 왜 너까지 말썽이냐?"

진우가 혀를 찼다. 전투화가 뜯어져 바닥과 갑피 사이로 양말이 보인다. 너덜거리면서 한 발짝을 내디딜 때마다 조금씩 더 틈이 벌어진 모양이다.

"와, 이건 완전 거지 신발이 됐네. 하긴…… 어지간히 험하게 부려 먹기는 했지."

진우는 여기저기 뜯기고 닳아 버린 전투화를 가만히 바라보며 중얼거렸다. 이 녀석을 신고 바위를 타고, 돌바닥을 기고, 비탈길을 내달리고, 하루에 몇십 킬로미터를 걷고 뛰었다. 망가지는 게 당연하다.

쿵, 쿵.

삼식이는 벌어진 틈 사이에 코를 대고 열심히 진우의 발 냄새를 맡는다. 엉덩이 냄새에 이어 이것도 마음에 들었나 보다.

"서울까지 67킬로미터라……."

멀리 보이는 국도의 표지판을 확인하고 나서 진우는 잠시 생각에 잠겼다. 어제 들뜬 마음에 좀 오버 페이스를 했더니 신발이 먼저 퍼져 버렸다.

하긴 그 뙤약볕 속에서 30킬로미터 이상을 걸었으니…….

"가만…… 야, 삼식아. 너는 발 괜찮냐? 그러고 보니 아스팔트 엄청 뜨겁게 느껴질 텐데. 손 줘 봐, 손!"

진우는 귀찮아하는 삼식이의 앞발을 들고 발바닥을 살펴봤다. 곰 발바닥처럼 커다랗고 푹신한 녀석의 발바닥에도 여기저기 갈라진 부분이 보인다. 흙길을 걷는 것과 아스팔트에서 걷는 것은 차이가 큰 모양이다.

"아팠겠네. 좀 쉬자. 내가 너를 너무 무리시키고 있나 보다."

삼식이의 머리를 쓸어 준 진우는 카트에서 물과 그릇을 꺼냈다.

"자, 마셔."

삼식이 물그릇에 물을 부어 준 진우는 입술을 축이며 주변을 둘러보았다. 빨리 새 신발을 구해야 한다. 국방부에서 지급해 줬던 것보다 품질이 떨어지지 않는 수준의 것으로.

옷은 누더기가 된 이후에도 걸치고 다닐 수 있지만, 신발은 그게 안 된다. 여차할 때 발이라도 걸려 넘어지면 너무 치명적이니까. 게다가 아무리 급해 봤자 아무 사이즈나 대충 걸칠 수도 없다.

"에…… 어디서 구하냐. 저런 데도 신발 가게는 없어 보이는데."

국도 주변의 인가들을 바라보던 진우는 푸념을 늘어놓으며 지도를 폈다. 별로 내키지는 않지만 가까운 인구 밀집 지역을 찾아 들어가야 할 것 같다.

"양평이네. 이 부근이…… 그럼 상가가…… 터미널 주변에는 있겠지. 어휴, 왜 이렇게 한참 들어가야 되냐. 여기는 너무 멀어서 안 되겠다."

지도를 짚어 대강의 거리가 10킬로미터 이상이나 된다는 걸 확인한 진우는 양평 터미널로 가는 선택지를 지워 버렸다. 지금 그의 신발이 그렇게까지 버텨 줄 것 같지가 않다.

대신에 그는 멀리 보이는 아파트 쪽으로 방향을 틀었다. 대여섯 동 정도밖에는 안 되지만, 그래도 수백 세대다. 저만큼 많은 사람들이 모여 살던 곳이니 설마 신발 가게 하나가 없을까.

드르륵— 드르륵—.

카트 바퀴가 경쾌한 소리를 내며 굴러간다. 진우는 열심히 밀다가 잠시 그 위에 올라타기도 하면서 차 한 대가 겨우 지나갈 폭의 내리막길을 따라 걸었다. 바로 옆에 삼식이가 따른다.

"있지, 생각해 보니까 이왕 신발 가게까지 가는 건데 두세 켤레 정도는 챙기는 게 나을 것 같아. 다른 모델로. 어차피 카트에 싣고 가는 거니까. 네 생각은 어떠냐, 삼식아?"

얼— 삼식이는 고민하지 않고 경쾌한 대답을 해 준다. 진우는 마치 자신이 개의 언어를 안다는 듯 대화를 이어 갔다.

"아니, 멋을 내려는 게 아니라…… 혹시 모르니까 하는 말이지. 어떤 신발은 발에 잘 맞아서 신자마자 편하지만, 어떤 거는 영 불편할 수도 있거든. 예전에 안전화 신을 때도 그랬어. 똑같이 발목 올라오고 앞코에 쇠 들어간 신발인데, 발에 안 맞는 거 걸리면 뒤꿈치 다 까지고 난리 난다니까. 그러면 곤란하잖아."

그렇게 개와 대화를 나누며 논밭을 지났다. 길가에 피어 있는 해바라기들은 제대로 물을 공급받지 못해 바짝 말라붙어 있다. 드문드문 인가들이 나타났지만, 굳이 그 안으로 들어가 신발을 찾지는 않았다. 그렇게 시간을 낭비하느니 조금 더 가서 새 신발들 중에 고르는 편이 나을 것 같아서였다.

"야…… 삼식아, 여기 좀 긴장된다. 동네가 꽤 크네."

한참을 더 걸어 내려간 후, 면 단위의 마을을 만난 진우가 멈춰 서서 사방을 둘러보며 중얼거렸다. 삼척 시내에서 특임대와 함께 작전을 펼쳤던 때 이후, 그가 만나는 가장 큰 규모의 인구 밀집 지역이다.

들이받고 자빠진 차량들로 난장판이 된 도로만 봐도 한때 이곳에 꽤 많은 사람들이 살고 있었다는 걸 짐작할 수 있다. 당연히 좀비가 된 사람들도 많을 것이다.

"어후~ 길은 또 왜 이렇게 복잡해? 갈림길이 많네."

마을 입구에 선 진우는 세 갈래로 나뉜 도로를 노려보았다. 그동안 계속 산골짜기만 헤매고 다녔더니, 2, 3층짜리 낮은 건물들이 줄지어 서 있는 광경조차 낯설다.

"어느 쪽으로 갈까? 이쪽?"

삼식이는 대답하지 않았다. 진우는 가운데를 가리키며 다시 물었다.

"그럼 여기가 더 나을까?"

그렇게 개에게 자문을 얻어 길을 선택한 진우는 천천히 좌우의 가게들을 살피면서 카트를 밀었다. 음식점, 미장원, 부동산, 인테리어…… 가게들은 잔뜩 있는데, 정작 그가 찾는 등산 용품 가게나 신발 가게는 보이지 않는다.

휘이잉—.

깨진 창문들 사이로 커튼이 나부꼈다. 낯선 곳이라서 그 정도만으로도 진우는 멈칫하게 된다. 언제 저런 곳에서 좀비들이 뛰어 내려올지 모르기 때문이다.

"어째…… 기분이 영 별로다. 그냥 돌아갈까? 이 신발로는 잘 뛰기도 어려울 텐데……."

진우는 바쁘게 사방으로 고개를 돌리며 혼잣말을 중얼거렸다. 정육점에 쌓인,

부패한 고기의 악취 때문에 저절로 눈살이 찌푸려진다.

몇 번의 교차로를 지났더니 슬슬 방향감각도 무뎌지고 있다. 그러는 동안에도 여전히 신발 가게는 나타나지 않았다.

이상한 동네다. 어떻게 부동산 중개소만 이렇게 잔뜩 있는 거지? 이 동네 사람들은 신발이나 등산에 그다지 큰 관심이 없었나 보다.

"가자, 삼식아. 아무래도 이 동네 너무 후지다."

감이 영 좋지 않다고 느낀 진우는 카트를 돌렸다. 이 동네의 문제가 아니다. 빽빽하게 들어찬 낮은 건물들과 길거리에 방치된 채 썩어 가고 있는 시체의 불길함이 싫은 것이다.

이만큼 시간이 걸리고 불안할 줄 알았다면 차라리 그냥 논밭 옆의 인가들을 뒤지는 편이 나을 뻔했다는, 뒤늦은 후회가 밀려들었다.

그롸아아— 끄르르—.

진우가 두 블록을 돌아 나왔을 때, 대각선 방향에서 좀비들의 포효가 들려온다. 건물들에 가려져 정확한 규모는 모르겠지만, 그 우렁찬 소리로 미루어 볼 때, 꽤 많은 것 같다.

아, 젠장…….

진우는 카트 미는 속도를 올렸다.

차부닥— 차부닥—.

이제는 아예 다 떨어져 나간 신발의 밑창이 덜렁거리며 바닥을 때린다. 그렇게 애를 쓰며 달리던 진우는 삼거리에서 좀비들과 맞닥뜨렸다. 놈들도 골목을 빠져나오는 중이었다. 거리는 약 40미터.

끄롸아아아—.

포효의 메아리가 다 끝나기도 전에 좀비들은 전속력으로 진우를 향해 달려들기 시작했다.

"아이, 젠장! 이런 예감은 좀 틀려도 된다고!"

진우는 카트를 옆으로 밀어 두고 재빨리 K-2를 잡았다. 헤어 살롱 간판을 밀쳐 넘어뜨리고 뛰어오던, 바짝 마른 좀비가 첫 번째 타깃이 되었다.

탕―.

진우의 첫발이 바짝 마른 좀비의 미간을 관통한다. 뒤통수가 날아가 버린 좀비는 그 자리에 쓰러지며 흙먼지를 일으켰다.

탕― 탕― 타앙―.

연달아 네 마리째의 좀비를 쓰러뜨린 진우는 뒤를 힐끔 돌아보았다. 삼식이는 자기 친구가 대체 뭐랑 싸우고 있는 건지 전혀 인식하지 못하는 걸로 보인다.

진우의 시선이 후방 건물들을 빠르게 훑었다. 만약 저 골목 코너 너머의 좀비들이 너무 많다면 저 건물들 중 하나로 피신해야 한다.

탕― 탕탕― 탕― 탕탕―.

다시 정면으로 고개를 돌린 진우는 달려오는 좀비들을 쓰러뜨렸다. 이제 열 마리. 지금까지는 별 어려운 게 없었다. 대가리를 관통당한 좀비들은 아스팔트 바닥에 얼굴을 갈며 쓰러진다.

탕― 탕탕― 탕―.

진우는 천천히 뒷걸음질을 하며 사격을 계속했다. 한적하던 상가 주변은 금세 총성과 좀비 시체들로 가득 덮였다.

"얼마나 더 있는 거냐? 응?"

진우는 바닥난 탄창을 갈아 끼우고, 곧바로 다시 방아쇠를 당겼다. 두 번째 탄창의 실탄이 다섯 발 남았을 때, 코너에서 달려 나오던 좀비들의 등장이 뚝 끊겼다.

그래도 진우는 여전히 긴장을 풀지 못하고 K-2를 겨눈 채 전방을 노려보았다.

"뭐, 뭐야…… 겨우 이게 다였는데 그렇게 시끄럽게 울어 댔던 거야? 설마…… 아니겠지."

도로에 널브러진 좀비들의 시체를 보며 진우는 혼잣말을 중얼거렸다. 그가 헤아린 게 맞는다면 대략 서른다섯 마리 정도.

"난 또…… 엄청 많은 줄 알고 괜히 놀랐었잖아. 젠장, 쓸데없이 가슴 졸인 거 생각하면……. 어휴우~."

 아무리 기다려도 더 이상 새로운 좀비가 나타나지 않는다는 것을 확신한 진우는 안도의 한숨을 내쉬고 다시 카트 손잡이를 잡았다. 그러고는 그때까지 얌전히 기다리고 있던 삼식이를 향해 투덜거렸다.

 "네가 이쪽이 더 낫다며? 네 말 들었다가 놀랐잖아. 좀비 울음소리는 들리는데 건물에 가려져서 보이지는 않지, 몇 마리나 되는지도 전혀 모르겠지…… 길은 복잡하지……."

 농담처럼 삼식이를 탓하던 진우가 입을 다물었다. 녀석에게 불평하다 보니 자신의 도심 접근법이 어떤 면에서 허술했던 건지를 뒤늦게 깨달은 것이다.

 "그래…… 이렇게 길도 잘 모르면서 막무가내로 돌아다니는 게 아니었네. 일단 마을 입구에서 제일 높은 건물로 올라가서 동네 정세 파악부터 하고 골목으로 들어가는 게 훨씬 안전하겠다."

 하나 배웠다. 앞으로 서울까지 닿으려면 이것보다 훨씬 더 큰 도시도 몇 개나 지나야 할 텐데, 이런 식으로 무모하게 사전 조사 없이 아무 골목이나 들어가 돌아다니면 안 된다.

 "그래도 이렇게 몇 마리 안 되는 놈들하고 만났을 때 배워서 다행이었다고 해야 할까? 그치, 삼식아?"

 얼―.

 삼식이는 또 경쾌하게 짖는다. 진우는 미소를 지으면서도 불안했다. 도심지 같은 곳은 가능하면 지나지 않는 게 낫겠다는 생각도 든다.

 "일단 저기에 올라가서 천천히 찾다 보면 신발 가게도 보이겠지."

 부근에서 제일 높은 3층짜리 빌라의 옥탑방을 보며 진우가 말했다. 빌라의 우측에는 반쯤 떨어져 나간 현수막이 바람을 타고 너풀거리고 있다.

 진우는 무심하게 현수막에 적힌 글자들을 따라 읽었다.

 "양평 레저…… 웨이크 보드, 바나나 보트…… 제트스키……."

 빌라의 문을 열고 들어간 진우는 어두컴컴한 계단을 가만히 노려보았다. 두

가지 상반된 생각이 머릿속에서 교차한다.

뭐가 갑자기 확 튀어나오지는 않을까 하는 우려와 조금 전 보았던 양평 레저 광고 현수막의 글씨들이 선사한 이미지. 특히 이미지 쪽이 더 강력한 자극을 주고 있었다.

파란 수면 위에서 하얀 물보라를 일으키며 튀어 오르는 바나나 보트…… 수영복을 입은 젊은 남녀들이 즐거워서 미치겠다는 표정을 지으며 거기에 타고 있는 장면이 상상됐다.

자신은 그 이미지 속의 주인공이 되어 본 경험이 없다는 게 못내 아쉽기만 하다.

"생각해 보니까 그런 거 한 번도 타 본 적 없네. 그냥 하루하루 먹고사는 것만 생각하느라."

카트를 입구에 세워 두면서 진우는 혼잣말을 중얼거렸다. 모터 해양 스포츠, 스키와 스노보드, 다 안 해 봤다. TV에서 그런 장면들을 심심치 않게 보면서도 왠지 자신의 형편과는 어울리지 않는 것 같아 '나중에, 나중에' 하고 미루기만 했었는데…… 이제 와서 생각해 보니 뭔가 억울하다.

"그거 한 번 안 탄다고 해서 떼돈을 모을 수 있는 것도 아니었는데…… 젠장."

진우는 탄창이 든 가방을 옆으로 비껴 멘 뒤 핏자국이 말라붙은 계단을 올랐다. 삼식이가 계속 코를 킁킁대고 앞장서 걸으며 첨병 역할을 해 준다.

물론 이놈은 좀비에 대한 감지 및 경고는 전혀 못 하는 녀석이다. 가뜩이나 여러 가지로 신경이 쓰이는데, 밑창이 갈라진 신발이 몇 번이나 계단 모서리에 부딪쳐서 중심을 흐트러뜨렸다.

"으아…… 어쩐지 아까부터 냄새가……."

2층 복도에 엎어져 있는 시체를 본 진우의 인상이 찌푸려졌다. 삼복더위 속에 오래 방치되어 있던 터라 멀쩡한 구석이 별로 없지만, 특히 머리가 심하게 훼손되어 있다.

주변의 핏자국들과 연관 지어 생각해 보면 당시의 그림이 쉽게 추측된다. 이

놈에게 물린 채 도망쳤던 사람들도 결국 다 변해서 더 큰 피해를 만드는 데 일조했을 것이다.

"한눈에 훤하게 보일 정도는 아니네······."

옥상의 옥탑방 위까지 기어 올라갔는데도 동네 전체가 온전히 조망되지는 않았다. 그리 큰 규모의 마을이 아니지만, 4층 정도 높이로는 부족한가 보다.

그래도 평지에서 위험을 감수해 가며 몸으로 체득하는 것보다야 이 방식이 훨씬 낫다는 걸 알기에 진우는 사방으로 시선을 돌려 가며 막혀 있는 건물들 사이를 열심히 살폈다. K-2 레일에 새로 부착한 고배율 조준경을 눈에 대자 몇백 미터 앞까지 훤하게 보인다.

하아암ㅡ.

옥탑방 앞을 지키고 앉은 삼식이가 입이 찢어져라 하품을 한다.

"찾았다. 멀리도 있네. 에······ 여기에서 나가면 오른쪽인 건가?"

한참 만에 등산 용품 가게를 겨우 하나 발견한 진우가 방향을 따져 보았다. 새로 개발이 시작되려는 동네였는지, 상가 전체에 부동산과 건축 자재상, 식당, 이렇게 세 업종이 차지하는 비율이 압도적으로 높았다.

집을 짓는 사람과 그걸 팔려는 사람, 그들에게 밥을 팔려는 사람들만 모여 살았던 셈이다. 진우가 마음이 급해서 가게를 찾지 못했던 게 아니었다.

그롸아아아ㅡ.

그 순간, 멀리 마을의 반대쪽 끝에서 좀비들의 울음소리가 들려온다. 또 다른 좀비 무리의 등장이다.

흠, 진우는 총구를 그 방향으로 돌렸다. 건물 사이로 좀비들의 머리통이 지나고 있다.

"이 동네 좀비 많네······. 어디를 그렇게 열심히들 가고 있냐, 이놈들아."

좀비들의 움직임을 따라 총구를 돌리며 진우가 중얼거렸다. 놈들은 건물 밖으로 모습을 드러낸 뒤, 천천히 도로를 따라 이동 중이다.

하나, 둘, 셋······ 진우는 놈들의 수를 헤아리며 한 놈, 한 놈의 모습을 살폈다.

총수는 70마리가 넘는다. 그중 군복을 입은 좀비가 다섯 끼어 있었다. 인근에 군부대들이 많으니, 신기할 일은 아니다.

"나를 잡으러 오는 거냐? 허…… 이놈들 봐라? 근데 왜 뛰지 않고 걷지?"

좀비들이 일직선으로 행진하는 걸 보며 진우는 고개를 저었다. 지금까지의 경험으로 미루어 딱히 좀비가 총소리에 끌리는 것 같지는 않았는데…….

게다가 이 70마리는 그렇다 쳐도 아까 처리했던 그 35마리는 대체 뭣 때문에 자신을 쫓아왔단 말인가. 그간 좀비에 대해서는 철저히 꿰고 있다 자부했었는데, 이놈들의 행동은 이해가 가지 않는다.

어쨌든 놈들이 몰려오고 있으니 이쪽에서도 대비를 해야 한다. 진우는 자신이 숨은 빌라 건물에서 50여 미터 떨어진 사거리에 가상의 선을 긋고, 좀비들이 거기를 넘는 순간부터 발포하기로 했다.

우회로가 있는 지점에서 처리를 해야 이동할 때 시체를 피하느라 애를 먹지 않아도 된다.

"여기는 이 정도라지만 앞으로가 더 걱정이네. 당장 양평까지만 가도 여기보다 훨씬 동네가 클 텐데……."

다가오는 좀비들을 눈으로 쫓으면서 진우는 도심을 횡단해야 하는 미래에 대해 생각했다. 시 단위로 올라갈 경우, 밀집된 높은 건물들 때문에 시계는 더 불량해질 터이고, 좀비들의 규모는 몇 배나 커질 것이다.

진우가 그런 걱정들을 하고 있을 때, 좀비들의 선두가 100미터 이내로까지 접근해 왔다. 효율적인 사격을 위해 슬슬 준비를 해야 할 시간이다.

진우는 어떤 좀비부터 먼저 처리할지 방향과 순서를 정했다.

"네가 1번이구나."

맨 앞줄, 가장 우측에 서서 걷는 남자 좀비의 머리를 조준경에 담았다. 갈비뼈가 드러난 여자 좀비가 두 번째다. 70마리가 조금 넘지만, 일단 방아쇠를 당기기 시작하면 금방 끝날 터였다.

뛰어오는 놈들이 아니라 마음도 편하고, 거리도 충분히 확보되어 있다.

진우는 방아쇠울 안에 검지를 넣었다. 그런데 그때였다. 직진하고 있던 좀비들이 갑자기 방향을 바꿨다. 천천히 왼쪽으로 회전하기 시작한 좀비 무리들은 지금까지의 속도를 유지하며 다른 골목 안으로 들어간다.

"응? 뭐야…… 나를 목표로 하고 오는 게 아니었어?"

난데없이 좌회전을 하는 좀비 무리들을 보며 진우는 조준경에서 눈을 뗐다. 늘 맹렬하게 일직선으로 돌진해 오는 좀비들만 봐 왔던 터라 지금의 상황을 어떻게 이해해야 할지 혼란스럽다.

그가 멍해져 있는 동안에도 놈들은 쉬지 않고 걸으며 두 번째 좌회전을 했다. 이제 좀비 무리는 한 블록 옆으로 이동해 왔던 방향으로 되돌아가고 있다.

……이게 뭐지? 다시 돌아가는 건가?

진우는 호기심 가득한 눈으로 좀비들을 지켜봤다. 지금까지 그 누구보다 많은 좀비들의 머리를 박살 낸 그였지만, 그 거의 대부분은 자신을 향해 밀려오는 좀비를 저지하는 상황에서의 사살이었다.

이렇게 넓은 건물 밀집 지역에서 좀비들의 행동을 지켜본 건 처음이다. 이후 한 시간 동안이나 진우는 놈들이 원을 그리며 동네를 누비고 다니는 꼴을 구경했다.

"이상한 짓을 하네…… 빙글빙글…… 딱히 목표가 있어서 몰려다니는 것도 아니고……."

진우는 고개를 갸웃거리며 다시 총구를 겨눴다. 지금 당장 자신을 노리고 몰려오는 것은 아니라고 해도, 어쨌든 몇백 미터 내에서 떠나지 않고 맴도는 놈들이다. 신발을 구하러 이동할 거라면 처리하는 수밖에 없다.

진우는 놈들이 도로의 직선 구간에 들어서자마자 방아쇠를 당겼다.

타앙— 타앙— 타앙— 탕— 탕—.

재빨리 총구를 돌려 가며 단발로 끊어 쐈다. 머리를 잃은 앞줄의 좀비들이 차례로 허물어진다. 역시나 뒤의 놈들은 별 반응을 하지 않고 계속 직진하는 중이다.

진우는 놈들의 미간에도 총알을 한 방씩 박아 넣고 탄창을 갈았다. 그러고는 다시 방아쇠를 당겼다. 유쾌한 일은 아니지만, 하지 않으면 목숨이 위험해진다.

타앙— 탕— 탕— 탕—.

진우는 무표정한 얼굴로 부지런히 타깃을 쓰러뜨렸다. 총소리가 끊임없이 메아리치는 몇 분이 지나고, 진우는 옥상에서의 네 번째 탄창으로 갈아 끼웠다.

멀리 도로 위쪽에는 좀비 시체가 가득 쌓였고, 이제 좀비 무리 중에 살아남아 있는 놈들은 다섯 마리뿐이다. 군복을 입은 다섯 마리.

"후우~."

다섯 마리가 더 가까이 올 때까지 잠시 한숨을 고른 진우는 다시 조준경에 눈을 가져다 댔다.

탕—.

날카로운 총성과 함께 하이바를 쓴 좀비의 얼굴이 팍, 터져 나간다. 놈은 맥없이 앞으로 고꾸라졌다.

그롸아아—.

그 순간, 나머지 좀비들이 갑자기 울부짖으며 진우가 위치한 빌라를 향해 내달려 온다.

"이 정도 거리에서는 뭔가 느껴지나 보네."

진우는 당황하는 기색도 없이 총구를 아래쪽으로 내렸다. 이후 다섯 발의 총성이 더 울렸고, 총 다섯 마리의 군복 입은 좀비는 다른 좀비들과 30여 미터 이상의 거리를 두고 모두 도로에 쓰러졌다.

마지막 놈이 고개를 숙인 채 달려오는 바람에 녀석에게는 두 발을 쐈다. 어깨를 맞혀 뒤로 자빠뜨리고, 젖혀진 얼굴에 또 한 방.

"삼식아, 이제 내려가자."

사격을 마친 진우는 총열이 식을 때까지 잠시 기다렸다가 옥탑에서 내려왔다. 얌전히 기다리고 있던 삼식이는 기지개를 한 번 쭈욱 켠 뒤, 부르르 몸을 털고 나서 계단 쪽으로 향한다.

"잠깐만. 기다려, 삼식아. 애네 실탄 좀 수거해야 돼."

카트를 끌고 신발 가게로 가던 도중에 진우는 군복 입은 좀비들 시체 곁에 멈춰 섰다. 그러고는 시체의 전술 조끼에서 남아 있던 예비 탄창을 빼냈다.

처음부터 그렇게 하려고 이 다섯 마리만 다른 놈들보다 더 끌어들여 따로 사살했다. 그렇게 해야 시체 더미를 뒤지지 않고도 놈들의 장비를 획득할 수 있기 때문이다.

지금 넉넉하다고 해서 언제까지나 총알이 많이 남아 있으리라는 보장은 없다. 쟁여 놓을 수 있을 때 비축해 두어야 한다. 살이 닿았던 옷이나 신발, 하이바 따위는 건드리고 싶지 않지만, 탄창을 보충하는 건 언제나 환영이다.

다섯 마리의 시체에서 탄창 열두 개를 얻었다. 오늘 예정에 없던 실탄 소모가 100여 발이었으니, 정산해 보면 250발 정도가 플러스 된 셈이다.

"매일 이만큼씩 생기면 좋겠다. 기분은 더럽지만……."

전술 조끼의 비워졌던 칸을 채우고 난 뒤, 여분의 탄창을 가방에 넣으며 진우가 중얼거렸다. 그가 좀비 시체들을 뒤집고 주무르는 동안에도 삼식이는 대체 자신의 일행이 뭔 짓을 하고 있는지 전혀 모르겠다는 표정이다.

"야, 삼식아. 이거 봐. 냄새 심하잖아. 왜 만날 안 짖어? 이 악취를 못 느끼겠어?"

목을 잡고 억지로 좀비 근처로 끌고 와서 냄새를 맡게 해도 녀석은 여전히 별 반응을 보이지 않는다.

킁킁, 두어 번 냄새를 맡아 보지만, 그걸로 끝이다.

하긴 못하는 것도 있어야지, 너라고 어떻게 모든 걸 다 잘하겠냐…….

진우는 고개를 끄덕여 주고는 다시 카트를 밀기 시작했다.

"음……."

등산 용품 가게에 카트를 끌고 들어선 진우는 거울에 비친 자기 모습을 보고 새삼 놀랐다.

넓은 전신 거울 속에는 총을 든 거지가 커다란 개와 함께 서 있었다. 여러 개의 보따리를 담은 카트까지 끌고 다니는 중이니 더욱 구색이 맞는다.

손질 없이 제멋대로 자란 수염이며, 땟국물 흐른 자국이 고스란히 보이는 얼굴과 목, 넝마가 된 군복, 살은 쪽 빠진 데다가 햇볕에 그을려 궁한 티가 아주 줄줄 흐른다.

 그나마 방탄 전술 조끼가 좀 새것이지만, 그 정도 소품으로는 전체적인 이미지에 별 영향을 주기 어렵다. 며칠 전만 해도 이 정도는 아니었던 것 같은데…….

 "내가 이 정도였냐, 삼식아?"

 조금 슬퍼진 진우가 삼식이를 돌아보았다.

 얼ㅡ.

 삼식이는 거울과 진우를 번갈아 보며 좋아한다. 진우는 고개를 저었다.

 "아니야, 인마. 이게 멋있는 게 아니라고. 이 바지 무릎에 구멍 난 것 좀 봐. 네 눈엔 괜찮아 보일지 모르지만, 여자들은 엄청 싫어할 거야……."

 진우는 수염이 삐죽삐죽 돋아 있는 턱을 긁으며 중얼거렸다. 지금 보니 신발만 필요한 게 아니다.

 "이왕 왔으니 싹 다 갈아입지, 뭐. 하긴…… 군복 입고 돌아다녀 봐야 좋을 일도 없어. 탈영병 소리나 듣지."

 하이바를 벗고 전술 조끼의 벨크로를 풀면서 진우는 매장 내부의 옷과 등산화들을 훑었다. 이왕이면 주머니가 많으면서도 시원하고 편한 옷이어야 한다. 그리고 눈에 덜 띄게 회색인 것으로.

 군복 웃옷을 던져 버리려던 진우가 멈칫한다. 지긋지긋하다고 생각했었는데…… 이게 또 막상 버리려고 보니까 추억이 많다. 잠시 망설이던 진우는 소금기가 찌든 군복을 접어서 배낭 안에 집어넣었다.

 30분 뒤, 매장을 나서는 진우는 깔끔한 새 옷에 새 신발을 신고 있었다. 거름 냄새가 나는 비옷 대신 입을 새 방수 재킷과 여분의 신발 한 켤레도 챙겼다.

 거울에 다시 한번 자신을 비춰 본 진우가 만족한 듯 고개를 끄덕였다. 수염은 여전히 자라 있지만, 이제는 거지가 아니라 탐험가처럼 보인다.

 "이것 봐. 이제 인물이 좀 산다. 역시 옷이 날개라더니……."

진우는 새 장갑을 낀 손으로 얼굴을 쓰다듬고 제자리걸음을 해 봤다. 새 등산화라 아직 뻑뻑하지만, 곧 익숙해질 것이다. 카키색 카고 바지도 꽤 마음에 든다.

떠나기 전에 진우는 슈퍼에 들러 생수를 몇 병 카트에 담았다. 물 외에 다른 먹을 것은 며칠 치쯤 가지고 있으니까 욕심내지 않았다.

그런 것에 집착해 봐야 무게만 늘어나고, 시간을 허비하면 결국 지치는 건 그 자신이다.

"삼식아, 오늘은 양평 번화가 직전까지만 가자. 국도에서 높은 건물들 딱 보이면 거기에서 멈추는 거야. 대략 10킬로미터니까 그렇게 무리하는 거 아니야."

머리에 물을 부어 열기를 식힌 뒤, 시간을 확인한 진우가 삼식이에게 말했다. 그 정도면 녀석의 발바닥도 큰 고통 없이 버텨 줄 수 있을 것이다.

얼—.

녀석이 신뢰와 애정이 가득한 표정을 지으며 나란히 걷는다. 두 친구는 아까 동네를 정찰했던 빌라를 지나서 마을의 진입로 쪽으로 거슬러 올라갔다. 양평 레저 광고 현수막은 그때까지도 계속 펄럭이고 있었다.

- 웨이크 보드, 바나나 보트, 제트스키, 초보자 환영!

04

그 후로 두 시간이 흘렀다.

한여름의 뙤약볕 아래에서 이글거리는 아스팔트 도로를 걷고 있자니 숨이 턱턱 막힌다. 발에 익지 않은 신발은 조금씩 불편해져 오고, 전술 조끼를 덮어쓴 가슴과 등은 땀으로 흠뻑 젖었다.

속도를 내지 않고 천천히 걷고 있다고 생각하는데도 대낮의 트래킹은 힘들다.

"……덥다. 또 좀 쉴까?"

길가 절벽의 나무 그늘에 카트를 세우고 삼식이에게 물을 준 진우는, 하이바를 벗고 손으로 부채질을 해 대며 물병을 기울였다. 그래 봐야 더위는 별로 가시지 않는다.

"바람이나 좀 불어라."

진우는 무미건조하게 쭉 뻗어 있는 6번 국도를 보면서 중얼거렸다. 잠시 후, 정말로 그의 바람이 이루어졌다.

그의 오늘 목적지인 양평 쪽에서 시원한 미풍이 불어온다. 진우는 눈을 감고 두 팔을 쫙 펼치며 바람을 환영했다. 축축했던 겨드랑이 속까지 개운해지는 기분이다.

"아아~ 정말 시원하다. 흐으읍~ 흐읍…… 응?"

크게 숨을 들이켜고 있던 진우가 미간을 찌푸리면서 눈을 떴다.

어째…… 바람에 실려 날아오는 이 희미한 냄새…… 단순한 거름 냄새가 아닌 것 같다.

진우는 계속 의심스러운 눈초리로 전방을 주시하면서 코를 실룩거렸다. 악취는 느껴지는데, 보이는 범위 내에는 별 이상이 없다.

"삼식아, 이거 냄새…… 아니다. 너한테 물어 봤자 소용없는 문제지. 이거는……."

혼잣말을 중얼거린 진우는 바람이 불어오는 방향을 향해 도로를 내달렸다. 그가 움직이자 삼식이는 신이 나서 덩달아 뛰어온다.

한참을 뛰어 완만한 오르막의 정점에 오른 진우는 손 그늘을 만들고 눈을 가늘게 떴다. 아지랑이가 피어오르는 도로 저 멀리 뭔가 꼬물거리고 있다.

진우는 조준경의 배율을 끝까지 올려 눈에 가져다 댔다. 그제야 악취의 범인들이 시야에 잡힌다.

좀비들, 엄청난 수의 좀비들이 그를 마주 보며 전진해 오고 있다. 군데군데 서 있는 차량들 사이로 속속 새로운 썩은 얼굴들이 등장하는 중이다.

거리는 600여 미터. 진우는 총구를 이리저리 옮겨 가며 놈들의 이동 방향을 살폈다.

"너희들은 여기까지 올 거냐, 아니면 아까 그놈들처럼 중간에 돌아갈 거냐?"

진우는 이를 꾹 깨물며 좀비들을 노려봤다. 뒷일을 생각한다면 차라리 놈들이 지나가 버려 주는 쪽이 낫다. 그렇게만 해 주면 멀리 피해 있다가 놈들이 휩쓸고 간 다음에 안전하게 이 쭉 뻗은 도로를 따라 전진하면 되니까.

만약 이놈들이 아까 마을에서 봤던 좀비들처럼 양평의 번화가와 자신이 서 있는 이 6번 국도 사이를 빙글빙글 돌고 있는 거라면…… 문제가 조금 골 아파진다.

그렇게 진우가 긴장된 상태에서 바라보고 있는 동안 400여 미터 앞까지 전진해 온 좀비들은 교차로를 따라 양평 번화가 쪽으로 내려가 버렸다.

역시…….

진우는 마음속으로 한숨을 내쉬며 고개를 끄덕였다. 쉽게 해결되는 일은 별로 없다.

진우는 컴퓨터 퍼즐 게임을 마주하고 있는 듯한 기분이 들었다. 장애물들의 패턴을 읽고, 전진했다가 멈추기를 반복해야만 클리어할 수 있는 횡 스크롤 게임들.

이제 자신 역시도 좀비 무리들의 이동 방향과 시간을 미리 알고 있다가 그 패턴에 맞춰서 도로가 비어 있는 시간대에 몰래 전진해야 한다.

문제는 이 장애물들은 움직이는 불기둥이나 떨어지는 단두대 따위의 단순한 움직임을 가진 도트가 아니라 엄청나게 빠른 좀비들이라는 데 있었다.

자칫 놈들이 인식할 수 있는 범위 내로 잘못 발을 들이면 놈들은 전속력으로 그를 쫓아올 것이다.

진우는 시계를 보고 좀비들이 시야 밖으로 사라진 시간을 확인했다. 그러고는 다시 좀비들이 등장하기까지 여유 시간이 얼마나 되는지를 확인하기 위해 눈을 부릅뜬 채 그 자리를 지켰다.

휘이잉—.

얼마 후, 불어오는 바람이 또다시 악취를 전해 준다. 진우가 조준경에 눈을 바짝 붙인 채 전방을 주시하는 동안, 그가 전혀 신경 쓰지 않는 길가의 절벽 위에서도 수십 개의 다리가 바쁘게 움직이고 있었다.

진우는 자신의 팔뚝에 돋아 오른 소름이 전방의 좀비 떼들 때문이라고만 생각했다.

"응?"

진우가 수상한 낌새를 느끼게 된 것은 절벽 위에서 굴러떨어진 자잘한 돌들이 도로를 때리며 낸 소리 때문이었다.

진우는 조준경에서 눈을 떼고 고개를 들었다. 허공에 몸을 날린 시꺼먼 그림자들이 햇살을 가리며 떨어져 내리고 있다.

"으아아아!"

진우는 비명을 지르며 총구를 위로 돌리고 방아쇠를 당겼다.

탕— 탕, 탕—!

한 놈의 대갈통이 관통되고, 가슴을 맞은 두 놈은 옆으로 비껴 떨어졌다.

콰작!

아스팔트를 때리며 뼈가 부러지는, 기분 나쁜 소리. 하지만 그것은 동시에 위기를 넘겼음을 알리는 소리이기도 했다.

그런데 그 세 마리가 전부가 아니었다. 절벽 위에서는 더 많은 좀비들이 진우를 노리며 뛰어내리고 있다.

옆으로 한 바퀴 굴러 거리를 확보하며 일어난 진우는 필사적으로 뒷걸음질을 치면서 모드를 3점사로 바꿨다.

투투둑— 투투투— 투둑— 툭, 투투둑—.

정신없이 사방을 훑는 동안 탄창이 바닥난다. 진우는 총을 옆으로 비스듬히 틀어 돌리면서 빈 탄창을 날리고, 왼손으로는 전술 조끼에서 새 탄창을 꺼내 끼워 넣었다.

삼척 원자력 발전소에 처음 배치되었을 때만 해도 어색한 동작이었지만, 이제는 거의 조건반사처럼 빠르고 정확하다.

"삼식아! 뒤로 빠져! 일로 와!"

진우는 삼식이의 이름을 부르면서 곧바로 다시 발포했다. 뼈가 부러진 채 벌떡 일어나려던 좀비들이 가슴과 머리가 꿰뚫리면서 고꾸라진다.

총성이 들리자 삼식이는 언제나처럼 진우의 곁으로 뛰어와 뒤쪽에서 기다려 줬다.

다행이다. 녀석이 좀비들 사이에 껴서 멋모르고 뛰어다니면 아무래도 신경이 쓰일 테니까.

그롸아아아—.

좀비들은 발목이 돌아간 상황에서도 맹렬한 기세로 아가리를 쩍 벌린 채 달려든다.

턱, 진우의 등이 중앙분리대에 닿았다. 더 이상 물러날 곳이 없다. 좀비들과의 거리는 불과 차선 하나 반. 아주 작은 허점이라도 보였다간 그대로 끝이다.

공연히 분리대를 넘어가 보려고 틈을 들인대도 결과는 좋지 않을 게 분명하다. 결국 이 자리를 사수하며 모조리 다 쏴 죽이는 수밖에 없다.

투투둑— 투두둑— 투투둑—.

진우는 미친 듯이 눈을 돌려 가며 움직이는 모든 것에게 총알을 박아 넣었다.

좀비들의 머리가 터지고, 턱이 날아가고, 갈비뼈와 내장이 튀어나온다. 다리뼈가 부러진 좀비들이 고꾸라지면, 그 사이로 멀쩡한 놈들이 비집고 나와 달려들었다.

물론 그런 놈들의 미간에도 진우가 날린 총알이 박히며 선명한 구멍을 뚫어 버렸다.

철컥—.

진우는 두 번째 탄창을 갈아 끼웠다. 그사이, 불과 3초도 되지 않는 짧은 화력 공백의 틈에 좀비들은 진우와의 거리를 좁혔다. 순식간에 대여섯 마리의 좀비들이 진우를 에워싸고 접근해 온다.

투투둑— 투투둑— 투투투— 투두둑—.

진우는 우에서 좌로 몸을 빙 돌리며 열심히 방아쇠를 당겼다. 뼈가 부러지고 머리가 꿰뚫린 좀비들이 바로 발밑에서 코를 박고 쓰러진다.

그롸아아악—.

네발로 기어서 달려온 좀비가 진우의 발목을 낚아채려 한다. 진우는 새 등산화를 들어 녀석의 턱을 냅다 걷어차 버렸다. 그런 후, 뒤로 밀려난 녀석의 머리와 목에 총알을 박아 넣었다.

놈의 꿈틀거림이 멈췄다는 걸 확인하기도 전에 진우는 곧바로 몸을 틀어 다른 녀석들의 몸과 골반을 향해 난사를 퍼부었다. 그러고는 다시 총구를 위로 올려서 뛰어오른 좀비의 머리를 박살 냈다.

으직!

뒤통수에 주먹만 한 구멍이 생긴 좀비가 중앙분리대를 들이받고 쓰러졌다. 꺾여 버린 놈의 목으로 뇌수가 뚝뚝 떨어져 내리고 있다.

그롸아아아악—.

우측의 사각에서 달려드는 기척!

진우는 얼른 다리를 뺐다. 중심을 잃은 몸이 앞으로 기운다. 레슬링 선수가 태클하듯 진우의 하체를 덮치려던 좀비의 머리와 등짝이 눈에 들어온다.

진우는 중심을 잃고 넘어지는 상황에서도 녀석의 뒤통수를 향해 방아쇠를 당겼다.

투투둑—.

좀비의 뒤통수와 목덜미, 등짝에 한 줄로 이어진 총구멍이 뚫렸다. 뇌수와 체액이 튀어나온 좀비의 시체 위로 엎어진 진우는 얼른 몸을 돌려 전방을 겨눴다. 두 마리가 네발 맹수처럼 달려온다.

투투둑— 투두두—.

진우는 여섯 발을 쏘고 나서 다급하게 일어났다.

미끈, 좀비의 체액을 밟은 발이 휘청한다. 덕분에 진우는 좀비 시체의 뒤통수에 얼굴을 박아야 했다.

 "큭!"

 오물 때문에 일순 가려진 시야. 진우는 남아 있는 모든 총알을 퍼부어 제압사격을 하며 기어서 뒤로 물러났다. 그가 다시 일어났을 때, 더 이상은 움직이는 좀비가 없었다.

 "하아~ 하아~."

 그제야 진우는 차오르는 숨을 내쉬며 다시 탄창을 갈아 끼웠다. 지나간 1분여는 그야말로 제대로 호흡할 겨를도 없이, 그저 방아쇠만 당겼던 시간이다.

 전부 다 해서 몇 마리가 떨어져 내린 거였는지도 모르겠다. 하여간 불과 몇 미터 앞에는 좀비들의 시체가 만든 작은 언덕이 불룩하게 솟아 있다.

 "이리 와. 뒤로 가자, 삼식아."

 진우는 삼식이를 이끌고 카트를 세워 둔 방향으로 뒷걸음질을 쳤다. 그러는 동안에도 그의 시선은 엉망으로 뒤섞여 있는 좀비 시체 더미를 노려보고 있다.

 그르르거리는 울음소리.

 아직도 채 죽지 않은 놈들이 있다.

 풀썩―.

 좀비 시체 더미의 한쪽 귀퉁이가 허물어지며 두 놈이 네발로 기어 나온다.

 타탕― 탕―.

 진우는 놈들이 땅을 내딛기도 전에 머리를 날렸다. 그리고 잠시 후에도 또 한 마리가 바닥을 기다가 대가리가 터진 뒤에야 움직임을 멈췄다.

 "하아~ 이 새끼들……."

 비로소 이 난감한 교전이 끝을 맺었다. 이제 한숨 돌려도 된다.

 진우는 어지럽게 널브러진 놈들의 시체를 노려보면서 자신의 얼굴에 묻어 있는 놈들의 체액을 닦아 냈다. 진우의 몸짓을 본 삼식이가 몸을 일으키며 그의 얼굴을 혀로 핥아 주려 든다.

"아니야, 아니야. 삼식아, 하지 마. 이거 더러워."

진우는 삼식이의 얼굴을 피했다. 물리지만 않으면 감염되지 않는다는 걸 알고 있지만, 그래도 이걸 먹도록 놔두고 싶지는 않다.

어차피 녀석은 나중에 그 혀로 또 자신의 입 주변을 핥아 댈 테니까…….

"너…… 넌 괜찮아? 응? 다친 데 없어?"

진우는 삼식이의 몸 여기저기를 만져 보며 물었다. 땅에 맞고 튄 도탄이나 부러진 뼛조각에 부상을 당했을까 봐 걱정이 된다. 자신이 다급하게 움직이다가 밟았을 수도 있다.

헤엑, 헤엑…….

삼식이는 불안함이 가득한 표정으로 오히려 진우의 몸 이곳저곳에서 냄새를 맡는 중이다. 좀비를 인식하지는 못해도 자신의 친구가 뭔가 커다란 위기를 겪었다는 것만은 알고 있는 눈치다.

다행히 녀석은 멀쩡했고, 진우 자신도 부상을 입지 않았다. 다만, 기껏 갈아입은 새 옷은 완전히 먼지와 땀투성이가 되어 버렸다.

이제야 좀 진정이 된 삼식이는 그의 주변을 빙글빙글 돈다. 진우는 고개를 저으며 한숨을 내쉬었다.

"후우~ 미안해. 좀비 경계는 내 담당인데…… 저 멀리 있는 놈들한테 정신이 팔려서 바로 머리 위로 지나가고 있는 걸 몰랐네. 젠장, 저 앞에서 워낙 정신없이 빙글거리면서 잔뜩 돌아다니니까…….."

진우는 방금 전 좀비들이 떨어져 내린 절벽 위쪽을 노려보았다.

저런 데는 대체 뭐 한다고 돌아다니고 있었던 거지?

그는 고개를 설레설레 저었다.

오늘 하루 종일 대체 몇 마리나 좀비를 죽이고 있는 건지 모르겠다. 경기도가 아주 요란하게 환영 인사를 해 주고 있다.

"아, 맞다."

진우는 다시 총구를 들어 멀리 그가 걸어가야 할 방향을 살폈다. 700여 미터 전방의 도로는 또다시 행진하는 좀비들로 채워져 있다.

"벌써 한 바퀴 돈 건가?"

진우는 고개를 갸웃거렸다. 몇 분 싸우지도 않았는데 그사이에 놈들이 다시 제자리로 돌아왔다는 건 회전 반경이 엄청나게 좁다는 의미다.

직경 100여 미터 안에서 빙글빙글 돈다는 이야긴가……. 팽이 흉내를 내는 게 아니라면 무의미한 것 같은데…… 대체 뭐지?

어쨌든 진우는 좀비 무리들을 계속 주시했다. 놈들이 만약 그렇게 작은 원을 그리면서 제자리 순찰 중이라면, 그로서는 별로 나쁠 게 없다. 그 구역만 피해 나가면 되는 거니까.

잠시 후, 직진하던 좀비들이 방향을 바꿔 회전을 시작했다. 그런데 방향이 조금 전과 달랐다.

"어? 아닌데…… 아까는 분명 좌회전이었는…… 아하!"

상황이 파악된 진우는 총구를 돌려 놈들이 향하는 방향을 살폈다. 이번 회전은 우측, 그러니까 조금 전 양평 번화가 쪽으로 들어가던 놈들과 지금 그가 보고 있는 놈들은 서로 다른 좀비 무리들인 것이다.

지금 700미터 전방의 6번 국도에는 적어도 두 개의 커다란 좀비 떼가 순찰 중이다. 한 무리당 아무리 적게 잡아도 500마리 이상은 된다.

물론 죽이려고 마음을 먹으면 다 쏴 죽일 수는 있다. 그런데 그래 봐야 아무런 의미 없는 짓일 뿐이다. 어차피 그에게 있어 저곳은 서울까지 이르는 긴 경로 중에 한 지점에 지나지 않으니까.

"으아~ 이 동네 이상하네. 뭐, 이렇게 순찰 도는 좀비들이 많아? 강원도랑은 또 다른 건가…… 아니면 거기도 여기랑 별로 다르지 않은데 내가 도심으로 지나오질 않아서 모르고 있었던 건가."

진우는 난감한 표정으로 한숨을 내쉬었다. 인구 밀집 지역에 가까워지니, 생존에 필요한 룰이 좀 달라진다. 지금까지처럼 잘 쏘고, 달리는 것만으로는 부족한 모양이다.

더 시간을 두고 관찰을 해서 이 세계를 지배하는 질서를 파악해야 한다. 그러지 못하면 도태된다.

이제 겨우 경기도 끝자락일 뿐인데…… 서울에 가까워지면 얼마나 더 복잡해질까?

카트로 돌아와 물을 마시고 배를 채우면서 진우는 고민에 빠졌다. 옆에서는 삼식이가 아주 맛있게 자기 몫의 밥을 먹어 치우고 있다. 진우는 삼식이의 등을 쓸어 줬다.

"삼식아."

녀석은 곁눈질만 힐끗하면서 건성으로 얼— 하고 대답한다. 진우는 손바닥을 통해 전해지는 녀석의 뜨끈뜨끈한 체온과 심장 박동을 느끼며 미소를 지었다.

"우리 오늘 양평까지 못 가겠어. 저기 통과하려면 규칙을 알아야 하는데…… 그 규칙이 너무 복잡해. 몇 킬로미터 안 남았다고 좋아할 게 아니었다, 야."

그늘에 등을 기대고 앉아 푸념을 하는 진우의 눈앞에 아까 보았던 현수막이 다시 떠오른다.

제트스키…….

어쩌면 수수께끼 같은 좀비들의 이동 규칙을 파악하는 것보다 제트스키 타는 법을 독학으로 익히는 게 더 빠를지도 모르겠다는 생각이 들었다. 그건 애초부터 사람 타라고 만들어 놓은 거니까.

"물이라……."

진우는 혼잣말을 중얼거렸다. 생각해 보니 그렇게 나쁜 생각 같지도 않다. 어차피 잠실로 가는 길, 한강을 타고 서울로 입성해 그냥 쭈욱— 직진만 하면 되는 거다.

"삼식아, 너 물 좋아해? 나랑 배 타고 갈까?"

얼—.

삼식이는 조금의 고민도 없이 쾌활하게 대답했다. 말 나온 김에 진우는 지도를 펼쳐 봤다.

"근데 사실은 제트스키를 타고 못 타고는 오히려 둘째 문제야. 양평 레저가 어디에 붙어 있는 건지도 모르잖아. 저 동네에 현수막이 붙어 있었으니까 근처일 것 같기는 한데, 물가로 가서 훑으며 올라가 보면 찾아지려나? 에…… 여기서 한강 쪽으로 내려간다면…….."

진우는 지도를 손가락으로 짚어 가며 훑었다. 밥을 다 먹은 삼식이도 진지한 표정으로 진우의 손가락을 따라 시선을 돌린다.

현존하는 최강의 대좀비 병기와 그의 네발 달린 동행이 국도를 따라 여행을 시작한 지 이틀째. 서울까지는 아직 60킬로미터가 남았다.

(다음 권에서 계속)